Guzmán de Alfarache

II

Letras Hispánicas

Mateo Alemán

Guzmán de Alfarache

II

Edición de José María Micó

SEXTA EDICIÓN

CATEDRA

LETRAS HISPANICAS

Ilustración de cubierta: Arturo Martín

1.ª edición, 1987
6.ª edición, 2007

© Ediciones Cátedra (Grupo Anaya, S. A.), 1987, 2007
Juan Ignacio Luca de Tena, 15. 28027 Madrid
Depósito legal: M. 38.774-2007
ISBN: 978-84-376-0708-5 (Obra completa)
ISBN: 978-84-376-0709-2 (tomo II)
Printed in Spain
Impreso en Fernández Ciudad, S. L.
Coto de Doñana, 10. 28320 Pinto (Madrid)

Índice

SEGUNDA PARTE DE LA VIDA DE GUZMÁN DE ALFARACHE
ATALAYA DE LA VIDA HUMANA

Libro primero

*[Donde cuenta lo que sucedió desde que sirvió a el embajador,
su señor, hasta que salió de Roma]*

Libro segundo

*[Trata Guzmán de Alfarache de lo que le pasó en Italia,
hasta volver a España]*

Libro tercero

[Donde refiere todo el resto de su mala vida, desde que a España volvió hasta que fue condenado a las galeras y estuvo en ellas]

SEGUNDA PARTE

DE

LA VIDA DE GUZMÁN DE ALFARACHE

ATALAYA DE LA VIDA HUMANA

POR

MATEO ALEMÁN

su verdadero autor

Dirigida a don Juan de Mendoza,
Marqués de San Germán, Comendador del Campo
de Montiel, Gentilhombre de la Cámara de el Rey
Nuestro Señor, Teniente General de las Guardas
y Caballería de España, Capitán General de los
Reinos de Portugal.

En Lisboa.
Impreso con licencia de la Sancta
Inquisición, por Pedro Crasbeeck,
año de 1604.

Por mandado do Supremo Conselho de Sancta Inquisição, vi e examinei este livro, intitulado *Segunda parte de Guzmão de Alfarache, Atalaya de la vida humana,* e com as emendas que lhe fiz não fica tendo cousa alguma contra nossa santa fe e bôs costumes; antes me parece que, além do muito engenho e eloquência que nelle mostra o auctor, lhe cabe com muita razão o nome de *Atalaya,* porque assi como da atalaia se descobrem os perigos e se dá notícia delles aos navegantes e caminheiros, não para cair nelles, senão para os fugir, assi se pode avisar com este livro o curioso leitor, para com elle se prevenir contra muitos males que vão pelo mundo, os evitar e se defender delles. Dada em o collégio de Santo Augustino de Lisboa, a sete de septembro de 1604.

FREI ANTÓNIO FREIRE.

Vista a informação, pode-se imprimir este livro intitulado *Segunda parte de Guzmão de Alfarache,* e depois de impresso torne a este Conselho para se conferir com o original, e se dar licença para correr e sem ella não correrá. Em Lisboa, a nove de septembro de 1604.

MARCO TEIXEIRA. RUI PIREZ DA VEIGA.

PRIVILÉGIO[1]

Eu, el Rei, faço saber aos que este alvará virem que Mateo Alemão, ora estante nesta cidade, me enviou dizer por sua petição que elle compos a segunda parte do livro intitulado *Guzmão de Alfarache, atalaia da vida humana*, o qual imprimio nesta cidade con licença do Santo Ofi-cio; e me pedia lhe fizesse mercê concederlhe privilégio para por tempo de dez anos nenhũa pessoa o possa imprimir nem mandar imprimir nem trazer de fora do reino. E vista sua petição, por lhe fazer mercê, ei por bem que por tempo de dez anos impressor nem livreiro algum nem outra pessoa de qualquer calidade que seja não possa imprimir nem mandar imprimir nesta cidade nem trazer do fora do reino o dito livro, salvo as pessoas que para isso tivierem seu poder. E qualquer impressor, livreiro ou outra pessoa que imprimir ou mandar imprimir ou trazer de fora do reino o dito livro durante o dito tempo de dez anos, perderá para elle, Mateo Alemão, todos os volúmes que lhe fo-rem achados; e além disso encorrerá em pena de cincoenta cruzados, ametade pera captivos e a outra ametade pera quem o acusar. E man-do a todas as justiças, oficiaes e pessoas à que o conhecimento deste pertencer, que cumprão e guardem como nella se contém. O qual ei por bem que valha como carta, posto que o efeito delle aja de durar

---

[1] Frente al año largo que se invirtió en el registro y publicación de la *Primera parte* (su aprobación es de enero de 1598 y su tasa de marzo del año siguiente), esta *Segunda* estuvo lista en un par de meses, los que mediaron entre la aproba-ción y el «Privilégio», que se extendió cuando el libro ya estaba compuesto: «li-vro ... o qual *imprimio* nesta cidade con licença...». Por lo que Alemán dice ense-guida al «Letor», sabemos que, «aunque siempre temí sacar a luz aquesta segun-da parte», «no se pudo escusar este paso, como lo es tan forzoso a los fines que pretendo» (págs. 20 y 23). Hubo, sin duda, otras motivaciones personales, pero es posible que Alemán participase también, en alguna medida, de la apasionante carrera que mantuvieron *Don Quijote* y *La Pícara Justina*. *Vid*. mi artículo «Prosas y prisas en 1604», de inminente aparición.

mais de un año, sem embargo da ordenação em contrário. Sebastião Pereira a fez em Lisboa, a cuatro de dezembro de mil seiscentos e quatro; Durante Correa o fez escrever.

REI.

A DON JUAN DE MENDOZA,

MARQUÉS DE SAN GERMÁN, COMENDADOR DEL CAMPO DE MON-
TIEL, GENTILHOMBRE DE LA CÁMARA DEL REY NUESTRO SEÑOR,
TENIENTE GENERAL DE LAS GUARDAS Y CABALLERÍA DE ESPAÑA
Y CAPITÁN GENERAL DE LOS REINOS DE PORTUGAL.

Preguntándole a un filósofo por qué aconsejaba que ninguno se mirase a el espejo con luz de vela, respondió que porque,
reverberando aquel resplandor en el rostro, lo hacía muy más
hermoso y era engaño[1]. Advirtió en esto a los príncipes que
no se fiasen mucho de las alabanzas de los oradores, porque
con su estilo suave y elegante hermoseaban más las cosas. Conocerá Vuestra Excelencia, siendo notorio a todos —demás
de ser costumbre mía dejar siempre vacíos que otros llenen, temiendo más la reprehensión del exceso que culpa de corto—,
cuán al contrario camino en este propósito, pues la mucha no-
toriedad me hará pasar en silencio sus grandezas, y las que to-
care será como de paso y por la posta[2], siéndome tan importante hablar dellas.

Costumbre ha sido usada, y hoy se pratica en los actos mili-
tares, elegir los combatientes padrinos de quien ser honrados,
amparados y defendidos de las demasías, para que igualmente

---

[1] No he sabido averiguar «quién sea el "filosofo" al que se atribuye el dicho»
(FR), sin duda uno de los muchos que hablan por boca de Valerio Máximo,
Plutarco, Diógenes Laercio o sus secuaces del Renacimiento. Pero —aunque
sólo sea por vía de consuelo—, diré que el refranero era consciente, con cierta
crueldad, de tal idea: «La fea, a la vela.»

[2] *por la posta:* deprisa (cfr. I, ii, 1, n. 12).

se guarde la justicia en las estacadas o palenques donde se han de tratar sus causas o venirse a juntar con sus contrarios. Ya es conocida la razón que tengo en responder por mi causa en el desafío que me hizo sin ella el que sacó la segunda parte de mi *Guzmán de Alfarache*[3]. Que, si decirse puede, fue abortar un embrión para en aquel propósito, dejándome obligado, no sólo a perder los trabajos padecidos en lo que tenía compuesto, mas a tomar otros mayores y de nuevo para satisfacer a mi promesa. Espérame ya en el campo el combatiente; está todo el mundo a la mira; son los jueces muchos y varios; inclínase cada uno a quien más lo lleva su pasión y antojo; tiene ganados de mano[4] los oídos, informando su justicia, que no es pequeña ventaja. Él pelea desde su casa, en su nación y tierra, favorecido de sus deudos, amigos y conocidos, de todo lo cual yo carezco.

Para empresa tan grande, salir a combatir con un autor tan docto, aunque desconocido en el nombre, verdaderamente lo temí, hasta que los rayos del sol de Vuestra Excelencia vivificaron mi helada sangre, alentando mis espíritus, dándome confianza que, deslumbrando con ellos los ojos, no solamente de mi contrario, mas a la misma invidia y murmuración ganaré sin alguna duda la victoria.

¿Quién osará representarme la batalla ni esperarme a ella, cuando sobre mis timbres[5], principio deste libro, viere resplandecer el esclarecido nombre de Vuestra Excelencia, que lo sale patrocinando? ¿Cuál no se me rendirá con las ventajas que llevo, siendo de las mayores que se han conocido hasta hoy en príncipe?

Si sangre, díganlo las casas de Castro, cabeza de los Mendozas y Velascos, de los Condestables de Castilla, de quien Vuestra Excelencia es hijo y nieto. Y desto lo dicho basta. Si armas, notorio nos es y ninguno ignora que, asistiendo Vuestra Excelencia los años de su infancia en los estudios de Alcalá de He-

---

[3] La *Segunda parte de la vida del pícaro Guzmán de Alfarache, compuesta por Mateo Luján de Sayavedra, natural vecino de Sevilla* (con protagonista adulterado y falsedad en el nombre y patria del autor) se publicó en Valencia y en 1602.

[4] *de mano:* de antemano.

[5] *timbre:* escudo, emblema, divisa.

nares, donde tantas premisas[6] dio de su florido ingenio, viéndose ya mancebo se pasó a Nápoles, llevado de la inclinación y valor militar. Y siendo allí temido por su esfuerzo, respetado por su valor y seguido por la notoria privanza con el virrey su tío, pospuestas estas prendas, que fueran de otros muchos estimadas, tuvo en más el bullicio de las armas en la guerra, que los deleites, paseos y privanzas en la paz; pues dejándolo, se fue a Flandes en seguimiento de la milicia, que tanto allí ejercitaban. Y con una pica, sin sueldo, sin algún entretenimiento[7] ni mando, gustó de ser un particular soldado, buscando las ocasiones en que señalar su ánimo valeroso. Hasta que, ofreciéndose las guerras con Francia, pasó a Milán a servir en las del Piamonte y Saboya, donde gobernando la caballería y después todas las fuerzas que su Majestad tenía en aquellas partes, alcanzó señaladas vitorias, mostrando tanto valor y prudencia, cuanto admirable gobierno. Que, conocido por Monsiur de Ladiguera[8], que con poderosísimo ejército y muchas cabezas principales obtenía la parte de Francia, temió siempre llegar a las manos. Y cuanto[9] una vez lo intentó sobre la Carboneda, hallándose aventajado en el número de soldados, Vuestra Excelencia con muchos menos lo desbarató y rompió, ganándole la mayor vitoria que se vio hasta entonces. Y de allí adelante, atemorizados con el sangriento estrago, no se atrevieron más a socorrer plaza.

Y tanto cuanto en la guerra era temido siempre, lo era en la paz y juntamente obedecido y amado, como se conoció en las ocasiones, pues dentro en Ginebra se cumplían sus mandatos de la manera que se hiciera en su proprio ejército, viniendo a su llamado los del gobierno de aquella ciudad, cosa ni vista ni oída de otro algún valeroso capitán o príncipe.

Siendo esto así, se decía de sus soldados que tanto cuanto sobrepujaban a los más en valor y esfuerzo eran religiosos, inclinados a toda virtud, por el buen ejemplo que tenían en Vuestra Excelencia, que los gobernaba.

---

[6] *premisas:* señales, indicios.

[7] *entretenimiento:* gratificación (cfr. I, i, 2, n. 95).

[8] *Monsiur de Ladiguera:* François, duque de Lesdiguières (1543-1626), mariscal de Francia. Cfr., por ejemplo, Quevedo, *La hora de todos,* [xxxiii], pág. 156.

[9] *cuanto* podía valer por 'en cuanto' o 'cuando', y no tiene por qué ser errata.

¿En quién, como en Vuestra Excelencia, se podrá hallar tan junto tanto, sangre, armas, prudencia, gobierno y admirable industria? Pues retirándose a el Estado de Milán y no pudiéndolo hacer por el ordinario paso, que lo impedía la peste, pasó con todo su ejército armado, y marchando en orden por el valle de Valesanos[10], tierra de esguízaros, y estaban en aquella ocasión a devoción de Francia, cosa que jamás los hombres vieron, ni los mismos esguízaros, confederados con el Rey Nuestro Señor se lo han permitido, sino que, desarmados, en tropas de docientos en docientos, y no más, vayan pasando.

Déjense tantas vitorias y sucesos felices para las crónicas famosas que los esperan, que bien se podrá decir serán las más afortunadas que hasta ellos de otro príncipe alguno se hayan oído. Digan estos reinos la felicidad en que se hallan, que, si fuese posible, comprarían su asistencia con inestimable precio, por la rectitud, humanidad, justicia y amor con que son defendidos y gobernados.

Alargarme más en esto es engolfarme y dificultar la salida, pareciendo cosa increíble concurrir tanto en tan juveniles años. Pues acudiendo a lo dicho, no ha hecho falta en el servicio y corte de su rey, asistiendo en ella, siendo preferido y honrado como uno de los más señalados.

Pues ¿quién duda que quien abrió paso por tan indómita gente lo haga también por entre la tan política y bien morigerada[11], para que mi libro corra y le den el lugar que, yendo favorecido de tan poderoso príncipe, merece? A quien guarde Nuestro Señor augmentando sus vitorias y nombre, con que más y mejor le sirva.

MATEO ALEMÁN

---

[10] *valle de Valesanos:* Valais.
[11] *morigerada:* educada.

LETOR:

Aunque siempre temí sacar a luz aquesta segunda parte, después de algunos años acabada y vista, que aun muchos más fueran pocos para osar publicarla, y que sería mejor sustentar la buena opinión que proseguir a la primera, que tan a brazos abiertos fue generalmente de buena voluntad recebida, dudé poner en condición[1] el buen nombre, ya porque podría no parecer tan bien o no haber acertado a cumplir con mi deseo, que de ordinario donde mayor cuidado se pone suelen los desgraciados acertar menos.

Mas, viéndome ya como el mal mozo, que a palos y coces lo levantan del profundo sueño, siéndome lance forzoso, me aconteció lo que a los perezosos, hacer la cosa dos veces. Pues, por haber sido pródigo comunicando mis papeles y pensamientos, me los cogieron a el vuelo. De que, viéndome, si decirse puede, robado y defraudado, fue necesario volver de nuevo al trabajo, buscando caudal con que pagar la deuda, desempeñando mi palabra.

Con esto me ha sido forzoso apartarme lo más que fue posible de lo que antes tenía escrito. Pecados tuvo Esaú, que, cansado en seguir y matar la caza, causasen llevarle Jacob la bendición[2].

Verdaderamente habré de confesarle a mi concurrente —sea quien dice o diga quien sea— su mucha erudición, florido ingenio, profunda ciencia, grande donaire, curso en las letras humanas y divinas, y ser sus discursos de calidad que le

---

[1] *poner en condición:* exponer, poner en peligro.
[2] *Génesis,* 27.

quedo invidioso y holgara fueran míos. Mas déme licencia que diga con los que dicen que, si en otra ocasión fuera désta se quisiera servir dellos, le fueran trabajos tan honrados, que cualquier muy grave supuesto[3] pudiera descubrir su nombre y rostro; mas en este propósito fue meter en Castilla monedas de Aragón. Sucedióle lo que muchas veces vemos en las mujeres, que miradas por faiciones cada una por sí es de tanta perfeción, que, satisfaciendo a el deseo, ni tiene más que apetecer ni el pincel que pintar; empero, juntas todas, no hacen rostro hermoso. Y anduvo discreto haciendo lo que acostumbran los que salen embozados a dar lanzada, confiados en su diestreza; mas, como de suyo son suertes de ventura, si aciertan se descubren, y si la yerran, para siempre se niegan. En cualquier manera que haya sido, me puso en obligación, pues arguye que haber tomado tan excesivo y escusado trabajo de seguir mis obras nació de haberlas estimado por buenas. En lo mismo le pago siguiéndolo. Sólo nos diferenciamos en haber él hecho segunda de mi primera y yo en imitar su segunda. Y lo haré a la tercera, si quisiere de mano hacer el envite, que se lo habré de querer por fuerza, confiado que allá me darán lugar entre los muchos[4]. Que, como el campo es ancho, con la golosina del sujeto[5], a quien también ayudaría la codicia, saldrán mañana más partes que conejos de soto ni se hicieron glosas a la bella en tiempo de Castillejo[6].

Advierto en esto que no faciliten las manos a tomar la pluma sin que se cansen los ojos y hagan capaz a el entendimien-

---

[3] *supuesto:* persona de alta posición.

[4] *los muchos:* «don Samuel Gili entiende que se trata de un helenismo semántico, por "los muertos"; creo más bien que Alemán se refiere a los muchos competidores o continuadores que prevé» (FR).

[5] *sujeto:* tema.

[6] La cancioncilla de *la bella* malmaridada fue seguramente la más famosa y glosada del Siglo de Oro (llegó a dar título y tema a una comedia de Lope), hasta el punto de que sus versos se proverbializaron y pronto hubo quien quiso defenderla graciosamente de tales entusiasmos: «¡Oh bella malmaridada, / a qué manos has venido, / mal casada y mal trobada, / de los poetas tratada / peor que de tu marido.» Cfr. la documentada nota de J. Romeu y Figueras a su edición del *Cancionero Musical de Palacio,* Barcelona, 1965, págs. 361-364. Alemán menciona a Castillejo porque fue, efectivamente, uno de los glosadores más famosos (cfr. sus *Obras,* II, págs. 121-122).

to; no escriban sin que lean, si quieren ir llegados a el asump-
to, sin desencuadernar el propósito. Que haberse propuesto
nuestro Guzmán, un muy buen estudiante latino, retórico y
griego, que pasó con sus estudios adelante con ánimo de profesar el estado de la religión, y sacarlo de Alcalá tan distraído y
mal sumulista[7], fue cortar el hilo a la tela de lo que con su vida
en esta historia se pretende, que sólo es descubrir —como atalaya— toda suerte de vicios y hacer atriaca[8] de venenos varios
un hombre perfeto, castigado de trabajos y miserias, después
de haber bajado a la más ínfima de todas, puesto en galera por
curullero[9] della.

Dejemos agora que no se pudo llamar «ladrón famosísimo»
por tres capas que hurtó[10], aun fuesen las dos de mucho valor
y la otra de parches, y que sea muy ajeno de historias fabulosas
introducir personas públicas y conocidas, nombrándolas por
sus proprios nombres. Y vengamos a la obligación que tuvo de
volverlo a Génova, para vengar la injuria, de que dejó amena-
zados a sus deudos, en el último capítulo de la primera parte,
libro primero[11]. Y otras muchas cosas que sin quedar satisfe-
chas pasa en diferentes, alterando y reiterando, no sólo el caso,
mas aun las proprias palabras. De donde tengo por sin duda la
dificultad que tiene querer seguir discursos ajenos; porque los
lleva su dueño desde los principios entablados a cosas que no
es posible darles otro caza, ni aunque se le comuniquen a boca.

---

[7] *distraído:* aquí, «entregado a una vida licenciosa y desordenada» *(Autoridades); sumulista:* 'estudiante de lógica', pues *súmulas* eran los tratados elementales
de tal materia. Comp. Salas Barbadillo, *La hija de Celestina,* pág. 139: «este estilo
y corriente bárbara se ha dejado solamente para los estudiantes sumulistas porque, como nuevos en las escuelas, tienen dispensación...».

[8] *atriaca:* triaca, antídoto. Sobre tal concepto y el de *atalaya,* cfr. la introducción y, por ejemplo, H. S. D. Smith, «The *Pícaro* turns preacher», págs. 394-395,
o M. Cavillac, *Gueux et marchands,* pág. 137.

[9] *curullero:* el más forzado de los forzados en la galera (cfr. II, iii, 9, en especial n. 24).

[10] Cfr. M. Luján, *Segunda parte,* iii, 9 y 11, así como lo dicho en la introducción sobre las alusiones al falso *Guzmán.*

[11] Es un curioso lapsus, pues debiera decir 'capítulo primero' y 'último libro'
(se refiere al final de I, iii, 1, tras la pesada burla de sus parientes genoveses:
«Mas no me la quedaron a deber, como lo verás en la segunda parte»). En cuanto a lo que dice inmediatamente, entiéndase «en diferentes [capítulos o partes]»
del falso *Pícaro.*

Porque se quedan arrinconados muchos pensamientos de que su proprio autor aun con trabajo se acuerda el tiempo andando, la ocasión presente, como a el rey don Fernando de Zamora para la infanta doña Urraca, su hija[12].

Esto no acusa falta en el entendimiento, que no lo pudo ser pensar otro mis pensamientos; mas dice temeridad, cuando se sale a correr con quien es necesario dejarlo muy atrás o no venir a el puesto[13].

Si aquí los frasis[14] no fueren tan gallardos, tan levantado el estilo, el decir suave, gustosas las historias ni el modo fácil, doy disculpa, si necedades la tienen, ser necesario mucho, aun para escrebir poco, y tiempo largo para verlo y emendarlo. Mas teniendo hecha mi tercera parte y caminando en ella con el consejo de Horacio[15] para poderla ofrecer, que será muy en breve, no se pudo escusar este paso, como el que lo es tan forzoso a los fines que pretendo. Recibe mi ánimo, que ha sido de servirte, que no siempre corre un tiempo, influyen favorables las estrellas ni acuden a Calíope los caprichos.

---

[12] Según la tradición épica, el rey Fernando I, que se había olvidado de sus hijas al hacer testamento, movido de las quejas de doña Urraca, le dejó Zamora (y en el romance sella su decisión con las palabras recordadas al final de II, ii, 6: «Quien vos la quitare, hija, / la mi maldición le caiga»). Cfr. R. Menéndez Pidal, «Morir vos queredes, padre», en *Estudios sobre el romancero*, Madrid, 1973, páginas 107-123.

[13] *puesto:* en las justas y torneos, el lugar de donde salían los caballeros (cfr. I, ii, 9, n. 25).

[14] *frasis:* 'modos de expresión'.

[15] Guardar un escrito al menos durante nueve años *(Arte poética,* 388-390). Sobre la *tercera parte* prometida, cfr. la introducción y la última nota al texto.

EL ALFÉREZ LUIS DE VALDÉS

A MATEO ALEMÁN

ELOGIO

Como si no fuesen hermanas las armas y las letras[1], así me querrá decir algún bachiller que siga la milicia y deje los elogios, pareciéndole negocio muy diferente. Pues ya le podría señalar no uno, pero Césares muchos y tan diestros en las letras, como bien disciplinados en las armas. Y para quitarles la ocasión, que no digan me adelanto en usurpar oficio de orador, teniéndome por demasiadamente atrevido, me iré apartando de su peligroso estilo, adular y ostentar, acogiéndome a lo seguro de mis trincheas[2] en referir la verdad, tan propio en un soldado como la espada y el coselete[3]. Seré un eco, ya que no cronista, de lo que vi, oí, traté y supe, dondequiera que me hallé, que ha sido en muchas y diferentes naciones. Cumpliré con mi deseo sin poder ser calumniado, hallándome para mí desinteresado y libre; que siempre amor, interés o miedo corrompieron la justicia. Mas como sea tan justo premiarse los trabajos, animando a los virtuosos con un grito siquiera, como en la guerra, dándole por paga un agradecimiento, que siendo verdadero es un verdadero tesoro, he querido, viendo tan dormi-

---

[1] Tal hermandad fue esencial a la concepción renacentista del mundo, y la más conocida de sus formulaciones es sin duda uno de los discursos de *Don Quijote*, I, xxxvii-xxxviii.

[2] *trincheas:* trincheras.

[3] *coselete:* armadura ligera —a menudo de cuero— que protegía el tronco y la cabeza.

dos a tantos, tomar la pluma por ellos, aunque menos obligado al común parecer, en razón de mi profesión; mas al mío, ninguno me la gana.

Todos le somos deudores y justamente merece de todos dignas alabanzas, pues lo conocemos por el primero que hasta hoy con estilo semejante ha sabido descomulgar los vicios con tal suavidad y blandura, que siendo para ellos un áspid ponzoñoso, en dulce sueño les quita la vida[4]. Ofrecer píldoras de acíbar para descargar la cabeza, muchos médicos lo hacen, y pocos o ningún enfermo han gustado de mascarla ni tocarla con la lengua y adulzarla de modo que, poniendo deseos de comerla, causando general golosina, sólo Mateo Alemán le halló el punto[5], enseñando sus obras cómo sepamos gobernar las nuestras, no con pequeño daño de su salud y hacienda, consumiéndolo en estudios. Y podremos decir dél no haber soldado más pobre, ánimo más rico ni vida más inquieta con trabajos que la suya, por haber estimado en más filosofar pobremente, que interesar adulando. Y como sabemos dejó de su voluntad la Casa Real, donde sirvió casi veinte años, los mejores de su edad, oficio de Contador de resultas de su Majestad el rey Felipe II, que está en gloria, y en otros muchos muy graves negocios y visitas que se le cometieron, de que siempre dio toda buena satisfación, procediendo con tanta rectitud, que llegó a quedar de manera pobre que, no pudiendo continuar sus servicios con tanta necesidad, se retrujo a menos ostentación y obligaciones.

Empero, si por aquí careció de bienes de fortuna, no le faltan dotes en el alma, que son de mucho mayor estimación y precio, y ninguno podrá preciarse de más glorias. Oigan las lenguas de los hombres y las verán pregonar sus alabanzas, no menos en España, donde no es pequeña maravilla consentir profeta de su nación, mas en toda Italia, Francia, Flandes y Alemania, de que puedo deponer de oídas y vista juntamente, y que jamás oí mentar su nombre sin grandioso epíteto, hasta llamarle muchos «el español divino». ¿Quién como él en menos de tres años y en sus días vio sus obras traducidas en tan varias lenguas, que, como las cartillas en Castilla, corren sus li-

---

[4] Cfr. Plinio, *Historia natural*, XXIX, xviii, y, aquí, II, i, 3, n. 4.
[5] Cfr. I, i, 3, n. 17.

bros por Italia y Francia?[6]. ¿Qué autor escribió, que al tiempo
y cuando quiso sacar sus trabajos a luz, apenas habían salido
del vientre de la emprenta, cuando —como dicen— entre las
manos de la comadre no quedasen ahogadas y muertas? Y las
que salieron vivas, que alcanzaron a gozar de alguna vida,
¿cuáles, como las de nuestro autor, salieron con tan ligeras
alas, que hiriendo las de la fama la hiciesen volar con tal velo-
cidad por todo el mundo, sin dejar tan remota provincia donde
con ellas no hayan llegado y se les haya hecho famoso recebimiento? ¿De cuáles obras en tan breve tiempo se vieron hechas tantas impresiones, que pasan de cincuenta mil cuerpos
de libros[7] los estampados y de veinte y seis impresiones las que
han llegado a mi noticia que se le han hurtado, con que muchos han enriquecido, dejando a su dueño pobre? ¿A quién,
sino para él, halló cerradas las puertas la murmuración, o
quién supo tan bien hacer huir la malicia?

Si esto es así o si para las evidentes matemáticas es necesaria
prueba de testigos, dígalo el mejor del mundo, la universidad
insigne de Salamanca, donde celebrándolo allí los mejores ingenios della, les oí a muchos que, como a su Demóstenes los
griegos y a Cicerón los latinos, puede la lengua castellana tener
a Mateo Alemán por príncipe de su elocuencia, por haberla escrito tan casta y diestramente con tantas elegancias y frasis[8].
Bien lo sintió ser así un religioso agustino, tan discreto como

---

[6] Pero, que yo sepa, cuando Valdés escribe esto sólo había aparecido la traducción francesa de Gabriel Chappuys, París, 1600. La primera traducción italiana es la de Barezzo Barezzi, publicada en Venecia en 1606. Cfr. E. Cros, *Protée*, págs. 23 y 455-460. Se diría, por otra parte, que los sevillanos ilustres tenían
una especial propensión a la divinidad, por el también «divino Herrera».

[7] *cuerpos de libros:* ejemplares, volúmenes.

[8] No es pequeño este elogio, porque a la zaga de la idea de la evolución de
los imperios (Grecia, Roma, España, con deliberada preterición de Italia) se fra-
guaron en las décadas cercanas al *Guzmán* unas cuantas familias literarias (algunas más discutidas que otras, como la sucesión Homero, Virgilio, Góngora), y
el lugar que el alférez Valdés le reserva a Alemán estaba asignado, por unanimi-
dad, a fray Luis de Granada, «que es el Cicerón castellano» (Prete Jacopín, *Observaciones*, v). Comp. Quevedo, *La España defendida*, págs. 162-163: «¿Sonó por
ventura, Jerardo Mercator, la eleganzia griega mejor en los labios [de] Demóstenes, Eschines o Isócrates, o la latina en Cicerón u Hortensio, que la española en
las obras de frai Luis de Granada?» (y cfr. *El crótalon. Anuario de Filología Española*, II [1985], pág. 449).

docto, que sustentó en aquella universidad, en un acto público, no haber salido a luz libro profano de mayor provecho y gusto hasta entonces, que la primera parte deste libro.

Testifica esta verdad el valenciano que, negando su nombre, se fingió Mateo Luján, por asimilarse a Mateo Alemán. Y aunque lo pudo hacer en el nombre y patria, en las obras no le fue posible, sin que se descubriese su malicia y haberlo hecho movido de codicia del interés que se le pudo seguir: no sería poco, pues en el mismo año que salió lo compré yo en Flandes impreso en Castilla, creyendo ser ligítimo, hasta que, a poco leído, mostró las orejas fuera del pellejo y fue conocido[9].

Dejemos esto y dígase de los que, admirados de tanta profundidad, lo quisieron ahijar a diferentes padres tan doctos y supuestos[10] tan graves, que anduvieron buscándole cada uno el de más vivo ingenio, más docto y de singular elocuencia, de quien tuvo concepto que pudiera hacer obra tan peregrina y admirable. Que todo arguye y cambia en mayor gloria de su verdadero autor.

Ya saldrán de su duda cuando hayan visto su *San Antonio de Padua*, que por voto que le hizo de componer su vida y milagros tardó tanto en sacar esta segunda parte. Verán cuán milagrosamente trató dellos, y aun se podía decir de milagro, pues yéndolo imprimiendo y faltando la materia, supe por cosa cierta que de anteanoche componía lo que se había de tirar en la jornada siguiente, por tener ocupación forzosa en que asistir el día necesariamente. Y en aquellas breves horas de la noche le vieron acudir a lo forzoso de sus negocios, a contar y escoger papel para dar a los impresores, a componer la materia para ellos y a otras cosas importantes a su persona y casa, que cualquiera destas ocupaciones pedían un hombre muy entero. Y lo que desta manera escribió, que fue todo el tercero libro —no obstante que todo él enteramente es en lo que más mostró el océano de su ingenio, pues en él hallarán un riquísimo tesoro

---

[9] Alude a la divulgadísima fábula del asno disfrazado de león, de raigambre esópica (cfr. núm. 188). Comp. II, i, 8, *ca.* n. 5. *Vid.*, por lo demás, R. Foulché-Delbosc, «Bibliographie», págs. 513-514 y 504-512, con lo dicho en nuestra introducción y varias notas a esta *Segunda parte* auténtica.

[10] *supuestos:* cfr. arriba, «Letor», n. 3.

de varias historias, moralizadas y escritas con su elegancia, que es con lo que más puedo encarecerlo—, es el esmalte que se descubre más en aquella joya, como lo dicen cuantos della pudieron alcanzar parte[11].

¿Qué diré, pues, agora desta segunda de su *Guzmán de Alfarache* y tiempo en que la compuso, que parece imposible, por apartarse de la que antes había hecho, por habérsela querido contrahacer con la relación que della tuvieron? Ésta dará testimonio de sí, enfrenando a los atrevidos que con tanta temeridad se quieren despeñar vanamente. Si todo lo dicho es verdad; si lo aprueban los doctos, no negándolo el vulgo; si lo confiesa el mundo, porque halla cada uno lo que su gusto le pide, que por tan dificultoso lo pinta Horacio[12]; si debajo de nombre profano escribe tan divino, que puede servir a los malos de freno, a los buenos de espuelas, a los doctos de estudio, a los que no lo son de entretenimiento y, en general, es una escuela de fina política, ética y euconómica[13], gustosa y clara, para que como tal apetecida la busquen y lean, ¿qué le doy? ¿Qué hago en esto más de pagarle lo que tan justamente se le debe?

¡Oh Sevilla dichosa, que puedes entre tus muchas grandezas y como una de las mayores engrandecerte con tal hijo, cuyos trabajos y estudios indefesos[14], igualándose a los más aventajados de los latinos y griegos, han merecido que las naciones del universo, celebrando su nombre, con digno lauro le canten debidas alabanzas!

---

[11] El *San Antonio de Padua* apareció en Sevilla, 1604, unos meses antes que esta *Segunda parte.*

[12] En *Epístolas,* II, ii, 58-63. Cfr. *Lazarillo,* prólogo, n. 6, y aquí, I, 1, 2, *ca.* n. 64 («no hay vasija que mida los gustos ni balanza que los iguale: cada uno tiene el suyo...»), o I, «Elogio», n. 11.

[13] Como los *Proverbios morales* de Alonso de Barros, que, según el prólogo de Alemán, contenían «la quinta esencia de la ética, política, económica» *(apud* R. Foulché-Delbosc, «Bibliographie», pág. 486). Cfr. M. Cavillac, *Gueux et marchands,* págs. 139-140.

[14] *indefesos:* incansables.

AL LIBRO ET AL AUCTORE, FATTO
DA UN SUO AMICO[1]

Sotto una bella et poetica fintione
con troppo ingegno e arte fabricata,
non manco degna d'esser celebrata,
che la *Metamorphosis* di Nasone,
    la vita scelerata d' un poltrone
vedrai con alto stil fabuleggiata,
acció che la virtù sia cercata,
lasciato il vitio, d' ogni mal cagione.
    Proccacia, come accorto uccelatore,
col battuto e pentito prigioniero
pigliar ogni cattivo il saggio auctore,
    le cui lodi cantara volontiero:
ma per lor moltitudine e splendore,
bisogna che le canti un altro Homero.

---

[1] Verosímilmente, Juan Bautista del Rosso (cfr. D. McGrady, «Was Mateo Alemán in Italy?», pág. 150). Por lo demás, sólo efectúo los cambios imprescindibles en la grafía de los poemas no españoles.

FRATRIS CUSTODII LUPI, LUSITANI, ORDINIS SANCTISSIMAE TRINITATIS, DE LIBRI UTILITATE

EPIGRAMMA

Sunt duo quae pariter virtus perfecta requirit:
  Quod prave nunquam, quod bene semper agas.
Haec tibi si cupias ullo ne tempore desint,
  Auctoris geminum perlege, lector, opus.
Antoni nunquam ponat tua dextera librum[2]
  Nec tibi Guzmani pagina displiceat.
Si referas divi mores, infanda prophani
  Si scelera abiicias, omnia puncta feres.
Reddite Matthaeo grato pro munere grates,
  Quo duce conspicuum fit pietatis iter.
Planius hoc fiet, postquam ex incudibus auctor
  Sustulerit plenos utilitate libros.

---

[2] *Antoni... librum:* el *San Antonio de Padua.*

DEL MISMO

SONETO

La Vida de Guzmán, mozo perdido,
por Mateo Alemán historïada,
es una voz del cielo al mundo dada
que dice: «Huid de ser lo que éste ha sido.»
Señal es del peligro conocido
adonde fue la nave zozobrada,
con que la sirte queda señalada
por donde a tantos males ha venido.
El delicado estilo de su pluma
advierte en una vida picaresca
cuál deba ser la honesta, justa y buena.
Esta ficción es una breve suma,
que, aunque entretenimiento nos parezca,
de morales consejos está llena.

AD MATTHAEUM ALEMANUM

DE SUO GUZMANO

τετράδιστιχον

RUY FERNÁNDEZ DE ALMADA

Vilibus exemplis Pharii[3] quid grandia caelant?
  Planaque cur simulant abditiore typo?
Nempe vetant Sophiae mysteria prodere vulgo
  Intimiusque animo pressa figura manet.
His ducibus, Guzmane, geris, ceu Proteus alter[4],
  Plana sub obscuro, magna minore typo.
Ergo cum scite, Ματθαίε, μάθηματα dones,
  Te sibi ματαίον Hispalis alma canat[5].

---

[3] *Phari:* los egipcios.
[4] *Proteus alter:* sin duda por compartir la versatilidad del pastor mitológico (cfr. E. Cros, *Protée*, págs. 88-89).
[5] μάθηματα: enseñanzas; ματαίον: vano, inútil.

IOANNIS RIBERII LUSITANI AD AUCTOREM

ENCOMIASTICHON

Laus, Matthaee, tibi superest post fata perennis,
  Quam nullo minuet tempore tempus edax.
Orbe pererrato virtutem extendere factis,
  Pactum ingens, opus est Martis et artis opus.
Fortunam maior variam superare labore,
  Herculeis maior viribus iste labor.
Maius opus, maior labor est coluisse Minervam:
  Maior et ex proprio condere Marte libros.
Heroas decorare solent duo nomina, Mars, Ars:
  Munera tu pariter Martis et Artis habes.
Mars dedit invictum, quo tendis ad ardua, pectus;
  Excoluit mentem docta Minerva tuam.
Ingenii monumenta tui super aethera nota
  Testantur larga praestita dona manu.
Multa Hispana canit Musa; atqui nullus Ibera
  Dogmata pinxit adhuc φέρτερος ἐν μεθόδῳ[6].
Testis hic est codex modico qui venditur aere:
  Attalicas[7] superant, quas dabit emptus, opes.
Cuius ab aspectu morsus compressit inanes.
  Invidia, heu multis iniuriosa nimis.
Zoile, transverso calamo qui vulnera figis,
  I procul; en contra numina bella paras?

---

[6] *nullus* φέρτερος ἐν μεθόδω: «ninguno mejor en el método, de modo más excelente» (FR).

[7] *Attalicas:* por Átalo, rey de Pérgamo famoso por sus riquezas.

Contra Mercurium, Phoebum contraque Minervam,
   Mortalis poterit tela movere manus?
Quisquis avarus ades, redimis qui sanguine gemmas,
   Gemma tibi parvo venditur aere, veni.
Hauris ab effossa pretiosa pericula terra:
   Hic liber arcanas fundet et addet opes.
Decolor est dives, fulvo quod pallet in auro:
   Non sunt divitiae delitiaeque simul.
At liber hic auri venis qui pulcher abundat,
   Nunc tibi delitias divitiasque dabit.
Aureus hic certe gemma est pretiosa libellus;
   Quis tenui gemmam respuas aere datam?

EL LICENCIADO MIGUEL DE CÁRDENAS[8] CALMAESTRA A MATEO ALEMÁN

SONETO

Que entre las armas del heroico Aquiles
templen su lira el griego y mantüano,
y entone el verso el cordobés Lucano
para las disensiones más civiles[9];

que con sentencias graves y sutiles
alumbre al mundo el orador romano,
y entre la fértil pluma del toscano,
sabia Helicona, tu licor destiles,

hazaña es alta y mucha gallardía,
aunque los hizo fáciles y prestos
la ocasión, los sujetos y la historia.

Pero que de la humilde picardía
Mateo Alemán levante a todos éstos,
ejemplo es digno de immortal memoria[10].

---

[8] «Uno de los muchos Cárdenas de la época de quien nada sabemos» (FR). Cfr. D. Alonso, *En torno a Lope,* Madrid, 1972, pág. 189.

[9] Recuerda el principo de la *Farsalia:* «Bella... plus quam civilia cano» (y de ahí, con la ayuda de la primera de las *Coplas de los pecados mortales* de Juan de Mena, la acepción *civil* 'cruel' [FR]). *El griego y mantuano* son, naturalmente, Homero y Virgilio.

[10] Como en la *Primera parte,* tras los poemas vienen la *Tabla de lo contenido en este libro* (transcrita en el índice del presente tomo, como también en el primero) y el retrato de Alemán grabado en madera. (Por no estar entero el del único ejemplar conocido de la edición lisboeta, lo reproducimos tomándolo de la *Primera parte* de Sevilla, 1602.)

Retrato (grabado en madera)

Libro primero
de la segunda parte
de Guzmán de Alfarache

DONDE CUENTA LO QUE LE SUCEDIÓ
DESDE QUE SIRVIÓ A EL EMBAJADOR,
SU SEÑOR, HASTA QUE SALIÓ DE ROMA

CAPÍTULO PRIMERO

GUZMÁN DE ALFARACHE DISCULPA EL PROCESO DE SU DISCURSO, PIDE ATENCIÓN Y DA NOTICIA DE SU INTENTO

Comido y reposado has en la venta. Levántate, amigo, si en esta jornada gustas de que te sirva yendo en tu compañía; que, aunque nos queda otra para cuyo dichoso fin voy caminando por estos pedregales y malezas, bien creo que se te hará fácil el viaje con la cierta promesa de llevarte a tu deseo. Perdona mi proceder atrevido, no juzgues a descomedimiento tratarte desta manera, falto de aquel respeto debido a quien eres. Considera que lo que digo no es para ti, antes para que lo reprehendas a otros que como yo lo habrán menester.

Hablando voy a ciegas y dirásme muy bien que estoy muy cerca de hablar a tontas, pues arronjo[1] la piedra sin saber adónde podrá dar, y diréte a esto lo que decía un loco que arronjaba cantos. Cuando alguno tiraba, daba voces diciendo: «¡Guarda, hao!, ¡guarda, hao!, todos me la deben, dé donde diere»[2]. Aunque también te digo que como tengo las hechas

---

[1] *arronjo:* arrojo.

[2] El cuentecillo, sin duda popular («que hay locos que echan cantos», dice Quevedo, *Obra poética,* núm. 554, v. 13), es muy afín, en todos sus aspectos, al que once años después cuenta Cervantes en el prólogo a la segunda parte del *Quijote,* y aunque en Alemán la anécdota es algo distinta y mucho más concisa, en su fondo está también la expresión *echar cantos,* «estar loco y furioso, porque no reparan en lo que hacen ni advierten el daño que pueden causar» *(Autoridades).* Cfr. F. Rodríguez Marín, *Don Quijote,* IX, apéndice XXIII, y aquí, II, ii, 8, n. 8.

tengo sospechas[3]. A mí me parece que son todos los hombres como yo, flacos, fáciles, con pasiones naturales y aun estrañas. Que con mal sería, si todos los costales fuesen tales. Mas como soy malo, nada juzgo por bueno: tal es mi desventura y de semejantes.

Convierto las violetas en ponzoña, pongo en la nieve manchas, maltrato y sobajo con el pensamiento la fresca rosa. Bien me hubiera sido en alguna manera no pasar con este mi discurso adelante, pues demás que tuviera escusado el serte molesto, no me fuera necesario pedirte perdón, para ganarte la boca[4] y conseguir lo que más aquí pretendo; que aún muchos y quizá todos los que comieron la manzana[5] lo juzgarán por impertinente y superfluo; empero no es posible. Porque, aunque tan malo cual tienes de mí formada idea, no puedo persuadirme que sea cierta, pues ninguno se juzga como lo juzgan. Yo pienso de mí lo que tú de ti. Cada uno estima su trato por el mejor, su vida por la más corregida, su causa por justa, su honra por la mayor y sus eleciones por más bien acertadas[6].

Hice mi cuenta con el almohada, pareciéndome, como es verdad, que siempre la prudente consideración engendra dichosos acaecimientos; y de acelerarse las cosas nacieron sucesos infelices y varios, de que vino a resultar el triste arrepentimiento. Porque dado un inconveniente, se siguen dél infinitos. Así, para que los fines no se yerren, como casi siempre sucede, conviene hacer fiel examen de los principios, que hallados y elegidos, está hecha la mitad principal de la obra[7] y dan de sí un resplandor que nos descubre de muy lejos con indicios naturales lo por venir. Y aunque de suyo son en sustancia peque-

---

[3] Comp. el capítulo siguiente, *ca.* n. 54: «¿Qué maravilla es ... que haya sospechas donde no faltan hechas?»

[4] *ganar la boca:* convencer, «persuadir y procurar a uno a que siga alguna opinión u dictamen, obligándole y precisándole a que calle y disimule el que tenía en contrario» *(Autoridades).*

[5] *los que comieron la manzana:* 'los pecadores', es decir, 'todos los hombres'.

[6] Pues «los hombres aman lo suyo» (cfr. I, iii, 4, n. 10).

[7] Es lugar común: «Dimidium facti qui coepit habet» (Horacio, *Epístolas,* I, ii, 40; pero ya lo habían dicho Platón y Aristóteles: cfr. Juan de Aranda, *Lugares comunes,* fol. 58v, y aquí, I, ii, 2, n.18); «Buen principio, la mitad es hecho. Díjolo el latino y también el griego» (Correas). Vienen ejemplos españoles en *La Dorotea,* pág. 255, n. 123 (y un par de ellos añade FR).

ños, en virtud son muy grandes y están dispuestos a mucho, por lo cual se deben dificultar cuando se intentan, procurando todo buen consejo. Mas ya resueltos una vez, por acto de prudencia se juzga el seguirlos con osadía, y tanto mayor, cuanto fuere más noble lo que se pretende con ellos.

Y es imperfección y aun liviandad notable comenzar las cosas para no fenecerlas, en especial si no las impiden súbitos y más graves casos, pues en su fin consiste nuestra gloria. La mía ya te dije que sólo era de tu aprovechamiento, de tal manera que puedas con gusto y seguridad pasar por el peligroso golfo del mar que navegas. Yo aquí recibo los palos y tú los consejos en ellos. Mía es la hambre y para ti la industria como no la padezcas. Yo sufro las afrentas de que nacen tus honras.

Y pues has oído decir que aquese te hizo rico, que te hizo el pico[8], haz por imitar a el discreto yerno que sabe con blandura granjear del duro suegro que le pague la casa, le dé mesa y cama, dineros y esposa con quien se regale, abuelos que como esclavos y truhanes críen, sirvan y entretengan a sus hijos. Ya tengo los pies en la barca, no puedo volver atrás. Echada está la suerte, prometido tengo y —como deuda— debo cumplirte la promesa en seguir lo comenzado.

El sujeto es humilde y bajo. El principio fue pequeño; lo que pienso tratar, si como buey lo rumias, volviéndolo a pasar del estómago a la boca, podría ser importante, grave y grande. Haré lo que pudiere, satisfaciendo al deseo. Que hubiera servido de poco alborotar tu sosiego habiéndote dicho parte de mi vida, dejando lo restante della.

Muchos creo que dirán o ya lo han dicho: «Más valiera que ni Dios te la diera ni así nos la contaras, porque siendo notablemente mala y distraída[9], fuera para ti mejor callarla y para los otros no saberla.» Lejos vas de la verdad, no aciertas con la razón en lo que dices ni creo ser sano el fin que te mueve; antes me causa sospecha que, como te tocan en el aj[10] y aun con

8 «Ese te hizo...», en Correas.

9 *distraída:* cfr. «Letor», n. 7

10 *aj:* pupa, herida, llaga (y en su origen «voz de dolor y sentimiento ... muy ordinaria en los niños» [Covarrubias]; como muestra el párrafo de Alemán, es propia de quejicas y melindrosos).

sólo el amagarte, sin que te lleguen te lastiman. Que no hay cuando a el disciplinante le duela y sienta más la llaga que se hizo él proprio, que cuando se la curan otros.

O te digo verdades o mentiras. Mentiras no (y a Dios pluguiera que lo fueran, que yo conozco de tu inclinación que holgaras de oírlas y aun hicieras espuma con el freno); digo verdades y hácensete amargas. Pícaste dellas, porque te pican. Si te sintieras con salud y a tu vecino enfermo, si diera el rayo en cas de Ana Díaz[11], mejor lo llevaras, todo fuera sabroso y yo de ti muy bien recebido. Mas para que no te me deslices como anguilla, yo buscaré hojas de higuera contra tus bachillerías[12]. No te me saldrás por esta vez de entre las manos.

Digo —si quieres oírlo— que aquesta confesión general que hago, este alarde público que de mis cosas te represento, no es para que me imites a mí; antes para que, sabidas, corrijas las tuyas en ti. Si me ves caído por mal reglado, haz de manera que aborrezcas lo que me derribó, no pongas el pie donde me viste resbalar y sírvate de aviso el trompezón que di. Que hombre mortal eres como yo y por ventura no más fuerte ni de mayor maña. Da vuelta por ti, recorre a espacio y con cuidado la casa de tu alma, mira si tienes hechos muladares asquerosos en lo mejor della y no espulgues[13] ni murmures que en casa de tu vecino estaba una pluma de pájaro a la subida de la escalera.

---

[11] Pues la indiferencia ante la desdicha ajena podía decirse con el refrán «Allá darás rayo, en casa de Ana Díaz» (Correas, con más versiones: «... en cas de Tamayo», «...en cas de Ana Gómez»). Cfr. *Don Quijote*, IV, pág. 212.

[12] *bachillerías:* 'astucias', aunque podía tener también otros significados (cfr. Juan de Valdés, *Diálogo de la lengua*, págs. 185-186, y M. Joly, *La bourle*, páginas 106-108). Por lo demás, «los que con facilidad quiebran sus palabras y se quitan dellas con delgadezas y sutilezas son comparados a las anguillas lúbricas y deleznables, que, presas, se escurren entre las manos. Y para significar la cautela con que a los tales suelen entretenerlos y obligarlos, pintan un pescador que levanta del agua una anguilla revuelta en hojas de higuera, las cuales son tan ásperas y tenaces que no la consiente escurrirse» (Covarrubias). El motivo se hizo famoso por un emblema de Alciato, el núm. XXI («El engañador asido», en la traducción de Bernardino Daza, pág. 116), muy recordado en la literatura española del Siglo de Oro. Sobre el inminente *alarde público*, cfr. M. Cavillac, *Gueux et marchands*, pág. 351.

[13] *espulgar:* escudriñar (cfr. I, i, 4, n. 16).

Ya dirás que te predico y que cuál es el necio que se cura con médico enfermo[14]. Pues quien para sí no alcanza la salud, menos la podrá dar a los otros. ¿Qué condito cordial[15] puede haber en el colmillo de la víbora o en la puntura del alacrán? ¿Qué nos podrá decir un malo, que no sea malo?

No te niego que lo soy; mas acontecerme ha contigo lo que al diestro trinchante a la mesa de su amo, que corta curiosa y diligentemente la pechuga, el alón, la cadera o la pierna del ave y, guardando respeto a las calidades de los convidados a quien sirve, a todos hace plato, a todos procura contentar: todos comen, todos quedan satisfechos, y él solo sale cansado y hambriento[16].

A mi costa y con trabajos proprios descubro los peligros y sirtes para que no embistas y te despedaces ni encalles adonde te falte remedio a la salida. No es el rejalgar[17] tan sin provecho, que deje de hacerlo en algo. Dineros vale y en la tienda se vende. Si es malo para comido, aplicado será bueno. Y pues con él empozoñan sabandijas dañosas, porque son perjudiciales, atriaca sería mi ejemplo para la república, si se atoxigasen[18] estos animalazos fieros, aunque caseros y al parecer domésticos, que aqueso es lo peor que tienen, pues figurándosenos humanos y compasivos, nos fiamos dellos. Fingen que lloran de nuestras miserias y despedazan cruelmente nuestras carnes con tiranías, injusticias y fuerzas.

¡Oh si valiese algo para poder consumir otro género de fieras! Éstos que lomienhiestos y descansados andan ventole-

---

[14] La idea, que expone y glosa Villalobos en sus *Problemas,* pág. 423 («¿Por qué el físico doliente / del mal que en sí nunca sana / promete de buena gana / la salud a otro paciente?» [FR]), es frecuente en la oratoria sagrada («dirás que te predico», anticipa Guzmán), como señala bien H. S. D. Smith, «The *Pícaro* turns preacher», pág. 393. En el fondo está un pasaje bíblico: «Medice, cura te ipsum» (Lucas, 4, 23).

[15] *condito cordial:* remedio medicinal y «preservativo» de gran eficacia (cfr. *San Antonio de Padua,* II, iii, fol. 87r). *Vid.* sobre estos párrafos M. Cavillac, *Gueux et marchands,* pág. 134 (y comp. arriba, «Letor», *ca.* n. 8).

[16] La imagen del trinchante fue también frecuente en boca de los predicadores (cfr. H. S. D. Smith, *loc. cit.).*

[17] *rejalgar:* combinación venenosa violentísima.

[18] *atoxigar:* «matar con veneno» (Covarrubias).

ros[19], desempedrando calles, trajinando el mundo, vagabundos, de tierra en tierras, de barrio en barrios, de casa en casas, hechos espumaollas[20], no siendo en parte alguna de algún provecho ni sirviendo de más que —como los arrieros en la alhóndiga[21] de Sevilla— de meter carga para sacar carga, llevando y trayendo mentiras, aportando nuevas, parlando chismes[22], levantando testimonios, poniendo disensiones, quitando las honras, infamando buenos, persiguiendo justos, robando haciendas, matando y martirizando inocentes. ¡Hermosamente parecieran, si todos perecieran! Que no tiene Bruselas tapicería tan fina[23], que tanto adorne ni tan bien parezca en la casa del príncipe, como la que cuelgan los verdugos por los caminos.

Premios y penas conviene que haya. Si todos fueran justos, las leyes fueran impertinentes; y si sabios, quedaran por locos los escritores. Para el enfermo se hizo la medicina, las honras para los buenos y la horca para los malos. Y aunque conozco ser el vicio tan poderoso, por nacer de un deseo de libertad, sin reconocimiento de superior humano ni divino, ¿qué temo, si mis trabajos escritos y desventuras padecidas tendrán alguna fuerza para enfrenar las tuyas, produciendo el fruto que deseo? Pues viene a ser vano y sin provecho el trabajo que se toma por algún respeto, si no se consigue lo que con él se pretende.

Mas como ni el retórico siempre persuade ni el médico sana ni el marinero aporta en salvamento, habréme de consolar con ellos, cumplidas mis obligaciones, dándote buenos consejos y

---

[19] *ventoleros:* hinchados, engreídos; *lomienhiestos:* desocupados («*andar lomienhiesto:* holgar y pasear, no trabajar, holgazanear» [Correas, y cfr. I, iii, 4, n. 7]).

[20] *espumaollas:* entiéndase 'bulliciosos, inquietos, ocupados en menesteres sin sustancia'. Comp. *La Pícara Justina,* III, i, pág. 627: «Otras veces, pardiez, espumaba la olla y se desespumaba la mar, y les decía con toda la cólera del mundo y del diablo y la carne: —¿Qué pensábades, que me había yo de estar aquí hecha monja entre dos paredes?»; y aquí mismo, II, ii, 4, *ca.* n. 24: «piratas, que no tienen ojo a más que desflorar lo guisado y comer el hervor de la olla» (o I, ii, 5, *ca.* ns. 23-24).

[21] *alhóndiga:* granero público.

[22] *parlar:* hablar sin ton ni son, charlar.

[23] Sobre la fama de las tapicerías flamencas, cfr. sólo Lope, *La Dorotea,* página 73, n. 25, y M. Herrero García, *Ideas de los españoles del siglo XVII,* págs. 422-426.

sirviéndote de luz, como el pedreñal[24] herido, que la sacan dél
para encenderla en otra parte, quedándose sin ella. De la misma forma el malo pierde la vida, recibe castigos, padece afrentas, dejando a los que lo ven ejemplo en ellas.

Quiero volverme a el camino, que se me representa en este
lugar lo que a los labradores y aun a los muy labrados cortesanos, cuando pasan por la Ropería[25], si acaso alzan los ojos a
mirar, que luego se arriman a ellos. Unos les tiran y otros esti-
ran, allí los llevan y acullá los llaman y no saben con cuáles ir
seguramente. Porque, pareciéndoles que todos engañan y
mienten, de ninguno se fían y andan muy cuerdos en ello. Yo
sé muy bien el porqué y lo que venden lo dice a voces. Ahora
bien, démosles lado, dejémoslos pasar, siquiera por las amistades que un tiempo me hicieron en comprarme prendas que
nunca compré, dándome dineros a buena cuenta de lo que les
había de vender y enseñándome a hacer de la noche a la mañana ropillas de capas, vendiendo los retazos para echar soletas[26].

O lo que suele suceder a el descuidado caminante que, sin
saber el camino, salió sin preguntarlo en la posada y, cuando
tiene andada media legua, suele hallarse a el pie de una cruz,
que divide tres o cuatro sendas a diferentes partes; y, empinán-
dose sobre los estribos, torciendo el cuerpo, vuelve la cabeza,
mirando quién le podrá decir por dónde ha de caminar; mas,
no viendo a quien lo adiestre, hace consideración cosmógrafa,
eligiendo a poco más o menos la que le parece ir más derecha
hacia la parte donde camina[27].

Veo presentes tantos y tan varios gustos, estirando de mí

---

[24] *pedreñal:* pedernal. En otra ocasión se ha servido Alemán de una imagen
afín, hablando también del ejemplo: la llama de la vela, que, a diferencia del pedernal, «arde y da luz» (Juan de Borja, *Empresas morales,* págs. 354-355, con
recuerdo de San Juan, 5, 35, y cfr. I, ii, 3, n. 19).

[25] La madrileña calle de la Ropería, en la que, como en todo centro comer-
cial, menudeaban los regateos, trapacerías y obstinación de los vendedores, alu-
didos también con frecuencia en la literatura de la época (ejemplos en FR).

[26] *soleta* (de *suela*): remiendo para los pies de las medias; la *ropilla* quedó definida en I, ii, 5, n. 23.

[27] La función prologal de este capítulo, como a su manera el primero de la
Primera parte, determina nuevamente el recuerdo del motivo de la encrucijada,
fundamental en la obra.

todos, queriéndome llevar a su tienda cada uno y sabe Dios por qué y para qué lo hace. Pide aquéste dulce, aquél acedo, uno hace freír las aceitunas, otro no quiere sal ni aun en el huevo. Y habiendo quien guste de comer los pies de la perdiz tostados a el humo de la vela, no falta quien dice que no crió Dios legumbre como el rábano[28].

Así lo vimos en cierto ministro papelista[29], largo en palabras y corto de verdades, avariento por excelencia. El cual, como se mudase de una posada en otra, después de llevada la ropa y trastos de casa, se quedó solo en ella, rebuscándola y quitando los clavos de las paredes. Acertó a entrar en la cocina, donde halló en el ala de la chimenea cuatro rábanos añejos, que como tales los dejaron perdidos y sin provecho. Juntólos y atólos y con mucho cuidado los llevó a su mujer, y con cara de herrero[30] le dijo: «Así se debe de ganar la hacienda, pues así se deja perder. Como no lo trujistes en dote, de todo se os da nada. ¿Veis esta perdición? Guardá esos rábanos, que dinero costaron, y volvedlos a echar a mal, perdida, que yo lo soy harto más en consentir que por junto se traiga un manojo a casa.» La mujer los guardó y aquella noche, por no tenerla negra con pendencia, los hizo servir a la mesa. Y comiéndolos el marido, dijo: «Ahora, por Dios, hermana, que sobre todos los gustos tiene lugar principal el de los rábanos añejos, que cuanto más lacios, mejor saben. Si no, probad uno déstos.» Y haciéndole fuerza, la obligó a comerlo, contra toda su voluntad y con asco.

Gentes hay que no se contentan con loar aquello que dicen aplacerles, ya sea por lo que fuere, sino que quieren que los otros lo hagan y que a su pesar sepa bien y se lo alaben y juntamente con esto que vituperen el gusto ajeno, sin considerar que son los gustos varios, como las condiciones y rostros, que si por maravilla se hallaren dos que se parezcan, es imposible hallarlos en todo iguales[31].

---

[28] *legumbre* podía usarse por «hortaliza».

[29] *ministro papelista:* «oficial de la curia» (SGG), 'notario'. Era con frecuencia incluido en las críticas del sistema judicial: cfr. sobre ellas I, i, 1, n. 59, y II, ii, 3.

[30] *con cara de herrero:* 'con cara de furia, de perro', pues aquí *herrero* vale seguramente 'valentón, matón' (cfr. Alonso).

[31] Ya nos dijo Alonso de Barros, poco más o menos, que los gustos no son todos unos: cfr. I, «Elogio...», n. 11.

Así habré de hacer aquí lo que me aconteció en una comedia, donde por ser de los primeros, vine a ser de los delanteros
y, como tras de mí hubiese otros no tan bien dispuestos, me
decían que me hiciese a un lado y, en meneándome un poco,
se quejaban otros a quien hacía también estorbo. Los unos y
los otros me ponían a su modo, porque todos querían ver, de
manera que, no sabiendo cómo acomodarme acomodándolos,
hice orejas de mercader[32]; púseme de pie derecho y cada uno
alcanzase como mejor pudiese.

Querrían el melancólico, el sanguino, el colérico, el flemáti-
co, el compuesto, el desgarrado, el retórico, el filósofo, el religioso, el perdido, el cortesano, el rústico, el bárbaro, el discreto y aun la señora Doña Calabaza[33] que para sola ella escribie-
se a lo fruncido[34] y que con sólo su pensamiento y a su estilo
me acomodase. No es posible; y seráme necesario, demás de
hacer para cada uno su diferente libro, haber vivido tantas vidas cuantos hay diferentes pareceres. Una sola he vivido y la
que me achacan es testimonio que me levantan.

La verdadera mía iré prosiguiendo, aunque más me vayan
persiguiendo. Y no faltará otro Gil[35] para la tercera parte, que
me arguya como en la segunda de lo que nunca hice, dije ni
pensé. Lo que le suplico es que no tome tema[36] ni tanta cólera
comigo que me ahorque por su gusto, que ni estoy en tiempo

---

[32] *orejas de mercader*: oídos sordos (cfr. I, iii, 9, n. 27).

[33] *Doña Calabaza*: es como decir 'don Nadie', pero aprovechando sin duda el
valor paremiológico de esa y otras hortalizas: «Doña Azenoria ['zanahoria'] viuda, pide la den adiutorio, porque no tiene Azenorio» (Correas).

[34] *a lo fruncido:* 'acomodando mentiras a su gusto', pues *fruncir* «traslaticiamen-
te significa mentir u oscurecer la verdad» *(Autoridades),* y «al que miente decimos que frunce, porque va arrugando y doblando sus razones para ajustarlas
con nuestro entendimiento» (Covarrubias).

[35] «Nunca nos ha de faltar un Gil que nos persiga» (Correas, con variantes).
Marcos de Obregón explica el origen del refrán: «¿Por qué pensáis ... que dicen ordinariamente *Nunca falta un Gil que nos persiga,* que no dicen un don Francisco,
ni un don Pedro, sino un Gil? Es porque nunca son perseguidores sino hombres bajos como Gil Manzano, Gil Pérez» (I, xvii, págs. 224-225). Pero —si la
letra no—, el espíritu del refrán sí admitía otros nombres: «Nunca nos ha de
faltar un Pero Hernández que nos ronde la puerta», o «... un Pero Martín»
(también en Correas).

[36] *«tomar tema* con uno es dar en parecerle mal sus cosas» (Covarrubias), 'coger manía'.

dello ni me conviene. Déjeme vivir, pues Dios ha sido servido de darme vida en que me corrija y tiempo para la emmienda. Servirán aquí mis penas para escusarte dellas, informándote para que sepas encadenar lo pasado y presente con lo venidero de la tercera parte y que, hecho de todo un trabado contexto, quedes cual debes, instruido en las veras.

Que sólo éste ha sido el blanco de mi puntería y descubro el de mi pensamiento a los que se sirvieren de excusarme del trabajo. Empero sea de manera que se puedan gloriar del suyo, que tengo por indecente negar un autor su nombre, apadrinando sus obras con el ajeno. Que será obligarme escrebir otro tanto, para no ser tenido por tonto cargándome descuidos ajenos. Esto se quede, porque no parezca dicho con cuidado[37] ni más de por haber venido a propósito.

Mas volviendo a el nuestro, digo que cada uno haga su plato y pasto de lo que le sirviéremos en esta mesa, dejando para otros lo que no le supiere bien o no abrazare su estómago. Y no quieran todos que sea este libro como los banquetes de Heliogábalo[38], que se hacía servir de muchos y varios manjares; empero todos de un solo pasto, ya fuesen pavos, pollos, faisanes, jabalí, peces, leche, yerbas o conservas. Una sola vianda era; empero, como el manna[39], diferenciada en gustos. Aunque los del manna eran los que cada uno quería y esotros los que les daba el cocinero, conforme a la torpe gula de su amo.

Con la variedad se adorna la naturaleza[40]. Eso hermosea los

---

[37] *con cuidado:* deliberadamente, con premeditación.

[38] Los banquetes del emperador romano («un disoluto glotón y vicioso en su comer», se dice en *El crótalon*, pág. 102) se convirtieron en modelo de vitando sibaritismo, gracias sobre todo a las noticias que da de ellos Pero Mejía en su *Silva de varia lección*, II, xxix: I, págs. 423-432.

[39] *manna:* la pronunciación llana era la habitual (pero convivía ya con la forma analógica moderna); cfr. J. E. Gillet, *Propalladia*, III, pág. 106 (FR, con más bibliografía). Mantengo también el consonantismo de la *princeps*, pues Covarrubias (cfr. BB) distingue entre el objeto de nuestra nota y *mana*, «un cierto rocío...». Sobre las propiedades del divino alimento que señala Guzmán, cfr. especialmente *Sabiduría*, 16, 20-22.

[40] La idea —como verdad cierta— gozó de gran fortuna, y en España se recordaba a menudo con las palabras del italiano Serafino Aquilano: «e per molto variar natura è bella». Fue también importante su aplicación a la doctrina litera-

campos, estar aquí los montes, allí los valles, acullá los arroyos y fuentes de las aguas. No sean tan avarientos, que lo quieran todo para sí. Que yo he visto en casa de mis amos dar libreas y a el paje pequeño tan contento con la suya, en que no entró tanta seda, como el grande que la hubo menester doblada por ser de más cuerpo.

Determinado estoy de seguir la senda que me pareciere atinar mejor a el puerto de mi deseo y lugar adonde voy caminando. Y tú, discreto huésped que me aguardas, pues tienes tan clara noticia de las miserias que padece quien como yo va peregrinando, no te desdeñes cuando en tu patria me vieres y a tu puerta llegare desfavorecido, en hacerme aquel tratamiento que a tu proprio valor debes. Pues a ti sólo busco y por ti hago este viaje; no para hacerte cargo dél ni con ánimo de obligarte a más de una buena voluntad, que naturalmente debes a quien te la ofrece. Y si de ti la recibiere, quedaré con satisfación pagado y deudor, para rendirte por ella infinitas gracias.

Mas el que por oírmelas está deseoso de verme, mire no le acontezca lo que a los más que curiosos que se ponen a escuchar lo que se habla dellos, que siempre oyen mal. Porque con oro fino se cubre la píldora[41] y a veces le causará risa lo que le debiera hacer verter lágrimas. Demás que, si quisiere advertir la vida que paso y lugar adonde quedo, conocerá su demasía y daráme a conocer su poco talento. Póngase primero a considerar mi plaza, la suma miseria donde mi desconcierto me ha traído; represéntese otro yo y luego discurra qué pasatiempo se podrá tomar con el que siempre lo pasa —preso y aherrojado— con un renegador o renegado cómitre[42]. Salvo si soy para él como el toro en el coso, que sus garrochadas, heridas y

---

ria de la época («buen ejemplo nos da naturaleza, / que por tal variedad tiene belleza», según Lope, *Arte nuevo*, 179-180, y cfr. *La Dorotea*, págs. 51-52, n. 11), hasta el punto que se dijo «que si *per troppo variar natura è bella*, mucho más el Arte» (Gracián, *Agudeza y arte de ingenio*, LX, pág. 501b). *Vid.* E. C. Riley, *Teoría de la novela en Cervantes*, Madrid, 1966, págs. 187 y ss.

[41] *dorar la píldora*: cfr. I, i, 3, n. 17.

[42] *cómitre*: «cierto ministro de la galera, a cuyo cargo está la orden y castigo de los remeros» (Covarrubias); «al que rige la galera [llaman] *cómitre*» (fray Antonio de Guevara, *Arte de marear*, VIII, pág. 356).

palos alegran a los que lo miran, y en mí lo tengo por acto inhumano.

Y si dijeres que hago ascos de mi proprio trato, que te lo vendo caro haciéndome de rogar o que hago melindre, pesaráme que lo juzgues a tal. Que, aunque es notoria verdad haber servido siempre a el embajador, mi señor, de su gracioso, entonces pude, aunque no supe, y, aunque agora supiese, no puedo, porque tienen mucha costa y no todo tiempo es uno. Mas, para que no ignores lo que digo y sepas cuáles eran mis gracias entonces y lo que agora sería necesario para ellas, oye con atención el capítulo siguiente.

CAPÍTULO I[I]

GUZMÁN DE ALFARACHE CUENTA EL OFICIO DE QUE SERVÍA EN CASA DEL EMBAJADOR, SU SEÑOR

Del mucho poder y poca virtud en los hombres nace no premiar tanto servicios buenos y trabajos personales de sus fieles criados, cuanto palabras dulces de lenguas vanas, por parecerles que lo primero se les debe por lo que pueden, y así no lo agradecen, y de lo segundo se les hace gracia, porque no lo tienen y compran sus faltas a peso de dineros. Es mucho de sentir que les parezca que contradice la virtud a su nobleza y, sintiendo mal della, no la tratan. Y también porque como se haya de conseguir por medios ásperos, contrarios a su sensualidad, y con su mucho poder, nunca se les apartan del oído y lados lisonjeros, viciosos y aduladores.

Aquella es la leche que mamaron, paños en que los envolvieron. Hiciéronlo su centro natural con el uso, y con el mal abuso se quedaron. De aquí nacen los gastos demasiados, las prodigalidades, las vanas magnificencias, que sobre tabla se pagan[1] muy presto de contado, con suspiros y lágrimas: el dar antes a un truhán el mejor de sus vestidos[2], que a un virtuoso

---

[1] *sobre tabla:* «de contado», como se dice inmediatamente (y cfr. I, ii, 5, n. 41), aunque este segundo sintagma vale aquí 'sin dilación' *(Autoridades).*

[2] Comp. Hermosilla: «Siempre ay en casa de los señores dos o tres privados que los llaman ansí porque más particularmente tratan y sirven a los señores, el uno de page de recados, que por otro nombre allá llamáis alcauete, y otros ... [cfr. *infra*, n. 10] parleros o chismeros; y a estos tales por los buenos servicios siempre les dan de la cámara del señor alguna ropa, y para que, pues se aventajan en el servicio, sean aventajados en el tratamiento» *(Diálogo de la vida de los*

el sombrero desechado. Y porque también es dádiva recíproca,
trueco y cambio que corre, visten ellos el cuerpo a los que revisten el suyo de vanidad. Favorecen con regalos a los que los
halagan con halagos de palabras tiernas y suaves, de buen sonido y consonancia. Compran con precio su gusto, por lo cual
corre su alabanza justamente de la boca de semejantes, dejando
abierta la puerta por su descuido, para que los buenos publi-
quen sus demasías, que real y verdaderamente se debiera tener
por vituperio.

No quiero con esto decir que carezcan los príncipes de pasa-
tiempos. Conveniente cosa es que tengan entretenimientos;
empero que den a cada cosa su lugar. Todo tiene su tiempo y
premio. Necesario es y tanto suele a veces importar un buen
chocarrero, como el mejor consejero. No me pasa por el pensamiento atarles las manos a hacer mercedes, pues, como tengo dicho, nunca el dinero se goza sino cuando se gasta, y nunca se gasta cuando bien se dispensa y con prudencia.

¡Ya, ya, por mis pecados, de uno y otro tengo experiencia!
Bien puedo deponer, como aquel que ha traído los atabales[3] a
cuestas, pues el tiempo que serví al embajador, mi señor, como
has oído, yo era su gracioso. Y te prometo que fuera muy de
menor trabajo y menos pesadumbre para mí cualquiera otro
corporal.

Porque para decir gracias, donaires y chistes, conviene que
muchas cosas concurran juntas[4]. Un don de naturaleza, que se
acredite juntamente con el rostro, talle y movimiento de cuerpo y ojos, de tal manera, que unas prendas favorezcan a otras y

---

pajes, I, iii, págs. 21-22, con otros pasajes afines que comenta E. Cros, *Protée*,
págs. 348-350). Cfr. también *Lazarillo*, prólogo, n. 15, y III, n. 142.

[3] *haber traído los atabales:* estar curtido y experimentado (cfr. I, ii, 10, n. 2).

[4] Aunque las advertencias sobre el modo de decir gracias no faltan en los
tratados retóricos (cfr. E. Cros, *Sources*, págs. 129-130), aquí se recuerda, en
esencia, la suma de los consejos que —con gran pormenor y numerosas facecias
como la que cuenta el pícaro— da Castiglione en *El cortesano* (FR, y cfr. E. Cros,
loc. cit.): «Y, puesto que en lo que se cuenta se requieran los gestos ademanes
conformes y aquella fuerza que consiste en la voz viva...»; «es necesario en esto
ser prudente, y tener gran respeto al lugar, al tiempo y a las personas» (II, v-vi,
por ejemplo págs. 185 y 186, insistiendo también en la necesidad de evitar las
exageraciones de los «truhanes o chocarreros»).

cada una por sí tengan un donaire particular, para que juntas muevan el gusto ajeno. Porque una misma cosa la dirán dos personas diferentes: una de tal manera, que te quitarán el calzado y desnudarán la camisa, sin que con la risa lo sientas; y otra con tal desagrado, que se te hará la puerta lejos y angosta para salir huyendo y, por más que procuren éstos esforzarse a darles aquel vivo necesario, no es posible.

Requiérese también lección continua, para saber cómo y cuándo, qué y de qué se han de formar. También importa memoria de casos y conocimiento de personas, para saber casar y acomodar lo que se dijere con aquello de quien se dijere. Conviene solicitud en inquirir, lo más digno de vituperar, y más en los más nobles, vidas ajenas.

Porque ni los visajes del rostro, libre lengua, disposición del cuerpo, alegres ojos, varias medallas de matachines[5] ni toda la ciencia del mundo será poderosa para mover el ánimo de un vano, si faltare la salsa de murmuración[6]. Aquel puntillo de agrio, aquel granito de sal, es quien da gusto, sazón y pone gracia en lo más desabrido y simple. Porque a lo restante llama el vulgo retablo, artificio con poco ingenio[7].

También es de importancia, oportunidad y tiempo en quien las quiere decir; que, fuera dél y sin propósito, no hay gracia que lo sea ni siempre se quieren oír ni se podrán decir. Pídanle al más diestro en ellas que las diga y, si le cogen al descuido, le dejarán helado[8].

Aquesto le aconteció a Cisneros, un famosísimo representante, hablando con Manzanos —que también lo era y ambos de Toledo, los dos más graciosos que se conocieron en su

---

[5] *matachines:* hombres disfrazados ridículamente.

[6] «Y aunque las conversaciones y entretenimientos se hacen sabrosos con la sal de la murmuración...» (Cervantes, *Persiles,* I, xiv, págs. 120-121).

[7] *retablo, artificio:* leo aquí (por la pérdida del fol. 8 en el único ejemplar conocido de la *princeps*) con otras ediciones antiguas, frente a las modernas: «retablo artificioso».

[8] Comp.: «Importunándole que repitiese los dichos de que se acordase, dijo que no se podía hacer sin perderse por lo menos la hechura, como quien vende oro viejo, pues cuando el oro del buen dicho se estuviese entero, era la hechura la ocasión en que se dijo... Y que, en fin, fuera de su primer lugar, eran piedras desengastadas, que lucen mucho menos» (Juan Rufo, *Las seiscientas apotegmas,* 307, págs. 114-115).

tiempo[9]—, que le dijo: «Veis aquí, Manzanos, que todo el mundo nos estima por los dos hombres más graciosos que hoy se conocen. Considerad que con esta fama nos manda llamar el Rey, Nuestro Señor. Entramos vos y yo y, hecho el acatamiento debido, si de turbados acertáremos con ello, nos pregunta: "¿Sois Manzanos y Cisneros?" Responderéisle vos que sí, porque yo no tengo de hablar palabra. Luego nos vuelve a decir: "Pues decidme gracias." Agora quiero yo saber qué le diremos.» Manzanos le respondió: «Pues, hermano Cisneros, cuando en eso nos veamos, lo que Dios no quiera, no habrá más que responder sino que no están fritas.»

Así que no a todos ni de todo ni siempre podrán decirse ni valdrán un cabello sin murmuración. Esto sentía yo por excesiva desventura, hallarme obligado a ser como perro de muestra[10], venteando flaquezas ajenas. Mas como era el quinto elemento[11], sin quien los cuatro no pueden sustentarse y la repugnancia[12] los conserva, continuamente andaba solícito, buscando lo necesario a el oficio que ya profesaba, para ir con ello ganando tierra y rindiendo los gustos a el mío. Que no es la menor ni menos esencial parte captar la benevolencia, para que celebren con buena gana lo que se dice y hace.

De modo que aquellas prendas que me negó naturaleza, las había de buscar y conseguir por maña, tomando ilícitas licencias y usando perjudiciales atrevimientos, favorecido todo de particular viveza mía, por faltarme letras. Pues entonces no te-

---

[9] Algo menos famoso que Cisneros fue el tal Manzanos, pues nada sabemos —nada sé— de él. Del primero, en cambio, tenemos bastantes menciones documentales: cfr. N. D. Shergold, *A History of the Spanish Stage from Medieval Times until the End of Seventeenth Century*, Oxford, 1967, *s.v.*; O, Arróniz, *Teatros y escenarios del Siglo de Oro*, Madrid, 1977, págs. 17-18, 151..., o la *Genealogía, origen y noticias de los comediantes en España*, ed. N. D. Shergold y J. E. Varey, Londres, 1985, núm. I-373.

[10] *perro de muestra:* el que se para al descubrir la pieza. Comp. Hermosilla: «y otros [pajes] sirven a los señores de rastrear como podencos, en casa y fuera, qué contar a sus señores» *(Diálogo de la vida de los pajes,* pág. 22).

[11] *quinto elemento:* 'quintaesencia', 'suma de perfecciones' («quinto elemento llamamos una cosa perfectísima para encarecerla» [Covarrubias]), con obvia ironía.

[12] *repugnancia:* 'incompatibilidad, oposición'. Sobre tal idea cfr. sólo los *Problemas* de Villalobos, I, iii, págs. 407-408.

nía otras que las de algunas lenguas que aprendí en casa del cardenal, mi señor, y aun ésas estaban en agraz, por mis verdes años[13].

Considerad, pues, agora de todo lo dicho ¿qué puedo aquí tener y qué me falta, sin libertad y necesitado? En aquellos tiempos, en la primavera de mis floridos años, todo iba corriente[14], todo parecía bien y a todo me acomodaba. Por ello y otras cosas anejas a ello me traían vestido, era el regalado, el de la privanza, el familiar[15], el dueño de mi amo y aun de todos los interesados en ser sus amigos y llegados.

Yo era la puerta principal para entrar en su gracia y el señor de su voluntad. Yo tenía la llave dorada de su secreto: habíame vendido su libertad[16], obligábame a guardárselo, tanto por esto como por caridad, por ley natural y amor que le tenía; que siempre conoció de mí gran sufrimiento en callar. Figúraseme agora que debía de ser entonces como la malilla[17] en el juego de los naipes, que cada uno la usa cuando y como quiere. Diferentemente se aprovechaban todos de mí: unos de mis hechos,

---

[13] Esta frase parece escrita con el designio de matizar lo dicho por el pícaro en la *Primera parte* (iii, 9, *ca.* n. 6: «aprendí ... razonablemente la lengua latina, un poco de griego y algo de hebreo») y poner coto a la exagerada e inverosímil erudición del falso Guzmán: «y así, enderezando mis razones en latín a los clérigos, les dejé muy maravillados ... demás que también supe mucho griego, que apura mucho y favorece la latinidad. ... En Roma estudié gramática, griego y retórica; y aunque no soy escelente como Demades ni Demóstenes...» (M. Luján, *Segunda parte*, ii, 5, pág. 389).

[14] «Cosa *corriente:* la que ella de suyo se va, sin hacerle fuerza» (Covarrubias).

[15] *familiar* tiene aquí, además del valor de 'criado', el traslaticio de 'demonio particular' (cfr. II, ii, 6, n. 11).

[16] Pues «A quien dices tu secreto, das tu libertad y estás sujeto» (Correas, y cfr. *La Celestina,* II, pág. 62). Por este y otros motivos, uno de los interlocutores del *Diálogo de los pajes* no hubiese dudado en llamar a Guzmán «sobre señor»: «Haveis de saver, señor Lorca, que en la era [en] que estamos, ay gran parte de señores o la mayor, que ni oyen por sus oídos, ni ven por sus ojos, ni hablan por su lengua, ni mandan por su voluntad, ni comen con su gusto, ni entienden por su entendimiento; antes para hazer todo esto, usan como de instrumento de algún criado, a quien aman fuera de toda razón y a quien son más sujetos que los niños de las escuelas a sus maestros, y los traen siempre colgados de las orejas como alanos. A estos tales llamo yo sobre señores, porque los amos lo son a ellos inferiores» (II, iii, pág. 36).

[17] *malilla:* comodín. Comp. *Lazarillo,* III: «Porque de hombre os habéis de convertir en malilla» (con rica información en la n. 138).

por su propio interese, y otros de mis dichos, por su solo gusto; y sólo mi amo se tiraba[18] comigo en dichos y hechos.

Esto he venido a decir, porque de mí no se sienta que quiero contravenir a que los príncipes tengan en sus casas hombres de placer o juglares. Y no sería malo cuando los tuviesen tanto para su entretenimiento, cuanto para recoger por aquel arcaduz algunas cosas, que no les entraría bien por otro. Y éstos, acontecen ocasiones en que suelen valer mucho, advirtiendo, aconsejando, revelando cosas graves en son de chocarrerías, que no se atrevieran cuerdos a decirlas con veras.

Graciosos hay discretos, que dicen sentencias y dan pareceres que no se humillaran sus amos a pedirlos a otros de sus criados, aunque les importaran mucho y fueran ellos grandísimos estadistas para poderles aconsejar; ni lo consintieran dellos, por no confesarse ignorantes a sus inferiores o que saben menos que ellos; que aun hasta en esto quieren ser dioses. Y estos criados tales eran los papagayos que deseaba tener Júpiter enjaulados[19]. Que no es de agora el daño ni nació ayer despreciar los consejos de los tales los poderosos.

Tanta es en ellos la ambición, que quieren agregar a sí todas las cosas, haciéndose dueños y señores absolutos de lo espiritual y temporal, de malo y bueno, sin que alguno en algo se les aventaje. De tal manera, que les parece que con solo su aliento dan a los otros gracia, y, no haciendo algo, quieren ser alabados de que por ellos tienen vida, honra, hacienda y aun enten-

---

[18] *se tiraba:* 'se entretenía', 'perdía el tiempo'.

[19] Esta frase proviene de la lectura que Alemán hizo de «*La moral y muy graciosa historia del Momo*, de Leon Battista Alberti, en la traducción de Agustín de Almazán, Alcalá de Henares, 1553 (hay reedición de Madrid, 1598, por Várez de Castro, impresor del *Guzmán)»* (FR); en el capítulo III, xii, «Apolo cuenta a Júpiter lo que con Sócrates le aviniera y cómo Júpiter aprobó mucho el saber grande de Sócrates y cómo, diciéndole Apolo de Pitágoras que se solía mudar en diversas formas y que podría ser que estuviese agora en figura de papagayo, le tomó mucha gana de tener un filósofo en su cámara en una jaula hecho ave. Reprehende el autor a los príncipes que, conosciendo cuánto les importa el consejo de hombres letrados, dejan de tenerlos consigo por no dejarse ellos gobernar de otros» (el sumario y la moraleja son de Almazán). También se alude a esta fábula en *La Pícara Justina*, II, 2.º, i, 1.º, pág. 359. Sobre el *Momo* y Alberti, cfr. I, i, 7, n. 15.

dimiento, que es la última blasfemia donde puede llegar su locura en este caso.

Y hay otro grave daño y es que quieren que, como en capilla de milagros, colguemos en su vanidad los despojos de nuestros males. Que si andamos, les ofrezcamos las muletas de cuando estuvimos agravados y tullidos con pobreza; si escapamos de trabajos, les vamos[20] a sacrificar la mortaja que la fortuna nos tenía cortada, cirios y figuras de cera[21], declarando ser el milagro suyo, y colguemos en su templo las cadenas con que salimos a puerto del cativerio de nuestras miserias.

No fuera esto tan culpable si sólo aconteciera lo dicho en casos virtuosos, pues el agradecimiento es debido a todo beneficio, y manifiéstase tenerlo cuando, dando a Dios las gracias dello, se publica también la virtud en el que la obra, pues pusieron su industria, ocuparon su persona, gastaron el favor, aprovecharon la ocasión, ganaron el tiempo y gastaron su dinero.

Mas aun en torpezas y vicios quieren también exceder y ser solos ellos, como se vio en cierto titulado, tan amigo de mentir a todo ruedo[22], sin que alguno se le aventajase, que, diciendo en una conversación haber muerto un ciervo con tantas puntas, que realmente se le conoció ser mentira, le salió a el paso con mucho donaire otro caballero anciano, deudo suyo, y dijo: «No se maraville Vuestra Señoría deso, que pocos días ha que yo maté otro en ese monte mismo, que tenía dos puntas más.» El señor se santiguaba, diciéndole: «No es posible.» Y como enojado contra el caballero, le dijo: «No me diga Vuestra Merced eso, que no es cosa jamás vista ni lo quiero creer, si el creer es cortesía»[23]. El caballero, con un conocido atrevimiento, fiado en su ancianidad y parentesco, descompuesta la voz, dijo: «Pese a tal, señor N., conténtese Vuestra Señoría con tener sesenta cuentos[24] de renta más que yo, sin también querer

---

[20] *vamos:* vayamos.

[21] Alude a la costumbre de colgar exvotos en las iglesias, como símbolo y agradecimiento de alguna curación milagrosa.

[22] *a todo ruedo:* «en todo lance, próspero o adverso; en todo caso, desgraciado o dichoso» *(Autoridades).*

[23] *el creer es cortesía* era expresión proverbial.

[24] *cuento:* millón («diez veces ciento mil» [Covarrubias]).

mentir más que yo. Déjeme con mi pobreza mentir como quisiere, pues no lo pido a nadie ni le defraudo su honra ni hacienda.»

Otros graciosos hay, naturalmente ignorantes o simples, por cuya boca muchas veces acontece hablarse cosas misteriosas y dignas de consideración, que parece permitir Dios que las digan y que con ello también a lo que conviene callen, las cuales, aun siendo desta calidad, tienen mucho donaire diciéndolas.

Esto aconteció en un simple de su nacimiento, de quien gustaba mucho un príncipe poderosísimo, que, como con secretas causas hubiese depuesto a un grave ministro suyo y, viendo entrar a este simple, le preguntase lo que había de nuevo por la Corte, respondió: «Que habéis hecho muy mal en despedir a N. y que ha sido contra toda razón y justicia.» Parecióle a el príncipe —por tener su causa justificada— que aquélla hubiera sido simpleza de su boca y díjole: «Aqueso tú lo dices, que debía de ser tu amigo; que no porque lo hayas oído decir a ninguno.» El simple le respondió: «¡Mi amigo! Par Dios que mentís; que más mi amigo sois vos. Yo no digo nada, que por ahí lo dicen todos.» Pesóle a el príncipe que hubiese quien fiscalease sus obras ni examinase su pecho, y por saber si trataba dello alguna gente de sustancia le replicó: «Pues dices que lo dicen tantos y que eres mi amigo, dime de uno a quien lo has oído.» El simple se reparó un poco y, cuando pensaba el príncipe que recorría la memoria para señalarle persona, le respondió con descompuesta ira: «La Santísima Trinidad me lo dijo: ved a cuál de las tres personas queréis prender y castigar.» Al príncipe le pareció negocio del cielo y no volvió a tratar más dello[25].

Hay otro género de graciosos, que sólo sirven de danzar, tañer, cantar, murmurar, blasfemar, acuchillar, mentir y ser glotones; buenos bebedores y malos vividores, cada uno por su camino y alguno por todos. Y de tal manera gustan dellos, que les darán favor para todo, siendo gravísimo pecado. A éstos y

---

[25] Debe tratarse de uno más de los tradicionales 'errores celebrados' que la literatura folklórica, sin pretensión herética ni irreverente, solía poner en la boca de algún simple, dada naturalmente al disparate (por ejemplo el «error de lengua» señalado en I, i, 5, n. 14).

por esto les dan joyas de precio, ricos vestidos y puños de doblones, lo que no hicieran a un sabio virtuoso y honrado, que tratara del gobierno de sus estados y personas, ilustrando sus nombres y magnificando su casa con glorioso nombre.

Antes, cuando acontece que los tales acuden a ellos con casos de importancia, los menosprecian, deshaciendo sus avisos. Pues ya sus gobernadores, letrados de su casa, deseosos de ambición, que ciegos de pasión, si han de dar su parecer, aunque saben que aquello conviene, lo contradicen porque parezca que algo hacen y porque les pesa que otro se adelante con lo que pudieran ellos ganar gracias. Así no son admitidos, por no haber salido el trunfo[26] de su mano y porque no diga el otro: «Yo se lo dije.» Con esto se quedan muchas cosas faltas de remedio. Y si son casos tales, que puede seguírseles dello interese notorio, dicen al dueño, con sequedad notable, por no dar paga ni gracias del beneficio: «Ya sabíamos acá eso y tiene mil inconvenientes.» Pues ¡maldito sea otro que tiene más de no haber dado ellos primero en ello! Y con el viento de su vanidad y violencia de su codicia lo despiden.

Hacen primero como los boticarios, que destilan o majan la yerba y, en sacando la sustancia, dan con ella en el muladar. Entéranse primero del negocio como pueden y, dando de mano a el verdadero autor, después lo disponen de modo que lo ponen de lodo[27] y, vendiéndolo por suyo, sacan previlegio dello[28]. Son como las vasijas de vientre grande y boca estrecha. Entienden las cosas mal, hinchen el estómago de cuanto les dicen; pero, aunque más les digan y más les den y estén llenos, como no lo supieron entender, tampoco se dan a entender.

Desta manera se pierden los negocios, porque no pudo éste quedar tan enterado en lo que le trataron, como el propio que se desveló muchas noches, acudiendo a las objeciones de con-

---

[26] *trunfo:* aunque es claro lusismo y aparece otras veces, registran tal forma algunos lexicógrafos antiguos (y no es precisamente extraña en el habla sevillana).

[27] *poner de lodo:* echar a perder (cfr. I, ii, 9, n. 20).

[28] Como hizo el plagiario autor del falso *Guzmán.*

tra y favoreciendo las de pro. ¡Buen provecho les haga! En eso me la ganen, que no les arriendo la ganancia.

Mi amo holgaba de oírme, más que por oírme. Y como buen jardinero, recogía las flores que le parecían convenientes para el ramillete que deseaba componer y dejaba lo restante para su entretenimiento. Conversaba comigo de secreto lo que decían otros en público. Y no sólo comigo; antes, como deseaba saber y acertar, solicitaba las habilidades de hombres de ingenio, favorecíalos y honrábalos, y si eran menesterosos, dábales lo que buenamente podía y vía que les faltaba por un modo discreto, sin que pareciese limosna, dejándolos contentos, pagados y agradecidos.

Acostumbraba de ordinario sentar dos o tres déstos a su mesa, donde se proponían cuestiones graves, políticas y del Estado, principalmente aquellas que mayor cuidado le daban. Desta manera, sin descubrirse, recebía pareceres y desfrutaba lo más esencial dellos. Lo mismo hacía con oficiales y gente ciudadana honrada, que, sustentándoles amistad, sabía dellos los agravios que recebían, el reparo que podían tener, de qué ánimo estaban; y después, con su buen juicio disponía según le convenía y en pocos casos erraba.

Era muy discreto, compuesto, virtuoso, gentil estudiante y amigo de tales. Tenía las calidades que pide semejante plaza. Mas en medio della, en lo mejor de todo estaba sembrado y nacido un «pero». Manzana fue nuestra general ruina y pero la perdición de cada particular[29].

Era enamorado. Que no hay carne tan sana, donde no haya corrupción y se hallen miserias y enfermedades. La suya era querer bien y aun con exceso. Y en materia semejante cada uno juzga como le parece. Aunque muchos políticos dijeron que no se podía dar hombre cumplidamente perfeto sin haber sido enamorado[30], según lo sintió un gracioso labrador, prego-

---

[29] *pero*: se aprovecha la dilogía del término ('especie de manzana' y 'defecto, inconveniente' [*Autoridades*]), conocida de la sabiduría popular, a juzgar por la frase *ese pero no está maduro*, «modo de hablar con que se previene a alguno no prosiga en la contradicción que hace, por no ser ocasión o tener inconveniente» *(ibid.)*.

[30] «Idea muy en deuda con la tradición trovadoresca del amor-virtud y con sus reelaboraciones al arrimo del neoplatonismo renacentista» (FR).

nero en su pueblo. El cual, habiéndose pregonado muchas veces un jumento que a otro labrador se le había perdido, como no pareciese —porque lo debieron de hurtar gitanos, que si es necesario para desparecerlos y que no los conozcan, los tiñen verdes[31]— y el dueño le pidiese con mucho encarecimiento que lo volviese a pregonar el domingo después de misa mayor, y que, si pareciese, le daría un ceboncillo que tenía, el traidor pregonero, movido de la codicia, lo hizo según se lo pidió; y estando todo el pueblo junto en la plaza, se puso en medio della y en voz alta dijo: «El que de todos los vecinos deste lugar y zagales dél nunca hubiere sido enamorado, véngalo diciendo y le darán un gentil recental.» Estaba puesto al sol, arrimado a las paredes de la casa de Concejo, un mocetón de veinte y dos años al parecer, melenudo, un sayo largo pardo, con jirones, abierto por el hombro y cerrado por delante, calzón de frisa[32] blanca, plegado por abajo; camisa de cuello colchado, que no se lo pasara un arco turquesco[33] con una muy aguda flecha; caperuza de cuartos[34], las abarcas de cuero de vaca y atadas por encima con tomizas[35], la pierna desnuda, y dijo: «Hernán Sanz, dádmelo a mí, que, par diez, nunca hu ñamorado ni m' ha quillotrado tal refunfuñadura»[36]. Entonces el pregonero, llaman-

---

[31] Los gitanos y el hurtar andan siempre juntos en los textos del Siglo de Oro («Parece que los gitanos y gitanas solamente nacieron para ser ladrones», según las primeras palabras del sabio narrador de *La gitanilla*); las caballerías eran su especialidad, y por tanto no es rara la mención —ni la dimensión folklórica— de las tretas con que desfiguraban las bestias para poder venderlas después: «Mírela bien ahora [una mula], de manera que se le queden estampadas todas sus señales en la memoria, y déjenmela llevar a mí; y si de aquí a dos horas la conociere, que me lardeen como a un negro fugitivo» *(La gitanilla, Novelas ejemplares,* I, pág. 116); cfr. también Espinel, *Marcos de Obregón,* II, xvi: II, pág. 214.

[32] *frisa:* tela burda y peluda (cfr. I, iii, 2, n. 11).

[33] *arco turquesco:* arco de gran tamaño y potencia (cfr. *Don Quijote,* I, pág. 417).

[34] *caperuza de cuartos:* así (o *de cuatro cuartos*) se llamaba uno de los tocados más característicos de los labradores.

[35] *tomiza:* «cuerda de esparto delgada» (Covarrubias).

[36] El término *quillotrar* (de *aquel otro, aquello otro,* o de sus formas italianas) y su parentela era «término bárbaro y sayagués con que significan la cosa innominada» (Covarrubias), «arrimadero para los que no sabían o no se acordaban del vocablo de la cosa que querían decir» (Juan de Valdés, *Diálogo de la lengua,* página 206). Es el elemento más característico del habla rústica convencional,

do al dueño del jumento muy apriesa y señalando al mocetón con el dedo, le dijo: «Antón Berrocal, dadme el ceboncillo y veis aquí[37] vuestro asno»[38].

Y porque lo levantemos más de puntas con verdades, y de nuestro tiempo, en Salamanca un catedrático de prima[39], de los más famosos y graves letrados de aquella universidad, visitaba por su entretenimiento a una señora monja, hermosa, de mucha calidad y discreta[40]; y, siéndole forzoso a él hacer ausencia de allí por algunos días, aunque breves, fuese sin despedirse della, pareciéndole haber hecho una fineza en amor.

Después, cuando volvió del viaje y la quisiese visitar, como ella no admitiese su visita, quedó tan suspenso como triste, porque ignoraba cuál fuese la causa de novedad semejante, habiéndole hecho siempre tanta merced. Mas, cuando por buena

---

cuya fonética se imita también en este pasaje: *hu* 'fui' (con fuerte aspiración de la *h*, claro), *ñamorado* 'enamorado' (con aféresis y palatalización de la consonante inicial)... *Vid.* en especial John Lihani, *El lenguaje de Lucas Fernández*, Bogotá, 1973.

[37] *veis aquí:* 'he aquí', 'ved aquí', 'aquí tenéis'.

[38] Es un cuentecillo tradicional, si bien Mateo Alemán lo amplía para mejorarlo. Comp. la versión de Gaspar Lucas Hidalgo: «Habíasele perdido un jumento a un labrador, llamado Orduña, y estando predicando el Cura, fue diciendo en el discurso de su sermón cómo el amor era una cosa de tanta fuerza, que no había hombre, por valiente que fuese, que no hubiese tenido una puntilla de amor. Salió en mitad de la Iglesia un villano con grande orgullo, y dijo: "Pues aquí estoy yo, que nunca hui enamorado." Dijo entonces el Cura, volviéndose al dueño del jumento perdido: "¡Hola, Orduña! Veis aquí vuestro asno"» *(Diálogos de apacible entretenimiento,* I, i, pág. 282a). También citan el cuento Palmireno (en *El estudioso de la aldea)* y F. Asensio (en su continuación de la *Floresta española): cfr.* E. Cros, *Sources,* pág. 130, y M. Chevalier, «*Guzmán de Alfarache* en 1605», pág. 127, y *Cuentecillos,* págs. 48-50. Adviértase, además, que Alemán no descuida el efecto de la antroponimia, pues el apellido del «mocetón» significa 'lugar rocoso, lleno de berruecos'.

[39] *catedrático de prima:* el que impartía su lección en la sesión matinal (en la hora *prima:* cfr. I, iii, 10, n. 32).

[40] El galanteo de monjas era un fenómeno social que venía de antiguo (aunque limitado en general «al discreteo e intercambio de agudezas y conceptos» [FR, que recuerda muy atinadamente un pasaje del falso *Guzmán,* ii, 6, página 391b]), y un blanco perfecto para la literatura satírica: «galán de monjas» se hace Pablos (cfr. *Buscón,* III, ix, pág. 266 y ns. 373-374) y Quevedo les dedicó, entre otras, unas graciosas páginas en el *Memorial pidiendo plaza en una Academia* (cfr. *Obras festivas,* págs. 101-105). (FR, EM.) Por lo demás, cfr. E. Cros, *Sources,* pág. 130 —aunque, como yo, no encuentra antecedente para este cuento.

diligencia supo la causa, estimóselo en mucho, pareciéndole que antes aquello era en cierta manera un género de favor. Envióle a dar sus disculpas, haciendo instancia en suplicarle lo viese, poniendo por terceras para ello algunas amigas de ambas partes.

Ya por la mucha importunación, aunque de mala gana, salió a recebir la visita; empero con tanto enojo y cólera, que lo dio bien a conocer, pues las primeras palabras fueron decirle: «Debéis de ser mal nacido, y tan bajos pensamientos no arguyen menos que humilde linaje. Lo cual confirma vuestro mal proceder, y así habéis dado dello infame muestra; pues teniendo el ser que tenéis por mi respeto y habiendo llegado por él a el punto en que os veis, olvidado de todo y de lo que me cuesta el haberos calificado, me habéis perdido el debido reconocimiento. Mas, pues fue mía la culpa con engrandeceros, no es mucho que padezca la pena de sufriros.»

A estas palabras añadió muchas otras de aspereza, tanto, que ya el pobre señor, hallándose corrido —por los que a semejante sequedad se hallaron presentes— y atajado de un exceso de rigor, dijo: «Señora, en cuanto tener Vuestra Merced queja de mí, ya sea con razón o sin ella, y acusar mi mal proceder, pase, porque cada uno siente como ama y conozco que todo aquesto nace de la mucha merced que la vuestra me hace[41]; mas en lo forzoso, justo y necesario, habré de satisfacer a los presentes por mi honra, que si Dios fue servido de traerme a el puesto que tengo, no ha sido por sobornos ni por favores, antes por mis trabajos y continuos estudios en las letras.» Ella entonces, no dejándole pasar adelante, antes con ira, le replicó luego: «¿Pues cómo, traidor, y teníades vos entendimiento para conseguirlas en tal extremo ni para remendaros un zapato viejo, si yo no hubiera puesto el caudal, con daros licencia que me amárades?»

Conforme a esto, averiguado queda lo que importe amar y no ser tan gran delito cuanto lo criminan, digo cuando los fi-

---

[41] *la mucha merced que la vuestra me hace:* sobre este zeugma tan querido por la prosa del Siglo de Oro, cfr. I, ii, 3, n. 4. Por otra parte, «la voz es heredera —más o menos directa pero indudable— de la *mercé* 'piedad' tan característica de la terminología cortés provenzal» (FR).

nes no son deshonestos. Mas en mi amo juzgábase a mala parte: habían excedido y traspasado la raya, de que me cargaban a mí lo malo dellos, achacándome que después que yo le servía, tenía legrado el caxco y le sonaban dentro caxcabeles, lo cual no se le había sentido hasta entonces[42].

Bien pudo ello ser así, que con mi calor brotase pimpollos; mas para decir verdad —pues aquí no se conocen partes y la peor es para mí—, cierto que me lo levantaron. Porque ya, cuando le comencé a servir y puso su cura en mis manos, desafuciado estaba de los médicos. No quiero negar mi mucha ocasión, porque con el favor que tenía tenía también libertades y gracias perjudiciales.

Yo era familiar[43] en toda Roma. Entraba en cada casa como en la propria, tomando por achaque para mis pretensiones dar liciones, a unas de tañer y a otras de danzar. Entretenía en buena conversación a las doncellas con chistes y a las viudas con murmuraciones y, ganando amistades con los casados, ganaba las bocas a sus mujeres, a quien ellos me llevaban para darles gusto y que deste principio lo tuviese mi amo para de-

---

[42] Hay en este pasaje un gran número de cruces semánticos y dobles sentidos que intentaré desbrozar. *«Legrar el casco* es término de cirujía; vale tanto como descubrirle y raerlo para ver si está rompido o cascado» (Covarrubias), pero está en relación con *quitar* o *raer del casco,* «disuadir, apartar y desviar a alguno de un pensamiento o idea que tiene en la cabeza» *(Autoridades).* Obviamente, se aprovecha al máximo el significado de *casco* y *cascabel* (aún decimos hoy 'casco lucio', 'vacío de cascos', 'ser un cascabel'...): son afines, *v. gr.,* las expresiones *levantar de cascos* y *cascabelear* («alegrar, traer inquieto y movido a uno con la esperanza de grandes conveniencias y utilidades, para que entre en algún partido o ejecute alguna cosa que en la realidad suele de ordinario ... ocasionarle su ruina y perdición» [*Autoridades*]). En definitiva, andaba el embajador más revuelto desde la llegada de Guzmán y la gente atribuía esa ligereza de cascos a la presencia del pícaro. Más difícil es determinar los «fines ... deshonestos» a los que tendía su amo, pero ni de este pasaje ni del siguiente puede inferirse —creo— «el afeminamiento de Guzmán» (BB); sí, en cambio, su manifiesta, exagerada y perniciosa alcahuetería y, en todo caso, la presunta y transitoria homosexualidad de su amo: la presencia del joven paje incitaba los malos deseos del embajador («bien pudo ser ... que con mi calor brotase pimpollos»); esos malos deseos —fuesen cuales fuesen— y su origen andaban ya en boca de todos («cierto que me lo levantaron»). Creo que por esa vía ruedan todas las alusiones, magistralmente aprovechadas, que contienen las palabras y expresiones de este pasaje.

[43] *familiar:* cfr. la ambivalencia comentada en la anterior nota 15, enriquecida ahora por la acepción de 'famoso, conocido'.

clararse más. Porque, haciéndole yo relación de lo que pasaba en todas partes, era cosa natural soplar con el aire de mis palabras el fuego de su corazón, quitando la ceniza de sobre las ascuas que dentro estaban encendidas y vivas.

Había buena disposición y era menester poca ocasión; era la casa pajiza; bastaba poca lumbre para levantarse mucho incendio[44], aficionándose de quien mejor le pareciese, sin guardar el recato que antes. Yo me confieso por el instrumento de sus excesos y que por mi respeto, de verme pasear, entrar y salir, estaban ya muchas casas y calidades manchadas con infamia.

Mas dejemos aquí a mi amo, como a hombre a quien, aunque aquesto le causaba nota, no era tan de culpar como a los que a mí me conocían. Quisiérales yo preguntar qué honra o qué provecho era el que comigo interesaban. ¿La señora viuda para qué quiere donaires? ¿O para qué los padres llevan a sus hijas tales pasantes[45] ni los maridos a sus mujeres entretenimientos tan peligrosos?

¿Qué otra cosa se puede sacar de los pajecitos pulidetes, cual yo era, que no pisaba el suelo, ni de los graciosos de los príncipes o enanos de los poderosos? ¿De qué valen, sino de que les digan y oigan ellas de buena gana la de sus amos, lo bien que comen, lo mucho que gastan, los ámbares que compran, las galas con que regalan y las músicas que dieron? ¿Para qué dan oídos a cosas con que otros después abran sus bocas y sacudan sus lenguas? ¿No ven que labran la cárcel y tejen la tela con que las amortajan? ¿De qué aprovecha gustar de cuentos, que no es otra cosa sino dar lugar para que los lleven a sus amos y los den que contar a sus vecinos?

Pues ténganse su pago. Si son amigas de gracias, no se maravillen de las desgracias. ¿Quieren llevar a sus casas músicas? Pues a fe que les han de cantar coplas[46]. La viuda honrada, su

[44] Cfr. I, i, 2, n. 15, y I, i, 7, n. 23.

[45] *pasantes:* como 'pretendientes' que *cursan* (cfr. I, i, 2, *ca.* n. 44) estudios de amor; comp. II, ii, 4, n. 32.

[46] *les han de cantar coplas:* 'andarán en coplas', 'serán motivo de habladurías', especialmente «contra el honor y fama» *(Autoridades,* comentando la frase *andar en coplas).* Recuérdese lo que dice Pablos de su madre: «fue tan celebrada, que ... casi todos los copleros de España hacían cosas sobre ella» *(Buscón,* I, i, pág. 80: ahí, entre otras malicias, está también, creo, la alusión aquí anotada).

puerta cerrada, su hija recogida y nunca consentida, poco visitada y siempre ocupada. Que del ocio nació el negocio. Y es muy conforme a razón que la madre holgazana saque hija cortesana[47] y, si se picare[48], que la hija se repique y sea cuando casada mala casera, por lo mal que fue dotrinada.

Miren los padres las obligaciones que tienen, quiten las ocasiones, consideren de sí lo que murmuran de los otros y vean cuánto mejor sería que sus mujeres, hermanas y hijas aprendiesen muchos puntos de aguja y no muchos tonos de guitarra[49], bien gobernar y no mucho bailar. Que de no saber las mujeres andar por los rincones de sus casas, nace ir a hacer mudanzas a las ajenas.

¿Por ventura digo verdad? Ya sé que diréis que sí, empero que tales verdades no se han de tratar donde no hay necesidad. Así lo confieso; mas ya que a ninguno de los que me oyen le toca lo dicho, bien está dicho, para que lo aconsejen a otros cuando sea necesario.

Malo es lo malo; que nunca pudo ser bueno ser yo alcahuete de mi amo. Mas tuve disculpa con que me descubrió la necesidad aquel camino por donde saliese a buscar mi vida. ¿Pero qué descargo darán los que así enajenan las prendas de mayor estimación que tienen? Si yo lo hacía, era por asentar con mi amo la privanza y no con fin de alborotar su flaqueza; y lo condeno. Mas quien de mí se fiaba y tanto me confiaba, ¿qué aguardaba?

Paréceles a muchos que acreditan su estimación, que se adquiere nobleza y se granjea reputación con semejantes visitas, entradas y salidas. Y a las mujeres, que tratando con pajes, con poetas, estudianticos de alcorza[50], de bonete abollado, y moci-

---

[47] «Madre holgazana saca hija cortesana» (Correas).

[48] *picarse:* enamorarse.

[49] Aprovecha la dilogía de *punto,* que vale también 'tono'. Cfr. *Lazarillo,* II, n. 39, y Lope, *La Dorotea,* pág. 87, n. 70.

[50] *de alcorza:* 'melindrosos, remilgados', pues la *alcorza* es una especie de pastel (o su golosa cobertura). A los muy galanes se les podía llamar *alcorzados,* y tal posibilidad tampoco era desconocida por el refranero: «¡Qué hermoso don Diego, si fuera de alcorza!» (Correas). Seguramente dice después *de bonete abollado* por 'alocados' que no andaban muy bien del casco (aunque algunas frases afines se aplicaban a los que tenían mala fama y la honra maltrecha).

tos de barrio[51], que serán tenidas por discretas; y pierden el nombre de castas, quedándose después para necias[52].

Desto y esotro lo que vine a sacar medrado, en resolución, fue graduarme de alcahuete; y sin mentir pudieran ponerme borla, por lo que a muchos otros y con mucho menos les vía yo poner borra[53].

¿Veis cómo aun las desdichas vienen por herencia? Ya se decía, sin rebozo ni máxcara, que yo traía sin sosiego a mi amo y él a mí hecho un Adonis pulido, galán y oloroso, por mi buena solicitud. ¡Qué cierta es la murmuración en caso semejante! Y si en lo bueno muerde, ¿qué maravilla es que en lo malo despedace y que haya sospechas donde no faltan hechas?[54].

Grandísima simplicidad fuera la mía y de tales como yo, cuando pidiéremos otro mejor nombre. Ni queramos tapiar a piedra lodo[55] —como dicen— las imaginaciones, dando las evidentes ocasiones. No se puede poner coto a los que juzgan: es querer poner puertas a el campo limitar los pensamientos. No aprovecha querer yo que no quieran, porfiar que no piensen o negar lo que todos afirman. Todo es trabajo sin provecho, como querer atar el humo.

¿Más qué diré agora de nuestros amos tontos, pues les debe

---

[51] *de barrio:* «gente baldía, atildada y meliflua» (Cervantes, *El celoso extremeño, Novelas ejemplares,* II, págs. 184-185).

[52] Como advirtió Rico, «hay aquí un juego de palabras extremadamente sutil: en efecto, Lucrecia solía nombrarse como dechado de castidad ..., pero en virtud de un equívoco —remontable hasta San Agustín— se le aplicó con frecuencia, sobre todo en rima, el calificativo de "necia"... La mención del "nombre de castas" sin duda sugería inmediatamente el de "Lucrecia" al lector coetáneo de Alemán, y a ambos, lector y autor, arrastraba al adjetivo "necias"».

[53] *borla ... borra:* los doctores y graduados llevaban una *borla* sobre sus bonetes. *Poner borra* significa «probablemente 'emplumar', como a las hechiceras y alcahuetas, por castigo» (SGG), aunque *borra* puede valer aquí «las heces y lo más grosero de las cosas líquidas» *(Autoridades),* es decir, la untura previa al emplumamiento. La relación *pluma-borra* no es desconocida: «mi pluma ha tomado lengua (aunque de borra)...» *(La Pícara Justina,* intr., 1.º, pág. 90, con todo lo que rodea a mi cita).

[54] *sospechas ... hechas:* cfr. II, i, 1, *ca.* n. 3.

[55] *a piedra lodo:* 'a cal y canto'. No es necesario interponer la conjunción, pues en lo antiguo la frase aparecía sin ella: «y cerrando la puerta a piedra lodo...» (fray Luis de Granada, *Guía de pecadores,* I, ii, 2, pág. 45).

de parecer que por nuestra mano corre bien y con secreto su negocio? Real y verdaderamente conozco que no hay ciencia que corrija un enamorado. No hay en amores Bártulos[56], no Aristóteles ni Galenos. Faltan consejos, falta el saber y no hay medicina, pues no hay camino para mayor publicidad que nuestra solicitud. Porque a dos visitas nuestras y un paseo suyo lo cantan luego los muchachos por las calles.

La pena que yo tenía era verme apuntar el bozo y barbas y que sin rebozo me daban con ello en ellas[57]. Y como a los pajes graciosos y de privanza toca el ser ministros de Venus y Cupido, cuanto cuidado ponía en componerme, pulirme y aderezarme, tanto mayor lo causaba en todos para juzgarme y, viéndome así, murmurarme.

Yo procuraba ser limpio en los vestidos y se me daba poco por tener manchadas las costumbres, y así me ponían de lodo con sus lenguas. Últimamente, por ativa o por pasiva, ya me decían el nombre de las Pascuas[58]. Y aunque les decía que como bellacos mentían, reíanse y callaban, dando a la verdad su lugar; ultrajábanme con veras y recebían mis agravios a burlas; mis palabras eran pajas y las dellos garrochas.

Hombres hay considerados, que toman los dichos, no como son, sino como de quien los dice: y es gran cordura de muy cuerdos. Al contrario de algunos, no sé si diga necios, que de un disfavor de su dama forman injuria y, como si lo fuese o lo pudiera ser, toman venganza representando agravio. Y haciéndosele a ella en su honra, sin razón la disfaman.

Yo no podía resistir a tantos ni acuchillarme con todos. Vía que tenían razón: pasaba por ello. Y aunque es acto de fina hu-

---

[56] *Bártulos:* por Bàrtolo de Sassoferrato, jurista boloñés del siglo XIV convertido en paradigma de los manuales universitarios.

[57] Hay en la frase un par de calambures basados en el *bozo* y las *barbas:* el primero da pie a la expresión *sin rebozo* ('al descubierto'), y el segundo involucra, complicado con un zeugma, la frase *dar a uno en las barbas* ('reprocharle exagerada e irrepetuosamente alguna acción, opinión o actitud').

[58] *decir el nombre de las Pascuas:* «decir a alguno palabras injuriosas» *(Autoridades),* ofender gravemente. Comp.: «Pardiez, mientras me dijeron de floreo, bravamente les reenvidé, mas en diciéndome dos o tres verdades que contenían la casa y nombres pascuales, callé como en misa» *(La Pícara Justina,* II, 2.ª, iv, 4.º, pág. 501).

mildad sufrir pacientemente los oprobios, en mí era de cobardía y abatimiento de ánimo, que, si a todo callaba, era porque más no podía. Como en casa no había centella de vergüenza, no reparaba en lo menos, perdido ya lo más: con risitas y sonsonetes me importaba llevarlo.

En resolución, aunque debiera tener por más compatible cualquier excesivo daño que torpe provecho, tenía como melón la cama[59] hecha, estaba dañado. Y, sin tratar de la emienda, lo tomaba como por honra, dando ripio a la mano[60] cuando algo me decían, por no mostrarme corrido ni obligado. Que fuera dar lugar a que más me apretasen y menos me provechase.

Ya con esto en alguna manera no me perseguían tanto. Mas ¿para qué había de hacer otra cosa, cuando me importara, si, aunque quisiera intentarlo, no saliera con ello y fuera encender el fuego, pensando apagarlo con estopas y resina?

Haga conchas de galápago[61] y lomos de paciencia, cierre los oídos y la boca quien abriere la tienda de los vicios. Y ninguno crea que teniendo costumbres feas tendrá fama hermosa. Pues el nombre sigue a el hombre[62] y tal será estimado cual su trato diere lugar para ello.

---

[59] *cama de melón:* «el asiento que tiene en tierra» (Covarrubias); *hacerle la cama a alguno* es «preparar y disponer de antemano lo conducente al fin que se pretende» *(Autoridades)*. Cfr. II, iii, 2, n. 30.

[60] *dar ripio a la mano:* «dar materia para que otro hable» *(Autoridades, s. v. dar)*, como el peón que da ripios al albañil para que siga obrando. Comp.: «que yo y mi señor le daremos tanto ripio a la mano en materia de aventuras y de sucesos diferentes, que pueda componer no sólo segunda parte, sino ciento» *(Don Quijote,* II, iv: IV, pág. 110). La frase podía valer, más latamente, «dar con facilidad y abundancia alguna cosa» (también en *Autoridades,* pero *s. v. ripio);* creo, sin embargo, que el primer sentido le cuadra mejor a este pasaje.

[61] «*Tener más conchas que un galápago:* ... se da a entender que uno es muy reservado y difícil de engañar o atraer a lo que se intenta o pide» *(Autoridades)*.

[62] *el nombre sigue al hombre:* viene en Correas (y no 'el nombre *rige...*', que es una mala lectura de sus editores —excepto Combet— por olvido de las ideas ortográficas del Maestro).

CAPÍTULO III

CUENTA GUZMÁN DE ALFARACHE LO QUE LE ACONTECIÓ CON
UN CAPITÁN Y UN LETRADO EN UN BANQUETE QUE HIZO EL EM-
BAJADOR

Son tan parecidos el engaño y la mentira, que no sé quién
sepa o pueda diferenciarlos[1]. Porque, aunque diferentes en el
nombre, son de una identidad, conformes en el hecho, supuesto que no hay mentira sin engaño ni engaño sin mentira.
Quien quiere mentir engaña y el que quiere engañar miente.
Mas, como ya están recebidos en diferentes propósitos, iré con
el uso y digo, conforme a él, que tal es el engaño respeto de la
verdad, como lo cierto en orden a la mentira, o como la sombra del espejo y lo natural que la representa. Está tan dispuesto
y es tan fácil para efetuar cualquier grave daño, cuanto es difícil de ser a los principios conocido, por ser tan semejante a el
bien, que, representando su misma figura, movimientos y talle,
destruye con grande facilidad.

Es una red sutilísima, en cuya comparación fue hecha de

---

[1] Por su tema y su estructura, este capítulo es perfecto para comprender el
Guzmán, y como tal lo estudió F. Rico, «Estructuras y reflejos de estructuras...».
Con el fin de mostrar el 'universo de falsedad' que preside la vida humana (cfr.
sólo E. Cros, *Protée*, pág. 380, y *Mateo Alemán*, pág. 104), el autor desarrolla
—entre otras fuentes— un capítulo de la *Silva de varia lección* de Pero Mejía (IV,
xviii: II, págs. 365-367); ahí, por ejemplo, se distinguen también varias formas y
cauces de la mentira: mentir creyendo ser verdad, decir una verdad creyendo
ser mentira, mentir a sabiendas, con palabras, con obras... (y todo ello con el
mismo vaivén entre doctrina y ejemplo, entre *consejo* y *conseja* —aunque en dosis
menores— que caracteriza a la autobiografía del pícaro).

maromas la que fingen los poetas[2] que fabricó Vulcano contra el adúltero[3]. Es tan imperceptible y delgada, que no hay tan clara vista, juicio tan sutil ni discreción tan limada, que pueda descubrirla; y tan artificiosa que, tendida en lo más llano, menos podemos escaparnos della, por la seguridad con que vamos. Y con aquesto es tan fuerte, que pocos o ninguno la rompe sin dejarse dentro alguna prenda.

Por lo cual se llama, con justa razón, el mayor daño de la vida, pues debajo de lengua de cera trae corazón de diamante, viste cilicio sin que le toque, chúpase los carrillos y revienta de gordo y, teniendo salud para vender, habla doliente por parecer enfermo. Hace rostro compasivo, da lágrimas, ofrécenos el pecho, los brazos abiertos, para despedazarnos en ellos. Y como las aves dan el imperio a el águila, los animales a el león, los peces a la ballena y las serpientes a el basilisco, así entre los daños, es el mayor dellos el engaño y más poderoso.

Como áspide, mata con un sabroso sueño[4]. Es voz de sirena, que prende agradando a el oído. Con seguridad ofrece paces, con halago amistades y, faltando a sus divinas leyes, las quebranta, dejándolas agraviadas con menosprecio. Promete alegres contentos y ciertas esperanzas, que nunca cumple ni llegan, porque las va cambiando de feria en feria[5]. Y como se fabrica la casa de muchas piedras, así un engaño de otros muchos[6]: todos a sólo aquel fin.

Es verdugo del bien, porque con aparente santidad asegura y ninguno se guarda dél ni le teme. Viene cubierto en figura de romero[7], para ejecutar su mal deseo. Es tan general esta

---

[2] *fingen los poetas:* «introducción habitual para recoger historias mitológicas (cfr. O. H. Green, en *Estudios dedicados a Menéndez Pidal,* I, Madrid, 1950, páginas 275-288)» (FR).

[3] *el adúltero* es Marte, atrapado *in flagrante delicto* en una recia red (aunque «imperceptible y delgada») urdida por Vulcano (cfr. *Odisea,* VIII).

[4] Lo explica Plinio, *Historia natural,* XXIX, xviii.

[5] *de feria en feria:* cfr. I, i, 1, n. 32.

[6] «Cfr. Terencio, *Andria,* 778: "fallacia alia aliam trudit"» (FR). También, «La mentira se va edificando con palabras, como el edificio con piedras» (según sentencia de San Gregorio recogida, entre otras afines, por Juan de Aranda, *Lugares comunes,* fol. 79v).

[7] *en figura de romero:* cfr. I, i, 7, n. 5, aunque la forma de la idea en este pasaje se debió a la proverbialización de un verso del romance de don Gaiferos, difun-

contagiosa enfermedad, que no solamente los hombres la padecen, mas las aves y animales. También los peces tratan allá
de sus engaños, para conservarse mejor cada uno. Engañan los
árboles y plantas, prometiéndonos alegre flor y fruto, que al
tiempo falta y lo pasan con lozanía. Las piedras, aun siendo
piedras y sin sentido, turban el nuestro con su fingido resplandor y mienten, que no son lo que parecen. El tiempo, las ocasiones, los sentidos nos engañan. Y sobre todo, aun los más
bien trazados pensamientos. Toda cosa engaña[8] y todos engañamos en una de cuatro maneras.

La una dellas es cuando quien trata el engaño sale con él,
dejando engañado a el otro. Como le aconteció a cierto estudiante de Alcalá de Henares, el cual, como se llegasen las pascuas y no tuviese con qué poderlas pasar alegremente, acordóse de un vecino suyo que tenía un muy gentil corral de gallinas, y no para hacerle algún bien. Era pobre mendicante y juntamente con esto grande avariento. Criábalas con el pan que le
daban de limosna y de noche las encerraba dentro del aposento mismo en que dormía. Pues, como anduviese dando trazas
para hurtárselas y ninguna fuese buena, porque de día era imposible y de noche asistía[9] y las guardaba, vínole a la memoria
fingir un pliego de cartas y púsole de porte dos ducados, dirigiéndolo a Madrid a cierto caballero principal muy nombrado.
Y antes que amaneciese, con mucho secreto se lo puso a el
umbral de la puerta, para que luego en abriéndola lo hallase.
Levantóse por la mañana y, como lo vio, sin saber qué fuese,
lo alzó del suelo. Pasó el estudiante por allí como acaso, y

---

didísimo en el Siglo de Oro: «en figura de romeros / no nos conozca Galván»
(cfr. R. Menéndez Pidal, *Estudios sobre el romancero,* Madrid, 1973, pág. 375).

    [8] Rico recuerda a este propósito un largo pasaje del «Elogio» de Alemán a
Luis Belmonte Bermúdez y su *Vida de San Ignacio de Loyola* (México, 1609): «Ya
sea de nuestra mala inclinación la culpa, ya nazca de la corrupción de las cosas,
la experiencia nos enseña que todo, del cielo a el suelo, es mentiroso... Últimamente, del Espíritu Santo tenemos y afirma no haber hombre de verdad, que
todos mienten, aunque se diferencian en el modo, unos más, otros menos, estos
con cuidado y artificio y esotros tan a los anchos y desbocados, y es lo peor que
no repara[n] en su infamia ni en ver que son con el dedo notados» (en F. A. de
Icaza, *Sucesos reales que parecen imaginados,* págs. 380-382). Cfr. I, i, 2, n. 35, y I, ii,
4, n. 39.

    [9] *asistía:* estaba presente.

viéndolo el pobre le rogó que leyese qué papeles eran aquellos.
El estudiante le dijo: «¡Cuales me hallara yo agora otros! Estas
cartas van a Madrid, con dos ducados de porte, a un caballero
rico que allí reside, y no será llegado cuando estén pagados.» A
el pobre le creció el ojo[10]. Parecióle que un día de camino era
poco trabajo, en especial que a mediodía lo habría andado y a
la noche se volvería en un carro. Dio de comer a sus aves, de-
jólas encerradas y proveídas y fuese a llevar su pliego. El estudiante a la noche saltó por unos trascorrales y, desquiciando el
aposentillo, no le tocó en alguna otra cosa que las gallinas, no
dejándole más de solo el gallo, con un capuz y caperuza de
bayeta muy bien cosido, de manera que no se le cayese, y así se
fue a su casa. Cuando el pobre vino a la suya de madrugada y
vio su mal recaudo y que había trabajado en balde, porque tal
caballero no había en Madrid, lloraban él y el gallo su soledad
y viudez amargamente.

Otros engaños hay, en que junto con el engañado lo queda
también el engañador. Así le aconteció a este mismo estudiante y en este mismo caso. Porque, como para efetuarlo no pudiese solo él, siéndole necesario compañía, juntóse con otra camarada suya, dándole cuenta y parte del hurto. Éste lo descubrió a un su amigo, de manera que pasó la palabra hasta venirlo a saber unos bellaconazos andaluces. Y como esotros fuesen
castellanos viejos y por el mesmo caso sus contrarios[11], acordaron de desvalijarlos con otra graciosa burla. Sabían la casa
donde fueron y calles por donde habían de venir. Fingiéronse
justicia y aguardaron hasta que volviesen a la traspuesta de una
calle, de donde, luego que los devisaron, salieron en forma de
ronda con sus lanternas, espadas y rodelas. Adelantóse uno a
preguntar: «¿Qué gente?» Pensaron ellos que aquél era corche-
te y, por no ser conocidos y presos con aquel mal indicio, soltaron las gallinas y dieron a huir como unos potros. De manera que no faltó quien también a ellos los engañase.

La tercera manera de engaños es cuando son sin perjuicio,
que ni engañan a otro con ellos ni lo quedan los que quieren o

---

[10] «*Crecer el ojo:* por codiciar algo» (Correas).
[11] Sobre la rivalidad entre los castellanos y los andaluces, cfr. M. Herrero,
Ideas de los españoles del siglo XVI, págs. 179-197 (y *passim*).

tratan de engañar. Lo cual es en dos maneras, o con obras o palabras: palabras, contando cuentos, refiriendo novelas, fábulas y otras cosas de entretenimiento; y obras, como son las del juego de manos y otros primores o tropelías[12] que se hacen y son sin algún daño ni perjuicio de tercero.

La cuarta manera es cuando el que piensa engañar queda engañado, trocándose la suerte. Acontecióle aquesto a un gran príncipe de Italia —aunque también se dice de César[13]—, el cual, por favorecer a un famosísimo poeta de su tiempo, lo llevó a su casa, donde le hizo a los principios muchas lisonjas y caricias, acompañadas de mercedes, cuanto dio lugar aquel gusto. Mas fuésele pasando poco a poco, hasta quedar el pobre poeta con solo su aposento y limitada ración, de manera que padecía mucha desnudez y trabajo, tanto que ya no salía de casa por no tener con qué cubrirse. Y considerándose allí enjaulado, que aun como a papagayo no trataban de oírle, acordó de recordar a el príncipe dormido en su favor, tomando traza para ello. Y en sabiendo que salía de casa, esperábalo a la vuelta y, saliéndole a el encuentro con alguna obra que le tenía compuesta, se la ponía en las manos, creyendo con aquello refrescarle la memoria. Tanto continuó en hacer esta diligencia, que como ya cansado el príncipe de tanta importunación lo quiso burlar, y habiendo él mismo compuesto un soneto y viniendo de pasearse una tarde, cuando vio que le salía el poeta a el encuentro, sin darle lugar a que le pudiese dar la obra que le había compuesto, sacó del pecho el soneto y púsoselo en las manos a el poeta. El cual entendiendo la treta, como discreto, fingiendo haberlo ya leído, celebrándolo mucho, echó mano a su faltriquera y sacó della un solo real de a ocho que tenía y dióselo a el príncipe, diciendo: «Digno es de premio un buen

---

[12] *tropelías:* tretas basadas en juegos de ilusionismo, como el de *pasa pasa* (cfr. I, i, 1, n. 50).

[13] Viene el cuento en las *Horas de recreación* de Guicciardini traducidas por V. Millis Godínez (Bilbao, 1586, fol. 130: cfr. E. Cros, *Sources*, págs. 130-131). Lo más probable es, sin embargo, que el apotegma se difundiese —como tantos otros— en versiones y por bocas distintas («también se dice de César», advierte el pícaro); por lo que sabemos (comp. la breve mención del *Deleite de la discreción* de Fernández de Velasco, citado por FR), Alemán amplió su núcleo acomodándolo al contexto de sus intereses.

ingenio. Cuanto tengo doy; que si más tuviera, mejor lo pagara.» Con esto quedó atajado el príncipe, hallándose preso en su mismo lazo, con la misma burla que pensó hacer, y trató de allí adelante de favorecer a el hombre como solía primero.

Hay otros muchos géneros destos engaños, y en especial es uno y dañosísimo el de aquellos que quieren que como por fe creamos lo que contra los ojos vemos. El mal nacido y por tal conocido quiere con hinchazón y soberbia ganar nombre de poderoso, porque bien mal tiene cuatro maravedís, dando con su mal proceder causa que hagan burla dellos, diciendo quién son, qué principio tuvo su linaje, de dónde comenzó su caballería, cuánto le costó la nobleza[14] y el oficio en que trataron sus padres y quiénes fueron sus madres. Piensan éstos engañar y engáñanse, porque con humildad, afabilidad y buen trato fueran echando tierra hasta henchir con el tiempo los hoyos y quedar parejos con los buenos.

Otros engañan con fieros, para hacerse valientes, como si no supiésemos que sólo aquéllos lo son que callan. Otros con el mucho hablar y mucha librería[15] quieren ser estimados por sabios y no consideran cuánta mayor la tienen los libreros y no por eso lo son. Que ni la loba larga ni el sombrero de falda ni la mula con tocas y engualdrapadas[16] será poderosa para que a cuatro lances no descubran la hilaza[17]. Otros hay necios de solar conocido, que como tales o que caducan de viejos, inhábiles ya para todo género de uso y ejercicio, notorios en edad y flaqueza, quieren desmentir las espías[18], contra toda verdad y razón, tiñéndose las barbas, cual si alguno ignorase que no las hay tornasoladas, que a cada viso[19] hacen su color diferente y

---

[14] Era frecuente en el tiempo la compra de hidalguías. *Vid.* A. Domínguez Ortiz, *La sociedad española en el siglo XVII,* I, Madrid, 1963, págs. 181-185.

[15] *librería* valía también en castellano antiguo 'biblioteca'.

[16] *loba:* vestidura talar (cfr. I, iii, 5, n. 19); *sombrero de falda:* de ala ancha. Eran propias de eclesiásticos y estudiantes, como lo era de sus mulas el llevar *gualdrapas,* en concreto «el paramento que se poner sobre la silla y ancas de la mula» (Covarrubias, y cfr. I, iii, 7, n. 6).

[17] *descubrir la hilaza:* advertir que las obras de otro son «no correspondientes a lo que prometía» (Correas).

[18] *desmentir las espías:* despistar (cfr. I, i, 8, n. 77).

[19] *viso:* «onda de resplandor que hacen algunas cosas heridas de la luz» *(Autoridades).*

ninguna perfeta, como los cuellos de las palomas; y en cada pelo se hallan tres diferencias: blanco a el nacimiento, flavo[20] en el medio y negro a la punta, como pluma de papagayo. Y en mujeres, cuando lo tal acontece, ningún cabello hay que no tenga su color diferente.

Puedo afirmar de una señora que se teñía las canas, a la cual estuve con atención mirando y se las vi verdes, azules, amarillas, coloradas y de otras varias colores, y en algunas todas, de manera que por engañar el tiempo descubría su locura, siendo risa de cuantos la vían. Que usen esto algunos mozos, a quien por herencia, como fruta temprana de la Vera de Plasencia[21], le nacieron cuatro pelos blancos, no es maravialla. Y aun éstos dan ocasión que se diga libremente dellos aquello de que van huyendo, perdiendo el crédito en edad y seso[22].

¡Desventurada vejez, templo sagrado, paradero de los carros de la vida! ¿Cómo eres tan aborrecida en ella, siendo el puerto de todos más deseado? ¿Cómo los que de lejos te respetan, en llegando a ti te profanan?[23]. ¿Cómo, si eres vaso de prudencia, eres vituperada como loca? ¿Y si la misma honra, respeto y reverencia, por qué de tus mayores amigos estás tenida por infame? ¿Y si archivo de la sciencia, cómo te desprecian? O en ti debe de haber mucho mal o la maldad está en ellos. Y esto es

---

[20] *flavo:* pajizo, entre amarillo y rojo.

[21] Los frutos tempranos de la famosa Vera de Plasencia, en Extremadura, eran a menudo término de comparación de todo lo que se daba antes de lo común. Cfr. Lope, *La Dorotea*, págs. 196-197, n. 162.

[22] Los teñidos y teñidas —es sabido— fueron blanco predilecto de la sátira de Quevedo. A uno de ellos le dijo Juan Rufo «que su barba era calabriada, que aguaba tinto con blanco» (*Las seiscientas apotegmas*, 34, pág. 25, con otros chascarrillos a su alrededor); cfr. también Espinel, *Marcos de Obregón*, I, v: I, páginas 91-92. No veo en el inicio del párrafo los juegos de palabras alusivos a los cristianos viejos que ve Brancaforte (o al menos no con tanta claridad); sólo al principio juega Alemán con la expresión *necios de solar conocido*, aunque también era frase hecha para decir, en este caso, 'necios declarados, patentes'. Mucho menos justificadas me parecen, si cabe, la «analogía» de *tornasoladas* «con *tornadizo*» ('convertido al cristiano') y la pretendida simbología de los colores. Este pasaje del *Guzmán* está repleto de imágenes tradicionales, casi todas, por cierto, incluidas después entre las gracias del aprensivo Tomás Rodaja (*Novelas ejemplares*, II, págs. 136-137).

[23] Cfr. Cicerón, *De senectute*, II, 4 (FR), o las ideas y palabras recogidas por Juan de Aranda, *Lugares comunes*, fols. 145v-146v.

lo cierto. Llegan a ti sin lastre de consejo y da vaivenes la gavia[24], porque a el seso le falta el peso.

Al propósito te quiero contar un cuento, largo de consideración, aunque de discurso breve, fingido para este propósito[25]. Cuando Júpiter crió la fábrica deste universo, pareciéndole toda en todo tan admirable y hermosa, primero que criase a el hombre, crió los más animales. Entre los cuales quiso el asno señalarse; que si así no lo hiciera, no lo fuera. Luego que abrió los ojos y vio esta belleza del orbe, se alegró. Comenzó a dar saltos de una en otra parte, con la rociada que suelen, que fue la primera salva que se le hizo a el mundo, dejándolo immundo[26], hasta que ya cansado, queriendo reposar, algo más manso de lo que poco antes anduvo, le pasó por la imaginación cómo, de dónde o cuándo era él asno, pues ni tuvo principio dél ni padres que lo fuesen. ¿Por qué o para qué fue criado? ¿Cuál había de ser su paradero?

Cosa muy propia de asnos, venirles la consideración a más no poder, a lo último de todo, cuando es pasada la fiesta, los gustos y contentos. Y aun quiera Dios que llegue como ha de venir, con emmienda y perseverancia, que temprano se recoge quien tarde se convierte[27].

Con este cuidado se fue a Júpiter y le suplicó se sirviese de revelarle quién o para qué lo había criado. Júpiter le dijo que para servicio del hombre, refiriéndole por menor todas las co-

---

[24] *gavia:* en estilo festivo, 'cabeza', por el «cestón o castillejo tejido de mimbres que está en lo alto del navío» (Covarrubias).

[25] El apólogo que sigue «lo ilustraron mucho grandes ingenios» (Gracián, *Agudeza y arte de ingenio,* LVI, pág. 482a, con cita del *Guzmán).* Entre ellos destaca Jaime Falcón y su sátira *De partibus vitae* (en *Operum poeticorum... libri quinque,* Madrid, 1600), la fuente más probable de la versión alemaniana (si no hay un texto anterior del que partiesen ambos; cfr. E. Cros, *Protée,* pág. 233, y *Sources,* pág. 162). Me parece importante señalar la unión de una fábula de larguísima tradición (es, en última instancia, de raigambre esópica: núm. 105) con uno de los temas predilectos de la literatura moral y erudita de los humanistas (cfr. sólo Pero Mejía, *Silva de varia lección,* I, xliv-xlv).

[26] *mundo ... inmundo:* el calambur era ya frecuente en latín —aunque con fines más serios—, y su efecto consiste en que *mundo (mundus)* «quiere decir lindo y limpio» (Gracián, *Criticón,* I, vi, pág. 73). (Otros ejemplos españoles en FR.)

[27] *temprano...:* viene en Correas («quiere decir que a tiempo se reduce a buena vida el que se convierte, aunque tarde, porque la bondad de Dios siempre recibe al que le busca»).

sas y ministerios de su cargo. Y fue tan pesado para él, que de solamente oírlo le hizo mataduras[28] y arrodillar en el suelo de ojos; y con el temor del trabajo venidero —aunque siempre los males no padecidos asombran más con el ruido que hacen oídos, que después ejecutados— quedó en aquel punto tan melancólico cual de ordinario lo vemos, pareciéndole vida tristísima la que se le aparejaba. Y preguntando cuánto tiempo había de durar en ella, le fue respondido que treinta años. El asno se volvió de nuevo a congojar, pareciéndole que sería eterna, si tanto tiempo la esperase. Que aun a los asnos cansan los trabajos. Y con humilde ruego le suplicó que se doliese dél, no permitiendo darle tanta vida, y, pues no había desmerecido con alguna culpa, no le quisiese cargar de tanta pena. Que bastaría vivir diez años, los cuales prometía servir como asno de bien, con toda fidelidad y mansedumbre, y que los veinte restantes los diese a quien mejor pudiese sufrirlos. Júpiter, movido de su ruego, concedió su demanda, con lo cual quedó el asno menos malcontento.

El perro, que todo lo huele, había estado atento a lo que pasó con Júpiter el asno y quiso también saber de su buena o mala suerte. Y aunque anduvo en esto muy perro, queriendo saber —lo que no era lícito— secretos de los dioses y para solos ellos reservados, cuales eran las cosas por venir, en cierta manera pudo tener excusa su yerro, pues lo preguntó a Júpiter, y no hizo lo que algunas de las que me oyen, que sin Dios y con el diablo, buscan hechiceras y gitanas que les echen suertes y digan su buenaventura[29]. ¡Ved cuál se la dirá quien para sí la tiene mala! Dícenles mil mentiras y embelecos. Húrtanles por bien o por mal aquello que pueden y déjanlas para necias, burladas y engañadas.

En resolución, fuese a Júpiter y suplicóle que, pues con su compañero el asno había procedido tan misericordioso, dándole satisfacción a sus preguntas, le hiciese a él otra semejante merced. Fuele respondido que su ocupación sería en ir y venir a caza, matar la liebre y el conejo y no tocar en él; antes poner-

---

[28] *mataduras:* las llagas que en las carnes de la bestia producen los aparejos.

[29] Son abundantes los testimonios y críticas de ese hábito: cfr. M. Herrero, *Ideas de los españoles*, págs. 647-648.

lo con toda fidelidad en manos del amo. Y después de cansado
y despeado[30] de correr y trabajar, habían de tenerlo atado a estaca, guardando la casa, donde comería tarde, frío y poco, a
fuerza de dientes royendo un hueso roído y desechado. Y juntamente con esto le darían muchas veces muchos puntillones[31]
y palos.

Volvió a replicar preguntando el tiempo que había de padecer tanto trabajo. Fuele respondido que treinta años. Malcontento el perro, le pareció negocio intolerable; mas confiado de
la merced que a el asno se le había hecho, representando la
consecuencia suplicó a Júpiter que tuviese dél misericordia y
no permitiese hacerle agravio, pues no menos que el asno era
hechura suya y el más leal de los animales; que lo emparejase
con él, dándole solos diez años de vida. Júpiter se lo concedió.
Y el perro, reconocido desta merced, bajó el hocico por tierra
en agradecimiento della, resinando en sus manos los otros
veinte años de que le hacía dejación.

Cuando pasaban estas cosas, no dormía la mona, que con
atención estaba en asecho, deseando ver el paradero dellas.
Y como su oficio sea contrahacer lo que otros hacen, quiso
imitar a sus compañeros. Demás que la llevaba el deseo de saber de sí, pareciéndole que quien tan clemente se había mos-
trado con el asno y el perro, no sería para con ella riguroso.

Fuese a Júpiter y suplicóle se sirviese de darle alguna luz de
lo que había de pasar en el discurso de su vida y para qué había
sido criada, pues era cosa sin duda no haberla hecho en balde.
Júpiter le respondió que solamente se contentase saber por entonces que andaría en cadenas arrastrando una maza[32], de
quien se acompañaría, como de un fiador[33]; si ya no la ponían
asida de alguna baranda o reja, donde padecería el verano calor
y el invierno frío, con sed y hambre, comiendo con sobresaltos, porque a cada bocado daría cien tenazadas con los dientes

---

[30] *despeado:* con los pies molidos (cfr. I, i, 3, n. 19).

[31] *puntillones:* puntapiés.

[32] *maza:* «un tajón en el cual suelen atar la cadena de la mona» (Covarrubias).
Piénsese que a dos personas inseparables se las llamaba «la maza y la mona».

[33] *fiador:* la correa que limita la suelta del animal (le cuadra mejor este sentido
que el «instrumento con que se afirma o asegura alguna cosa» [*Autoridades*]).

y le darían otros tantos azotes, para que con ellos provocase a risa y gusto.

Éste se le hizo a ella muy amargo y, si pudiera, lo mostrara entonces con muchas lágrimas; pero llevándolo en paciencia, quiso también saber cuánto tiempo había de padecerlo. Respondiéronle lo que a los otros, que viviría treinta años. Congojada con esta respuesta y consolada con la esperanza en el clemente Júpiter, le suplicó lo que los más animales y aun se le hicieron muchos. Otorgósele la merced según que lo había pedido y, dándole gracias, le besó la mano por ello y fuese con sus compañeros.

Últimamente, crió después a el hombre, criatura perfeta, más que todas las de la tierra, con ánima immortal y discursivo. Diole poder sobre todo lo criado en el suelo, haciéndolo señor usufrutuario dello. Él quedó muy alegre de verse criatura tan hermosa, tan misteriosamente organizado, de tan gallarda compostura, tan capaz, tan poderoso señor, que le pareció que una tan excelente fábrica era digna de immortalidad. Y así suplicó a Júpiter le dijese, no lo que había de ser dél, sino cuánto había de vivir.

Júpiter le respondió que, cuando determinó la creación de todos los animales y suya, propuso darles a cada uno treinta años de vida. Maravillóse desto el hombre, que para tiempo tan corto se hubiese hecho una obra tan maravillosa, pues en abrir y cerrar los ojos pasaría como una flor su vida, y apenas habría sacado los pies del vientre de su madre, cuando entraría de cabeza en el de la tierra, dando con todo su cuerpo en el sepulcro, sin gozar su edad ni del agradable sitio donde fue criado. Y considerando lo que con Júpiter pasaron los tres animales, fuese a él y con rostro humilde le hizo este razonamiento: «Supremo Júpiter, si ya no es que mi demanda te sea molesta y contra las ordenaciones tuyas —que tal no es intento mío, mas cuando tu divina voluntad sea servida, confirmando la mía con ella en todo—, te suplico que, pues estos animales brutos, indignos de tus mercedes, repudiaron la vida que les diste, de cuyos bienes les faltó noticia con el conocimiento de razón que no tuvieron, pues largaron[34] cada uno dellos veinte años de

---

[34] *largaron:* soltaron, dejaron ir.

los que les habías concedido, te suplico me los des para que yo los viva por ellos y tú seas en este tiempo mejor servido de mí.»

Júpiter oyó la petición del hombre, concediéndole que como tal viviese sus treinta años, los cuales pasados, comenzase a vivir por su orden los heredados. Primeramente veinte del asno, sirviendo su oficio, padeciendo trabajos, acarreando, juntando, trayendo a casa y llegando para sustentarla lo necesario a ella. De cincuenta hasta setenta viviese los del perro, ladrando, gruñendo, con mala condición y peor gusto. Y últimamente, de setenta a noventa usase de los de la mona, contrahaciendo los defetos de su naturaleza.

Y así vemos en los que llegan a esta edad que suelen, aunque tan viejos, querer parecer mozos, pulirse, aderezarse, pasear, enamorar y hacer valentías, representando lo que no son, como lo hace la mona, que todo es querer imitar las obras del hombre y nunca lo puede ser.

Terrible cosa es y mal se sufre que los hombres quieran, a pesar del tiempo y de su desengaño, dar a entender a el contrario de la verdad, y que con tintas, emplastos y escabeches nos desmientan y hagan trampantojos[35], desacreditándose a sí mismos. Como si con esto comiesen más, durmiesen más o mejor, viviesen más o con menos enfermedades. O como si por aquel camino les volviesen a nacer los dientes y muelas, que ya perdieron, o no se les cayesen las que les quedan. O como si reformasen sus flaquezas, cobrando calor natural, vivificándose de nuevo la vieja y helada sangre. O como si se sintiesen más poderosos en dar y tener mano. Finalmente, como si supiesen que no se supiese ni se murmurase que ya no se dice otra cosa, sino de cuál es mejor lejía, la que hace fulano o la de zutano.

No sin propósito he traído lo dicho, pues viene a concluirse con dos caballeros cofrades desta bobada, por quien he referi-

---

[35] *escabeche*: líquido para teñir las canas; comp. Cervantes, *El coloquio de los perros*: «Ea, Gavilán, amigo, salta por aquel viejo verde que tú conoces que se escabecha las barbas» *(Novelas ejemplares,* III, pág. 289, o los «escabechados» de *El licenciado Vidriera, ibid.,* II, pág. 137). Los *trampantojos,* como su propio nombre indica —y como las *tropelías* (cfr. *supra,* n. 12)—, son las trampas y engaños «que alguno nos hace en nuestra presencia y delante de nuestros ojos» (Covarrubias). Cfr. M. Joly, *La bourle,* págs. 276-277.

do lo pasado. El embajador mi señor, como has oído, daba plato de ordinario, era rico y holgaba hacerlo. Y como no siempre todos los convidados acontecían a ser de gusto, acertó un día, que hacía banquete a el embajador de España y a otros caballeros, llegársele dos de mesa.

Eran personas principales: uno capitán, el otro letrado; pero para él enfadosísimos y cansados ambos y de quien antes había murmurado comigo a solas. Porque tanto cuanto gustaba de hombres de ingenio, verdaderos y de buen proceder, aborrecía por el contrario todo género de mentiras, aun en burlas. No podía ver hipócritas ni aduladores; quería que todo trato fuera liso, sencillo y sin doblez, pareciéndole que allí estaba la verdadera sciencia.

Y aunque había causas en éstos para ser aborrecidos, tengo también por sin duda que hay en amarse o desamarse unos más que otros algún influjo celeste[36]. Y en éstos obraba con eficacia, porque todos los aborrecían.

Bien quisiera mi amo escaparse dellos; mas no pudo, a causa que se le llegaron en la calle y lo vinieron acompañando. Hubo de tenerles el envite por fuerza, trayéndolos, a su pesar, consigo. Que no hay peso que así pese, como lo que pesa una semejante pesadilla.

Luego como entró por la puerta de casa, le conocí en el rostro que venía mohíno. Mirélo con atención y entendióme. Hízome señas, hablándome con los ojos, mirando aquellos dos caballeros, y no fue más menester para dejarme bien satisfecho y enterado de todo el caso.

Callé por entonces y disimulé mi pesadumbre. Púseme a imaginar qué traza podría tener para que aquestos hombres que tan disgustado tenían a mi amo, le pudieran ser en alguna manera entretenimiento y risa, pagando el escote. Tocóme luego en la imaginación una graciosa burla. Y no hice mucho en fabricarla, porque ya ellos venían perdigados[37] y la traían guisada. Esperé la ocasión, que ya estaba muy cerca, y guardéme para los postres, por ser mejor admitido. Que para que la boca se hincha de risa no ha de estar el vientre vacío de vianda, y

---

[36] Cfr. I, i, 8, n. 98.
[37] *perdigados:* como diciendo 'casi a punto' (cfr. I, ii, 5, n. 67).

nunca se quisieron bien gracias y hambre: tanto se ríe cuanto
se come.

Las mesas estaban puestas. Vinieron sirviendo manjares.
Brindáronse los huéspedes. Y cuando ya vi que se les calenta-
ba la sangre a todos y andaba la conversación en folla[38] tratando de varias cosas, antes de dar aguamanos ni levantar los
manteles, lleguéme por un lado a el capitán y díjele a el oído
un famoso disparate. Él se rió de lo que le dije y, viéndose
obligado a responderme con otro, me hizo bajar la cabeza para
decírmelo a el oído. Y así en secreto nos pasaron ciertas idas y
venidas.

Y cuando me pareció tiempo a propósito, levanté la voz
muy sin él, diciendo con rostro sereno, cual si fuera verdad
que de lo que quería decir hubiéramos tratado y dije:

—¡No, no, esto no, señor capitán! Si Vuestra Merced se lo
quiere decir, muy enhorabuena, pues tiene lengua para ello y
manos para defenderlo; que no son buenas burlas ésas para un
pobre mozo como yo y tan servidor del señor dotor como el
que más en el mundo.

Mi amo y los más huéspedes dijeron a una:

—¿Qué es eso, Guzmanillo?

Yo respondí:

—¡No sé, por Dios! Aquí el señor capitán, que tiene deseo
de verme de corona, me ordena los grados[39] y anda procurando cómo el señor dotor y yo nos cortemos las uñas metiéndo-
nos en pendencia.

El capitán se quedó helado del embeleco y, no sabiendo en
lo que había de parar, se reía sin hablar palabra. Mas el embajador de España[40] me dijo:

---

[38] *folla*: confusión, tumulto (cfr. I, iii, 2, n. 5).

[39] *de corona*: 'tonsurado, rapado', y figuradamente 'descalabrado, maltrecho,
en un aprieto', pues *hacer de corona* era «descalabrar» (Correas); pero a la vez *corona* es «la primera tonsura clerical, que es como grado y disposición para llegar al
sacerdocio» (*Autoridades*). De ahí el juego de palabras. Comp. *Rinconete y Cortadillo*: «A fe que si no se enmienda [el "Judío, en hábito de clérigo"], que yo le
deshaga la corona; que no tiene más órdenes el ladrón que las tiene el turco»
(*Novelas ejemplares*, I, pág. 270).

[40] En la mención del *embajador de España* se ha supuesto un lapsus curiosamente afín al desajuste entre el título y el texto del capítulo siguiente (FR, BB,

—Guzmán amigo, por mi vida, ¿qué ha sido eso? Sepamos de qué te ríes y enojas en un tiempo, que algo debe tener de gusto.

—Pues Vuestra Señoría metió su vida por prenda, dirélo, aunque muy contra toda mi voluntad. Y protesto que no digo nada ni lo dijera con menos fuerza, si me sacaran la lengua por el colodrillo. Sabrá Vuestra Señoría que me mandaba el señor capitán que hiciese a el señor dotor una burla, picándole algo en el corte de la barba. Porque dice que la trae a modo de barba de pichel de Flandes[41] y que la mete las noches en prensa de dos tabletas, liada como guitarra, para que a la mañana salga con esquinas, como limpiadera[42], pareja y tableada, los pelos iguales, cortados en cuadro, muy estirada porque alargue, para que con ella y su bonete romano acrediten sus letras pocas y gordas, como de libro de coro[43]. ¡Cual si fuera esto parte

EM). Pero aquí, al menos, no creo que haya tal, pues Guzmán nunca llama a su señor 'el embajador de Francia', sino, naturalmente, «mi amo».

[41] El *pichel* es una especie de jarra grande y alta de metal, algo más ancha del suelo que de la boca. Los anotadores del *Guzmán* no hemos sabido explicar aún el motivo de la comparación, pero en ningún caso pienso que fuese la del letrado una barba puntiaguda (SGG, BB, EM), pues por el mismo texto («en prensa de dos tabletas ... con esquinas, pareja y tableada, los pelos iguales, cortados en cuadro») se adivina que era más bien cuadrada o rectangular. No sé en qué se caracterizaban los picheles de Flandes (región famosa por sus manufacturas), aunque estoy por pensar que no se refiere estrictamente al vaso metálico (diría «a modo de pichel...», y no «a modo de barba de pichel...»), sino a una suerte de faldellín con que sería uso adornar tales recipientes. (C. B. Johnson, «Don Álvaro de Luna», pág. 38, n. 12, propone entender 'una barba al estilo de Flandes, con forma de pichel', pero creo que la construcción sintáctica del pasaje no avala tal significado.)

[42] *limpiadera:* 'cepillo o escobilla'. Recuérdense las «barbas jurisjueces» que una moza sabía «gastar por escobas» (Quevedo, *Obra poética*, núm. 682, 291-292).

[43] Comp.: «Preguntando uno a su amigo por un letrado, si le tenía por hombre de letras, respondió: "Las letras de N. son como letras del canto llano, pocas y gordas"» (Melchor de Santa Cruz, *Floresta española*, IV, ii, 3). Además, la barba, desde antiguo, era característica de los sabios y a menudo emblema de su presunción (cfr. F. Rico, «Estructuras y reflejos de estructuras», pág. 135, n. 17), pero en el Siglo de Oro era elemento de mención imprescindible en la burla de los letrados, y buena muestra de ello vuelven a ser los versos de Quevedo: «letrados barbihechos» (*Obra poética*, núm. 546, 10), «barba jurisconsulta» (571, 10), «abarbadísimo letrado» (597, 9) o —entre otros y sobre todos— el soneto que lleva el número 606. *Vid.* C. B. Johnson, «Don Álvaro de Luna...», pág. 37, n. 10.

para darlas y no se hubiesen visto caballos argeles[44], hijos de
otros muy castizos; y muy grandes necios de falda[45], mayores
que la de sus lobas! Y son como melones, que nos engañan
por la pinta[46]: parecen finos y son calabazas. Esto quería que
yo le dijese como de mío. Por eso digo que se lo diga él o haga
lo que mandare.

Santiguábase riendo el capitán, viendo mi embuste, y todos
también se reían, sin saber si fuese verdad o mentira que tal
nos hubiese pasado. Mas el señor dotor, con su entendimiento
atestado de sopas[47], no sabía si enojarse o llevarlo en burlas.
Empero, como lo estaban los más mirando, asomóse[48] un
poco y, haciendo la boca de corrido, dijo:

—Monsiur, si mi profesión diera lugar a la satisfación que
pide semejante atrevimiento, crea Vuestra Señoría que cum-
pliera con la obligación en que mis padres me dejaron. Mas,
como Vuestra Señoría está presente y no tengo más armas que
la lengua, daráseme licencia que pregunte a el señor capitán y
me diga la edad que tiene. Porque, si es verdad lo que dice, que
se halló en servicio del emperador Carlos quinto en la jornada
de Túnez[49], ¿cómo no tiene pelo blanco en toda la barba ni alguno negro en la cabeza? Y si es tan mozo como parece, ¿para
qué depone de cosas tan antiguas? Díganos en qué Jordán se
baña[50] o a qué santo se encomienda, para que le pongamos

---

[44] *caballos argeles:* «poco leales» y «con ciertas señales encontradas, en que son
conocidos» *(Autoridades).*

[45] *de falda:* 'de tomo y lomo', como «necio de tres altos».

[46] *pinta:* la raya de los naipes; y, así, se decía figuradamente *engañar* o *conocer
por la pinta* (cfr. Iribarren, *El porqué de los dichos,* pág. 92).

[47] *entendimiento atestado de sopas:* debe entenderse que había bebido mucho, por
lo que dice después; no creo que la frase esté relacionada con la expresión *sopear*
(«metafóricamente ... maltratar a otro», según *Autoridades).*

[48] *asomarse* vale 'salir fuera de sí', en particular por causa del vino: «*Estar aso-
mado del vino* es tener tocada la cabeza de los humos de él» *(Autoridades,* y cfr.
Correas, *Frases, s. v. asomarse).*

[49] *jornada de Túnez:* la de 1535 contra Barbarroja.

[50] En el fondo está la leyenda del judío errante, «en su adaptación española
referida a Juan de Espera en Dios, quien, bañándose regularmente en el Jordán,
conservaba la misma edad que tenía al ser castigado por Cristo» (FR, con bibliografía). Pero aquí importa más la dimensión proverbial del motivo («A los
que habiendo estado ausentes vuelven remozados y lozanos, decimos haberse
ido a lavar al río Jordán» [Covarrubias]) y su relación con los teñidos y los vie-

candelitas cuando lo hayamos menester. Aclárese con todos.
Tenga y tengamos[51]. Pues ha salido de un triunfo, hagamos
ambos bazas; que no será justo, habiendo metido prenda[52], que
la saque franca.

Todos los convidados volvieron a refrescar la risa, en especial mi amo, por haberse tratado de dos cosas que le causaban
enfado y deseaba en ellas reformación. Y viendo lo que había
pasado, me dijo:

—Di agora tú, Guzmanillo, ¿qué sientes desto? Absuelve la
cuestión, pues propusiste el argumento.

Yo entonces dije:

—Lo que puedo responder a Vuestra Señoría sólo es que
ambos han dicho verdad y ambos mienten por la barba[53].

---

jos mozos: «La edad, señor dotor, pide Jordán» (Quevedo, *Obra poética*, número 550, 8; cfr. también el núm. 653, v. 24, o *La culta latiniparla*, en *Obras festivas*, pág. 141: «Jordáname estas navidades cóncavas»). Comp. *El licenciado Vidriera:* «Una doncella discreta y bien entendida ... dio el sí a casarse con un viejo todo cano, el cual la noche antes del desposorio se fue, no al río Jordán, como dicen las viejas, sino a la redomilla del agua fuerte y plata» (*Novelas ejemplares*, II, pág. 137), o, en fin, Castillo Solórzano: «con este Jordán les parecía que engañaban a la muerte» (*Aventuras del Bachiller Trapaza*, XIII, pág. 217).

[51] *«Tener y tengamos*. Frase familiar que se usa para persuadir a la mutua seguridad en lo que se trata. Es del estilo bajo» (*Autoridades*). Comp. II, ii, 3, *ca.* 55: «Mas ya una vez las máscaras quitadas, tenga y tengamos, démonos tantas en ancho como en largo.»

[52] *meter prenda o prendas* es «introducirse en algún negocio» (*Autoridades*).

[53] *mienten por la barba:* comp. *El licenciado Vidriera:* «A otro, que traía las barbas por mitad blancas y negras por haberse descuidado, y los cañones crecidos, le dijo que procurarse de no porfiar ni reñir con nadie porque estaba aparejado a que le dijesen que mentía por mitad de la barba» (*Novelas ejemplares,* II, pág. 136, y cfr. *Don Quijote*, VII, pág. 202, pero esta vez sin vínculo con el tema de los teñidos).

CAPÍTULO IV

AGRAVIADO SÓLO EL DOTOR, QUE GUZMANILLO LE HUBIESE IN-
JURIADO EN PRESENCIA DE TANTOS CABALLEROS, QUISIERA VEN-
GARSE DÉL; SOSIÉGALO EL EMBAJADOR DE ESPAÑA HACIENDO
QUE OTRO DE LOS CONVIDADOS REFIERA UN CASO QUE SUCEDIÓ
AL CONDESTABLE DE CASTILLA, DON ÁLVARO DE LUNA

Solenizaron el agudo dicho, y el encarecerlo algunos tanto
encendió a el dotor de manera que ya les pesaba de haberlo comenzado. Mas el embajador de España, con su mucha prudencia, tomó la mano en meter el bastón[1], haciéndolo, con su discreción, chacota[2]. El capitán era de buen proceder, soldado
corriente. Reíase de todo y santiguábase, jurando que ni tal palabra habló comigo ni le pasó por pensamiento tratar de caso
semejante. Y como era hombre rasgado[3] y estaba sordo de oír
en su negocio mucho más y peor de lo que allí el dotor dijo, y
porque le pareció que tenía razón en cuanto hablaba como injuriado, pasó por ello.

Mas cuando el dotor supo cierto haber sido yo solo el autor
de su pesadumbre, de tal manera se volvió contra mí, que partía con los dientes las palabras, no acertando a pronunciarlas
de coraje. Quisiera levantarse a darme mil mojicones y cabezadas, empero no lo dejaron. Y faltándole todo género de ven-

---

[1] *tomar la mano:* anticiparse e intervenir oportunamente (cfr. *El criticón*, I,
págs. 19 ó 171); *meter* o *echar el bastón:* «entrar de por medio y poner paz entre
los amigos que se van encolerizando» (Covarrubias).

[2] *haciéndolo ... chacota:* cfr. M. Joly, *La bourle*, págs. 155-156.

[3] *rasgado:* 'curtido', 'baqueteado', 'experimentado en injurias'.

ganza, no pudiendo con otra que la sola lengua, la soltó en decirme cuantas palabras feas a ella le vinieron, de que hice poco caso, antes le ayudaba diciéndole que me dijese. Desto se enojaba más, ver que de todo me burlaba, y fue causa que la soltase demasiadamente. Porque, como excomunión, iba tocando a participantes[4] y casi, y aun sin casi, si mi amo no lo atajara —viendo la polvareda que suele un colérico necio levantar a veces, con que deja obligados a muchos en mucho—, pasara el negocio a malos términos.

Apaciguólo con razones lo mejor que pudo divertirlo. Y para bien hacer, barajando la conversación pasada, volvió el rostro a César, aquel caballero napolitano que había contado el caso de Dorido y Clorinia, el cual era uno de sus convidados, y díjole:

—Señor César, pues ya es notorio en Roma y a estos caballeros el caso y muerte de la hermosa Clorinia, recibamos merced en que nos diga qué se sabe del constante Dorido, que me tiene con mucho cuidado.

—A su tiempo lo sabrá Vuestra Señoría —dijo César—, que aqueste no lo es para que dél se trate, ni semejantes desgracias y lástimas caerán bien hoy sobre lo que aquí ha pasado. Mas, pues habemos comido y la fiesta viene, diré otro caso que la ocasión me ofrece, que por haber sido verdadero creo dará mucho gusto[5].

Agradeciéronle todos la promesa y, estándole atentos, dijo:

«—Residiendo en Valladolid el condestable de Castilla don

---

[4] *excomunión de participantes:* la que padecen «los que tratan con el excomulgado declarado o público» *(Autoridades).* Cfr. Quevedo, *Buscón,* pág. 102, n. 55.

[5] Las fuentes originales del episodio de don Álvaro de Luna —si bien consta de dos historias relacionadas pero con problemas diversos— son de nuevo italianas. Con Boccaccio comparte un par de motivos: el amante que se arruina y la situación equívoca final en la cama (cfr. *Decamerón,* II, iii y V, ix); sin embargo, son motivos y situaciones nada infrecuentes en las novelas *d'inganno,* y la acción boccaccesca propiamente dicha empieza donde acaba en Alemán. Más estrecha es la relación con *Il Novellino* de Masuccio, XLI, pero el sevillano supera a su modelo en todos los terrenos. Sobre este capítulo *vid.* especialmente E. Cros, *Sources,* págs. 23-29; J. V. Ricapito, «From Boccaccio to Mateo Alemán», y C. B. Johnson, «Don Álvaro de Luna and the Problem of Impotence» (con buenos comentarios —no sólo sobre este pasaje— e interesantes interpretaciones, aunque no siempre soy capaz de compartirlas).

Álvaro de Luna en el tiempo de su mayor creciente[6], gustaba
muchas veces madrugar las mañanas del verano y salirse a pasear un poco, gozando del fresco por el campo; y, después de
haber hecho algún ejercicio, antes que le pudiese ofender el
sol, se recogía. Una vez déstas, habiéndose alargado y detenido
algo más de su ordinario por un alegre jardín que a la orilla del
río Pisuerga estaba, recreándose de ver su varia composición,
hermosas flores, alegres arboledas y sabrosas frutas, entró el
calor de manera que, temiendo la vuelta y con el gusto de tanta recreación, determinó quedarse gozándola hasta la noche.

»Y en cuanto los criados prevenían de lo necesario a la comida, para entretener el tiempo, pidió a dos caballeros que le
acompañaban, el uno don Luis de Castro y el otro don Rodrigo de Montalvo, que cada uno le contase un caso de amores, el
de mayor peligro y cuidado que le hubiese sucedido. Porque
sabía bien que los dos eran entonces los galanes de más nombre, de ilustre sangre, discretos, gallardos de talle y trato, curiosos en sus vestidos, generales[7] y briosos en todas gracias,
que pudieran con satisfación colmar su deseo en aquella materia. Y para más animarlos prometió por premio una rica sortija
de un diamante que traía en el dedo, a quien por el suceso mejor la mereciese.

»Don Luis de Castro tomó luego la mano y dijo:

»—Bien podrá ser, condestable mi señor, que otros amantes
para contar sus desdichas las vayan matizando con sentimien-
tos, exageraciones y terneza de palabras, en tal manera, que
por su gallardo estilo provoquen a compasión los ánimos.
Y de los deste género se halla mucho escrito. Mas que real y
verdaderamente, desnudo de toda composición, haya sucedido
en los presentes tiempos negocio semejante a el mío, no es posible, por ser el más estraño y peregrino de los que se saben.
Y pues Vuestra Señoría es el juez, bien creo conocerá lo que tengo por él padecido. Yo amé a cierta señora deste reino, doncella y una de las más calificadas dél, tan hermosa como discreta

---

[6]   *Álvaro de Luna ... creciente:* el juego de palabras (afín al recogido por Santa
Cruz, *Floresta,* III, vi, 2) se extiende seguramente a algunos detalles significativos
de la presentación de la historia; cfr. C. B. Johnson, «Don Alvaro de Luna»,
pág. 45.

[7]   *generales:* instruidos (cfr. I, i, 8, n. 65).

y honesta. De lo cual y de lo que más dijere acerca desto doy por testigo presente a don Rodrigo de Montalvo, como el amigo que solo se halló presente a todo. Servíla muchos años y lo mejor de los míos con tanto secreto y puntualidad, que jamás de mí se conoció tal cosa ni en alguna de su gusto hice falta. Por ella corrí sortijas y toros, jugué cañas, mantuve torneos y justas, ordené saraos y máxcaras[8]. Y para desvelar sospechas, desmintiendo las espías[9], que no se supiese ni hubiese rastro por donde se pudiera presumir ser por ella[10], siempre para lo exterior ponía los ojos en otras damas; empero real y verdaderamente, bien conocía la de mi alma ser sola ella su dueño[11] y por quien lo hacía. En estas fiestas y otras ocasiones encaminadas a este solo fin me gasté de manera, sacando facultades[12] para vencer dificultades y vendiendo posesiones, que, siendo conocidamente mucho lo que mis padres me dejaron, todo lo consumí, hasta quedar tan pobre, que la merced sola de Vuestra Señoría es la que me sustenta. Y aunque no es aquesto lo que pide menor sentimiento, verse un caballero como yo, de mi calidad y prendas, mi hacienda deshecha, tan arrinconado y pobre que la necesidad me obligue a servir, habiendo sido servido siempre —que aunque confieso por mucha felicidad el ser criado de Vuestra Señoría, no se duda cuánta sea la buena fortuna de aquellos que pasan su vida con seguridad y descuido, sin sobresaltos ni desvelos en buscar medios con que granjear voluntades—, tengo por la mayor de mis desgracias y siento en el alma que, habiéndome mi dama entretenido con falsas esperanzas y promesas vanas, que nunca daría sus favores a otro, antes por premio de mi constante amor se casaría comigo, de que me dio su palabra, o fueron palabras de mujer o fueron obras de mi corta fortuna, pues, cuando me vio gastado

---

[8] Cfr. I, i, 8, ns. 49 y 106. Al 'correr sortijas' se trataba de ensartarlas en la lanza yendo al galope.

[9] *desmentir las espías:* despistar (cfr. I, i, 8, n. 77).

[10] Porque el secreto era imprescindible en el amor cortés.

[11] *su dueño:* «parece herencia de la poesía amorosa de tradición trovadoresca este referirse a la dama en masculino, como ocurre con el *midons* provenzal» (FR).

[12] *facultades:* cfr. I, ii, 5, n. 70.

y pobre, olvidada de todo lo pasado, dándome de mano[13] la dio a otro, desposándose con él. Faltó a su obligación y a su calidad. Pues, despreciada la mía y los bienes naturales, hizo eleción de los de fortuna, con marido no igual suyo. Porque se le aventajaba en la hacienda y aun en años, que hasta en estas desdichas hace suplir el dinero. Ya tengo brevemente dicho el discurso de mis amores, los venturosos principios y desgraciados fines que tuvieron. Y aunque por no cansar a Vuestra Señoría me acorto en referir por menor lo que padecí estos tiempos, Vuestra Señoría supla con su discreción cuánto sería, cuántos trabajos importaría padecer y a cuántos peligros habría de ponerse quien seguía tan altos pensamientos y tan recatado andaba en el secreto, para que nada faltara de su punto. No creo tendrá don Rodrigo ni otro algún caballero suceso de infortunio mayor que poder contar a Vuestra Señoría. Pues amando con tanta firmeza y sirviendo con tantas veras, fiado de palabras dulces y suaves, perdí mi tiempo, perdí mi hacienda y sobre todo a mi dama, para venirme a dar en trueco de todo la Fortuna sólo el premio de aquesa sortija[14].

»Don Luis acabó con esto su razonamiento y don Rodrigo de Montalvo comenzó el suyo, diciendo:

»—También habéis perdido la sortija, pues de razón será mía.

»Y volviendo el rostro con las palabras al condestable, prosiguió desta manera:

»—Por cierto, señor ilustrísimo, aunque confieso ser verdad cuanto don Luis aquí ha referido, de que soy testigo de vista, por la grande amistad que habemos tenido siempre, agora no

---

[13] *dar de mano*: 'apartar, despreciar' (cfr. I, i, 5, n. 24, y obsérvese el nuevo zeugma).
[14] La historia de don Luis debe algunos trazos a una obra de Lope *(El halcón de Federico)*, según piensa C. B. Johnson, «Don Álvaro de Luna», págs. 40-41. Por otra parte, el motivo más claramente boccaccesco (cfr. *supra*, n. 5) está presente también en otros textos españoles, como las *Novelas en verso* del Licenciado Tamariz (V: *Cuento de una burla que hizo una dama a un caballero...*): «Y para darle muestras que la amaua / y conseguir el fin de sus deseos, / en gala[s] e ynvenciones lo mostraua, / buscando en declararse mil rodeos. / Y a su costa mil fiestas ordenaua, / juegos de cañas, justas y torneos, / gastando su hacienda y patrimonio, / dando de su locura testimonio» (387).

tiene razón de pretender el diamante. Porque, si desapasionadamente lo considera y trocásemos los asientos, juzgaría en mi
favor y contra sí. Mas, pues él vive ciego, juzgarálo Vuestra
Señoría por mi suceso, el cual tiene su principio del fin de sus
amores que ha contado, que pasa en esta manera: Pocos días
ha que nos andábamos él y yo paseando una tarde por la orilla
deste mismo río, tratando de algunas cosas bien ajenas de lo
que nos esperaba, cuando se llegó a don Luis un criado antiguo desta misma señora dama suya, de cuya parte secretamente le dio una carta, que abierta y leída de don Luis, me la dio
que la leyese. Yo lo hice más de una y de dos veces, maravilla-
do de lo que vía en ella escrito. Por lo cual y por no ser pobre
de memoria, me quedó toda en ella, y decía desta manera:

    "Señor mío, no es justo que me acuséis de ingrata, por pare-
    ceros tener alguna justa causa, que no es posible olvidarse,
    como lo habréis creído de mí, lo que se ama de veras. Y pues
    reconozco mi deuda y vuestra firmeza, reconoced que ni tuve
    ni tengo culpa contra vos cometida. Y el no corresponder a
    vuestro merecimiento con mis obras fue por ser tan contrarias
    a lo que se debía en aquel estado tan peligroso de doncella. Es-
    torbaron el matrimonio —que con vos deseaba más que a mi
    propria vida— la obediencia de hija, el mandato de padres y la
    instancia de mis deudos, movidos todos de vano interese, y tí-
    tulo de condesa, que contra mi gusto tengo, pues me obligaron
    a entregar el cuerpo a quien jamás di el alma, por ser en calida-
    des y edad tan contrario a la mía. Vuestra soy todo el tiempo
    que viviere, lo cual podréis conocer en el deseo que tengo de
    acudir a los vuestros. El conde mi marido hace una larga jorna-
    da. Veníos aquí luego y no traigáis en vuestra compañía otra
    persona que a don Rodrigo, nuestro amigo. Y cuando lleguéis
    a esta villa, hallaréis a la entrada della en una ermita orden para
    lo que habéis de hacer."

»Esto contenía la carta. La cual, visto por don Luis que lo
que venía en ella era lo más contrario de su esperanza y natural a su deseo, no podré significar las pasiones amorosas que
sintió, leyéndola por momentos[15]. Ponía con atención los ojos

---

[15] *por momentos:* continuamente.

en ella. Volvíalos a el criado, esperando que a voces le dijéramos toda la certinidad en su gusto por el bien prometido, que aún dudaba dello. Y tan turbado como alegre, me decía: "¿Qué vemos, don Rodrigo? ¿Estoy recordado? ¿Es por ventura sueño? ¿Somos vos y yo los que leímos esta carta? ¿Es por ventura esta letra de la condesa y aquél su escudero? ¿Fáltame acaso el juicio y, como afligido enamorado, cercano a la desesperación, finjo imaginaciones[16] para engañar a la fantasía?" Con todas estas cosas y certificarse dellas, diciéndole yo no ser ilusiones, antes muy ciertas esperanzas de cobrar bienes perdidos, lo animé a que con toda diligencia se abreviase la partida, en cumplimiento de lo que se nos mandaba. Hízose luego y, cuando llegamos a la ermita, hallamos en ella una reverenda y honrada dueña, que, por saberse ya el día y hora que habíamos de llegar, nos esperaba. La cual nos dio un recabdo, diciéndonos que el conde su señor había salido fuera y vuéltose del camino por ciertas indispusiciones; mas que aguardásemos allí en cuanto fuese a p[a]lacio a decir a su señora la condesa su llegada. Fuese y quedamos, yo algo confuso y don Luis desesperado. Yo por las dificultades que se pudieran ofrecer y él de considerar su corta fortuna, que nunca dejaba de seguirle. Así en el tiempo que se dilató la vuelta de la buena dueña nos pasaron muchos cuentos, que no son para referir en éste, y a las once de la noche volvió a nosotros, diciendo que la siguiésemos. Ayudábanos la oscuridad y metiónos con mucho secreto en un aposento de palacio, donde salió la condesa, que nos recibió con grandísimas muestras de alegría. Ya después de habernos dado los parabienes de las deseadas vistas, que todo fue breve, me dijo la condesa: "Don Rodrigo, el tiempo que tenemos para poder gozar la ocasión que se ofrece, ya con vuestra discreción podréis juzgar cuánto sea corto. También sabéis la obligación de amistad que tenéis a don Luis; y cuando ésta faltara, por mí que lo pido, debéis concederme un ruego. Sabed que, como el conde mi marido, por indispusición que tuvo, se volviese del camino y llegase cansado, se fue luego a echar a la cama, donde lo dejo dormido. Mas porque podría suceder que dispertan-

---

[16] «Cfr. Virgilio, *Églogas*, VIII, 108: "an qui amant ipsi sibi somnia fingunt?"» (FR).

do alargase alguna pierna o brazo hacia mi lugar y me hallase menos[17], de lo cual me resultaría notorio peligro y grandísimo escándalo en la casa, deseo que, en tanto que aquí nos entretenemos hablando vuestro amigo don Luis y yo, que a lo más largo podrá ser como un cuarto de hora, os acostéis en mi lugar y estéis en él, para que con esto pueda estar aquí segura. Y me constituyo por fiadora de vuestro peligro, que no tendréis alguno. Porque demás de ser el conde viejo, nunca recuerda en toda la noche, hasta ya muy de día, si no es a gran maravilla, que suele dar un vuelco y luego se duerme." Sabe Dios y considere Vuestra Señoría cuánto me podría pesar que la condesa me pusiera en tan evidente peligro. Mas, como los actos de cobardía son tan feos, pareciéndome que si lo rehusara no cumplía con mi honra ni obligaciones, tanto de amistad como ruego de la condesa, dije que lo haría. Pedíles encarecidamente que no se detuviesen mucho, pues conocían el riesgo en que por sus gustos me ponía. Ellos me lo prometieron y juraron que a lo más largo no pasaría de media hora. Púsome la condesa un tocado suyo, y desnudo y descalzo me llevó a su retrete y metió en su cama. No había luz alguna. Estaba todo a oscuras y en estraño silencio. Estúveme así a un lado de la cama, lo más apartado que pude, no un cuarto de hora, ni media, sino más de cinco, que ya era casi de día. Considere cada uno y juzgue lo que pudiera sentir en lugar semejante y tanto tiempo. ¡Qué congojas por no ser conocido! ¡Con cuánto temor de no ser sentido! Y era lo menos que sentía lo más que me pudiera suceder, que era la muerte, si recordara el conde. Porque, como entré desnudo y sin armas, había de ser a brazos la pendencia. Y cuando de los suyos escapara, no pudiera de los de sus criados, pues no sabía cómo ni por dónde había de huir. Y no fueron solas estas mis congojas, que adelante pasaron, porque don Luis y la condesa se reían y hablaban tan descompuestos y recio, que les oía desde la cama casi todo lo que decían, con que me aumentaban el temor no[18] dispertasen a el conde. Y entre mí me deshacía, viendo que no les podía decir que ha-

---

[17] *me hallase menos:* me echase de menos, me echase en falta (cfr. I, iii, 10, n. 35).

[18] *el temor no:* 'el temor de que no'; la construcción no era rara en lo antiguo.

blasen quedo, ya que se tardaban. Reventaba con esto y por no poderme apartar de allí un punto, por esta negra honrilla. Después de todo esto, ya cuando vieron el día tan cerca, que casi era claro, se vinieron risueños y juntos hacia la cama, con una vela encendida y llegándose adonde yo estaba, con mucha grita y trisca, hacían grande ruido. Entonces vine a pensar si con el mucho contento se hubieran vuelto locos. Ya me pesaba tanto de su desgracia como de mi desventura, pues había de ser la infamia y castigo general en todos y, sin que alguno escapase dél, ellos por faltos y yo por sobrado. Vime de modo que dentro de un espacio muy breve tuve mil imaginaciones y ninguna que me pudiera ser de provecho. Y estando en ellas, en medio de mi mayor conflito[19], se vinieron acercando a la cama y tirando la condesa de la cortina, que ya podíamos claramente vernos, quedé sin algún sentido, tanto, que quisiera huir y no pude. Mas muy presto volví en mí. Porque yo, que siempre creí tener a mi lado a el conde, alzando la condesa la ropa de la cama, descubrió el desengaño y conocí no ser él, sino una señora doncella, hermana de la condesa, hermosa como la misma Venus. De lo cual y de la burla que creí habérseme hecho, quedé tan atajado y corrido, que no supe hablar ni otra cosa que hacer, más de levantarme como estaba en camisa y salir a buscar mis vestidos, de que después me avergoncé mucho más de lo que temí antes. Vea, pues, Vuestra Señoría, el peligro a que me puse y juzgue por él debérseme dar la sortija.

»Riéndose mucho desto el condestable, dijo que don Luis no debía tener queja del amor, pues aunque tarde y con trabajos, llegó a conseguir su deseo y así no era merecedor del premio puesto. Ni tampoco don Rodrigo, pues no había corrido algún peligro durmiendo con el conde, aunque había sido muy donosa la burla que le habían hecho. Por lo cual juzgaba no ser alguno dellos dueño del diamante. Y sacándolo del dedo lo entregó a don Rodrigo, para que lo enviase a la doncella con quien había dormido, pues ella sola padeció el peligro y lo corriera su honra si fuera sentida.»

---

[19] *conflito:* situación angustiada, apuro.

Con esto dio fin a su cuento y todos muy contentos quedaron determinando si la sentencia del condestable había sido discreta o justa. Loáronlo todos de cortesano y con esto, haciéndoseles a cada uno la hora para sus negocios, poco a poco se deshizo la conversación y se despidieron por acudir a ellos.

CAPÍTULO V

NO SABIENDO UNA MATRONA ROMANA CÓMO LIBRARSE SIN DE-
TRIMENTO DE SU HONRA DE LAS PERSUASIONES DE GUZMÁN DE
ALFARACHE, QUE LA SOLICITABA PARA EL EMBAJADOR SU SEÑOR,
LE HIZO CIERTA BURLA, QUE FUE PRINCIPIO DE OTRA DESGRA-
CIA QUE DESPUÉS LE SUCEDIÓ

Los que del rayo escriben dicen, y la experiencia nos enseña, ser su soberbia tanta, que siempre, menospreciando lo flaco, hace sus efetos en lo más fuerte[1]. Rompe los duros aceros
de una espada, quedando entera la vaina. Desgaja y despedaza
una robusta encina, sin tocar a la débil caña. Prostra la levantada torre y gallardos edificios, perdonando la pobre choza de
mal compuesta rama. Si toca en un animal, si asalta un hombre, como si fuese barro le deshace los huesos y deja el vestido
sano. Derrite la plata, el oro, los metales y moneda, salvando
la bolsa en que va metida. Y siendo así, se quebranta su fuerza
en llegando a la tierra: ella sola es quien le resiste. Por lo cual
en tiempos tempestivos, los que sus efetos temen se acostumbran meter en las cuevas o soterraños hondos, porque dentro
dellos conocen estar seguros.

El ímpetu de la juventud es tanto, que podemos verdaderamente compararlo con el rayo, pues nunca se anima contra cosas frágiles, mansas y domesticadas; antes de ordinario aspira

---

[1] Era el rasgo más característico del rayo («sin romper la vaina, rompe y desmenuza el acero que cubre», dice también el «bárbaro Antonio» del *Persiles*, I,
xiv, pág. 120), y creencia extendida gracias a los ejemplos que dio Plinio, *Historia natural*, II, l-li.

siempre y acomete a las mayores dificultades y sinrazones. No guarda ley ni perdona vicio. Es caballo que parte de carrera, sin temer el camino ni advertir en el paradero[2]. Siempre sigue a el furor y, como bestia mal domada, no se deja ensillar de razón y alborótase sin ella, no sufriendo ni aun la muy ligera carga. De tal manera desbarra, que ni aun con su antojo proprio se sosiega. Y siendo cual decimos esta furiosa fiera, sólo con la humildad se corrige y en ella se quebranta. Esta es la tierra, contra quien su fuerza no vale, su contrayerba[3] y el fuerte donde se halla fiel reparo.

De tal manera, que no hay esperar cosa buena en el mozo que humilde no fuere, por ser la juventud puerta y principio del pecado. Criéme consentido: no quise ser corregido. Y como la prudencia es hija de la experiencia, que se adquiere por transcurso de tiempo[4], no fuera mucho si errara como mancebo. Mas que habiéndome sucedido lo que ya de mí has oído en los amores de Malagón y Toledo[5], y debiendo temer, como gato escaldado, el agua fría, diese más crédito a mujeres y me quisiese dejar llevar de sus enredos; que no conociese con tantas experiencias y tales que siempre nos tratan con cautela, o nace de mucha simplicidad nuestra o demasiada pasión del apetito. Y aquesto es lo más verdadero y cierto.

Y a Dios pluguiera que aquí parara y en este puerto diera mi *plus ultra*, plantando las colunas de mi escarmiento[6], sin que,

---

[2] Sobre el caballo desbocado de la juventud, cfr. I, «Elogio de Alonso de Barros», n. 8, y II, ii, 2, n. 16).

[3] *contrayerba*: en general, 'contraveneno', y en particular, «cierta raíz, que viene de Indias, cuya virtud es eficacísima contra toda suerte de venenos» *(Autoridades)*.

[4] Comp. el inicio de I, iii, 6: «Bien es verdad natural en los de poca edad tener corta vista en las cosas delicadas que requieren gravedad y peso, no por defecto del entendimiento, sino por falta de prudencia, la cual pide experiencia y la experiencia tiempo» (o M. Luján, *Segunda parte*, ii, 8, pág. 394b: «La experiencia es hija del tiempo y madre de los buenos consejos», y cfr. Juan de Aranda, *Lugares comunes*, fol. 67v). Además, acaba de recordar la definición ambrosiana de la juventud: «puerta y principio del pecado» (en Aranda, fol. 145r).

[5] Referidos en I, ii, 8-9.

[6] Comp.: «no soy tan vano que presuma decir, con Hércules, no hay *plus ultra*... En este lugar dejaré plantadas mis colunas» *(Ortografía,* pág. 10 [FR]), y cfr. Lope, *La Dorotea,* pág. 305, n. 44.

como verás adelante, no reincidiera mil veces en esta flaqueza, sin poderme preciar de que alguna hubiese salido con bien de la feria[7]. Mas como el que ama siempre hace donación a quien ama de su voluntad y sentidos[8], no es maravilla que como ajeno dellos haga locuras, multiplicando los disparates.

El embajador mi señor amaba una señora principal, noble, llamada Fabia; era casada con un caballero romano; a la cual yo paseaba muy a menudo y no con pequeña nota; pues ya por ello estaba indiciada[9] sin razón, porque de su parte jamás hubo para ello algún consentimiento ni causa. Mas, como todos y cada uno puede amar, protestar y darse de cabezadas contra la pared, sin que la parte contraria se lo impida, mi amo hacía lo que su pasión le ditaba y ella lo que a su honra y de su marido convenía.

Verdad es que no estábamos tan ciegos, que dejásemos de ver por la tela de un cedazo[10], faltándonos de todo punto la luz. Alguna llevábamos, aunque poca. El marido era viejo, mezquino y mal acondicionado: mirad qué tres enemigos contra una mujer moza, hermosa y bien traída. Con esto y con que una familiar criada suya, doncella que había sido, era prenda mía, creí que por sus medios y mis modos, con las ocasiones dichas pudiéramos fácilmente ganar el juego. ¿Mas quién sino mi desdicha lo pudiera perder, llevando tales trunfos[11] en la mano?

Salióme todo al revés. No es todo fácil cuanto lo parece. Virtudes vencen señales[12] y nada es parte para que la honrada mujer deje de serlo. Cuando ésta supo lo que con su criada me pasaba, procuró vengarse de ambos a su salvo y mucho daño

---

[7] Recuerda el mismo refrán que en I, i, 7, *ca.* n. 37.

[8] Cfr. I, i, 2, n. 37.

[9] *indiciada:* señalada, sospecha. Com.: «Vuesa merced está indiciado de que la hace adulterios» (Castillo Solórzano, *Aventuras del Bachiller Trapaza,* páginas 215-216).

[10] Pues «Ciego es harto quien no ve por tela de cedazo» (Correas).

[11] *trunfos:* triunfos (cfr. II, i, 2, n. 26).

[12] *virtudes hacen señales* era proverbio conocido (por ejemplo, como señaló FR, dio título a una comedia de Luis Vélez de Guevara): «a las veces es tanta la virtud que vence las malas inclinaciones y señales malas de la cara» (Correas, con la anécdota de un fisiónomo que vio en Sócrates a un indeseable).

de nuestro amor y de mi persona en especial. Porque, como me viese solicitar esta causa tanto, y su doncella, dama mía, por mis intereses y gusto ayudase con todo su cuidado en ello, haciendo a tiempos algunas remembranzas, no dejando pasar carta sin envite y aun haciendo de falso muchos, con rodeos[13], que nunca le faltaban, de tal manera, que como la honrada matrona se viese acosada en casa y ladrada en la calle de los maldicientes, no hizo alharacas, melindres ni embelecos de los que algunas acostumbran para calificar su honestidad y con aquel seguro gozar después de su libertad. Que la mujer honrada, con medios honrados trata de sus cosas, no dando campanadas para que todos las oigan y censuren y que cada cual sienta dellas como quisieren. Porque, como son los buenos menos, los más que juzgan mal, por ser malos ellos, y aquella voz ahoga como la cizaña el trigo.

Como esta señora era romana, hizo un hecho romano[14]. Conociendo su perdición, acudió a el remedio con prudencia, fingiéndose algo apasionada y aun casi rendida. Un día que la criada le metió cierta coleta[15] en el negocio, se le mostró risueña y con alegre rostro le dijo:

—Nicoleta —que así se llamaba la moza—, yo te prometo que sin que hubieras gastado comigo tantas invenciones ni palabras estudiadas, me hubieras ya rendido la voluntad, que tan salteada me tienes; porque yo se la tengo a Guzmán y a su buen término. Demás que su amo merece que cualquiera mujer de mucha calidad y no tan ocasionada[16] huelgue de su amistad y servicios. Mas, como sabes y has visto, no sé cómo sea

---

[13] *haciendo de falso muchos* [*envites*]: cfr. I, «Al discreto lector», n. 3.

[14] *hecho romano:* hecho memorable, sonado (cfr. J. E. Gillet, *Propalladia*, III, pág. 473). Ciertamente lo fue el que padeció Guzmán por obra y gracia de Fabia, y doblemente, pues italianas son, como de costumbre, las analogías de esta historia: aunque «recuerda a Boccaccio *(Decamerón*, II, v, y VIII, vii) y Ser Giovanni Fiorentino *(Pecorone*, II, ii)» (A. del Monte, *Itinerario*, págs. 83-84), Alemán parece recordar mejor el engaño narrado en las *Piaccevoli Notti* de Straparola, II, ii (y comp. también II, v). Compara muy bien ambos textos E. Cros, *Sources*, págs. 84-89.

[15] *«Meter su coleta, su cucharada*, donde no le llaman ni le importa» (Correas). ¿Qué otra cosa podía meter quien se llamaba como la criada de Fabia?

[16] *ocasionada:* expuesta al peligro o al pecado, suyo o de los otros.

posible ser nuestro trato seguro de lenguas, pues, aun faltando
causa verdadera y no habiéndose dado de mi parte algún consentimiento a lo que por ventura deseo, ya se murmura por el
barrio y en toda Roma lo que aun en mi casa y contigo, que
sola pudieras venir a ser el instrumento de nuestros gustos, no
he comunicado. Y pues ya está en términos que la voz popular
corre con tanta libertad y yo no la tengo para resistirme más
del amor de aquese caballero, lo que te ruego es que lo dispon-
gas y trates con el secreto mayor que sea posible. Dile a Guzmán que acuda por acá estas noches, para que una dellas le des
entrada y se vea comigo, si se ofreciere oportunidad para tratar algo de lo que deseamos.

Nicoleta se arronjó por el suelo de rodillas, no sabiendo qué
besar primero, si los pies o las manos. Y con la cara encendida
en fuego de alegría, no cesaba de rendirle gracias, calificando
el caso y afeando las faltas de su viejo dueño. Traíale a la memoria pasadas pesadumbres, mala codición y sequedades que
con ella usaba, para con ello mejor animarla en la resolución
que, simplemente, creyó haber tomado.

Con esto se vino a mí desalada[17], los brazos abiertos, y, en-
lazándome fuertemente con ellos, me apretaba pidiéndome las
albricias[18], que después de ofrecidas, me refirió lo pasado. Yo
con ella por la mano, como quien lleva despojos de alguna famosa vitoria, nos entramos en el retrete de mi amo, donde con
grande regocijo celebramos la buena nueva, dando trazas de la
hora, cómo y por dónde había yo de poder entrar a hablar con
Fabia. Y dando mi amo a Nicoleta un bolsillo que tenía en la
faltriquera, con unos escudos españoles, hacía como que no
quería recibirlo. Mas nunca cerró el puño ni encogió la mano;
antes por la vergüenza la volvió atrás como el médico y con
una risita le daba gracias por ello. Con esto se despidió dél y
de mí.

Quedóse mi amo dándome cuenta de sus amores y yo a él
parabienes dellos, con que pasamos aquella tarde toda. Ya des-

---

[17] *desalada:* ansiosa, presurosa; «es propio de mujeres cuando acuden con ansia a los hijos o a algo, como la gallina que va a socorrer los pollos, las alas
abiertas» (Correas).

[18] *albricias:* regalo o don para el portador de la buena nueva.

pués de anochecido, a las horas que tenía de orden, fue[19] a mi puesto, hice la seña; mas ni aquella noche ni en otras tres o cuatro siguientes tuvo lugar el concierto. Llegóse un día que había muy bien llovido, menudico y cernido, y a mis horas vine a correr la tierra, con lodos, como dicen, hasta la cinta[20].

Llegué algo remojado. Anocheció muy oscuro y así fue todo para mí. Mi suerte, que no debiera[21], llegó a tener efeto. Como para las cosas de interese y gusto importe tanto despedir el miedo y acometer a las dificultades con osado ánimo, yo lo mostré aquella vez más de lo que importaba, pues con agua del cielo y barro en el suelo, la noche tenebrosa y dándome con la frente por las esquinas[22], vine a el reclamo.

Luego fui conocido; empero hicieron por un rato estarme mojando, y tanto, que ya el agua que había, entrando por la cabeza, me salía por los zapatos. Mandaron esperase un poco, y cuando ya no lo había[23] en todos mis vestidos ni persona que no estuviese remojado mucho, sentí que muy pasico abrían la puerta y a Nicoleta llamarme.

Parecióme aquel aliento que salió de su voz de tanto calor, que me dejó todo enjuto. Ya no sentía el trabajo pasado, con la regalada vista de la fregoncilla de mi alma y esperanzas de gozar de la de Fabia. Poco habíamos hablado, porque sólo me había dado el bienvenido, cuando bajó la señora y dijo a su criada:

—Oyes, Nicoleta, sube arriba y mira lo que tu señor hace y, si llamare, avísame dello, en tanto que aquí estoy con el señor Guzmán hablando.

---

[19] *fue:* fui (cfr. I, i, 8, n. 69).

[20] Guzmán anticipa con varias alusiones el lodoso desenlace del episodio, insistiendo una y otra vez en la lluvia («menudico y cernido»; «agua del cielo»; «el agua que llovía, aunque no venía cernida»: cfr. ns. 22 y 27) y en el barro fatal. Entre otras relaciones que adivino pero no sé explicar, creo que recuerda el espíritu o la letra de algunos refranes, como «De aquellos polvos vinieron estos lodos» y, especialmente, «Yo me era polvo; vino agua, y hízome lodo» (ambos en Correas).

[21] *que no debiera:* sobre esta coletilla, cfr. I, i, 3, n. 4.

[22] Eran todos malos indicios, a los que el pícaro no hizo caso: lluvia, barro, oscuridad...; *dar contra una esquina*, además, significa figuradamente «obrar contra razón» *(Autoridades)*.

[23] *cuando ya no lo había:* la clave del zeugma es «un poco».

A todo esto estábamos a escuras, que ni los bultos nos víamos, o con dificultad muy grande, cuando me comenzó a preguntar por mi salud, como si me la deseara o le fuera de importancia o gusto. Yo le repliqué con la misma pregunta, dile un largo recabdo de mi amo, en agradecimiento de aquella merced, y ofrecílo a su servicio con una elegante oración que tenía estudiada para el proprio efeto. Mas antes de concluirla, en la mayor fuerza della, ganada la benevolencia, no la pude hacer estar atenta ni volverla dócil, porque alborotada con un improviso me dijo:

—Señor Guzmán, perdone, por mi vida, que con el miedo que tengo todos pienso que me acechan. Éntrese aquí dentro y allí frontero hay un aposento. Váyase a él y aguarde, tan en tanto que doy una vuelta por mi casa y aseguro mi gente. Presto seré de vuelta. No haga ruido.

Yo la creí, entréme de hilo[24] y, pareciéndome que atravesaba por algún patio, quedé metido en jaula en un sucio corral, donde a dos o tres pasos andados trompecé con la prisa en un montón de basura y di con la cabeza en la pared frontera tal golpe, que me dejó sin sentido. Empero con el falto[25] que me quedaba, poco a poco anduve las paredes a la redonda, tentando con las manos, como los niños que juegan a la gallina ciega, en busca del aposento. Mas no hallé otra puerta, que la por donde había entrado. Volví otra vez, pareciéndome que quizá con el recio golpe no la hallaba y vine a dar en un callejoncillo angosto y muy pequeño, mal cubierto y no todo, donde sólo cabía la boca de una media tinaja, lodoso y pegajoso el suelo y no de muy buen olor, donde vi mis daños y consideré mis desventuras.

Quise volverme a salir y hallé la puerta cerrada por defuera. El agua era mucha, fueme forzoso recogerme debajo de aquel avariento techo y desacomodado suelo. Allí pasé lo que restó de la noche, harto peor para mí que la toledana y no de menor peligro que la que tuve con el señor ginovés mi pariente[26]. No

---

24 *de hilo:* directamente.

25 *el falto:* se refiere al «sentido».

26 Son las noches de I, ii, 8, y I, iii, 1. Adviértase, además —para la primera—, que se decía *noche toledana* «por noche mala» (Correas), «la que se pasa

sólo me afligía el agua que llovía, que, aunque no venía cernida[27], caíame a canal y cuando menos goteando. Mas consideraba qué había de ser de mí, que, pues me habían armado aquella ratonera, sin duda por la mañana sería entregado a el gato. Tras esto me venían luego a la imaginación otros discursos con que me consolaba, diciendo: «Líbreme Dios de la tramontana desta noche y déjeme amanecer con vida, que, cuando el patrón de la nave aquí me halle, todo será decirle que su criada me trujo y que soy su marido. Porque será menor daño casarme con ella, que verme descansar los huesos a tormentos para que diga lo que buscaba, si acaso con eso se contentan y no me dan de puñaladas y me sepultan en este mal cimenterio, acabando de una vez comigo.»

En esto iba y venía, hasta que ya después de las dos de la madrugada me pareció que abrían la puerta, con que todo lo pasado se me hizo flores[28], creyendo sería Fabia que volvía. Mas cuando a la puerta llegué y la hallé sin cerrojo ni persona viviente por todo aquello, volví a cobrar con mayor temor mis pasadas imaginaciones, creyendo que detrás de alguna pared o puerta de la casa esperaban que saliese, para con mayor seguro y facilidad quitarme la vida.

Desenvainé la espada y en otra mano la daga fui poco a poco reconociendo, con la escasa luz de la madrugada, los pasos por donde me habían entrado, que no eran muchos ni dificultosos. Empero con más miedo que vergüenza, llegué a la puerta de la calle, que hallé también abierta. Cuando puse los pies en el umbral, abrí los ojos y vi que lo pasado había sido castigo de mis atrevimientos y que, aunque la burla fue pesada, pudiera serlo más y peor.

Consolóme y reconocíme, sentí mi culpa y en este pensamiento llegué hasta mi casa, donde, abriendo mi aposento, me desnudé y metíme revuelto entre las frazadas, para cobrar al-

---

de claro en claro» (Covarrubias ve el origen de la frase proverbial en la inexperiencia de los forasteros que no se previenen contra los mosquitos locales). Cfr. Iribarren, págs. 125-126.

[27] Cfr. *supra*, n. 22.

[28] *lo pasado se me hizo flores:* comp. «Lo en Gaeta padecido se me antojaban flores» (I, iii, 6, y cfr. n. 17).

gún calor del que con el agua y sustos había perdido. Desta manera pasé hasta casi las diez del día, sin poder tomar sueño de corrido, pensando y vacilando en lo que podría responder a mi amo. Porque si decía la verdad, fuera con afrenta notable mía y me habían de garrochear[29] por momentos, dándome con aquella burla por las barbas, riéndose de mí los niños. Negárselo y entretenerlo tampoco me convenía, pues ya Nicoleta le había cogido las albricias y pareceríale invención para llevarle su dinero.

Todas eran matas y por rozar[30]. De una parte malo y de la otra peor. Si saltaba de la sartén, había de dar en las brasas[31]. Y pensando en hallar un medio de buen encaje, veis aquí donde un criado tocó en mi aposento, que monsiur me llamaba. «¡Oh desgraciado de mí! —dije luego—. ¿Qué haré, que me cogen las manos en la masa y a el pie de la obra[32], el hurto patente y por prevenir el despidiente?» «Ánimo, ánimo —me respondí—. ¿Cuándo te suelen a ti arrinconar casos como éste, Guzmán amigo? Aún el sol está en las bardas[33]. El tiempo descubrirá veredas. Quien te sacó anoche del corral, te sacará hoy del retrete.» Tomé otro de mis vestidos, y tan galán como si tal por mí no hubiera sucedido, subí adonde me llamaba el embajador mi señor.

Preguntóme cómo me había ido y cómo no le había dado cuenta de lo pasado con Fabia. Respondíle que me tuvieron en la calle hasta más de media noche, aguardando la vez, y últimamente la tuve mala y nació hija[34], pues no fue posible hablarme ni darme puerta. También le dije que me quería volver a echar, porque no me sentía con salud por entonces. Diome licencia; subíme a la cama, desnudéme y comí en ella. Y así me quedé hasta la tarde, trazando mil imaginaciones, alambicando

---

[29] *garrochear:* figuradamente, 'echar pullas', 'insultar' (cfr. Alonso, *s. v. garrocha*); está en relación con el posterior *dar ... en las barbas.*

[30] *«Todo lo veo matas y por rozar:* del negocio que no está bien dispuesto y tiene muchos inconvenientes» (Covarrubias).

[31] *de la sartén ... en las brasas:* cfr. I, i, 5, n. 2.

[32] *a el pie de la obra:* 'al punto, al instante'.

[33] *Aún el sol está en las bardas:* 'aún hay esperanza', 'no está todo perdido' (bajo esa y otras formas acogen la idea los paremiólogos).

[34] «Mala noche y parir hija» es refrán conocido.

el juicio, sin sacar cosa de jugo ni sustancia. Como con el enojo y pensamientos no tomaba reposo[35], ni de un lado tenía sosiego ni del otro, de espaldas me cansaba y sentado no podía estar, determiné levantarme.

Ya tenía los vestidos en las manos y los pies fuera de la cama, cuando entró en mi aposento un mozo de caballos y dijo:

—Señor Guzmán, abajo en el zaguán están unas hermosas que lo llaman.

—¡Oh! ¡Que les venga el cáncer! —dije—. Diles que se vayan al burdel o que no estoy en casa.

Parecióme que ya toda Roma sabía de mi desdicha y que serían algunas maleantes que me venían a requerir con algún ladrillejo[36]. Receléme dellas, hice que las despidiesen y así se fueron. Aquella noche me mandó mi amo continuar la estación. Respondíle hallarme mal dispuesto, por lo cual quiso que me retirase temprano y avisase de lo que había menester, y si fuese necesario, llamar a el médico.

Beséle las manos por la merced muy a lo regalón y volvíme a mi aposento, donde me recogí solo, como aquel día lo había hecho. Por la mañana del siguiente amaneció comigo un papel de mi Nicoleta, quejándose de mí, porque habiéndome venido a visitar el día pasado, no le había querido hablar ni darle aviso de lo que la noche antes había tratado con su ama; que ocasión tuve, pues había pasádose aquella noche sin dar vuelta por aquella calle, y que me había esperado hasta más de las doce. Añadió a éstas otras palabras que me dejaron tan sobresaltado como confuso. Y para salir de dudas le respondí por otro billete que aquel día por la tarde la visitaría por la calleja detrás de la casa.

---

[35] En la príncipe, por errata, *respo*, que podría enmendarse también por *respiro*.

[36] *«Dar ladrillejo:* es atar un ladrillejo o piedra colgado en la puerta de alguno a quien se quiere burlar de noche, tirando desde lejos con un cordel, dando golpes en la puerta, con que llaman para que salga a responder muchas veces y se enfade no viendo a nadie» (Correas), pero en un sentido más lato era lo mismo que *dar carena, cordelejo* o *matraca* (expresiones todas ellas presentes en el *Guzmán:* cfr. II, i, 6, n. 26; II, i, 7, n. 20, y II, iii, 4, n. 70). *Vid.* M. Joly, *La bourle*, páginas 208-209.

Estaba la de Fabia entre dos calles y a las espaldas de la puerta principal había un postigo y encima dél un aposento con una ventanilla, por donde cómodamente podía Nicoleta hablarme de día, por ser calleja de mal paso, angosta y llena de lodo; y entonces lo estaba tanto, que mal y con trabajo pude llegar a el sitio.

Cuando en él estuve, me preguntó qué había sido de mí, qué grande ocasión pudo impedirme que la noche antes no la hubiera visitado: cuando no por ella, debiera hacerlo por su ama. Formaba muchas quejas, culpando la inconstancia de los hombres, cómo no por amar, sino por vencer, seguían a las mujeres, y en teniéndoles alguna prenda, las olvidaban y tenían en poco. Desto y de lo que profesaba quererme conocí su inocencia y malicia de Fabia, pues nos quería engañar a entrambos, y díjele:

—Nicoleta mía, engañada estás en todo. Sabe que tu señora nos ha burlado.

Referíle lo que me había sucedido, de que se santiguaba, no cesando de hacerse cruces, pareciéndole no ser posible. Yo estaba muy galán, pierniabierto, estirado de cuello y tratando de mis desgracias, muy descuidado de las presentes, que mi mala fortuna me tenía cercanas. Porque aconteció que, como por aquel postigo se servían las caballerizas y se hubiese por él entrado un gran cebón, hallólo el mozo de caballos hozando en el estiércol enjuto de las camas y todo esparcido por el suelo. Tomó bonico una estaca y diole con ella los palos que pudo alcanzar. Él era grande y gordo; salió como un toro huyendo. Y como estos animales tienen de costumbre o por naturaleza caminar siempre por delante y revolver pocas veces, embistió comigo. Cogióme de bola. Quiso pasar por entre piernas, llevóme a horcajadillas y, sin poderme cobrar ni favorecer, cuando acordé a valerme, ya me tenía en medio de un lodazal y tal, que por salvarlo, para que me sacase dél, convino abrazarlo por la barriga con toda mi fuerza. Y como si jugáramos a quebrantabarriles[37] o a punta con cabeza[38], dándole aldabadas a la

---

[37] *quebrantabarriles:* es seguramente el mismo juego que el *quebrantahuesos* (SGG); en él los muchachos se cogen por la cintura, «quedando el uno boca abajo, en lo que alternativamente se mudan, dejándose caer el uno sobre el otro,

De la edición de Amberes, 1681

puerta falsa[39] con hocicos y narices, me traspuso —sin poderlo excusar, temiendo no caer en el cieno— tres o cuatro calles de allí, a todo correr y gruñir, llamando gente. Hasta que, conocido mi daño, me dejé caer, sin reparar adonde; y me hubiera sido menor mal en mi callejuela, porque, supuesto que no fuera tanto ni tan público, tenía cerca el remedio.

Levantéme muy bien puesto de lodo, silbado de la gente, afrentado de toda Roma, tan lleno de lama el rostro y vestidos de pies a cabeza, que parecía salir del vientre de la ballena[40]. Dábanme tanta grita de puertas y ventanas, y los muchachos tanta priesa, que como sin juicio buscaba dónde asconderme.

Vi cerca una casa, donde creí hallar un poco de buen acogimiento. Entréme dentro, cerré la puerta. Híceme fuerte contra todo el pueblo que deseaban verme. Mas no me aconteció según lo deseaba, que a el malo no es justo sucederle cosa bien. Pena es de su culpa y así lo fue de la mía el mal recebimiento que allí me hicieron, como lo sabrás en el siguiente capítulo.

---

hasta que el que está boca abajo topa con los pies en el suelo por la parte opuesta y levanta al compañero» *(Autoridades)*.

[38] *a punta con cabeza:* «*A punta y cabeza.* Juego que hacen los niños teniendo unos alfileres escondidos entre los dedos, y preguntando a los otros *¿Punta o cabeza?* para que adivinen si está de punta o de cabeza, con que se pierde o gana el alfiler» *(Autoridades)*. El nombre del juego se hizo expresión proverbial; cfr. F. Bernardo de Quirós, *Obras,* pág. 183.

[39] *la puerta falsa:* la excusada del cerdo.

[40] *del vientre de la ballena:* como Jonás y como el propio Guzmán en una escena (I, ii, 8) no en vano recordada en el presente capítulo.

CAPÍTULO VI

EN LA CASA QUE SE RETIRÓ GUZMÁN DE ALFARACHE SE QUISO
LIMPIAR. CUENTA LO QUE LE PASÓ EN ELLA Y DESPUÉS CON EL
EMBAJADOR SU SEÑOR

Ya era noche oscura y más en mi corazón. En todas las casas había encendidas luces; empero mi alma triste siempre padeció tinieblas. No sentía ni consideraba ser tarde ni que el señor de la posada donde me había recogido huyendo de la tur-
ba, me quería ver fuera della y rempujándome con palabras no
vía la hora que me fuese; porque tenía recelo y sospechaba si
aquello hubiera sido estratagema mía, tomando aquel achaque
para tener en su casa entrada y a buen seguro hacer mi herida[1]. El bueno del señor no andaba descaminado, porque la señora su dueña era en su casa el dueño, amiga de su gusto, cerrada de sienes y no muy firme de los talones[2]. No era maravilla ver su marido visiones, antojándosele con cualquiera sombra el malo[3]. Por lo cual, cuando de sus puertas adentro me
vio, recogió su gente y, dejándome solo en el portal de afuera,
no había consentido que aun sólo a darme un caldero con agua
saliesen fuera. Ni tuve con qué lavarme.

Así yo pobre, lleno el vestido de cieno, las manos asquero-
sas, el rostro sucio y todo tal cual podréis imaginar, iba entreteniendo la salida con temor, y no poco, si aun todavía hubiese

---

[1] *herida:* 'treta, robo'. Comp. II, iii, 6, *ca.* n. 46: «Algunas veces me habían tenido preso por semejantes heridas.»
[2] *cerrada de sienes y no muy firme de los talones:* entiéndase 'obstinada y bulliciosa'.
[3] *el malo* por antonomasia es 'el demonio'.

a la puerta gente aguardando para ver mi nueva librea, que mejor se dijera lebrada[4]. Como los que vieron mi desgracia no fueron pocos y esos estuvieron detenidos refiriéndola en corrillos a los que venían de nuevo[5], y yo que generalmente no estaba bien recebido, deteníanse todos a oírla, dando unos y otros gritos de risa, sinificando grande alegría.

Y quizá los más dellos tenían razón y en aquello vengaban las buenas obras de mí recebidas. Allí se pudo decir por mí lo del romance:

> Más enemigos que amigos
> tienen su cuerpo cercado;
> dicen unos que lo entierren
> y otros que no sea enterrado[6].

Estaba llena la calle de gente y muchachos, que me perseguían con grita, diciendo a voces: «¡Echálo fuera! ¡Echálo fuera! ¡Salga ese sucio en adobo!» Hacíanme perder la paciencia y el juicio. Había entre la gente honrada otros de mi banda y todos tales como yo, apasionados míos. Aquestos me defendían, procurando sosegar la canalla con amenazas, porque ya se desvergonzaban a tirar pedradas a la puerta, deseando que saliera. Y no culpo a ninguno ni me disculpo a mí, que yo hiciera en tal caso lo mismo contra mi padre. Que las cosas de curiosidad, que no caen, como las carnestolendas, cada un año, no tengo por exceso procurarlas ver.

No es encarecimiento, y doy mi palabra que, si por dineros dejara que me vieran, pudiera en aquella ocasión quedar muy bien parado. Que todo yo era un bulto de lodo, sin descubrírseme más de los ojos y dientes, como a los negros, porque me sucedió el caso en lo muy líquido de una embalsada que se hacía en medio de la calle. Verdad sea que con el cuchillo de la espada raí lo que pude; mas no pude tanto que fuese de alguna

---

[4] *lebrada:* «cierto género de guisado ... que se hace con liebre» *(Autoridades);* los variopintos ingredientes y aderezos del manjar (cebolla, tocino, almendras, pan, higadillos...) le conferían un aspecto que explica el calambur.

[5] *de nuevo:* por primera vez.

[6] «Lo del romance», que pertenece al ciclo sobre la muerte del rey don Pedro, se hizo proverbial (FR).

consideración. Que así como así se quedó el vestido mojado y entrapado[7] en cieno; mas aprovechóme de que no fuera por las calles goteando como carga de paños cuando la traen de lavadero.

Desta manera, ya tarde, habiéndose ido toda la gente, salí cual digan dueñas y «en tal se vea quien más dello se huelga»[8]. Si en desdichas hay dichas, por el consuelo que se suele ofrecer en ellas, este día parece que la fortuna retozaba comigo y andaba de juego de cañas. Porque, ya que me desfavoreció con semejante trabajo, ayudóme con la noche, y noche oscura, que se retiró la gente, dando lugar a que saliese sano, salvo y sin peligro del muchachismo que me aguardaba.

Salí encubierto, sin ser conocido y a paso largo, huyendo de mí mismo, por la mucha suciedad y mal olor que llevaba. Mas éste no pudo disimularse; porque por donde pasaba iba dando señal, siendo sentido de muy lejos, y ningunó volvió a mirarme que no sospechase cosa mala. Unos decían: «¡Dejadlo pase, que desgracia de tripas ha sido!» Decíanme otros: «Acábese ya de requerir[9] y no corra tanto, pues no puede ser el cuervo más negro que las alas»[10]. Tapándose otros las narices, decían: «¡Po!, ¡aguas mayores han sido! ¡Gran llaga lleva este disciplinante! ¡Aguije presto, hermano, y lávese, antes que se desmaye!» Para todos llevaba y a ninguno faltaba que decirme, hasta preguntarme algunos: «Amigo, ¿a cómo vale la cera[11]?»

Yo callando respondía, que no siempre me dejaban ir en hora buena y a los que me la pagaban mala, entre mí se la volvía, como buen monacillo[12]. Y con esto, bajando la cabeza, pasaba de largo. Lo que me atribulaba mucho era verme ladrado

---

[7] *entrapado:* lleno de polvo y mugre.

[8] Viene así en Correas. Sobre *cual digan dueñas,* cfr. I, ii, 9, n. 24.

[9] *requerir* «vale también reconocer o exmainar el estado en que se halla alguna cosa» *(Autoridades).*

[10] Cfr. I, iii, 1, n. 27.

[11] *cera* por 'excremento' es frecuente en muchos textos de la época; cfr. *dar la cera* en I, iii, 1, n. 31.

[12] Comp. J. Alcalá Yáñez, *El donado hablador,* II, ii: «Cuando oigo decir: "la maldición de Dios te caiga", "arrastrado te veas"..., como buen monaguillo respondo...» (FR). En el fondo de ambos textos hay un refrán: «Como canta el abad, responde el monazillo» (Covarrubias, *s.v. abad),* que alude a la capacidad de devolver las injurias con creces (y en algún caso por lo bajo).

de perros; que, como aguijaba tanto, me perseguían cruelmente, y en especial gozquejos, hasta llegarme a morder en las pantorrillas. Queríalos asombrar[13] y no me atrevía, porque con la defensa no se juntasen más y mayores y me dejasen, cual a otro Anteón[14], hecho pedazos con sus dientes. Últimamente,

> con todas estas desdichas
> a Sevilla hobe llegado[15].

Llegué a mi posada y sin que alguno me sintiese subí hasta mi aposento, que no fuera pequeña dicha si la tuviera de poder entrar luego dentro. Metí la mano en una faltriquera para sacar la llave y no la hallé. Busquéla en la otra y tampoco. Daba saltos en el aire, si se me hubiese metido por los follados[16] de las calzas, y no la descubrí. Porque sin duda se me cayó en la casa que me recogí, queriendo sacar un lienzo para limpiarme las manos y el rostro.

Esta fue para mí una muy grande pesadumbre. Levantando los ojos, casi con desesperación dije: «¡Pobre miserable hombre! ¿Qué haré? ¿Dónde iré? ¿Qué será de mí? ¿Qué consejo tomaré, para que los criados de mi amo y compañeros míos no sientan mis desgracias? ¿Cómo disimularé, para que no me martiricen? A todo el mundo podré decir que mienten; mas no a los de casa, si así me vieren. A todos podré confesar o negar parte o todo, según me pareciere; pero aquí ya me cogen con el hurto en público, abierta la causa y cerrada la boca, sin razón que darles ni mentira que ofrecerles en mi defensa. Los invidiosos de mi privanza se bañarán en agua rosada y convocarán a sus amigos, para que, como enjambre tras la maestra[17],

---

[13] *asombrar:* espantar, ahuyentar.

[14] *Anteón:* Acteón, que por ver desnuda a Diana fue transformado en ciervo y despedazado por sus propios perros. Lo cuenta Ovidio en las *Metamorfosis*, III, 138-252.

[15] Versos del romance que principia «Yo me estaba allá en Coimbra» («De don Fadrique, maestre de Santiago, y de cómo lo mandó matar el rey don Pedro, su hermano», *Cancionero sin año*, fol. 166).

[16] *follado:* pernera amplia y hueca de las calzas; «muslo de la calza entero, que por estar vacío y agocado ['ahuecado'] tomó el nombre del fuelle» (Covarubias).

[17] *la maestra:* la abeja reina. La comparación insiste en la equivalencia *cera* 'ex-

todos corran a verme y correrme. ¡Perdido soy! Deste bordo[18]
se aniega mi barquilla, que no hay piloto que la salve ni maestre que la gobierne.»

Con estas exclamaciones pasaba perdido, y con mi poca prudencia no me acordaba del mal nombre que tenía en toda
Roma y lamentaba con alharacas de un caso de fortuna. ¡Oh si
a Dios pluguiese que a el respeto que sentimos las adversidades corporales, hiciésemos el sentimiento en las del alma! Empero acontécenos como a los que hacen barrer la delantera de
su puerta de calle y meten la basura en casa[19]. Diciendo estaba
endechas a mis desdichas, cuando me vino a la memoria un
caso que pocos días antes había sucedido, que me fue grandísimo consuelo, dándome ánimo y nuevo esfuerzo para lo que
adelante pudiera suceder; y fue: A una dama cortesana en
Roma, por ser descompuesta de lengua, le hizo dar otra una
gran cuchillada por la cara, que atravesándole las narices, le
ciñó igualmente los lados. Y estándola curando, después de
haberle dado diez y seis o diez y siete puntos, decía llorando:
«¡Ay desdichada de mí! Señores míos, por un solo Dios, que
no lo sepa mi marido.» Respondióle un maleante que allí se había hallado: «Si como a Vuestra Merced le atraviesa por toda la
cara, la tuviera en las nalgas, aun pudiera encubrirlo; pero si
no hay toca con que se cubra, ¿qué secreto nos encarga?»[20].

Parecióme dislate y bobería hacer aquellos melindres y, pues
el daño era público y de alguna manera no podía estar callado,
que sería mucho mejor hacer el juego maña[21], ganar por la
mano, salirles a todos a el camino, echándolo en donaire y
contándolo yo mismo antes que me tomasen prenda enten-

---

cremento' señalada hace seis notas; comp. el largo pasaje «Del engaño meloso»
en *La Pícara Justina*, II, 2.ª, iv, 5.º, págs. 511-519, donde se explota grandemen-
te la comparación de los «favos de miel» con «el vaso de aguas bastas».

[18] *bordo:* bandazo; cfr. *dar bordos* en I, ii, 2 y n. 9.

[19] Es imagen frecuente de la literatura moral (FR).

[20] «El cuento debió de ser tradicional» (M. Chevalier, *«Guzmán de Alfarache*
en 1605», pág. 133), a juzgar por una frase de Sancho en el *Quijote* de Avellane-
da: «Yo le he dicho muchas veces que por qué no procuraba que aquel *persignum
crucis* que tiene en la cara, se le dieran en otra parte, pues fuera mejor donde no
se echara tanto de ver; y ella dice que a quien dan no escoge» (XXIX, página 94a).

[21] *hacer el juego maña:* entretener y despistar (cfr. I, ii, 10, n. 21).

diendo de mí que me corría, que por el mismo caso fuera necesario no parar en el mundo.

Haga nombre del mal nombre, quien desea que se le caiga presto; porque con cuanta mayor violencia lo pretendiere desechar, tanto más arraiga y se fortalece, de tal manera, que se queda hasta la quinta generación, y entonces los que suceden hacen blasón de aquello mismo que sus pasados tuvieron por afrenta. Esto propio le sucedió a este mi pobre libro, que habiéndolo intitulado *Atalaya de la vida humana*, dieron en llamarle *Pícaro* y no se conoce ya por otro nombre[22].

Quedé perplejo, sin determinar lo que había de hacer. Y pareciéndome que, pues en los infortunios no hay otro sagrado en la tierra donde acudir, sino a los amigos, aunque yo tenía pocos y ninguno verdadero, que sería bien valerme de un compañero mío, que se me vendía por tal y más mostraba serlo. Fuime a su aposento, llamé a la puerta y abrióme. Allí estuve aguardando hasta que a el mío le quitaron la cerradura. Ved cuál estaba yo, pues aun para sentarme sobre una caja no tuve ánimo, por no darle pesadumbre, dejándosela estampada de mi yerro[23].

No pudo ser este caso tan secreto, que se dejase de saber luego. Gran lástima es de una casa, que no hay criado en ella que no procure cómo lisonjear a el señor, aunque sea con chismes, cuando él no es tal, que juegan con él como tres contra el mohíno[24]. Y en esto se conocerá cada señor, en lo que los criados lo aman y en la gracia con que le sirven. Y desdichado dél, si piensa llevarlos con rigor y granjear por temor el amor, que pocos o ninguno saldrá con ello. Son los corazones nobles y quieren moverse con halagos.

---

[22] *Pícaro:* cfr. la introducción, págs. 64 y 79.

[23] Conviven en la frase varios sentidos, en complicidad con un nuevo zeugma dilógico: «por no darle *pesadumbre* ['molestia'], dejándosela ['suciedad'] estampada...». El final del párrafo alude al *hierro* con que se marcaba el ganado, pero en connivencia con la polisemia del sustantivo: 'descuido, error'. Es posible que con esos sentidos se alíe alguna alusión al falso *Guzmán* publicado en 1602: *caja, estampada...*

[24] *tres contra el mohíno:* todos contra uno (cfr. I, ii, 5, n. 77). Sobre el trato del señor a sus criados, cfr. también I, ii, 5, *ca.* n. 80 (y añádase ahora Hermosilla, *Diálogo de los pajes*, IV, iii, págs. 113-114).

Apenas había mudado de vestido y lavádome, que ya mi amo sabía de mi lodo. Habíanle dicho el qué, pero no el cómo. Con esto me dejaron y tuve harto blanco donde poder henchir lo que quisiese[25]. Preguntóles cómo me había sucedido. Ninguno supo satisfacerle con más de lo que había visto. Después me dijo y supe de su boca que le pasó por la imaginación si me habían cogido dentro de casa de Fabia y que, conociendo mis mañas, me habrían querido dar carena[26], de donde había resultado escaparme huyendo y caído en algún lodazal; o que, luchando a brazos con los criados que saldrían en mi seguimiento, me habrían derribado por el suelo, poniéndome de aquella manera por afrentarme sin matarme.

Y en el mismo tiempo estaba yo haciendo la cuña del mismo palo, con el mismo pensamiento, para sacar dél allí la satisfación. Y aunque no era lo proprio, a lo menos era de aquel trunfo y por caminos diferentes íbamos ambos a un parador[27]. Sólo nos diferenciábamos en que con su prudencia sospechaba lo más contingente y yo, con mi vanidad, lo menos dañoso a mi reputación.

Había estado aquella noche ocupado con papeles; mas dejándolos por un rato, me mandó llamar y, teniéndome presente, no me habló palabra, hasta que, retirándose a su retrete, se fueron los más criados y quedé con él a solas. Preguntóme cómo había caído y dónde. Yo le dije que, como estuviese con cuidado a la puerta frontera de un vecino de Fabia, si acaso hubiera lugar para poder hablarla, y saliese Nicoleta, su criada, haciéndome señas que llegase presto, con el alboroto del no pensado regocijo, quise atravesar la calle por un mal paso, por no tardarme rodeando por el bueno. Queriendo dar un salto en una piedra mal asentada, torcióse y torcíme. Quíseme cobrar, y no pude sin caer en el suelo y enlodarme. Por lo cual Nicoleta, con el alboroto de la gente, se retiró a dentro y a mí me fue forzoso volverme a casa.

---

[25] *tuve harto blanco donde poder henchir lo que quisiere:* 'tuve espacio y tiempo para trazar y acomodar una explicación'.

[26] *dar carena:* 'dar vaya', 'burlarse pesadamente', «tomado de *dar carena* a las naves: brearlas para andar en el agua» (Correas). Cfr. M. Joly, *La bourle*, página 145.

[27] Obsérvense las metáforas naipescas: «del mismo *palo* ... de aquel *trunfo*...».

Él me dijo entonces:

—Del daño, el menos. Desgraciadamente andas en esto, Guzmanillo: tarde, con mal y en martes lo comenzaste[28]. Sólo en mi suerte y servicio te pudiera suceder esa desgracia.

—No la tenga por tal Vuestra Señoría —le dije— ni la ponga en ese número, que antes creo lo fuera muy mayor, si así no me aconteciera. Porque dicen allá en Castilla: quebréme un pie, quizás por mejor[29]. Su marido estaba en casa y, supuesto que yo no sé para qué me llamaban, si era trampa, pudiera ser, cuando todo me corriera viento en popa, si me sintieran dentro hablando con la señora, me zamarrearan[30] de manera que, a buen librar, no me dejaran hueso en su lugar ni narices en la cara. Porque de mi continuación en rondar aquella casa se ha causado alguna nota. Y aunque algunos entienden que lo hago por Nicoleta, la criada, muchos, que lo ignoran, lo atribuyen a lo peor. Y he visto que de pocos días a esta parte anda el buen viejo don Beltrán[31] comigo torcido, como alcozcuz[32]. Hablábame otras veces, preguntando por damas desta Corte, si había buena ropa[33] castellana; y agora se pasa de largo, aun sin ha-

---

[28] A la frase hecha *tarde y con mal* (cfr. I, i, 3, n. 4) añade el embajador la mala agorería de los *martes;* contra ella iba con frecuencia «la opinión del vulgo» (Correas, comentando el refrán «En martes, ni tu tela urdas ni tu hija cases»).

[29] «Quebréme el pie, quizá por bien» (Hernán Núñez, *apud* Correas, página 387b); comp. después, II, ii, 6, *ca.* n. 15: «Si me quebré la pierna, quizá por mejor; del mal el menos.» No me parece que un refrán pueda carecer de popularidad (cfr. M. R. Lida de Malkiel, *Estudios de literatura española y comparada,* Buenos Aires, 1969, págs. 105-106), ni tampoco que Alemán recuerde necesariamente el *exemplo* XVIII de *El Conde Lucanor;* pero es cierto que cuento y proverbio andan, como siempre, hermanados y se explican mutuamente.

[30] *zamarrear:* maltratar, zarandear; «está tomado del lobo, cuando hace presa en alguna res, porque le sacude de una parte a otra la piel, que llaman *zamarro*» (Covarrubias).

[31] *el buen viejo don Beltrán:* «es la forma consagrada por el romancero ... para referirse al tío del Conde Dirlos, protagonista de un romance juglaresco (cfr. R. Menéndez Pidal, *Romancero hispánico,* I, págs. 275-285). La alusión puede estar justificada —por lo menos en parte— por el hecho de que el Conde Dirlos, obligado a partir, confió a su mujer al cuidado de don Beltrán, "en lugar de marido y padre"» (FR). Comp. II, ii, 8, *ca.* n. 25: «De allí me fui a casa del buen viejo don Beltrán, mi tío.»

[32] *alcozcuz:* alcuzcuz, una pasta de harina y miel que se preparaba a modo de rollo o torcido; era comida propia de moros.

[33] *buena ropa:* 'busconas de calidad'; el eufemismo (afín al más moderno *buen*

blarme, y, si descubro la cabeza y quito el sombrero, hace que no me mira y se pasa entero, como hecho de una tabla.

Esto le decía y estábame mi amo muy atento, de cuando en cuando arqueando las cejas, de donde colegí que se escaldaba. Vile las cartas. Conocíle todo el juego y que lo hacía con temor de su reputación o de su persona, que no le sería bien contado si le sucediera desgracia en aquella casa, por ser de lo más y mejor emparentado de la ciudad. Acudíle apretando más la llave, prosiguiendo:

—Ninguna cosa hoy hay en el mundo que me ponga espanto ni desquilate un pelo de mi ánimo, que ya tengo conocido hasta dónde puede la desgracia tirar comigo la barra[34], que quien anda en mis pasos y mi trato trae, trae jugada la vida y perdida la honra. Prevenido estoy de paciencia y sufrimiento para cualquier grave daño que me venga; enseñado estoy a sufrir con esfuerzo y esperar las mudanzas de fortuna, porque siempre della sospeché lo peor y previne lo mejor, esperando lo que viniese. Nunca son sus efetos tan grandes como las amenazas; y si me acobardase a ellas, me irían siguiendo hasta la mata[35] sin dejarme. No importa lo sucedido ni que haya sido el principio en martes, que ni guardo abusiones[36] ni Vuestra Señoría es mendocino[37], para ir con los vanos abusos de los españoles, como si los más días tuviesen algún previlegio y el martes alguna maldición del cielo[38]. Y cuando sobre mí se caiga en todo rigor, a todo mal suceder, no por cosa hoy del

percal [SGG]) proviene seguramente del italiano *buona roba* (cfr. D. McGrady, «*Buena ropa...*»). Comp. la escena del falso Guzmán y una fea cantonera: «Bien pudiera yo considerar que no tenía su dueño por buena la ropa, pues la puso en tienda tan oscura» (M. Luján, *Segunda parte*, iii, 1, pág. 405a), con lo dicho en I, i, 2, n. 18.

[34]   *tirar la barra:* 'echar el resto' (cfr. I, ii, 5, n. 71).

[35]   «*Seguir hasta la mata* es seguir hasta el cabo una cosa» (Correas).

[36]   *abusión:* 'superstición, agüero', como después *abuso.*

[37]   *mendocino:* 'supersticioso', pues «los miembros de la casa de Mendoza eran famosos por su superstición» (FR). Cfr. SGG, con buenos ejemplos; *Don Quijote,* VII, pág. 277, y Quevedo, *Libro de todas las cosas...*, en *Obras festivas,* pág. 115.

[38]   Al hilo de la vanidad de las «amenazas» de la Fortuna (cfr. I, i, 7, n.4), critica aquí rápidamente las aprensiones y supersticiones, motivo que también menudeó en la literatura de esos tiempos. Comp., por ejemplo —por mencionar un pasaje poco frecuentado—, la traducción castellana de *La Zucca del Doni,* págs. 58-59.

mundo me sacarán palabra por la boca con que a ninguno pare
perjuicio. Vuestra Señoría siempre se haga desentendido y no
se le dé un cuatrín[39] por nada. Servirle tengo hasta la muerte,
sea como fuere y tope donde topare. Verdad es que, si el caso
fuera proprio mío, no sólo me desistiera dél, por lo mal que se
va entablando, pues en mil días no dan uno de audiencia y a
este paso es negocio inmortal, salvo si no ha de ser como los
mayorazgos, que los fundan los padres para que los gocen los
hijos, y aqueste requiebro ha de quedar para los herederos; mas
en todo aquel barrio no pusiera pie, por lo que ya en él se
nota. No falta en Roma bueno y más bueno, a menos peligro
y costa, con más gustos y menos embarazos. No sé si lo hace
que nunca quiero por querer, sino por salpicar[40], como los de
mi tierra. Soy cuchillo de melonero[41]: ando picando cantillos,
muda[n]do hitos. Hoy aquí, mañana en Francia[42]. De cosa no
me congojo ni en alguna permanezco. A mis horas como y
duermo. No suspiro en ausencia, en presencia bostezo y con
esto las muelo. Vuestra Señoría es muy diferente. Va todo a lo
grave y con señorío. Sigue como poderoso lo más dificultoso y
como sacre sube tras de la garza[43], hasta perderse de vista,
cueste lo que costare y venga lo que viniere. Que, como hay
fuerzas para resistir, todo asienta de cuadrado y le hace buena
pantorrilla[44].

---

[39] *no se le dé un cuatrín:* 'no le importe un bledo' (cfr. I, iii, 2, n. 9).

[40] *salpicar:* «por traslación significa pasar de unas cosas a otras sin continuación ni orden, dejándose algunas en medio» *(Autoridades);* «lo que hoy diríamos 'mariposear'» (EM). Para lo que dice después *(como los de mi tierra),* recuérdese la troba cazurra del *Libro de buen amor,* 116cd («tomé senda por carrera / como [faz el] andaluz») y la inquietud y bullicio tradicionales de los sureños: cfr. M. Herrero, *Ideas de los españoles del siglo XVII,* págs. 179-197.

[41] «Cuchillo de melonero: cuantos veo, tantos quiero», «Cuchillo de melonero: probar muchos, hasta hallar uno bueno» (Martínez Kleiser, núms. 40497 y 40504). Correas, por su parte, registra la expresión *mudar hitos,* «por 'no fijar asiento'».

[42] Lo recoge Correas.

[43] Pues «la caza de amor es de altanería» (cfr. Dámaso Alonso, *Obras completas,* II, Madrid, 1973, págs. 1057-1072). El *sacre* es una «especie de halcón» (Covarrubias).

[44] *asentar de cuadrado:* 'cuadrar', 'convenir y ajustarse a la perfección'; el mismo sentido tiene en última instancia la frase *hacer buena pantorrilla,* que se decía

—Mal entiendes lo que dices, Guzmanillo —me respondió mi amo—, que antes corre al revés de lo que has dicho. Porque ninguna cosa hoy hay en el mundo más perjudicial ni más notada que cualquier pequeña flaqueza en una persona pública. Porque, como tengamos obligación los de mi calidad a vestirnos como queremos parecer, a pena[45] de parecer como nos quisiésemos vestir, hace muy grande mancha cualquiera muy pequeña salpicadura. Muy poquito aire hace sonar mucho los órganos. Y te doy palabra que, si empeñada no la tuviera en algunas cosas, en especial que la di a Nicoleta de que visitarías de mi parte a Fabia —y me pesaría que me tuviese por fácil o pusilánime, culpándome de inconstante, que había sido mi amor como de niño, agua en cesto, no más de para tentar los aceros y burlarla, pues habiéndome dado buenas esperanzas las estimo en poco, no siguiendo el alcance—, que no se me diera un clavo por dejarlo. Pues demás que, como dices, habemos comenzado tan perezosamente, no me siento tan perdido ni apasionado, que deje de conocer que tiene marido de lo mejor de Roma, principal, rico y noble, a cuyo respeto debemos, los que profesamos tener algún honrado principio, guardar todo buen decoro, sin hacerle injuria. Que no por ser ella moza, y como tal obligada con ocasiones a gozar de otras que se le ofrezcan, tengo yo de seguir el arreo y sustentárselas tan a costa de lo que debo a mi nobleza y a honor de su casa y deudos. Muchas veces los hombres al descuido miramos y con pequeña causa nos empeñamos mucho adonde sin reparo nos es necesario tener el envite, a pena de necios, cobardes o impotentes. Mas, pues de nuestra parte se han hecho diligencias y tan poco valen y tanto cuestan, como es la honra de aquesa señora, si mi apetito fue pólvora, que súbito abrasó la razón con el incendio, ya se pasó aquel furor, ya reconozco lo mal que hago y me allano prostrado por tierra. No quiero más ir, como dices, en alcance de lo que más me huye; antes con esa señora, que me vino a la mano, quiero hacer como generoso gavilán[46], sol-

---

seguramente por la costumbre que algunos galanes tenían de ponerse pantorrilleras (cfr. II, ii, 6, n. 30).
[45] *a pena:* so pena.
[46] *como generoso gavilán:* «*Es franco como un gavilán,* frase proverbial con que se

tar el pájaro, de manera que de todo punto quede sepultada la mala voz que por mi respeto se ha levantado, tomando para ello la traza que mejor esté a su reputación y a la mía.

Esto dijo y parecióme su resolución mi salvación; en ella hallé abierto el paraíso de mis deseos. Y loando su buen propósito, le facilité la salida, no tanto por su intención, cuanto por mi reputación, y así le dije:

—Vuestra Señoría corresponde a quien es en lo que dice y hace. Porque, aunque sea suma felicidad alcanzarse lo que se desea, la tengo por muy mayor no desear lo que incita la sensualidad, y menos en daño ajeno y de tal calidad. Esa es consideración cristiana, hija del valeroso entendimiento de Vuestra Señoría. No es justo desampararla, y quede a mi cargo el modo. Pues el fiel criado, aunque por interesar la privanza le acontezca dar calor al apetito de su amo, no está fuera de obligación de volver la rienda cuando lo viere corregido, animando su buen propósito.

Con esto me despidió, diciendo:

—Vete con Dios a dormir en mi negocio, pues en tus manos anda mi honra.

---

encarece la generosidad y agradecimiento de alguna persona. Es tomado de que el gavilán suelta por la mañana el pájaro que tuvo en las uñas la noche antes para dormir, y advierte a la parte que voló para no ir por allí y no encontrar con él» *(Autoridades,* y cfr. en I, ii, 5, n. 12, las dificultades que había para aplicar este sentido).

CAPÍTULO VII

SIENDO PÚBLICO EN ROMA LA BURLA QUE SE HIZO A GUZMÁN DE
ALFARACHE Y EL SUCESO DEL PUERCO, DE CORRIDO SE QUIERE
IR A FLORENCIA. HÁCESELE AMIGO UN LADRÓN PARA ROBARLO

Póngome muchas veces a considerar cuánto ciega la pasión
a un enamorado. Considero a mi amo, que me deja su honra
encomendada, como si yo supiera tratarla sin sobajarla[1]. Vié-
neme también al pensamiento y no me deja mucho holgar,
cuando discurro cómo, habiendo sido tan lisiado[2] en mentir,
pude subir a tanta privanza, cómo comigo se trataban casos de
importancia, cómo me fiaban secretos y hacienda, cómo se ad-
mitían mis pareceres, cómo se daba crédito a mi trato y cómo,
siendo esto así, que jamás oyeron de mi boca verdad que no
saliese adulterada, me daba tanto enfado que me la dijesen
otros.

Y por el mismo caso aborrecía para siempre a quien una
sola vez me la trataba. Y no era maravilla en mí, si es natural a
todos los que algo negocian pesarles que no sean con ellos en
todo puntuales y nunca lo saben ser ellos ni se cansan de mentir. Comiencen de lo más alto y deciendan a lo más bajo, si
algo dellos habéis de recebir, si algún favor os han de dar, que
nada les cuesta.

¡Cuántas trampas, cuántas dilaciones, cuánto diferirlo de
hoy a mañana, sin que mañana llegue, por ser la del cuervo,

---

[1] *sobajar:* aquí, 'menoscabar' (cfr. I, i, 1, n. 70).
[2] *lisiado:* aficionado, práctico.

que siempre la promete y nunca viene![3]. Y si lo habéis de dar y
con ellos no andáis tan relojeros[4], que un solo momento faltáis
a lo puesto, si no les pagáis al justo lo prometido, si se lo dila-
táis un hora, ni sois hombre de palabra ni de buen trato.

Yo en el mío hacía lo mismo; consideraba entre mí, diciendo: «¿A mí qué me se da de no decir verdad? ¿Qué me importa
que sea vicio de viles y pasto de bestias? ¿Qué daño me vendrá, cuando no me den crédito, si lo tengo ya ganado, aunque
a los ojos vean que miento y es tanta su pasión, que no se quieren desengañar de mi engaño? ¿Qué honra tengo que perder?
¿De cuál crédito vendré a faltar? Ya soy conocido y el mundo
está de manera que por el mismo caso que miento me sustén-
tan, me favorecen y estiman. Mentir y adular apriesa, que es
manjar de príncipes.»

No, en buena fe; sino llegaos y decidles que no jueguen, que
tienen el estado consumido y a los vasallos pobres; que no
sean disolutos por las calles ni en las iglesias, que dan ocasión
a muchos escándalos y daños; que no sean disipadores pródi-
gos, que se pierden y empeñan por la posta[5]; que, pues tienen
para malbaratar, que sepan pagar a sus criados, que andan rotos y hambrientos; que, si pueden o tienen favor, que lo dis-
pensen con los pobres; que, si privan, que aprovehen la privanza en ganar amigos, pues ninguna es fija ni hay fortuna firme; que siquiera las fiestas para oír misa se levanten a tiempo;
que confiesen de veras y no para cumplir con la parroquia,
como cristianos de solo nombre, que hay hombres que tasadamente tienen fe para que no los castiguen; que miren por sí
que son hombres y, si viejos, ya están luchando a brazos con la
muerte, la sepultura en medio.

Ya se les ha notificado la sentencia, y, como los que han de

---

[3] «El cuervo grazna *cras* 'mañana', solía afirmarse» (FR). Comp. *Libro de buen
amor*, 1256cd: «Son parientas del cuervo, de cras en cras andavan: / tarde cun-
plen o nunca lo que afiuziavan.» Creo que para este pasaje basta su dimensión
proverbial, aunque quizá se recuerde también un pasaje bíblico *(Génesis*, 8, 6-7, y
cfr. aquí, I, ii, 9, n. 9), presente en el refranero: *«El mensaje del cuervo: ... tomado
del cuervo que envió Noé, y no volvió; por el que no vuelve con respuesta»*
(Correas).

[4] *relojeros:* «puntuales», como acaba de decir.

[5] *por la posta:* enseguida, rápidamente.

justiciar se despiden de sus amigos y les van poniendo las insignias que han de llevar[6], así se van despidiendo de todas las
cosas a que más afición tuvieron: del gusto, del sueño, de la
vista, del oído, y le hacen por horas notificación de la sentencia el riñón, la ijada, la orina; el estómago se debilita, enflaque-
ce la virtud[7], el calor natural falta, la muela se cae, duelen las
encías, que todo esto es caer terrones y podrirse las maderas de
los techos, y no hay puntales que tengan la pared, que falta
toda desde el cimiento y se viene a el suelo la casa[8].

Atreveos, pues, a un mozo mocito, atrevido y descomedido.
Representadle que no sabe quién lo quiere mal, que porque habló, porque miró, porque se alabó, porque por ventura pasó, si
no entró adonde no debiera, lo coserán a puñaladas y no tendrá lugar de recebir sacramentos ni de llamar a Dios que le
valga. O que considere que la sangre se corrompe, los humores
abundan, que anda desordenado, come demasiado, hace poco
ejercicio, que le dará una apoplejía o cualquiera otra enfermedad que lo acabe; pues tan presto se va el cordero como el carnero[9]. Que no piense por verse fuerte de brazos, tieso de pie y
pierna, robusto de cuerpo y sano de cabeza, que aquello es fijo
y tiene cierta la estabilidad.

Ya me parece que le oigo decir: «Vos como pobre sois el
que os habéis de morir y padecer aquesas desventuras; que yo
soy rico, valido, valiente, discreto y generoso. Tengo buena

---

[6] Sobre tales despedidas, cfr. la *Relación de la cárcel de Sevilla* de Chaves, co-
lumna 1362 (y I, «Declaración», n. 5). Las *insignias* del reo se correspondían con
su delito.

[7] *virtud:* vigor, fuerza.

[8] La imagen del cuerpo como edificio en ruinas ha sido durante siglos una
de las más recordadas para ponderar la vecindad de la muerte. Una de las formulaciones más trascendentes de tal idea —aunque con una visión más amplia— es la de Séneca, *Epístolas*, XII, 1-4, muy bien leída por Quevedo en el famoso soneto que «Enseña cómo todas las cosas avisan de la muerte» *(Obra poética,* núm. 29). Pronto se hizo enclave común de la literatura religiosa y profana
(comp. los versos del sevillano Baltasar del Alcázar, recordados por Rico: «Ser
vieja la casa es esto; / veo que se va cayendo; / voile puntales poniendo, / porque no caiga tan presto. / Mas todo es vano artificio: / que presto dicen mis
males / han de faltar los puntales / y allanarse el edificio», en *Obras*, pág. 245,
hablando también del cuerpo).

[9] «Tan presto va...», en Correas. Con el mismo fondo —la certeza de la
muerte— se recuerda el refrán en *La Celestina*, IV, pág. 83.

casa, duermo en buena cama, como lo que quiero, huelgo según se me antoja; y donde no hay trabajos, no hay enfermedad ni llega la vejez.»

«¡Ah loco, loco! Pues a fe que Sansón, David, Salomón y Lázaro eran mejores, más discretos, valientes, galanes y ricos que tú y se murieron, que llegó su día. Y de Adán a ti han pasado muchos y ninguno dellos ha quedado en el siglo vivo.»

¡Quién les dijese aquesta verdad y que, si otra cosa piensan, que son tontos! Dígaselo Vargas[10]. Atrévase a ellos un desesperado[11]. Por menos que eso darán queja criminal de vos. No hay burlarse con poderosos ni mentar verdades. No me corre obligación de decirlas donde no han de ser bien admitidas y ha de resultarme notorio daño dellas. Baste para mi entender, y acá, para los de mi tamaño, saber que todo miente y que todos nos mentimos[12]. Mil veces quisiera decir esto y no tratar de otra cosa, porque sólo entender esta verdad es lo que nos importa, que nos prometemos lo que no tenemos ni podemos cumplir.

El que se tiene por más valiente, sano de humores, más concertados y bien mezclados, ése no tiene punto de seguridad y está más presto para caer. No hay fuerzas tan robustas que resistan a un soplo de enfermedad. Somos unos montones de polvo: poco viento basta para dejarnos llanos con la tierra[13].

---

[10] *Dígaselo Vargas:* según parece, originó el dicho —que en su forma más frecuente dio título a una obra de Tirso— el licenciado Francisco de Vargas, secretario de Fernando el Católico: «Hay un refrán, *averígüelo Vargas,* cuando un negocio está muy empelotado y entrincado. Díjose por el licenciado Francisco de Vargas, Colegial que fue de Santa Cruz en Valladolid, hombre de gran cabeza y buen despidiente; eligióle por su secretario el rey..., y porque le remitía todos los memoriales, para que informado le diese cuenta de ellos, con estas palabras *averígüelo Vargas,* quedó en proverbio» (Covarrubias; con él coincide Correas, aunque habla también de otro Vargas menos encumbrado en la política del tiempo). Cfr. Quevedo, *Visita de los chistes,* pág. 347; Gracián, *El Criticón,* III, x, pág. 256, e Iribarren, *El porqué de los dichos,* págs. 19-21.

[11] *a ellos* en todas las ediciones antiguas que siguen a la príncipe (falta del folio que contiene el pasaje); hace sentido, y mejor que la trivialización de las ediciones modernas *(a ello).* Comp. poco antes: «Atreveos... a un mozo...»

[12] *todos nos mentimos:* cfr. I, ii, 4, n. 39, y II, i, 3, n. 8.

[13] Es una idea muy frecuente en la literatura moral, y en torno a ella, por ejemplo, rondaban los debates de los humanistas sobre la condición humana (cfr. *infra,* n. 15).

Nadie se adule, ninguno forme de sí lo que no es ni lo que su sensualidad mentirosa le dice.

Diráte lo que a todos: «Poderoso eres, haz lo que quisieres; galán eres, pasea y huélgate; hermoso y rico eres, haz disoluciones; nobleza tienes, desprecia a los otros y ninguno se te atreva; injuriado estás, no se la perdones; regidor eres, rige tu negocio, pese a quien pesare y venga lo que viniere; juez eres, juzga por tu amigo y tropéllese todo; favor tienes, gástalo en tu gusto, dándole al pobre humo a narices[14], que no conviene a tu reputación, a tu oficio, a tu dignidad ni aun a tu honra que te pida lo que le debes ni la capa que le quitaste.»

Pues a fe, señores míos, ya sean quien quisieren ser o piensan que son, que no son lo que piensan. Y el mejor, cuando muy bueno, es un poco de polvo. Escojan de cuál polvo quieren ser, si de tierra o de ceniza, porque no hay otro[15]. Y si de tierra, traigan a la memoria que cuando su principio fue lodo, porque se amasó con agua, y fue lo mismo que decirles que se fertilizasen para el cielo, conociéndose a sí mismos; ya saben que la tierra sin agua no da fruto. Y si la suya está seca con vicios y, con el rocío del cielo, santas inspiraciones no la regaren de buenas obras para que frutifique, perdonando injurias, pidiendo perdón de las cometidas, pagando lo que deben y haciendo verdadera penitencia, serán montones de ceniza, para nada buenos.

Acontecerále s lo que a la ceniza: que hacen della el jabón con que se limpian en otra parte las manchas y luego la echan a el muladar[16]. Con su ejemplo escarmentarán otros que se salven y ellos irán a las carboneras del infierno. Ya son éstas verdades, ya se ha llegado el tiempo para decirlas. Y si mentí en

---

[14] «*Dar humo a narices* ... es dar pesadumbre y mohína» (Correas). Cfr. los *humazos* de I, ii, 5, n. 6.

[15] «Omnes homines terra et cinis» *(Eclesiástico,* 17, 31). Cfr. M. Cavillac, *Gueux et marchands,* pág. 84.

[16] Guzmán utiliza una comparación que resultó feracísima en la literatura religiosa, pues aun los lexicógrafos advertían que la *ceniza* «en la escritura sagrada significa humildad, abatimiento, penitencia y particularmente en el hombre conocimiento de sí mismo»; «desta ceniza y del agua de las lágrimas se hace una lejía fuerte con que se limpian las manchas de la culpa y del pecado» (Covarrubias, con cita de lugares bíblicos).

mi juventud con la lozanía della, las experiencias me dicen y con la senetud conozco la falta que me hice.

Y nadie se atreva ni piense que le sucederá lo que a mí, vida larga, y, confiados en ella, se descuiden con la emmienda, dejándolo para después de muy maduros, que vendrá un solano que los lleve verdes. Nunca yo la tuve cierta ni a los más está segura. Que somos como las aves del cortijo: llega el águila y lleva la que le parece, o el dueño las va entresacando como se le antoja; ninguna tiene hora suya, unas van tras otras.

Yo también he ido tras de mi pensamiento, sin pensar parar en el mundo. Mas, como el fin que llevo es fabricar un hombre perfeto, siempre que hallo piedras para el edificio las voy amontonando. Son mi centro aquestas ocasiones y camino con ellas a él. Quédese aquí esta carga, que, si alcanzare a el tiempo, yo volveré por ella y no será tarde.

Vuelvo, pues, y digo que todo yo era mentira, como siempre. Quise ser para con algunos mártir y con otros confesor. Que no todo se puede ni debe comunicar con todos. Así nunca quise hacer plaza[17] de mis trabajos ni publicarlos con puntualidad. A unos decía uno y a otros otro, y a ninguno sin su comento.

Y como a el mentiroso le sea tan importante la memoria[18], hoy lo contaba de una manera y mañana de otra diferente, todo trocado de como antes lo había dicho. Di lugar a que, conociéndome por mentiroso, no me diesen crédito, dándolo a la voz general. Porque realmente todos convenían en el hecho; aunque quitaban y ponían, como a cada uno se le antojaba y tú sueles hacerlo.

Ya, como novedad, por aquellos días no se trataba otra cosa en toda Roma. Mi yerro era su cuento y mi suciedad la salsa de sus conversaciones. Ya mi amo lo sabía; mas como prudente sentía y callaba, que no siempre se ha de dar el señor por entendido de todo, que sería obligarse, a ley de bueno, a el remedio dello. Disimulaba; mas no tanto que por algunas entrerrisitas y mirar de ojos no se lo conociese. Araba comigo que no le

---

[17] *hacer plaza:* publicar, revelar (cfr. I, ii, 8, n. 21).
[18] Cfr. Quintiliano, *Institutio oratoria,* IV, ii, 91: «mendacem memorem esse oportet» (FR), y Juan de Aranda, *Lugares comunes,* fol. 80r.

perdía sulco. Y como estaba bien a él disimular, también a mí el negar. Callábamos todos; empero no pudo ser sin que dejase de romper el diablo sus zapatos[19].

No faltó un amigo suyo y por el consiguiente mi enemigo, que, cogiéndolo a solas, le dijo cuánto le importaba para su calidad y crédito despedirme, por la publicidad con que se hablaba de sus cosas y que cada cual sentía dellas como quería. Que los caballeros de su profesión y oficio debían proceder según lo que representaban, porque de lo contrario, resultaría en perjuicio de la reputación de su dueño.

Este discurso es mío; que si no pasaron estas palabras formales, a lo menos creo serían otras equivalentes a ellas. Mas cualesquiera que fuesen, yo sé que ningunas le pudieron decir que no le fuesen a él muy sabidas, y sin duda le pesaría de que se las dijesen. Mas palabra no me dijo por entonces ni comigo hizo demonstración alguna que diferenciase de lo que siempre. Sólo que, como ya era entrada la cuaresma, tomóla por achaque para recogerse y no tratar de cosas de mujeres.

Desta manera corríamos. Mas con las demasías de lo que me pasaba por las calles, tomaron en casa los criados más licencia de la que convenía, por chacota y entretenimiento, empero entre burlas y veras me daban cordelejos[20], que no aprietan los cordeles en el tormento tanto. De manera, que ya no tenía parte segura ni pared adonde arrimarme, de donde no saliese un eco que me confesase los pecados.

Un día, yendo por una calle, me vi tan apurado de paciencia por todas partes, tan agostado el entendimiento, que casi me obligaron a hacer muchos disparates. Dijo bien el que pregun-

---

[19] *romper el diablo sus zapatos:* los paremiólogos recogen varios proverbios afines: «Hártase el diablo de romper zapatos», «Alguna vez ha de romper el diablo los zapatos», «De romper calzado nunca se harta el diablo», «El diablo no está harto de romper suelas» (Martínez Kleiser, núms. 17588-17591 [y EMI]). Su sentido más inmediato es que 'el diablo nunca deja de hacer de las suyas' (aunque, a la luz de un pasaje del *Libro de buen amor,* 1471-1474, los *zapatos* precisan una explicación más concreta, que quizá esté en relación con el *Lazarillo,* IV); en el texto que nos ocupa, basta su condición proverbial: 'hay cosas que siempre acaban por suceder y resultan inevitables'.

[20] *cordelejo:* «lo mismo que chasco, zumba o cantaleta» *(Autoridades)* y que *carena, matraca, ladrillejo...* Cfr. II, i, 5, n. 36, y M. Joly, *La bourle,* págs. 147-148.

tándole que en cuánto tiempo se podría volver un cuerdo loco, respondió: «Según le dieren priesa los muchachos»[21]. Aquí me llegó el agua sobre la boca, vime anegado y renegado de mi sufrimiento. Quisiera tirar piedras; mas fuéronme a la mano un mocito de mi talle, traza y edad, bien compuesto, pero mal sufrido; porque tomando contra todo el común mi defensa, favorecido de otros dos o tres amigos que con él venían, resistieron con obras y palabras ásperas a los que me perseguían. Y sosegándolos a ellos y reportándome a mí, me llevó solo mano a mano a mi posada, dejándose allí a los compañeros deteniendo la gente.

Luego que allá llegamos, lo quisiera detener para hacerle algún regalo; empero no lo admitió. Supliquéle me dijese su posada y nombre. Negómelo todo, prometiendo volverme a visitar. Sólo me dijo que me tenía particular afición, así por mi persona, como por ser español de su nación. Que como tal sentía mis desgracias. Y con esto nos despedimos.

Yo llegué[22] tan robada la color, tan encendidos los ojos, tan alborotado el entendimiento, que sin consideración, viendo servir la comida, me subí tras los pajes hasta la mesa del embajador, mi señor. Cuando allí me hallé igual a los gentileshombres, con capa y espada, conocí mi necedad. Quíselo remediar con salir de la pieza; mas fue tarde. Porque ya mi amo en el semblante me había conocido lo que llevaba. Preguntómelo y hallándome sin menudos[23], que no había trocado, mal prevenido de mentiras, díjele toda la verdad, sin pensar ni quererla decir. Y fue la primera que salió sin agua de mi taberna.

Mi amo calló; mas los criados, no pudiendo sufrir la risa, unos cubrían el rostro con las medias fuentes, trincheos y salvillas[24] que tenían en las manos; otros, que las tenían vacías,

---

[21] Recoge la escena, entre otros, Melchor de Santa Cruz, *Floresta española*, VI, iii, 15. Cfr. E. Cros, *Sources*, pág. 131, y M. Chevalier, *«Guzmán de Alfarache en 1605»*, pág. 135.

[22] *llegué:* así en la *princeps;* en las ediciones modernas, desde SGG, se imprime la errata —aunque haga sentido— *llevé.*

[23] *sin menudos:* 'desprevenido, sin recursos', por los *menudos* o «monedas de cobre» (Covarrubias).

[24] *trincheo:* «plato pequeño que sirve para trinchar la comida, o para servir las piezas ya trinchadas» *(Autoridades); salvilla:* «pieza de plata o estaño, vidrio o ba-

cubriéndose la boca con ellas y reventándoles en el cuerpo, se salieron de la sala. Tanto se descompusieron, que monsiur se amohinó y, riñéndoles con palabras nunca dél usadas, reprehendió el atrevimiento en su presencia. Quedé tan avergonzado, tan otro yo por entonces, tan diferente de lo que antes era, cual si supiera de casos de honra o si tuviera rastro della.

¡Oh cuántas cosas castiga un rigor, adonde no pudo labrar el amor! ¡Cuánto importa muchas veces dar una notable caída, para mirar otras donde se ponen los pies y cómo se pasa! Entonces vi mi fealdad. En aquel espejo me conocí. Halléme de modo que por cuantos amos ni mujeres tenía el mundo no volviera más a tratar de sus corretajes[25] ni a solicitarlas. ¡Qué buena resolución, si durara!

Pasóse aquesto y quedóse mi amo pensativo, la mano en la mejilla y el cobdo sobre la mesa, con el palillo de dientes en la boca, malcontento de que mis cosas corriesen de manera que le obligasen a lo que no pensaba hacer; aunque le convenía para evitar mayores daños, empeñándose tanto, que diese notable nota contra su reputación, por mi defensa. Que real y verdaderamente la muestra del paño del amo son sus criados. Mandóme bajar a comer y nunca de allí en adelante yo ni otro alguno de mis compañeros por muchos días le vimos el rostro alegre ni tan afable como tenía de costumbre.

Ya no me atrevía, como antes, a salir de casa, si no era de noche. Siempre asistía[26] en mi aposento leyendo libros, tañendo, parlando con otros amigos. Y deste retirarme se causó en los de casa nuevo respeto, en los de fuera silencio y en mí otra diferente vida. Ya se caían las murmuraciones. Ya se olvidaban con el ausencia mis cosas, como si no hubieran sido.

Visitábame a menudo aquel mancebito que tomó mi defensa. Hízome muchos ofrecimientos de su hacienda y persona. Díjome su tierra y nombre, que había venido a Roma sobre cierto caso en que había de dispensar Su Santidad y que había gastado mucha hacienda y tiempo sin haber negociado.

---

rro, de figura redonda, con un pie hueco sentado en la parte de abajo, en la cual se sirve la bebida en vasos, barros, etc. Llámase así porque se hace la salva con la bebida en ella» *(ibid.)*.

[25] *corretajes:* figuradamente, 'tratos, negocios'.

[26] *asistía:* permanecía.

Halléme obligado a su buen proceder. Creíle y, como deseaba se [m]e[27] ofreciese ocasión en que pagarle algo de la mucha obligación en que me había puesto, le rogué me diese parte de su negocio, para que yo lo pidiese de merced a el embajador, mi señor, y se lo negociase brevemente. Agradeciómelo mucho y respondióme que ya se había tomado cierta vereda por donde caminaba y le daban buenas y ciertas esperanzas; mas que, si de allí escapase, recebiría la merced que le ofrecía.

Con esto fuimos dando y tomando razones, hasta que pidiéndome que saliésemos a pasear un poco a palacio, escusándome le dije la causa por que me había retirado y cuán bien me iba con ello, pues no saliendo de casa, estaba sosegado mi ánimo y el alboroto de la ciudad.

Era el mozo velloso[28] y no menos que yo. Cogióme la palabra, por ser la que más él deseaba oírme, y díjome:

—Señor Guzmán, Vuestra Merced procede con tanta discreción, que se conoce bien ser suya, y tengo por tan acertado el remedio cuanto se me hace dificultoso entender que se pueda proseguir adelante. Pues los casos que se ofrecen obligan a los hombres a quebrantar los más firmes propósitos. Yo, si fuese Vuestra Merced, habiendo de restarme tanto tiempo encerrado, tendría por mejor ganarlo en otra parte, dando una vuelta por toda Italia. De donde no sólo se sacaría notable gusto; pero juntamente se conseguiría el fin que con estarse aquí encerrado se pretende. Y aun con más ventajas, pues el tiempo y ausencia lo gastan todo y son los mejores médicos que se hallan para sanar semejantes enfermedades[29].

Fueme juntamente con esto engolosinando con referirme curiosidades, las grandes excelencias de Florencia, la belleza de Génova, el incomparable único gobierno y regimiento de Venecia[30] y otras de gusto, que de tal manera me dispusieron, cavando en mí aquella noche toda, que no la reposé ni pude ima-

---

[27] *se me:* en la príncipe, *se le.*

[28] *velloso:* astuto. Cfr. M. Joly, *La bourle,* pág. 127.

[29] Efectivamente, son dos de los mejores *remedia amoris:* «No hay tal remedio como tiempo y tierra en medio» (II, i, 8, *ca.* n. 23).

[30] Cfr. M. y C. Cavillac, «À propos du *Buscón* et de *Guzmán»,* pág. 130, y M. Cavillac, *Gueux et marchands,* págs. 420-444.

ginar en otra cosa. Ya me hallaba calzadas las espuelas caminando, porque luego en amaneciendo fui a dar de vestir al embajador, mi señor. Y dándole cuenta de aquella resolución, la estimó en mucho, teniéndola por honrada y acertada para todos.

Díjome luego lo que dije que le habían dicho y lo que le había pasado sobre mesa, cuando se quedó suspenso, cómo deseaba verme acomodado, por la grande afición que me tenía, y buscaba trazas para ello. Mas, pues era tan buena la mía, si me quisiera ir a Francia, daría sus cartas para que sus amigos me favoreciesen; o que hiciese la eleción que más me viniese a cuento, que de su parte haría comigo como tenía obligación a criado que tan bien le había servido.

Realmente yo quisiera pasar a Francia, por las grandezas y majestad que siempre oí de aquel reino y mucho mayores de su rey; mas no estaban entonces las cosas de manera que pudiera ejecutar mis deseos. Beséle las manos por la merced ofrecida y díjele que gustaría —dándome su bendición y licencia— de dar primero una vuelta por toda Italia, en especial a Florencia, que tanto me la tenían loada, y de camino a Siena, donde residía Pompeyo, un mi muy grande amigo, de quien su señoría tenía noticia por lo que de ordinario nos comunicábamos con cartas, aunque nunca nos habíamos visto. Mi amo se alegró mucho dello, y desde aquel mismo día comencé de aliñar mi viaje, llevando propuesto de allí adelante hacer libro nuevo, lavando con virtudes las manchas que me causó el vicio.

CAPÍTULO VIII

GUZMÁN DE ALFARACHE SE QUIERE IR A SIENA, DONDE UNOS LADRONES LE ROBAN LO QUE HABÍA ENVIADO POR DELANTE

Aquel famosísimo Séneca, tratando del engaño, de quien ya dijimos algo en el capítulo tercero deste libro, aunque todo será poco, en una de sus epístolas dice ser un engañoso prometimiento, que se hace a las aves del aire, a las bestias del campo, a los peces del agua y a los mismos hombres[1]. Viene con tal sumisión, tan rendido y humilde, que a los que no lo conocen podría culpárseles por ingratitud no abrirle de par en par las puertas del alma, saliéndolo a recebir los brazos abiertos. Y como toda la sciencia que hoy se profesa, los estudios, los desvelos y cuidado que se pone para ello, va con ánimo doblado y falso, tanto cuanto la cosa de que se trata es de suyo más calificada en perjuicio, tanto con mayor secreto la contraminan, más artillería y pertrechos de guerra se previenen para ella.

No tenemos de qué nos admirar, cuando fuéremos engañados desta manera; sino de que siempre no lo seamos. Y siendo así, tengo por menor mal ser de otros engañados, que autores

---

[1] La idea es de las *Epístolas a Lucilio*, VIII, 3, y aunque en esencia la recogen muchas polianteas y colecciones de sentencias (p. ej. los *Lugares comunes* de Juan de Aranda, fol. 125: «Aun las fieras del campo y peces del mar se engañan, ofrecida una alegre esperanza, y así lo son casi todos los hombres, pues todo lo que se estima por dones de fortaleza son ciertos engaños»), de Séneca parte directamente Alemán, pues en el tercer párrafo de este capítulo insiste en la continuación de la epístola latina.

de tan sacrílega maldad. Entre algunas cosas que indiscretamente quiso reformar el rey don Alonso —que llamaron el Sabio[2]— a la naturaleza, fue una, culpándola de que no había hecho a los hombres con una ventana en el pecho, por donde pudieran otros ver lo que se fabricaba en el corazón, si su trato era sencillo y sus palabras januales con dos caras[3].

Todo esto causa necesidad. Hallarse uno cargado de obligaciones y sin remedio para socorrerlas hace buscar medios y remedios como salir dellas. La necesidad enseña claros los más oscuros y desiertos caminos. Es de suyo atrevida y mentirosa, como antes dijimos en la *Primera parte*[4]. Por ella tienen también sus trazas las aun más simples aves. Corre con fortísimo vuelo la paloma, buscando el sustento para sus tiernos pollos, y otra de su especie desde lo más alto de una encina la convida y llama, que se detenga y tome algún refresco, dando lugar que con secreto el diestro tirador la derribe y mate. Gallardéase por la selva, cantando dulcemente sus enamoradas quejas el pobre pajarillo, cuando causándole celos el otro de la jaula o la añagaza, le hacen quedar en la red o preso en las varetas.

Allá nos dice Aviano, filósofo, en sus fábulas, que aun los asnos quieren engañar, y nos cuenta de uno que se vistió el pellejo de un león para espantar a los más animales y, buscándolo su amo, cuando lo vio de aquella manera, que no pudo cubrirse las orejas, conociéndole, diole muchos palos: y, quitándole la piel fingida, se quedó tan asno como antes[5].

---

[2] Tal «indiscreta» voluntad reformista fue, según la tradición, del metomentodo Momo: «Muy a lo vulgar discurrió Momo cuando deseó la ventanilla en el pecho humano...» (dice Gracián por boca del duque de Híjar en *El Discreto*, XIX, pág. 128 y n.); en el discurso del pícaro se mezcla con una de las leyendas más conocidas sobre el rey castellano: «se arrojó a decir que, si él hubiera asistido al lado del divino Hacedor en la fábrica del universo, muchas cosas se hubieran dispuesto de otro modo y otras mejorado» (*Cronicón*, I, xi, pág. 183). (FR, con bibliografía.) Era también un deseo compartido por los sabios anónimos: «Si los pechos tuviesen puertas, ¡cuántas cosas se vieran!» (Martínez Kleiser, número 23801).

[3] *januales:* del dios bifronte Jano. Miralles apunta que la expresión pudiera tener un sentido positivo, citando a Covarrubias: «La figura de Jano con dos cabezas es un jeroglífico del rey sabio y prudente.»

[4] Cfr. I, ii, 1, n. 8.

[5] Es una de las más famosas fábulas de la tradición esópica. Cfr. el elogio del

Todos y cada uno por sus fines quieren usar del engaño, contra el seguro dél, como lo declara una empresa, significada por una culebra dormida y una araña, que baja secretamente para morderla en la cerviz y matarla, cuya letra dice: «No hay prudencia que resista al engaño»[6]. Es disparate pensar que pueda el prudente prevenir a quien le acecha.

Estaba yo descuidado, había recebido buenas obras, oído buenas palabras, vía en buen hábito a un hombre que trataba de aconsejarme y favorecerme. Puso su persona en peligro, por guardar la mía. Visitóme, al parecer, desinteresadamente, sin querer admitir ni un jarro de agua. Díjome ser andaluz, de Sevilla, mi natural, caballero principal, Sayavedra, una de las casas más ilustres, antigua y calificada della. ¡Quién sospechara de tales prendas tales embelecos! Todo fue mentira. Era valenciano y no digo su nombre, por justas causas[7]. Mas no fuera posible juzgar alguno de su retórico hablar en castellano, de un mozo de su gracia y bien tratado, que fuera ladroncillo, cicatero y bajamanero[8]. Que todo era como la compostura prestada del pavón, para sólo engañar, teniendo entrada en mi casa y aposento, a fin de hurtar lo que pudiese. Fiéme dél y otro día, viniéndome a visitar, como me halló de mudada, quedó admirado y confuso, sin saber qué pudiera ser aquello. Preguntómelo y díjele que había tomado su consejo y estaba determinado de irme a Siena, donde residía Pompeyo, un grande amigo

---

alférez Valdés, n. 9, y otras versiones españolas en E. Cros, *Sources,* páginas 163-164, o M. Chevalier, *Cuentos folklóricos,* pág. 43.

[6] Es la empresa que preside el retrato del propio Alemán: *ab insidiis non est prudentia;* cfr. sobre ella I, ii, 4, n. 46.

[7] *era valenciano* y «llamábase Juan Martí» (cfr. II, ii, 4, *ca.* n. 28). Entre los rasgos negativos atribuidos tradicionalmente a los valencianos (volubilidad, molicie...) figuraba, precisamente, el ser poco fieles en guardar los secretos (cfr. M. Herrero, *Ideas de los españoles del siglo XVII,* pág. 307), y eso le reprocha Alemán en alguna ocasión: «Pues, por haber sido pródigo comunicando mis papeles y pensamientos, me los cogieron a el vuelo» (II, «Letor»).

[8] *cicatero:* en germanía, «ladrón que hurta y corta bolsas» (Covarrubias); *bajamanero:* 'ladronzuelo', aunque propiamente era «el ladrón que entra en una tienda y señalando con la una mano una cosa, hurta con la otra lo que tiene junto a sí» (Hill, *apud* Alonso, y cfr. ejemplos en JSF). Comp. II, ii, 5, *ca.* n. 16: «Quien se preciare de ladrón, procure serlo con honra, no bajamanero, hurtando de la tienda una cebolla y trompos a los muchachos.»

mío, para de allí pasar a Florencia, dando vuelta por toda Italia.

Con esto parece que se alentó y alegró, loando mi parecer y mudando su determinación. Porque, si hasta entonces trazaba hurtarme alguno de mis vestidos o joyas de oro, ya con aquella nueva no se contentó con menos que con todo el apero. Estuvo con atención viendo cómo enderezaba los baúles, ayudándome a ello. Vio dónde guardé unos botoncillos de oro y una cadenilla, con otras joyuelas que tenía y más de trecientos escudos castellanos que llevaba. Porque la casa del embajador mi señor, como ya no jugaba, sino guardaba, me valió en casi cuatro años que le serví muchos dineros en dádivas que me dio, baratos[9] y naipes que saqué y presentes que me hicieron.

Cuando tuve mis baúles bien cerrados y liados, puse las llaves encima de la cama, donde Sayavedra clavó su corazón, porque no deseaba entonces otra ocasión que poderlas haber a las manos para falsarlas. Vínole como así me lo quiero, a ¿qué quieres boca?[10]. Porque, como estuviésemos hablando en mi viaje y le dijese que pensaba enviar aquello por delante y detenerme seis o siete días en Roma, despidiéndome de mis amigos, en cuanto aquello llegase a Siena, subieron a decirme que me buscaban unos hombres. Pues, como el aposento estaba descompuesto, sucio y mal acomodado para recebir visita, bajé a saber quiénes eran. En el ínterin tuvo Sayavedra lugar de imprimir las llaves todas en unos cabos de velas de cera, que andaban rodando por mi aposento, si acaso no es que la trujo en la faltriquera. Los que me buscaban eran los muleteros o arrieros, que venían por la ropa. Subieron, entreguésela y leváronla.

Quedámonos parlando[11] el amigo y yo, que, como no salía de casa, creí que me hacía cortesía, nacida de amistad, para entretenerme aquellos días, y fue sólo a esperar en cuanto se con-

---

[9] *baratos:* provecho mínimo de un hurto (cfr. I, ii, 6, n. 39).

[10] *a ¿qué quieres boca?:* 'a pedir de boca'; «Regalar a uno *a qué quieres boca* es darle todo lo que quiere y cuanto pidiere por ella» (Covarrubias). (Añado los signos de interrogación siguiendo el ejemplo de los editores del *Quijote* desde Rodríguez Marín: I, xxii, V, pág. 146.) El mismo sentido tiene la frase *como así me lo quiero:* cfr. I, ii, 7, n. 30.

[11] *parlando:* charlando (cfr. II, i, 1, n. 22).

trahacían las llaves y desvelarme para lo que luego diré. Visitóme tres o cuatro días y, cuando le pareció tiempo que tenía su negocio hecho, vino a mi aposento una tarde, muy parejo el rostro, cabizbajo, significando traer grande cargazón de cabeza, dolor en las espaldas, amarga la boca y profundo sueño. Fingióse amodorrido[12] y dijo no poderse tener en pie, que le diese licencia para volverse a su posada. Halléme corto de ventura, en que la mía no estuviese acomodada para poder hospedarlo en ella y agasajarlo por entonces. Pedíle que me dijese la suya, para irlo a visitar y enviarle algunas niñerías de enfermos o ver si pudiera serle de provecho en algo. Respondióme que la tenía en casa de cierta dama secreta; mas que si su enfermedad pasase adelante, me avisaría dello, para que lo visitase.

Despidióse y fuese aquel mismo día por la posta a Siena, donde halló que ya sus amos y compañeros habían llegado al paso de los muleteros, porque los fueron acechando para ver dónde y a quién se entregaban los baúles. Cuando a Siena llegó y vieron entrar un gentilhombre de tan buen talle por la posta, creyeron ser algún español principal. Fuese a hospedar a una hostería, donde al momento acudieron sus compañeros que lo esperaban, que, dando a entender ser sus criados, le servían a el vuelo. Luego aquel día envió con uno dellos a llamar a Pompeyo, haciéndole saber cómo yo había llegado a la ciudad.

Y cuando mi amigo recibió el recabdo y supo estar yo en ella, fue tanta su alegría, que sin acertar ni aguardar a cubrirse bien la capa, se tardó gran rato en ello, porque me dijo que ya se la puso del revés, ya por el ruedo[13]; mas a medio lado y mal aliñado, salió a toda priesa de casa, cayendo y trompezando, con la priesa de llegar y deseo de verme. Fue donde yo fingido estaba, formó muchas quejas de no haberme apeado en su casa, de que Sayavedra le dio excusas. Entretuviéronse tratando del viaje y cosas de Roma hasta ya de noche, que, despidiéndose Pompeyo, dio Sayavedra en su presencia la llave de uno de los baúles a uno de aquellos criados, diciéndole:

---

[12] *amodorrido:* amodorrado.

[13] *ruedo:* el extremo de la capa. «La minucia del detalle para ilustrar la alegría extrema de Sayavedra me hace suponer una alusión velada a algún hecho real que se me escapa» (EM).

—Oyes, vete con el señor Pompeyo y sácame tal vestido, que hallarás en tal parte, para vestirme mañana.

Fuéronse juntos y el criado hizo puntualmente lo que le mandaron, desliando en presencia de Pompeyo el baúl y señalando y sacando el vestido dél, volviólo a cerrar y fuese con la llave.

Aquella noche le hizo llevar Pompeyo una muy buena cena, colación[14] y vino admirable, con que, puestos a orza[15], se dejaron dormir hasta el día siguiente, que por la mañana lo volvió a visitar Pompeyo, y dijéronle los criados que reposaba, porque no había podido dormir en toda la noche. Quisiérase volver a ir; mas no se lo consintieron, diciendo que reñiría mucho su señor con ellos cuando supiese que su merced hubiese llegado y no le hubiesen avisado.

Entráronle a decir que allí estaba el señor Pompeyo. Alegróse mucho y mandóles que metiesen asiento y entrase. Preguntóle por su salud Pompeyo y qué había sido la indisposición pasada. Respondió que del poco uso y mucho cansancio de la posta no se hallaba bien dispuesto y que pensaba sangrarse. Bien quisiera Pompeyo que mudara de posada y llevarlo a la suya. Sayavedra dio por excusa tener criados inquietos y que pensaba rehacerse dellos dentro de ocho días o diez, que para entonces le prometía ir a recebir aquella merced.

Suplicóle también fuera servido en el ínterin enviarle allí con uno de sus criados los baúles, porque de aquéllos no tenía mucha satisfacción y, dándoles las llaves, podrían hacerle alguna falta. Parecióle bien a Pompeyo cuanto en aquello y pesóle mucho que tratase de hacerse curar en hostería; mas, con la promesa hecha, hizo lo que le pidió y, en llegando a su posada, cargaron los baúles a unos pícaros y con uno de los criados de su casa los llevaron donde Sayavedra estaba. Envióle aquel día de comer muy regaladamente y, habiéndose a la noche despedido los dos amigos para irse a dormir, Sayavedra y sus com-

---

[14] *colación:* confitura.

[15] *puestos a orza:* 'bebidos', por comparación con el barco torcido hacia un lado. Comp.: «había ya pespuntado la comida más aprisa a brindis de vino blanco y clarete, y tenía a orza la testa, con señales de vómito y tiempo borrascoso» *(El diablo cojuelo,* V, pág. 127). Cfr. J. E. Gillet, *Propalladia,* III, pág. 536.

pañeros mudaron en otra casa secreta lo que habían allí traído y partiéronse luego a Florencia por la posta, donde, cuando llegaron, se puso todo de manifiesto para hacer la partición.

Eran los compañeros de Sayavedra maestros en el arte, astutos y belicosos y el principal autor dellos, natural de Bolonia, llamábase Alejandro Bentivoglio, hijo del mesmo, letrado y dotor en aquella universidad, rico, gran machinador, no de mucho discurso, y fabricaba por la imaginación cosas de gran entretenimiento. Éste tuvo dos hijos, en condición opuestos y grandísimos contrarios. El mayor se llamó Vicencio, mancebo ignorante, risa del pueblo, con quien los nobles dél pasaban su entretenimiento. Decía famosísimos disparates, ya jactándose de noble, ya de valiente. Hacíase gran músico, gentil poeta y sobre todo enamorado, y tanto, que se pudiera dél decir: «Déjalas penen»[16]. El otro era este Alejandro, grandísimo ladrón, sutil de manos y robusto de fuerzas, que de bien consentido y mal dotrinado[17] resultó salir travieso, juntándose con malas compañías. Eran los compañeros déste otros tales rufianes como él, que siempre cada uno apetece su semejante y cada especie corre a su centro.

Pues, como fuese la cabeza y mayor de sus allegados, el principal de todos en todo, hizo que Sayavedra se contentase con muy poco, dándole algunos y los peores de los vestidos. Y pareciéndole no tener allí buena seguridad, fuese a la tierra del Papa, donde tenía el padre alcalde[18]. Partióse luego a Bolonia por la posta, llevándose la nata[19], joyas y dineros. Recogióse a la casa de sus padres, y los más compañeros, con lo que les cupo de parte, huyeron a Trento, según después en Bolonia me dijeron, y por allá se desparecieron.

---

[16] *Déjalas penen:* «Tal vez fuera expresión proverbial; un *villancico* atribuido a Santillana y a Suero de Ribera [y aún hoy seguimos sin poder decidirnos a ciencia cierta por uno de los dos] recoge una cancioncilla tradicional que dice precisamente: "Dexaldo al villano pene: / véngueme Dios déle"» (FR).

[17] *bien consentido y mal dotrinado:* igual igual que el propio Guzmán, y como él «juntándose con malas compañías». Además, era «de la antigua y generosa familia de los Bentibollis, que un tiempo fueron señores de Bolonia» (Cervantes, *La señora Cornelia, Novelas ejemplares,* III, pág. 173).

[18] *el padre alcalde:* cfr. I, i, l, n. 47.

[19] *la nata:* «metafóricamente se toma por lo principal y más estimado en cualquier línea» *(Autoridades).*

Cuando Pompeyo volvió a visitarme, como no halló mi estatua[20] ni a sus familiares, preguntó a los huéspedes por ellos. Dijéronle cómo la noche antes habían salido de allí con los baúles, no sabían adónde. Luego vio mala señal y, sospechando lo que pudiera ser, hizo extraordinarias y muchas diligencias en buscarlos. Y teniendo noticia que iban por la posta camino de Florencia, envió un barrachel[21] en su seguimiento, con requisitoria para prenderlos.

Ellos andan allá en su negocio; volvamos agora un poco a el mío y quiera Dios que en el entretanto el hurto parezca.

Quedéme aquellos días contento y descuidado de tal bellaquería y muy sobresaltado, con deseo de saber de mi amigo enfermo, si tendría salud o necesidad. Esperélo cuatro días y, viendo que no volvía, me detuve otros tantos en buscarlo entre los de la patria, dando las señas; mas era preguntar por Entunes en Portugal[22]. No me valieron diligencias. Creí que sin duda estaría muy malo, si acaso ya no fuese muerto. También me pareció que, pues me había encubierto su posada, que sería verdadera la causa, por no haber lugar para poderlo visitar en ella.

Hice todo el deber y, cuando no fue mi posible de provecho, dejéle un largo recabdo en casa y, pidiendo a el embajador mi señor licencia, determiné la ejecución del viaje para el siguiente día. Él sintió mucho mi ausencia, echóme sus brazos encima y al cuello una cadenilla de oro que acostumbraba traer de ordinario, diciéndome:

—Dóytela para que siempre que la veas tengas memoria de mí, que te deseo todo bien.

Más me dio para el viaje, sin lo que yo llevaba mío, lo que

---

[20] *mi estatua:* Sayavedra, de «retórico hablar», con «la compostura prestada del pavón» (cfr. antes, *ca.* n. 8), quizá porque la frase *hacerse estatua* o *revestirse en estatua* se aplicaba a «alguna persona [que] se estira afectadamente, haciéndose grave y serio, ostentando superioridad» *(Autoridades); «es una estatua:* el que tiene sola apariencia sin entendimiento» (Correas).

[21] *barrachel:* lo mismo que *«bargelo,* que es como alguacil en Castilla, pero no trae vara» (II, ii, 6, *ca.* n. 7); son, claro, italianismos. Cfr. J. E. Gillet, *Propalladia,* III, págs. 394-395.

[22] *preguntar por Entunes en Portugal:* 'perder el tiempo inútilmente', «porque hay muchos, y si no dan más señas no se sabrá cuál; como *Preguntar por mi hijo el bachiller* en Salamanca» (Correas).

bastaba para poder pasar algunos días bien cumplidamente, sin sentir falta. Mandóme que de dondequiera que allegase le diese aviso de mi salud y sucesos, por lo que holgaría que fuesen buenos, hasta volverme a ver en su casa.

Sus palabras fueron tan amorosas, el razonamiento y consejos con que me despidió tan elegante y tierno, exhortándome a la virtud, que no pude resistir sin rasarme con lágrimas los ojos. Beséle la mano, la rodilla sentada en el suelo. Diome su bendición y con ella un rocín, en que salí de su casa y llevé todo el camino. Él y sus criados quedaron enternecidos con el sentimiento de mi partida. Él porque me amaba y me perdía, que sin duda le hice falta para el regalo de su servicio; y ellos porque, aunque mis cosas eran malas para mí, jamás lo fueron para los compañeros: llegados a las veras, pusieran sus personas todos en defensa de la mía.

Siempre les fui buen amigo, nunca los inquieté con chismes ni truje revueltos. No tercié mal con mi amo en sus pretensiones o mercedes en que interesasen; antes les ayudaba en todo. Y con esto hacía mi negocio, porque haciéndoselas a ellos en abundancia, de necesidad habían de ser las mías muy mayores, pues ellos eran tenidos por criados y yo en lugar de hijo. Así se alababan que siempre les era buen hermano, y mi señor de que tenía en mí un fiel criado. De manera que ni mi servicio desmereció ni mi amistad les faltó. Y si la publicidad que se levantó de lo suscedido en casa de Fabia no se divulgara por boca de Nicoleta, que contó a cuantas amigas y amigos tenía la burla que recebí de su señora en el corral de su casa, nunca yo dejara la comodidad que tenía ni mi señor el criado que tan bien le servía.

¡Ved lo que destruye una mala lengua de mala mujer que, sin salvarse a sí, disfamó la casa de sus amos y descompuso la nuestra! Nadie les fíe su secreto, ni a su consorte misma, si fuere posible, porque con poco enojo, por vengarse, os quiebran el ojo y con pequeña causa os hacen causa.

Salí de Roma como un príncipe, bien tratado y mejor proveído, para poderme dar un gentil verde[23] tan en tanto que se

---

[23] *«Darse un verde:* holgarse con banquetes y placeres» (Covarrubias), darse «un buen placer» (Correas). Comp. Cervantes: «démonos un verde de música...»

secaba el barro; que, cuando acontecen a suceder tales casos, no hay tal remedio como tiempo y tierra en medio. Iba yo más contento que Mingo[24], galán, rico, libre de mala voz y con buen propósito, donde ya no pensaba volver a ser el que fui, sino un fénix nuevo, renacido de aquellas cenizas viejas. Iba donde mi amigo Pompeyo me aguardaba con muy gentil aposento, cama y mesa.

Llegué a Siena y derechamente preguntando por él me dijeron su posada. Hallélo en ella. Recibióme alegre y confusamente, sin saber qué hacer o decir del suceso pasado. Estaba tristísimo interiormente, tanto por el valor del hurto, cuanto por la burla recebida y mala cuenta que daría de mi hacienda. No me habló palabra de los baúles y quisiera encubrírmelo. Mas no fue posible, porque luego el día siguiente, que quisiera dar por Siena una gran pavonada[25], pidiéndolos para vestirme, fue forzoso decírmelo, dándome buenas esperanzas que nada se perdería con la buena diligencia hecha.

Sentí aquel golpe de mar con harto dolor, como lo sintieras tú cuando te hallaras como yo, desvalijado, en tierra estraña, lejos del favor y obligado a buscarlo de nuevo, y no con mucho dinero ni más vestido del que tenía puesto encima y dos camisas en el portamanteo[26]. Empero líbreos Dios de «hecho es»[27], cuando ya el daño no tenga remedio, que forzoso lo habéis de beber y no se puede verter. Hice buen ánimo. Saqué fuerzas de flaquezas. Porque, si en público lo sintiera mucho, fuera ocasión para ser de secreto tenido en poco, aventurando la amistad, supuesto que de lo contrario no se me pudiera seguir útil alguno.

(El celoso extremeño, Novelas ejemplares, II, pág. 104), y cfr. el comentario de Gracián, *Criticón,* III, pág. 167. *Vid.* Iribarren, págs. 133-134.

[24] *más contento que Mingo:* 'muy ufano', 'más contento que unas Pascuas'; la expresión era de uso corriente: «Venid, muchachos, y veréis el asno de Sancho Panza más galán que Mingo» *(Don Quijote,* II, lxxiii: VIII, pág. 240, con la nota). Que yo sepa, no viene en Correas, aunque sí la fórmula romanceril afín *Más galán que Gerineldos.*

[25] *dar ... una gran pavonada:* cfr. I, ii, 8, n. 16.

[26] *portamanteo:* especie de maleta (descrita con más pormenor en I, ii, 8, n. 10).

[27] *Líbreos Dios...:* recogido por Correas (y cfr. su comentario, en otro lugar, a la expresión independiente *hecho es:* «consolándose de lo hecho»).

Consejo cuerdo es acometer a las adversidades con alegre rostro, porque con ello se vencen los enemigos y cobran los amigos aliento. Tres días tuve, como dicen, calzadas las espuelas[28], esperando de camino lo que hubiese sucedido a el barrachel en el suyo, si acaso hubiese tenido algún buen rastro. Y estando sentados a la mesa, poco después de haber comido, tratando de mis desgracias y astucia que tuvieron los ladrones en robarme, sentí grande tropel de los criados y gente de casa, que subían por la escalera, diciendo:

—¡Ya viene, ya viene, ya pareció el principal de los ladrones, el hurto ha parecido!

Con esto cobré ánimo, alegróseme la sangre, las muestras del contento interior me salieron a el rostro. Que no es posible disimular el corazón lo que siente con súbitas alegrías, pues a veces acontece, siendo grandes, ahogar su calor a el natural y privar de la vida. Luz encendieran entonces en mis ojos, pues pareció que con ellos daba las albricias a cuantos me las pedían y, los brazos abiertos, iba recibiendo en ellos los parabienes.

Levantámonos de la mesa, para salir a el encuentro a el barrachel, que cual otro yo, traía la boca llena de alegría y, habiéndonos abrazado estrechamente, cuando le pregunté por el hurto, me respondió que todo se haría muy bien. Volvíle a preguntar en qué modo y díjome que uno de los ladrones venía preso, porque los otros no habían parecido ni el hurto; mas que aqueste diría dello.

¿Consideraste, por ventura, cuando alguna vez en las encendidas brasas aconteció caer mucho golpe de agua, qué súbitamente se levanta un espeso humo, tan caliente que casi quema tanto como ellas mismas?[29]. Tal me dejaron sus palabras. Todas las muestras de alegría, que poco antes derramaba por toda mi persona, se apagaron con el agua de su triste nueva y en aquel instante se levantó en mí una humareda de cólera infernal, con que quisiera mostrar lo que sentía; mas como tampoco vale a eso, reportéme.

---

[28] *«Estar calzadas las espuelas...*: para decir que está de camino para partirse» (Correas).

[29] «Recuérdese a Jorge Manrique [*Coplas a la muerte de su padre*, XX]: "Oh juicio divinal, / cuando más ardía el fuego, / echaste agua"» (FR).

Pompeyo pidió su capa, salió luego a tratar con el juez que se hiciesen algunas diligencias importantes, que a el parecer convenía hacerse. Mas todo fue sin provecho, porque ni negó el hurto ni confesó su delito. Dijo que los otros lo habían hecho; que sólo él era criado de uno dellos y que le habían dado un solo vestidillo, que vendió y gastó en Florencia y en el viaje, agora cuando lo volvieron a Siena.

Esto hacen los malos: ayudan, favorecen de obras y consejos a el mal[o] y, conseguido su intento, se desamparan los unos a los otros, tomando cada cual su vereda[30]. Con esta confesión, por ser este hurto el primero en que se había hallado, con lo que más alegó en su defensa y por las consideraciones que se le ofrecieron a el juez, fue condenado en vergüenza pública y en destierro de aquella ciudad por cierto tiempo. Estaba un criado de casa con mucho cuidado, esperando el suceso deste negocio, para venirme a dar aviso dello. Y cuando le dijeron la sentencia, como si me trujera los baúles, entró en el aposento con mucha priesa, risueño y alegre y díjome:

—Señor Guzmán, alégrese Vuestra Merced, que su ladrón está condenado a la vergüenza y hoy lo sacan: vaya si lo quiere ver, que no tardará mucho.

Mucho quisiera yo entonces que aqueste necio fuera mi criado y estar en mi casa o en otra parte alguna, donde a mi satisfación le pudiera romper los hocicos y dientes a mojicones. Grandísimo enojo sentí con el disparate de sus palabras. «¡Oh traidor! —decía entre mí—. ¿Vesme perdido y pobre y quiéresme consolar con tus locuras?» Ahogábame la cólera; mas en medio de su fuerza mayor se me ofreció a la memoria otro consuelo semejante a éste, que me contaron verdaderamente haber pasado en Sevilla, con que me retozó la risa en el cuerpo y con las cosquillas olvidé la ira. Y fue: Un juez de aquella ciudad tenía preso, por especial comisión del Supremo Consejo, a un delincuente, famoso falsario, que con firmas contrahechas a las de Su Majestad y recaudos falsos había cobrado muchos dineros en diversas partes y tiempos. Fue condenado a muerte de horca, no obstante que alegaba el reo ser de evangelio[31] y

---

[30] Comp. I, iii, 7, *ca.* n. 18: «Que un malo suele ser verdugo de otro...»

[31] *ser de evangelio:* 'haber recibido órdenes de diácono' (no sometido, por tan-

declinaba jurisdición. Mas el resuelto juez, creyendo que también los títulos eran falsos, apretaba con él y de hecho mandó que ejecutasen su sentencia. El Ordinario eclesiástico hacía lo que podía de su parte, agravando censuras, hasta poner *cessatio divinis*[32]; mas, como no fuese alguna parte toda su diligencia para impedir las del juez a que no lo ahorcasen, ya, cuando lo tenían subido en lo alto de la escalera, la soga bien atada para quererlo arronjar, se puso a el pie della un cierto notario que solicitaba su negocio y, poniéndose la mano en el pecho, le dijo:

—Señor N., ya Vuestra Merced ha visto que las diligencias hechas han sido todas las posibles y que ninguna de las esenciales ha dejádose de hacer para su remedio. Ya esto no lo lleva, porque de hecho quiere proceder el juez, y como quien soy le juro que le hace notorio agravio y sinjusticia; mas, pues no puede ser menos, preste Vuestra Merced paciencia, déjese ahorcar y fíese de mí, que acá quedo yo[33].

Ved qué consuelo puede ser para los que padecen, cuando les dicen palabras tales y tan disparatadas. ¿Qué gusto podrá recebir un desdichado que ahorcan, con que acá le queda un buen solicitador? Y pudiérale muy bien decir el paciente: «Harto mejor sería que subiésedes vos en mi lugar y que fuese yo a solicitar mi negocio.» Un hombre robado y pobre como yo, ¿qué abrigo ni honra podía sacar de ver llevar a un ladrón

---

to, a la jurisdicción civil), pero también —en un nuevo y sutil juego de palabras— 'ser verdad o de verdad' (para este sentido cfr. sólo Quevedo, *Buscón*, I, ii, pág. 90).

[32] *cessatio [a] divinis*: «una censura rigurosísima, por la cual cesa, en el lugar donde se pone, el decir misa y las horas canónicas, con las demás penas» (Covarrubias).

[33] Comp. Juan de Arguijo, *Cuentos*, núm. 25: «Había defendido Josefe Morán, clérigo muy conocido en Sevilla, la causa de un clérigo de Evangelio que por falsario de la firma del rey ahorcó el alcalde Pareja; y no habiendo bastado las censuras y armas eclesiásticas para escusarle la muerte, le acompañó Morán hasta el lugar del suplicio donde poco antes de echarle, levantando la voz y los ojos al cielo el delincuente: —*¡Exurge Domine et iudica causam tuam!* Díjole entonces Morán, consolándolo con mucha ternura: —Déjese vuestra merced ahorcar, que aquí quedo yo»; el chiste final viene también en el *Entremés de la cárcel de Sevilla* col. 1380. Cfr. E. Cros, *Sources*, pág. 126, y M. Chevalier, *«Guzmán de Alfarache* en 1605»*, pág. 132.

a la vergüenza? ¿Por ventura honrábame su afrenta o donde contara el caso y su castigo me habían de dar por ello lo necesario? Fueme[34] de allí a otro aposento, considerando en las ignorancias destos. Y revolviendo sobre mi hurto, como aquello que tanto me dolía, iba discurriendo en diferentes cosas, entre las cuales fue una lo poco que importan semejantes castigos.

¿Qué vergüenza le pueden quitar o dar a quien para hurtar no la tiene y se dispone a recebir por ello la pena en que fuere condenado? Roba un ladrón una casa y paséanlo por la ciudad. Cuanto a mi mal entender y poco saber, no sé qué decir contra las leyes, que siempre fueron bien pensadas y con maduro consejo establecidas; empero no siento que sea castigo para un ladrón sacarlo a la vergüenza ni desterrarlo del pueblo. Antes me parece premio que pena, pues con aquello es decirle tácitamente: «Amigo, ya de aquí te aprovechaste como pudiste y te holgaste a nuestra costa; otro poquito a otro cabo, déjanos a nosotros y pásate a robar a nuestros vecinos.»

No quiero persuadirme que el daño está en las leyes, antes en los ejecutores dellas, por ser mal entendidas y sin prudencia ejecutadas. El juez debiera entender y saber a quién y por qué condena. Que los destierros fueron hechos, no para ladrones forasteros, antes para ciudadanos, gente natural y noble, cuyas personas no habían de padecer pena pública ni afrentas. Y porque no quedasen los delitos de los tales faltos de pugnición, acordaron las divinas leyes de ordenar el destierro, que sin duda es el castigo mayor que pudo dársele a los tales, porque dejan los amigos, los parientes, las casas, las heredades, el regalo, el trato y negociación, y caminar sin saber adónde y tratar después no sabiendo con quién.

Fue sin duda grandísima y aun gravísima pena, no menor que morir, y fue permisión del cielo que quien estableció la ley, siendo della inventor, la padeciese, pues lo desterraron sus mismos atenienses[35]. Mucho lo sintieron muchos y algunos

---

[34] *fueme:* fuime.

[35] «Clístenes fue el primero que hizo en Atenas la ley del destierro, y así fue el primero a quien los atenienses desterraron» (Pero Mexía, *Silva de varia lección,* I, pág. 384). El tema y los ejemplos de desterrados célebres eran conocidos sobre todo a través de Plutarco, *Morales,* fols. 218r-224r (SGG; del griego toma-

igual que la muerte. Dícese de Demóstenes, príncipe de la elocuencia griega, que, saliendo desterrado y aun casi desesperado, vertiendo muchas lágrimas de sentimiento, por la crueldad que con él habían usado sus naturales mismos, a quien él había siempre amparado y favorecido, defendiéndolos con todo su posible, y, como en el camino llegase a un lugar donde halló acaso unos muy grandes enemigos, creyó que allí lo mataran; mas no sólo le perdonaron, que compadecidos dél, viéndolo afligido, lo consolaron haciéndole todo buen tratamiento y proveyéndole de las cosas necesarias en su destierro. Lo cual fue causa de más acrecentar su dolor, pues animándolo sus amigos, les dijo: «¿Cómo queréis que me reporte y deje de hacer grandes estrenos viendo la mucha razón que tengo, pues voy desterrado de una tierra donde son los enemigos tales, que dudo hallar, y me sería felicidad si alcanzase a granjear donde voy desterrado, tales amigos cuales ellos?» También desterraron a Temístocles, el cual siendo favorecido en Persia más que lo era en Grecia, dijo a sus compañeros: «Por cierto, si no nos perdiéramos, perdidos fuéramos.» Los romanos desterraron a Cicerón, inducidos de Clodio su enemigo y después de haber libertado a su patria. Desterraron también a Publio Rutilo, el cual fue tan valeroso, que después, cuando los de la parte de Sila, que fueron quien causaron su destierro, quisieron alzárselo, no quiso recebir su favor y dijo: «Más quiero avergonzarlos, estimando su favor en poco y dándoles a sentir su yerro con mi agravio, que gozar el beneficio que me hacen.» Desterraron también a Cipión Nasica en pago de haber libertado a su patria de la tiranía de los Gracos. Aníbal[36] murió en destierro. Camilo fue desterrado, siendo tan valeroso, que se dijo dél ser el segundo fundador de Roma, por haberla libertado y a sus enemigos mismos. Los lacedemonios desterraron a su Licurgo, varón sabio y prudentísimo, que les dio leyes. Y no se contenta-

---

ron consuelos, por ejemplo, Hernando del Pulgar o fray Antonio de Guevara), pero Alemán elabora sin servilismo el material erudito que leyó en la *Silva* de Mexía, II, xx-xxi. Cfr. E. Cros, *Sources,* págs. 147-157 (y comp. Juan de Aranda, *Lugares comunes,* fols. 122-123, que copia párrafos enteros de la *Varia lección).*

[36] *Aníbal:* «la acentuación aguda era la corriente —y correcta— en los Siglos de Oro» (FR, con bibliografía).

ron con solo esto; que aun lo apedrearon y le quebraron un ojo. Los atenienses desterraron con ignominia, sin causa, su legislador Solón y lo echaron a la isla de Chipre y a su gran capitán Trasíbulo. Estos y otro infinito número de semejantes fueron desterrados; y daban esta pena los antiguos a los hombres nobles y principales por castigo gravísimo.

Yo conocí un ladrón, que siendo de poca edad y no capaz de otro mayor, como lo hubiesen desterrado muchas veces y nunca hubiese querido salir a cumplir el destierro, y también porque sus hurtos no pasaban de cosas de comer, le mandó la justicia poner un argollón con un virote[37] muy alto de hierro y colgando dél una campanilla, porque fuese avisando con el sonido della, se guardasen dél. Este se pudo llamar justo y donoso castigo. En esto acabarás de conocer qué grave cosa sea un destierro para los buenos y cuán cosa de risa para los malos, a quien todo el mundo es patria común, y donde hallan qué hurtar de allí son originarios. Dondequiera que llega entra de refresco, sin ser conocido: que no es pequeña comodidad para mejor usar su oficio sin ser sentido.

No sé cómo lo entiende quien así castiga. Menos mal fuera dejarlo andar por el pueblo con la señal dicha y guardarse dél, que no enviarlo donde no lo conocen, con carta de horro[38] para robar el mundo. No, no: que no es útil a la república ni buena policía hacer a ladrones tanto regalo; antes por leves hurtos debieran dárseles graves penas. Échenlos, échenlos en las galeras, métanlos en presidios o denles otros castigos, por más o menos tiempo, conforme a los delitos. Y cuando no fuesen de calidad que mereciesen ser agravados tanto, a lo menos debiéranlos perdigar, como en muchas partes acostumbran, que les hacen cierta señal de fuego en las espaldas[39], por donde a el segundo hurto son conocidos.

Llevan con esto hecha la causa, sábese quién son y su trato.

---

[37] *virote:* «hierro largo injerido en una argolla» (Covarrubias) con que se solía adornar a los esclavos demasiado aficionados a escaparse. Por lo demás, esta historieta del ladrón puede estar inspirada en otra de las fábulas de Aviano (E. Cros, *Protée*, pág. 228, y cfr. *supra*, n. 5).

[38] *carta de horro:* «la que se da al esclavo haciéndole libre» (Covarrubias).

[39] *perdigar:* cfr. I, ii, 6, n. 16.

Castigan la reincidencia más gravemente, y muchos con el temor dan la vuelta, quedando de la primera corregidos y escarmentados, con miedo de no ser después ahorcados. Esta sí es justicia; que todo lo más es fruta regalada y ocasión para que los escribamos hurten tanto como ellos, y no [sé] si me alargue a decir que los libran porque salgan a robar, para tener más que poderles después quitar.

Quiero callar, que soy hombre y estoy castigado de sus falsedades y no sé si volveré a sus manos y tomen venganza de mí muy a sus anchos, pues no hay quien les vaya a la mano[40]. Mi ladrón se libró. Confesó quienes eran los principales y el viaje que llevaron, con lo cual y con su paseo fue suelto de la cárcel, dejándome a mí en la de la suma pobreza y a buenas noches. Mañana en amaneciendo te diré mi suceso, si de lo pasado llevas deseo de saberlo.

---

[40] *ir a la mano:* impedir (cfr. I, i, 1, n. 66).

Libro segundo

TRATA GUZMÁN DE ALFARACHE DE
LO QUE LE PASÓ EN ITALIA, HASTA
VOLVER A ESPAÑA

CAPÍTULO PRIMERO

SALE GUZMÁN DE ALFARACHE DE SIENA PARA FLORENCIA, EN-
CUÉNTRASE CON SAYAVEDRA, LLÉVALO EN SU SERVICIO Y, AN-
TES DE LLEGAR A LA CIUDAD, LE CUENTA POR EL CAMINO MU-
CHAS COSAS ADMIRABLES DELLA Y, EN LLEGANDO ALLÁ, SE LA
ENSEÑA

Foción, famoso filósofo en su tiempo, fue tan pobre, que
apenas y con mucho trabajo alcanzaba con que poder entretener la vida. Por lo cual, siempre que de sus cosas trataban algunos, en presencia de el tirano Dionisio, su gran enemigo, se
burlaba dellas y dél, motejándolo de pobre, por parecerle que
no le podía hacer otra mayor injuria. Cuando aquesto llegó a
noticia del filósofo, no sólo no le pesó, que riéndose dél y su
locura, respondió a quien se lo dijo: «Por cierto Dionisio dice
mucha verdad llamándome pobre, porque verdaderamente lo
soy; empero mucho más lo es él y con más veras pudiera tener
vergüenza de sí mismo y afrentarse. Porque, si a mí me faltan
dineros, los amigos me sobran. Tengo lo más y fáltame lo menos; empero él, si dineros le sobran, los amigos le faltan, pues
no se conoce alguno que lo sea suyo»[1].

No pudo este filósofo satisfacerse mejor ni quebrarle los

---

[1] La fuente es Plutarco o alguno de sus divulgadores (hay motivos afines en la
Vida de Foción, XVIII, xxx, y los *Morales* inspiran todo el pasaje alemaniano
sobre la amistad), pero media una confusión, pues fue Dión quien tuvo relaciones apotegmáticas con el tirano Dionisio. Alemán debe quizá su versión a Guevara (cfr. *Epístolas familiares*, I, x, pág. 79, y *Arte de marear*, I, pág. 312), o más verosímilmente, a Juan de Aranda, *Lugares comunes*, fol. 98r: «Como dijesen al filósofo Foción que el tirano Dionisio le motejaba de muy pobre, respondió: "De
ser pobre yo lo confieso, pero más lo es Dionisio, porque a él, si le sobran dineros, fáltanle amigos, y a mí sóbranme amigos y fáltanme dineros."»

ojos con mayor golpe o pedrada, que con llamarle hombre sin amigos. Y aunque acontece muchas veces comprarse con dineros, y suele ser este camino el principal de hallarlos, nunca supo este tirano granjearlos ni tenerlos. Y no es de maravillar que le faltasen, porque quien dice amigo dice bondad y virtud, y quien ha de conservar amistad ha de procurar que sus obras correspondan a sus palabras. Y como todo él era tiranía en todo, de mala digestión[2] y peor trato, y los amigos no se alcanzan con sola buena fortuna, sino con mucha virtud, careciendo él della, siempre careció dellos.

Nunca otro fue mi deseo, desde que me acuerdo y tuve uso de razón, sino granjearlos, aun a toda costa, pareciéndome, como real y verdaderamente lo son, tan importantes a la próspera como en adversa fortuna. ¿Quién sino ellos gustan de los gustos, conservan la paz, la vida, la honra y la hacienda, celebrando las prosperidades de sus amigos? ¿Y dónde con adversidad se halla otro refugio, benignidad, consuelo, remedio y sentimiento de los males como proprios?

El hombre prudente antes debe carecer de todos y cualesquier otros bienes, que de buenos amigos, que son mejores que cercanos deudos ni proprios hermanos. De sus calidades y condiciones muchos han dicho mucho y algún día diremos algo, Dios mediante[3]. Mas, a mi parecer, donde amistad se profesa, el trato ha de ser llano, que ni altere ni escandalice ni dé cuidado ni ponga en condición a el amigo de perderse.

Hanse de avenir los dos como cada uno consigo mismo, por ser otro yo mi amigo[4]. Y de la manera que suele suceder a el

---

[2] *de mala digestión:* mal acondicionado (cfr. I, iii, 7, n. 43).

[3] Ya había dicho algo en la curiosa «Carta ... en que trata ... de la verdadera amistad» *(apud* E. Cros, *Protée,* págs. 442-444), fechada en 1597 —si de verdad es suya—; hay en ella un buen número de ideas compartidas con estos párrafos del *Guzmán).*

[4] *otro yo:* es una de las definiciones más famosas del amigo verdadero; Rico recuerda muy bien las formulaciones antiguas de la idea (Aristóteles, *Ética a Nicómaco,* IX, ix, 10; Cicerón, *De amicitia,* XXI, 80) y su gran difusión, merced sobre todo a las colecciones de sentencias que partieron de Diógenes Laercio (que la atribuye a Zenón, VII, 23). Fácilmente pueden oírse sus ecos españoles: por ejemplo, Pero Mejía, *Silva de varia lección,* II, xxx: I, pág. 436 («guardando la regla que dice: *mi amigo es otro yo»); El crótalon,* pág. 435 («un amigo ... tan igual que era otro yo»), o Gracián, *El criticón,* I, viii, pág. 129 («un otro yo, que lo es un

azogue con el oro, que se le mete por las entrañas, haciéndose de ambos una misma pasta, sin poderlos dividir otra cosa que el puro fuego, donde queda el azogue consumido, tal el verdadero amigo, hecho ya otro él, nada pueda ser parte para que aquella unión se deshaga, sino con solo el fuego de la muerte sola.

Débense buscar los amigos como se buscan los buenos libros[5]. Que no está la felicidad en que sean muchos ni muy curiosos; antes en que sean pocos, buenos y bien conocidos. Que muchas veces muchos impiden que sean verdaderas en todos las amistades. No que sólo entretengan, sino que juntamente aprovechen a el alma y cuerpo. Que aquel se debe buscar que sin respeto de interese humano aconseja el preceto divino[6]; no que representen, sino que hablen, amonesten y enseñen.

Y si aquel se llama verdadero amigo que con amistad sola dice a su amigo la verdad clara y sin rebozo, no como a tercera persona, sino como a cosa muy propria suya, según la deseara saber para sí, de cuyas entrañas y sencillez hay pocos de quien se tenga entera satisfacción y confianza; con razón el buen libro es buen amigo, y digo que ninguno mejor, pues dél podemos desfrutar lo útil y necesario, sin vergüenza de la vanidad, que hoy se pratica, de no querer saber por no preguntar, sin temor que preguntado revelará mis ignorancias, y con satisfacción que sin adular dará su parecer. Esta ventaja hacen por excelencia

---

amigo verdadero», y comp. II, iii, págs. 68-69; *Agudeza y arte de ingenio*, XLVI, pág. 444a). Cfr. aquí mismo, I, i, 8, *ca.* n. 26, y II, ii, 7, *ca.* n. 55: «Que no los amigos todos lo han de saber todo. Los llamados han de ser muchos; los escogidos, pocos, y uno solo el otro yo.»

[5] *los amigos como ... los libros:* pocos y buenos, según una comparación que ha llegado al refranero (incluso en lo que dirá después sobre la «ventaja» que «hacen ... los libros a los amigos» en «el consejo desnudo de todo género de vicio»): «El mejor amigo, un libro»; «Los libros son maestros que no riñen y amigos que no piden»; «Más vale un libro que un amigo: el amigo podrá engañarte, el libro sabrá desengañarte» (Martínez Kleiser, núms. 36572-36574). También se recuerdan en particular los argumentos de un tratado de Plutarco, *De la amistad derramada en muchos*, *Morales*, fols. 164v-167v. Comp., por ejemplo: «Viéndome sin amigos vivos, apelé a los muertos, di en leer» (Gracián, *El Criticón*, I, iv, pág. 54).

[6] Seguramente, «Amarás a tu prójimo como a ti mismo» (cfr. el comentario de León Hebreo, *Diálogos de amor*, pág. 195b, citado por Rico, que recuerda también otros lugares bíblicos a los que puede estar haciendo alusión el pícaro: *Proverbios*, 17, 17; 18, 24; 27, 9; *Eclesiástico*, 6, 5-17...).

los libros a los amigos, que los amigos no siempre se atreven a decir lo que sienten y saben, por temor de interese o de privanza —como diremos presto y breve—, y en los libros está el consejo desnudo de todo género de vicio.

Conforme a lo cual, siempre se tuvo por dificultoso hallarse un fiel amigo y verdadero. Son contados, por escrito están, y los más en fábulas, los que se dice haberlo sido. Uno solo hallé de nuestra misma naturaleza, el mejor, el más liberal, verdadero y cierto de todos, que nunca falta y permanece siempre, sin cansarse de darnos: y es la tierra[7]. Ésta nos da las piedras de precio, el oro, la plata y más metales, de que tanta necesidad y sed tenemos. Produce la yerba, con que no sólo se sustentan los ganados y animales de que nos valemos para cosas de nuestro servicio; mas juntamente aquellas medicinales, que nos conservan la salud y aligeran la enfermedad, preservándonos della. Cría nuestros frutos, dándonos telas con que cubrirnos y adornarnos. Rompe sus venas, brotando de sus pechos dulcísimas y misteriosas aguas que bebemos, arroyos y ríos que fertilizan los campos y facilitan los comercios, comunicándose por ellos las partes más estrañas y remotas. Todo nos lo consiente y sufre, bueno y mal tratamiento. A todo calla; es como la oveja, que nunca le oirán otra cosa que *bien:* si la llevan a comer, si a beber, si la encierran, si le quitan el hijo, la leche, la lana y la vida, siempre a todo dice *bien*[8]. Y todo el bien que tenemos en la tierra, la tierra lo da. Ultimadamente, ya después de fallecidos y hediondos, cuando no hay mujer, padre, hijo, pariente ni amigo que quiera sufrirnos y todos nos despiden, huyendo de nosotros, entonces nos ampara, recogiéndonos dentro de su proprio vientre, donde nos aguarda en fiel depósito, para volvernos a dar en vida nueva y eterna. Y la mayor excelencia, la más digna de gloria y alabanza es que, haciendo por nosotros tanto, tan a la continua, siendo tan generosa y franca, que ni cesa ni se cansa, nunca repite lo que da ni lo zahiere dando con ello en los ojos, como lo hacen los hombres.

---

[7] «La cosa más fiel de cuantas hay es la tierra» (en Juan de Aranda, *Lugares comunes,* fol. 18v). Comp. San Agustín, *La ciudad de Dios,* VII, XXIII.

[8] Ignoro si la idea es original de Alemán, pero estos pasajes recogen unos cuantos motivos e ideas conocidos de la literatura antigua. *Vid.* el detallado análisis de E. Cros, *Literatura, ideología y sociedad,* Madrid, 1986, págs. 159-179.

En todos cuantos traté, fueron pocos los que hallé que no caminasen a el norte de su interese proprio y al paso de su gusto, con deseo de engañar, sin amistad que lo fuese, sin caridad, sin verdad ni vergüenza. Mi condición era fácil, su lengua dulce. Siempre me dejaron el corazón amargo.

Empero, según el trato de hoy, de tal manera corre la malicia, que más nos debe admirar no ser engañados, que de serlo. Víalos tan libres en prometer, cuanto cativos[9] en cumplir; fáciles en las palabras y dificultosos en las obras.

No hay Pílades, Asmundos ni Orestes[10]. Ya fenecieron y casi sus memorias. Tanto lo digo por mi Pompeyo y más que por los más que tuve, porque los más ganélos hablando y a él obrando. Muchos amigos tuve cuando próspero; todos me deseaban, me regalaban y con sumisión se me ofrecían. Cuando faltaron dineros, faltaron ellos, fallecieron en un día su amistad y mi dinero[11]. Y como no hay desdicha que tanto se sienta, como la memoria de haber sido dichoso[12], no hay dolor que iguale a el sentimiento de ver faltar los amigos a quien siempre tuvo deseo de conservarlos.

Ya me robaron y quedé perdido. Estuve algunos días, aunque pocos, en casa de mi amigo; empero sentí hacérsele mu-

---

[9] *cativos:* ruines, mezquinos.

[10] «Por aquí hubo entrada el fido Pílades / el que por escusar al buen amigo / Orestes de la muerte, por su boca / contestó ser Orestes, más queriendo / morir que ver el fin del compañero ... No es de olvidar Asmundo, aquel que tanto / sintió la muerte de su amigo Asnito [*sic*, por *Asuito*], / que permitió enterrarse con él vivo» (Jerónimo de Arbolanche, *Las Abidas*, VII, págs. 605-606, y de ahí tomó los datos Juan de Aranda, fol. 98v). Cfr. Valerio Máximo, *Facta et dicta*, IV, vii; Plutarco, *Morales*, fol. 165ra, o *Don Quijote*, IV, pág. 260.

[11] «Reelabora Alemán aquí otro sabidísimo lugar común» (FR, con la cita de Ovidio, *Tristia*, I, ix, 5-6: «Donec eris felix, multos numerabis amicos; / tempora si fuerint nubila, solus eris», y mención de lugares bíblicos: *Proverbios*, 19, 4-7, y *Eclesiástico*, 12, 8). Comp. la «Carta» de Alemán: «faltó la plata, gastóse el oro y ellos [los amigos] con ello» (*apud* E. Cros, *Protée*, pág. 443). Cfr. *Don Quijote*, I, págs. 33-34.

[12] La versión romance más famosa de este difundidísimo tópico, que remonta a Boecio (*Consolatio philosophiae*, II, pr. iv, y cfr. Santo Tomás, *Summa theologica*, II, II, xxxvi, 1), es un pasaje de la *Divina Commedia*: «Nessun maggior dolore / che ricordasi del tempo felice / nella miseria» (*Inferno*, V, 121-123). Cfr. Santillana, *Infierno de los enamorados*, LXII, y —de nuevo— Cervantes, *La Galatea*, I, pág. 40, o el *Coloquio de los perros*, *Novelas ejemplares*, III, pág. 266.

chos en que poco a poco se me despegaba y como anguilla paso a paso en la ocasión se me resbalaba, dejándome la mano vacía. Ofrecíase a lo cordobés: «Ya Vuestra Merced habrá comido, no habrá menester algo»[13]. Nada prometió al cierto ni en algo dejó de quedar dudoso. Y lo que me acariciaba, no era tanto con ánimo de hacerlo cuanto para que por justicia no cobrara dél mi hacienda.

Leíle los pensamientos, y como los míos fueron siempre nobles, las veces que de mi pérdida trataba, si algún cumplimiento hizo, fue fingido. Empero cualquiera que fuese me agraviaba dello, como de una grave injuria y con muchas veras rechazaba sus burlas, como si no lo fueran o tuvieran algún fundamento, haciendo caso de menos valer que se tratase de interés mío, no consintiéndole que me sintiese flaqueza de ánimo. Antes por no traer inquieto el suyo, viéndolo tan atribulado y corto, determiné dejarlo y pasar a Florencia.

Comuniquéle aqueste pensamiento, diciéndole que deseaba mucho ver aquella ciudad por las grandezas que della me contaban. Y como le salí a su deseo, asió de la ocasión refiriéndome muchas de sus cosas memorables, con que me levantó los pies[14] y creció la codicia. No lo hacía por loármela ni porque la viese, sino por no verme ya en su casa, que es triste huésped el de por fuerza.

Después que le dije mi determinación, volvió a refrescar el viento del regalo, para obligarme con él a que saliese con gusto y en paz y quedarlo él, por lo que de mí se temía. Sinificó pesarle de mi partida; pero nunca hizo resistencia en ella que me quedase. Preguntóme cuándo me quería ir; pero no lo que había menester llevar, aun siquiera de buen comedimiento. Fácil cosa es el ver y más lo es el hablar; pero dificultoso el proveer: que no conocen todos los que miran ni los que hablan hacen. Como ya no me había menester y el necio ya le había dicho que no pensaba volver más a Roma, hizo su cuenta: «¿Para qué o de qué me puede ya ser de provecho aqueste tonto?»

---

[13] *a lo cordobés:* cfr. I, ii, 8, n. 43, y I, iii, 1, n. 15.
[14] «*Levantar los pies del suelo:* inquietar a alguno, diciendo o haciendo alguna cosa que le incite u obligue a ejecutar lo que no pensaba o no tenía ánimo de hacer» *(Autoridades).*

Tratóme como yo merecía. Entonces conocí, en cuanto se deja conocer, el ánimo generoso con el agradecimiento del bien recebido. En esta mudanza de fortuna hallé a la vista mil daños nunca temidos. Mas, como aun entones tenía resuello para pasar adelante, no desmayé de todo punto. Procuré olvidar lo que no pude remediar, tomando por instrumento la memoria de mi jornada. Y como la novedad o estrañeza de las cosas lleva tras de sí el ánimo de los hombres con deseo de saberlas[15], dime mucha priesa hasta salir de Siena, tanto por esto como por dejar a Pompeyo sosegado. Que, aunque suelen decir a los huéspedes: «Comed con buena gana, que con buena o mala tienen de contárosla por comida», me daba pena su cortedad, el sentirle su solicitud socarrona[16] y verlo andar tan ciscado[17].

Despedíme dél y, aunque por ser yo quien era, por el amistad que le tuve, lo sentí de manera que a el tiempo del apartarnos me faltaron palabras, tampoco en él vi lágrimas.

Comencé mi camino a solas, no con pocos pensamientos ni libre de cuidados, que a fe que mi caballo no llevaba tanto peso; empero íbalos trazando y acomodando cómo se me hiciesen más ligeros y mejor pudiese salir dellos, cuando a pocas millas encontré a Sayavedra, que salía de Siena en cumplimiento de su destierro.

No me bastó el ánimo, en conociéndolo, a dejar de compadecerme dél y saludarlo, poniendo los ojos, no en el mal que me hizo, sino en el daño de que alguna vez me libró, conociendo por de más precio el bien que allí entonces dél recebí, que pudo importar lo que me llevó. Y paga mal el que con grandes ventajas no satisface la gracia recebida[18]. Demás que la libera-

---

[15] «Es idea nuclear del pensamiento filosófico griego: cfr. Platón, *Teeteto*, 155*d*; Aristóteles, *Metafísica*, 982*b*, 12-13, etc.» (FR). Cfr. I, i, 2, n. 16.

[16] *socarrona*: aquí, 'disimulada'.

[17] *ciscado*: 'medroso', pues *ciscarse* es «tomar uno tan gran miedo, que parece estarse entre sí deshaciendo, y particularmente cuando se corrompe» (Covarrubias).

[18] Es la tesis del *De beneficiis* de Séneca, recogida como tal por Juan de Aranda, *Lugares comunes*, fol. 51r: «No satisface al beneficio recebido el que con ventaja no satisface.» Comp. Espinel, *Marcos de Obregón*: «¿Pues hay... quien desagradezca, o quien no sepa agradecer el bien que le hacen? ¿Hay quien no le parezca

lidad supone generoso espíritu y es de tal precio, por traer su origen del cielo, que siempre se halla en los ánimos destinados para él.

No pude resistirme sin hablarle con amor ni él de recebirme con lágrimas, que vertiéndolas por todo el rostro se vino a mis pies, abrazándose con el estribo y pidiéndome perdón de su yerro, dándome gracias de que nunca, estando preso, lo quise acusar y satisfaciones de no haberme visitado luego que salió de la cárcel, dando culpa dello a su corto atrevimiento y larga ofensa; empero que para en cuenta y parte de pago de su deuda quería como un esclavo servirme toda su vida.

Yo, que siempre le conocí por hombre de muy gallardo entendimiento, vivo de ingenio, aunque por el mismo caso un perdido, empero dispuesto para cualquier cosa, holguéme con su ofrecimiento. Así caminamos poco a poco en buena conversación. Aunque verdaderamente yo sabía ser aquél gran ladrón y bellaco, túvelo por de menor inconveniente que necio, que nunca la necedad anduvo sin malicia[19] y bastan ambas a destruir, no una casa, empero toda una república. Porque ni el necio supo callar ni el malicioso juzgar bien. Y si él como siente habla, el escándalo y los trabajos están ya de las puertas adentro de casa. Parecióme que, si de alguno quisiera servirme, habiendo pocos mozos buenos, que aqueste sería menos malo, supuesto que por sus mañas me había de hacer —como si fuera lacedemonio— traer la barba sobre el hombro[20], y era de menor inconveniente servirme dél que de otro no conocido, pues dél sabía ya ser necesario guardarme, y con otro, pareciéndome fiel, me pudiera descuidar y dejarme a la luna[21].

---

que no satisface al beneficio recebido? ¿Quién ha de carecer de tan admirable virtud?» (I, xiv, págs. 195-196, y cfr. I, viii, pág. 124), o el *San Antonio de Padua:* «Señal verdadera de agradecimiento es cuando se paga el beneficio con ventajas» (I, x, fol. 43v).

[19] La idea es de Marco Aurelio, según Aranda, fol. 50r: «Como suple el sabio con ciencia lo que le falta de natural, así el simple y necio suple con malicia lo que le falta de discreción; y así por la mayor parte los necios son maliciosos.»

[20] *traer la barba sobre el hombro:* 'andar receloso' (cfr. I, i, 5, n. 26); *como si fuera lacedemonio:* «alude a la vigilancia constante en que vivían los espartanos, según las leyes de Licurgo» (SGG). Cfr. *San Antonio de Padua,* I, xiv, y Plutarco, *Morales,* fols. 38v-40v).

[21] *dejar a la luna:* «dejar a uno en la calle a dormir al sereno» (Correas), y de

Con esto y que ya mis prendas eran pocas, en que pudiera lastimarme mucho, lo admití en mi servicio. Preguntóme qué viaje llevaba. Respondíle que a Florencia, por satisfacer el deseo de lo que della me decían. Y él me dijo:

—Señor, aun habrá sido poco, respeto de la verdad, porque la relación de lo curioso y bueno·jamás llegó a henchir aquel vacío. Algún tiempo he residido en ella; pero siempre como si entrara el mismo día, por las varias cosas que a cada paso allí se ofrecía que ver, y de mi voluntad nunca la dejara, si amigos no me obligaran a ello.

Comencéle a preguntar de algunas cosas de su principio y fundación. Él me dijo:

—Pues el tiempo del caminar es ocioso y la relación de lo que se me manda breve, diré lo que por curiosidad y con verdad he sabido[22].

Comenzó a discurrir luego desde las guerras civiles, a quien Catilina dio principio entre los de Fiesole y florentines. Las pérdidas que tuvieron, ya los del bando romano, ya su enemigo Bela Totile; cómo en tiempo del papa León III el emperador Carlomagno envió un grueso ejército conta los fiesolanos, dejando a Florencia reedificada en poder de los florentines, hasta que el papa Clemente VII y el emperador Carlos V por fuerza de armas la ganaron, para restituir en su antigua posesión, de que había sido despojada, la casa de los Médicis, que sucedió en el año de 1529; y cómo desde allí en adelante siempre fueron gobernados por la cabeza de un príncipe. Y aunque se les hizo a los principios algo áspero, ya están desengañados

---

ahí 'dejar sin esperanzas', «lo mismo que dejar en blanco; díjose por la analogía del que halla la posada cerrada se queda al sereno, y se suele decir comúnmente 'a la luna de Valencia'» *(Autoridades)*.

[22] La descripción que sigue no sirve para confirmar ni desmentir la posible estancia de Alemán en Florencia, dada la índole de sus datos. La reseña histórica y la matemática descripción de ciertos monumentos hacen pensar en alguna fuente, que bien pudo ser la *Descrittione di tutta Italia* de F. Leandro Alberti (cfr. E. Cros, *Protée*, págs. 294-297). Pero seguramente tampoco faltan el ingrediente personal (por experiencia propia o por tradición familiar) ni la voluntad de escribir en parte una réplica a las descripciones de la *Segunda parte* apócrifa. *Vid.* la introducción, D. McGrady, *Mateo Alemán*, págs. 39-41, o —entre los que se apoyan en la descripción para confirmar el viaje del autor a Florencia— J. B. Avalle-Arce, «Mateo Alemán en Italia».

y conocen con cuánta mayor quietud viven debajo de su amparo, con seguridad en sus haciendas y vidas. Díjome que el primero que tuvieron fue Alejandro de Médicis, que verdaderamente se pudo bien llamar Alejandro[23], por su mucha benignidad, magnanimidad y esfuerzo; aunque violentamente lo perdió en lo mejor de sus días. A éste sucedió un valeroso Cosme,
Gran Duque de la Toscana, cuya memoria, por sus heroicos
hechos y virtudes, por su cristiandad y buen gobierno, será
eterna. Quedó en su lugar Francisco, el cual, por haber fallecido sin heredero, sucedió en la corona el famoso Ferdinando,
su hermano, vivo retrato de Cosme, su padre, su heredero en
estados y virtudes. Hoy gobierna con tanto valor de ánimo y
prudencia, que no se sabe de señor su igual que sea más de voluntad amado de su gente[24].

Si la relación fuera un poco más larga, fuera necesario dejarla para otro día, porque parece que la midió con el tiempo,
pues ya estábamos tan cerca de la noche como de la posada.
Entramos a descansar; y otro día, tomando la mañana[25] por
llegar temprano a Florencia, nos dimos un poco más de priesa
en el camino.

Cuando llegamos a vista della, fue tanta mi alegría que no lo
sabré decir, por lo bien que me pareció de lejos, que, aunque
no lo estaba mucho, a lo menos descubríla de alta abajo.

Consideré su apacible sitio, vi la belleza de tantos y tan varios chapiteles, la hermosura inexpugnable de sus muros, la
majestad y fortaleza de sus altas y bien formadas torres. Parecióme todo tal, que me dejó admirado. No quisiera pasar de
allí ni apartarme de su lejos, tanto por lo que alegraba la vista,
cuanto por no hacerle ofensa de cerca, si acaso, como todas las
más cosas, desdijese algo de aquella tan admirable prespetiva.
Mas, considerando ser aquella la caja, vine a inferir que sin
duda sería de mayor admiración lo contenido en ella.

---

[23] *se pudo bien llamar Alejandro,* por Alejandro Magno, modelo de generosidad. Cfr. *Lazarillo,* II, n. 8.
[24] Ferdinando de Médicis fue señor de Florencia entre 1587 y 1604. La pre-
cisión cronológica no es precisamente lo más característico de las alusiones his-
tóricas en el *Guzmán.*
[25] *tomando la mañana:* madrugando.

Y no fue menos. Porque, cuando a ella llegué y vi sus calles tan espaciosas, llanas y derechas, empedradas de lajas[26] grandes, las casas edificadas de hermosísima cantería, tan opulentas y con tanto artificio labradas, con tanto ventanaje y arquitectura, quedé confuso, porque nunca creí que había otra Roma. Y bien considerado su tanto[27], le hace muchas ventajas en los edificios; porque los buenos de Roma ya están por el suelo y poco hay en pie que no sean sombras de lo pasado, ruinas y fragmentos. Pero Florencia todo es flor[28], todo está vivo, tan costoso y bien tratado, que dije a Sayavedra:

—Sin duda, si los habitadores desta ciudad son tan curiosos en el adorno de sus mujeres como de sus casas, que son las más bienaventuradas de cuantas tiene la tierra.

Púsome tal admiración, que quisiera con mucho espacio quedarme mirando cada uno de aquellos edificios; mas, como por acercarse la noche no diese a más lugar el día, fue forzoso recogernos a la posada. No tardamos en llegar a una donde nos acariciaron con tanto regalo, que verdaderamente no lo sabré bien decir, como lo debo encarecer: tanta provisión, limpieza, solicitud, afabilidad y buen tratamiento. En esto estaba tan cebado, que casi me hiciera poner en olvido lo que más deseaba.

Pasóseme aquella noche sin sentirla, no se me hizo media hora, gracias a la buena cama. Y a la mañana, bien que con dolor de mi corazón —que aquel entonces era mi monte Tabor[29]—, llamé a Sayavedra, que me diera de vestir y para que, como tan curial[30] en aquella ciudad, me fuera enseñando las

---

26 *laja:* losa, piedra llana y lisa.

27 *su tanto:* 'su proporción' (cfr. I, i, l, n. 5).

28 Más amigo de Roma era el Licenciado Vidriera, aun haciéndose eco del tema famoso de sus ruinas: «Contentóle Florencia en extremo, así por su agradable asiento como por su limpieza, suntuosos edificios, fresco río y apacibles calles. Estuvo en ella cuatro días, y luego se partió a Roma, reina de las ciudades y señora del mundo. Visitó sus templos, adoró sus reliquias y admiró su grandeza; y así como por las uñas del león se viene en conocimiento de su grandeza y ferocidad, así él sacó la de Roma por sus despedazados mármoles, medias y enteras estatuas...» *(Novelas ejemplares,* II, pág. 111).

29 Guzmán quería permanecer en la cama como San Pedro en el monte Tabor (cfr. Lucas, 9, 33).

30 *curial:* experto.

cosas curiosas della, en especial y primero la Iglesia Mayor, porque, después de oída misa y encomendádonos a Dios, todo se nos hiciese dichosamente.

Llevóme allá y, cumplida nuestra obligación, estúveme bobo mirando aquel famosísimo templo y edificio del cimborio[31], que llaman allá «cúpula», que mejor la llamaran «cópula», por parecerme, y no a mí solo, sino a cuantos la ven, haberse juntado para ella toda la arquitectura que hay escrita y mejores maestros della, teóricos y práticos. Tan milagroso artificio, tal grandeza, fortaleza y curiosidad, sin duda ni agravio de cuanto se conoce hoy fabricado, se le puede dar lugar de otava maravilla. Considérese aquí, quien algo desto sabe, para cuatrocientos y veinte palmos que tiene de alto la capilla sola, sin el remate de arriba, qué diámetro habrá menester, y en ello conocerá cuál sea.

Otro viaje hice a la Anunciada, iglesia deste nombre, por una imagen que allí está pintada en una pared, que mejor se pudiera llamar cielo, teniendo tal pintura, de la encarnación del hijo de Dios. La cual se tiene por tradición haberla hecho un pintor tan estremado en su arte, como de limpia y santa vida[32]. Pues teniendo acabado ya lo que allí se ve pintado y que sólo restaba por hacer el rostro de la Virgen, señora nuestra, temeroso si por ventura sabría darle aquel vivo que debiera, ya en la edad, en la color, en el semblante honesto, en la postura de los ojos, en esta confusión se adormeció muy poco y, en recordando, queriendo tomar los pinceles para con el favor de Dios poner manos en la obra, la halló hecha. No es necesario aquí mayor encarecimiento, pues ya la hubiese milagrosamente obrado la mano poderosa del Señor o ya los ángeles, ella es angelical pintura. Y a este respeto, considerado lo restante della que el pintor hizo, se deja entender el espíritu que tendrá, por el del artífice que mereció ser ayudado de tales oficiales.

Tantos milagros hace cada día, es tanto el concurso de la

---

[31] *cimborio:* cimborrio, el de la famosa catedral de Florencia, obra de Brunelleschi (JSF).

[32] Andrea del Sarto; el fresco que motivó la leyenda es el llamado de la *Madonna del Sacco* (JSF).

gente que le tiene devoción, y tanta la limosna que allí se distribuye a pobres, que me maravillé mucho cómo no eran ricos todos. Por ellos me vino a la memoria entonces el otro, que me dijeron haber dejado la famosa manda de la albarda[33], haciéndoseme poco cuanto en ella se halló, respeto de lo que pudo ganar y dejar un tal supuesto[34]. Y como sea notoria verdad que el hijo de la gata ratones mata[35], mil veces me ocurrieron a la memoria cosas de mi mocedad: que si, como llegué a Roma, hubiera venido allí con mis embelecos, tiña, lepra y llagas, pudiera dejar un mayoradgo[36].

Consideré también qué pocos dellos eran curiosos ni políticos, qué burdos y de poco saber, en respeto de los de mi tiempo. Y como les entrevaba la flor[37], burlábame dellos. Gustaba de verlos y quisiera de secreto reformarlos de mil imperfeciones que tenían. ¿Quién vio nunca que pobre honrado, buen oficial de su oficio —ni aun razonable—, tuviese, cuando mucho, más de hasta seis o siete maravedís o cosa semejante y no de más valor en el sombrero, ni caudal que se le pudiese decir lo que allí a muchos, que ya les bastaba para comer aquel día con aquello, que se fuesen y dejasen a los otros más pobres? ¿Cuándo cupo en algún entendimiento de pobre, si no fuese pobre del entendimiento, aunque fuese principiante de dos meses de nominativos[38], tener un pan debajo del brazo ni estar, como vi a otro, con un palillo de dientes en la oreja?[39].

Entre mí dije: «¡Oh, ladrón pobre, traidor a tu profesión! ¿Luego tanto comes, que te puede quedar algo entre los dien-

---

[33] *la manda de la albarda* referida en I, iii, 5.

[34] *supuesto:* cfr. «Letor», n. 3.

[35] *el hijo...*, en Correas.

[36] *mayoradgo:* es la ortografía de la príncipe.

[37] *entrevar la flor:* 'advertir el engaño' (cfr. I, ii, 5, n. 61).

[38] *de dos meses de nominativos:* «es decir, en los principios de su aprendizaje (por comparación con los estudios elementales de gramática)» (FR).

[39] «¡Miserable del bien nacido que va dando pistos a su honra, comiendo mal y a puerta cerrada, haciendo hipócrita al palillo de dientes con que sale a la calle después de no haber comido cosa que le obligue a limpiárselos!» *(Don Quijote,* II, xliv: VI, págs, 280-281, y cfr. el apéndice XXVI de Rodríguez Marín, X, especialmente págs. 93-95). Nos recuerda, claro, al tercer amo de *Lazarillo de Tormes* (III, n. 110).

tes?» Ninguno vi que supiese dónde iba tabla[40]; no acomoda-
ban cosa en su lugar ni tiempo, conforme a ordenanza: todo se
les iba en meter letra y no entonaban punto[41].

Allí reconocí un mozuelo de tiempo de moros[42]. Ya estaba
hombrecillo. Solo era éste quien algo sabía respeto de los otros
y a fe que quisiera yo tener puestas las manos donde tenía su
corazón: sin duda estaría riquillo[43]. Fue hijo de padres que pudieron dejarle mucho: eran muy gentiles maestros. Era pobre
de vientre y lomo[44], ligítimo en todo; empero, como todo re-
quiere curso y allí la justicia no les permitía tener academias,
faltando los ejercicios y conclusiones, pueden echarse todos en
un lodo con su bribiática[45].

Conocílo y no me conoció. Púdome bien decir: «Tal te veo,
que no te conozco»[46]. ¡Qué tentación tan terrible me vino de
hablarle! Mas no me atreví. Díjele a Sayavedra:

—¿Ves aquel pobre? Aquél me puede hacer a mí rico.

Preguntóme:

—¿Pues cómo pide limosna?

Y díjele:

—Después que una vez los hombres abren las bocas al pedir, cerrando los ojos a la vergüenza, y atan las manos para el
trabajo, entulleciendo los pies a la solicitud, no tiene su mal remedio. Vilo en una pobre de mi tiempo, la cual, como se hubiese venido a Roma perdida, mozuela, enferma, comenzó a
pedir y, llegando a estar sana, recia como un toro, también pedía. Decíanle que sirviese. Respondía que tenía mal de cora-

---

[40] *Ninguno vi que supiese dónde iba tabla:* entiéndase 'todos andaban descarriados
o desorientados'; es posible, pero no seguro, que la *tabla* sea el índice de los libros, porque la forma más frecuente de la frase exige el plural: «no saber dónde
van tablas».

[41] La relación entre *punto* y *letra* se aprovecha aquí de modo afín al de otros
juegos de palabras musicales (cfr. I, iii, 6, n. 14): *meter letra* equivale a 'meter bulla', 'hablar mucho y en vano', y el verbo *entonar,* a su vez, afianza tal equivalencia
(presente en otros modismos como *punto por letra).*

[42] *de tiempo de moros:* de otro tiempo, naturalmente, 'de tiempo de Matusalén'.

[43] Cfr. San Mateo, 6, 21 (y aquí, I, i, 2, n. 56).

[44] *de vientre y lomo:* 'de tomo y lomo', 'cabal', con obvio aprovechamiento del
modismo *(pobre de vientre:* 'hambriento').

[45] *bribiática:* arte de la mendiguez (cfr. I, iii, 2, n. 7). Obsérvese de nuevo la
comparación con el sistema docente: *academias, ejercicios, conclusiones.*

[46] Así en Correas.

zón, que se caía por el suelo cuando le daba, haciendo pedazos cuanto cerca hallaba. Con esto engañaba y pasó algunos años, al fin de los cuales, preguntando a uno que le dijo ser de su tierra si conocía en ella sus padres, y diciéndole ser muertos y haber dejado mucha hacienda, se puso en camino por la herencia, y fue tanta, que trataron de pedirla por mujer muchos hombres principales, y algunos de razonable hacienda. Que no hay hierro tan mohoso que no pueda dorarse: todo lo cubre y tapa el oro. Casóse con uno de muy buena parte y talle. Hallábase la mujer tan violentada no pidiendo limosna, que se iba secando y consumiendo, sin que los médicos atinasen con la enfermedad que tenía, hasta que se curó ella misma, fingiéndose hipócrita, diciendo que por humildad quería pedir limosna para lo que había de comer. Y andaba por su casa entre sus criados de uno en otro mendigando. Y porque todos le daban, aun aquello le causaba pena. Encerrábase dentro de una cuadra donde tenía retratos, y pedíales limosna también a ellos[47].

Desto se admiró Sayavedra mucho. De allí me llevó a la plaza de palacio[48], donde vi en medio della un valeroso príncipe sobre un hermoso caballo de bronce, tan al vivo y bien reparado, que parecían tener almas y atrevimiento. A mi parecer no supe ni me atreví a juzgar cuál de los dos fuese mejor, aquél o el de Roma; empero inclinéme con mi corto saber a dar a lo presente la ventaja, no por tenerlo presente, sino por merecerlo. Pregunté a Sayavedra cúyo retrato era el del caballero, y díjome:

—Aquesta figura es del Gran Duque Cosme de Médicis, de quien por el camino vine tratando. Mandólo aquí poner a perpetua memoria el Gran Duque Ferdinando su hijo, que hoy es[49].

Quise saber por curiosidad qué altura tendría todo él. Y como no pude alcanzar a medirlo, me informaron, y lo pare-

  [48] El cuento tiene analogías muy lejanas con el *Sobremesa y alivio de caminantes* de Timoneda (I, xvi), y el mismo fondo (la persistencia de los malos hábitos) que una fábula aludida antes (I, ii, 6, n. 3). Cfr. E. Cros, *Sources,* pág. 131.

  [48] «Es decir a la Piazza della Signoria frente al Palazzo Vecchio» (BB).

  [49] La terminó en 1594 el escultor Juan de Bolonia.

cía, que desde el suelo hasta lo más alto de la figura tendría cincuenta palmos, a poco más o menos.

A la redonda desta plaza estaban otras muchas figuras de bronce vaciadas y otras de mármol fortísimo, tan artificiosamente obradas[50], que ponen admiración, dejando suspenso cualquier entendimiento, y más cuanto más delicado, que solo [sabe][51] quien sabe lo que aquesto sea.

Después visitamos el templo de San Juan Baptista, dignísimo de que se haga dél particular memoria, por serlo en su traza y más cosas. El cual supe haberse fundado en tiempo de Otaviano Augusto y haber sido dedicado a Marte. Allí me detuve viendo su antigüedad y fundación, pues dicen dél y se tiene por tradición y razones de su fundación que será eterno hasta la consumación del siglo. Y puédesele dar crédito, pues con tantas calamidades no lo tiene consumido el tiempo ni las guerras, habiendo sido aquella ciudad por ellas asolada y quedado sólo él en pie y vivo. Es ochavado, grande, fuerte y maravilloso de ver, en especial sus tres puertas, que cierran con seis medias, todas de bronce y cada una vaciada de una pieza, labradas[52] con historias de medio relieve, tan diestramente como se puede presumir de los artífices de aquella ciudad, que hoy tienen la prima dello en lo que se conoce de todo el mundo. También tiene otra grandeza y es que, habiendo en Florencia cuarenta y una iglesias parroquiales, veinte y dos monasterios de frailes, cuarenta y siete de monjas, cuatro recogimientos, veinte y ocho casas de hospitalidad y dos del nombre de Jesús, en parte alguna dellas no hay pila de baptismo, sino sólo en San Juan y en ella se cristianan todos los de aquella ciudad, tanto el común como los principales caballeros y primogénitos del mismo príncipe.

De mi espacio, en el discurso del tiempo que allí estuve, fui-

---

[50] Por Juan de Bolonia, Benvenuto Cellini, Donatello, Miguel Angel y otros. (JSF trae buena información en todas las notas de tema artístico del presente capítulo.)

[51] El texto de la príncipe está confuso; adopto la enmienda tradicional en las ediciones modernas (a la zaga, poco más o menos, de algunas antiguas), pero sin mucha convicción, porque también parece razonable el arreglo de E. Miralles: «¡que sólo quién sabe lo que aquesto sea!».

[52] Por Andrea Pisano, Ghiberti y Miguel Ángel.

mos visitando las más iglesias. Eran de tanto primor, tienen tanta curiosidad, que no es posible referir aun muy poco, en respecto de lo mucho dellas. Ni el entendimiento es capaz de aprehenderlo, según ello es, menos que con la vista. Porque haber de hacer memoria de tanta máquina y en cada cosa de tantas, tan particulares y sutiles menudencias, tan excelentes pinturas y esculturas, enteras y de medio relieve, fuera necesario hacer un muy grande volumen y buscarles otro cronista, para saber engrandecerlas algo.

Tiene allí el Gran Duque una casa y jardín que llaman el Palacio de Pitti[53], cuya excelencia, grandeza y curiosidad, así de jardines como de fuentes, montes, bosques, caza y aposento, puede sin encarecimiento decirse dél ser casa real y grande, tal que puede competir con otra cualquiera de su género de las de toda la Europa.

No quise dejar de saber y ver la cerca desta ciudad, que tan admirable riqueza encierra, y hallé tener en circuito cinco millas, muy poco más a menos. Tiene diez puertas y cincuenta y una torres. Toda la ciuad está del muro adentro, que no tiene arrabales. Pasa por medio della el río Arno, encima del cual hay cuatro famosísimas puentes, labradas de piedra, fuertes y espaciosas.

Y siendo lo dicho en todo estremo bien hecho, compite con ello el buen gobierno, costumbres y trato general. Con justísima razón se llamó Florencia, como flor de las flores y flor de toda Italia, donde florecen más tantas cosas en junto y cada una en singular: las artes liberales, la caballería, las letras, la milicia, la verdad, el buen proceder, la crianza, la llaneza y, sobre todo, la caridad y amor para con forasteros.

Ella, como madre verdadera, los admite, agrega, regala y favorece más que a sus proprios hijos, a quien a su respeto podrán llamar madrasta.

El tiempo que allí residí vine a inferir por los efectos las causas, conociendo cuáles eran los habitadores, por la política con que son gobernados y en la observancia que a sus leyes tienen y en cuán inviolablemente son guardadas. Allí verdade-

---

53 *Pitti*: en la príncipe, *Pati*.

ramente se saben conocer y estimar los méritos de cada uno,
premiándolos con justas y debidas honras, para que se animen
todos a la virtud y no estimen los príncipes a pequeña gloria,
que deben conocerla por la mayor que se les puede dar, cuando se dice dellos que con sus famosas obras compiten las de
sus vasallos.

Conocí juntamente ser verdad lo que me había referido
Sayavedra cerca de los ánimos encontrados. Allí vi algo de lo
mucho que sobra en otras partes, invidia y adulación, que todo
lo andan y siempre residen donde hay deseo de privanzas y por
acrecentarlas, en grave daño de todos, unos y otros; finos con-
tadores de lo ajeno, lindos geómetras para delinear lo que cada
uno puede y lo que no puede. Quédese aquí esto, que, pues
con tanta perfeción se ha pintado una ciudad tan ilustre y generosa, no ha sido buena consideración haberla tiznado con un
borrón tan feo[54].

---

[54] Para una interpretación de este intermedio florentino en relación con los
grandes temas del *Guzmán*, *vid.* especialmente M. Cavillac, *Gueux et marchands*,
págs. 435-439.

CAPÍTULO II

GUZMÁN DE ALFARACHE VA EN SIGUIMIENTO DE ALEJANDRO, QUE LE HURTÓ LOS BAÚLES. LLEGA EN BOLONIA, DONDE LO HIZO PRENDER EL MISMO QUE LO HABÍA ROBADO

En Florencia me comí todo el caballo que saqué de casa del embajador mi señor, y una mañana me almorcé las herraduras. Digo que para venderlo mandé se herrase de nuevo, y las que me quedaron en casa viejas las vendió Sayavedra y almorzamos. Si la hereje necesidad[1] no me sacara de allí a coces y rempujones, fuera imposible hacerlo de mi voluntad en toda mi vida; quiero decir a ley de «creo»[2], porque había ya tomado bien la sal y sondado la tierra.

No sé después lo que hiciera, porque al fin todo lo nuevo aplace[3] y más a quien como yo tenía espíritu deambulativo, amigo de novedades. Así lo juzgaba entonces por la mucha razón que para ello tuve de mi parte. Yo llegué allí por tiempo de festines. Traíanme otros mozos floreando de casa en casa, de fiesta en fiesta, de boda en boda. En una bailaban, en otra tañían; aquí cantaban, acullá se holgaban: todo era placer y más placer, un regocijo de «vale y ciento al envite». No se trataba en todas partes otra cosa que loables ejercicios y entretenimientos, muchas galas y galanes, muchas hermosas damas

---

[1] *la hereje necesidad:* cfr. I, ii, 1, n. 4.
[2] *a ley de «creo»:* «por convicción (se alude concretamente al ritual del bautismo, como en seguida en "haber tomado bien la sal" 'haber cobrado gusto a Florencia')» (FR).
[3] *todo lo nuevo aplace:* cfr. I, i, 2, n. 16.

con quien danzaban, gallardísimos tocados, ricos vestidos y curioso calzado, que se llevaban tras de sí los ojos y las almas en ellos.

¡Ved qué negro adobo para que no se dañase el adobado! Si no bebo en la taberna, huélgome en ella[4]. No hay hombre cuerdo a caballo[5], y menos en el desbocado de la juventud. Era mozo al fin y, como la vejez es fría y seca, la mocedad es muy su contraria, caliente y húmeda[6]. La juventud tiene la fuerza y la senetud la prudencia[7]. Todo está repartido, a cada cosa su necesario. Y aunque casi siempre lo vemos, viejos mozos, por maravilla se hallan mozos viejos[8]; y aun digo que sería maravilla, como hallar un peral que llevase peras por Navidad. En Castilla digo, porque no me cojan por seca[9] los de otras tierras que no conozco. Váyase dicho que siempre voy hablando con el uso de mi aldea; que yo no sé cómo baila en la suya cada uno.

Vuelvo a mi cuento. Érame importantísimo salir de Florencia, huyendo de mí mismo, sin saber a qué ni adónde, no más de hasta dejar consumidas aquellas pobres y pocas monedas que me quedaron y la cadenilla de memoria, que a fe que nunca se me apartaba punto della, pensando en la hora que había de blanquearla[10] y, como se me dio con amor, pesábame que forzoso había de tratarla presto con rigor. Quisiérala conservar, si pudiera, no apartándola de mí; mas casos hay en que

---

[4] Así en Correas.

[5] *No hay hombre cuerdo a caballo:* «... ni colérico con juicio» (Correas); cfr. I, i, 3, n. 42.

[6] Pues nuestra naturaleza, «mientras más vive, más se va enfriando» (Lope, *La Dorotea,* II, vi: pág. 194, y cfr. n. 158). Era «idea corriente desde la antigüedad, según la teoría de los humores corporales» (FR). *Vid.* también Aristóteles, *Retórica,* 1388b-1390a.

[7] Es lugar común que ya está en Aristóteles, *Política,* VII. Cfr., además, *Proverbios,* 8, 14; Cicerón, *De senectute,* VI, 20, y Juan de Aranda, *Lugares comunes,* folio 145r.

[8] «Cuanto parece de bien un mozo viejo, parece de mal un viejo mozo» (Juan Rufo, *Las seiscientas apotegmas,* 613, pág. 213). Frente al admirado modelo (y tema literario) del *puer senex* (cfr. E. R. Curtius, *Literatura europea y Edad Media latina,* V, § 8) los «viejos mozos» y «viejas niñas» eran a menudo personificación de la falsedad y el vicio.

[9] *coger por seca:* 'pillar en falta' (cfr. I, i, 2, n. 1).

[10] *blanquearla:* venderla, convertirla en blancas, en moneda.

pueden los padres empeñar a sus hijos. Paciencia. Haré cuanto pudiere y, a más no poder, perdone; que quien otro medio no tiene y fuerza se le ofrece, mayores daños comete.

Luchando andaba comigo mismo. Cruel guerra se traba de pensamientos en casos tales. Consideraba de mí en qué había de parar, con qué me había de socorrer. ¡Válgame Dios, qué apretado se halla un corazón, cuando no lo está la bolsa![11]. Cómo se aflojan las ganas del vivir cuando a ella se le aflojan los cerraderos, y más en tierras estrañas y resuelto de olvidar malas mañas, no sabiendo a qué lo ganar y faltando de dónde poderlo haber, careciendo de persona y amigos a quien atreverme a pedir y lejos de pensar engañar; que si me quisiera dar a ello, no era necesario tanto trabajo ni cuidado; cortada tenía obra para todo el año. Dondequiera que llegara no me había de faltar en qué me ocupar; que, Dios loado, lo que una vez cobré, nunca lo perdí. Sólo el uso desamparé; que las herramientas del oficio no las dejé de la mano: comigo estaban doquiera que iba.

Salí de Roma con determinación de ser hombre de bien, a bien o mal pasar. Deseaba sustentar este buen deseo: mas, como de aquestos están en los infiernos llenos[12], ¿de qué me importaba, si no me acomodaba? Fe sin obras es fe muerta[13]. Ya tenía mozo: ved qué buen aliño para buscar amo. Habíame acostumbrado a mandar, ¿cómo queréis que me humille a obedecer? Paréceme —aun a más de dos, que no creo haber sido solo en el mundo— que fuera hombre de bien, si con aquel toldo[14] que llevaba, con el punto en que me vía, viera que no me faltaba y que para sustentar aquel ánimo generoso tuviera muchos dineros con que dilatarlo, aunque de milagro pusiera un santo el caudal para ello.

---

[11] El zeugma se basa en la dilogía de *apretado*: 'acosado, acongojado' y 'repleto y bien cerrado': '¡Qué afligido se halla un corazón cuando la bolsa no está bien llena y cerrada!.'

[12] Se trasluce un refrán: «De buenos deseos están los infiernos llenos», pero cfr. Quevedo, *Premática de 1600*, en *Obras festivas*, pág. 85, y comp. el que recoge Correas: «De ingratos está lleno el infierno y de agradecidos deseos el cielo.»

[13] Santiago, 2, 26 (cfr. I, i, 2, n. 14).

[14] *toldo*: engreimiento.

Y aun entonces, no sé qué me diga, creo que fuera milagro en mí para en aquel tiempo. Era mozo, criado en libertades, acostumbrado antes a buscar las ocasiones que a huirlas. Mal pudiera con buenos deseos perder mis malas inclinaciones.

Dice la[15] señora Doña como es su gracia: «Yo sería buena y honesta; sino que la necesidad me obliga más de cuatro veces a lo que no quisiera.» «En verdad, señora, que miente Vuestra Merced, que sí quiere.» «¡Oh!, que lo hago contra mi voluntad, que no soy a tal inclinada.» «En buena fe sí es, que yo se lo veo en los ojos. Porque, si los quisiera quitar de la ventana para ponerlos en la rueca o almohadilla, quizá que pudiera pasar.» «No son ya las manos de las mujeres tan largas, que puedan a tanto, comer, vestir y pagar una casa.» «Téngalas Vuestra Merced largas para querer servir y daránle casa, de comer y dineros con que se vista.» «¡Bueno es eso! ¿Pues decís vos que no queréis entrar a servir y téngolo yo de hacer, que soy mujer?» «Eso mismo es lo que digo, que Vuestra Merced y yo y la señora Fulana no queremos poner caudal; sino que todo se haga de milagro.»

Terrible animal son veinte años. No hay batalla tan sangrienta ni tan trabada escaramuza, como la que trae la mocedad consigo. Pues ya, si trata de quererse apartar de vicio, terribles contrarios tiene. Con dificultad se vence, por las muchas ocasiones que se le ofrecen y ser tan proprio en ellos caer a cada paso. No tienen fuerza en las piernas ni saben bien andar. Es bestia por domar. Trae consigo furor y poco sufrimiento. Si un buen propósito llega, desbarátanlo ciento malos: Que aun poner los pies en el suelo no le dan sosiego. No le consienten afirmar en los estribos. No se deja ensillar de todos y enfrénanla muy pocos. No quiere que la lleven tan apriesa ni por la senda que yo pensaba[16].

---

[15] La príncipe, *Dícele*, aunque algunas ediciones antiguas y todas las modernas corrigen el texto. Yo también lo hago, pero no con la seguridad de mis predecesores, pues creo que merece la pena pensar en otras posibilidades; por ejemplo: «Dícele: "Señora Doña, ¿cómo es su gracia?» Sin embargo, la frase *como es su gracia* equivale a 'como quiera que se llame'; comp. II, ii, 5, *ca.* n. 5: «El señor Juan Martí o Mateo Luján, como más quisiere que sea su buena gracia.»

[16] Comp. II, i, 5, *ca.* n. 2: la juventud «es caballo que parte de carrera, sin temer el camino ni advertir en el paradero. Siempre sigue al furor y, como bes-

Estaba todavía metido en el cenagal de vicios hasta los ojos
—porque, aunque no los ejercitaba, nunca los perdí de vista—,
y quería no hacer corcovos con la carga. El novillo, cuando se
doma, primero lo vencen a brazos, dando con él en el suelo,
después le atan en el cuerno una soga que le dejan traer arrastrando algunos días. Y cuando lo quieren poner a el yugo, lo
juntan con un buey viejo, ya diestro en el oficio. Así lo ense-
ñan, yéndolo disponiendo poco a poco.

El mozo que tratare de querer ser viejo, deje mis pasos y trate de vencer pasiones. Dispóngase a el trabajo y a fuerza de su
voluntad ríndala[17] en el suelo, venciendo viejos deseos. Átese
una soga de sufrimiento y humildad, que arrastre por algunos
días los malos apetitos, gastando el tiempo en virtuosos ejercicios; que a pocos lances llegará sanctamente a el yugo de la penitencia y con las buenas compañías hará costumbre a el arado, con que romperá la tierra de malas inclinaciones. Que pensar alcanzarlo de un salto ni que aproveche un solo «yo quisiera», dígaselo a otro como él y de su tamaño; que yo ya sé
no quiere: que los que quieren, otros medios más eficaces
ponen.

¿Piensa por ventura o aguarda que rompa Dios el cielo, para
dar con él por el suelo misteriosamente, como con San Pablo?[18]. Pues no lo aguarde por ese camino, que es un tonto.
Harto lo derribó cuando le dio la enfermedad, cuando lo puso
en el trabajo y cuando le tocó en la honra, si entonces o agora
reparara en ello. Lo mismo fue y nunca quiso ni quiere decir:
«¿Señor, qué quieres que haga[19], que aquí me tienes dispuesto

---

[17] *ríndala:* es usual (desde SGG) suponer aquí un plural, «ríndala[s]», referido
a las «pasiones»; pero yo creo que estamos ante un nuevo zeugma de los que
tanto gustaban los hombres del Siglo de Oro: «a fuerza de su *voluntad,* ríndala...», atendiendo al carácter positivo —primero— y negativo —después— de
la voluntad humana: 'potencia del alma' y 'deseo, concupiscencia'. Porque la voluntad es «potencia ciega», y «no es tan libre para hacer bien como para hacer
mal» (cfr. Juan de Aranda, *Lugares comunes,* fol. 26v).

[18] *Hechos de los Apóstoles,* 9, 3-4. Vid. M. Cavillac, *Gueux et marchands,* página 117.

[19] *Hechos,* 9, 6.

tia mal domada, no se deja ensillar de razón y alborótase sin ella, no sufriendo
ni aun la muy ligera carga» (y cfr. el «Elogio de Alonso de Barros» a la *Primera
parte,* n. 8).

a tu voluntad?» ¿No queréis ser vos Pablo para Dios y aguardáis que sea Dios para vos? Y si con San Pablo lo hizo, fue porque le conoció un excesivo deseo de acertar, que como celador de la ley lo hacía.

Y no se sabe de alguno que con intención sin obra se haya salvado; ambas cosas han de concurrir, intención y obra. Digo, si hay tiempo de obrar; que obra sería firme intención, con dolor de lo pasado, para quien se le llegase la noche de la muerte y acabase luego. Empero, habiendo día para poder trabajar en la viña[20], todo ha de andar a una. Que ni el azadón solo ni las manos faltas de instrumento podrán cavar la tierra; manos y azadón son menester.

¿Quién me ha metido en esto? ¿No estaba yo en Florencia muy a mi gusto? Vuélvome allá y prometo, según en ella me iba, que de muy buena gana plantara en ella mis colunas, no buscando *plus ultra*. Porque toda en todo era como así me la quiero[21]. Parecióme muy bien. Y si adulaciones o invidias había, por otra cuenta corrían; que no era yo de los comprehendidos en el decreto. No tenía para qué meterse Judas con la limosna de los pobres[22], pues dello no me paraba perjuicio, no teniendo en palacio pretensiones. Y si nada me habían de valer, no las había menester usar, si nunca las quise tratar, pareciéndome siempre uno de los más graves y ocasionados daños de cuantos he conocido. Porque un solo adulador basta, no sólo a destruir una república, empero todo un reino. ¡Dichoso rey, venturoso príncipe aquel a quien sirven con amor y se deja tratar de su pueblo, que sólo él sabrá verdades con que podrá remediar males y carecer de aduladores![23].

Allí viviera yo y lo pasara como un duque, si tuviera con

---

[20] Como observó Rico, alude a San Mateo, 20, y no es imagen desconocida de Alemán: «surquen la tierra del hombre y de tal manera la revuelvan, destierronen y dispongan, que, sembrando en ella la doctrina sagrada, produzca fruto con que se sirva el Señor» *(San Antonio de Padua*, fol. 67), hablando también de «la necesidad de unir fe y obras» (JSF). Cfr. sobre ella muy particularmente M. Cavillac, *Gueux et marchands*, págs. 90-102.

[21] *como así me la quiero:* cfr. I, ii, 7, n. 30.

[22] Cfr. San Juan, 12, 3-6 (y aquí, I, ii, 3, n. 14), y Quevedo, *Obra poética*, núm. 540.

[23] La lectura errónea de la *princeps* («sólo él *sabía* verdades con que *para* remediar males») fue corregida en las ediciones siguientes.

qué. No será menester que lo jure, que por mi simple palabra puedo ser creído. Faltábame ya el caudal, que del montón que sacan y no ponen, presto lo descomponen[24]. Si allí estuviera más, viniera presto a menos, y fuera indecencia grande haber entrado a caballo y verme salir a pie. Tomé por consejo sano sustentar mi honor, yéndome de allí con él y por mi gusto, antes que forzado de necesidad viniese a descubrirla, obligándome a quedar por faltarme con qué poder partir.

Dile parte deste pensamiento a Sayavedra; que, como ya yo conocía mi paradero y que ninguna compañía en el mundo fuera más a mi propósito que la suya para la mía, íbalo disponiendo poco a poco, porque después no viera visiones y se le hiciera novedad lo que me viese hacer. Y díjome:

—Señor, un remedio se me ofrece para lo presente, no costoso ni dificultoso, antes muy fácil y que podría importar algo el provecho. Si de cualquier manera se ha de salir de aquí, sin ser necesario más por una puerta que por otra, pues por cualquiera salen a ver mundo, tomemos el camino de Bolonia, tanto por estar de aquí muy cerca y veremos aquella insigne universidad, cuanto porque de camino podría ser que la buena ventura nos encuentre con Alejandro Bentivoglio, aquel mi amo que se llevó el hurto. Que si allí lo hallamos, como lo tengo por cierto, cierto será cobrarlo; porque con la información hecha en Siena, no hay duda que, cuando por bien se deje de cobrar, por mal habrán de pagar él o su padre.

No me pareció mal consejo. Asentóseme de cuadrado[25], sin más consideración que representárseme la fuerza de la justicia. Que, pues en ello no había duda la menor del mundo, apenas habría llegado y comenzado a tratar dello, cuando las manos cruzadas me salieran a cualquier partido, dándome alguna parte, ya que no fuera el todo, tanto por ser gente principal su padre y deudos, como porque por algún caso habían de permitir que se tratara en tela de juicio el suyo tan feo.

¿Queréis oír una estrañeza? ¿Véis cuán bella, cuán afable y de mi deseo era Florencia? En este punto arqueaba[26] ya en

---

[24] «A do sacan y no pon, presto llegan al hondón» (Correas).

[25] *asentóseme de cuadrado*: 'me cuadró' (cfr. II, i, 6, n. 44).

[26] *arqueaba*: sentía náuseas, basqueaba.

oyéndola mentar. Hedióme; no la podía ver, todo me pareció
mal hasta verme fuera della. Ved qué hace la falta del dinero,
que aborreceréis en un punto las cosas que más amáis, cuando
no tenéis con qué valeros a vos ni a ellas. Ya me parecía que
no tenía el mundo ciudad como Bolonia, donde apenas habría
metido los pies cuando me dieran mi hacienda, tuviera qué
gastar y mocitos estudiantes, gente de la hampa, de mi talle y
marca, con quien pudiera darme tres o cuatro filos[27] cuando
quisiera.

Y aun pudieran caer de modo los dados, que pasara fácilmente con mis estudios adelante. Pues lo que me hizo enseñar
el cardenal mi señor aún estaba en su punto y sin duda que pudiera bien ser precetor en aquella facultad y ganar de comer
con ello, si quisiera y me fuera necesario. Mas poneos a eso:
arrojaos una loba estando cansado de arrastrar la soga[28]. En
resolución, yo la tomé de hacer este viaje muy apriesa y así lo
puse por obra luego en un pensamiento.

Cuando a Bolonia llegamos una noche, lo más della no dor-
mimos, porque se nos pasó en trazas. Y díjome Sayavedra:

—Señor, a mí no me conviene parecer ni ser visto por algún modo, en especial a los principios, hasta ver cómo se pone
la herida. Porque, si Alejandro está en la ciudad y sabe que yo
he venido a ella, siendo, como soy, tan conocido, ha de procurar saber a qué y con quién, de donde podría resultar que se
ausente de la ciudad y habremos hecho nada. O que sospechando que yo fui la causa de aqueste viaje y de su infamia, me
quita[29] la vida. Y ninguna de ambas cosas nos viene a cuento
ni nos está razonable. Demás que, si el negocio ha de llegar a

---

[27] *darse un filo:* «juntarse varias personas a hablar sobre alguna cosa o materia,
que por lo regular se entiende del murmurar de otros. Es tomada la metáfora
del cuchillo, que cuando ha de cortar lo amuelan o dan un filo» *(Autoridades).*
Cfr. Gracián, *El Criticón,* III, ix, pág. 222.

[28] La asociación de la picardía con los estudios (cfr. I, ii, 2, n. 13) determina
la mención de la *loba* (prenda talar propia de religiosos y estudiantes, como queda dicho en I, iii, 1, n. 19). *«Llevar la soga* arrastrando es llevar consigo la ocasión para ser preso y castigado y que difícilmente se puede escapar» (Covarubias).

[29] *quita:* así en el príncipe, aunque en las ediciones posteriores se prefirió *quite,* que parece más correcto.

tela de juicio, han de asir de mí el primero. Y no se ha de permitir —supuesto que preso no puedo ser de algún provecho—
que me resulte más daño del pasado. Lo que luego de mañana
se debe hacer es preguntar por él y procurarlo conocer. Y hecho esto, iremos después tomando consejo con el tiempo.

No me pareció malo éste. Salí por la ciudad y a pocos pasos
y menos lances me lo señalaron con el dedo. Y no fuera necesario, que por solo el vestido supiera yo quién era. Estaba con
otros mancebicos a la puerta de una iglesia. No creo que salía
ni trataba de entrar a oír misa, que más me pareció estar allí
registrando a quien entraba.

¿Digo algo? ¿Tendría remedio esto? ¡No nos bastan las plazas y calles de todo el pueblo, que lo traemos escandalizado
con señas y paseos y quizá otras cosas de peor condición, sin
que no perdonemos aun el templo![30].

Vamos adelante, no saltemos de la misa en el sermón. Parecióme que no estaba con mucha devoción, porque hablaban
mucho de mano[31] y de cuando en cuando daban grande risa.
Tenía puesto un jubón mío de tela de plata y un coleto aderezado de ámbar[32], forrado en la misma tela, todo acuchillado y
largueado[33] con una sevillanilla[34] de plata y ocho botones de
oro, con ámbar al cuello, todo lo cual me había presentado[35]
un gentilhombre napolitano por cierto despacho que le solicité
con el embajador mi señor.

Cuando se lo conocí, a puñaladas quisiera quitárselo del
cuerpo, según sentí en el alma que prendas tan de la mía hubiesen pasado en ajeno poder contra mi voluntad. Vime tentado por llegar a dárselas; empero dije: «¡No, no Guzmán, eso
no! Mejor será que tu ladrón se convierta y viva[36], porque vi-

[30] Los templos y sus alrededores eran lugar predilecto de los pícaros para sus
tratos mercantiles y amorosos (cfr. I, ii, 8, n. 18, y II, iii, 2-3).

[31] *hablar de mano:* manotear.

[32] Cfr. I, ii, 8, n. 6, y I, iii, 4, n. 14.

[33] *largueado:* adornado con listas.

[34] *sevillanilla:* lista, franja o ribete que se pone como adorno (JSF).

[35] *presentado:* regalado, ofrecido como presente.

[36] Comp. *Ezequiel,* 33, 11: «Dicit Dominus Deus: "nolo mortem impii, sed ut
convertatur impius a via sua et vivat"» (y *vid.* J. E. Gillet, *Propalladia,* III,
págs. 99-100, o *Lazarillo,* V, n. 37). Cfr. M. N. Norval, «Origin Sin», pág. 359.

viendo te podrá pagar, y si lo matas, pagarás tú. De mejor condición serás cuando te deban que no cuando debas. Más fácil te será cobrar que pagar. No te hagas reo si tienes paño para ser actor[37]. ¡Poco a poco! Vámonos a espacio, que nadie corre tras de nosotros. Y si ley hay en los naipes, el parto viene derecho, con mi buena ventura. El pájaro se asegure por agora, que es lo que importa; no espantemos la caza, que ciertos son los toros[38]. El hurto está en las manos: no hay neguilla[39]; por Dios que ha de cantar por bien o por mal. Decirnos tiene quién lo puso tan gallardo y en qué feria compró el vestido.»

Con esto me volví a la posada y díjele a Sayavedra lo que había visto. Teníame aderezada la comida; púsome la mesa y, después de alzada, fuimos fabricando la red para la caza. Dimos en unos y otros medios y el buen Sayavedra titubeaba, no las tenía consigo todas. Ya le pesaba del consejo, temiendo el peligro. Últimamente concluyóse que la paz era lo mejor de todo, que más valía pájaro en mano que buey volando[40], y de menor daño mal concierto que buen pleito[41].

Fuimos de parecer que yo por un tercero hiciese hablar a su padre, dándole cuenta del caso, remitiéndolo a su voluntad, como mejor se sirviese y de manera que no me obligase a tratar de cobrarlo con rigor, pues evidentemente aquélla era hacienda mía. Hícelo así. Busqué persona que con secreto y buen término se lo dijese. Mas como donde hay poder asiste las más veces la soberbia y en ella está la tiranía, no sólo no quiso que se tratase de medios, mas aun lo hizo punto de menos valer[42].

Tomólo por caso de honra que se tratase dello. Fingióse agraviado; aunque bien sabía que verdaderamente yo lo estaba, y sin dar alguna esperanza ni buena palabra, despidió a mi

---

[37] Comp. I, i, 4, n. 37.

[38] *ciertos son los toros:* cfr. I, iii, 1, n. 29.

[39] *neguilla:* «en estilo bajo se toma por la porfía en el negar el delito que se imputa» *(Autoridades)*.

[40] Cfr. I, iii, 1, n. 16.

[41] «Más vale mal concierto que buen pleito» (Correas), como en *El juez de los divorcios* de Cervantes: «Más vale el peor concierto / que no el divorcio mejor» *(Entremeses,* pág. 72).

[42] Comp. II, ii, 4, *ca.* n. 59: «Tendríamoslo por caso de menos valer» (e *infra,* n. 53).

mensajero. Cuando aquesto supe, me ocurrieron mil malas imaginaciones; mas como no se ha de dar mal por mal, apacigüeme con las pasadas consideraciones y determinéme a hablar a un estudiante jurista de aquella universidad, que me informaron tener buen ingenio, a el cual haciéndole relación del caso, cómo por ser el padre persona tan poderosa temía el suceso, que me diese parecer en lo que debría hacer, él me dijo:

—Señor, ya es conocido Alejandro en esta ciudad. Sábese cuál sea su trato, que bastaba en otra parte para información. Demás que lo que decís es tanta verdad, cuanto a nosotros todos nos consta della. Justicia tenéis y me parece que la pidáis. Ya en toda Bolonia se sabe de vuestro hurto, porque luego como aquí llegó con él, se conoció ser ajena ropa, tanto porque la hizo aderezar a su talle, cuanto porque de aquí no sacó algunos borregos que vender, para poder con lo procedido comprar lo que trujo. Y aun otro compañero de quien él se fió le hurtó buena parte dello, por ganar también parte de los perdones[43]. En lo que pudiere de mi oficio serviros, lo haré de muy buena gana.

Con esto escribió la querella conforme a mi relación y preséntela luego ante el oidor del Torrón[44], que es allí el juez del crimen.

Ya sea lo que se fue, si el mismo juez o si el notario, no sé quién, por dónde o cómo, al instante mi negocio fue público. A el padre le dieron cuenta del caso y, como quien tanta mano allí tenía, se fue a el juez y, criminándole mi atrevimiento, formó querella de mí, que le infamaba su casa, de lo cual pretendía pedir su justicia para que fuese yo por ello gravemente castigado. Ello se negoció entre los dos de manera que me hubiera sido mejor haber callado. El hombre tenía poder, el juez buenas ganas de hacerle placer. Poco achaque fuera mucha culpa; que siempre suelen amor, interés y odio hacer que se desconozca la verdad, y con el soborno y favor pierden las fuerzas razón y justicia.

---

[43] Pues 'quien roba a un ladrón tiene cien años (o cien días, en la versión más antigua y menos generosa) de perdón'.

[44] *il Torrone*, la cárcel de Bolonia.

Yo escupí a el cielo[45]: volviéronse las flechas contra mí, pagando justos por pecadores. Mucho daña el mucho dinero y mucho más daña la mala intención del malo[46]. Empero, cuando se vienen a juntar mala intención y mucho dinero, mucho favor del cielo es necesario para sacar a un inocente libre de sus manos. Líbrenos Dios de sus garras, que son crueles más que de tigres ni leones: cuanto quieren hacen y salen con cuanto desean. ¡Oh quién les pudiera decir o hacerles entender lo poco que les ha de durar!

Mandóme dar el juez un muy limitado término, imposible para poder hacer la información. ¿Quién vio nunca restringirle a el actor los términos, principalmente habiendo alegado que la información del caso estaba en Siena, de donde se había de compulsar y era imposible traerse de otra manera? ¡Ni por ésas! Pagar tenéis, aunque os pese.

A este propósito, antes de pasar adelante, diré lo que aconteció en una villeta del Andalucía. Repartióse[47] cierto pecho entre los vecinos della para una poca de obra que hicieron, y en el padrón pusieron a un hidalgo notorio, el cual, como agraviado, se quejaba dello; mas con todo eso no lo borraron[48]. Cuando al tiempo del cobrar fueron a pedirle lo que le habían repartido, no quiso darlo y en defeto dello le sacaron una prenda. El hidalgo se fue a su letrado, hízole una petición fundada en derecho, en que alegaba su nobleza y que, conforme a ella, no se le pudo hacer algún repartimiento, que le mandasen volver lo que le habían sacado. Cuando esta petición llevaron a el alcalde, habiéndola oído, dijo a el escribano: «Asen-

---

[45] *«Escupir al cielo, escupir contra el cielo y caer en la cara:* cuando ... se vuelve el daño a quien lo procura hacer» (Correas), como es bien sabido.

[46] Recuérdese que lo primero que nos ha dicho Alemán, en la dedicatoria de la *Primera parte,* es que «De las cosas que suelen causar más temor a los hombres, no sé cuál sea mayor o pueda compararse con una mala intención».

[47] *repartir:* cargar una contribución por partes (cfr. I, ii, 4, n. 23).

[48] Aunque el pecho «están esentos los hidalgos y por el pecho se dividen de los que no lo son» (Covarrubias, *s. v. pecho),* era frecuente incluir a los hidalgos más pobres entre los pecheros, de suerte que no podían «evitar la pérdida de su estado noble, dado lo muy caro del recurso legal» (FR, con muy rica información).

tá que digo que de ser hidalgo yo no ge lo ñego[49]; mas es lacerado[50] y es bien que peche.»

De tener yo justicia nadie lo dudaba. Sabíanlo todos, como cosa pública; mas era pobre «y es bien que peche», no era razón dármela. Luego vi mala señal y que trabajaba en balde; mas no pude persuadirme ni pensar que había de ser lo que vulgarmente dicen, paciente y apaleado[51]. Sucedió que, como no pude probar en tan breve término, quedó mi querella desierta y tuvo lugar la parte contraria para dar la suya de mí, diciendo haberle hecho con mi petición un libelo infamatorio contra su hijo, de que le resultaba quedar su casa y honra disfamadas.

Imploró aosadas[52], largo y tendido; de manera que de un otrosí[53] en otro hinchó un pliego de papel, fundando agravios y que por ser su hijo caballero principal, quieto y honrado, de buena vida y fama, debieran abrasarme. Ya dije yo entre mí, cuando me lo leyeron: «Mejor tengan entrambos la salud que la conciencia.»

De todo esto estaba descuidado, que nada sabía, hasta que yendo a hacer mis diligencias, me prendieron en medio de la calle y me llevaron a el Torrón, sin otra información contra mí más de mi sola petición reconocida. No hay espada de tan delgados filos que tanto corte ni mal haga como la calumnia y acusación falsa, y más en los tiranos, cuya fuerza es poderosísima para derribar en el suelo la más fundada justicia del humilde, más y mejor cuando se recatare menos. Mi negocio era llano, hiciéronlo barrancoso. Era público en la ciudad y fuera della, sin haber quien lo ignorase. Constábale a el juez había bas-

---

[49] *no ge lo ñego:* 'no se lo niego', con la palatalización característica del lenguaje rústico.

[50] *lacerado:* «el avariento que, teniendo con qué poderse tratar bien, anda roto y mal vestido, y lo que ha de gastar para sí o para otro, lo despedaza y desmenuza haciéndolo zaticos ['pedazos']» (Covarrubias).

[51] *paciente y apaleado:* más frecuente era «tras cornudo, apaleado», como queda dicho en I, i, 6, n. 13.

[52] *aosadas:* 'con audacia', 'a lo grande'; «dícese encareciendo algo que cumplidamente se dijo o hizo» (Correas).

[53] *otrosí:* término habitual en los documentos legales, de los que se toma deliberadamente buen número de las expresiones de estos párrafos.

tante información. Todo eso es muy bueno; empero sois un gran tonto: sois pobre, fáltaos el favor, no habéis de ser oído ni creído. No son éstos los casos que se han de tratar en tribunales de hombres y, cuando se os ofrezcan, querellaos ante Dios, donde rostro a rostro está la verdad patente, sin que favor solicite, letrado abogue, escribano escriba ni se tuerza el juez.

Allí me hicieron la justicia juego y el juego de manos. Castigáronme como a deslenguado, mentiroso y malo. Gasté mis dineros, perdí mis prendas. Estuve aherrojado y preso. Tratánronme mal de palabra diciéndome muchas muy feas, indignas de mi persona, sin dejarme aun abrir la boca para satisfacerlas. Cuando quise responder por escrito, viendo lo que comigo allí pasó, el procurador me dejó, el solicitador no acudió, el abogado huyó y quedé solo en poder del notario.

Solo el consuelo que tuve fue la voz general de mi agravio, consolándome que se llegará el temeroso y terrible día en que maldirá el poderoso todo su poder, porque será maldito de Dios y lo que acá dejare no llegará en tercero poseyente, por más fuerzas que piense que le pone al vínculo. Que no puede, aunque quiera, vincular las inclinaciones de los que le han de suceder, ni hay prevención que resista cuanto con la fuerza de un cabello a la divina voluntad. Y es de fe que se tiene de consumir. Porque son haciendas de pobres, ganadas en ira y sustentadas con mentiras[54].

Querrásme responder: «¡Pues para ese día fíame otro tanto!» ¿Tan largo se te hace o piensas que no ha de llegar? No sé. Y sí sé que se te hará presto tan breve, que digas: «Aun agora pensé que sacaba los pies de la cama», y será ya cerrada la noche.

Dirásme también: «¡Oh! que ni lo cavó ni lo aró, también se lo halló, como en la calle, por los achaques que bien sabes, de cuando sirvió a el embajador.» ¿Y eso por ventura es parte para que me lo quites? ¿No ves que aun así como lo dices te

---

[54] La crítica de la justicia, tan frecuente en el *Guzmán*, se tiñe ahora seguramente de recuerdos de las propias experiencias del autor; cfr. E. Cros, *Mateo Alemán*, págs. 48-49. También es obsesión suya la insistencia en los males de la «calumnia y acusación falsa» o del falso testimonio; cfr. II, ii, 7, *ca.* n. 16.

condenas? Pues los haces iguales a los bienes de las malas mujeres. Y debes entender que lícitamente lo gana, no embargante que sea ilícito su trato. Y se lo debes en conciencia, si te aprovechaste della y te sirvió por su interés.

No sólo esto es así; mas a un público salteador, de los homicidios que hizo y bienes que robó, no le puedes quitar cosa de consideración. Porque ni eres tú su juez ni parte para poder, contra su voluntad, adjudicar lo que a los otros quitó. Porque para ellos él queda reo y tú para él. Créeme que te digo verdad y verdades.

Mas ¿qué aprovecha? Pero García me llamo[55]. Si todos anduviésemos a oír verdades y a deshacer agravios, presto se henchirían los hospitales. Pues a buena fe que me acuerdo agora que vale más entrar en el cielo con un ojo, que con dos en el infierno[56], y que quiso San Bartolomé más llevar su pellejo desollado a cuestas, que irse bueno y sano a tormento eterno, y que tuvo San Lorenzo por de mejor condición dejarse abrasar acá, que allá. ¡Oh, que ni todos han de ser San Bartolomé ni San Lorenzo! Salvémonos y basta.

Yo me holgaría mucho dello. Que no hará poco quien se salvare. Mas es menester mucho para salvarse y será imposible salvarte tú con la hacienda que robaste, que pudiste restituir y no lo hiciste por darlo a tus herederos, desheredando a sus proprios dueños. Y no te canses ni nos canses con bachillerías[57], que aquesto es fe católica, y lo más embelecos de Satanás. ¡Miserable y desdichado aquel que por más fausto del mundo y querer dejar ensoberbecidos a sus hijos o nietos, a hecho y contra derecho, hinchere su casa hasta el techo[58], dejándose ir condenado! No son burlas. No las hagas, que presto las hallarás veras. Testigo te hago de que te lo digo y no sabes por ventura si son tus días cumplidos ni si te queda más vida de

---

[55] *Pero García me llamo,* como *Mesegar me llamo,* «es tanto como decir 'callado, firme al tormento, no digo nada' [pues solía añadirse: *como dice el otro en el potro*]. Tomóse de un entremés en que daban tormento a un ladrón, y a todo respondía *Mesegar me llamo,* y no se le sacó más» (Correas).

[56] Cfr. San Marcos, 9, 46.

[57] *bachillerías:* cfr. II, i, 1, n. 12.

[58] *A tuerto o a derecho, nuestra casa hasta el techo:* dicho para reprehender «a los que quieren más su interés que la justicia y lo justo» (Correas).

hasta tener leídos estos que te parecen disparates. Allá te lo dirán. Confía con que acá dejas capellanías y capilla de mi capa: que las misas no aprovechan a los condenados, aunque se las diga San Gregorio. No tienen ya remedio después de la sentencia.

¡Oh, válgame Dios! ¡Cuándo podré acabar comigo no enfadarte, pues aquí no buscas predicables ni dotrina, sino un entretenimiento de gusto, con que llamar el sueño y pasar el tiempo! No sé con qué desculpar tan terrible tentación, sino con decirte que soy como los borrachos, que cuanto dinero ganan todo es para la taberna. No me viene ripio a la mano[59] que no procure aprovecharlo; empero, si te ha parecido bien lo dicho, bien está dicho, si mal, no lo vuelvas a leer ni pases adelante. Porque son todos montes y por rozar[60]. O escribe tú otro tanto, que yo te sufriré lo que dijeres.

Concluyo aquí con decir que, cuando la desdicha sigue a un hombre, ninguna diligencia ni buen consejo le aprovecha, pues de donde creí traer lana volví sin ella trasquilado[61].

---

[59] *ripio a la mano:* cfr. II, i, 2, n. 60.
[60] «Todas eran matas y por rozar» (II, i, 5, y cfr. n. 30).
[61] Cfr. I, iii, 10, n. 22, e Iribarren, págs. 27-28.

CAPÍTULO III

DESPUÉS DE HABER SALIDO GUZMÁN DE LA CÁRCEL, JUEGA Y
GANA, CON QUE TRATA DE IRSE A MILÁN SECRETAMENTE

Salí de la cárcel, como de cárcel. No es necesario encarecerlo más, pues por lo menos es un vivo retrato del infierno[1]. Salí con deseo de mi libertad y no hice mucho en desearla, que a quien tan injustamente se la quitaron, causa tuvo para temer mayores daños, por serle muy fácil de negociar al contrario cualquier demasía, pues no le fue dificultoso lo principal.

Quizá piensan algunos que Dios duerme; pues aun los que no tuvieron verdadero conocimiento suyo, lo temieron y temen. Preguntándole Isopo a Chilo «¿Qué hace Dios? ¿En qué se ocupa?», le respondió: «En levantar humildes y derribar soberbios»[2]. Yo soy el malo y, pues me dieron pena, debí de tener culpa. Que no es de sospechar de un honrado juez, que profesa sciencia y santidad, se querrá empachar por amistades

---

[1] Con esa idea comienza la obra de un voluntarioso lector de Alemán: «Es tan parecida la terribilidad que del infierno nos pintan las sagradas letras a la miseria que en la prisión se padece que, a no tener ésta la esperança que a la otra falta, pudiéramos darle el título de verdadero infierno» (Carlos García, *La desordenada codicia de los bienes ajenos*, pág. 83, y todo el capítulo I). «Infierno breve» volverá a ser la cárcel para Guzmán (II, iii, 7), pero a lo largo del presente capítulo apunta ya muchas de las críticas que ampliará después.

[2] La anécdota fue célebre, «tal vez favorecida por la analogía con Santiago, 4, 6, y *Eneida*, VI, 854, textos ya concordados en el prólogo a *La ciudad de Dios*» (FR). Cfr. Pero Mexía, *Silva de varia lección*, IV, x (II, pág. 305): «Preguntado una vez por Isopo que qué hacía Dios, respondió: "Alza los humildes y abaja los soberbios."» Lo cuenta por primera vez Diógenes Laercio en su vida de Quilón (el *Chilo* del *Guzmán)*, I, 69.

ni dádivas o miedos. Allá se lo hayan, juzgados han de ser; no quiero yo juzgarlos ni más molerlos.

Quedé tan escarmentado, tan escaldado y medroso, que de allí adelante aun del agua fría tuve miedo[3]. Ni por el Torrón o cárcel ni cuatro calles a la redonda quisiera pasar, no tanto por la prisión que tuve, cuanto por haberme visto en ella tan sin razón ofendido. No vía vara de arriero que no se me antojase justicia. Desde allí propuse para siempre dejarme antes vencer que comparecer en tela de juicio. A lo menos escusarlo hasta no poder más, y que sea más fuerza que necesidad.

La cuenta que hago es el consejo que a otro di estando yo preso. Trujeron a la cárcel un hombre, por habérsele vendido un sayo que decían ser hurtado, y el dueño dél era muy mi amigo. Decía que, aunque sabía ser el preso persona sin sospecha, que le había de dar por lo menos a el vendedor, porque con aquel sayo le hurtaron otras muchas cosas. Yo le dije:

—Dejaos de pleitos y tomá vuestro sayo y no gastéis la capa[4], que os quedaréis en blanco sin uno ni otro, y el escribano lo ha de llevar todo.

No quiso, y porfiaba que había de hacer y acontecer, que le decían su procurador y letrado que tenía justicia. En resolución, anduvo más de quince días el pleito. No se halló culpa contra el preso. Probó ser hombre de bien. Echáronlo libre la puerta fuera, quedando mi amigo necio, arrepentido y gastado, de manera que vendió la capa y no gozó del sayo y aun se quedó por ventura sin jubón[5].

Déjense de pleitos los que pudieren excusarlos, que son los pleitos de casta de empleitas[6]: vanles añadiendo de uno en uno

---

[3] «Gato escaldado, del agua fría ha miedo» (Correas).
[4] *capa* vale, en sentido figurado, 'hacienda'; de ahí el juego de palabras con *sayo*. Cfr. la frase *dar la capa*, «que denota ser uno muy liberal» *(Autoridades).*
[5] Ahora añade al juego de palabras la alusión al ya conocido *jubón* de azotes (cfr. I, i, 5, n. 31).
[6] *empleita:* pleita, «la faja o tira de esparto que, junta y cosida con otras, forma el rollo de estera u otra cualquier cosa que se fabrica con ella» *(Autoridades).* El refranero también conocía la idea: «Los pleitos son como las cerezas: toman pocas y vienen muchas tras ellas»; «Lo peor del pleito es que de uno nacen ciento» (Correas). Comp. M. Luján, *Segunda parte,* iii, 2, pág. 407a: «La avaricia de abogados y procuradores inmortaliza los pleitos; ... por vía de apólogo podríamos decir que el pleito se casó con la pleita, cuyas arras y dote fue que a no fal-

los espartos y nunca se acaban si no los dejan de la mano. Tratan dellos los poderosos y por causas graves, que cada uno dellos tiene y puede tirar a la barra[7] y tendránle respeto si gasta, tiene y no le falta; empero tú ni yo, que para cobrar cinco reales gastamos quince y se pierden ciento de tiempo, ganando mil pesadumbres y otros tantos enemigos... Y peor si los trujéremos con quien puede más, porque no es otra cosa pleitear un pobre contra un rico que luchar con un león o con un oso a fuerzas. Verdad es que se sabe de hombres que los han vencido; empero ha sido por maravilla o milagro. No son buenas burlas las que salen a la cara[8]. ¿No ves y sabes que harán salir sol a media noche y lanzan los demonios en Bercebut?[9].

A los pobretos como nosotros, la lechona nos pare gozques[10], y más en causas criminales, donde la calle de la justicia es ancha y larga: puede con mucha facilidad ir el juez por donde quisiere, ya por la una o por la otra acera o echar por medio. Puede francamente alargar el brazo y dar la mano, y aun de manera que se les quede lo que le pusiéredes en ella. Y el que no quisiere perecer, dóyselo por consejo, que a el juez dorarle los libros y a el escribano hacerle la pluma de plata: y échese a dormir, que no es necesario procurador ni letrado. Si en Italia fuera como en otras muchas provincias, aun en las bárbaras, donde, cuando absuelven o condenan, escribe el juez en la sentencia la causa que le movió a darla y en qué se fundó, fuera menor daño, porque la parte quedara satisfecha; y, cuando no, pudiera el superior enmendar el agravio.

Mas conocí un juez, a quien habiéndole pagado un mercader muy bien una sentencia, con ánimo de asombrar con ella su parte contraria, para que temeroso acetase un concierto, y, diciéndole un su particular amigo que lo supo que cómo contra tan evidente justicia sentenciaba, respondió que no importaba,

---

tar esparto y dineros, procediesen siempre adelante, y el hijo legítimo que hereda la casa del mayorazgo se dice proceso, porque nunca el diablo acabe de proceder.» Cfr. *La Pícara Justina*, III, ii, págs. 639-640.

[7] *tirar la barra*: 'echar el resto' (cfr. I, iii, 5, n. 71).

[8] «No son buenas las burlas que salen a veras» (Correas).

[9] Es recuerdo de Lucas, 11, 15.

[10] En efecto, «Al desdichado, las puercas le paren perras» (Correas).

pues había superiores que le desagraviarían, que no quería perder lo que le daban de presente.

Derrenieguen de un fallo destos a carga cerrada[11], que más verdaderamente se puede llamar *fallo* de presente indicativo, pues engaña y no juzga[12]. Mi verdadera sentencia es que fallo ser necio el que, si puede, no lo evita. Y en buena filosofía es menor daño sufrir a uno, que a muchos. Cuando tu contrario te hiciere injuria, sólo uno te la hace y sólo él compasas; empero por cualquier camino que trates de vengarla, saltaste de la sartén al fuego[13], fuiste huyendo de un inconveniente y diste de cabeza en muchos.

¿Quiéreslo ver?[14]. Dírete las estaciones que se te ofrecen por andar. Lo primero podía ser encontrar con alguacil muy gran desvergonzado, que ayer fue tabernero, como su padre, si ya no tuvieron bodegón. Que si ladrón era el padre, mayor ladrón es el hijo[15]. Compró aquella vara para comer o la trae de alquiler, como mula. Y para comer ha de hurtar, y a voz de «alguacil soy, traigo la vara del rey», ni teme al rey ni guarda ley, pues contra rey, contra Dios y ley[16] te hará cien demasías

---

[11] *derrenegar:* aborrecer, detestar; *a carga cerrada:* «cuando se da o recibe algo sin cuenta ni razón» (Correas).

[12] Aparte el calambur con el verbo *fallar* ('sentenciar' y 'errar': «pues engaña y no juzga»), «Alemán juega también de *presente* 'regalo', *indicativo* de la falta de conciencia del juez» (FR).

[13] «Saltar de la sartén y dar en las brasas» (Correas); cfr. I, i, n. 2.

[14] Las ediciones modernas comparten aquí una lectura errónea («Quieres verlo ver»), ajena a las antiguas que siguieron a la príncipe (manca del folio que contiene el pasaje, el 88).

[15] Adapta unos famosos versos del romance de la muerte del rey don Pedro: «Que si traidor fue el padre / mayor traidor es el hijo.» Los de tabernero y bodegonero eran, como el de alguacil, oficios dados tradicionalmente al engaño y al robo: por ejemplo, «De ventero a ladrón no hay más que un escalón», «Ventero y ladrón son dos palabras, pero una cosa son» (Martínez Kleiser, números 41560 y 41561). Cfr. I, ii, 1, n. 47.

[16] La paronomasia *ley/rey,* que ya está en algún aforismo jurídico *(A Deo rex, a lege rex)* y en el refranero («Allá van leyes do quieren reyes», «Nuevo rey, nueva ley»...) fue muy aprovechada por los escritores del Siglo de Oro (y cfr. también I, ii, 9, *ca.* n. 23): «No hay ley que os ligue ni rey que os subjete: porque sois gente sin rey y sin ley» *(El crótalon,* pág. 130; otros ejemplos en el *Viaje de Turquía,* pág. 145, Gonzalo de Céspedes y Meneses, *Varia fortuna del soldado Píndaro,* II, pág. 226, o Juan de Zabaleta, *Errores celebrados,* pág. 7).

de obras y palabras, poniéndote a pique de poderte acomular una resistencia[17].

Yo conocí en Granada un alguacil que tenía dos dientes postizos y en cierta refriega se los quitó, haciéndose sangre con sus manos mismas. Dijo que se los habían allí quebrado. Y aunque no salió bien dello, porque se averiguó la verdad, a lo menos ya no lo dejó por diligencia. En su mano será, si levantares la voz o menear es un brazo, probarte que la hiciste. Pondráte luego en poder de sus corchetes.

¡Mirá qué gentecilla tan de bien!: corchetes, infames, traidores, ladrones, borrachos, desvergonzados[18]. Y de la manera que decía un gracioso lacayo, de sí mismo, cuando lo enojaban: «Quien dijo lacayo, dijo bodegón; quien dijo lacayo, dijo taberna; quien dijo lacayo, dijo inmundicia; y la mujer que se puso a parir hijo lacayo, no habrá maldad que della no se presuma»[19]; yo también digo que quien dice corchetes, no hay vicio, bellaquería ni maldad que no diga. No tienen alma, son retratos de los mismos ministros del infierno. Así te llevan asido, cuando no sea por los cabezones[20] y te hicieron esta cortesía, será por lo menos de manera que con mayor clemencia lleva el águila en sus uñas la temerosa liebre, que tú irás en las dellos. Daránte codazos y rempujones, diránte desvergüenzas, cual si tú fueras ellos, y no más de porque con aquello dan gusto a su amo y es costumbre suya, sin considerar que ni él ni ellos tienen más poder que para llevarte a buen cobro preso, sin hacerte injuria. Desta manera te harán ir a el *retro vade*, a la cárcel.

---

[17] La crítica de los alguaciles y otros oficiales de la justicia, que era poco menos que tradicional (cfr. I, i, l, n. 59, y añádanse los *Sueños* de Quevedo, página 78), adquiere aquí, sin duda, tintes de crítica personal dictada por algunos episodios de la biografía de Alemán comentados en la introducción.

[18] Comp. la ironía afín de Carlos García: «Podemos excluir del número de los ladrones toda la gente de buena conciencia, quales son: lacayos, palafreneros, cocineros, corchetes, el carcelero y sus moços, alcahuetes, truanes y putas» (*La desordenada codicia*, pág. 148). De *lacayos* y *corchetes* nos habla Guzmán inmediatamente.

[19] «Costumbre antigua» de los lacayos es «decir mal de sus amos y del gobierno de la República» (Espinel, *Marcos de Obregón*, I, viii: I, pág. 122). En cuanto a los corchetes, también opina Carlos García que «con tal rabia y tiranía arrastran un pobre a la cárcel, que los del perpetuo infierno no les hacen ventaja» (*La desordenada codicia*, pág. 92, con lo que sigue).

[20] *por los cabezones:* a la fuerza y violentamente (cfr. I, ii, 6, n. 41).

¿Quieres que te diga qué casa es, qué trato hay en ella, qué se padece y cómo se vive?[21]. Adelante lo hallarás en su proprio lugar; baste para en éste, que cuando allá llegues —mejor lo haga Dios—, después de haberte por el camino maltratado y quizá robado lo que tenías en la bolsa o faltriquera, te pondrán en las manos de un portero, y de tal casa, que, como si esclavo suyo fueras, te acomodará de la manera que quisiere o mejor se lo pagares.

Mal o peor has de callar la boca, que no estás en tu casa, sino en la suya, y debajo del poder, etcétera[22]. Porque ni valentías valen allí ni amenazas los asombran. Registraránte un alcaide y sotalcaide, mandones y oficiales, a quien has de andar delante, la gorra en la mano, buscando invenciones de reverencias que hacerles.

Y de lo malo, esto no lo es tanto, porque verdaderamente alcaides hay que son padres, y tales los hallé siempre para mí, sin poderme nunca quejar dellos. Verdad sea que quieren comer de sus oficios, como cada cual del suyo, que aquello no se lo dan gracioso y harta gracia te hacen si redimes tu necesidad y te dan lado con que salgas a remediar tu vida, componer tu casa, defender tu pleito. Mas en fin es tu alcaide: puede querer o no querer, tiene mano en tu libertad y prisión[23].

Luego desde allí entras adorando un procurador. Y mira que te digo que no te digo nada dél, porque tiene su tiempo y

---

[21] En el capítulo II, iii, 7, efectivamente, contará Guzmán su propia experiencia en la cárcel, infierno o *vade retro*. En sus notas hallará el lector materiales pertinentes, pero quizá convenga citar ahora, por el parecido con este y otros pasajes del *Guzmán,* una suerte de resumen del tema: «Y es de considerar que aqueste bárbaro y cruel tratamiento no lo padecen los facinerosos delincuentes, los homicidas y ladrones; porque éstos siempre tienen allí sus ángeles de guarda, digo, su cierta inteligencia, con que pasan holgados. El alcaide, de quien son tributarios, los favorece; los alguaciles, con quien parten y viven, les dan la mano; los porteros y guardas, que comen con sus hurtos, les regalan y ayudan; y así, las órdenes terribles, las asperezas y rigores, que juntamente se dispusieron para el castigo y enfrenamiento déstos, sólo se ejecutan y cumplen con el pobre inocente y con el hombre honrado» (Gonzalo de Céspedes y Meneses, *Varia fortuna del soldado Píndaro,* I, págs. 96-97).

[22] Es posible que aluda a la fórmula del *Credo* («padeció bajo el poder de Poncio Pilato...»).

[23] *Su semana les vendrá:* 'ya les llegará su hora', quizás a imagen de la forma antigua del dicho: *su tiempo se le vendrá.*

cuándo, como empanadas de sábalo por la Semana Santa. Su semana les vendrá.

En resolución, por no detenerme dos veces con una misma gente, digo que serán tus dueños y has de sufrirles y a el solicitador, a el escribano, a el señor del oficio, a el oficial de cajón, a el mozo de papeles y a el muchacho que ha de llevar el pleito a tu letrado. Pues ya, cuando a su casa llegas y lo hallas enchamarrado[24], despachando a otros y esperando tu vez, como barco[25], quisieras esperar antes a un toro.

Diráte, cuando le hagas larga relación, que abrasará sus libros cuando no saliere con tu negocio. Todos lo dicen; pocos aciertan y ninguno los quema. Impórtate la diligencia. No está el escribiente allí para hacerla, porque fue a llevar los niños a la escuela o a misa con la señora. Pásase la ocasión por no escribirse la petición.

El señor licenciado sabe de leyes, pero no de letras; dita y no escribe, porque lo sacaron temprano de la escuela para los estudios, ya porque fue tarde a ella o por codicia de llegar presto a los Digestos[26], dejándose indigestos los principios. Como si bien escribir no supusiese bien leer y del bien leer y escribir naciese la buena ortografía y della la lengua latina y de aquí se fuese todo eslabonando uno con otro[27].

Bien está. Pasemos adelante, otro poco a otro cabo, que nos comemos aquí las capas[28] y se gasta tiempo sin provecho. Lleguemos al juez ordinario. Ya te dije algo dél. No sé más que te diga, sino que públicamente vende a la justicia, recateando el

---

[24] *enchamarrado:* con *chamarra,* vestidura de tela burda, con mangas, a modo de zamarra.

[25] *barco a la vez:* «aquella embarcación que diariamente (si el tiempo lo permite) está destinada para llevar de un puerto a otro pasajeros y otras cosas» *(Autoridades).*

[26] *Digestos:* la recopilación legislativa ordenada por Justiniano, muy útil en manos de Alemán para un nuevo calambur. Comp. Castillo Solórzano: «pues del Digesto ha diez días / que ignora la común ley» *(Aventuras del Bachiller Trapaza,* XII, pág. 204).

[27] «Son ideas que Alemán expone más despacio en los primeros capítulos de su *Ortografía castellana*» (FR).

[28] *«Comerse las capas* es no ganar y gastar hasta vender las capas y comérselas» (Correas); figuradamente, 'desperdiciar, entretenerse, derrochar todas las fuerzas en algo'.

precio y, si no le das lo que piden, te responden que no te la quieren dar, porque les tienes más de costa y hay otro junto a ti que le da más por ella.

Ya cuando llegares al superior, que pocas veces acontece, respeto del peje que muere acá primero, ya llegan allá desovados, flacos y sin provecho. Allí faltan intereses; pero hay pasiones algunas veces. Y como no salió de su bolsa lo que costaste a criar, eso[29] se le dará que te azoten como que te ahorquen. Seis años más o menos de galeras no importa, que ahí son quequiera[30].

No sienten lo que sientes ni padecen lo que tú; son dioses de la tierra. Vanse a su casa, donde son servidos, por las calles adorados, por todo el pueblo temidos. ¿Qué piensas que se les da de nada? En su mano tienen poder para salvarte o condenarte. Así lo hará como más o menos se te inclinare o se lo pidieren.

Yo conocí un señor juez, el cual condenó a uno en cierta pena pecuniaria y aplicó della docientos ducados para la Cámara, y mandó por su sentencia que, en defeto de no pagarlos, fuese a servir diez años en las galeras a el remo, sin sueldo, y, en siendo cumplidos, fuese vuelto a la cárcel del mismo pueblo y en él fuese ahorcado públicamente. Para mí, habiendo de mandar una tan grande necedad, mejor dijera que lo ahorcaran primero y luego lo llevaran a galeras, a el revés.

Como le dijeron a un mal pintor, el cual, como en una conversación dijese que quería mandar blanquear su casa y luego pintarla, le dijo uno de los presentes: «Harto mejor hará Vuestra Merced en pintarla primero y blanquearla después»[31].

Jueces hay que juzgan al vuelo, como primero se les viene a la boca. Pues ya, si tienen asesor o compañero que les quiera ir a la mano[32], pensarán que quitarle una tilde o mitigar las palabras de su sentencia es como quitarlo del altar.

[29] *eso:* lo mismo.

[30] *quequiera:* cualquier cosa.

[31] Arguijo *(Cuentos,* núm. 27), Calderón *(Los dos amantes del cielo,* I) y fray Pedro de Valderrama *(Ejercicios espirituales para todos los días de la Cuaresma,* Sevilla, 1602), al menos, traen el cuentecillo del pintor. Cfr. E. Cros. *Sources,* pág. 131, y M. Chevalier, *«Guzmán de Alfarache* en 1605»,* pág. 130, con los textos en *Cuentecillos,* págs. 156-158.

[32] *ir a la mano:* resistir, impedir (cfr. I, i, l, n. 66).

¿Ves cómo es menor mal que se vaya el que te ofendió con su atrevimiento y que tú te quedes libre de tanto detrimento? Que, cuando no fuese por lo ya dicho, estar sujeto a tantos, lo debieras permitir por no desacomodarte, desbaratando tu casa, trayendo corrida y por la misma razón en grave peligro tu honra y la persona de tu mujer, a tus hijos y hacienda.

Dirás: «¡Oh, que no es bien que aquel traidor que me ofendió se quede riendo de mí!» No por cierto, no es bueno ni razón; pero si así como así se han de reír de ti, menos malo es que se ría uno y no muchos. Que si uno se riere del agravio que te hizo, ciento se reirán después, viendo que fuiste necio dándoles tu dinero y que fue humo lo que con ello compraste. Y se burla de ti quien mejor esperanza te pone, porque con ella te pela más la bolsa.

«Bien está; empero por esto hay muchas iglesias y es largo el mundo.» Dime, inorante, ¿y por ventura con esto escusas esotro? A todo bien suceder, ¿es lo que has dicho más de una dilación de tiempo? Allí en la iglesia, ¿no sufres a el beneficiado, a el cura y a su merced el señor sacristán? ¿Cuánto piensas que has de padecer para que te sufran y te consientan?

¿Piensas que no hay más que decir: «A la iglesia me voy»?[33]. Pesadumbres hay grandes, dineros cuesta desacomodarte y no ha de ser aquello para siempre. Parécete de menor inconveniente salir de tu casa, irte de tu tierra en las ajenas, a reino estraño, y, si eres por ventura español, dondequiera que llegues has de ser mal recebido, aunque te hagan buena cara. Que aquesa ventaja hacemos a las más naciones del mundo, ser aborrecidos en todas y de todos. Cúya sea la culpa yo no lo sé[34].

Vas caminando por desiertos, de venta en venta, de posada

---

[33] *a la iglesia me voy:* seguramente por semejanza con la frase *a la cárcel me voy,* «que corría como pie de chiste» (EM, con buenos ejemplos), aunque también se decía *«a iglesia me llamo:* el que huye de la ley del Rey» (Correas).

[34] Comp.: «Entre todas las naciones del mundo somos los españoles los más mal quistos de todos, y con grandísima razón, por la soberbia» *(Viaje de Turquía,* pág. 140); o, con lazos más íntimos: «Que por la misma razón que pensamos ser señores del mundo, somos aborrecidos de todos» (Espinel, *Marcos de Obregón,* III, i: II, pág. 131). Cfr. I, iii, 2, n. 23; I, iii, 10, n. 24, y II, ii, 6, *apud* nota 28.

en mesón. ¿Parécete buena gentecilla la que lleva el rey don Alonso?[35]. Venteros y mesoneros poco sabes quién son, pues en tan poco los estimas y no huyes dellos. Últimamente irás desacomodado, con mucha calor, con mucho frío, vientos, aguas y tiempos, padeciendo con personas y caminos malos. Ya pues, cuando mucho llueve, si crecen los arroyos no puedes pasar. Llégase la noche, la venta está lejos, el tiempo se cierra y descargan los nublados. Quisieras antes haberte muerto. Anda ya, déjate deso, estate sosegado. Bien es que te llamen cuerdo sufrido y no loco vengativo.

¿Qué te hicieron? ¿Qué te dijeron, que tanto lo intimas? Dijéronte verdad: tú diste la causa. Y si mintieron, quien miente miente, no te hizo agravio ni tienes de qué satisfacerte con tanto peligro, dejándolo para loco y estimándolo en poco. No podrás tomar dél mayor venganza ni darle más grave castigo. Déjalo pasar y haz tu negocio. Harto os he dicho, miradlo[36], que yo me vuelvo a el mío.

Salí de la cárcel y fuime a la posada, pobre, pensativo y triste. Díjele a Sayavedra:

—¿Qué te parece lo bien que se ha medrado en esta feria? Desta vez de lacería salimos, buen verde nos podremos dar[37] con la ganancia. ¿Consideras agora bien de la manera que labran aquí sobre sano a los que tratan de cobrar su hacienda?

Él me dijo:

—Señor, ya lo veo, pues he sido testigo en todo lo pasado; mas ¿qué remedio a pasión de juez y a fuerzas de poderoso? Lo que más me pesa es que te quejarás de mí, por haber sido instrumento de tu daño, y más ahora con este consejo que tan

---

[35] Posiblemente se aluda aquí a algún romance antiguo, según conjetura Rico «(¿tal vez *En Santa Gadea de Burgos*, con la mención de los villanos que debían matar a don Alonso, si no cumplía sus juras?)». Si no explica completamente la locución (que vale 'gentecilla indeseable', por ejemplo), sí puede que tenga algo que ver con su origen y proverbialización.

[36] *Harto os he dicho, miradlo:* es un verso de un romance de Melisendra y don Gaiferos y, como varios de ese ciclo —el más popular en el Siglo de Oro—, se hizo proverbial (lo recoge Correas, sin indicación y con la metátesis característica en la última palabra: *miraldo).* También se recuerda en el *Quijote*, II, xxvi (V, págs. 237-238); cfr. R. Menéndez Pidal, *Romancero hispánico*, Madrid, 1968[2], II, pág. 188.

[37] *darse un verde:* 'darse un gustazo' (cfr. II, i, 8, n. 23).

mal y a la cara nos ha salido[38], deseando cobrar esta deuda.
Mas el hombre propone y Dios dispone[39]. No son éstas las
costas de «¡quién pensara!»[40], porque no se puede prevenir una
pedrada que acaso tiró un loco y mató con ella, ni ser adevinos
de cosas tan desproporcionadas a el entendimiento.

En esto hablábamos cuando entraron de fuera unos dos
huéspedes de casa, que venían desafiados con un mozo ciudadano para jugar a los naipes[41]. Y en una cuadra, de donde se
apartaban su aposento del mío, pusieron una mesa y comenzaron el juego. Pues, como yo anduviese por allí paseándome,
viendo lo que pasaba, quise por entretenimiento llegarme a
cerca. Tomé una silla que primero hallé, y estuve sentado en
ella viendo el juego de uno dellos por más de dos horas, que ni
se cargaba más a la una que a la otra parte. Ya ganaban, ya
perdían; todo así suspenso, sin haber diferencia conocida, en-
treteníase cada uno con el dinero que sacó para el juego, esperando ventura, y estábame yo deshaciendo.

Ellos no tenían pena y a mí me la daba, sin qué ni para qué,
más de por sólo mirarle sus naipes, las veces que dejaba de ganar o perdía. ¡Oh estraña naturaleza nuestra, no más mía que
general en todos! Que sin ser aquellos mis conocidos, ni alguno dellos, ni haberlos otra vez visto, pues aquella fue la primera, por haber estado preso aquellos días, y sin haberlos nunca
tratado, me alegraba cuando ganaba el de mi parte.

¡Qué pecado tan sin provecho el mío, qué sin propósito y
necio, desear que perdiesen los otros para que aquél se lo lleva-
ra! ¡Como si aquel interés fuera mío, como si me lo quitaran a
mí o si hubieran de dármelo! Cuánta ignorancia es echarse so-

[38] salir una cosa a la cara o a los ojos a uno: 'costarle caro', 'causarle perjuicio'
(en Correas).

[39] el hombre..., en Correas.

[40] ¡quién pensara!: cfr. I, i, 7, n. 20.

[41] Por cosillas relacionadas con el juego comenzó la «total perdición» de
Guzmán (I, ii, 5, al final), y durante su servicio al Cardenal arreció la acometida
del vicio, con penosas consecuencias para el cuerpo y el alma del pícaro. Como
allí (I, iii, 9), alternan en la narración la descripción de las tretas de los tahúres
(básicamente, fingirse zonzo, hacerse el perdidoso, tener apuntador) y la quejosa
consideración de los males del juego, motivos ambos muy queridos por la literatura con aliento moral de aquellos tiempos. Cfr. en particular E. Cros, Sources,
págs. 89-97.

bre sus hombros cargos ajenos, que ni en sí tienen sustancia ni pueden ser de provecho.

Pónese la otra en su ventana y el otro a su puerta en asecho de la casa de su vecino, por saber quién salió antes del día o cuál entró a media noche, qué trujeron o qué llevaron, sólo por curiosidad, y de aquello averar[42] o inferir sospechas, que por ventura son de cosas nunca hechas. Hermano, hermana, quítate de ahí. Ayude Dios a cada uno, si hace o no hace, que podrá ser no pecar la otra y pecar tú. ¿Qué te importa su vida o su muerte, su entrada o su salida? ¿Qué ganas o qué te dan por la mala noche que pasas? ¿Qué honra sacas de su deshonra? ¿Qué gusto recibes en eso? Que si por ventura con ello le hubieras de hacer algún bien, conozco de ti que por no hacérsele no lo hicieras, o si de velarle tú la casa se siguiera no robársela los ladrones y con mucho encarecimiento te lo pidieran, respondieras que harto más te importaba mirar la tuya, que allá se lo hubiese, que no te querías arromadizar[43] ni aventurar tu salud por tu vecino. ¿Pues cómo para hacerle bien y caridad no te quieres aventurar ni un cuarto de hora y para sacar sus manchas a el sol estás toda una noche?

¿Ves cómo haces mal y que te digo verdad? ¿Conoces ya que te sería mejor y más importante a tu salud acostarte temprano, ver lo que pasa de tus puertas adentro y dejar las de los vecinos? ¿Quieres a pesar de tu alma cargarla con lo que no lleva la de la otra? Ella está salva y tú te condenas. ¿Juega quien se le antoja su hacienda y pésame a mí que pierda o que gane? Allá se lo haya.

Si gustas de ver jugar, mira desapasionadamente si puedes; mas no podrás, que eres como yo y harás lo mismo. Tendría, pues, por de menor inconveniente que jugases, antes que ponerte a mirar juego ajeno con pasión semejante. Que quien juega, ya que desea ganar, es aquella una batalla de dos entendimientos o cuatro. Aventuras en confianza del tuyo tu hacienda, deseas por lo menos que no te la lleven, procúrasla defender y a eso te pones, a que, como te la pueden quitar, la quites. Tienes en eso alguna manera de causa y escusa. Mas que sólo

---

[42] *averar:* confirmar.
[43] *arromadizar:* acatarrar.

por ver ciegue tanto la pasión a un hombre de buena razón, dígame si la tengo en condenarla por disparate.

Al cabo ya de rato comenzó a embravecerse la mar y a nadar el dinero de una en otra parte. Íbase la cólera encendiendo, y los naipes cargaban a una banda de golpe, con que de golpe dieron con uno de los tres al agua, dejándolo con pérdida de más de cien escudos. Era el que yo miraba. Y quedé tan mohíno[44] casi como él, pareciéndome haber estado en la mía su desgracia y haber yo sido el instrumento della, y también porque le sentí que no le debía quedar otro tanto caudal en toda su hacienda.

El juego ha de ser en una de dos maneras: o para granjería o entretenimiento. Si para granjería, no digo nada. Que los que las tratan son como los cosarios que salen por la mar, quien pilla, pilla[45]: cada uno arme su navío lo mejor que pudiere y ojo a el virote[46]. Andan en corso todo el año, para hacer en un día una buena suerte.

Los que juegan por entretenimiento, han de ser solos aquellos que señalan los mismos naipes. En ellos hallaremos dotrina, si se considera la pintura, reyes, caballos y sotas; de allí abajo no hay figuras hasta el as. Es decirnos que no los han de jugar otros que reyes, caballeros y soldados. A fe que no halles en ellos mercaderes, oficiales, letrados ni religiosos, porque no son de su profesión. Los ases lo dicen, que desde la sota, que es el soldado, hasta el as, que es la última carta, son chamuchina[47] y avisarnos que cuantos más de los dichos los jugaren son todos unos asnos[48].

---

[44] *mohíno:* piénsese que se decía en concreto al perdedor en el juego (cfr. I, ii, 5, n. 77, y I, iii, 9, n. 20).

[45] *cosario* o *corsario* solía llamarse al jugador hábil: «Éstos son ordinariamente llamados mirones, por no ser tahúres cosarios, aunque diestros en el juego» (Luque Fajardo, *Fiel desengaño contra la ociosidad y los juegos,* II, 103, en Alonso); *quien pilla, pilla:* «frase vulgar con que se moteja a los que procuran sólo su utilidad y aprovechamiento, sin atender a respeto ni atención alguna» *(Autoridades,* y cfr. la nota 7 del capítulo siguiente).

[46] *«mirar por el virote. Ojo al virote:* que se advierta en mirar por sí y por las cosas, como el ballestero que mira dónde irá a caer el virote» o saeta (Correas), pero por el contexto, *virote* debe ser aquí el usado por los marineros para tomar la altura de los astros.

[47] *chamuchina:* nadería.

[48] Para otras interpretaciones de las figuras de los naipes, por lo general con

Y así lo fue mi ahijado en perder lo que por ventura no era suyo ni tenía con qué poderlo pagar. No quiero tampoco apretar la cuerda tanto que niegue los nobles entretenimientos. Que no llamo yo jugar a quien lo tomase por juego una vez o seis o diez en el año, de cosa que no diese cuidado ni pusiese codicia, mas de por sólo gusto. No embargante que tengo por imposible sentarse uno a jugar sin codicia de ganar, aunque sea un alfiler y lo juegue con su mujer o su hijo. Que, cuando no se juega interés de dinero, juégase a lo menos opinión del entendimiento y saber, y así nadie quiere que otro lo venza.

Este mi hombre dicho era uno de los huéspedes de mi posada. Repartióse la ganancia entre su compañero y el ciudadano. Quedaron desafiados para después de cena y así se fueron cada uno por su parte y el perdidoso a buscar dineros.

Debió de hacer en buscarlos toda buena diligencia; mas, como es metal pesado, vase siempre a lo hondo y sácase dificultosamente. No debió de hallarlos y vínose sin ellos a casa, más enfadado de los que no le dieron que de los que le ganaron. Andábase paseando por la cuadra, bufando como un toro. No cabía en toda ella; ya la paseaba por lo ancho, ya por largo, ya de rincón a rincón. Enfadábale todo, blasfemaba de la mala ciudad y del traidor que a ella le hizo venir; que no era tierra de hombres de bien, sino de salteadores, pues con tener en ella cien amigos conocidos y ricos, no había hallado en todos un real prestado. Votaba de hacer y acontecer, cuando en su tierra estuviese.

Yo callaba y oía. Y cuando se metió en su aposento, sentí que se asentó sobre la cama y en el mío se oían con el sonido de las tablas los golpes que debía de dar en ella.

Llamé a Sayavedra en secreto y díjele:

—Ocasión se me ofrece para salir de trabajos o irme a ser hospitalero. Y pues la poca moneda que me queda no es tanta

---

mayor contenido simbólico, comp. Luque Fajardo, III, viii-xii (en particular II, págs. 169-171), o, en otro ámbito —y lo cito por su relación con Alemán— el *Enigma* 224 de Cristóbal Pérez de Herrera: «Armas y letras enseño, / tengo la edad de Mahoma, / doile en que beba a mi dueño, / oro también con que coma / y para arrimarse un leño.» Sobre la distinción entre la «granjería» y el «entretenimiento» en el juego, comp. I, iii, 9, *ca.* n. 18; Torquemada, *Coloquios satíricos*, I, pág. 497b, y Luque Fajardo, I, iv-v. Cfr. E. Cros, *Sources*, págs. 92 y 120.

que pueda sustentarnos mucho, cenemos bien o vámonos a
dormir con un jarro de agua, pues así como así lo habemos de
hacer mañana. ¿Qué te parece? ¿Tiéneslo a disparate o por
cordura? ¿No será bueno que después de cena, que se han de
volver a juntar éstos y a el tercero le faltan lanzas para entrar
en la tela[49], que salga yo a los mantenedores de refresco a correr las mías, tomando un puesto, aventurando a perder o a
ganar con esta miseria que me queda?

Sayavedra me respondió que para todo lo hallaría. Resuelto
una vez a servirme, lo había de hacer con mucho cuidado; ya
fuese de veras o en burlas, a saltear o a jugar, lo había de tener
siempre a mi lado. Que hiciese lo que mandase. Pero que para
no dar con la honrilla en el suelo, pues en aquella ocasión estábamos tan apretados, asegurásemos la pobreza. Para lo cual él
se acomodaría de modo que con seguridad y sutileza correría
todo el campo y me daría siempre aviso del juego de los contrarios, con que no pudiese perder, teniendo razonable cuenta.

Cuando esto me dijo, pudieran echarme nesgas[50] a el pellejo,
que no cabía de contento en él. Porque con mi habilidad y manos en el naipe, juntando el aviso suyo, pudiera volverles[51]
tres partes de la moneda; y entre mí dije: «No hay mal que no
venga por bien[52]. ¡Aun si el daño que me hizo lo viniese a res-
taurar por este camino!» Y deseaba decirle lo mismo; mas mucho me holgué que saliese de su boca la vileza y no de la mía.
Que hasta en esto guardaba mis puntos de amo para con él.
Que pudiera ser, si corriera de mi mano el triunfo, dijera entre
sí: «¡Mirá por amor de mí a quien sirvo! Salí de ladrón y di en

---

[49] Aunque algunas de las palabras aquí empleadas tienen conocidas implicaciones obscenas (*lanza, mantener la tela* o *entrar* en ella, etc., estaban en relación
con el coito, una batalla al fin: cfr. Alonso y EM), Alemán no pretende otra
cosa que apurar la correspondencia entre el juego de naipes y las justas y torneos: «mantenedores de refresco ... correr las lanzas ... correría todo el campo»
(y cfr. I, i, 8, n. 40).

[50] *nesga:* «tira o pieza de lienzo o paño, cortada en figura triangular, la cual se
añade y entreteje a las ropas o vestidos, para darles vuelo u el ancho que necesi-
tan» (*Autoridades*).

[51] *volverles:* 'ganarles'.

[52] Así en Correas.

De la edición de Amberes, 1681

ventero[53]. ¡A qué árbol me arrimo! Ganármela puede arrimada en la pared.» Y no estaba engañado.

¡Ta, ta, eso no, amigo! Entraos vos por los filos de mi espada y dejaos enhorabuena venir cuanto mandardes[54]. Que a fe que primero habéis de confesaros que oírme de confesión. Prenda no me habéis de tomar sin que las vuestras estén rematadas. Mas ya una vez las máscaras quitadas, tenga y tengamos, démonos tantas en ancho como en largo, que no habrá más de por medio que los barriles[55].

Allí estuvimos dando y tomando grande rato, sobre cuáles eran señas mejores para dar el punto de ambos[56]. Venimos a resolver que por los botones del sayo y coyunturas de los dedos, conforme a el arte de canto llano[57]. De manera nos adies-

---

[53] *salí de ladrón y di en ventero:* era una promoción proverbial, por ser ambos muy amigos de lo ajeno (cfr. M. Joly, *La bourle,* págs. 378-379); su sentido es el de 'salir de Málaga y dar en Malagón'.

[54] *mandardes:* mandaréis.

[55] *«De cosario a cosario no se llevan más que los barriles:* porque como los tales salgan por la mar a sólo robar, no llevan embarazos de mercaderías, sino tan sólo lo que han menester para su sustento y defensa. Aplícase a los que son cosarios en un género de trato y negocios, que no se pueden engañar el uno al otro en cosa de mucho momento y precio» (Covarrubias). El refrán podía expresar la buena voluntad entre dos personas del mismo oficio (era afín a «entre sastres no se pagan hechuras» [*DRAE*]). Sobre la expresión *tenga y tengamos,* cfr. II, i, 3, nota 51.

[56] *dar el punto:* revelar el juego de los contrincantes.

[57] *canto llano:* «Como procedimiento mnemotécnico en la enseñanza del canto llano se utiliza la figura de una mano izquierda ... en cuyas diferentes partes estaban representadas las notas musicales» (FR); la imagen se refuerza por cuanto *cantar* valía en germanía 'descubrir, decir' y *punto* (cfr. la nota anterior) significaba también 'nota musical'. Sobre las tretas de los *mirones* o *adalides* (cfr, I, iii, 9, n. 14), comp. Torquemada, *Coloquios satíricos,* pág. 494b: «Cuando van nuevamente a estar o, por mejor decir, a jugar en algún pueblo, buscan formas y maneras para entrar donde juegan, entremeterse en conversación con los jugadores, y después que son admitidos al juego, si se conocen dos deste oficio luego se juntan, y si el uno juega el otro está mirando a los contrarios. Si el juego es de primera, tienen escritas ciertas señas con que dan a entender al compañero que el contrario que envida va a primera, otras para cuando va a flux, y otras y otras para cuando tiene tantos o tantos puntos, de manera que juega por ambos juegos. Y estas señas son tan encubiertas, que nadie puede entendérselas, porque o ponen la mano en la barba, o se rascan en la cabeza, o alzan los ojos al cielo, o hacen que bostezan y otras cosas semejantes, que por cada una dellas entienden lo que entre ellos está concertado. Algunos traen un espejo consigo...»

tramos en cuatro repasadas, que nos entendíamos ya mejor por señas que por la lengua.

Cuando ya se juntaron los combatientes, yo estaba paseándome por la cuadra, mi rosario en la mano, como un ermitaño, y en el aposento mi criado. Trataron de volver a jugar y el tercero dijo lo que le había pasado, que no halló a cierto amigo que le había de dar dineros; empero que, si querían fiar de su palabra hasta otro día, que jugaría papeles[58].

El ciudadano dijo:

—De buena gana lo hiciera; mas téngolo por mohína[59] y siempre pierdo.

Desbaratábase ya la conversación y cada uno quería recogerse, y antes que lo hiciesen, dije:

—Pues ese caballero no juega, cuanto no sea más de para entretenimiento de pasar un rato de la noche y que no se deje tan santa obra por falta de un tercero, si Vuestras Mercedes gustan dello, yo tomaré un poco las cartas.

Alegráronse mucho, porque les parecí tordo nuevo, que aún el pico no tenía embebido, y que me tenían ya en sus bolsas el dinero, y por parecerles que, si perdía la moneda, que jugaría también la cadena, la cual yo descubrí adrede, quitándome los botones del sayo; y que, si me picaba[60], como era mozo, no habría de tener sufrimiento para dejar de arrojarles la soga tras el caldero[61], hasta que fuesen rocín y manzanas[62].

Comenzar queríamos nuestra faena y para ello llamé a Sayavedra y díjele:

---

58 *papeles:* recibos, pagarés, «escrituras» (Covarrubias).

59 *mohína:* entre tahúres, «mala suerte» (Alonso).

60 *picarse:* entre jugadores, «excitarse por lo que se ha perdido y desear el desquite» (SGG).

61 *«Echar la soga tras el caldero* es, perdida una cosa, echar a perder el resto. Está tomado del que, yendo a sacar agua al pozo, se le cayó dentro el caldero, y de rabia y despecho echó también la soga con que le pudiera sacar» (Covarrubias). Cfr. Hermosilla, *Diálogo de los pajes,* pág. 27; *Lazarillo de Tormes,* I, n. 37; *Don Quijote,* IV, pág. 198, e Iribarren, pág. 22.

62 *rocín y manzanas:* «por aventurar y arriscarlo todo»; *«Allá fue rocín y manzanas, echar rocín y manzanas:* pónese el caso que uno fue al mercado con carga de manzanas y le avino encuentro con la moza de la frutera, y le embargaron la carga y el rocín, y allá se consumió en salir de la cárcel» (Correas). Cfr. Rodrigo Caro, *Días geniales o lúdicros,* I, pág. 29.

—Daca de ahí algún dinero, si tienes.

Él sacó hasta cien reales que yo le había dado para que me diese, y apartóse un poco de allí en cuanto se comenzó a bullir el juego, y llamándolo a despabilar, le dije:

—¿Habemos de hacer esto nosotros? ¿Tanto tienes allá que hacer o que dormir, que no estarás aquí para lo que fueres menester?

Él calló y estúvose quedo de manera y en parte que ninguna persona del mundo pudiera juzgar mal dél, porque jamás me miró ni quitó la mano del pecho y deste modo me decía cuanto por allá pasaba.

Y aunque siempre nos entendimos, no siempre me di por entendido ni me aprovechaba de la cautela; antes, cuando ganaba dos o tres manos, me holgaba de perder algunas. Dejábalos otras veces cargar sobre mi dinero; empero ni mucho ni siempre, porque no me diesen pellizco y me dejasen. Dejábalos tocar, pero no entrar, y después dábales otra carga para picarlos.

Escaramucé de manera con ellos y con tal artificio, que los truje siempre golosos. Ya, cuando me pareció tiempo que se querían recoger y tenían los frenos encima de los colmillos, para estrellarse adondequiera, parecióme darles alcance y, viéndolos en la red, arrojéme a ellos y a el dinero, trayéndolo a mi poder en pocos lances.

Debí de ganarles a los dos lo que le habían ganado antes a el tercero. Quedaron tan corridos y picados, que me la juraron para el siguiente día, desafiándome al mismo juego. Acetéselo de buen ánimo. Vinieron y dejéme perder hasta treinta escudos, con que se levantaron. Porque con sola esta pérdida los quise tener entretenidos y cebados. Y el uno dellos dijo:

—Alarguémonos algo, porque ya es tarde.

Respondíle a esto:

—Antes por la misma razón lo será mayor que nos acostemos y lo dejemos para mañana. Que siendo Vuestras Mercedes servidos, lo podremos hacer, tomándolo de más temprano y jugando cuan largo les diere gusto.

Holgaron de oírme y de haberme ganado, creyendo que había mucho que poderme ganar. Otro día se juntaron con muy gentiles bolsas de doblones castellanos, bien armados y a punto de guerra. Tendieron sobre la mesa puños dellos, de a dos, de a cuatro y algunos de a diez, como si fueran de cobre, diciendo:

—Buen ánimo, soldado, que aquí tiene Vuestra Merced esto a su servicio.

Y respondíles:

—Aunque yo no soy tan rico que pueda servir a Vuestras Mercedes con tanta moneda, no me faltará la voluntad, a lo menos como de un criado.

Quise decirles para pasar a mi poder esa bella compañía de hombres de armas[63]. Comenzamos a jugar y fuelos[64] cansando poco a poco, dándoles cuerda, hasta que, viéndolos ya parejos, les di una bella rociada y en pocas manos vi puestos en estas mías más de quinientos escudos, con que no quisieron jugar más hasta otro día[65], que dijeron que volverían.

Holgué mucho de oírselo, tanto porque ya tenían pareja la sangre y yo sosegado el pecho, y por parecerme que aquello me bastaba para entonces; empero no sabré decir cuánto me alegré de que se alzasen ellos, que siempre lo tuve por costumbre, para no mover ocasión de pendencia, que saliese de su voluntad jugar o no jugar. Ellos en buen hora se fueron y yo temeroso que por ventura el natural, como natural, y el forastero, como necesitado, me hiciesen alguna demasía. Ya yo sabía cómo corría la justicia de la tierra. Dije a Sayavedra, cuando estuvimos a solas, que sin hablar palabra ni decir adónde hacíamos el viaje, tomase por la mañana caballos para ir la vuelta de[66] Milán. Así se puso en obra, dejándolos mohínos y sin blanca.

---

[63] *hombres de armas:* acaba de decir que han venido «bien armados», en ambos casos por referencia a las insignias acuñadas en los doblones. La imagen era también propia de tahúres: *«armar* al que juega es darle dineros» (Covarrubias). Comp. Quevedo, *Obra poética,* núm. 648, 48-51: «Yo conocí caballero / que nunca se conoció, / y jamás armas tomó / sino en sello o en dinero.»

[64] *fuelos:* fuilos.

[65] *otro día:* el día siguiente.

[66] *la vuelta de:* hacia, en dirección a.

CAPÍTULO IV

A Milán caminábamos con tanta priesa como miedo; que como es alto de cuerpo[1], de lejos lo devisaba y siempre con su sombra me temblaba el corazón, recelando el peligro en que él mismo me había puesto. Porque siempre creí que ninguna culpa quedó sin pena ni malo sin castigo. Ya deseaba que naciesen con alas los caballos, para que volara el mío. Mas, pobre de mí, que lo mismo fuera, pues también las tuvieran los otros para darnos alcance. Todo lo vía lleno de malezas, en todo temía peligro y más en la tardanza.

Yo con mis pensamientos y Sayavedra con los suyos, íbamos mudos ambos, aunque con gran diferencia, que sólo el mío era de verme puesto en salvo y Sayavedra deseando saber lo que había de tocar de las monedas.

Fuemos[2] caminando grande rato, hasta que por despedir el temor, que tanto me atribulaba, olvidándolo con algún entretenimiento, pareciéndome ser tan de locos callar mucho por los caminos como hablar mucho en las plazas, dije a Sayavedra que tratásemos alguna cosa o me contase algún cuento de gusto. Entonces él, hallando su bola en medio de los bolos[3], tomó por donde quiso y dijo:

---

[1] Comp.: «Un solo miedo hallo, el más alto de cuerpo, el más invencible y espantoso...» *(San Antonio de Padua,* I, i, en FR).

[2] *Fuemos:* fuimos.

[3] *tener la bola en medio de los bolos:* gozar de una buena ocasión o coyuntura (y comp. la expresión comentada en I, iii, 2, n. 14).

—De un cuento⁴ quisiera yo que hubiera sido el gusto de la ganancia; mas yo confío que haber venido a servir a Vuestra Merced será no sólo para satisfacción de mi deuda, pero aun para gran exceso de granjería.

Holguéme de oírle y que me hubiese tocado en aquella tecla y así le respondí:

—Hermano Sayavedra, lo pasado pasado, que no hay hombre tan hombre que por aquí o por allí no tenga un resbaladero. Todos vivimos en carne y toda carne tiene flaqueza. Otros la tienen por otros caminos, como diste tú en éste. Dios guarde mi juicio, que no sé lo que será de mí. Tan ocasionado me veo como el que más, para cometer cualquier atrevimiento; que quien dio en el pasado que no fue menos que hurto ganar con engaño la miseria de aquellos pobretos, que quizá era todo el remedio de sus vidas, no perdonara un talego si lo hallara huérfano de padre y madre, aunque tuviera mil escudos y, pues dimos en esto y de tu entendimiento conozco que se te alcanza cualquier lance, creo que habrás echado de ver que ni trato en Indias ni soy Fúcar⁵. Soy un pobre mozo como tú, desamparado de su comodidad por las causas que bien sabes, y no con más ni mejor oficio del que has visto. Ya que no tengo de hacer vileza ni tener mal trato, a lo menos he de procurar honrosamente mi sustento, como lo debe hacer cualquier hombre de bien, sin dejarme caer punto del en que mis padres me dejaron y mi fortuna me puso. Que si el embajador mi señor me tuvo en su casa y le serví, fue por el amor que me tuvo desde niño y por la instancia que hizo con mis padres, cuyo conocimiento fue muy antiguo un tiempo que se conocieron en París, y así me pidió, diciéndoles que me quería hacer hombre. Mas ya que aquello me sucedió y de su casa salí, no pienso volver más a ella, si no fuere descansado y rico. Dondequiera se

---

⁴ *cuento:* millón (cfr. II, i, 2, n. 24).

⁵ *Fúcar:* el apellido de los banqueros alemanes Fugger, constantes acreedores de la quebrada corona española, se hizo sinónimo de poderío económico y desorbitante riqueza (por ejemplo en la frase proverbial *es un Fúcar*). Comp. *La tía fingida:* «¿Hay príncipe en la tierra como éste, ni papa, ni emperador, ni *Fúcar*, ni embajador, ni cajero de mercader, ni perulero...?» (Cervantes, *Novelas ejemplares*, III, pág. 365 [en el ms. Porras; subrayo yo], y cfr. *Don Quijote*, V, págs. 186-187).

amasa buen pan y ya el de Roma me tiene muy ahíto. Y no
será maravilla que todos busquemos manera de vivir, como la
buscan otros de menos habilidad. Si no, pon los ojos en cuantos hoy viven, considéralos y hallarás que van buscando sus
acrecentamientos y faltando a sus obligaciones por aquí o por
allí. Cada uno procura de valer más. El señor quiere adelantar
sus estados, el caballero su mayorazgo, el mercader su trato, el
oficial su oficio y no todas veces con la limpieza que fuera lícito[6]. Que algunas acontece, por meterse hasta los codos en la
ganancia, zabullirse hasta los ojos, no quiero yo decir en el infierno; dilo tú, que tienes mayor atrevimiento. En resolución,
todo el mundo es la Rochela en este caso: cada cual vive para
sí, quien pilla, pilla[7], y sólo pagan los desdichados como tú. Si
fueras ladrón de marca mayor, destos de a trecientos, de a cuatrocientos mil ducados, que pudieras comprar favor y justicia,
pasaras como ellos; mas los desdichados que ni saben tratos ni
toman rentas ni receptorias[8] ni saben alzarse a su mano[9] con
mucho, concertándose después por poco, pagado en tercios,
tarde, mal y nunca[10], estos bellacos vayan a galeras, ahórquen-
los, no por ladrones, que ya por eso no ahorcan, sino por malos oficiales de su oficio. Diréte lo que oí a un esclavo negro,
entre bozal y ladino[11], que viene bien aquí. En Madrid en el
tiempo de mi niñez, que allí residí, sacaron a hacer justicia de
dos adúlteros. Y como esto, aunque se pratica mucho, se casti-

---

[6] En el fondo están de nuevo la opinión de que «salvarte puedes en tu estado» (I, ii, 4, *ca.* n. 14) y la crítica de la desmedida presunción social y los desajus-
tes en los oficios, aunque sin la burla que caracteriza el principio del *Buscón*.

[7] El puerto de *La Rochela* se convirtió en símbolo de bandidaje y piratería (y
así quedó, sobre todo, en el español de América, donde *rochela* vale 'alboroto,
ruido'), y aquí se apuntala con el modismo *quien pilla, pilla;* comp. *Ortografía*,
pág. 99: «como descarriados, cada uno se fue por su parte; todo aquello se pasó
y deshizo, quedando cada uno como los de la Rochela, quien *piglia, piglia*»
(SGG).

[8] *receptorias:* letras de cambio.

[9] «Álzome a mi mano, ni pierdo ni gano» (Correas); «hace alusión al juego de
naipes, donde el que es mano, si se halla sin ganancia ni pérdida, puede levantarse sin nota de jugadores ni circunstantes» *(Autoridades).* Cfr. I, ii, 5, n. 34.

[10] «Pagarlo en tres pagas: tarde, mal y nunca»; «Tarde, mal y nunca, son tres
malas pagas» (Correas).

[11] *entre bozal y ladino:* «entre inocente y astuto» (SGG). Cfr. I, i, 3, n. 25;
8, n. 2.

ga poco, que nunca faltan buenos y dineros con que se allane,
mas esta vez y con el marido desta mujer no aprovecharon. Salió mucho número de gente a verlos, en especial mujeres
—que no cabían por las calles, en toda la plaza ni ventanas—,
todas lastimadas de aquella desgracia. Ya, cuando el marido le
tuvo cortada la cabeza, dijo el negro: «¡Ah Dioso, cuánta se le
ve, que se le puede hacelé!»[12]. Bien pudiéramos también decir
cuántos hay que condenan otros a la horca, donde parecieran
ellos muy mejor[13] y con más causa. De nada me maravillo ni
hago ascos; bailar tengo al son que todos, dure lo que durare,
como cuchara de pan[14]. Y pues dices que quieres mi compañía
y gustas della, no creo se te hará mala ni dificultosa de llevar;
porque soy compañero que sé agradecer y estimar lo que por
mí se hace. A las obras me remito; ellas darán testimonio, el
tiempo andando. Mas porque también el premio es quien ade-
lanta la virtud, animando a los hombres con esfuerzo, y es flaqueza de ánimo no tenerle, cuando dél puede resultar alguna
gloria o beneficio, ni cumple la persona con lo que debe, cuando no trabaja, pues nació para ello y dello se ha de sustentar,
será muy justo que, conforme a lo que cada uno metiere de
puesto[15], saque la ganancia. Paréceme dar asiento a esto, como
primera piedra del edificio, y después trataremos de lo que se
fuere más ofreciendo. Todo lo que cayere o se nos viniere a las
manos, así de frutos caídos como por caer, se harán tres partes
iguales, de todas las cuales tendrás tú la una y la otra será para
mí; la tercera será para gastos de avería[16], que no todas veces

---

[12] *hacelé:* «Si escribes comedias y eres poeta, sabrás guineo en volviendo las *r l*
y al contrario» (Quevedo, *Libro de todas las cosas,* en *Obras festivas,* pág. 121). La
parodia del habla de los negros, motivo destacado en la comedia del Siglo de
Oro, se da también en *Dioso:* así leen todas las ediciones antiguas que siguen a la
príncipe, falta de ese folio en el único ejemplar conocido (y no *Dios,* como han
trivializado erróneamente todas las ediciones modernas).

[13] «En lo antiguo *muy* podía usarse con superlativos y comparativos» (FR,
con bibliografía).

[14] *dure lo que durare, como cuchara de pan:* «la corteza de pan sirve a veces por
cuchara, y al cabo se la comen con la vianda, de donde nació el proverbio» (Covarrubias).

[15] *puesto:* 'escote' (cfr. I, i, 2, n. 47, en su primer significado).

[16] *avería:* «daño que padecen las mercaderías que se transportan por mar»
(Autoridades), o bien el impuesto debido en concepto de transporte de las mer-

hace buen tiempo ni podremos navegar a viento en popa ni
con bonanza, para las calmas. Y si arribáremos, es bien que no
nos falten bastimentos, y, si embistiéremos o diéremos en bajío, no falte batel en que salvarnos. Esta parte se pondrá siempre por sí. Ha de ser como un erario para socorro de necesidades. Que, si con tiento vamos, pues entendimiento no falta y
entendemos algo del pilotaje, no me contento menos que con
un regimiento[17] de mi tierra y hacienda con que pasar descansadamente, antes de seis años. Alarga el ánimo a lo mismo,
que también tendrás otro tanto con que poder volver a Valencia. No andes a raterías, hurtando cartillas, ladrón de coplas,
que no se saca de tales hurtos otro provecho que infamia. En
resolución, morir ahorcados o comer con trompetas[18]: que la
vida en un día es acabada y la de los trabajos es muerte cotidiana[19]. Cuanto más que, si nos diéremos buena maña, presto llegaremos a mayores[20] y no tendremos que temer, porque serán
todos los meses de a treinta días y, como son a escuras todos
los gatos negros[21], entenderémonos a coplas[22], que un lobo a

---

cancías (i. e., derecho de avería). Obsérvese que de nuevo aprovecha Alemán varios sentidos figurados de una misma imagen: *navegar a viento en popa, bonanza,
calmas, dar en bajío* ('encallar' y, figuradamente, 'tener un tropiezo, andar en dificultades'), *batel* ('bote').

[17] *regimiento:* concejalía, empleo de regidor (cfr. I, i, 6, n. 8).

[18] *morir ahorcados o comer con trompetas:* esta frase ha sido recogida como afín a
«*ayunar, o comer trucha:* refrán que se dice o dicen aquellos que gloriosamente desprecian las cosas vulgares y aspiran generosamente a las sublimes y grandes»
(Autoridades); «frase con que se expresa la resolución de quedarse sin nada o lograr lo mejor» *(DRAE).* Cfr. Campos-Barella, núms. 2868-2869, pág. 423; esto
es, «O César, o nada». Las *trompetas* son, por tanto, símbolo de ostentación
afín al de los malos limosneros (cfr. San Mateo, 6, 2). Creo menos probable que la disyunción empareje las dos situaciones malas; en tal caso, *trompetas*
bien pudiera querer decir 'hombres despreciables y para poco' (cfr. *DRAE,* y
Autoridades: «Pobre trompeta. Expresión con que se le desprecia a alguno y se le
nota de hombre bajo y de poca utilidad»). Comp. *Floresta española,* VII, vii, 8.

[19] *muerte cotidiana:* cfr. I. i, 2, n. 51.

[20] *a mayores:* a estudios superiores, de la clase superior, con el sentido figurado que se anotó en I, ii, 2, n. 13.

[21] *negros...* o pardos, según la versión más moderna del conocido refrán. En
cuanto a *todos los meses de a treinta días,* baste recordar que la expresión era poco
menos que un lema para los confiados y despreocupados: «Si este mes trabajo
poco, treinta días tendrá otro» (Martínez Kleiser, núm. 55497, con variantes).

[22] *entenderse a coplas:* avenirse con complicidad, «oírse y convenirse» (Correas), y no —aquí— «decirse unos a otros pullas y cuchufletas» (Covarrubias).

otro nunca se muerde[23]. Aquí tienes tu tercio de lo pasado, si lo quisieres luego, que no es justo retener a nadie su hacienda. Hágate Dios bien con lo que fuere tuyo y denos gracia; que con tal pie y buena estrella se funde la companía, que no vengamos a manos de piratas, que no tienen ojo a más que desflorar lo guisado y comer el hervor de la olla[24].

Con esto y mostrarme liberal fue asegurarle la persona que no me dejase. Porque, habiendo de buscar marisco[25], no pudiera hallar compañero más a propósito ni tan bueno. Demás que, siendo igual mío, era criado y me reconocía por amo, que no es pequeña ventaja para cualquiera cosa llevar la mano.

Él quedó tan rendido como agradecido, y de uno en otro lance venimos a dar en preguntarle yo la causa que le había movido a robarme, y dijo:

—Señor, ya no puedo, aunque quisiese, dejar de hacer alarde[26] público de mi vida, tanto por la merced recebida con tanta liberalidad en todo lo pasado, como por ser notoria y que con quien se ha de vivir ha de ser el trato llano, sin tener algo encubierto. Que no sólo a confesores, letrados y médicos ha de tratarse siempre verdad; pero entre los de nuestro trato jamás faltó entre nosotros mismos, para podernos conservar. Y cumpliendo con tantas obligaciones, Vuesa Merced sabrá que soy valenciano, hijo de padres honrados, que aún podrá ser conocerlos algún día por la fama, que ya, sea Dios loado, son difuntos. Fuemos dos hermanos y entrambos desgraciados, ya fuese porque de niños quedamos consentidos, ya porque, dejándonos llevar de los impulsos de nuestro apetito, sin hacerles la debida resistencia, consentimos en esta tentación, que mejor diría dimos en esta flaqueza, no creyendo los daños venideros; antes con el cebo de presentes gustos, hasta que ya resueltos una vez a ello, no se pudo volver atrás. El otro mi hermano es mayor

---

[23] «Un lobo no muerde a otro», o «... nunca muerde a otro» (Correas): «Pillos y lobos no se muerden unos a otros» (Martínez Kleiser, con otros proverbios afines, núms. 11677-11688).

[24] *piratas:* comp. el significado de *corsarios* en el capítulo anterior *(ca.* n. 45); *desflorar lo guisado* vale 'descubrir, delatar o echar a perder las trampas urdidas por otro' (cfr. I, ii, 5, n. 61); por lo demás, comp. lo dicho en II, i, 1, n. 20.

[25] *marisco:* botín, el producto de un robo (cfr. I, ii, 3, n. 12).

[26] *hacer alarde:* hacer balance o inventario (cfr. I, i, 3, n. 7).

que yo y, aunque ambos y cada uno teníamos razonable pasadía[27], mas aun eso no nos puso freno. Tanta es o fue la fuerza de nuestra estrella y tanto el de la mala inclinación a no esquivarnos della, que, pospuesto el honor, con más deseo de ver tierras que de sustentarle, salimos a nuestras aventuras. Mas porque pudiera ser no sucedernos de la manera que teníamos pensado y para en cualquier trabajo no ser conocidos ni quedar con infamia, fuemos de acuerdo en mudar de nombres. Mi hermano, como buen latino y gentil estudiante, anduvo por los aires derivando el suyo. Llamábase Juan Martí. Hizo del Juan, Luján, y del Martí, Mateo; y, volviéndolo por pasiva, llamóse Mateo Luján[28]. Desta manera desbarró por el mundo y el mundo me dicen que le dio el pago tan bien como a mí. Yo, como no tengo letras ni sé más que un monacillo, eché por estos trigos y, sabiendo ser caballeros principales los Sayavedras de Sevilla, dije ser de allá y púseme su apellido; mas ni estuve jamás en Sevilla ni della sé más de lo que aquí he dicho. Desta manera salimos en un día juntos peregrinando; empero cada uno tomó luego por su parte. Dél me dicen algunos, que de vista le conocen, haberlo visto en Castilla y por el Andalucía muy maltratado, que de allí pasó a las Indias, donde también le fue mal. Yo tomé otra diferente derrota. Fuime a Barcelona, de donde pasé a Italia con las galeras. Gasté lo que saqué de mi casa. Halléme muy pobre y, como la necesidad obliga muchas veces, como dicen, a lo que el hombre no piensa[29], rodando y trompicando con la hambre, di comigo en el reino de Nápoles, donde siempre tuve deseo de residir, por lo que de aquella ciudad me decían. Anduve por todo él, gastando de lo que no te-

---

[27] *pasadía:* pasada, «congrua suficiente para mantenerse y pasar la vida» *(Autoridades).*

[28] Sobre la identidad del autor apócrifo y las alusiones a la falsa *Segunda parte,* cfr. especialmente —además de nuestra introducción y algunas notas a este segundo tomo— D. McGrady, *Mateo Alemán,* págs. 113-129; E. Cros, *Mateo Alemán,* págs. 40-45, y B. Brancaforte, *¿Conversión...?,* págs. 93-114.

[29] *la necesidad obliga ... a lo que el hombre no piensa:* así en Correas. Este y otros refranes semejantes derivaron de la proverbialización de unos versos de Lope: «Hortelano era Belardo / de las huertas de Valencia, / que los trabajos obligan / a lo que el hombre no piensa.» Cfr. *La Dorotea,* pág. 347, n. 172, y *El diablo cojuelo,* x, págs. 296-297.

nía, hecho un muy gentil pícaro, de donde di en acompañarme
con otros como yo; y de uno en otro escalón salí muy gentil
oficial de la carda[30]. Híceme camarada con los maestros. Lleguéme a ellos por cubrirme con su sombra en las adversidades.
Así les anduve subordinado, porque mi pobreza siempre fue
tanta que nunca tuve caudal con que vestirme, para poner
tienda de por mí. No por falta de habilidad, que mejor tijera[31]
que la mía no la tiene todo el oficio. Pudiera leerles a todos
ellos cuatro cursos de latrocinio y dos de pasante[32]. Porque me
di tal maña en los estudios, cuando lo aprendí, que salí sacre[33].
Ninguno entendió como yo la cicatería[34]. Fui muy gentil caleta, buzo, cuatrero, maleador y mareador, pala, poleo, escolta,
estafa y zorro[35]. Ninguno de mi tamaño ni mayor que yo seis

---

[30] *oficial de la carda:* rufián, valentón, jaque. Comp. Quevedo: «Mancebitos de
la carda, / los que vivís de la hoja» *(Obra poética,* núm. 853, 1-2). Cfr. Cervantes,
Viaje del Parnaso, IV, 254 y pág. 663 (y aquí, I, ii, l, n. 42).

[31] *tijera* o *tijeras:* en germanía, «los dos dedos mayores de la mano» (Hill, en
Alonso, con ejemplos), empleados por el ladrón para robar bolsas. Esto es, el
dos de bastos con que el padre de Pablos sacaba el *as de oros (Buscón,* pág. 81 y
nota 4).

[32] Vuelve a comparar «el oficio» del «latrocinio» con los «estudios»: *leer,* en
términos docentes, es «enseñar alguna disciplina públicamente» *(Autoridades);* y
el *pasante,* «en algunas comunidades aquel religioso estudiante que, acabados sus
años destinados a estudiar, espera imponiéndose en los ejercicios escolásticos,
para entrar a las lecturas o cátedras» *(Autoridades).* Comp. I, ii, 2, *ca.* nota 13,
con el pasaje cervantino ahí citado.

[33] *sacre:* obviamente, el sentido propio de 'ave de rapiña' cede ante el de «ladrón de gran habilidad» (Alonso), «el que roba o usurpa con habilidad» *(Autori-*
dades). Cfr., por ejemplo, Gonzalo de Céspedes, *Varia fortuna del soldado Píndaro,*
I, pág. 209.

[34] *cicatería:* el arte de robar bolsas o *cicas* (cfr. II, i, 8, n. 8).

[35] Son distintas actividades o escalafones de la ladronería, ignoro si en una
jerarquía definida. Tomo, resumo o parafraseo las definiciones que da o recoge
Alonso; *caleta:* ladrón que hurta por un agujero; *buzo:* caco de gran perspicacia y
disimulo, como el *columbrón; cuatrero:* ladrón que hurta bestias; *maleador:* maleante, burlador (y quizá en particular el que escarba en lo ajeno, echándolo a mal,
para escoger el botín); *mareador:* ladrón que trueca dineros (en especial la moneda falsa por la buena); *pala:* el que se pone ante la víctima para taparle la visión
y que otro le robe (aunque podía ser también, en general, valedor de otros rufianes: cfr. *infra,* n. 76); *poleo:* encubridor, protector o fiador de otros cacos, po-
linche; *escolta:* centinela, espía o apuntador de otros cofrades, el que descubre y
localiza el buen botín; *estafa:* el rufián que cobra un tributo y engaña a los ladrones a él subordinados; *zorro:* el que afecta simpleza o insulsez.

años, en mi presencia dejó de reconocerse bajamanero y baharí[36]. Mas como por antigüedad y reputación tenían tiranizado el nombre de famosos Césares ellos, y a nosotros los pobretos nos traían de casa en casa, fregando la plata, haciendo los ojeos, buscando achaques, preguntando en unas partes: «¿vive aquí el señor Fulano?», «¿han menester vuestras mercedes un mozo?», «¿quieren comprar un estuche fino?», era de los que cortábamos a las mujeres, que, haciéndolos aderezar con cintas nuevas, los íbamos a vender. Otras veces fingíamos entrar a orinar y, si acertábamos con la caballeriza, donde nunca faltaba la manta de la mula, la almohaza o criba, la capa del mozo y el trabón[37], cuando más no podíamos, y, si acaso allí nos vían, luego bajándonos a el suelo, soltando la cinta de los calzones, nos poníamos a un rincón y, en diciéndonos «Ladrón, ¿y qué hacéis vos aquí?», nos levantábamos atacando[38] y respondíamos: «Mire Vuestra Merced cómo y con quién habla, que no hay aquí algún ladrón; halléme necesitado de la persona y entréme aquí dentro.» Unos lo creían, otros no; empero pasábamos adelante. Otras veces tomábamos por achaque, y no malo, entrarnos por toda la casa, hasta hallar en qué topar y, si nos vían, luego pedíamos limosna. Con estos y otros achaques no había clavo en pared que no contásemos o quitásemos: nada tenía seguridad. Yo era rapacejo delgadillo, de pocas carnes, trazador[39] y sobre todo ligero como un gamo. Acechaba de día el trabajo de la noche, sin empacharme por el tiempo y a pesar del sueño. Asistíamos de día como buenos cristianos en las iglesias, en sermones, misas, estaciones, jubileos, fiestas y procesiones. Íbamos a las comedias, a ver justiciados y a todas y cualesquier juntas donde sabíamos haber concurso de gente, procurándonos hallar a la contina[40] en el mayor aprieto, en-

---

[36] *baharí:* «ladrón de poca monta» (Alonso); está de nuevo tomado de un ave rapaz «de gran ligereza, pero no muy constante en el vuelo» *(Autoridades).* Sobre el *bajamanero,* cfr. II, i, 8, n. 8.

[37] *almohaza:* especie de cepillo de hierro para limpiar o descaspar a los caballos; *trabón:* argolla para atarlos por un pie.

[38] *atacar:* abrocharse los vestidos o, en este caso, más en particular, «atar los calzones del jubón con las agujetas» *(Autoridades).*

[39] *trazador:* tracista.

[40] *a la contina:* continuamente.

trando y saliendo por él una y mil veces, porque de cada viaje
no faltaba ocupación provechosa. Ya sacábamos las dagas,
lienzos, bolsas, rosarios, estuches, joyas de mujeres, dijes de niños. Cuando más no podía, con las tijeras, que siempre andaban en la mano, del mejor ferreruelo[41] que me parecía y del
más pintado gentilhombre le sacaba por detrás o por un lado,
si acaso con el aprieto se le caía, para tres o cuatro pares de soletas[42]. Y lo que yo desto más gustaba era verlos ir después hechos un retrato de San Martín, con media capa menos[43], dándole vueltas y haciendo gente. Y así se iban corridos, viendo
cortadas las faldas por vergonzoso lugar[44]. Cuando esto no
bastaba, nos llegábamos a las colgaduras de seda o tela de oro,
que nunca reparábamos en hacerles cortesía más a esto que a
esotro; antes a más moros más ganancia[45], y por lo bajo dellas
le sacábamos a una pieza o dos, como teníamos la ocasión y
tiempo, lo que mejor podíamos. Y en los aires[46] hacíamos dello cuerpos a mujeres, bolsos, manguitas a niños, y otras mil
cosas a este tono, acomodándolo siempre como no se perdiese
hilo en aquello que más y mejor podía servir. Poco a poco nos
venimos acercando a la ciudad, con la fama de que venía nuevo virrey, que a las tales fiestas, a toros y ferias, caminábamos
de cien millas, cuando era necesario. La costa del camino era
siempre poca, que de los unos lugares íbamos proveídos para
los otros de muy buenas gallinas, capones, pollos, palomas
duendas[47], jamones de tocino y algunas alhajas que con facili-

---

[41] *ferreruelo:* herreruelo (cfr. I, ii, 7, n. 42). La burla es afín a la de uno de los
Cuentos de Arguijo (núm. 356: cfr. M. Chevalier, *«Guzmán de Alfarache* en
1605», págs. 132-113).

[42] *soletas:* cfr. II, i, 1, n. 26.

[43] Pues San Martín, «más liberal que valiente», partió su capa con el pobre
(cfr. *Don Quijote*, VII, pág. 272). La expresión *andar hecho un San Martín*, como
otras semejantes acuñadas con el santoral, era sin duda tradicional.

[44] Como en el romance de las quejas de doña Lambra (cfr. I, ii, 9, n. 2): «Los
hijos de doña Sancha / mal amenazado me han, / que me cortarían las faldas /
por vergonzoso lugar.» Se hizo proverbial, como muestran *Don Quijote*, II, 1:
VII, págs. 123-124, y *Marcos de Obregón*, I, xx: I, pág. 247.

[45] *a más moros más ganancia:* viene en Correas, con otra versión («a más moros
más despojos»).

[46] *en los aires:* al punto.

[47] *paloma duenda:* la doméstica o casera.

dad se nos venían a la mano. Porque, como para tomar buena posada se procuraba entrar siempre con sol[48], en aquel breve tiempo, hasta las horas de recogernos, recorríamos los portillos de todo el pueblo y cuanto había dentro, con achaque de ir pidiendo «Para un estudiante pobre que vuelve a su tierra necesitado», no tanto por lo que nos habían de dar cuanto por lo que les habíamos de quitar, dando vista por los gallineros, para trazar cómo mejor poderlos despoblar. Demás que para las ventas y cortijos llevaba sedales fuertes; con finos anzuelos y con un cortezoncito de pan y seis granos de trigo se nos venían a las manos, y jamás eché lance que dejase de sacar peje como el brazo. Y a mal mal suceder[49], cuando se caía la casa y no se hallaba qué comer, a lo menos una muy bella posta[50] de ternera no nos podía faltar, como la quisiésemos, de la primera y más pintada que hallábamos en el camino. Luego que a Nápoles llegamos, anduvo los primeros días muy bueno el oficio. Trabajóse mucho, muy bien y de provecho. Vestíme de manera que con la presencia pudiera entretener la reputación de hombre de bien y engañar con la pinta[51]. Y si como la entrada que hicimos de juego de cañas[52], de oro y verde, solene y bien sazonada de sal, no se nos percudiera[53] después a los fines por mi poco sufrimiento, de allí quedara en buen puesto; mas harto hice con escapar el pellejo y sanas las aldabas[54]. Yo tuve la culpa que me saliesen los huevos güeros[55]; mas, Dios loado,

---

[48] Pues «huésped con sol ha honor...» (cfr. I, i, 5, n. 8).

[49] *a mal mal suceder:* así en la príncipe; algunas ediciones posteriores evitan la repetición, y las modernas mantienen las letras del texto más antiguo, pero editando *a mal malsuceder* (aunque Holle propuso leer *a más malsuceder*). Podría tratarse también de una repetición adverbial enfática del tipo *luego luego* (cfr. I, i, 2, n. 34).

[50] *posta:* tajada.

[51] *engañar con la pinta:* cfr. II, i, 3, n. 46.

[52] *entrada de juego de cañas:* pues lo más lucido de tal juego eran «las entradas» (cfr. I, i, 8, n. 49).

[53] *percudir:* 'echar a perder'. Cfr. J. E. Gillet, *Propalladia*, III, pág. 613.

[54] *sanas las aldabas:* en lenguaje de germanía, las *aldabas* son las orejas; Guzmán se congratula, por tanto, de no haber salido sin ellas, como ladrón (cfr. I, ii, 7, n. 31, y 9, n. 11).

[55] *salir los huevos hueros:* 'tener mala suerte', 'salir mal un negocio', o, más exactamente, lo que hoy diríamos 'salir el tiro por la culata'; comp.: «Alábate, polla, que un huevo has puesto y ése güero»; «Diome Dios un huevo, y diómelo

que pudiera ser el daño mayor y aqueso me puso consuelo.
Uno de mis camaradas era de la tierra, criado de un regente
del Consejo Colateral[56] y sus padres le habían servido. Diósele
a conocer, fuele a besar las manos y no las volvió vacías; porque, holgándose de verlo, le ofreció de hacer toda merced, y
no a el fiado, sino diciendo y haciendo. Que pocas veces y en
pocos acontece comer en un plato y a una mesa. Mas, cuando
es el ánimo generoso, siempre se huelga de dar, y más le crece
cuanto más le piden. Porque siempre fue condición del dar hacer a los hombres claros, cuanto los vuelve sujetos el recebir.
Luego lo acomodó en algunos negocios, a la verdad honrados
y dignos de otro mejor sujeto. Andábamos a su sombra, hechos otros virreyes de la tierra, sin haber en toda ella quien se
nos atreviera. Con este abrigo nos alargábamos a cosas en que
por ventura nuestros ánimos no bastaran solos. Era él nuestra
lengua[57]. Decíanos dónde habíamos de acudir y cómo lo habíamos de hacer, a qué horas tendríamos mayor seguridad, por
dónde podríamos entrar y de qué personas nos habíamos de
recelar. Que, como diremos, los que hacen los hurtos más famosos, más calificados y de importancia, son los llegados a las
justicias. Fáltales temor, tienen favor sobrado, llega la necesidad, ofrécese ocasión: remédielo Dios todopoderoso. Iba yo
un día luchando a brazo partido con el pensamiento, deseoso
de hallar en qué poder entretenerme, porque casi era mediodía
y no habíamos ensartado aguja ni dado puntada. Pues volver a
casa manivacío, sin haber llevado la provisión por delante y
que por ventura los compañeros tuviesen ya labrada la miel,
me llamaran zángano, que se la quería comer mis manos lavadas[58]; teníamoslo por caso de menos valer, ir a mesa puesta sin
llevar por delante la costa hecha[59]. Vi una casa de buena traza,

---

huero» (Correas). Menos historiada, era expresión proverbial: «Un huevo y ése
huero.»

[56] *Consejo Colateral:* el Tribunal Supremo de Nápoles (SGG).

[57] *lengua:* intérprete, guía.

[58] *manos lavadas: «Viénese a sentar a la mesa con sus manos lavadas,* dícese del que
no ha trabajado como los demás ni ensuciado sus manos, y a la hora de comer
se viene con los demás a la mesa» (Covarrubias).

[59] *«Venirse a mesa puesta:* irse a comer adonde no ha hecho ningún servicio ni
merecido la comida» (Covarrubias).

y a lo que parecía mostraba ser de algún hombre honrado ciudadano. Entréme por ella, como si fuera mía; que nunca el tímido fue buen cirujano. Aun allá dicen las viejas a los medrosos en España, por manera de hablar, cuando uno va con espacio: «Anda, anda, que parece que vas a hurtar.» Dondequiera y siempre me parecía entrar por mi casa o que iba con vara de justicia y mandamiento de contado[60]. Miré a una y otra parte, deseando hallar en qué topasen los ojos que diese quehacer a las manos. Quiso la fortuna depararles encima de un bufete una saya grande negra, de terciopelo labrado, de que pudiera bien sacar tres pares de vestidos, calzones y ropillas; porque tenía más de quince varas y podían encajárselos aunque fueran los mocitos más curiosos de la tierra. Estuve avizorando[61] por todo aquello si podría sacar aquella prenda sin costas ni daño de barras[62], y en toda la casa ni en parte della sentí haber quien impedírmelo pudiese. Metíla debajo del brazo y en dos cabriolas me puse de pies en la puerta de la calle. Cuando a ella llegué, llegaba también el señor de la casa, el cual era Maestredata[63] en la ciudad, y, viéndome salir asobarcado[64], preguntóme quién era y por lo que llevaba. En aquel punto mismo saqué de la necesidad el consejo y sin turbarme, antes con rostro alegre, le dije: «Quiere mi señora que se le tome un poco de alforza[65] en esta saya y se la recoja de cintura, porque no le hace buen asiento por delante, y mándame que se la traiga luego.» Él me dijo: «Pues por vida vuestra, maestro, que se haga pres-

---

[60] *mandamiento de contado:* orden judicial de cumplimiento obligatorio e inmediato (como el *mandamiento de apremio* de I, ii, 1, n. 43); esto es, Sayavedra iba «con la seguridad del que nada tiene que temer, sino al contrario; como alguacil con una orden judicial en la mano» (JSF).

[61] *avizorar:* acechar, mirar con recato.

[62] *sin daño de barras:* 'sin perjuicio propio o de terceros', «sin daño de nadie» (Correas); «está tomada esta manera de hablar de los jugadores de la argolla, cuando tirando algún cabe [cfr. I, i, 3, n. 41, y II, ii, 5, n. 37] tuercen la argolla, no siendo su intento tirar a ella, sino a la bola del contrario» (Covarrubias). Cfr. el prólogo de Cervantes a sus *Novelas ejemplares*, I, pág. 64, y *Don Quijote*, VI, pág. 216.

[63] *Maestredata:* «Tabellion, notaire de province, gardenote» (Oudin, en SGG).

[64] *asobarcado:* sobarcado, con un bulto debajo del brazo.

[65] *alforza:* «la dobladura que se toma en la saya por la parte de abajo» (Covarrubias).

to y de vuestra mano.» Con esto salí la calle abajo, dando más
vueltas que una culebra, ya por aquí, ya por acullá, por desmentir el rastro[66]. Después vine a saber, por mi mal, que luego
como en casa entró, sintió alborotado el bodegón[67], revuelto
el palomar y las mujeres a manga por hombro[68], dando y tomando sobre 'daca la saya', 'toma la saya', y la saya que no parecía: 'tú la quitaste', 'aquí la puse', 'acullá la dejé', 'quién salió',
'quién entró', 'ninguno ha venido de fuera', 'pues parecer tiene', 'los de casa la tienen', 'tú me la pagarás'. Andaba una grita
y algazara, que se venían los techos a el suelo sin entenderse
los unos con los otros. En esto entró el dueño, conociendo su
yerro en haberme dejado salir con ella, y reportando a su mujer le dijo que un ladrón la llevaba, contándole lo que comigo
había pasado a su misma puerta. Salióme a buscar; mas con mi
buena diligencia me desparecí por entonces, dando con la persona en salvo y poniendo la prenda en cobro. Luego aquella
noche me fui a casa del gran Condestable, con deseo de poder
ejecutar un lance que algunos días antes había hecho en borrón; aunque lo traía ya en blanco y hilvanado, nunca tuve
ocasión para poderlo sacar en limpio hasta entonces. Juntában-
se allí muchos caballeros a jugar y de ordinario se solían hacer
tres o cuatro mesas, asistiendo de noche a ellas un paje o dos
de guarda. Sobre cada tabla estaba puesta su carpeta[69] de seda
y dos candeleros de plata. Yo llevaba comigo contrahechos un
par, de muy gentil estaño, y tales, que de los finos a ellos no se
hiciera diferencia, no más en la color que de la misma hechura,
buscados a propósito para el mismo efeto. Llevé también dos
velas y, todo bien cubierto, me puse a un rincón de la sala, se-

---

[66] El motivo de la ropa hurtada y vendida a su propio dueño era tradicional;
aparte otros textos de origen no español, viene en el *Buen aviso y portacuentos* de
Timoneda, núm. 97, «y quizá de allí pasó al *Guzmán de Alfarache*» (A. Blecua, «Libros de caballerías, latín macarrónico y novela picaresca», pág. 202).
Cfr. E. Cros, *Sources*, págs. 98-99, y aquí, I, ii, 5, n. 42.

[67] Correas registra *alborotar el bodegón* (y *la venta*) como frase proverbial.
Comp. «Hubiéramos de sacar las espadas y alborotar el bodegón» (Céspedes y
Meneses, *Varia historia del soldado Píndaro*, I, pág. 186).

[68] *manga por hombro*: «La frase proverbial asegura lo incorrecto del texto de la
príncipe *(hombre)*» (FR).

[69] *carpeta*: tapete.

gún otras veces lo había hecho, aguardando lance y dando a
entender ser criado de alguno de aquellos caballeros. Dos que
jugaban a los cientos[70] en una de aquellas mesas pidieron velas. No había más allí de un paje, y tan dormido, que habiéndolas ya dos veces pedido, no recordaba ni respondía. Yo acudí
luego y, aderezando mis velas acá fuera, levantado el ferreruelo por cima del hombro, como criado de casa, las metí en los
candeleros que llevaba y los de plata debajo del brazo, con que
me fui recogiendo hasta la posada; en donde, juntándolos con
algunas otras piezas de plata que había recogido, por quitarme
de achaques y pesadumbres, 'si son míos o si son tuyos', 'daca
señas', 'toma señas', 'de dónde lo compraste', 'quién te lo vendió', acogíme a lo seguro: hice de todo una pasta y en un muy
gentil tejo[71] lo llevé a mi capitán, para que con su autoridad y
buen crédito lo vendiese. Hízolo así. Sacó su quinto[72], según le
pertenecía, y diome la resta en reales de contado, sin defrau-
darme un cabello. Ya era entre nosotros orden que a nuestra
cabeza le habíamos de acudir con aquella parte de todo lo que
se trabajase, y esos eran sus derechos, tan bien pagados y ciertos, como los de su Majestad en lo mejor de las Indias. Con
esta gabela éramos dél amparados en cualquier peligro. Ninguno piense maxcar a dos carrillos, que no hay dignidad sin pinsión[73] en esta vida. Cada cual tiene sus dos hileras de dientes y
muelas; todos quieren comer; en todo hay pechos y derechos y
corren intereses. Una mano lava la otra y entrambas la cara[74].

---

[70] *cientos:* juego de naipes (uno de los más famosos en la época, junto a la *primera* [cfr. I, i, 2, n. 39]); ganaba, claro, el primero que llegaba a los cien puntos,
según las reglas particulares del juego. Cfr. SGG y, sobre todo, *Don Quijote*, VII,
págs. 259-260.

[71] *tejo:* por lo que dice («hice de todo una pasta»), debe tratarse del «pedazo
de oro en *pasta*, a distinción de la plata, que llaman barra» *(Autoridades)*, pero
también le cuadra el otro sentido de 'bandeja redonda de metal' sobre la que
presentó a su amo el beneficio del hurto.

[72] *quinto:* «como el reservado al Rey en el botín de guerra» (FR), según expli-
cará inmediatamente; cfr. I, ii, 6, n. 40.

[73] *pinsión:* obligación, carga (cfr. I, ii, 7, n. 11).

[74] *una mano lava la otra...:* lo recogen los paremiólogos, con formas diversas
(Campos-Barella, núm. 1888, pág. 281). Además, la frase que sigue es también
recuerdo de un refrán propio de agradecidos: «A quien te da el capón, dale la
pierna y el alón» *(ibid.* núm. 663, y comp. 1401). Cfr. *Riconete y Cortadillo, Novelas ejemplares,* I, pág. 247.

Si me dan el capón, justo será que le dé una pechuga. Y no hay dinero mejor empleado que en un ángel de guarda[75] semejante. Palas[76] hay tan tiranos y desalmados, que luego estafan y lo aplican todo para sí; quieren el pan y las maseras[77], el trabajo y el provecho, sin dejarnos otra cosa que el peligro y la pena dél, si nos cogen. Álzansenos a mayores, como Pizarro con las Indias[78]. Cuando mucho nos dan y grande merced nos hacen es de los escamochos[79], lo que no les vale de provecho, reservando para sí la gruesa del beneficio, como lo hizo Alejandro comigo. Y después, cuando nos avizoran en el agonía, cálanse las gavias[80] y no conocen a nadie. Mas entre nosotros con este milanés había muy buena orden. Porque de ninguna manera no quería llevarnos más de su solo quinto. Y si alguna vez, teniendo necesidad, nos pedía le prestásemos algo a buena cuenta y se lo dábamos[81], luego lo asentaba en su libro, poniéndolo en el *ha de haber* y a la margen un *ojo, a descontar*. No, no: buena cuenta teníamos en todo siempre; ayudase a cada uno su buena fortuna. Mis compañeros no holgaban, que, como buenos caseros, jamás vinieron las manos en el seno[82]. Éramos cuatro,

---

[75] *ángel de guarda:* en lenguaje de germanía, 'valedor (cfr. I, i, 1, n. 65), protector, padrino o guardaespaldas del delincuente'. Cfr. Luque Faxardo, *Fiel desengaño contra la ociosidad y los juegos*, II, pág. 56.

[76] *palas:* cfr. *supra*, n. 35, aunque tiene aquí otro matiz, afín al de *ángel de guarda*.

[77] *masera:* artesa.

[78] *alzarse a mayores:* «no querer dar parte de la presa a los demás» (Covarrubias), ensoberbecerse (cfr. *Don Quijote*, VI, pág. 224). La comparación tiene sin duda el fondo histórico de la competencia entre Pizarro y los partidarios de Diego Almagro; era proverbial: *«alzarse como Pizarro con las Indias:* el otro día comenzó este refrán y ya es muy notorio y su historia muy sabida, con que me excuso de alargarme en él, si bien había ocasión de dolernos del valor tan mal logrado de aquellos conquistadores y su mala fortuna» (Correas).

[79] *escamochos:* sobras, desperdicios.

[80] *gavias:* en germanía, 'sombreros' (o 'cabezas', en II, i, 3, n. 35).

[81] *y se lo dábamos:* en la príncipe, *i si lo davamos;* creo que sólo hay una errata *(si* por *se)* y no una omisión, supuesto que ha llevado a los demás editores a incorporar varias enmiendas *(y si se lo dábamos* [SGG, sin indicación; BB], *[s]i se lo dábamos* [FR]). Me parece que mi solución, que apenas modifica el texto antiguo, hace mejor sentido.

[82] Pues *«estarse con las manos en el seno* [es] señal de ociosidad» (Covarrubias), «estar sin hacer nada» (Correas). Téngase en cuenta, además, que *casero* vale 'hombre guardoso y hacendoso'.

tres a la faena y el capitán para nuestra defensa. Íbamos algunas veces llevándole por delante, para, si alguno de nosotros diese salto en vago[83], hallándolo con el hurto en las manos, que hubiese quien lo abonase o volverse por él, dándole dos o tres pescozones, enviándolo de allí, diciendo: «Andad para bellaco ladrón y voto a tal que, si más os veo hurtar, que os he de hacer echar a galeras.» Creían con esto los presentes que serían aquéllos gente honrada y piadosa. Pasábamos con aquella fortuna. Otros había tan pertinaces y duros, que con una cólera de fieras nos apretaban demasiado, no dejándonos de la mano hasta hacernos prender. A éstos llegaban y les decían: «Deje Vuestra Merced a este bellaco ladrón, déle cien coces y no le haga prender; es un pobreto y se comerá en la cárcel de piojos. ¿Qué gana Vuestra Merced en hacerle mal? ¡Tirad de aquí, bellaco!» Y con esto nos daban un rempujón que nos hacían hocicar, por sacarnos de sus brazos. Empero, si todavía porfiaba no queriéndonos largar, hacíamos nuestra diligencia en desasirnos y volvíamoslo pendencia, diciendo que mentía, que tan hombres de bien éramos como él. Ellos en la fuga se metían de por medio, en son de meter paz, ayudándonos a despartir y ponernos en libertad, y si necesario era, cuando no podían, derramaban el poleo[84]: del aire buscaban achaque, incitando con palabras a venir a las obras, hasta que con el alboroto mayor se sosegaba el menor y así nos escabullíamos. Otras veces, que íbamos huyendo con el hurto, si alguno venía corriendo tras de nosotros y dándonos alcance, salíale un compañero de través a detenerlo poniéndosele delante y preguntando sobre qué había sido la pesadumbre, no dejando pasar de allí, a modo de querer poner paz y sosegarlo. Y por muy poquita demora que de cualquier manera hubiese, les tomábamos grandísima ventaja. Porque demás de la que siempre hace quien huye a quien corre, pone alas en los pies el miedo en casos tales[85]. Los que corren se cansan presto naturalmente con el corto ánimo de hacer mal, que los desmaya, no obstante que quieran y lo pro-

---

[83] *dar salto en vago:* 'dar un paso en falso' (cfr. I, ii, 5, n. 62).

[84] *derramar el poleo:* 'armar escándalo y grita, alborotar' (cfr. Alonso, con otro ejemplo); *poleo* es aquí 'arrogancia, braveza'.

[85] «Más se huye que se corre» es dicho conocido.

curen; mas esles imposible forzar a la naturaleza, la cual siempre favorece a los que desean salvarse. De una o de otra manera, siempre los detenían. Otras veces nos abonaban, cuando había pasado la palabra con el hurto y no se nos hallaba, porque ya lo teníamos de allí tres calles o cuatro. De manera que sus buenas palabras, intercesiones y abonos hacían que fuésemos libres de la mala opinión que se nos achacaba. En todas maneras, por acá o por acullá, hacíamos nuestra hacienda, pesase a quien pesase, que para todo había traza. Mas una vez que me descuidé, saliendo un poco a mariscar[86] sin escolta y por el campo, no me la cubrirá pelo[87] ni se me caerá tan presto de encima. Mis pecados, y otro no, me sacaron a pasear un día por fuera de la ciudad. Y como cerca de un arroyo estuviese sobre la yerba tendida mucha ropa y el dueño della tras de un poco de repecho, a la sombra de una pared, parecióme que ya debía de estar bien enjuta o a lo menos que cuanto para mi menester con aquello bastaba. Diome gana de doblar dos o tres camisas buenas, que me pareció me vendrían bien, y con facilidad lo hice. Mas envolvílas; no quise pararme allí a doblarlas, por hacerlo en mi posada con mayor comodidad y espacio. El dueño, que era una mujer de la maldición, por estar, como dije, vueltas las espaldas, no pudo verme; mas no faltó quien, doliéndole poco las mías y como a paso largo me iba trasponiendo, le dio el soplo. Levantó la buena lavandera el tiple, que lo ponía en el cielo, y, dejando una muchacha suya en guarda de lo que allí le quedaba, dio a correr en pos de mí. De manera que, viéndome perdido, con todo el disimulo del mundo, sin volver el rostro ni más mudanza que si comigo no las hubiera, dejé caer en el suelo la mercadería y pasé de largo con el paso compuesto, sin alborotarme. Yo creí que la mala hembra, teniendo ya lo que le faltaba en sus manos, por ventura se holgaría; mas no lo hizo así, que, si primero daba gritos, eran entonces voces con que hundía el campo todo. No era lejos de

---

[86] *mariscar:* robar (cfr. I, ii, 3, n. 12); *sin escolta:* cfr. *supra,* n. 35.

[87] *«No se la cubrirá pelo, y ojalá cuero:* metáfora de una herida, cuando uno tuvo una pérdida grande, daño o pesadumbre» (Correas). La frase *no cubrir pelo* «se dice del que no es afortunado y nunca logra tener lo que necesita, saliéndole mal cuanto intenta» *(Autoridades).* Cfr. Quevedo, *Obra poética,* núm. 528, 3.

la ciudad ni en parte tan sola que dejasen de oírlo muchachos.
Juntáronse tantos y con ellos tantos gozques, que parecían en-
jambres. A la grita dellos me pescaron vivo unos mancebos, de
cuyo poder ya fue imposible defenderme. Desde aquel día comencé a tomar tema[88] contra esta gentecilla menuda, que nunca más me pudieron entrar de los dientes adentro. Destruyé-
ronme con perseguirme.

Cuando aquesto me decía Sayavedra, me vino en la memoria un famoso borracho de Madrid, el cual, como lo acosasen
los muchachos y lo maltratasen mucho, cuando llegó a la boca
de una calle se bajó por dos piedras y, arrimándose a una esquina, les dijo: «Ta, ta, Vuestras Mercedes no han de pasar
adelante, suplícoles que se vuelvan, que yo doy la merced por
ya recebida»[89]. Si éste hiciera otro tanto, quizá que se volvie-
ran, como lo hicieron con el otro.

Dijo luego:

—Y en verdad que dondequiera que se junta esta mala canalla, ningún hombre de bien puede hacer cosa buena. Ya voy
huyendo dellos como de la horca, y faltó poco para subirme a
ella, porque de sus manos me sacó la justicia y me pusieron
tras la red[90]. Cuando esto me sucedió, luego hice dar aviso a
mi capitán, que apenas alcanzó el bramo[91] cuando en dos pies
ya estaba comigo, informándome bien de lo que había de hacer
y decir. De allí se fue a el notario. Hablóle, diciendo conocer-
me por hijo de padres muy honrados y nobles en España, que
no era posible creerse cosa semejante de un caballero como yo
y, en caso que fuera verdad, no era mucho de maravillar que
con la mocedad, viéndome, si acaso lo estaba, con alguna necesidad o apretado de la hambre, me hubiese atrevido para re-
dimirla; empero que todo era de poca o ninguna consideración
y ratería de que no se debiera hacer caso, tanto por su poca
sustancia, cuanto por mi mucha calidad y de mi linaje. Con estas buenas palabras y su mejor favor, me puso dentro de dos
horas a la puerta de la cárcel. A Dios pluguiera que no, ni en

---

[88] *tomar tema:* coger manía (cfr. II, i, 1, n. 36).

[89] Sobre estos cuentos de locos y piedras, cfr. II, i, 1, n. 2.

[90] *tras la red:* 'en la cárcel', 'entre rejas'.

[91] *bramo:* 'aviso, nueva', en germanía.

aquellas otras tres, hasta que fuera muy bien de noche; mas, pues así sucedió, sea su bendito nombre loado para siempre. El pecado, portero que siempre me perseguía en los umbrales de las casas, no se olvidó entonces en los de la cárcel. Pues antes que me dejase sacar el pie a la calle, a la misma salida di de ojos con el Maestredata, que andaba solicitando la soltura de un preso. Como me vio y conoció, diome tal rempujón adentro, que me hizo caer de espaldas en el suelo y, cargándose sobre mí, dijo al portero que echase el golpe[92]. Hízolo y quedéme dentro. Volviéronme a encerrar. Púsome acusación, apretándome de manera que ruegos ni el interés de la saya fueron parte para que se bajase de la querella. Era hombre que podía. Hiciéronse todas las posibles diligencias. Ni me valió información de hidalguía[93] ni mi poca edad, para que a buen librar y como si me lo dieran de limosna, por vía de transación y concierto y con todo el favor del mundo, me dieron una pesadumbre —y tal, que no se me caerá para siempre[94]. Por camisas fue[95] y sin ella me sacaron de medio cuerpo arriba, echándome desterrado de allí para siempre. Con lo cual se quedó el majadero sin la saya. Ved a lo que llega un hombre necio batanado[96] que quiso más hacerme mal que cobrar su hacienda. A mí me fue forzoso dejar la tierra y compañía. Recogí la pobreza que había llegado y salí de allí, vagando por toda Italia, hasta llegar a Bolonia, donde me recibió en su servicio Alejandro. El cual tiene por trato salir a correrías fuera de su tierra y, en haciendo la cabalgada[97], se vuelve a sagrado con ella. Cuando

---

[92] echar el golpe: echar el pestillo.

[93] Sayavedra 'se hizo de los Guzmanes' (cfr. I, iii, 1, n. 11), pues «era privilegio de los hidalgos no sufrir azotes ... ni otras penas afrentosas, como la de galeras» (FR).

[94] Una pesadumbre de azotes cuyas cicatrices le acompañarán el resto de sus días (pues, en frase negativa, para siempre valía 'nunca').

[95] fue: como anota Rico, no es seguro que aquí deba entenderse 'fui'. Sobre estos juegos de palabras con prendas de vestir, cfr. I, i, 5, n. 31, y las ns. 4 y 5 del capítulo anterior).

[96] hombre necio batanado: no creo que batanado sea aquí 'golpeado, azotado' (cfr. I, i, 5, n. 10), sino que refuerza la necesidad del «majadero»: 'necio probado, experimentado' (como los necios de solar conocido de II, i, 3, ca. n. 17; cfr. también II, iii, 1, n. 55).

[97] cabalgada: «el despojo o presa que hacen las partidas en las tierras de enemigos» (Autoridades).

nos hallamos en Roma en el fracaso[98] de Vuestra Merced, sólo era nuestro fin aguardar que se levantase alguna pelaza[99], de donde con seguridad pudiéramos alzar algún par de capas o sombreros; mas como no hubo tiempo, trazamos luego de hacer el hurto, haciéndome cabeza de lobo[100], como siempre tenían costumbre, para sacar ellos en todo mal suceder las manos limpias.

Esto me venía diciendo, cuando llegamos a el fin de la jornada. Quedóse así la plática, entrándonos en la hostería, donde se nos dio lo necesario para pasar luego el camino adelante.

---

[98] *fracaso:* 'suceso lastimoso, desgracia' (italianismo). Comp. *San Antonio,* II, iv: «busca sobresaltos, fracasos, alborotos y cosas no pensadas» (FR).

[99] *pelaza:* «pendencia, riña o disputa» *(Autoridades).* Cfr. *Don Quijote,* I, páginas 433-434.

[100] *cabeza de lobo:* achaque para sacar dinero u otra cosa»; «*Es cabeza de lobo:* dícese cuando uno pide para sí o hace algo de su provecho, poniendo a otro por achaque...; tómase del uso que hay de pedir los que matan lobos por los lugares de la comarca, cuatro o cinco leguas alrededor, llevando y mostrando la cabeza del lobo, que es el achaque de pedir para sí» (Correas). Cfr. *Lazarillo,* III, n. 91 (otros ejemplos en Alonso).

CAPÍTULO V

Atento, entretenido y admirado me trujo Sayavedra esta jornada; y tanto, que para las más que faltaban hasta Milán, siempre hubo de qué hablar y sobre qué replicar, porque [se] me hizo grande contradición y dificultoso de creer que hombres nobles, hijos de padres tales, permitan dejarse llevar tan arrastrados de sus pasiones, que, olvidado el respeto debido a su nobleza, contra toda caridad y buena policía, sin precisa necesidad hagan bajezas, quitando a otros la hacienda y honra. Que todo lo quita quien la hacienda quita, pues no es uno estimado en más de lo que tiene más.

Decía yo entre mí: «Si a este Sayavedra, como dice, lo dejó tan rico su padre, ¿cómo ha dado en ser ladrón y huelga más de andar afrentado que vivir tenido y respetado? Si se cometen los males, hácese por la sombra que muestran de bienes; empero en el padecer no hay esperanza dellos.»

Luego revolvía sobre mí en su desculpa, diciendo: «Saldríase huyendo muchacho, como yo.» Representáronseme con su relación mis proprios pasos; mas volvía, diciendo: «Ya que todo eso así es, ¿por qué no volvió la hoja[1], cuando tuvo uso de razón y llegó a ser hombre, haciéndose soldado?»

También me respondía en su favor: «¿Y por qué no lo soy

---

[1] *volver la hoja:* cambiar de idea, «mudar parecer en contrario» (Correas).

yo? Veo la paja en el ojo ajeno y no la viga en el mío[2]. ¡Donosa está la milicia para que se aficionen a ella! ¡Buena paga les dan, bien lo pasan para que olvide un hombre su regalo y aventure su vida en ella! Ya todo es mohatra[3]: mucho servir, madrugar y trasnochar, el arcabuz a cuestas, haciendo centinela todo el cuarto en pie y, si es perdida[4], en dos, y sin bullirlos de donde una vez los asentaren, lloviendo, tronando y venteando. Y cuando a la posada volvéis, ni halláis luz con que os acostar, lumbre con que poderos enjugar, pan que comer, ni vino que beber, muertos de hambre, sucios y rotos»[5].

No le culpo. Empero a su hermano mayor, el señor Juan Martí o Mateo Luján, como más quisiere que sea su buena gracia, que ya tenía edad cuando su padre le faltó para saber mal y bien, y quedó con buena casa y puesto, rico y honrado, ¿cuál diablo de tentación le vino en dejar su negocio y empacharse con tal facilidad en lo que no era suyo, querer quitar capas?[6]

¡Cuánto mejor le fuera ocupar su persona en otros entretenimientos! Era buen gramático: estudiara leyes, que más a

---

[2] Cfr. San Mateo, 7, 3-5, o San Lucas, 6, 41-42.

[3] *mohatra:* aquí, en general, 'engaño, trampa, fraude', como en el «caballero de mohatra» del *Quijote,* II, xxxi: VI, pág. 18. Cfr. *infra,* n. 50, y M. Joly, *La bourle,* págs. 228-229.

[4] *centinela... perdida:* «la que está fuera del castillo, o del real en el campo, adonde en caso de necesidad no puede ser buenamente socorrida, y así va a sus aventuras, y a esta tal no la requieren como a las demás» (Covarrubias); para ponderar su dificultad juega con la frase *en pie* de la vigilancia ordinaria: 'en dos pies y sin moverlos'. *Cuartos* «se llaman también las tres partes en que se divide la noche para las centinelas: que la primera se llama cuarto de prima; la segunda, cuarto de la modorra, y la tercera, cuarto del alba» *(Autoridades).*

[5] Comp.: «Puso las alabanzas en el cielo de la vida libre del soldado y de la libertad de Italia; pero no le dijo nada del frío de las centinelas, del peligro de los asaltos, del espanto de las batallas, del hambre de los cercos, de la ruina de las minas, con otras cosas de este jaez, que algunos las toman y tienen por añadiduras del peso de la soldadesca, y son la carga principal de ella» *(El licenciado Vidriera, Novelas ejemplares,* II, pág. 106, y también *Don Quijote,* I, xxxviii). El motivo de las miserias de la vida soldadesca (presente también, por citar algunas obras que conoció Alemán, en Pérez de Oliva, el *Momo,* II, vi, o el *Amparo de pobres,* IX) se aliaba con la amarga constatación de «cuán abatida estaba la milicia» y «qué poco se remuneraban servicios» (I, ii, 9, y cfr. n. 22), críticas conocidas también por boca de Cervantes y Don Quijote.

[6] Sobre estas alusiones al *Guzmán* apócrifo, cfr. E. Cros, *Mateo Alemán,* pág. 43, y la bibliografía recordada en la n. 28 del capítulo anterior.

cuento y fácil fuera hacerse letrado. ¿Piensan por ventura que
no hay más que decir «ladrón quiero ser» y salirse con ello?
Pues a fe que cuesta mucho trabajo y corre peligro. Demás que
no sé yo si en los Derechos hay más consejos o tantos cuantos
ha menester un buen ladrón. Pues ya, si hay dos o se juntan en
un lugar y a la porfía y quiere alguno correr tras el otro que se
ha llevado tras de sí la voz y fama de todo el cacoquismo y germanía[7], por mi fe que le[8] importa, y no poco, apretar los puños mucho.

Que, con parecerme a mí, como era verdad, que con cuanto
me había contado Sayavedra era desventurada sardina y yo en
su respeto ballena, con dificultad y apenas osara entrar en examen de licencia ni pretender la borla[9]. Y él y su hermano pensaban ya que con sólo hurtar a secas, mal sazonado, sin sabor
ni gusto, que podrían leer la cátedra de prima[10].

Pensaron que no había más que hacer de lo que dijo un labrador, alcalde de ordinario en la villa de Almonací de Zuri-
ta[11], en el reino de Toledo, habiendo hecho un pilar de agua
donde llegase a beber el ganado, que, después de acabado, soltaron la cañería en presencia de todo el concejo y, como unos
dicen «alto está» y otros «no está», se llegó el alcalde a beber y,
en apartándose, dijo: «Pardiós, no hay más que hablar, que,
pues yo alcanzo, no habrá bestia que no alcance»[12]. Como debieron de ver algunos ladroncillos de pan de poya[13], se les haría fácil y dirían que también alcanzarían como los otros. Pues
yo doy mi palabra que, a tal pensamiento, se les pudiera decir
lo que otro labrador, también cerca de allí en la Mancha, dijo a

---

[7] *cacoquismo:* «ladronería» (Alonso), por Caco, naturalmente.

[8] *le:* en la príncipe, *lo.*

[9] *borla:* cfr. II, i, 2, n. 53.

[10] *cátedra de prima:* cfr. II, i, 2, n. 39, y I, ii, 2, n. 13.

[11] Almonacid de Zorita, en la provincia de Guadalajara.

[12] Sin duda se trata de un cuento tradicional afín a los muchos dedicados a
las bobadas de aldeanos y alcaldes rústicos. Cfr. sobre éste M. Chevalier, *Cuentos
folklóricos,* núm. 110, pág. 180 (con referencia a otras versiones españolas) y
«*Guzmán de Alfarache* en 1605», pág. 129.

[13] *pan de poya:* «el pan que se contribuye en los hornos públicos por precio de
la cochura» *(Autoridades);* quiere decir de nuevo 'ladronzuelos de tres al cuarto,
de poca monta', como en seguida *bajamanero.*

otros dos que porfiaban sobre la cría de una yegua. El uno dellos decía «jumento es», y el otro que no, sino muleto. Y llegándose a mirarlo el tercero, cuando hubo bien rodeado, y mi-
rándole hocico y orejas, dijo: «¡Pardiós, no hay que rehortir[14],
tan asno es como mi padre!»[15].

Quien se preciare de ladrón, procure serlo con honra, no
bajamanero[16], hurtando de la tienda una cebolla y trompos a
los muchachos, que no sirve de más de para dar de comer a
otros ladrones, haciéndose sus esclavos de jornal, y, si no les
pecha, lo ponen luego en percha[17]. No hay hacienda ni espaldas que lo sufran; diz que por tan poco ha de arrestarse[18] tanto. Por una saya, por dos camisas...: quien camisas hurta, jubón espera[19]. Haga lo que decía Chapín Vitelo[20], aquel valero-

---

[14] *rehortir:* «disputar, discutir» (Alonso).

[15] Comp.: «—Tanto monta —dijo el criado—; que el caso no consiste en
eso, sino en si es o no es albarda, como vuestras mercedes dicen. Oyendo esto
uno de los cuadrilleros que habían entrado, que había oído la pendencia y quistión, lleno de cólera y de enfado, dijo: —¡Tan albarda es como mi padre; y el
que otra cosa ha dicho o dijere debe de estar hecho uva!» *(Don Quijote,* I, xlv: III,
págs. 301-302). Debe tratarse también de un cuentecillo tradicional (aunque la
analogía que advierte E. Cros, *Sources,* 132, con dos del *Sobremesa* de Timoneda
[I, v y xv] es, ciertamente, «lontaine»). Cfr. M. Chevalier, *«Guzmán de Alfarache*
en 1605»,* pág. 127.

[16] *bajamanero:* 'ladronzuelo' (cfr. II, i, 8, n. 8).

[17] *en percha:* la frase es compleja, pero sólo por la ambivalencia deliberada que
le asigna el autor, afianzada de nuevo por un calambur. El sentido más obvio e
inmediato de *percha* (no advertido por los demás anotadores) es jergal: 'posada,
casa', y de ahí, claro, 'cárcel' (cfr. Alonso); pero quizá no quiere decirse tan sólo
eso, sino también que los «otros ladrones» someten a su jurisdicción al caco de
pacotilla (pues *estar en percha* es «estar ya asido y asegurado lo que se deseaba coger o asegurar» [*Autoridades*] o, simplemente, «estar ... guardado» [Covarrubias])
y, a la vez, que el *bajamanero* se ve degradado «al simple menester de señuelo»
(como sí indica EM): cfr. I, iii, 2, n. 42.

[18] *arrestarse:* atreverse, arriesgarse, «arrojarse a tomar pendencias con otro u
otros» (Correas).

[19] *«Quien camisa hurta, jubón busca:* entiende jubón de azotes» (Correas). Cfr. I,
i, 5, n. 31.

[20] *Chapín Vitelo:* «un caballero [que] hubo en Italia muy nombrado» (Covarrubias), «es decir, Ciappin Vitelli, maestre de campo del duque de Alba, en
Flandes, a quien Botero y otros atribuyeron numerosos dichos agudos» (FR): su
dimensión tradicional desbordó la histórica y se convirtió en voceador de verdades proverbiales, a modo de Pero Grullo.

sísimo capitán: «El mercader que su trato no entienda, cierre
la tienda»[21].

Pero dejemos agora estos ladrones aparte y vuelvo a mí,
que, con poderme oponer a la magistral[22], ya lo tenía olvidado
y no se apartaba entonces el miedo de a par de mí. Todo quiere curso. Había mil años que ni tomaba lanceta ni hacía sangría; tenía ya torpe la mano, no atinaba con la vena[23]. No hay
tal maestro como el ejercicio[24]. Que, si falta, el mismo entendimiento se hinche de moho y cría toba.

Cuando en Milán entramos, anduvimos de vacaciones aquellos tres o cuatro días, que no me atreví a jugar por no hacerlo
con gente de milicia, que juegan siempre con mucha malicia[25].
Todos o los más procuran valerse de sus ventajas. Yo no podía
usar de las mías ni me las habían de consentir, y yo por fuerza
se las había de consentir. Aventuraba con ellos a ganar poco y
a perder mucho. No quise más que dar una vuelta por la tierra,
viendo su trato y grandeza, y luego pasar adelante.

Con esta determinación me andaba paseando todo el día de
tienda en tienda, viendo tantas curiosidades, que ponía grande
admiración, y los gruesos tratos que había en ellas, aun de cosas menudas y poco precio.

Estando un día en medio de la plaza, se llegó a Sayavedra

---

[21] Viene en Correas. En la *princeps, entiende,* que deshace la tradicional rima
de los refranes —aunque quizá la enmienda no resulte imprescindible.

[22] *magistral:* «cierta canongía o prebenda de oposición que hay en las iglesias
catedrales»; para optar a ella había que estar graduado de maestro en teología, y
de ahí su nombre. Guzmán se creía apto para los más altos cargos de su arte.

[23] Obsérvese la utilización del lenguaje médico: *lanceta* ('bisturí'), *sangría* (también 'robo' y, en particular, 'la rasgadura que el ladrón hace para sacar el dinero'
[Alonso]) y *vena* (con recurso a la frase hecha *dar* —o no— *en la vena,* 'hallar el
medio adecuado').

[24] «Usus magister egregius» (Plinio, *Epístolas,* I, xx, 12), idea frecuente en las
polianteas. Comp. I, i, 8, *ca.* n. 60: «la práctica en las cosas hace a los hombres
maestros de ellas», y cfr., por ejemplo, H. del Pulgar, *Letras,* xxiii, pág. 102,
ls. 21-22.

[25] *milicia ... malicia:* «la malicia y la milicia casi convienen en el mesmo nombre y tienen la mesma definición» (J. Huarte de San Juan, *Examen de ingenios
para las ciencias,* pág. 254). La paronomasia gustó a Gracián: «Milicia es la vida
del hombre contra la malicia del hombre» *(Oráculo manual y arte de prudencia,*
XIII, pág. 156b, con la buena nota de A. Del Hoyo, y cfr. *Criticón,* II, ix, pág. 201:
«que no es otro la vida humana que una milicia a la malicia», con el recuerdo de
Job anotado también aquí, I, i, 7, n. 9).

un mozo bien tratado y de buena gracia, en sus acentos y talle fino español; mas como los tenía por las espaldas no pude ver ni entender por entonces más de que se hicieron un poco a lo largo de mí, donde a solas por grande rato hablaron. Que no me dejó de poner cuidado pensar qué pudieran estar con tanto secreto tratando, no habiéndose visto, a mi parecer, ni hablado antes. Mas por no romper la plática hasta ver en lo que paraba, estúveme quedo y advertido si de allí escapasen acudir yo con tiempo a la posada y llegar primero, antes que me mudasen.

Siempre los tuve a el ojo, sin hacer alguna mudanza, en cuanto no la hiciesen ellos. Porque consideraba: «Si lo llamo y después le quiero preguntar por lo que trataban, habrá tenido Sayavedra ocasión para componer lo que quisiere, diciendo que por haberlo llamado no acabaron la plática en que estaban.» Así, por mejor satisfacerme, tuve por bueno tardarme allí algo más, dejándoles el campo franco, pues no hacía mi dilación en otra parte falta.

Ya cuando fue hora de comer, el mozo se despidió para irse y yo quise hacer lo mismo, que aún todavía estaba en pie mi sospecha. Como Sayavedra no me habló palabra ni yo a él, siempre truje comigo aquel recelo y no con poco cuidado de alguna gatada[26]. Que la sospecha es terrible gusano del corazón[27] y no suele ser viciosa cuando carga sobre un vicioso; pues, conforme a las costumbres de cada uno, se pueden recelar dél. Mas, como el deseo de las cosas hace romper por las dificultades dellas[28], aunque quisiera callar no me pude sufrir sin preguntarle quién aquel mozo fuese y de qué había salido el trunfo para plática tan larga. Cuando acabamos de comer y quedamos a solas, díjele:

—Aquel mancebo desta mañana me parece haberlo visto en Roma. ¿Por ventura llámase Mendoza?

---

[26] *gatada:* trampa (cfr. I, ii, 6, n. 47, y —añado ahora— M. Joly, *La bourle,* págs. 200-201).

[27] «La sospecha es un grave mal para el hombre que le tiene, y un gusano del alma» (en Juan de Aranda, *Lugares comunes,* fol. 28r).

[28] Comp. I, i, 8, *ca.* n. 10: «Dicen bien que el deseo vence al miedo [lo recoge Correas], tropella inconvenientes y allana dificultades.»

—No, sino Aguilera —me respondió Sayavedra—, y muy
águila para cualquiera ocasión. Es un muy buen compañero,
también cofrade, y una de las buenas disciplinas de toda la hermandad y ninguna mejor llaga que la suya[29]. Es de muy gentil
entendimiento, gran escribano y contador. Muchos años ha
que nos conocemos. Habemos peregrinado y padecido juntos
en muchos muy particulares trabajos y peligros. Y agora me
quería meter en uno, que nos pudiera ser de grandísima importancia, o por nuestra desventura dar con el navío al través,
que a todo daño se pone quien trata de navegar, pues no está
entre la muerte y vida más del canto de un traidor cañuto[30].
Dábame cuenta cómo llegó a esta ciudad con ánimo de buscar
la vida como mejor pudiera, mas que, para no engolfarse sin
sondar primero el agua, que había buscado un entretenimiento
que le hiciese la costa sin sospecha para que a dos días lo prendiesen por vagabundo, y que asentó con un mercader de
aquesta ciudad, que lo recibió en su servicio por su buena pluma[31], y ha más de un año que le sirve con toda fidelidad, esperando darle una coz a su salvo, como lo hacen las mulas al
cabo de siete[32]. Decíame que asentásemos compañía para hacer una empanada[33] en que tuviésemos que comer para salir de

---

[29] Era muy frecuente en el tiempo aludir a la *cofradía* de los rufianes y pícaros, como sabemos por *Rinconete y Cortadillo*. El significado de *llaga* es afín al de
herida anotado en II, i, 6, n. 1.

[30] Según cree Rico, se recuerda aquí un dicho antiguo, atribuido a Anacarsis
el Escita (pero famoso ya por la *Floresta* de Santa Cruz, IX, iv, 5):
«Viendo ciertas naos, preguntó qué tanta grosura tenían aquellas naos;
respondióle uno que cuatro dedos poco más o menos; entonces dijo él:
"Pues tanto y no más están apartados de la muerte los hombres que navegan"»
(según la traducción española de los *Apotegmas* de Erasmo; cfr. Diógenes Laercio, I, 103). Por otro lado, la crítica de la navegación (temeridad, ambición desmedida de riquezas vanas...) es también motivo frecuente en la literatura moral
de la antigüedad.

[31] *por su buena pluma*: 'por su traza al escribir' (se nos ha dicho que Aguilera es
«gran escribano y contador»), pero es posible que la frase no carezca de malicia.

[32] Pues de lo que se hacía esperar podía decirse, con el refranero: «Hace tarde, como mula de Losa ["Lugar donde se crían buenas mulas"]: dícese del que
va reportado en el principio de su proceder y después de entera satisfacción,
como estas mulas que hasta los seis o siete años no hacen, y se crían delgadas y
cenceñas» (Covarrubias). *«Hacer tarde* es tardar en cobrar todas sus fuerzas»
(Correas, en el comentario a «Mula de Losa, el que la cría no la goza» y «Mula
de Losa y potro de Alcaraz, tarde haz»).

[33] *hacer una empanada*: 'urdir un engaño', 'dar un golpe', 'efectuar un robo';

laceria; mas no me pareció cosa conveniente: lo principal por
hallarme tan acomodado a mi gusto, y demás desto para mudar estado es necesaria mucha consideración. Con poco no podíamos contentarnos y con mucho era imposible salir bien,
por la mala comodidad que teníamos. Aquí no había donde
poder estar secretos cuatro días, ni huyendo caminar seguros
que a cuatro pasos no nos volviesen presos y nos dejasen los
pescuezos de más de la marca[34], sin quedar las personas de
provecho. Estuvimos dando y tomando trazas, empero ninguna de provecho ni a propósito. Que, cuando los fines no se
pueden conseguir, son los medios impertinentes y los principios temerarios[35]. Así se apartó de mí, por no hacer a su amo
falta, ya que nuestra plática no podía ser de provecho.

Ni esto que me dijo me dejó seguro, ni dejé de darle crédito,
por parecerme cosa que pudo ser. Pedí la capa y salimos de
casa con determinación de dar una vuelta por el campo.
Y aunque lo más de la tarde tratamos de otras cosas, nunca se
me apartó de la imaginación mi tema.

En ella[36] iba y venía, pensando entre mí: «Aun, si quisiese
aqueste asegurarme y me diese un cabe que pasase la raya[37],
¿de quién me podría quejar, sino de mi necedad? Porque una
bien se puede disimular; pero a dos, echarle a quien las espera
una gentil albarda[38]. ¿Qué seguridad puedo yo tener deste?
Que nunca buena viga se hizo de buen cohombro. El que malas mañas ha, tarde o nunca las perderá[39]. Y ésta será la fina,
darle a el maestro cuchillada, sobre buena reparada»[40].

«frase metafórica con que se da a entender haber habido ocultación de algunas
cosas en algún negocio o dependencia, para conseguir lo que se pretende, aunque sea con perjuicio ajeno» *(Autoridades)*.

[34] *de más de la marca:* 'más largos de lo normal' (cfr. I, iii, 10, n. 15), por efecto, claro, de la horca.

[35] Cfr. I, ii, 2, n. 18; II, i, 1, n. 7, y Juan de Aranda, *Lugares comunes,*
folios 58c-60v.

[36] *ella:* el tema (femenino en lo antiguo).

[37] *cabe ... raya:* cfr. I, i, 3, n. 41.

[38] Comp. I, ii, 9: «Vuestros amores ... comenzaron por silla y acabaron en albarda. No me la volveréis a echar otra vez» (y cfr. n. 3).

[39] Porque el cohombro crece muy retorcido; algunos paremiólogos modernos recogen el dicho (Campos-Barella, núm. 2992). *Quien malas mañas...,* en
Correas.

[40] *al maestro...:* tal cual en Correas, que también recoge la versión más breve

Mas, aunque siempre tuve los ojos en la puerta, nunca me faltaron las manos de la rueca[41]. Hecho estaba un Argos en mi negocio y otro Ulises para el suyo[42], trazando cómo —si me había dicho verdad— poder ayudarlos a lo seguro de todos, en caso que fuese negocio de consideración para salir de laceria. Que meter costa en lo que ha de ser de poco provecho es locura. Los empleos hanse de hacer conforme a las ganancias; que ponerse un hombre a querer alambicar su entendimiento muchas noches en lo que apenas tendrá para cenar una no conviene.

Mas, porque por ventura pudiera ser viaje de provecho y echar algún buen lance, cuando a dormir volvimos a casa y vi suspenso a Sayavedra, le dije:

—Paréceme que te robas[43] por lo que no robas; inquieto te trae mucho el dinero del mercader. ¿Es por ventura lo que pensabas alguna traza de las de Arquimedes?[44]. Pues a fe que conozco yo un amigo que no hiciera mal tercio en el negocio, si fuese gordal y de sustancia.

—¿Cómo gordal y de sustancia? —respondió Sayavedra—. De más de veinte mil ducados. Paño hay para cortar y trazar a nuestra voluntad, como quisiéremos.

Yo le dije:

—Como no se corte de manera que dél nos hagan lobas[45], bien me parece; mas pues tan pensado lo tienes, que no es posible no habérsete asentado alguna invención, ¿qué resulta de todo que algo valga?

—¡Pardiós, nada! —me respondió Sayavedra—. No acierto

---

comentada en I, iii, 8, n. 11. En el arte de la esgrima, *reparada* es el gesto o movimiento que detiene la acometida del contrario.

[41] Recuerda y altera un refrán: «Las manos en la rueca y los ojos en la puerta» (Correas). Se decía de los despistados y poco vigilantes; de ahí la trasposición.

[42] *un Argos ... y otro Ulises:* paradigmas de la vigilancia («en lince de cien ojos convertido», Lope, *La Filomena*, en *Obras poéticas*, pág. 709) y la astucia, respectivamente.

[43] *te robas:* te arrobas.

[44] *Arquimedes*, con pronunciación llana, modelo —como es sabido— de tracista.

[45] *lobas:* de azotes, como el *jubón* de la n. 19.

con la esquina. Tanto ha que huelgo, que ya con el ocio ha criado el entendimiento sangre nueva y está lleno de sarna[46]. Mil veces comienzo con el trote y a dos galopes me canso: todo lo hallo malo.

Entonces le[47] volví a decir:

—Pues tan importante negocio es, como dices, ¿qué parte me querréis dar por que os quite los cuidados y salgáis con vuestra vitoria?

Él me dijo:

—Señor, la mía y mi persona somos de Vuestra Merced. Con Aguilera se ha de tratar, por lo que le toca y, hecho el concierto con él, acabado es el cuento: con todos está hecho.

—Pues —díjele— vete a buscarlo y procura verlo, sin que de su casa te vean, y dile que nos veamos cuando tuviere lugar, que poco se perderá en que me conozca, si ya le conozco.

Hízolo así. Enviólo a llamar con un papel secretamente y, cuando nos juntamos, le pregunté por menudo las calidades, costumbres y trato de su amo, qué hacienda tenía, en qué, dónde y en qué monedas y debajo de qué llaves.

Comenzóme a hacer su plática en esta manera:

—Señor, ya Sayavedra tiene dada relación de mí a Vuestra Merced, y sabrá que soy calafate zurdo[48], un pobreto como todos. Y, aunque conozco que con menos ingenio hay millares muy ricos en el mundo, también he visto con éstos a otros más hábiles ahorcados, no siendo yo el que menos lo ha merecido, de que doy a Dios infinitas gracias. Puede haber poco más de un año —que es el tiempo que ha que residó en esta ciudad— que sirvo a un mercader de harto trabajo, y de cuatro meses a esta parte soy su cajero. Tengo los libros en mi poder; empero los dineros están en el suyo. Amo y temo. No acabo de resolverme cómo hacerle un salto que no me deje después en el aire. Que para poco y malo, menor mal es pasar adelante con

---

[46] *sarna*: seguramente por el ferviente deseo de enriquecerse, pues al muy rico o al que ha experimentado un favorable golpe de fortuna se solía decir que «no le falta sino sarna» (Covarrubias).

[47] *le*: la príncipe, *lo*.

[48] *calafate*: «ladrón de poca categoría que roba con arte y disimuladamente» (Alonso), y además *zurdo* 'torpe'.

mi buen trato. Y si fuese mucho, querríalo gozar mucho. Helo
comunicado con Sayavedra; porque para estos casos no hay
hombre que pueda solo, para que por allá, entre personas de
quien se pueda fiar, pues tiene tantos amigos, lo trate con alguno dellos. Que como son varios los entendimientos, cada
cual discurre como mejor sabe, y algunas veces acontece dor-
mitar Homero[49] y salir las trazas buenas. Y cuando anoche recebí su papel enviándome a llamar, sospeché que no sería en
balde, que ha mucho que lo conozco y nunca se suele armar
sino a cosa señalada. Creo, si acaso le hallamos vado, que habemos de hacer un gentil negocio, de que nos ha de resultar
mucho bien. Lo que de su hacienda con verdad puedo afirmar,
como quien tan bien lo sabe, por haberlo visto, es que valen
las mercaderías que hoy tiene de las puertas adentro de su casa
para dar a solo mohatras[50], más de veinte mil ducados. Y desto me da las llaves muchas veces, por la confianza grande que
de mí tiene. Demás que bien sabe que no me tengo de cargar
las balas a cuestas, para llevárselas con lo que tienen. Lo que
hay encerrado dentro en dos cofres de hierro, en todo género
de moneda, pasan de quince mil, y en el escritorio de la tienda
encerró, habrá doce días, un hermoso gato[51] pardo rodado, tan
manso y humilde como yo. No con ojos encendidos, no rasga-
doras uñas ni dientes agudos; antes embutido con tres mil es-

---

[49] Es un verso de Horacio *(Arte poética,* 359: «quandoque bonus dormitat
Homerus») que fue proverbial en latín y en las lenguas vulgares: «que alguna
vez se duerme el buen Homero» *(La Pícara Justina,* II, 2.ª, i, 2.º, pág. 374, y cfr.
Don Quijote, IV, pág. 100).

[50] *mohatra:* «compra fingida o simulada que se hace o cuando se vende teniendo prevenido quien compre aquello mismo a menos precio, o cuando se da
a precio muy alto para volverlo a comprar a precio ínfimo, o cuando se da o
presta a precio muy alto. Es trato prohibido» *(Autoridades).* Cfr. por ejemplo la
Novísima Recopilación, X, i, 20. La condena de tales «tratillos paliados» (I, i, 1,
n. 32, con su bibliografía, y comp. las «mohatras paliadas» de *El Criticón,* I,
pág. 174) es motivo importante del *Guzmán* y preocupación más o menos seria
para muchos escritores contemporáneos de su autor. Comp. los casos distintos
de Hermosilla, *Diálogo de los pajes,* pág. 14; Mondragón, *Censura de la locura humana,* X; Quevedo, *La hora de todos,* [v], o, ya en otro ámbito más serio, la *Suma
de tratos y contratos* de Tomás de Mercado, IV, xv, y VII, vi-vii. Cfr. también II,
iii, 3, n. 9.

[51] *gatos:* «los bolsones de dinero, porque se hacen de sus pellejos desollados
enteros, sin abrir» (Covarrubias). Cfr. *Don Quijote,* V, págs. 117-118.

cudos de oro, en rubios doblones de peso de a dos y de a cuatro, sin que intervenga ni sólo un sencillo en ellos. Los cuales apartó y puso allí para dar a logro[52] a cierto mercader que se los pide por seis meses, y no se los quiere dar por más de cuatro, con el cuarto de ganancia, de que le ha de hacer más la obligación[53] por contado. Es hombre del más mal nombre que tiene toda la ciudad y el peor quisto de toda ella. No hay quien bien lo quiera ni a quien mal no haga. No trata verdad ni tiene amigo. Trae la república revuelta y engañados cuantos con él negocian. Tengo por cierto que de cualquiera daño que le viniese, sin duda sería en haz y en paz[54] de todo el pueblo. Ninguno habría que no holgase dello[55].

Con esto juntamente me dijo cómo se llamaba, dónde vivía, el escritorio a qué mano estaba y el gato en qué gaveta. Hízome tan buena relación, que a cierra ojos pusiera las manos encima dello. Pregunté le si habría dificultad en hacer una impresión de llaves. Díjome que muy fácilmente, porque las tenía todas en una cadenilla, con las de los almacenes de mercaderías y cofres de hierro, las cuales de ordinario le daba para sacar lo que pedía; empero que, como era tan avariento y miserable, lo hacía de modo que no las perdía del ojo.

---

[52] *dar a logro*: prestar con usura.

[53] *obligación*: «la escritura que uno hace en favor de otro, en que se obliga a cumplirla» (Covarrubias).

[54] *en haz y en paz*: «a gusto de todos, que lo vieron y lo consintieron» (Covarrubias).

[55] Para el «famoso hurto» que sigue (cfr. el epígrafe del capítulo), Alemán se inspiró seguramente en la adaptación castellana del *Baldus* de Teófilo Folengo (... *de los grandes hechos del invencible caballero Baldo y las graciosas burlas de Cingar*, Sevilla, 1542), y en concreto en un episodio de la autobiografía de Cingar. *Vid.* el fundamental estudio de A. Blecua, «Libros de caballerías, latín macarrónico y novela picaresca» (con el texto del robo al prestamista, págs. 189-191). Entre otros, se da «el curioso paralelismo de la enseñanza al ladrón aprendiz...: Guzmán enseña a Sayavedra y Guarico Guarnidor a un joven» (A. Blecua, *Mateo Alemán*, pág. 57, n. 53). Además, en ambos casos la acción transcurre en Milán y está precedida por sendas consideraciones de un personaje sobre la necesidad de abandonar las raterías de poca monta («hurtáys cosas tan pocas que si luego te assen, presto serás ahorcado por poco. Tomá vos y hurtá en quantidad, y seráos tenido en mucho», aconseja Guarico Guarnidor, pág. 189). Cfr. B. König, «Der Schelm als Meisterdieb. Ein *famoso hurto* bei Mateo Alemán» (también con el texto del *Baldo* y con buenas observaciones sobre el conjunto del *Guzmán* visto en el espejo de este episodio picaresco).

Holguéme de saber que había facilidad en lo más dificultoso y díjele:

—Pues lo primero que habemos de poner en tabla[56] para nuestro negocio ha de ser eso: traerme los moldes en cera, para que yo los vea y me prevenga de otras, mandándolas luego hacer. También será necesario estar de acuerdo en lo que se ha de hurtar por lo presente, y sea de modo que no asombre, siendo en demasía, ni tan poco que deje de sernos de provecho, y lo que dello ha de haber cada uno de nosotros.

En cuanto a el hurto nos resolvimos en que fuesen los tres mil escudos del gato, y en lo demás anduvimos a tanto más tanto[57], como si fueran ovejas las que se vendían, hasta que dije:

—De aqueste dinero, si se hubiese de hurtar lisamente, a todo riesgo de horca y cuchillo, natural cosa es que cual el peligro tal había de ser la ganancia, y cabíamos en un tercio por persona, siendo tres los compañeros. Mas, pues habemos de jugar a lo seguro y pasar el vado a pie enjuto, sin que dello por algún modo se me pueda poner culpa ni cargar pena, quedando cada uno con su buena reputación de vida y fama, entero el crédito y sana la nuez, bien mereciera cualquier buen arquitecto su parte ligítima por sólo delinearlo, sin otro algún trabajo. Y ésa quiero llevar yo, conforme a lo cual me pertenece liso un tercio, libre y descargado de todo jarrete[58], y en los otros dos tercios del remaniente habemos de entrar a la parte, cada uno igual del otro con la suya, quedando en ella todos tres parejos.

En esto se dio y tomó; mas, como mi voto eran dos con el de mi criado y de lo que se trataba no era partición de legítima[59] de padres, quedamos en ello de acuerdo. Trújoseme la cera y, en estando las llaves hechas y dada la muestra dellas por Aguilera, que ya corría en el oficio, para que a el tiempo

---

[56] *poner en tabla:* 'poner en obra, preparar, disponer con diligencia'.

[57] *tanto más tanto* o *tanto más cuanto:* regateo, «frase que se usa en las compras y ventas para ajustar o convenir el precio o estimación de alguna cosa» *(Autoridades).*

[58] *jarrete:* cfr. I, i, 1, n. 27, aunque aquí podría aplicarse el sentido de 'sangría' (SGG).

[59] *legítima:* la parte de la herencia que corresponde por ley a los hijos.

de la necesidad no nos hiciesen caer en falta, le dije una noche que por la mañana quería verme con su amo, que tuviese ojo alerta en lo que allí se hablase para lo que adelante sucediese y que nos viésemos cada noche. Dijo que sí haría y con esto se fue.

Otro día por la mañana fui a la tienda del mercader, y en presencia de Aguilera, su criado, después de habernos hablado de cumplimientos, y saludándonos, le dije:

—Señor mío, soy un caballero que vine a esta ciudad ha pocos días. Vengo a hacer cierto empleo para unas donas[60], porque trato en mi tierra de casarme; para lo cual traigo poco más de tres mil escudos, que tengo en mi posada. No conozco la gente ni el proceder que aquí tiene cada uno. El dinero es peligroso y suele causar muchos daños, en especial no teniéndolo el hombre con la seguridad que desea. No sé quién es cada cual. Estoy en una posada. Entran y salen ciento. Y aunque me dieron la llave de la pieza, o puede haber dos o acontecerme alguna pesadumbre. Hanme informado de quien Vuestra Merced es, de su mucha verdad y buen término, y véngole a suplicar se sirva y tenga por bien guardármelos por algunos días, en cuanto hallo y compro lo que voy buscando. Que, cuando se ofrezca en qué servir a Vuestra Merced, la que me hará en esto, soy caballero que la sabré reconocer.

El mercader ya creyó que los tenía en el puño y aun agora sospecho que no fueron sus pensamientos otros que los míos: él de quedarse con ellos y yo de robárselos. Ofrecióme su persona y casa, que podía tenerlo todo a mi servicio. Díjome que los mandase traer muy enhorabuena, que allí los guardaría y me los daría cada y cuando, según y de la manera que se los pidiese. Despedímonos con esto, él dispuesto a guardarlos y yo con palabra dada de que luego se le traerían. Mas nunca más allá volví hasta que fue tiempo.

Cuando a casa volvimos yo y Sayavedra, él estaba como tonto, preguntándome que de dónde le habíamos de dar a guardar aquel dinero, y yo, riéndome, le dije:

—¿Luego ya no se lo llevaste?

---

[60] *empleo:* gasto, desembolso; *donas:* regalo de bodas.

Rióse de lo que le dije y volvíle a decir:

—¿Qué te ríes? Yo sé que allá lo tiene ya, y muy bien guardado. Dile a tu amigo Aguilera que de hoy en ocho días nos veamos y se traiga consigo el borrador de su amo, que le suele servir de libro de memorias.

En este intermedio de tiempo, que aguardábamos el nuestro, desnudándome Sayavedra una noche, después de metido en la cama y no con gana mucha de dormir, que aún me desvelaban viejos cuidados, díjele:

—Has de saber, Sayavedra, que, habiendo adolecido el asno, hallándose muy enfermo, cercano a la muerte, a instancia de sus deudos y hijos, que como tenía tantos y cada cual quisiera quedar mejorado, los legítimos y naturales andaban a las puñadas; mas el honrado padre, deseando dejarlos en paz y que cada uno reconociese su parte, acordó de hacer su testamento, repartiendo las mandas en la manera siguiente: «Mando que mi lengua, después de yo fallecido, se dé a mis hijos los aduladores y maldicientes, a los airados y coléricos la cola, los ojos a los lacivos y el seso a los alquimistas y judiciarios, hombres de arbitrios y maquinadores[61]. Mi corazón se dé a los avarientos, las orejas a revoltosos y cizañeros, el hocico a los epicúreos, comedores y bebedores, los huesos a los perezosos, los lomos a los soberbios y el espinazo a porfiados. Dense mis pies a los procuradores, a los jueces las manos y el testuz a los escribanos. La carne se dé a pobres y el pellejo se reparta entre mis hijos naturales»[62]. No querría que, diciéndonos éste que robáse-

---

[61] Son todos personajes muy queridos por la literatura satírica. Sobre los *alquimistas*, comp. sólo Quevedo, *La hora de todos*, [xxx]; en cuanto a los astrólogos *judiciarios*, comp. lo que se dice en el *Quijote*, II, xxv: «ni saben alzar estas figuras que llaman judiciarias, que tanto ahora se usan en España, que no hay mujercilla, ni paje, ni zapatero de viejo que no presuma de alzar una figura, como si fuera una sota de naipes del suelo, echando a perder con sus mentiras e ignorancias la verdad maravillosa de la ciencia» (V, pág. 228, con su nota [FR]); y en cuanto a los *arbitristas* (y con ellos los *maquinadores*, inventores o tracistas), los más martirizados, *vid.* Jean Vilar, *Literatura y economía. La figura satírica del arbitrista en el Siglo de Oro*, Madrid, 1973 (aunque no menciona este pasaje), y cfr. las muy buenas notas a algunos de nuestros textos clásicos: *Don Quijote*, IV, página 44; *El criticón*, II, iv, pág. 118, y, sobre todo, *Buscón*, II, i, págs. 148-149, n. 140.

[62] El testamento del asno es un motivo conocido de la literatura folklórica, y aquí —como casi siempre en el *Guzmán*— está en relación con los trazos funda-

mos a su amo, nos viniese a robar a nosotros y nos dejase tan
desnudos, que nos obligase a cubrir con el pellejo de nuestro
testador. Y sería mucha su cordura si nos burlase. Dígolo, porque para la prosecución de nuestro intento y poder salir bien
dél, es necesario que de aquellos doblones de a diez, que allí
tengo, le diésemos unos pocos hasta diez, que hagan ciento, y
no son barro[63]. No querría que, tirándonos un tajo con ellos y
buen compás de pies[64], fuese retirándose poco a poco.

A esto me respondió:

—Si todos quinientos y quinientos mil pusiésemos en su poder, no faltara un carlín[65] de todos ellos en mil años, por ser
costumbre nuestra guardarnos el rostro con fidelidad grandísima, y quede a mi cargo el riesgo, para que corra todo por mi
cuenta.

mentales de la obra (cfr. E. Cros, *Protée*, pág. 228): en un momento pasan por la
picota los aduladores, los maldicientes, los airados, los avarientos, los soberbios,
los viciosos, los jueces y otras figuras predilectas de la literatura crítica. Sobre
otras implicaciones del motivo, cfr. I, i, 7, n. 6, y M. Joly, *La bourle*, páginas 514-516, y «Onofagia y antropofagia», págs. 280-281.

[63] *«No es barro* [con otras fórmulas afines]: cuando se encarece algo por mucho, que no era tan fácil como el barro ni de tan poca estima como el otro hace
lo que le dan» (Correas); es decir, 'no es moco de pavo'. Comp. Cervantes, *El
coloquio de los perros*: «Pues ¿paréceles a vuesas mercedes que sería barro tener
cada mes tres millones de reales como ahechados?» *(Novelas ejemplares*, II, página 319).

[64] *tirándonos un tajo ... y buen compás de pies:* ambas expresiones figuradas están
tomadas del léxico de la esgrima.

[65] *carlín:* «cierta moneda de plata que se batió en tiempo del Emperador Carlos Quinto y hasta hoy queda el nombre y el valor [un real de plata] en Italia»
(Covarrubias).

CAPÍTULO VI

SALE BIEN CON EL HURTO GUZMÁN DE ALFARACHE, DALE A
AGUILERA LO QUE LE TOCA Y VASE A GÉNOVA CON SU CRIADO
SAYAVEDRA

La esperanza, como efectivamente no dice posesión alguna, siempre trae los ánimos inquietos y atribulados con temor de alcanzar lo que se desea. Sola ella es el consuelo de los afligidos y puerto donde se ferran[1], porque resulta della una sombra de seguridad, con que se favorecen los trabajos de la tardanza. Y como con la segura y cierta se dilatan los corazones, teniendo firmeza en lo por venir, así no hay pena que más atormente que si se ve perdida, y muy poquito menos cuando se tarda[2].

Cuántos y cuán varios pensamientos debieron de tener mis dos encomendados en este breve tiempo, que como ni les di más luz y los dejé con la miel en la boca, debieron de vacilar y dar con la imaginación más trazas que tiene un mapa[3], unos por una parte y otros por otra. ¡Cuáles andarían y con qué cui-

---

[1] *se ferran:* se anclan (cfr. I, i, 2, n. 22).

[2] Cfr. Juan de Aranda, *Lugares comunes,* fols. 131r-132r: «La virtud de la esperanza es como áncora firme y segura del ánima»; «La esperanza está colocada y tiene su asiento entre el temor y la seguridad»; «Así como una nave se fortalece de muchas áncoras, así nuestra vida con muchas y diversas esperanzas»; «Sola la esperanza es bastante a consolar al hombre en los trabajos», etc. (sentencias de San Agustín, Diógenes, Cicerón, la Biblia...).

[3] *más trazas que tiene un mapa:* pues *trazas* son también las líneas del mapa, o más exactamente sus coordenadas (como los «pensamientos», «unos por una parte y otros por otra»).

dado, deseando los fines prometidos, que no se les debieron de hacer poco dudosos!

Ya, cuando vieron amanecer el sol del día dellos tan deseado y de mí no menos, y Aguilera me trujo el libro borrador que le pedí, busqué una hoja de atrás, donde hubiese memorias de ocho días antes, y en un blanco que hallé bien acomodado puse lo siguiente: «Dejóme a guardar don Juan Osorio tres mil escudos de oro en oro, los diez de a diez y los más de a dos y de a cuatro. Más me dejó dos mil reales, en reales.» Luego pasé unas rayas por cima de lo escrito y a la margen escrebí de otra letra diferente: «Llevólos, llevólos.» Con esto cerramos nuestro libro y díselo.

Mas le di diez doblones de a diez y díjele que, abriendo el escritorio, sacase ciento del gato y metiese aquéllos en su lugar. Dile más dos bervetes[4], uno en que decía: «Estos tres mil escudos en oro son de don Juan Osorio»; y el otro: «Aquí están dos mil reales de don Juan Osorio, su dueño.» Advertíle que si dentro del gato hubiese algún otro bervete, lo sacase y dejase sólo el mío, y el de los dos mil reales lo metiese dentro de un talego, en que me dijo haber otros diez y siete mil, poco más o menos, que no sabía lo justo, porque cada día se iban echando dineros en él, y que advertiese que aqueste de la plata estaba en un arcón de junto a el escritorio y tenía por señas el talego una grande mancha de tinta junto a la boca.

Con esto se fue Aguilera, llevando de orden que aquella noche sin falta lo dejase puesto cada cosa en su lugar, según se lo había dicho. El siguiente día, después de comer, me fui a la tienda del mercader muy disimulado, mi criado detrás, nuestro paso a paso. Cuando allá llegamos y él me vio, se alegró mucho, creyendo que ya le llevaba lo que le vine a pedir.

Conformidad teníamos ambos en engañar; mas eran muy diferentes de las mías las trazas que él debía de tener pensadas. Cuando nos hubimos ya saludado, le dije:

—Aqueste criado vendrá por la mañana con un talego y un papel mío. Mande Vuestra Merced que se le dé todo buen despacho.

---

[4] *bervete:* apuntación breve en una suerte de etiqueta o membrete (o *brevete*, que es la forma que ha prevalecido en los diccionarios académicos).

El hombre, como debía de ir más caballero en su malicia que receloso de la mía, creyó que le decía que por la mañana le llevarían el dinero y díjome:

—Todo se hará como Vuestra Merced lo manda.

Fuime la puerta fuera y, a menos de veinte pasos andados, di la vuelta y díjele:

—Después que de aquí salí, se me ha ofrecido a el pensamiento que importa llevar luego ese dinero para cierto efeto. Mándemelo dar Vuestra Merced.

El hombre se alteró y dijo:

—¿Qué dinero es el que Vuestra Merced manda que dé?

Y díjele:

—Todo, señor, todo; porque todo lo he menester.

Él entonces dijo:

—¿Cuál todo tengo de dar?

Volvíle a decir:

—El oro y la plata.

—¿Qué oro y plata? —me respondió.

Y respondíle:

—La plata y oro que Vuestra Merced acá tiene mío.

—¿Yo de Vuestra Merced oro ni plata? —me dijo—. Ni tengo plata ni oro ni sé lo que se dice.

—¿Cómo no sé lo que me digo? —le respondí alborotado—. ¡Bueno es eso, por mi vida!

—¡Mejor es esotro —dijo él—, pedirme lo que no me dio ni tengo suyo!

—¡Mire Vuestra Merced lo que dice! —le volví a decir—, que para burlas bastan, y son éstas muy pesadas para quien le falta gusto.

—¡Eso está bueno! —me dijo—. Las de Vuestra Merced lo son. Váyase enhorabuena, suplícole.

—¿Que me vaya dice? Antes no deseo ya otra cosa. Mándeme dar Vuestra Merced aquese dinero.

—¿Cuál dinero tengo yo de Vuestra Merced que me pide, para que se lo dé?

—Pídole —dije— los escudos y reales que le dejé a guardar el día pasado.

—Vuestra Merced —me respondió— nunca me dejó escudos ni reales ni tal tengo suyo.

Y díjele:

—Pues acaba en este momento de confesarme delante de todos estos caballeros, cuando le dije que vendría mañana mi criado por ellos, que se los daría, ¿y agora que vuelvo yo, me los niega en un momento?

—Yo no niego a Vuestra Merced nada —me dijo—, porque no tengo recebido algo que poder volver.

—Yo le truje a Vuestra Merced habrá ocho días mi hacienda —le dije— y se la di que me la guardase y la tiene recebida. Mándemela luego dar, porque no es mi voluntad tenerla más un momento en su poder.

—En mi poder no tengo un cuatrín[5] ajeno; váyase con Dios, no sea el diablo que nos engañe a todos.

—A mí fue a quien ya engañó, en darle a Vuestra Merced mi hacienda.

Y con una cólera encendida, que parecía echar fuego por todo el rostro, dije:

—¿Qué quiere decir, no darme mi dinero? Aquí me lo ha de dar luego de contado, sin faltar un cuatrín, o mire cómo ha de ser.

Mostróse tan turbado y temeroso viéndome tan colérico y resuelto, que no supo qué responder. Y como sonriéndose, haciendo burla de mis palabras, decía que me fuese con Dios o con la maldición, que ni me conocía ni sabía quién era ni cómo me llamaba ni qué le pedía.

—¿Agora no me conoce ni sabe quién soy, para levantarse con mi hacienda? Pues aún tiene justicia Milán, que me hará pagar en breve tres pies a la francesa[6].

---

[5] *cuatrín:* cfr. I, iii, 2, n. 9.

[6] *hacer pagar* (o, simplemente, *pagar) tres pies a la francesa:* «por 'luego [al punto], con fuerza y rigor y justicia', como 'pagar al pie de la letra'. Tomóse el símil de tres pies de los alguaciles, que van con sus dos y otro de la vara de justicia, que llevan en la mano, que son tres; y éstos se plantan con osadía a la puerta o en el portal de quien ejecutan; y por el rigor que usan se añadió *a la francesa,* porque los frances[es] son muy ejecutivos, y lo experimentaron los antiguos nuestros con sus mercadantes y agora lo vemos. Y por la desenvoltura de algunos alguaciles, para notar su poca mesura, varían el refrán: *Pagaráme con tres pies y poca vergüenza a la francesa,* los tres pies y poca vergüenza por el alguacil y la vara; *Si no me paga, enviaréle tres pies y poca vergüenza a ejecutarle»* (Correas). Entre los

El hombre más negaba, diciendo andar yo errado, que podría ser haberlo dado a guardar en otra parte, porque ni tenía dinero mío ni me lo debía, no obstante ser verdad que yo le dije que se lo quise dar a guardar; empero que no había vuelto con él, que me fuese a quejar a la justicia enhorabuena y, si algo me debiese, que llano estaba para pagármelo.

Con esta resolución largué los pliegues a la boca, lanzando por ella espuma, y a grandes gritos dije:

—¡Oh, traidor, falso! ¡Justicia del cielo y de la tierra venga sobre ti, mal hombre! Así me quieres quitar mi hacienda delante de los ojos, dejándome perdido. La vida me has de dar o mi dinero. Vengan aquí luego mis tres mil escudos, digo. No ha de aprovecharos el negarlos, que os los tengo de sacar del alma o me los habéis de poner en tabla, en oro y plata, como de mí lo recibistes.

Alborotóse la casa con los que allí habían estado presentes a el caso desde el principio. Juntóse con ellos de los que pasaban por la calle y de otros vecinos, tanto número de gente llamándose con el alboroto los unos a los otros, que ya nos ahogaban y no nos entendíamos. Andábanse preguntando todos qué voces eran o sobre qué reñíamos. Aquí y allí lo contaban ciento y cada uno de su manera, y nosotros allá dentro que nos hundíamos con la reyerta.

En esto llegó un bargelo[7], que es como alguacil en Castilla, pero no trae vara, y haciendo lugar por medio de la gente, llegó donde estábamos, que ya nos ardíamos. Yo cuando vi justicia presente —aunque no sabía quién fuese más de ser justicia— vi mi pleito hecho y dije luego:

—Señores, ya Vuestras Mercedes han visto lo que aquí ha pasado y de la manera que aqueste mal hombre me niega mi hacienda. Su mismo criado diga la verdad y, si lo negaren, dígalo su mismo libro, donde se hallará escrito lo que de mí recibió y en qué partidas, de la manera que se las entregué, para que se nos conozca bien quién es cada uno y cuál dice verdad. ¿Yo había de pedir lo que no le di? Dentro de un gato suyo

---

«modos de decir» y «bordoncillos inútiles» que detestó Quevedo en la *Premática... de 1600* está «el pie a la francesa» *(Obras festivas*, pág. 89).

[7] *bargelo:* cfr. II, i, 8, n. 21.

metió en aquel escritorio tres mil escudos de a dos y de a cuatro y, por señas más verdaderas y ciertas, hay entremedias diez escudos de a diez, que todos hacen los tres mil a el justo. Y en un talego que puso a guardar dentro de aquel arca, en que me dijo que habría entonces hasta diez y siete mil reales poco más o menos con los míos, metió los dos mil que le di. Si no fuere como lo digo, que se quede con ello y me quiten la cabeza como a traidor, con tal que luego se averigüe mi verdad, en presencia de Vuestras Mercedes, antes que tenga lugar de poderlo trasponer en otra parte.

Y señalando a el bargelo, dije:

—Véalo Vuestra Merced, véalo y vea quién trata falsedad y engaño.

El mercader dijo entonces:

—Yo lo consiento, tráiganse mis libros, véanse todos y cuanto dinero tengo en toda mi casa. Si tal así pareciere, yo quiero confesar que dice verdad y ser el que miento.

Los que presentes había dijeron:

—Acabado es el pleito. Justificados están. La verdad se verá bien clara y presto, en lo que ambos dicen.

El mercader mandó a su cajero sacase su libro mayor y, cuando lo trujo, dije:

—¡Oh, traidor, no está en ese libro, sino en el manual!

Pidió el manual de la caja y, cuando lo vi, volví a decir:

—No, no, no son aquí menester tantos enredos, engañándonos con libros; que no digo ésos. No hay para qué roncear[8]; en el que se asentaron las partidas no es tan grande. Un libro es angosto y largo.

Entonces dijo Aguilera:

—En el de memorias debe de querer decir, según da señas dél, que no hay otro en esta casa de aquella manera.

Y sacándolo allí, dijo:

—¿Es por ventura éste?

---

[8] *roncear*: rezongar, cosa propia «de siervos flojos, mal mandados y holgazanes, que, mandándoles hacer una cosa, se van entreteniendo por no hacerla y musitando; y del sonido que hace del malcontento se llamó roncear» (Covarrubias).

—Éste sí, éste sí, él es, véase lo que digo, no hay para qué asconderlo ni encubrirlo, aquí se hallará la verdad.

Anduvieron hojeando un poco y, cuando reconocí las partidas y letra, dije:

—Vuestras Mercedes vean lo que aquí dice, lean estas partidas que me tiene testadas[9] y adicionadas a la margen; pues no le ha de valer tampoco por ahí, que mi dinero me tiene de dar.

Vieron todos las partidas y ser como yo lo decía, y el mercader estaba tan loco que no sabía qué decir, más de jurar mil juramentos que tal no sabía cómo ni quién lo hubiera escrito.

Yo les dije:

—Yo mismo lo escrebí, mi letra es; pero la del margen es diferente y falsamente puesto y testadas, que no me han vuelto nada. Y en aquel escritorio, si no lo ha sacado, allí están mis escudos.

Hacía unos estremos como un loco furioso, de manera que creyeron ser sin duda verdad cuanto decía. Y procurándome sosegar, decían que me apaciguase, que no importaba estar testadas las partidas ni escrito a la margen habérmelos vuelto, si en lo demás era según lo decía.

Díjeles luego:

—¿Qué mayor verdad mía o qué mayor indicio de su malicia puede haber que decir poco ha que no le había dado blanca y hallarlo aquí escrito, aunque testado? Si lo recibió, ¿por qué lo niega? Y si no lo recibió, ¿cómo está escrito aquí? Ábrase aquel escritorio, que dentro estarán mis doblones y los diez de a diez entremedias dellos.

Porfiaba el mercader y deshacíase, diciendo con varios juramentos y obsecraciones que todo era maldad y que se lo levantaba[10], porque doblones de a diez, uno ni más había en toda su casa.

Tanto porfiaron y el bargelo tanto instó en que diese las llaves del escritorio, porque las resistía, no queriéndolas dar, que le juró, si no se las diese, que se lo sacaría de casa, hasta dar noticia de todo a el capitán de justicia —que allí es como en

---

[9] *testadas:* tachadas.
[10] *se lo levantaban:* 'le acusaban falsamente de ello' (comp. II, i, 2, *ca.* n. 42: «cierto que me lo levantaron»).

De la edición de Amberes, 1681

Castilla un corregidor—, para que, depositado, se supiese la verdad.

Finalmente las dio, y en abriéndolo d[i]je:

—Allí en aquella gaveta los metió en un gato pardo rodado.

Abrieron la gaveta y sacaron el gato, y, queriendo contar el dinero para ver si estaba justo, salió el bervete y dije:

—Lean ese papel, que ahí dirá lo que hay dentro y cúyo es.

Leyéronlo y decía ser de don Juan Osorio. Contáronlo y hallaron justos los tres mil escudos con los diez de a diez que yo decía. Ya en este punto quedó el mercader absolutamente rematado, sin saber qué decir ni alegar, pareciéndole obra del demonio, porque hombre humano era imposible haberlo hecho. Demás que si yo tuve mano para ponérselos allí, con mayor facilidad se los pudiera, sin esto, haber llevado. Estaba sin juicio y daba gritos que todo era mentira, que se lo levantaban, que aquel dinero era suyo y no ajeno; que, si el diablo no puso allí aquellos doblones, que no los puso él; que me prendiesen porque tenía familiar[11].

Yo decía:

—Préndanme muy enhorabuena, con tal que me deis mi dinero.

Dábale terribles voces, diciéndole:

—¡Ah, engañador! ¿Aún tenéis lengua con que hablar, viéndose la maldad tan evidente? Abran aquel arcón, que allí está la plata y dentro la puso.

—No hay tal —decía él—, que la plata que allí hay toda es mía y lo son los tres mil escudos.

—¿Cómo son vuestros —le dije—, si acabáis de confesar que no teníades doblones de a diez? Que Dios ha permitido que se os olvidase de haberlos recebido, para que yo no perdiese mi hacienda. El que ha de negar lo ajeno, ha de mirar lo que

---

[11] *familiar:* «el demonio que tiene trato con alguna persona, y la comunica, acompaña y sirve de ordinario, el cual suelen tener en algún anillo u otra alhaja doméstica» *(Autoridades).* Comp. M. Luján, *Segunda parte,* i, 1, pág. 364a: «En opinión dellos era tenido por más que travieso, y que tenía familiar, cosa por aquellas partes [Italia, también] muy usada.» Cfr. *supra,* II, i, 2, n. 15, Torquemada, *Jardín de flores curiosas,* pág. 290, y Vélez de Guevara, *El Diablo Cojuelo,* I, pág. 21.

dice. Cuando aquí llegué, me dijistes delante de aquestos caballeros que mañana me daríades mi hacienda y, luego que os la volví a pedir, delante dellos mismos, me la negastes. Ábrase aquel arca, sáquese todo, sépase quién es cada uno y cómo vive.

Abrieron el arca y, cuando vi el talego, aunque había otros con él, de más y menos dineros, largando el brazo lo señalé con el dedo:

—Ese de la mancha negra es.

En resolución, se halló verdad cuanto les había dicho, y más quedaron certificados cuando, trastornando aquel talego para contar los dineros, hallaron el otro bervete que decía estar allí míos dos mil reales. Yo gritaba:

—Mal hombre, mal tratante, enemigo de Dios, falto de verdad y de conciencia, ¿y cómo, si teníades mis dineros, de la manera que todo el mundo lo ha visto y sabe, me borrábades lo escrito? ¿Cómo decíades que nada os había dado? ¿Cómo que no me conocíades ni sabíades quién era ni cómo me llamaba? Ya ¿qué tenéis que alegar? ¿Tenéis más falsedades y mentiras que decir? ¿Veis como Dios Nuestro Señor ha permitido que os hayáis tanto cegado, que ambos bervetes no tuvistes entendimiento para quitarlos ni esconder la moneda? ¿Veis como ha vuelto su Divina Majestad por mi mucha inocencia y sencillez con que os di a guardar mi hacienda creyendo que siempre me la diérades, y que quien me aconsejó que os la diese debió de ser otro tal como vos y echadizo[12] vuestro para quedaros con ella?

Cuantos estaban presentes quedaron con esto que vieron y oyeron tan admirados, cuanto enfadados de ver semejante bellaquería, satisfechos de que yo tenía razón y justicia. Eran en mi favor la voz común, las evidencias y experiencias vistas y su mala fama, que concluía, y decían todos:

—Mirad si había de hacer de las suyas. No es nuevo en el bellaco logrero robar haciendas ajenas. ¿No veis como a este pobre caballero se le quería levantar con lo que le dio en confianza? Que, si no fuera por su buena diligencia, para siempre se le quedara con ello.

---

[12] *echadizo:* cómplice.

El mercader, que a sus oídos oía estas y otras peores palabras, no tenía tantas bocas o lenguas para poder satisfacer con ellas a tantos, ni era posible abonarse. Quedó tal, que ni sabía si soñaba o si estaba dispierto. Paréceme agora que se pellizcaría las manos y los brazos para recordar[13] o que le pasaría por la imaginación si había perdido las dos potencias, entendimiento y memoria, y le quedaba la sola voluntad, según lo que había pasado. Él —como dije— tenía mal nombre, que para mi negocio estaba probado la mitad. Y aquesto tienen siempre contra sí los que mal viven: pocos indicios bastan y la hacen plena.

Con esto y con lo que juraron los que allí estaban de los primeros, que, pidiéndole yo mi dinero, dijo que otro día me lo daría, o a mi criado, y cómo luego que volví por él me lo negó. Su criado juró cómo llegué a su tienda y en su presencia le rogué que me guardase tres mil escudos, pero que no sabía si se los di, que a lo escrito se remitía, porque muchas veces faltaba de la tienda y no sabía más de lo dicho. Mi criado juró su verdad, que por su mano los había contado y entregado a el mercader en presencia de otros hombres que no sabía quién eran, porque como forastero no los conoció. Y con la evidencia cierta de todo cuanto dije y ver testadas las partidas, estar la moneda señalada, tener cada talego su bervete de cúyo era, confirmó los ánimos en mi favor, volviéndose con él sin dejarle dar disculpa ni querérsela oír. Ni él tenía ya espíritu para hablar. Porque con su mucha edad y ver una cosa tan espantosa, que no acababa de sospechar qué fuese, se quedó tan robado el color como si estuviera defunto, quedando desmayado por mucho espacio. Ya creyeron ser fallecido; mas volvió en sí como embelesado, y tal, que ya me daba lástima. Empero consolábame que si se finara me hiciera menos falta que su dinero.

No hubo persona de cuantos allí se hallaron que no dijese que se me diesen mis dineros. Yo, como sabía que no bastaba decirlo el vulgo para dármelos, que sólo el juez era parte para podérmelos adjudicar, prevenime de cautela para lo de adelante y, cuando todos a voces decían: «Suyo es el dinero, dénselo, dénselo», respondía yo: «No lo quiero, no lo quiero; deposíten-

---

[13] *recordar:* despertar.

se, deposítense.» Con esta mayor justificación el bargelo que
allí se halló presente sacó el dinero de mal poder y lo puso depositado en un vecino abonado[14]. De donde con poco pleito
en breves días me lo entregaron por sentencia, quedándose mi
mercader sin ellos y condenado en costas, demás de la infamia
general que le quedó del caso.

Después que vi tanto dinero en estas pobres y pecadoras
manos, me acordé muchas veces del hurto que Sayavedra me
hizo, que, aunque no fue tan poco que para mí no me hubiera
hecho grande falta, si aquello no me sucediera tampoco lo conociera ni con este hurto arribara; consolábame diciendo: «Si
me quebré la pierna, quizá por mejor[15]; del mal el menos.»
A todos nos vino bien, pues yo de allí adelante quedé con crédito
y hacienda, más de lo que me pudieron quitar; Sayavedra quedó remediado y Aguilera remendado.

Llevé a mi casa mis dineros con todo el regocijo que podéis
pensar, guardélo y arropélo, porque no se arromadizase[16].
Y con ser esto así, aún mi criado no lo acababa de creer, ni tocándole las manos. Parecíale todo sueño y no posible haber salido con ello. Santiguábase con ambas manos de mí, porque
aunque cuando en Roma me conoció supo mi vida y tratos, teniéndome por de sutil ingenio, no se le alcanzó que pudiera ser
tanto y que las mataba él en el aire[17], pudiendo ser muchos
años mi maestro y aun tenerme seis por su aprendiz.

Entonces le dije:

—Amigo Sayavedra, ésta es la verdadera ciencia, hurtar sin
peligrar y bien medrar. Que la que por el camino me habéis

---

[14] *abonado:* fiable, acreditado.

[15] *si me quebré la pierna, quizá por mejor:* cfr. II, i, 6, n. 29.

[16] *arromadizarse:* acatarrarse.

[17] *matarlas en el aire:* «ser un hombre muy agudo y cortesano» (Covarrubias);
o mejor —pienso—, 'matarlas callando' y 'tener una habilidad' (cfr. *Don Quijote*,
V, págs. 93 y 95). Todas las ediciones modernas consideran erróneo el texto de
la *princeps* y suprimen el pronombre *él*, viendo el sujeto en Guzmán: «que las
mataba (yo) en el aire». Yo pienso que la príncepe está bien: 'Sayavedra no advertía que mi ingenio «pudiera ser tanto» y que él no era manco, hacía de las
suyas y tenía habilidad suficiente para «ser muchos años mi maestro y aun tenerme seis por su aprendiz'. Con el texto antiguo, además, no hay contrasentido en esta última frase, si bien parece esconder otras alusiones (por ejemplo, *seis*
son los años de la condena a galeras: cfr. II, ii, 3, *ca.* n. 30).

predicado ha sido *Alcorán* de Mahoma[18]. Hurtar una saya y recebir cien azotes, quienquiera se lo sabe: más es la data[19] que el cargo. Donde yo anduviere, bien podrán los de vuestro tamaño bajar el estandarte[20].

De allí a dos días vino Aguilera por su parte una noche, aunque si no fuera por Sayavedra, yo hiciera con boda y bodigos el alto de Vélez[21], mas, porque no me tuviese sobre ojos[22] en mala reputación y quedase con algún mal conceto de mí, diciendo que quien mal trato usa con otro también lo usaría con él, no quise por lo menos aventurar lo más.

Díjome que su amo estaba muriéndose del enojo, loco de imaginar cómo pudo ser aquello y aun le pasó por la imaginación no ser otra cosa que obra del demonio. Descontéle cien escudos de los que había recebido ya de su mano, por los diez doblones, y dile lo que a el justo le cupo, conforme a el concierto. Después acometí a darle a Sayavedra su parte, con la de la ganancia de los quinientos escudos, y dijo que allí lo tenía cierto para cuando lo hubiese menester, que, pues él no tenía dónde, lo guardase yo hasta mejor comodidad.

Estuvimos en Milán otros diez o doce días; aunque siempre como asombrados y temerosos, por lo cual fuimos de acuerdo salir de allí para Génova, no dando nunca cuenta de nuestro viaje a persona de las del mundo, ni alguno supo de nuestra boca dónde íbamos, por lo que pudiera suceder. Antes dábamos el nombre para otra parte muy diferente, fabricando negocio a que decíamos importarnos mucho acudir.

---

[18] *ha sido Alcorán:* por falsa e inútil.

[19] *más es la data que el cargo:* «es mayor el "beneficio" [los azotes] que el gasto o esfuerzo» (cfr. I, ii, 1, n. 10).

[20] *bajar el estandarte* en señal de sumisión, pues hacerlo (o *batirlo*, más técnicamente) es «hacer reconocimiento al superior» (Covarrubias).

[21] *con boda y bodigos:* «díjose *bodigo* de boda» (Covarrubias), y creo que la frase equivale a 'con lo propio y con lo ajeno', 'con todo el botín' (así lo entiende también Alonso, con sola la autoridad del *Guzmán*), esto es, 'alzarse con el santo y la limosna', pero quizá se aproveche el valor de refranes o expresiones proverbiales como *pan de boda* y otras afines; *hacer el alto de Vélez:* «cuando uno se acoge con lo suyo o ajeno, como sucedió en Vélez y en otras ocasiones de la guerra de Granada, que los soldados, habiendo despojos, se volvían a sus casas huidos y hartos de los trabajos, y dejaban a los capitanes y banderas solos, porque los más eran concejiles» (Correas).

[22] *sobre ojos:* 'con sospecha y recelo' (cfr. I, i, 8, n. 76).

Íbame yo paseando por una de las calles de Milán, adonde había tantas y tan variadas cosas y mercaderías, que me tenían suspenso, y acaso vi en una tienda una cadena que vendían a un soldado, a mis ojos la cosa más bella que jamás vieron. Diome tanta codicia, que ya por comprarla, si acaso no se concertasen, o para mandar hacer otra semejante, me llegué a ellos y estúvela mirando, sin dar a entender mi deseo. Y codiciéla tanto, que luego en aquel espacio breve, teniéndola por fina, se me ofreció traza como llevármela de camino y sin pesadumbre[23].

Atento estuve al concierto, y tan vil era el precio de que se trataba, que creí ser de sola su hechura; mas, como no se concertasen, comencé luego mi enredo preguntando lo que valía y lo que pesaba. El mercader se rió de oírme y dijo:

—Señor, esto no se vende a peso; sino así como está, un tanto por toda.

En sola esta palabra conocí ser falsa y pareciéndome mucha bajeza por cosa tan poca gastar almacén[24] y traza que pudiera después acomodarse mejor en ocasión grave y de importancia, demás que no se debe arriscar por poco mucho, y, si por ventura yo allí segundaba, diera indicios de haber sido embeleco el pasado, concertéme con él y paguésela con tanto gusto como si fuera pieza de valor.

Y no la estimaba en menos, por lo que con ella interesaba. Que se me representó serme de importancia para lo de adelante. Y luego acordé hacer otra de oro fino de la misma hechura y traza. Fuime a un platero. Hízola tal y tan semejante, que puestas ambas en una mano era imposible juzgarlas, ecepto en el sonido y peso, porque le falsa era más ligera un poco y de sonido campanil; que el oro lo tiene sordo y aplomado. Túvo-

---

[23] Es posible que la fuente de este episodio sea la novela II de los *Hecatommithi* de Giraldo Cintio, con traducción castellana de Luis Gaytán de Vozmediano publicada en Toledo, 1590 (cfr. E. Cros, *Sources,* págs. 99-105, con buen análisis de ambos textos), pero las coincidencias (la burla y los medios para lograrla, por ejemplo) no siempre trascienden lo folklórico, y no son pequeñas las variantes introducidas por Alemán.

[24] *gastar almacén:* 'hablar mucho y en vano'; «dícese de los que gastan muchas palabras en arengas largas sin sustancia» (Correas). Cfr. Delicado, *La Lozana Andaluza,* XXIX, pág. 291.

me de toda costa seiscientos y treinta escudos, poco más o menos, y holgara más de que fueran mil, que tanto más me había de valer la otra.

Compré juntamente dos cofrecitos pequeños en que cupiesen a el justo, uno para cada una, en que llevarlas. Y porque aún todavía todas las coyunturas de mi cuerpo me dolían, pareciéndome tener desencasadas las costillas, de la noche buena que me dio el señor mi tío, que la tenía escrita en el alma y aún la tinta no estaba enjuta, viéndome de camino para Génova, dile a Sayavedra parte del mi pensamiento, no contándole lo pasado, más de que, cuando por allí pasé siendo niño, me hicieron cierta burla, porque no me vieron en el punto que quisieran para honrarse conmigo.

Y en el alma me pesó de haberle dicho aun esto, porque no me hallara en mentira de lo que le había dicho antes. Mas no reparó en ello. Díjele juntamente con ello:

—Si tú, Sayavedra, como te precias fueras, ya hubieras antes llegado a Génova y vengado mi agravio; mas forzoso me será hacerlo yo, supliendo tu descuido y faltas. Y porque también será bien chancelar aquella obligación y pagar deudas, porque la buena obra que me hicieron quede con su galardón bien satisfecha. Demás que para desmentir espías[25] conviene hacer lo que tu hermano y tú hicistes, mudar de vestidos y nombres.

—Paréceme muy bien —dijo Sayavedra—, y digo que quiero heredar el tuyo verdadero, con que poderte imitar y servir. Desde hoy me llamo Guzmán de Alfarache.

—Yo, pues —dije—, me quiero envestir el proprio mío que de mis padres heredé y hasta hoy no lo he gozado, porque un don[26], o ha de ser del Espíritu Santo para ser admitido y bien recebido de los otros, o ha de venir de línea recta; que los dones que ya ruedan por Italia, todos son infamia y desvergüenza, que no hay hijo [de] remendón español que no le traiga[27].

---

[25]   *desmentir espías:* despistar (cfr. I, i, 8, n. 77).

[26]   La frecuente crítica del abuso del *don* (cfr. I, i, 2, n. 88) se apuntala aquí con un nuevo juego de palabras, afín al de Cristóbal de Tamariz, *Novelas en verso,* XIV, 784ab: «Fue a cas⟨a⟩ de unas mugeres donde sobra, / no oro, mas gravedad y luengos dones.»

[27]   *remendón:* con el *don* al cabo» (*El crótalon,* VIII, pág. 225) y con el chiste que era casi de rigor en las burlas de tal costumbre, «pues quien no le tiene por ante, le

Y si corre allá como acá, con razón se les pregunta: «¿Quién guarda los puercos?»[28]. Yo me llamo don Juan de Guzmán y con eso me contento.

Entonces dijo Sayavedra con grande alegría:

—¡Don Juan de Guzmán, vítor, vítor, vítor[29], a quien tan buena pantorrilla le hace, aquese sea su nombre![30]. ¡Mal haya el traidor que lo manchare! Quien te lo quitare, hijo, la mi maldición le alcance[31].

Hice sacar lo necesario para un manteo y sotana de rico gorbarán[32], con que salimos nuestro camino de Génova.

---

tiene por postre, como el remendón, azadón, pendón, blandón, bordón y otros así» (Quevedo, *Buscón*, pág. 189). Cfr. M. Chevalier, «*Guzmán de Alfarache* en 1605», págs. 136-137. Por lo demás, acepto —pero sin convicción plena— la adición preposicional de los editores modernos.

[28] Era particular habilidad de los italianos el burlarse de la presunción de los españoles con preguntas afines a la que recuerda Guzmán (cfr. lo dicho en I, iii, 1, n. 12, a propósito de *marrano*). Comp. M. Luján, *Segunda parte*, i, 3, pág. 370a: los españoles «son soberbios, hinchados y comúnmente ignorantes; porque en España casi se precian de no saber letras, aun los más granados y magnates; gente de poca invención, monas imitadoras de otras naciones, pero dellos jamás sale cosa nueva de que al mundo resulte provecho. El zapatero de viejo, en llegando a Italia, todo es en tono y hacerse tu pariente de la casa de Guzmán, don Juan, don Diego o don Francisco; y así les decimos: *se tutti siete cavalieri, chi guarda la pecora?*»; la misma anécdota en *El Criticón*, III, vii, pág. 192.

[29] *vítor*: ¡viva!, ¡bravo!.

[30] *buena pantorrilla le hace*: 'le cuadra a la perfección', dicho por las pantorrilleras con que algunos galanes y damas solían disimular la delgadez de sus piernas. «Sayavedra entiende decir que "aquese ... nombre", es postizo y falso como pantorrillera y como ésta le cae bien al protagonista» (FR). Sobre la frasecilla *aquese sea su nombre*, cfr. Quevedo, *La hora de todos*, pág. 77. Cfr. II, i, 6, n. 44; Lope, *La Dorotea*, pág. 134, n. 13, y —para el valor proverbial del apellido Guzmán— I, i, 2, n. 97, o I, iii, 1, n. 11.

[31] Recuerda dos versos del romance de las quejas de doña Urraca *(Morir vos queredes, padre):* «Quien vos la quitare, hija, / la mi maldición le caiga» (y no fueron los únicos en gozar de proverbialización o consagración en la fraseología del Siglo de Oro). Cfr. *supra*, «Letor», n. 13.

[32] *gorbarán*: cfr. I, ii, 8, n. 35.

CAPÍTULO VII

LLEGA GUZMÁN DE ALFARACHE A GÉNOVA, DONDE, CONOCIDO DE SUS DEUDOS, LO REGALARON MUCHO

Largo tiempo conservará la vasija el olor o sabor con que una vez fuere llena[1]. Si el curso del mío, las ocasiones y casos, amor y temor no abrieren los ojos a el entendimiento, si con esto no recordare del sueño de los vicios, no me puedo persuadir que puedan fuerzas humanas. Y aunque con estratagemas, trazas y medios, pudiera ser alcanzarlo, no a lo menos con tanta facilidad, que no sea necesario largo discurso, con que haga su eleción el hombre, destinguiendo lo útil de lo dañoso, lo justo de lo injusto y lo malo de lo bueno. Y ya, cuando a este punto llega, anda el negocio de condición que quien se quisiere ayudar a salir del cenagal, nunca le faltarán buenas inspiraciones del cielo, que favoreciendo los actos de virtud los esfuerza, con que, conocido el error pasado, enmienden lo presente y lleguen a la perfección en lo venidero.

Mas los brutos, que como el toro cierran los ojos y bajan la cabeza para dar el golpe, siguiendo su voluntad, pocas veces, tarde o nunca vendrán en conocimiento de su desventura. Porque como ciegos no quieren ver, son sordos a lo que no

---

[1] Es una idea horaciana *(Epístolas,* I, ii, 69-70: «Quo semel est imbuta servabit odorem / testa diu»), pronto convertida en lugar común: «que siempre la vasija sabe al licor que primero recibió» (Cascales, *Cartas filológicas,* II, i, pág. 15); cfr. también Quintiliano, I, i, o *Las poéticas castellanas de la Edad Media,* ed. F. López Estrada, Madrid, 1985, págs. 62 (Santillana, *Prohemio)* y 85 (Encina, *Arte de la poesía castellana).*

quieren oír ni que alguno les inquiete su paso. Huelgan irse paseando por la senda de su antojo, pareciéndoles larga, que no tiene fin o que la vida no tiene de acabarse, cuya bienaventuranza consiste sólo en aquella idolatría.

Son gente de ancha vida, de ancha conciencia, quieren anchuras y nada estrecho. Saben bien que hacen mal y hacen mal por no hacer bien. Danse para lo que quieren por desentendidos y no ignoran que se les va gastando la cuerda, estrechándose la salida y que al cabo hay eternos despeñaderos. Mas como vemos a Dios las manos enclavadas y dolorosas, parécenos que le lastimará mucho cuando quiera lastimarnos[2].

Dicen los tontos entre sí: «Nada nos duele, salud tenemos, dinero no falta, la casa está proveída: durmamos agora, holguémonos lo poco que nos cabe, tiempo hay, no es necesario caminar tan apriesa quitándonos la vida que Dios nos da.» Dilátanlo una hora y pasa un día; pásase otro día, vase la semana, el mes corre, vuela el año, y no llega este «cuando», que aun si llegase bien sería, no llegaría tarde. Aquesta es la deuda de quien se dijo que se cobra en tres pagas[3]; empero págase la pena, cuando se nos hace cierta, cruel y presto.

¿Quién considera un logrero, que, olvidado de Dios, no piensa que lo hay, sino en aquella vil ganancia? ¿Quién ve un deshonesto, que con aquel torpe apetito adora lo que más presto aborrece y allí busca su gloria donde conoce su tormento? ¿Un glotón, un soberbio, hijo de Lucifer, más que Diocleciano cruel[4], acostumbrado a martirizar inocentes, agraviando justos y persiguiendo a los virtuosos? ¿Un murmurador sin provecho, que, pensando hacer en sí, deshace a los otros y escarba la gallina siempre por su mal?[5]. Son los murmuradores como los ladrones y fulleros[6].

---

[2] «La referencia a Cristo en la cruz es fina aplicación de un tema muy común en los libros piadosos» (FR).

[3] *en tres pagas:* tarde, mal y nunca (cfr. II, ii, 4, n. 10).

[4] El emperador Diocleciano era huésped frecuente de los catálogos *de crudelitate;* cfr. sólo Pero Mexía, *Silva de varia lección,* II, xxxiv, o Juan de Aranda, *Lugares comunes,* fol. 49v.

[5] «Escarba la gallina por su mal y daño» (Correas, con otros refranes semejantes: «Escarba la gallina y halla su pepita» [*pepita* es también 'una enfermedad del pico y lengua de las aves'], «Escarbó el gallo y descubrió el cuchillo para ma-

El hombre honrado, rico y de buena vida no hurta, porque vive contento con la merced que Dios le ha hecho. Con su hacienda pasa, della come y se sustenta. Suelen decir los tales: «Yo, señor, tengo lo necesario para mí y aun puedo dar a otros.» Hacen honra desto, diciendo sobrarles que poder dar.

El fullero ladrón hurta, porque con aquello pasa; como no lo tiene, trata de quitarlo a otros, dondequiera que lo halla. Desta manera, el noble tiene para sí la honra que ha menester y aun para poder honrar a otros, y el murmurador se sustenta de la honra de su conocido, quitándole y desquilatándole[7] della cuanto puede, porque le parece que, si no lo hurta de otros, no tiene de dónde haberlo para sí.

¡Gran lástima es que críe la mar peces lenguados y produzca la tierra hombres deslenguados![8]. Pues un hipócrita, de los que dicen que tienen ya dada carta de pago a el mundo y son como los que juegan a la pelota, dan con ella en el suelo de bote, para que se les vuelva luego a la mano y, dándoles de voleo, alarguen más la chaza[9] o ganen quince. Desventurados dellos, que, haciendo largas oraciones con la boca, con ella se comen las haciendas de los pobres, de las viudas y huérfanos. Por lo

---

tallo»). Otro refrán explica los anteriores: «Muchas veces el que escarba, lo que no querría halla» (Covarrubias).

[6] Cfr. I, ii, 5, n. 53.

[7] *desquilatándole:* en la príncipe, *desquilatándose* (confusión frecuente de *l* por *s* alta), que es errata, pero no por *desquitándose* (como enmiendan SGG, FR [que apunta la posibilidad de editar como hacemos BB y yo] y otras ediciones antiguas y modernas); *desquilatar* vale 'rebajar, menoscabar' (comp. II, i, 6, *ca.* n. 34: «Ninguna cosa hoy hay en el mundo que me ponga espanto ni desquilate un pelo de mi ánimo»).

[8] Espinel aprovechó y apuró el juego de palabras, añadiéndole otro: «Mil veces he pensado por qué llaman a éstos deslenguados, teniendo tan larga la lengua. Y dejadas otras razones, digo que como hablan tanto, y tan mal, parece que han de tener la lengua gastada y consumida de hablar, y por eso los llaman deslenguados, siendo lenguados, y aun acedías, pues tantas engendran en quien los sufre» (*Marcos de Obregón*, I, xix, pág. 237).

[9] *chaza:* «la pelota que está contrarrestada y de vuelta no llega al saque para ganar *quince*, y fue detenida por alguno de los que juegan en el partido que está en el saque. Por entonces queda suspensa la ganancia, hasta que mudándose los que estaban en el saque, al contrarresto, y los del contrarresto al saque, ganan éstos la chaza, si los contrarios no vuelven la pelota pasando del lugar adonde está la chaza; pero si lo hacen, ganan los que están en el contrarresto» (*Autoridades*).

cual será Dios con ellos en largo juicio. Suele ser el hipócrita como una escopeta cuando está cargada, que no se sabe lo que tiene dentro y, en llegándole muy poquito fuego, una sola centella despide una bala que derriba un gigante. Así con pequeña ocasión descubre lo que tiene oculto dentro del alma. Derrenegad siempre de unos hombres como unos perales enjutos, magros, altos y desvaídos, que se les cae la cabeza para fingirse santos. Andan encogidos, metidos en un ferreruelo[10] raído, como si anduviesen amortajados en él. Son idiotas de tres altos[11] y quieren con artificio hacernos creer que saben. Hurtan cuatro sentencias, de que hacen plato, vendiéndolas por suyas. Fingen su justicia por la de Trajano; su santidad, de San Pablo; su prudencia, de Salamón; su sencillez, de San Francisco, y debajo desta capa suele vivir un mal vividor[12]. Traen la cara marcilenta[13] y las obras afeitadas, el vestido estrecho y ancha la conciencia, un «en mi verdad» en la boca y el corazón lleno de mentiras, una caridad pública y una insaciable avaricia secreta[14]. Manifiéstanse ayunos, así de manjares como de bienes temporales, con una sed tan intensa que se sorberán la mar y no quedarán hartos. Todo dicen serles demasiado y con todo no se contentan. Son como los dátiles: lo dulce afuera, la miel en las palabras y lo duro adentro en el alma. Grandísima lástima se les debe tener por lo mucho que padecen y lo poco de

---

[10] *ferreruelo:* herreruelo (cfr. I, ii, 7, n. 42).

[11] *de tres altos:* locución encarecedora, generalmente de la necedad o bobería de alguien; «tomóse el símil del brocado» (Correas). Comp. la «pícara de tres altos» de *La Pícara Justina* (II, 2.ª, iii, pág. 446) y los «necios de falda» de aquí mismo (II, i, 3, n. 45).

[12] *un mal vividor:* trueca deliberadamente los elementos del refrán (cfr. I, ii, 7, n. 40) para aguzar la censura y aprovechar al tiempo el valor de la expresión *gente de buena capa,* 'gente de estima, honrada, reputada'. Trajano, San Pablo, Salomón [*Salamón* en lo antiguo] y San Francisco eran y siguen siendo las antonomasias más frecuentadas de las virtudes en cuestión.

[13] *marcilenta:* macilenta.

[14] *en mi verdad:* comp. II, iii, 7, *ca.* n. 8, con la misma expresión del protagonista, «para describir su propia hipocresía» (BB): «Vendiendo con exceso, más al fiado que al contado, el rosario en la mano, el rostro igual y un "en mi verdad" en la boca.» Para la frase *ancho de conciencia* y otras similares, comp. sólo *supra, ca.* n. 2 («Son gente de ancha vida, de ancha conciencia...»), o Cervantes, *Rinconete y Cortadillo* («gente de ancha conciencia, desalmada...», *Novelas ejemplares,* III, pág. 245).

que gozan, condenándose últimamente por sola una caduca
vanidad en ser acá estimados. De manera que ni visten a gusto
ni comen con él; andan miserables, afligidos, marchitos, sin
poder nunca decir que tuvieron una hora de contento, aun
hasta las conciencias inquietas y los cuerpos con sobresalto.
Que, si lo que desta manera padecen, como lo hacen por sólo
el mundo y lo exterior en él para sólo parecer, lo hicieran por
Dios para más merecer y por después no padecer, sin duda que
vivirían aun con aquello alegres en esta vida y alegres irían a
gozar de la eterna[15].

Digamos algo de un testigo falso, cuya pena deja el pueblo

---

[15] La presente filípica contra los hipócritas muestra de nuevo la perfecta asimilación de autoridades sagradas y profanas; es inútil buscar una fuente concreta, porque las dimensiones evangélicas del tema (vid. especialmente San Mateo, 6) y sus numerosísimas elaboraciones en la prosa confesional se funden con
motivos frecuentes en la literatura moral de la antigüedad. Cfr. sólo —por poner dos repertorios bien nutridos— G. Peraldo, *Summa virtutum ac vitiorum*,
Lyon, 1555, II, págs. 486-491, o A. Eborense, *Sententiae et exempla*, Venecia,
1585, I, fol. 233. Lo importante de este pasaje —aparte su relación con uno de
los temas cruciales del *Guzmán*, la falsedad de las apariencias— son los rasgos y
parentescos de un personaje que será figura predilecta en los retratos literarios
del barroco. Comp. especialmente Gracián, *El criticón*, II, vii, págs. 161-178 *(El
yermo de Hipocrinda)* y Juan de Zabaleta, *El día de fiesta por la mañana*, VII, páginas 150-156, con alguna similitud de detalle que no será vano recordar: «Se les hizo
encontradizo un hombre venerable por su aspecto, muy autorizado de barba, ...
la color robada, chupadas las mejillas, ... la alegría entredicha, el cuello de azuce-
na lánguido, la frente encapotada; su vestido, por lo pío, remendado...»; «Notó
Critilo que todos llevaban capa, y buena» (con lo que sigue, y cfr. aquí, n. 12:
también en Gracián los hipócritas se fingen «un Macario», «un Epicuro», «un
Ruy Díaz» o «dos Bernardos»); «todo es predicar ayuno, y no miente, que en
habiéndose comido un capón, con verdad dice: "Hay uno"»; «Nunca se cansa de
estudiar, su mayor conceto dice ser el que dél se tiene, y aun todos los ajenos
nos vende por suyos... Métese uno por dentro en la [apariencia] de un sabio, y
húrtale la voz y las palabras»; «Trataba ya de tomar el hábito de una buena capa
para toda libertad y profesar de hipócrita» (Gracián, págs. 164, 167, 170, 172
y 177); «El hipócrita, al entrar en el templo, entristece el semblante porque parezca que le duele algo interior; y de querer él afligirse a sí mismo, se aflige de manera que se pone macilento»; «Todos los que le ven alaban su pureza; engáñanse
con el exterior, y engáñanse como con los cisnes... La carne, que es lo que está
debajo, es negra, dura y de olor enfadoso» (Zabaleta, págs. 153 y 154). *Vid.*
también —más cerca cronológicamente del *Guzmán*— el retrato de un ermitaño
fingido en *La Pícara Justina*: «Así, quien viese a este hipocritón tan cargado de
ojos de todos como de trapos, descalzo, magante, ahumado, macilento...» (II,
2.ª, ii, 3.°, pág. 431).

amancillado y a todos es agradable gustando de su castigo por lo grave de su delito. ¡Que por seis maravedís haya quien jure seis mil falsedades y quite seiscientas mil honras o interés de hacienda, que no son después poderosos a restituir! ¡Y que de la manera que los trabajadores y jornaleros acuden a las plazas deputadas para ser de allí conducidos a el trabajo, así acuden ellos a los consistorios y plazas de negocios, a los mismos oficios de los escribanos, a saber lo que se trata, y se ofrecen a quien los ha menester! No sería esto lo peor, si no los conservasen allí los ministros mismos para valerse dellos en las ocasiones y para las causas que los han menester y quieren probar de oficio. No es burla, no encarecimiento ni miento. Testigos falsos hallará quien los quisiere comprar; en conserva están en las boticas de los escribanos[16]. Váyanlos a buscar en el oficio de N. Ya lo quise decir; mas todos lo conocen. Allí los hay como pasteles, conforme los buscaren, de a cuatro, de a ocho[17], de a medio real y de a real. Empero, si el caso es grave, también los hay hechizos[18], como para banquetes y bodas, de a dos y de a cuatro reales, que depondrán, a prueba de moxquete[19], de ochenta años de conocimiento[20]. Como lo hizo en cierta probanza de un señor un vasallo suyo, labrador, de corto entendimiento, el cual, habiéndole dicho que dijese tener ochenta años, no entendió bien y juró tener ochocientos. Y aunque, admirado el escribano de semejante disparate, le ad-

---

[16] Era proverbial, aunque no por ello menos lamentable, «la facilidad con que los testigos se dejan sobornar» (Juan Rufo, *Las seiscientas apotegmas*, 20, página 21); comp. la definición que C. Pérez de Herrera dio del falso testimonio: «Cualquiera que me levanta / quiere a otro hacer caer, / no es justo mi proceder, / ni vivo entre gente santa / y hago a muchos padecer» *(Enigmas, 229)*. Sobre los escribanos, cfr. I, i, 1, n. 59.

[17] *de a cuatro* y *de a ocho* maravedís, obviamente; cfr. en especial Quevedo, *Buscón*, pág. 144, y Vélez de Guevara, *El diablo cojuelo*, págs. 83-85.

[18] *hechizos:* por encargo; «A las cosas que se hacen señaladamente para esta o aquella persona se las llama *hechizas,* como *pasteles hechizos»* (Rosal, en SGG).

[19] *a prueba de moxquete,* como *a prueba de arcabuz:* «de las armas fuertes, trasladado a otras cosas hechas firmes y de fuerza» (Correas).

[20] «El testimonio falso se daba especialmente a propósito de los expedientes de limpieza de sangre (el mismo Alemán hubo de utilizarlo [cfr. la introducción, pág. 23]), pues no era difícil hallar quien, por amistad o por dinero, depusiera conocer de tiempo atrás, y como "sin raza", a la familia del sujeto a información» (FR).

virtió que mirase lo que decía, y respondió: «Mirá vos cómo escrebís y dejad a cada uno tener los años que quisiere, sin espulgarme la vida.» Después, haciéndose relación deste testigo, cuando llegaron a la edad, parecióles error del escribano y quisiéronle por ello castigar; mas él se desculpó diciendo que cumplió en su oficio, en escrebir lo que dijo el testigo. Que, aunque le advirtió dello, se volvió a ratificar diciendo tener aquella edad, que así lo pusiese. Hicieron los jueces parecer el testigo personalmente, y preguntándole que por qué había jurado ser de ochocientos años, respondió: «Porque así conviene a servicio de Dios y del Conde, mi señor»[21]. Testigos falsos hay: las plazas están llenas, por dinero se compran y, el que los quisiere de balde, busque parientes encontrados, que por sustentar la pasión dirá contra toda su generación, y déstos nos libre Dios, que son los que más nos dañan.

Dejémoslos y vengamos a los de mi oficio y a la cofadría[22] más antigua y larga. Porque no quiero que digas que tuve para los otros pluma y me quise quedar en el tintero, dejando franca mi puerta. Que a fe que tengo de dar buenas aldabadas en ella y no quedarme descansando a la sombra ni holgando en la taberna.

Un ladrón ¿qué no hará por hurtar? Digo ladrón a los pobres pecadores como yo; que con los ladrones de bien, con los que arrastran gualdrapas de terciopelo, con los que revisten sus paredes con brocados y cubren el suelo con oro y seda turquí, con los que nos ahorcan a nosotros no hablo, que somos inferiores dellos y como los peces, que los grandes comen a los pequeños[23]. Viven sustentados en su reputación, acreditados con su poder y favorecidos con su adulación, cuyas fuerzas rompen las horcas y para quien el esparto no nació ni galeras fueron fabricadas, ecepto el mando en ellas de quien podría ser que nos acordásemos algo en su lugar, si allá llegáremos, que sí llegaremos con el favor de Dios.

---

[21] A la vista de otros cuentos de necedades —una «semejante» (FR) recogió Luis de Pinedo en el *Liber facetiarum*, pág. 117a—, parece claro que éste pertenece «a un grupo de historietas sobre testimonios graciosos prestados por aldeanos bobos» (M. Chevalier, *«Guzmán de Alfarache* en 1605», pág. 128).

[22] *cofadría* era forma usual en el siglo XVI.

[23] Cfr. I, iii, 7, n. 18.

Vamos agora llevando por delante los que importa que no se queden, los tales como yo y mi criado. No se ha de dar puntada[24] en los que roban la justicia, pues no los hay ni lo tal se sabe. Mas por ventura si alguno lo ha hecho, ya se lo dijimos en la primera parte. No del regidor, de quien también hablamos, que no es de importancia ni de sustancia su negocio, pues fuera de sus estancos y regatonerías[25], todo es niñería.

Dirán algunos: «Tal eres tú como ellos, pues quieres encubrir sus mentiras, engaños y falsedades. Que, si se preguntase qué hacienda tiene micer N., dirían: "Señor, es un honrado regidor." ¿No más de regidor? ¿Pues cómo come y se sustenta con sólo el oficio, que no tiene renta, sustentando tanta casa, criados y caballos?»

Bueno es eso, bien parece que no lo entendéis. Verdad es que no tiene renta, pero tiene renteros, y ninguno lo puede ser sin su licencia, pagándole un tanto por ello, lo cual se le ha de bajar de la renta que pone, rematándosela por mucho menos.

¿Por qué no dices lo que sabes desto y que, si alguno se atreve a hablar o pujar contra su voluntad, lo hacen callar a coces y no lo dejarán vivir en el mundo, porque como poderosos luego les buscan la paja en el oído[26] y a diestro y a siniestro dan con ellos en el suelo, y que son como las ventosas, que, donde sienten que hay en qué asir, se hacen fuertes y chupan hasta sacar la sustancia, sin que haya quien de allí las quite, hasta que ya están llenas? Di ¿cómo nadie lo castiga?

Porque a los que tratan dello les acontece lo que a las ollas que ponen llenas de agua encima del fuego, que apenas las calienta, cuando rebosa el agua por encima y mata la lumbre. ¿Has entendídome bien? O porque tienen ángel de guarda[27], que los libra en todos los trabajos del percuciente[28].

---

[24] «Dar una puntada en un negocio: hablar en él» (Covarrubias). Comp. sólo Cervantes, Don Quijote, I, xxxiii: «Lotario le respondió que no pensaba más darle puntada en aquel negocio» (III, págs. 54-55).

[25] estancos y regatonerías: acaparamientos y reventas (cfr. I, i, 3, n. 35; I, i, 6, n. 8, o I, iii, 2, n. 39).

[26] «Buscar la paja en el oído: frase que vale buscar ocasión o corto motivo para hacer mal a otro, reñir o descomponerse con él» (Autoridades, con este pasaje como ejemplo).

[27] ángel de guarda: valedor, protector; comp. I, i, 1, ca. n. 65, en un contexto

Di tambíen —pues no lo dijiste— que si a los tales, después de ahorcados les hiciesen las causas, dirían contra ellos aquellos mismos que andan a su lado y agora con el miedo comen y callan. Di sin rebozo que, por comer ellos de balde o barato, carga sobre los pobres aquello y se les vende lo peor y más caro. Acaba ya, di en resolución, que son como tú y de mayor daño, que tú dañas una casa y ellos toda la república[29].

¡Oh qué gentil consejo que me das ése, amigo mío! ¡Tómalo tú para ti! ¿Quieres por ventura sacar las brasas con la mano del gato?[30]. Dilo, si lo sabes; que lo que yo supe ya lo dije y no quiero que comigo hagan lo que dices que con los otros hacen. Basta que contra la decencia de su calidad y mayoría me alargue más de lo lícito, sin que de nuevo quieras obligarme a espulgarles las vidas, no siendo de provecho. Si acá en Italia corre de aquesa manera, gracias a Dios que me voy a España, donde no se trata de semejante latrocinio.

Bien sé yo cómo se pudiera todo remediar con mucha facilidad, en augmento y de consentimiento de la república, en servicio de Dios y de sus príncipes; mas ¿heme yo de andar tras ellos, dando memoriales, y, cuando más y mejor tenga entablado el negocio, llegue de través el señor don Fulano y diga ser disparate, porque le tocan las generales[31] y dé con su poder

---

afín: «tienen ganado el favor y perdido el temor, tanto el mercader como el regatón, y con aquello cada uno tiene su ángel de guarda».

[28] *percuciente:* 'el que hiere'; por excelencia, «el diablo» (FR).

[29] Las corruptelas de los regidores, que fueron preocupación constante de los tratadistas de economía (cfr. sólo Cristóbal Pérez de Herrera, *Amparo de pobres,* pág. 82, con su nota, o Tomás de Mercado, *Suma de tratos y contratos,* II, vii-viii), no menudearon menos por las páginas de la más excelsa literatura (cfr. I, i, 3, n. 45): piénsese que entre las «ordenanzas tocantes al buen gobierno», Sancho Panza «ordenó que no hubiese regatones de los bastimentos en la república» (*Don Quijote,* II, li: VII, pág. 161).

[30] *con la mano del gato:* 'con esfuerzo y peligro ajenos'; *«Sacar la brasa [o la castaña] con la mano del gato, o con la mano ajena...:* Una mona dicen que sacaba castañas de la lumbre con la mano del gato con sutileza, por no quemarse ella» (Correas). Cfr. Vélez de Guevara, *El Diablo Cojuelo,* pág. 269. En cuanto a la primera oración de este párrafo, quizá fuese conveniente —a la vista del impreso antiguo, con una sola coma tras *das*— modificar ligeramente la puntuación: «¡Oh qué gentil consejo que me das! Ése, amigo mío, tómalo tú para ti.»

[31] *le tocan las generales:* expresión tomada del lenguaje forense, pues las *generales de la ley* son las disposiciones o reparos sobre las condiciones de los testigos (mi-

por el suelo con mi pobreza? Más me quiero ir a el amor del agua[32] lo poco que me queda.

Por decir verdades me tienen arrinconado, por dar consejos me llaman pícaro y me los despiden. Allá se lo hayan. Caminemos con ello como lo hicieron los pasados, y rueguen a Dios los venideros que no se les empeore. Diré aquí solamente que hay sin comparación mayor número de ladrones que de médicos[33] y que no hay para qué ninguno se haga santo, escandalizándose de oír mentar el nombre de ladrón, haciéndole ascos y deshonrándolos, hasta que se pregunte a sí mesmo, por aquí o por allí, qué ha hurtado en esta vida, y para esto sepa que hurtar no es otro que tener la cosa contra la voluntad ajena de su dueño.

No se me da más que ya no lo sepa como que lo dé con su mano, si es por más no poder o por allí redimir la vejación. Comencélo desde la niñez, aunque no siempre lo usé. Fui como el árbol cortado por el pie, que siempre deja raíces vivas, de donde a cabo de largos años acontece salir una nueva planta con el mismo fruto[34]. Ya presto veréis cómo me vuelvo a hacer mis buñuelos[35]. El tiempo que dejé de hurtar, estuve violentado, fuera de mi centro, con el buen trato; agora doy a el malo la vuelta.

Cuando muchado, estaba curtido y cursado en alzar con facilidad y buena maña cualquiera cosa mal puesta. Después, ya hombre, a los principios me parecía estar gotoso de pies y manos, torpe y mal diestro; mas en breve volví en mis carnes[36].

---

noría de edad, «amistad o parentesco con las partes, interés en la causa» [*Autoridades*]). Comp. *Don Quijote*, I, xxv: «que a él no le tocaban las generales de enamorado ni de desesperado» (II, pág. 260). La frase, en suma, vale 'cuestionar, poner en duda algún asunto de importancia'.

[32] *irse al amor del agua*: 'seguir la corriente' y, al tiempo, 'andar con ojo, con pies de plomo'; «hacer las cosas con mediano cuidado» (Correas).

[33] La sobreabundancia de médicos en el Siglo de Oro era un motivo más de las burlas tradicionales a ellos dedicadas. Cfr. Cervantes, *El coloquio de los perros*, *Novelas ejemplares*, III, pág. 143.

[34] La imagen fue muy frecuentada por la literatura emblemática, que la expresó —entre otros— con el lema *ab ipso ferro*, bien conocido por las obras de fray Luis de León.

[35] *me vuelvo a hacer mis buñuelos*: cfr. I, ii, 7, n. 9.

[36] *volví en mis carnes*: 'me rehíce, volví a las andadas'. La «facilidad y buena maña» con que solía *alzar*, «cuando muchacho», «cualquiera cosa mal puesta»,

Continuélo de manera, preciábame dello tanto como de sus armas el buen soldado y el jinete de su caballo y jaeces. Cuando había dudas, yo las resolvía; si se buscaban trazas, yo las daba; en los casos graves, yo presidía. Oíanse mis consejos como respuestas de un oráculo, sin haber quien a mis precetos contradijese ni a mis órdenes replicase. Andaban tras de mí más praticantes que suelen acudir al hospital de Zaragoza ni en Guadalupe[37]. Usábalo a tiempo y con intermitencias, como fiebres. Porque cuando todo me faltaba, esto me había de sobrar. En la bolsa me lo hallaba, como si lo tuviera colgado del cuello en la cadenita del embajador mi señor, que aún la escapé de peligro mucho tiempo. Era tan proprio en mí como el risible[38], y aun casi quisiera decir era indeleble, como caráter, según estaba impreso en el alma. Pero, cuando no lo ejercitaba, no por eso faltaba la buena voluntad, que tuve siempre prompta.

Salimos de Milán yo y Sayavedra bien abrigados y mejor acomodados de lo necesario, que cualquiera me juzgara por hombre rico y de buenas prendas. Mas cuántos hay que podrían decir: «Comé, mangas, que a vosotras es la fiesta»[39]. Tal juzgan a cada uno como lo ven tratado. Si fueres un Cicerón, mal vestido serás mal Cicerón[40]; menospreciaránte y aun juzgaránte loco. Que no hay otra cordura ni otra ciencia en el mundo, sino mucho tener y más tener[41]; lo que aquesto no fuere, no corre.

---

recuerda sin duda el episodio del vasillo de plata que halló «por estropiezo», «rodando por el suelo» (I, ii, 5, y n. 34).

[37] El hospital de Nuestra Señora de Gracia, en Zaragoza, y el monasterio de Guadalupe acogían célebres escuelas de cirujía y medicina; también Alcalá, donde «de cinco mil estudiantes que cursaban ... en la Universidad, los dos mil oían Medicina» (Cervantes, *loc. cit.* en la anterior n. 33).

[38] *el risible:* la facultad de reír (cfr. I, iii, 7, n. 25).

[39] Correas recogió *Comed, mangas, que por vos me hacen honra;* el refrán ilustraba la idea que enuncia Guzmán: «Tal juzgan a uno como lo ven tratado.» Cfr. D. Devoto, *Textos y contextos. Estudios sobre la tradición*, Madrid, 1974, pág. 117, n. 7.

[40] Restituyo en esta frase la puntuación de la edición *princeps*, desatendida por todos los editores modernos (que han preferido desplazar la coma: «Si fueres un Cicerón mal vestido, serás mal Cicerón»).

[41] Comp.: «Dime, ¿quién les da la honra a los unos que a los otros quita? El más o menos tener» (I, ii, 4, *ca.* n. 8); «Tanto vale uno cuanto lo que tiene y puede valen» (I, iii, 7, *ca.* n. 14); «No es uno estimado en más de lo que tiene más» (II, ii, 5, al principio). Recuérdense también los «dos linajes solos» en el

No te darán silla ni lado cuando te vieren desplumado, aunque te vean revestido de virtudes y ciencia. Ni se hace ya caso de los tales. Empero, si bien representares, aunque seas un muladar, como estés cubierto de yerba, se vendrán a recrear en ti. No lo sintió así Catulo, cuando viendo Nonio[42] en un carro triunfal, dijo: «¿A qué muladar lleváis ese carro de basura?»[43]. Dando a entender que no hacen las dinidades a los viciosos. Pero ya no hay Catulos, aunque son muchos los Nonios. Cuando fueres alquimia, eso que reluciere de ti, eso será venerado. Ya no se juzgan almas ni más de aquello que ven los ojos. Ninguno se pone a considerar lo que sabes, sino lo que tienes; no tu virtud, sino la de tu bolsa; y de tu bolsa no lo que tienes, sino lo que gastas.

Yo iba bien apercebido, bien vestido y la enjundia de cuatro dedos en alto[44]. Cuando a Génova llegué, no sabían en la posada qué fiesta hacerme ni con qué regalarme. Acordéme de mi entrada, la primera que hice, y cuán diferente fui recebido y cómo de allí salí entonces con la cruz a cuestas y agora me reciben las capas por el suelo[45].

Apeámonos, diéronme de comer, estuve aquel día reposando, y otro por la mañana me vestí a lo romano, de manteo y sotana, con que salí a pasear por el pueblo. Mirábanme todos como a forastero, y no de mal talle. Preguntábanle a mi criado

---

mundo: «el tener y el no tener» *(Don Quijote,* II, xx: V, págs. 121-122, con su nota, y *La Pícara Justina,* I, ii, 1.º, pág. 166 y n. 41), o la observación de fray Antonio de Guevara sobre la vida en la corte: «Ninguno es servido y acatado por lo que vale, sino por lo que tiene» *(Menosprecio,* VII, pág. 177).

[42] *viendo Nonio:* debe entenderse 'viendo a Nonio', naturalmente; los hábitos preposicionales eran vacilantes: comp. sólo «ver a Génova» en la página siguiente.

[43] Como indicó Rico (en su edición y en el estudio «Sobre Boecio en el *Guzmán de Alfarache»),* Alemán recuerda aquí, «sin tener el texto a la vista», el comentario de Boecio a un celebrado pasaje de Catulo *(De consolatione Philosophiae,* III, pr. iv, 1-2, y cfr. la poesía núm. LII del poeta latino), sin duda a través de la versión española de fray Alberto de Aguayo.

[44] *enjundia* tiene aquí el sentido figurado de 'vigor, disposición física' (cfr. *DRAE),* y quizá también el de 'engreimiento, presunción': Guzmán andaba medrado de fuerzas y ánimos.

[45] No creo que de este contraste, enunciado con un par de expresiones proverbiales, pueda inferirse «la identificación del protagonista-narrador con Cristo» (BB).

que quién era. Respondía: «Don Juan de Guzmán, un caballero sevillano.» Y cuando yo los oía hablar, estirábame más de pescuezo y cupiéranme diez libras más de pan en el vientre, según se me aventaba[46].

Decíales que venía de Roma. Preguntábanle si era muy rico, porque me vían llegar allí muy diferente que a otros. Porque los que van a la corte romana y a otras de otros príncipes acostumbran ser como los que van a la guerra, que todo les parece llevarlo negociado y hecho, con lo cual suelen alargarse a gastar por los caminos y en la corte misma, hasta que la corte les deja de tal corte, que todo su vestido lo parece de calzas viejas. Después vuelven cansados, desgustados y necesitados, casi pidiendo limosna. Pasan gallardos y, como los atunes, gordos, muchos y llenos; mas, después que desovan, vuelven pocos, flacos y de poco provecho[47].

Preguntábanle también si había de residir allí algunos días o si venía de paso. A todo respondía que era hijo de una señora viuda rica, mujer que había sido de cierto caballero ginovés y que había venido allí a esperar unas letras y despachos para volverse otra vez a Roma y en lo ínterin gustaba de ver a Génova, porque no sabía cuándo sería su vuelta o por dónde ni si tendría tiempo de poderla volver a ver.

Era la posada de las mejores de la ciudad y adonde acudían de ordinario gente principal y noble. Allí estuvimos holgando y gastando, sin besar ni tocar en cosa de provecho. Empero, con estar parados, ganábamos mucha tierra[48]. No está siempre dando el reloj; que su hora hace y poco a poco aguarda su tiempo. Algunas veces los huéspedes y yo jugábamos de poco, sin valerme de más que de mi fortuna y ciencia, sin ser necesaria la tercería de Sayavedra. Que aquello no solía salir sino con

---

[46] Comp.: «Así se avientan algunos como si en su vientre pudieran sorber la mar» (I, ii, 10, *ca.* n. 10).

[47] Recuérdese que el pícaro ya ha dejado escrito que la corte «es la mar que todo lo sorbe y adonde todo va a parar» (I, i, 2, *ca.* n. 94).

[48] *ganar tierra:* «analógicamente vale tener efecto las negociaciones y medios que se ponen para lograr alguna cosa, acercándose al fin» *(Autoridades);* era habitual echar mano del sentido figurado de expresiones como ésta (tomadas de la milicia, la navegación, el estudio...) para describir las acometidas tahurescas o delictivas.

el terno rico, a fiestas dobles[49]. Que, cuando la pérdida o ganancia no había de ser de mucha consideración, era muy acertado andar sencillo. Empero deste modo iba continuamente
con pie de plomo, conociendo el naipe: si no me daba y acudía
mal, dejábalo con poca pérdida; mas, cuando venía con viento
favorable, nunca dejé de seguir la ganancia hasta barrerlo todo.

Como ganase un día poco más de cien escudos y hubiese ha-
lládose a mi lado un capitán de galera, de quien sentí haberse
aficionado a mi juego y holgádose de la ganancia, y que no andaba tan sobrado que se hallase libre de necesidad, volví la
mano y dile seis doblones de a dos, que seis mil se le hicieron
en aquella coyuntura. Tiempos hay que un real vale ciento y
hace provecho de mil. Quedóme tan reconocido, cual si la gracia hubiera sido mayor o de más momento.

Sucedióme muy bien, porque desde que dél entendí a lo
cierto su dolencia, se me representó mi remedio, y hallé haber
sido aguja de que había de sacar una reja[50]. Mi hacienda hice.
De balde compra quien compra lo que ha menester. A los más
de la redonda también repartí algunos escudos, por dejarlos a
mi devoción y contentos a todos.

Con lo cual, viéndome afable, franco y dadivoso, me acredi-
té de manera que les compré los corazones, ganándoles los
ánimos. Que quien bien siembra, bien coge[51]. Yo aseguro que
cualquiera de todos cuantos comigo trataban pusiera su persona en cualquier peligro para defensa de la mía. Y quedaba yo
tan ufano, tan ligera la sangre y dulce, que se me rasaban los
ojos de alegría.

Este capitán se llamaba Favelo, no porque aqueste fuese su
nombre proprio, sino por habérselo puesto cierta dama que un
tiempo sirvió[52], y siempre lo quiso conservar en su memoria,
de su hermosura y malogramiento, cuya historia me contó, de

---

[49] *fiestas dobles:* cfr. I, i, 1, n. 8.

[50] Aprovecha el refrán *meter aguja y sacar reja*, «cuando se da poco para sacar
mucho» (Correas). También alcanzaron valor proverbial varias sentencias afines
a la que dice enseguida: «de balde compra quien compra lo que ha menester».

[51] *quien bien siembra, bien coge:* viene en Correas, naturalmente, y es uno de los
muchos refranes de ascendencia bíblica (EM recuerda bien los versículos más
pertinentes a este propósito: San Mateo, 6, 26, y 13, 18).

[52] *servía:* cfr. I, iii, 10, n. 9.

la manera con que della fue regalado, su discreción, su bizarría. Todo lo cual, con el cebo de falsas aparencias, quedó sepultado en un desesperado tormento de celos, necesidad y brutal trato. Nunca de allí adelante dejó mi amistad y lado. Supliquéle se sirviese de mi persona y mesa y, aunque aquesta no le faltaba, lo acetó por mi solo gusto.

Siempre lo procuré conservar y obligar. Llevábame a su galera, traíame festejando por la marina[53], cultivándose tanto nuestro trato y amistad, que si la mía fuera en seguimiento de la virtud, allí había hallado puerto; mas todo yo era embeleco. Siempre hice zanja firme para levantar cualquier edificio. Comunicábamonos muy particulares casos y secretos; empero que de la camisa no pasasen adentro, porque los del alma sólo Sayavedra era dueño dellos[54].

Acá entre nosotros corrían cosas de amores: el paseo que di, el favor que me dio, la vez que la hablé y cosas a éstas semejantes, que no llegasen a fuego. Que no los amigos todos lo han de saber todo. Los llamados han de ser muchos; los escogidos pocos, y uno solo el otro yo[55].

Era este Favelo de muy buena gracia, discreto, valiente, sufrido y muy bizarro, prendas dignas de un tan valeroso capitán, soldado de amor y por quien siempre padeció pobreza; que nunca prendas buenas dejaron de ser acompañadas della. Yo, como sabía su necesidad, por todas vías deseaba remediársela y rendirlo. Tan buena maña me di con él y los más que traté, que a todos los hacía venir a la mano[56] y a pocos días creció mi nombre y crédito tanto, que con él pudiera hallar en

---

[53] *marina:* playa (cfr. I, ii, 10, n. 19).

[54] La frase encierra una nueva alusión irónica al despojo del falso Guzmán. Téngase en cuenta, además —para la connotación afectiva de *camisa*—, que solía decirse «Más cerca está la camisa que el sayo» o «Más cerca está de las carnes la camisa que el jubón» para significar «que debemos acudir primero a los que son más deudos o amigos nuestros que a los que no lo son» (Covarrubias, *s. v. jubón*).

[55] Recuerda una sentencia evangélica (San Mateo, 22, 14: «Multi enim sunt vocati, pauci vero electi»), que pronto se hizo proverbio relacionado, «en otro sentido», con la amistad: «Muchos son los amigos y pocos los escogidos» (Correas). Sobre el *otro yo,* cfr. II, ii, 1, n. 4.

[56] *venir a la mano:* como a las aves de presa los «cazadores de volatería» (Covarrubias).

la ciudad cualquiera cortesía. Con esto por una parte, mis deseos antiguos de saber de mí, por no morir con aquel dolor, habiendo andado por aquellas partes —en especial considerando que con las buenas mías[57] y las de la persona pudiera quien se fuera tenerse por honrado emparentando conmigo—, y los de perversa venganza que me traían inquieto, a pocas vueltas hallé padre y madre[58] y conocí todo mi linaje. Los que antes me apedrearon, ya lo hacían quistión sobre cuál me había de llevar a su casa primero, haciéndome mayor fiesta.

En sólo el día primero que hice diligencia me vine a hallar con más deudos que deudas, y no lo encarezco poco. Que ninguno se afrenta de tener por pariente a un rico, aunque sea vicioso, y todos huyen del virtuoso, si hiede a pobre[59]. La riqueza es como el fuego, que, aunque asiste en lugar diferente, cuantos a él se acercan se calientan, aunque no saquen brasa, y a más fuego, más calor. Cuántos veréis al calor de un rico, que, si les preguntasen «¿Qué hacéis ahí?», dirían «Aquí no hago cosa de sustancia». Pues, ¿danos alguna cosa, sacáis algo de andaros hecho quitapelillo[60], congraciador, asistente de noche y de día, perdiendo el tiempo de ganar de comer en otra parte? «Señor, es verdad que de aquí no saco provecho; pero véngome aquí al calor de la casa del señor N., como lo hacen otros.» Los otros y vos decíme quién sois, que no quiero que os quejéis que os llamo yo necios.

Ahora bien, acercáronseme muchos, cada cual ofreciéndose conforme a el grado con que me tocaba, y tal persona hubo que para obligarme y honrarse conmigo alegó vecindad antigua desde bisabuelos.

---

[57] *las buenas mías:* zeugma dilógico de *partes*, 'lugares' y 'cualidades, prendas'.

[58] *«Hallar padre y madre:* frase metafórica con que se explica que alguno halló quien le cuidase y favoreciese, como lo pudieran hacer sus padres en todo lo que necesitara» *(Autoridades).*

[59] No creo necesario pensar que aquí Alemán «se sirve de Ruy Páez de Ribera» (C. B. Johnson, «Mateo Alemán y sus fuentes literarias», pág. 364, y cfr. el *Cancionero de Baena,* núm. 289b, 89-92: «A cualquier omne que fuere muy rico / siempre lo vistes ser emparentado; / e do nunca hubo deudo es primo propincuo / porque su riqueza le han barruntado»), pues, al igual que las comentadas en I, iii, 1, n. 10 (o en la n. 41 de este mismo capítulo, por no ir tan lejos), estas ideas se habían constituido en lugares comunes horros de influencia concreta.

[60] *quitapelillo:* adulador, quitamotas.

Quise por curiosidad saber quién sería el buen viejo que me hizo la burla pasada y, para hacerlo sin recelo ajeno, pregunté si mi padre había tenido más hermanos y si dellos alguno estaba vivo, porque siempre creí ser aquél tío mío. Dijéronme que sí, que habían sido tres, mi padre y otros dos: el de en medio era fallecido, empero que el mayor de todos era vivo y allí residía. Dijéronme ser un caballero que nunca se había querido casar, muy rico y cabeza de toda la casa nuestra. Diéronme señas dél, por donde lo vine a conocer. Dije que le había de ir a besar las manos otro día; mas, cuando se lo dijeron y mi calidad, aunque ya muy viejo, mas como pudo con su bordón, vino a visitarme, rodeado de algunos principales de mi linaje.

Luego lo reconocí, aunque lo hallé algo decrépito por la mucha edad. Holguéme de verlo y pesábame ya hallarlo tan viejo; quisiéralo más mozo, para que le durara más tiempo el dolor de los azotes. Yo hallo por disparate cuando para vengarse uno de otro le quita la vida, pues acabando con él, acaba el sentimiento. Cuando algo yo hubiera de hacer, sólo fuera como lo hice con mis deudos, que no me olvidarán en cuanto vivan y con aquel dolor irán a la tierra. Deseaba vengarme dél y que por lo menos estuviera en el estado mismo en que lo dejé, para en el mismo pagarle la deuda en que tan sin causa ni razón se quiso meter comigo.

Hízome muchos ofrecimientos con su posada; empero aun en sólo mentármela se me rebotaba la sangre. Ya me parecía picarme los murciélagos y que salían por debajo de la cama la marimanta y cachidiablos[61] como los pasados. No, no, una fue y llevósela el gato[62] ya, dije. Sólo Sayavedra me podrá hacer

---

[61] *marimanta:* «fantasma o figura espantosa que se finge para poner miedo a los niños» *(Autoridades); cachidiablo:* trasgo, duende fingido, «el que se viste de botarga o diablillo, porque los vestidos que se ponen los hacen de pedazos... de varios colores» *(Autoridades;* así llamaban los italianos a uno de los secuaces de Barbarroja: cfr. *Don Quijote,* III, pág. 428). Comp. Quevedo: «Una fea, amortajada / en sus sábanas de lino, / a lo difunto, se muestra / marimanta de los niños» *(Obra poética,* núm. 770, 109-112, y cfr. 181). Guzmán se refiere, naturalmente, a los *trasgos* de I, iii, 1 (cfr. n. 28), episodio rememorado con minuciosidad en estas páginas.

[62] *una fue y llevósela el gato:* así en Correas. Mantengo en este pasaje la puntuación habitual (más o menos atenida a la *princeps),* pero señalaré otra por si el lector prefiere ver aquí una nueva reflexión del pícaro: «No, no, una fue y llevósela

otra; empero no por su bien. Empero después dél, a quien me hiciere la segunda, yo se la perdono.

Hablamos de muchas cosas. Preguntóme si otra vez o cuándo había estado en Génova. «¿Esas tenéis? —dije—. Pues por ahí no me habéis de coger.» Neguéselo a pie juntillo; sólo le dije que habría como tres años, poco menos, que había por allí pasado, sin poder ni quererme detener más de a hacer noche, a causa de la mucha diligencia con que a Roma caminaba en la pretensión de cierto beneficio.

Díjome luego con mucha pausa, como si me contara cosas de mucho gusto:

—Sabed, sobrino, que habrá como siete años, poco más o menos, que aquí llegó un mozuelo picarillo, al parecer ladrón o su ayudante, que para poderme robar vino a mi casa, dando señas de mi hermano que está en gloria, y de vuestra madre, diciendo ser hijo suyo y mi sobrino. Tal venía y tal sospechamos dél, que, afrentados de su infamia, lo procuramos aventar de la ciudad y así se hizo con la buena maña que para ello nos dimos. Él salió de aquí huyendo, como perro con vejiga[63], sin que más lo viésemos ni dél se supiese muerto ni vivo, como si se lo tragara la tierra. De la vuelta que le hice dar me acuerdo que se dejó la cama toda llena de cera de trigo[64]: ella fue tal como buena, para que con el miedo de otra peor huyese y nos dejase. Y pues quería engañarnos, me huelgo de lo hecho. Ni a él se le olvidará en su vida el hospedaje, ni a mí me queda otro dolor que haberme pesado de lo poco.

Refirióme lo pasado con grande solemnidad, la traza que tuvo, cómo no le quiso dar de cenar y sobre todas estas desdichas lo mantearon. Yo pobre, como fui quien lo había padecido, pareció que de nuevo me volvieron a ello. Abriéronseme las carnes, como el muerto de herida, que brota sangre fresca por ella si el matador se pone presente[65]. Y aun se me antojó

---

el gato. "Ya —dije— sólo Sayavedra me podrá hacer otra..."», con otra alusión obvia al apócrifo.

   [63] *como perro con vejiga:* cfr. I, iii, 1, n. 25; lo mismo había dicho Guzmán a tal propósito: «Yo escapé de la de Roncesvalles [cfr. *infra*, n. 68], como perro con vejiga» (I, iii, 2, y n. 3).

   [64] *cera de trigo:* excrementos (cfr. I, iii, 7, n. 31, y II, i, 6, n. 11).

   [65] Sobre esta antigua creencia, *vid.* los ejemplos y comentarios de F. Rodrí-

que las colores del rostro hicieron sentimiento, quedando de
oírlo solamente sin las naturales mías. Disimulé cuanto pude,
dando filos a la navaja de mi venganza, no tanto ya por la
hambre que della tenía por lo pasado, cuanto por la jatancia
presente, que se gloriaba della. Que tengo a mayor delito, y sin
duda lo es, preciarse del mal, que haberlo hecho[66].

Pudriendo estaba con esto y díjele:

—No puedo venir en conocimiento de quién puede haber
sido ese muchacho que tanto deseaba tener parientes honrados. En obligación le quedamos, cuando acaso sea vivo y escapase con la vida de la Roncesvalles[67], que entre tanta nobleza
nos escogió para honrarse de nosotros. Y si a mi puerta llegara
otro su semejante, lo procuraría favorecer hasta enterarme de
toda la verdad, que casos hay en que aun los hombres de mucho valor escapan de manera que aun de sí mismos van corridos, y ese rapaz, después de conocido, lo hiciera con él según
él hubiera procedido consigo mismo. Porque la pobreza no
quita virtud ni la riqueza la pone. Cuando no fuera tal ni a mi
propósito, procuráralo favorecer y de secreto lo ausentara de
mí y, cuando en todo rigor mi deudo no fuera, estimara su
eleción.

---

guez Marín en su *Quijote*, IX, págs. 204-209 (a propósito de las indignadas palabras de Ambrosio, I, xiv: I, pág. 388) y J. B. Avalle-Arce, «La sangre acusado-
ra», *Boletín de la Real Academia Española*, LII (1972), págs. 511-518. Quiero añadir el recuerdo burlón de *La Pícara Justina*: «Pero como es natural que la vista
del matador hace revivir la sangre helada e inquietar las precordias...» (II, 3.ª, iv,
2.ª, pág. 602).

[66] «Era ya refrán medieval que "dupliciter peccat, qui se de crimine iactat" (J.
Werner, *Lateinische Sprichwörter*, 185)» (FR). «Cada vez que uno se alaba de alguna maldad que hizo, es digno de mucho mayor castigo que cuando la cometió»
(Jerónimo de Mondragón, *Censura de la locura humana*, XXII, pág. 141, con curiosos ejemplos y explicaciones).

[67] *la Roncesvalles:* la proverbialización del topónimo ('desastre, desgracia, cisco
memorable') hace que la preposición no sea imprescindible (aun a pesar de leer
«la de Roncesvalles» en I, iii, 2, como queda dicho en la anterior n. 63); comp.
Vélez de Guevara, *El Diablo Cojuelo:* «que fuera un Roncesvalles ... si el ventero
no llegara con la Hermandad» *(El Diablo Cojuelo,* V, pág. 145); o Quevedo: «Los
demonios me están retentando de mataros a puñaladas ... y hacer Roncesvalles
de estos montes» *(La hora de todos,* [xxxi], pág. 147). En el texto, *Ronces Valles,*
pero he preferido la forma más común, que lo es también a las tres ediciones
autorizadas de la *Primera parte*.

—Andad, sobrino —dijo el viejo—, como nunca lo vistes, decís eso; yo estoy contentísimo de haberlo castigado y, como digo, me pesa, si dello no acabó, que no le di cumplida pena de su delito, pues tan desnudo y hecho harapos quiso hacerse de nuestro linaje. Pues que no trujo vestido de bodas[68], llévese lo que le dieron.

—En ese mismo tiempo —dije— yo estaba con mi madre allá en Sevilla y no son tres años cumplidos que la dejé. Nací solo, no tuvieron mis padres otro.

Aun aquí se me salió de la boca que tuve dos padres y era medio de cada uno; mas volvílo a emendar, prosiguiendo:

—Dejóme de comer el mío; aunque no tanto que me alargue a demasías, ni tan poco que bien regido me pudiera faltar. No me puedo preciar de rico ni lamentar pobre. Demás que mi madre siempre ha sido mujer prudente, de gran gobierno, poco gastadora y gran casera.

Holgáronse de oírme los presentes y no sabían en qué santuario ponerme ni cómo festejarme, ni se tenía por bueno el que no me daba su lado derecho y entre dos el medio.

Entonces dije comigo mismo entre mí: «¡Oh vanidad, cómo corres tras los bien afortunados en cuanto goza de buen viento la vela; que si falta, harán en un momento mil mudanzas! ¡Y cómo conozco de veras que siempre son favorecidos aquellos todos de quien se tiene alguna esperanza que por algún camino pueden ser de algún provecho! ¡Y por la misma razón qué pocos ayudan a los necesitados y cuántos acuden favoreciendo la parte del rico! Somos hijos de soberbia, lisonjeros; que, si lo fuéramos de la amistad y caritativos, acudiéramos a lo contrario. Pues nos consta que gusta Dios que como proprios cada uno sienta los trabajos de su prójimo, ayudándole siempre de la manera que quisiéramos en los nuestros hallar su favor.»

Yo era el ídolo allí de mis parientes. Había comprado de una almoneda una vajilla de plata, que me costó casi ochocientos ducados, no con otro fin que para hacer mejor mi herida[69].

---

[68] Alude a la parábola de los invitados a la boda (San Mateo, 22, 1-14), que ilustraba, precisamente, una sentencia recordada en este mismo capítulo (cfr. *supra*, n. 55).

[69] *herida:* cfr. II, i, 6, n. 1.

Convidélos a todos un día, y a otros amigos. Híceles un espléndido banquete, acariciélos, jugamos, gané y todo casi lo di de barato. Y con esto los traía por los aires. Quién les dijera entonces a su salvo: «Sepan, señores, que comen de sus carnes, en el hato está el lobo[70], presente tienen el agraviado, de quien se sienten agradecidos. ¡Ah! si le conociesen y cómo le harían cruces a las esquinas, para no doblárselas en su vida. Porque les va mullendo los colchones y haciendo la cama[71], donde tendrán mal sueño y darán más vueltas en el aire que me hicieron dar a mí sobre la manta, con que se acordarán de mí cuanto yo dellos, que será por el tiempo de nuestras vidas[72]. Ya mi dolor pasó y el suyo se les va recentando[73]. Si bien conociesen al que aquí está con piel de oveja, se les haría león desatado. Bien está, pues pagarme tienen lo poco en que me tuvieron y lo que despreciaron su misma sangre. Gran añagaza es un buen *coram vobis*[74], gallardo gastador, galán vestido y don Juan

---

[70] Estas frases, nunca antes anotadas, son una nueva muestra de la maestría de Alemán en el manejo de la riqueza proverbial de la lengua: *comer de sus carnes* es «comer de su hacienda, yéndola disipando y consumiendo» (Covarrubias); en tal trance, Guzmán no podía escoger mejor sus palabras, porque *querer comer...* era «desear venganza de alguno por odio que se le tiene» (*ibidem*). Comp. también Correas: *«Comer de sus carnes, de sus carnes come:* dícese del que ha perdido y vuelve desquitándose en algo, y en cosas semejantes que a uno le es costoso y saca algo dello.» Por otra parte, la expresión *tener el lobo en el hato* vale 'tener el enemigo dentro de casa', y no me parece improbable que ambas frases fuesen sabiamente emparentadas para aprovechar otras implicaciones proverbiales y anticipar el desenlace del episodio: los parientes del pícaro no advertían el peligro que entraña *esperar del lobo carne,* pues «no se debe esperar largueza ni cosa buena de quien, por sus ruines costumbres o perverso genio, está acostumbrado a ejecutar lo contrario» *(Autoridades).*

[71] *haciendo la cama:* cfr. II, i, 2, n. 59, y II, iii, 2, n. 30.

[72] «Nótese el paso de la tercera a la primera persona» en la reflexión de Guzmán (FR).

[73] *recentando:* 'preparando, disponiendo, cociendo, fermentando', pues *recentar* es propiamente «ablandar la masa para hacer los panes» (Covarrubias) y poner en ella «la porción de levadura que se dejó reservada para fermentar» *(Autoridades).*

[74] *coram vobis:* en estilo festivo, 'semblante'; pero en particular «presencia buena y grave, y así del que es bien hecho y de buen talle, disposición y persona, o que afecta gravedad y compostura en ella, se dice que tiene *coram vobis*» *(Autoridades).* Cfr. Quevedo, *Obra poética,* núm. 580, 6 («el *coram vobis* vuestro y sus faciones»), o *La hora de todos,* págs. 66 y 90.

de Guzmán. Pues a fe que les hubiera sido de menos daño Guzmán de Alfarache con sus harrapiezos[75], que don Juan de Guzmán con sus gayaduras»[76].

Muchas caricias me hacían; mas yo el estómago traía con bascas y revuelto, como mujer preñada, con los antojos del deseo de mi venganza, que siempre la pensada es mala. Estudiábala de propósito, ensayándome muy de mi espacio en ella, y en este virtuoso ejercicio eran entonces mis nobles entretenimientos, para mejor poder después obrar. Que fuera gran disparate haber hecho tanto preparamento sin propósito, y es inútil el poder cuando no se reduce al acto. Paso a paso esperaba mi coyuntura. Que cada cosa tiene su «cuando» y no todo lo podemos ejecutar en todo tiempo[77]. Que demás de haber horas menguadas[78], hay estrellas y planetas desgraciados, a quien se les ha de huir el mal olor de la boca y guardárseles el viento, para que no pongan a el hombre adonde todos le den[79].

Así aguardé mi ocasión, pasando todos los días en festines, fiestas y contentos, ya por la marina, ya por jardines curiosísimos que hay en aquella ciudad y visitando bellísimas damas. Quisiéronme casar mis deudos con mucha calidad y poca dote. No me atreví, por lo que habrás oído decir por allá y huyendo de que a pocos días habíamos de dar con los huevos en la ceniza[80]. Mostréme muy agradecido, no acetando ni repudiando,

---

[75] *harrapiezos:* harapos, andrajos.

[76] *gayaduras:* adornos del vestido hechos con listas de otro color.

[77] En efecto, «Omnia tempus habent» *(Eclesiastés,* 3, 1, y cfr. aquí, I, iii, 7, n. 1). «Tienen las cosas su vez» (Gracián, *Oráculo manual,* 20, pág. 159a).

[78] *hora menguada:* hora aciaga, «infeliz, la cual calidad ponen los astrólogos en los grados ['casas celestes'] de las mismas horas» (Covarrubias). *Vid.* muy especialmente Cervantes, *Don Quijote,* IX, págs. 199-200 (a propósito de I, xvi: I, pág. 430); *Viaje del Parnaso,* III, 339-340 y págs. 610-611; Vélez de Guevara, *El Diablo Cojuelo,* pág. 13, y Quevedo, *Buscón,* I, vi, pág. 136.

[79] El desgraciado efecto de los astros o «el viento» durante las «horas menguadas» eran excusas y lamentos tradicionales en el repertorio de los pordioseros: «Empecé a decir ... lo ordinario de la hora menguada y aire corruto», «¡Un aire corruto, en hora menguada, trabajando en una viña, me trabó mis miembros» (Quevedo, *Buscón,* I, vi, y II, viii, págs. 136 y 255, oportunamente aducidas por FR).

[80] *dar con los huevos en la ceniza:* 'frustrarse o malograrse alguna cosa', 'echarla a perder'. Todos los editores modernos dicen lo contrario, siguiendo a Correas («caer la cosa al mejor tiempo», aunque cabe aplicarlo irónicamente) y pensando

para poderlos ir entreteniendo y mejor engañando, hasta ver la mía encima del hito[81]. Que cierto entonces con mayor facilidad se hiere de mazo, cuando el contrario tiene de la traición menos cuidado y de sí mayor seguridad.

---

en el éxito de la venganza que urde Guzmán ('no me casé porque a pocos días hallaría la ocasión propicia a mis deseos'). Pero el texto y la lógica del modismo imponen —creo— otra interpretación: 'no me atreví a casarme, huyendo de un seguro fracaso matrimonial, pues al poco tiempo mi mujer y yo daríamos al traste con todo'. Comp. F. B. de Quirós, *Aventuras de don Fruela,* IV: «La Tomasa le enviaba el puchero, mas no iba a verle, por miedo de don Gedeón, que fuera dar los güevos en la ceniza» *(Obras,* pág. 98).

[81] *ver la mía encima del hito:* 'aventajar a los demás' («puesta en ventaja sobre todos» [Correas]), expresión tomada del juego del *hito,* que «se dijo así porque fijan en la tierra un clavo y tiran a él, con herrones o con piedras» (Covarrubias).

CAPÍTULO VIII

DEJA ROBADOS GUZMÁN DE ALFARACHE A SU TÍO Y DEUDOS EN
GÉNOVA, Y EMBÁRCASE PARA ESPAÑA EN LAS GALERAS

Nunca debe la injuria despreciarse ni el que injuria dormirse, que debajo de la tierra sale la venganza, que siempre acecha en lo más escondido della. De donde no piensan suele saltar la liebre. No se confíen los poderosos en su poder ni los valientes en sus fuerzas, que muda el tiempo los estados y trueca las cosas[1]. Una pequeña piedra suele trastornar un carro grande, y cuando a el ofensor le parezca tener mayor seguridad, entonces el ofendido halla mejor comodidad. La venganza ya he dicho ser cobardía, la cual nace de ánimo flaco, mujeril, a quien solamente compete[2]. Y pues ya tengo referido de algunos y de muchos que han eternizado su nombre despreciándola, diré aquí un caso de una mujer que mostró bien serlo.

Una señora, moza, hermosa, rica y de noble linaje, quedó viuda de una caballero igual suyo, de sus mismas calidades. La cual, como sintiese discretamente los peligros a que su poca edad la dejaba dispuesta cerca de la común y general murmuración —que cada uno juzga de las cosas como quiere y se le antoja y, siendo sólo un acto, suelen variar mil pareceres varios, y que no todas veces las lenguas hablan de lo cierto ni juzgan de la verdad—, pareciéndole inconveniente poner sus prendas

---

[1] Pues «cuanto hay hoy en el mundo, todo está sujeto a mudanzas y lleno dellas» (II, iii, 4, *ca.* n. 2).

[2] «Venganza es cobardía y acto femenil» (I, i, 4, *ca.* n. 37).

a juicio y su honor en disputa, determinóse a el menor daño, que fue casarse.

Tratábanle dello dos caballeros, iguales en pretender, empero desiguales en merecer. El uno muy de su gusto, según deseaba, con quien ya casi estaba hecho, y el otro muy aborrecido y contrario a lo dicho, pues, demás de no tener tanta calidad, tenía otros achaques para no ser admitido, aun de señora de muy menos prendas. Pues como con el primero se hubiese dado el sí de ambas las partes, que sólo faltaba el efeto, viendo el segundo su esperanza perdida y rematada, su pretensión sin remedio y que ya se casaba la señora, tomó una traza luciferina, con perversos medios para dar un salto con que pasar adelante y dejar a el otro atrás.

Acordó levantarse un día de mañana y, habiendo acechado con secreto cuándo se abriese la casa de la desposada, luego, sin ser sentido, se metió en el portal, estándose por algún espacio detrás de la puerta, hasta parecerle que ya bullía la gente por la calle y todas las más casas estaban abiertas. Entonces, fingiendo salir de la casa, como si hubieran dormido aquella noche dentro della, se puso en medio del umbral de la puerta, la espada debajo del brazo, haciendo como que se componía el cuello y acabándose de abrochar el sayo. De manera que cuantos pasaron y lo vieron, creyeron por sin duda ser él ya el verdadero desposado y haber gozado la dama.

Cuando tuvo esto en buen punto, se fue poco a poco la calle adelante hasta su posada. Esto hizo dos veces, y dellas quedó tan público el negocio y tan infamada la señora, que ya no se hablaba de otra cosa ni había quien lo ignorase en todo el pueblo, admirados todos de tal inconstancia en haber despreciado el primer concierto de tales ventajas y hecho elección del otro, que tan atrasado y con tanta razón lo estaba.

Pues como se divulgase haberlo visto salir de aquella manera, medio desnudo, cuando llegó a noticia del primero, tanto lo sintió, tanto enojo recibió y su cólera fue tanta, que, si amaba tiernamente deseándola por su esposa, cruelmente aborreció huyéndola. Y no sólo a ella, mas a todas las mujeres, pareciéndole que, pues la que estimó en tanto, teniéndola por tan buena, casta y recogida, hizo una cosa tan fea, que habría muy pocas de quien fiarse y sería ventura si acertase con una.

Consideró sus inconstancias, prolijidades y pasiones y juntamente los peligros, trabajos y cuidados en que ponían a los hombres. Fue pasando con este discurso en otros adelante, que favorecido del cielo hicieron que, trocado el amor de la criatura en su Criador, se determinase a ser fraile, y así lo puso en obra, entrándose luego en religión.

Cuando a noticia de la señora llegó este hecho y la ocasión por lo que se decía en el pueblo y que ya no era en algún modo poderosa para quitar de su honor un borrón tan feo, sintiólo como mujer tan perdida, que tanto perdió junto, la honra, marido, hacienda y gusto, sin esperarlo ya más tener por aquel camino ni su semejante, sin poder jamás cobrarse. Fue fabricando con el pensamiento la traza con que mejor poder salvar su inocencia ejemplarmente, pareciéndole y considerándose tan rematada como su honestidad y que de otro modo que por aquel camino era imposible cobrarlo, pagando una semejante alevosía con otra no menos y más cruel.

Revistiósele una ira tan infernal y fuele creciendo tanto, que nunca pensó en otra cosa sino en cómo ponerlo en efeto. Líbrenos Dios de venganzas de mujeres agraviadas, que siempre suelen ser tales, cuales aquí vemos esta presente[3]. Lo que primero hizo fue tratar de meterse monja —que aun si aquí parara, hubiera mejor corrido— y, dando parte de sus trabajos y pensamiento a otra muy grande amiga suya del proprio monasterio, lo efetuó con mucho secreto.

Luego fue recogiendo dentro del convento todo el principal menaje[4] de su casa, joyas y dineros, anejándole por contratos públicos lo más de su hacienda. Esto hecho, estuvo esperando que se le volviese a tratar del casamiento de aquel caballero su

---

[3] «La cólera de la mujer no tiene límite»; «¿Qué no hace una mujer enojada? ¿Qué montes de dificultades no atropella en sus disignios? ¿Qué inormes crueldades no le parecen blandas y pacíficas?» (Cervantes, *Persiles*, III, xvii, págs. 386 y 389, donde se cuenta la historia —con más feliz desenlace— de «la hermosa Ruperta, agraviada y airada, y con ... deseo de venganza»).

[4] *menaje:* bienes muebles, «los muebles de una casa que se mudan de una parte a otra» (Covarrubias). Los demás editores mantienen —a menudo sin nota— el texto de la edición antigua, *homenaje (omenaje,* con la ortografía habitual), que yo creo erróneo (no era el primer despiste del cajista portugués): ninguno de sus sentidos documentados se aplica bien —pienso— al contexto presente.

enemigo, el cual a pocos días volvió a ello, dando por disculpa el amor grande que le tenía, por cuya causa desesperado usó de aquellos medios para poder conseguir lo que tanto deseaba. Mas, pues conocía su culpa y haber sido causa del yerro, quería soltar la quiebra ofreciéndose por su marido.

Ella, que otra cosa no deseaba para que su intención saliese a luz y resplandeciese su honor con ello, respondió que, pues el negocio ya no podía tener otro algún mejor medio, acetaba éste. Mas que había hecho un voto, el cual se cumplía dentro de dos meses, poco más, en que no le podría dar gusto, que, si el suyo lo fuese dilatarlo por este tiempo, que lo sería para ella. Empero que si luego quisiese tratar de verlo efetuado, había de ser con la dicha condición y juntamente con esto hacerlo muy de secreto, y tanto cuanto más fuese posible, hasta que pasado el término se pudiese manifestar.

Acetólo el caballero, hallándose por ello el hombre más dichoso del mundo y, prevenido lo necesario, se hicieron con mucho silencio los contratos con que fueron desposados. Estuvieron juntos muy pocos días, entretenido él con la esperanza cierta del bien cierto que ya poseía, y no menos ella con la de su venganza.

Una noche, después de haber cenado, que se fue a dormir el marido, ella entró en el aposento y, sentada cerca dél, aguardó que se durmiese y, viéndolo traspuesto con la fuerza del sueño primero, lo puso en el último de la vida, porque, sacando de la manga un bien afilado cuchillo, lo degolló, dejándolo en la cama muerto. A la mañana temprano salió de su aposento, y diciendo a la gente de su casa que había su esposo tenido mala noche, que nadie lo recordase hasta que fuese su gusto llamar o ella volviese de misa, cerró su puerta y con buena diligencia se fue al monasterio, donde luego recibió el hábito y fue monja, después de lavada su infamia con la sangre de quien la manchó, dando de su honestidad notorio desengaño y de su crueldad terrible muestra[5].

_____

[5] Si no una fuente concreta, este «caso» tiene conocidas analogías con otras crueldades femeniles de la novelística italiana, en especial con un relato de *Gli Hecatommithi* de Giraldo Cintio (cfr. D. P. Rotunda, «The *Guzmán...* and Italian Novellistica», pág. 131), traducidos por Gaytán de Vozmediano en 1590. Otros

Viene muy bien acerca desto lo que dijo Fuctillos, un loco que andaba por Alcalá de Henares, el cual yo después conocí. Habíale un perro desgarrado una pierna y, aunque vino a estar sano della, no lo quedó en el corazón. Estaba de mal ánimo contra el perro, y viéndolo acaso un día muy estendido a la larga por delante de su puerta, durmiendo a el sol, fuese allí junto a la obra de Sancta María[6] y, cogiendo a brazos un canto cuan grande lo pudo alzar del suelo, se fue bonico[7] a él sin que lo sintiese y dejóselo caer a plomo sobre la cabeza. Pues como se sintiese de aquella manera el pobre perro, con las bascas de la muerte daba muchos aullidos y saltos en el aire, y viéndolo así, le decía: «Hermano, hermano, quien enemigos tiene no duerma»[8].

Ya otra vez he dicho que siempre lo malo es malo y de lo malo tengo por lo peor a la venganza. Porque corazón vengativo no puede ser misericordioso, y el que no usare de misericordia no la espere ni la tendrá Dios dél. Por la medida que midiere ha de ser medido[9]. Hanlo de igualar con la balanza en que pesare a su prójimo. No se puede negar esto; mas también se me debe confesar que yerran aquellos que, sabiendo la mala inclinación de los hombres, hacen confianza dellos, y más de aquellos que tienen de antes ofendidos: que pocos o ninguno de los amigos reconciliados acontece a salir bueno.

Mucho de Dios ha de tener en el alma el que por solo Él perdonare. Pocos milagros habemos visto por este caso y sólo de uno vi en Florencia el testimonio, fuera de los muros de la ciudad en la iglesia de San Miniato, dentro en la fortaleza, que por ser breve y digno[10] de memoria haré dél relación.

---

textos afines comenta y edita J. Fradejas Lebrero, *Novela corta del siglo XVI*, págs. 268-273 y 935-942.

[6] *Santa María:* la parroquia de tal nombre, en Alcalá.

[7] *bonico:* quedo (cfr. I, ii, 8, n. 53).

[8] Era un cuento tradicional, como otros muchos de locos en el Siglo de Oro, que a menudo ilustraban moralejas semejantes *(vid.* Correas, en el comentario al refrán *Quien tiene enemigos no duerme).* La versión más cercana es la recogida por Melchor de Santa Cruz en la *Floresta española* (FR): «Un loco, a quien había mordido un perro, hallándole durmiendo, tomó un gran canto con las dos manos y diole sobre la cabeza, diciendo: "Quien tiene enemigos no ha de dormir descuidado"» (VI, iii, 4, págs. 157-158). Cfr. lo dicho en I, i, 1, n. 2.

[9] Cfr. San Mateo, 7, 2.

[10] *digno:* en la edición, *digna,* errata obvia.

Un gentilhombre florentín, llamado el capitán Juan Gualberto, hijo de un caballero titulado, yendo a Florencia con su compañía, bien armado y a caballo, encontró en el camino con un su enemigo grande, que le había muerto a un su hermano. El cual, viéndose perdido y sujeto, se arrojó por el suelo a sus pies, cruzados los brazos, pidiéndole de merced por Jesucristo crucificado que no lo matase. El Juan Gualberto tuvo tal veneración a las palabras que, compungido de dolor, lo perdonó con grande misericordia. De allí lo hizo volver consigo a Florencia, donde lo llevó a ofrecer a Dios en la iglesia de San Miniato y, puesto delante de un crucifijo de bulto, le pidió Juan Gualberto que así le perdonase sus pecados, con la intención que había él perdonado aquel su enemigo. Viose visiblemente como, delante de toda la gente de su compañía y otros que allí estaban, el Cristo humilló la cabeza bajándola. Reconocido Juan Gualberto de aquesta merced y cortesía, luego se hizo religioso y acabó su vida santamente. Hoy está el Cristo de la forma misma que puso la humillación y es allí venerado por grandísima reliquia[11].

Cuando el perdón se hace sin este fundamento, siempre suele dejar un rescoldo vivo que abrasa el alma, solicitándola para venganza. Y aunque cuanto en lo exterior parece ya estar aquel fuego muerto, de tal agua mansa nos guarde Dios[12], que muchas y aun las más veces queda cubierta la lumbre con la ceniza del engañoso perdón; mas, en soplándola con un poco de ocasión, fácilmente se descubre y resplandecen las brasas encendidas de la injuria.

Por mí lo conozco, que tanto fue lo que siempre me aguijoneaba la venganza, que como con espuelas parecía picarme los ijares como a bestia. ¡Bien bestia!, que no lo es menos el que conoce aqueste disparate. Poníame siempre a los ojos aquel za-

---

[11] Varias colecciones de dichos y hechos célebres —al menos desde Bautista Fulgosio— hablaban *de Ioanne Gualberto equite florentino* y el milagro de San Miniato; cfr. A. Eborense, *Sententiae et exempla*, ya citados, II, fol. 174v. En una de ellas lo conocería seguramente Alemán.

[12] *de tal agua mansa nos guarde Dios:* se trasluce el refrán, «Del agua mansa me guarde Dios, que de la brava yo me guardaré» («De las cosas ocultas Dios, de las manifiestas, mis sentidos me han de avisar», explica Mal Lara, *Filosofía vulgar*, I, i, 72, págs. 209-210).

randeado de huesos y, reparando en ello, parecía que aún me sonaban como cascabeles. Con esto y con la dulzura que me lo habían contado y malas entrañas con que lo habían hecho, sin pesarles ya de otra cosa, más de haberles parecido poco, me hacía considerar y decir: «¡Oh, hideputa, enemigos, y si a vuestra puerta llegara necesitado, y qué refresco me ofreciérades para pasar mi viaje!»

Causábame cólera y della mucho deseo de pagarme de todos los de la conjuración; y dellos no tanto cuanto del viejo dogmatista[13], como primero inventor y ejecutor que fue della y de mi daño. El tiempo iba pasando y con él trabándose más mis amistades, conociendo y siendo conocido[14]. Tratábase con calor mi casamiento, deseando todos naturalizarme allá con ellos; visitaba y visitábanme; acudían a mi posada mis amigos y yo a la dellos; entraba ya como natural en todas partes y en las casas del juego. En mi posada también solía trabarse, ya perdiendo, ya ganando, hasta una noche que, acudiendo el naipe de golpe, truje a la posada más de siete mil reales, de que dejé tan picados a los contrayentes, que trataron de alargar el juego para la noche siguiente.

No me pesó de que se quisiesen alargar, porque ya yo estaba, como dicen, fuera de cuenta en los nueve meses, que me había dicho el capitán Favelo que se aprestaban las galeras y creía que para pasar a España con mucha brevedad. Esto me traía ya de leva[15], porque adondequiera que fueran había de ir en ellas; empero no me osaba declarar hasta que hubiesen de salir del puerto. Acetéles el juego, no con otro ánimo que de ir entreteniéndome con ellos largo y estar prevenido para darles, a uso de Portugal, de pancada[16]. Perdí la noche siguiente; aunque no más de aquello que yo quise, porque ya me aprovecha-

---

[13] *dogmatista:* «siempre le tomamos *in malam partem,* por el que enseña errores contra la fe» (Covarrubias); aquí, obviamente, tiene el sentido figurado de 'cabecilla de la secta, de la conjuración', como dice enseguida.

[14] *conociendo y siendo conocido:* recuérdese que pisó Génova por primera vez «con deseo de conocer y ser conocido» (al final de I, ii, 10).

[15] *de leva:* 'atento, dispuesto a la partida'; *leva* «es término náutico y vale la ... arrancada que hacen las galeras» (Covarrubias), y de ahí *tocar a leva.*

[16] *de pancada:* 'de sopetón, de golpe', aunque *pancada* vale propiamente «golpe dado con el pie; es voz usada en Galicia» *(Autoridades).*

ba de toda ciencia para hacer mi hecho. Andábame con ellos a barlovento[17] y siempre sacándole a mi amigo su barato, porque lo había de ser mucho más para mí.

Pocos días pasaron que, viéndolo triste, le pregunté qué tenía. Y respondióme que sólo sentir mi ausencia, porque sin duda sería el viaje dentro de diez días, a lo más largo, que así tenían la orden. Sus palabras fueron perlas y su voz para mí del cielo, como si otra vez oyera decir: «Abre esa capacha»[18], porque con el porte désta pensaba quedar hecho de bellota[19].

Y apartándolo a solas, en secreto le dije:

—Señor capitán, sois tan mi amigo, estimo vuestras amistades en tanto, que no sé cómo encarecerlo ni pagarlas. Háseme ofrecido con vuestro viaje todo el remedio de mis deseos, que ya en otra cosa no consiste ni lo espero. Y si hasta este punto no tengo dada de mí la razón que a una fiel amistad se debe, ha sido porque, como tan cierto della, no he querido inquietar vuestro sosiego. Mi venida en esta ciudad no ha sido a verla ni por el mucho gusto y merced en ella recebida, cuanto a deshacer cierto agravio que aquí recibió mi padre, siendo ya hombre mayor, de un mancebo español que aquí reside. Obligóle a dejar la patria, porque, corrido y afrentado, no pudiendo a causa de su mucha edad satisfacerse como debiera, tuvo por menor daño hacer ausencia larga, y con este dolor vivió hasta ser fallecido. No tendrá razón de quejarse de mí quien a las canas de mi padre no tuvo respeto, que su proprio hijo lo pierda para él en su venganza. Y porque podría suceder que después de ya satisfecho dél, o con sus deudos o por su dinero, que no le falta, me quisiese hacer algún agravio, querría me diésedes vuestro favor, para que con sólo él y sin riesgo de vuestra persona, pusiésedes en salvo la mía con secreto. Dejaréisme con esto tan obligado, que me tendréis por esclavo eternamente, pues no tengo más honra de cuanta heredé y, si mi padre no la tuvo para dejármela, por habérsela un traidor enemigo quitado,

---

[17] *a barlovento:* cfr. lo dicho en la n. 48 del capítulo anterior.

[18] *Abre esa capacha:* cfr. I, ii, 7, *ca.* n. 28.

[19] *hecho de bellota:* comp. *estar de bellota,* «estar un hombre recio, gordo y robusto, como los cebones que vuelven del monte engordados con la bellota» (Covarrubias).

también yo vivo sin ella y me conviene ganarla por mi proprio esfuerzo y manos. Que si mis deudos no lo han hecho, ha sido tanto por no perderse, cuanto porque, como luego se ausentó mi padre, todo se quedó sepultado, pareciéndoles menor inconveniente dejarlo así suspenso, que levantar el pueblo ni más publicarlo.

Atento estuvo Favelo a mis palabras y quisiera que se lo remitiera[20] para que, haciéndose parte, como lo es el verdadero amigo, él mismo me dejara satisfecho. Y aunque para ello me importunó, haciendo grande instancia, no se lo quise admitir, diciéndole no ser conveniente ni justo que, siendo la injuria mía, otro se satisficiese della. Que sólo aqueso me sacó de mi tierra, España, y a ella no volvería en cuanto yo mismo no diese a mi enemigo su pago, de tal manera que conociese a quién y por qué lo hizo. Demás que me hacía notorio agravio en creer de mí que me faltaban fuerzas o ánimo para tales casos y tan del alma. Con lo que le dije quedó tan sosegado, que no me volvió a replicar en ello; empero díjome:

—Si algo valgo, si algo puedo, si mi hacienda, vida y honra fuere para vuestro servicio de importancia, todo es vuestro, y si para el resguardo de lo que os podría suceder queréis que yo y mi gente asistamos a la mira, ved lo que mandáis que haga: todo es vuestro y como de tal podréis en ello disponer a vuestro modo. Y tomo a mi cuenta que, una vez puestos pies en galera, no será parte todo el poder de Italia para sacaros del mío, aunque hiciese para ello y fuese forzoso algún gravísimo peligro de mi persona.

—De aqueso y lo demás estoy bien confiado —le dije—; mas creo que no será necesario tanto caudal de presente. Lo uno, porque tengo descuidado a el enemigo, y en parte que sólo con Sayavedra puedo salir con cuanto pretendo. Y esto quedará de modo que, cuando se quiera remediar o me busquen, ya no serán a tiempo de poderme haber a las manos con el favor vuestro. Lo que más me importa saber, para con mayor seguridad salir adelante con lo que se pretende, sólo es

---

[20] *se lo remitiera:* 'se lo confiara, se lo encargara'. En cuanto al difundido rasgo del «verdadero amigo», cfr. el inicio de la *Carta segunda en que trata Mateo Alemán de la verdadera amistad* (en E. Cros, *Protée*, pág. 442).

tener aviso a el cierto del día que las galeras han de zarpar, porque no pierda tiempo ni ocasión.

Así me lo prometió, y fuemos[21] de acuerdo que poco a poco y con mucho secreto fuese haciendo pasar a galera mis baúles y vestidos con Sayavedra, porque no se aguardase todo para el punto crudo[22] ni fuese necesario en él sino embarcarme.

No cabía en sí Favelo del gusto que recibió cuando supo haberme de llevar consigo. Previnose de regalos con que poder entretenerme, como si mi persona fuera la del capitán general. Yo llamé a mi criado y díjele lo que me había sucedido, que ya era tiempo de arremangar los brazos hasta los codos, porque teníamos grande amasijo y harta masa para hacer tortas. Apenas hube acabádoselo de decir, cuando ya centelleaba de contento, porque deseaba salir a montear.

Luego se trató en el modo de la venganza y yo le dije:

—La mayor, más provechosa y de menor daño para nosotros es en dinero.

—Eso pido y dos de bola[23] —dijo Sayavedra—, que las cuchilladas presto sanan; pero dadas en las bolsas, tarde se curan y para siempre duelen[24].

Yo le dije:

—Pues para que todo se comience a disponer de la manera que conviene, lo que agora se ha de hacer es comprar cuatro baúles. Los dos dellos pondrás en galera, en la parte que Favelo te dijere y los otros dos cargarás de piedras. Y sin que alguno sepa lo que traes dentro, los harás meter con mucho tiento en el aposento. Allí los irás envolviendo en unas harpilleras, porque dondequiera que fueren, aunque los traigan rodando,

---

[21] *fuemos:* fuimos.

[22] *el punto crudo:* 'el último momento, el definitivo'; «la razón y punto puntual de llegar a hacer algo; *llegué al punto crudo:* cuando si no llegara se perdía la ocasión...; *esperar al punto crudo:* no espacio ni lugar, pudien[do] avisar antes» (Correas).

[23] *Eso pido y dos de bola:* así en Correas, junto a otra expresión tomada también del juego de la argolla (cfr. I, i, 3, n. 41), *eso pido y barras derechas.*

[24] La frase está construida a imagen del refrán «Sanan cuchilladas, mas no malas palabras» (Correas, con otros semejantes; cfr. Campos-Barella, 985, página 147).

no suenen y vayan bien estibados, no dejándoles algún vacío ni lleven más peso de aquel que te pareciere conveniente, o satisfacer a seis arrobas escasas en cada uno.

Díjele más todo lo que había de hacer, dejándolo bien informado dello. De allí me fui a casa del buen viejo don Beltrán, mi tío[25], y estando en conversación, truje a plática lo mucho que temía salir de casa de noche, porque tenía en el aposento mis baúles, en especial dos dellos con plata, joyas de algún valor y dineros y, por decir verdad, mi pobreza toda. Él me dijo:

—Vuestra es la culpa, sobrino, que donde mi casa está no era necesario posada. Porque aunque la que tenéis es la mejor de aquesta ciudad, ninguna en todo el mundo es buena ni tal que podáis en ella tener alguna seguridad. Y porque sois mozo, quiero advertiros, como viejo, que nunca os confiéis de menos que muy fuerte cerradura en vuestros baúles, y otra sobrellave de algunas armellas[26] y candado, que llevéis con vos de camino, y donde llegardes, la poned a las puertas de vuestro aposento. Porque ya los huéspedes o sus mujeres o sus hijos o criados, no hay aposento que no tenga dos y tres llaves y, a vuelta de cabeza, perderéis de ojo[27] lo que allí dejardes con menos que muy buen cobro. Después os lo harán pleito, si lo trujistes o si lo metistes, y se os quedarán con ello. En la posada no hay cosa posada, nada tiene seguridad. Mas ya que, como mancebo, gustáis de no veniros a esta casa vuestra, si en ello recebís gusto, tráiganse acá los baúles y no dejéis allá más plata de la que tasadamente hubierdes menester para vuestro servicio. Que acá se os guardará todo en mi escritorio con toda seguridad y no andaréis tanto la barba sobre el hombro[28] en cuanto aquí estuvierdes.

Yo se lo agradecí de manera como si los baúles valieran un

---

25 Como quedó dicho en II, i, 6, n. 31, era un verso del «romance más famoso en el siglo xvi, el más reimpreso en pliegos sueltos entonces» (R. Menéndez Pidal, *Romancero hispánico*, I, pág. 276), el del Conde Dirlos («A vos lo digo, mi tío, / el buen viejo don Beltrán»). Baste recordar —aunque es posible que sobre esa base se asienten otras alusiones— que el Conde vuelve con los suyos tras una azarosa ausencia de varios años.

26 *armellas:* los anillos en que entra el candado.

27 *perder de ojo:* perder de vista.

28 *la barba sobre el hombro:* cfr. I, i, 5, n. 26.

millón de oro, y así lo debió creer o poco menos. Lo uno, porque ya él había visto mi buena vajilla, la cadena y otras cosas y dineros que llevaba, y lo segundo, por la instancia que hice sobre desear tenerlos a buen recado. Desta plática saltamos en la de mi casamiento, porque me dijo que ya tenía edad y perdía tiempo si hubiese de tomar estado, a causa que los matrimonios de los viejos eran para hacer hijos huérfanos[29]. Que, si no gustaba de ser de la Iglesia, mejor sería casarme luego, tanto para mi regalo cuanto para el beneficio y guarda de mi hacienda. Porque los criados, aunque fieles, nunca les faltaban las más veces desaguaderos, ya de mujeres, juegos, gastos, vestidos y otras cosas, que, viéndose necesitados y apretados a cumplir con las cosas de su cargo, se venían después a levantar con todo, dejando robados a sus amos.

Púsome muchas dificultades en mi estado y fueme luego tras ello haciendo relación de las buenas prendas de la señora mi esposa, que, a lo que dél entendí, también era deuda suya por parte de su madre, de gente noble aunque pobre; pero podíase suplir por ser hermosa y que me daba con ella de adehala[30] —como después vine a descubrir el secreto— una hija, que dijeron haber tenido por una desgracia de cierto mancebo ciudadano, que le dio palabra de casamiento y después, dejándola burlada, se desposó con otra. Ofrecióme con ella que tenía una madre, que sería todo mi regalo y de los hijos que Dios me diese, porque no hallaría menos con el suyo el de la que me parió[31]. A todo le hice buen semblante, diciendo que de su mano de necesidad sería cosa tal cual a mí me convenía; mas que, para que no se perdiese cierto beneficio que me daban y quedase puesto cobro en él, era necesario regresarlo[32] en un primo hermano mío, hijo de una hermana de mi madre, allá en Sevilla. Con esto lo dejé goloso y entretenido por entonces.

---

[29] «Con la moza, ¿qué hace el viejo? [o "¿qué hacéis, viejo?"] —Hijos huérfanos» (Correas).

[30] *adehala:* propina, lo «que se saca gracioso, añadido al precio principal de lo que se compra o vende» (Covarrubias). Cfr. *Don Quijote,* I, xxxi: «yo sacaré de adehala...» (II, pág. 427, curiosamente a propósito de un consejo matrimonial de Sancho a su amo).

[31] *no hallaría menos...:* 'con su regalo no echaría en falta el de mi madre'.

[32] *regresar:* «ceder el beneficio a favor de otro» *(Autoridades).*

En esto hablábamos muy de propósito, cuando subió Sayavedra y, llegándoseme a el oído, hizo como que me daba un largo recado. Yo luego, levantando la voz, dije:

—¿Y tú qué le dijiste?

Él me respondió de la misma forma:

—¿Qué le había de responder, sino de sí?

—Mal hiciste —le dije—. ¿No sabes tú que no estoy en Roma ni en Sevilla? ¿No sientes el disparate que hiciste, haciéndome cargo de lo que no puedo? Llévale la cadena grande, dásela y dile que lo que tengo le doy, que no me ocupe más de aquello que me fuere posible, y me perdone.

Sayavedra me dijo:

—Bien a fe, ¿y quién ha de llevar a cuestas una cadena de setecientos ducados de oro? Será necesario buscar un ganapán alquilado que le ayude.

Díjele luego:

—Pues haz lo que te diré. Tómala y vete a casa de un platero y escoge de su tienda lo que bien te pareciere. Déjale la cadena y más prendas, que valgan lo que dello hubieres menester y págale un tanto por el alquiler, y aquesto será mejor, más fácil y barato de todo. Y si faltaren prendas, dáselas en escudos que lo monten. Con esto desempeñarás la necedad que hiciste; porque de otro modo no sé ni puedo remediarlo.

El tío, que a todo lo dicho estuvo atento, dijo:

—¿Qué prendas queréis dar o para qué?

Yo le dije:

—Señor, quien tiene criados necios, forzoso ha de hallar-[se][33] siempre atajado en las ocasiones, cayendo en cien mil faltas o desasosiegos y pesadumbres. Aquí está una señora castellana, la cual trata de casarse con un caballero de su tierra: son conocidos míos y téngoles obligación. Hame querido hacer cargo de sus vestidos y joyas[34] para el día de su desposorio, y es ya tan cerca, que no ha de ser posible cumplir como quisiera. Mire Vuestra Merced a qué árbol se arrima o adónde tengo

---

[33] La errata (corregida ya en algunas ediciones antiguas) «se explica fácilmente por haplología» (FR).

[34] *joyas:* «los arreos que el desposado envía a la desposada, así de oro como de aderezos» (Covarrubias).

yo de buscárselas. Dame mohína que aqueste tonto no haya sabido escusarme de lo que sabe serme tan dificultoso, si ya por ventura él no fue quien se convidó con ello. Porque no creo que mujer de juicio le pidiese a él semejante disparate y, si lo hizo, remédielo, allá se lo haya, mire lo que quisiere y hágalo.

El viejo me dijo:

—No toméis pesadumbre, sobrino: que todo eso es cosa de poco momento. A lugar habéis llegado, adonde no faltará cosa tan poca como esa.

Yo le volví a decir:

—Ya, señor, sé que todos Vuestras Mercedes me las harán muy cumplidas[35] y que lo que tuvieren proprio no me podrá faltar; mas, como entre todo nuestro linaje no conozco alguno de los casados que las tenga, no me atrevo a suplicarles cosa en que tomen cuidado. En especial que habérmelas pedido a mí es haberme obligado a enviárselas como de mano de un hidalgo de mis prendas, y no todas veces hay joyas en todas partes que puedan parecer sin vergüenza en tales actos.

—Ahora bien —me respondió—, no toméis cuidado en ello, dormid sin él, que yo por mi parte y algunos de vuestros deudos por la suya buscaremos de las que por acá se hallaren razonables; y en lo demás, enviadme cuando mandardes los baúles.

Por uno y otro le besé las manos, agradeciéndoselo con las más humildes palabras que supe y se me ofrecieron, reconociendo la merced que me hacía en todo. Y despidiéndome dél, hice, luego que a casa volví, que cerrados con tres llaves cada uno de los baúles, los llevasen allá.

El tío, cuando vio entrar a Sayavedra y los ganapanes con ellos, que apenas podía cada uno con el suyo, considerada la fortaleza de la llaves que llevaban, con la desconfianza que del huésped hice y gran peso que tenían, acabó de certificarse que sin duda tendrían dentro gran tesoro. Preguntóle a Sayavedra:

—¿Qué traen aquestos baúles que tanto pesan?

Y respondióle:

—Señor, aunque lo que tiene mi señor dentro es de consi-

---

[35] Sobre este zeugma, cfr. I, ii, 3, n. 4. Mantengo la lectura *todos,* modificada *(todas)* en las otras ediciones modernas.

deración, lo que vale más de todo es pedrería, que ha procurado recoger por toda Italia y no sé para qué ni adónde la quiere llevar.

El viejo arqueó las cejas y abrió los ojos, como que se maravillaba de tanta riqueza y, poniéndolos de su mano a muy buen cobro, debajo de siete llaves, como dicen, le quedaron en poder, volviéndose a la posada Sayavedra.

Como ya nos andábamos arrullando, procurábamos juntar las pajas para el nido. Aquella noche toda se nos pasó de claro, en trazas cómo luego por la mañana fuésemos con ellas a casa de otro mi deudo, mancebo rico y de mucho crédito, a darle otro Santiago[36].

Hícelo así, que, apenas el sol había salido y él de la cama, cuando tomando Sayavedra las cadenas en dos cofrecitos iguales y muy parecidos, con sus muy gentiles cerraduritas, el muelle de golpe, y, llevándolas debajo de la capa, fuimos allá y hallámoslo levantado, que ya se vestía. No me pareció buena ocasión y quisiera dejarlo para después de comer; mas, cuando le dijeron estar yo allí, mostróse muy corrido de que luego no hubiese subido arriba. Díjele haberlo dejado, por entender que aún estaría reposando. Con estos cumplimientos anduvimos y preguntándonos por la salud y cosas de la tierra, hasta que ya estuvo vestido, que nos bajamos a un escritorio. Cuando allí estuvimos un poco, me preguntó a qué había sido mi buena venida tan de mañana.

Yo le dije:

—Señor, a tener buenos días con los principios dellos, pues las noches no me han sido malas. Lo que a Vuestra Merced vengo a suplicar es que, si hay en casa criado alguno de satisfacción, se mande llamar.

Él tocó una campanilla y acudieron dos o tres y, eligiendo a el uno dellos, dijo:

—Aquí Estefanelo hará lo que Vuestra Merced le mandare.

—Lo que le ruego es —dije— que con mi criado Sayavedra

---

[36] «*Dar un Santiago* es hacer acometida a los enemigos; por metonimia, porque los españoles apellidan a Santiago en las batallas» (Correas). Cfr. Gracián, *Criticón*, II, vii, pág. 171.

se lleguen a casa de un platero y sepan los quilates, peso y valor de una cadena que aquí traigo.

Sayavedra me dio luego el cofrecillo en que venía la de oro fino y, sacándola dél, se la enseñé. Holgóse mucho de verla, por ser tan hermosa, de tanto peso y hechura extraordinaria, pareciéndole no haber visto nunca otra su semejante, para ser de oro, lisa, sin esmalte ni piedras. Volvísela luego a dar a mi criado y fuéronse juntos ambos a hacer la diligencia, en cuanto quedamos hablando de otras cosas.

Cuando volvieron trujeron un papel firmado del platero, en que decía tocar el oro de la cadena en veinte y dos quilates y que valía seiscientos y cincuenta y tres escudos castellanos, poco más. Y viendo esto concluido, volvíle a pedir a Sayavedra que me la diese. Diome la falsa en el otro cofrecito abierto, de donde, sacándola otra vez, la estuvimos un poco mirando. Puesta en su cofrecito así abierto, le dije:

—Lo que agora, señor, vengo más a suplicar es lo siguiente: Yo he quedado picadillo de unas noches atrás con unos gentiles hombres desta ciudad, y no lo están menos ellos de que les tengo ganados más de cinco mil reales. Hanme desafiado a juego largo y querría, pues la suerte corre bien, irla siguiendo, probando con ellos mi ventura, que sería posible ganarles mucho aventurando muy poco. Y porque todo consiste o la mayor parte dello está en el bien decir y los que jugamos vamos tan dispuestos a la pérdida como a la ganancia, no querría hallarme tan limitado que, si perdiese, me faltase con qué poderme volver a esquitar y aun por ventura ganarles. Y pues por la misericordia de Dios no me falta dinero y tengo en casa del señor mi tío casi cinco mil escudos, no puedo tocar en ellos, porque, luego que aquí lleguen ciertas letras que aguardo de Sevilla, no podré dilatar una hora la paga ni mi partida para Roma, ya sea para pasar en mi cabeza cierto beneficio, ya sea para en la de otro mi primo hermano, según se dispusieren las cosas a la voluntad y gusto del señor mi tío. De manera, que no es justo ni me conviene tocar en aquella partida, por lo que podría después hacer falta; en especial pudiéndome agora valer de joyas de oro y plata, que no me son tan forzosas. Ni tampoco quiero sin causa y expresa necesidad malbaratarlas ni deshacerme dellas. Aquí tiene Vuestra Merced esta cadena y sabe lo que vale. Lo que suplico es que con secreto —que no quiero que me juzguen acá por tan travieso ni dar a todos cuenta de semejantes niñerías— se me tomen a cambio seiscientos escudos para la primera feria[37], que ya que gane o pierda, se pagarán o con la propria cadena, cuando todo falte, pues para eso la doy en resguardo, que Vuestra Merced la tenga en sí para el efeto y tome por su cuenta el cambio y a mi daño.

Díjele también cómo para otra semejante ocasión había dado una vez cierta vajilla de plata dorada nueva y el que la recibió se sirvió della, de manera que cuando me la volvió no estaba para servir en mesa de hombre de bien, y así la vendí luego, perdiendo las hechuras todas. Por lo cual, para evitar otro tanto, le suplicaba lo dicho y que no pasase la cadena en otro poder.

Él mostró correrse mucho, que para cosa tan poca le quisiese dar prenda; mas yo, dando con la mano a la tapa del cofrecillo, lo cerré de golpe y se lo di en las manos, diciendo que de ninguna manera recebiría la merced si allí no quedase. Porque demás que yo no la traía por hacer tanto bulto y pesar tanto, holgaría mucho que la tuviese consigo y la guardase. Y también le dije que como éramos mortales, por lo que de mí podría suceder, no era lícito hacerse otra cosa de como lo suplicaba.

Recibióla por la mucha importunación mía y ofrecióse a hacerlo en saliendo de casa. El mismo día, estando a la mesa comiendo, entró el mismo criado Estefanelo con los seiscientos escudos. Dile las gracias, que llevase a su amo; mas no tardó un credo, y casi el criado no había salido de la posada, cuando estaba en ella su amo y junto a mí. No me quedó en el cuerpo gota de sangre ni la hallaran dentro de mis venas, de turbado. Aquí perdí los estribos, porque, como acababa de recebir en aquel punto los escudos y luego subió el amo tras el criado, creí que hubiesen abierto el cofrecillo y hallase la cadena falsa y que vendría para impedir que no se me diesen. Mas presto salí de la duda y perdí el miedo, porque con rostro alegre se me volvió a ofrecer, si de alguna otra cosa tenía necesidad, y

---

[37] *para la primera feria:* cfr. I, i, 1, n. 32, y Tomás de Mercado, *Suma de tratos y contratos,* IV, viii.

que aquellos dineros le había dado un su amigo a daño[38], mas que sería poco.

Entonces entre mí dije:

—Antes creo que, por muy poco que sea, no dejará de ser para vos mucho y mucho más de lo que pensáis.

Díjele que no importaba; que en más estaba la prenda que podrían montar los intereses. Allí estuvo parlando[39] comigo un poco, cuando en su presencia entraron los del juego y, pidiendo naipes a Sayavedra, se comenzó una guerrilla[40] bien trabada. Pareciéronle a el pariente largos los oficios, dejónos y fuese. Yo quedé tan emboscado en la moneda, teniendo en mi favor entonces a Sayavedra —porque como queríamos alzar de obra[41] y coger la tela, no era tiempo de floreos—, que a poco rato me dejaron más de quince mil reales en oro.

Diles barato a los que se hallaron presentes; y a el capitán, de allí a poco que vino, le puse cincuenta escudos en el puño, que fue comprar con ellos un esclavo y todo mi remedio. Apartóme a solas y apercibióme para domingo en la noche, que fue dentro de cuatro días.

Ya cuando me vi apretado de tiempo, hice tocar las cajas a recoger, enviando billetes de una en otra parte, diciendo haber de ser la boda para el lunes, que se me hiciese merced en lo prometido.

No así las hormigas por agosto vienen cargadas del grano que de las eras van recogiendo en sus graneros, como en mi posada entraban joyas, a quién más y mejores me las podía enviar. Tantas y tan ricas eran, que ya casi tenía vergüenza de re-

---

[38] *a daño:* a interés.

[39] *parlando:* charlando, parloteando (cfr. II, i, 1, n. 22).

[40] *guerrilla:* «juego de naipes, que se hace entre dos, dando a cada uno veinte cartas; el as vale cuatro, el rey tres, el caballo dos y la sota una. Las cartas están hacia abajo, y el mano descubre una en la mesa, y si es figura o as le sirve el otro con tantas cartas como vale, las cuales pone encima de su montón, y si echa carta blanca, el contrario juega la suya, que si es negra le sirve el otro con las cartas que vale, y desta manera van jugando, hasta que uno de los dos carga con todos los naipes y gana el juego» *(Autoridades).* Guzmán aprovecha las posibilidades del término en las páginas siguientes: «emboscado», «tocar las cajas a recoger», etc.

[41] *alzar de obra:* «acabar el trabajo» (Covarrubias). Cfr. Cervantes, *Rinconete y Cortadillo, Novelas ejemplares,* I, pág. 271.

cebirlas. Mas híceles cara, porque no me parecieron caras. De casa del tío me trujeron un collar de hombros, una cinta y una pluma para el tocado, que de oro, piedras y perlas valían las tres piezas más de tres mil escudos. Los demás me acudieron con ricos broches, botones, puntas, ajorcas, arracadas, joyeles, cabos de tocas y sortijas, todo muy cumplido, rico y de mucho valor. Lo cual, como iba viniendo, sin que lo sintiera el capitán, se iba poniendo en sus cajas dentro de los baúles, debajo de cubierta. Yo aquellos días los anduve visitando y agradeciendo las mercedes hechas, hasta que, viendo que las galeras habían de zarpar lunes de madrugada, domingo en la noche dije al huésped:

—Señor huésped, a jugar voy esta noche a casa de unos caballeros. Allá creo que cenaré y por ventura sería posible, si se hiciese tarde, quedarme a dormir, si ya el juego se despartiese antes del día. Vuestra Merced mire por el aposento en cuanto Sayavedra o yo volvemos, que podría ser que él se viniese a casa.

Salí con esto favorecido de la noche, dejándole los baúles por paga del tiempo que me hospedó. Bien es verdad que con la priesa del viaje se los dejé llenos; empero de muy gentiles peladillas de la mar, que pesaban a veinte libras. Fuime a dormir a galera con el capitán Favelo, mi amigo[42].

No será posible decirte con palabras de la manera que aquella noche me sacó de Génova, el regalo que me hizo, la cena que me dio y la cama que me tenía prevenida. Preguntóme cómo dejaba hecho mi negocio. Díjele que muy a mi satisfacción y que después le daría más por menudo cuenta de lo que me había pasado. Con esto no me volvió a hablar más en ello. Cenamos, dormíme, aunque no muy sosegado, no obstante que iba ya de espiga[43]; empero llevaba el corazón sobresaltado de lo hecho.

---

[42] El engaño de los baúles llenos de piedras era ya tradicional en la Edad Media, y bien conocido gracias a la difundidísima *Disciplina clericalis* de Pedro Alfonso, XV *(De decem cofris)*, aunque el cuento conoce muchas variantes. Cfr. E. Cros, *Sources*, págs. 105-106.

[43] *iba de espiga:* 'ya había terminado la cosecha', 'había hecho ya mi agosto', 'no quedaba sino respigar'. Guzmán actúa y habla como un experto jugador: «A este tiempo los modorros, que hasta allí le han gastado dormitando, o por mejor

Así como se pudo se pasó la noche y cuando el sol salía, sin haberme parecido menear ni un paso ni sentido el ruido menor del mundo, como si estuviera en la mayor soledad que se puede pensar, ya recordado y queriéndome vestir, entró mi capitán a decirme que habíamos doblado el cabo de Noli. Llevamos hasta allí admirable tiempo, aunque no siempre nos fue favorable, sino muy contrario, como adelante diremos. Que nunca siempre la fortuna es próspera: va con la luna haciendo sus crecientes y menguantes, y cuanto más ha sido favorable, mayor sentimiento deja cuando vuelve la cara[44].

Sólo un deseo llevé todo el camino, que fue de saber, cuando aquel primero día no volviese a la posada, qué pensaría el huésped; y al segundo, cuando no me hallasen, paréceme que llorarían todos por mí. ¡Cuántos escalofríos les daría! ¡Qué de mantas echarían[45], y ninguna en el hospital! ¡Qué diligencias harían en buscarme! ¡Qué de juicios echarían sobre adónde podría estar, si me habrían muerto por quitarme alguna ganancia, o si me habrían herido! Paréceme que imaginarían lo que fue: haberme venido con las galeras. Pues desconfiados ya de todo el humano remedio, ¡cuántas pulgas les darían muy malas noches por muchos días!

Agora los considero, la priesa con que descerrajarían los baúles para quererse pagar dellos, alegando cada uno su antelación de tiempo y mejoría en derecho. Paréceme que veo consolado y rico a mi huésped, con sus dos buenas piezas, que, to-

---

decir meditando cómo hacen tan buen lance, lléganse a la mesa, reconocen el estado del juego, hallan los pobres tahúres picados, mohínos, rendidos a la mala suerte de aquel día, los ojos ciegos de pasión, ya sin atender buenas o malas tretas, falso naipe o floreado [«no era tiempo de floreos» ha dicho Guzmán, *ca.* n. 41] ... por todo pasan, todo lo arrastran, nada les da cuidado, sino sólo jugar. Aquí es la cosecha de nuestros modorros, que en su lenguaje dicen *quedarse a la espiga* hecho ya por otros el agosto, para que le gocen los que no trabajaron» (F. de Luque Faxardo, *Fiel desengaño contra la ociosidad y los juegos*, II, xvii, pág. 52). Cfr. otros paralelismos en Alonso, *s. vv. espiga* y *agosto* (pues también ha comparado Guzmán, un par de páginas atrás, su acopio de joyas con «las hormigas [que] por agosto vienen cargadas del grano»).

[44] Cfr. II, ii, 1, n. 11, y II, iii, 5, n. 19.

[45] *echar mantas:* cfr. I, ii, 8, n. 32 (ahí también con un juego de palabras: «echar mantas y no de lana»).

madas a peso, valían cualquiera buen hospedaje; y había losa[46] dentro, que le podía servir en su sepultura.

El tío viejo se hallaría bien parado con la pedrería que Sayavedra le dijo. Pues el pariente con su cadena, ¿quién duda que no burlase de los otros, por hallarse con una tan buena pieza, de donde podría pagar el principal y daños?[47]. Mas, cuando la hallasen de oro de jeringas[48], ¡qué parejo le quedaría el rostro, los ojos qué bajos, y cuántas veces los levantó para el cielo, no para bendecir a quien lo hizo tan estrellado y hermoso, sino para, con los demás decretados[49], maldecir la madre que parió un tan grande ladrón! Con esto se quedaron y nos dividimos. Pudiérales decir entonces lo que un ciego a otro en Toledo, que, apartándose cada cual para su posada, dijo el uno dellos: «¡A Dios y veámonos!»[50].

---

[46] *losa:* funde con rara habilidad los tres sentidos de la palabra, 'piedra', 'sepulcro' y 'trampa'.

[47] *el principal y daños:* el capital y los intereses.

[48] *de jeringas:* 'falso, malo', «de latón» (JSF), 'sin más valor que el metal utilizado para hacerlas', y recordando quizás las otras connotaciones del sustantivo ('molestia, pejiguera' y 'ayuda').

[49] *decretados:* figuradamente, 'implicados'; comp.: «que no era yo de los comprehendidos en el decreto» (II, ii, 2, *ca.* n. 22).

[50] *«"A Dios y veámonos".* Y eran dos ciegos» (Correas). Comp. *Don Quijote,* I, l: «Y no teniendo más que desear, acabóse, y el estado venga, y a Dios y veámonos, como dijo un ciego a otro» (III, pág. 390).

CAPÍTULO IX

NAVEGANDO GUZMÁN DE A[L]FARACHE PARA ESPAÑA, SE MAREÓ
SAYAVEDRA; DIOLE UNA CALENTURA, SALTÓLE A MODORRA[1] Y
PERDIÓ EL JUICIO. DICE QUE ÉL ES GUZMÁN DE ALFARACHE Y
CON LA LOCURA SE ARROJÓ A LA MAR, QUEDANDO AHOGADO EN ELLA

Trujimos tan próspero tiempo a la salida de Génova, que,
cuando el sol salió el martes, habíamos doblado el cabo de
Noli, como está dicho, y hasta llegar a las Pomas de Marsella[2]
tuvimos favorable viento. Allí esperamos hasta la prima rendida[3], siéndonos todo siempre apacible, porque corría un fresco
levante, con el cual navegamos hasta el siguiente día en la tarde, que se descubrió tierra de España, con general alegría de
cuantos allí veníamos.

La fortuna, que ni es fuerte ni una[4], sino flaca y varia, comenzó a mostrarnos la poca constancia suya en grave daño
nuestro, y —hablando aquí agora por los términos y lenguaje

---

[1] *modorra:* «una enfermedad que saca al hombre de sentido, cargándole mucho la cabeza» (Covarrubias). Cfr. *Viaje de Turquía,* pág. 157 (EM), y FR.

[2] *Pomas de Marsella:* los islotes de Pomègues, «unos montones muy altos y
pelados, sin yerbas ni cosa verde, estériles de árboles y de todo lo demás que
puede dar gusto a la vista» (Espinel, *Marcos de Obregón,* III, x: II, pág. 197).
Comp.: «¿No volviste a padecer nuevos naufragios en las Pomas de Marsella...?» (Lope, *El peregrino en su patria,* V, pág. 432).

[3] *la prima rendida:* 'avanzada la mañana', 'hacia el mediodía' (cfr. II, 1, 2,
nota 39).

[4] Era una sentencia latina: «Fortuna, nec fortis nec una» (y creo que no se ha
dicho, por cierto, que la recordó Jorge Manrique en sus más famosas *Coplas,* XI:
«la cual no puede ser una / ni ser estable ni queda / en una cosa»). *Vid.* E. Fa-
ral, *Les Arts poétiques du XIIᵉ et du XIIIᵉ siècle,* París, 1924, págs. 65-66.

que a los marineros entonces les oí— cubrióse todo el cielo
por la banda del maestral[5] con oscuras y espesas núbes, que
despedían de sí unos muy gruesos goterones de agua. Faltónos
este viento, comenzando a entristecer los corazones, que parecía tener encima dellos aquella negregura[6] tenebrosa; lo cual
visto por los consejeros y pilotos, hicieron junta en la popa,
con ánimo de prevenirse de remedio contra tan espantosas
amenazas.

Cada uno votaba[7] lo que más le parecía importante; mas
viendo cargar el viento en demasía, sin otra resolución alguna
ni esperarla, fue menester amainar de golpe la borda, que llaman ellos la vela mayor, y, poniéndola en su lugar, sacaron
otra más pequeña, que llaman el marabuto, vela latina de tres
esquinas a manera de paño de tocar[8]. Hicieron a medio árbol
tercerol[9], previniéndose de lo más necesario. Pusieron los remos encima de los filares[10]. A los pasajeros y soldados los hicieron bajar a las cámaras, muy contra toda su voluntad. Comenzaron a calafatear[11] las escotillas de proa, no faltando en
todo la diligencia que importaba para salvar las vidas que tan a
peligro estaban.

Cerróse la noche y con ella nuestras esperanzas de remedio,
viendo que nada se aplacaba el temporal. Por lo cual, para evitar que los daños no fuesen tantos, mandaron poner fanales de
borrasca. La mar andaba entonces por el cielo, abriéndose a
partes hasta descubrir del suelo las arenas[12]. Fue necesario po-

[5] *maestral:* viento del noroeste.

[6] *negregura:* negrura. Cfr. *Don Quijote,* III, pág. 384.

[7] *votaba:* opinaba, proponía.

[8] *marabuto:* vela triangular («de tres esquinas») que se izaba en el árbol maestro, «lo mismo que foque» *(Autoridades,* pero *s. v. maraguto); paño de tocar:* el usado
para cubrirse la cabeza (cfr. II, iii, 8, n. 2, y *Don Quijote,* V, pág. 111).

[9] *hicieron ... tercerol:* «pusieron la vela menor a la mitad del mástil» (JSF).

[10] *filares:* filaretes, redes laterales en que se colocaba ropa para defensa de las
balas enemigas, o las tablas en que se asentaban.

[11] *calafatear:* taponar con estopa y brea las junturas del casco.

[12] «Vi la noche mezclarse con el día, / las arenas del hondo mar alzarse / a la
región del aire, entonces fría» (Cervantes, *Viaje del Parnaso,* II, 331-333, página 235, con la nota correspondiente). Es uno de los motivos más repetidos en
las descripciones de tormentas marítimas y naufragios, que eran una verdadera
piedra de toque para calibrar la capacidad estilística de los autores de entonces
(siempre «hablando ... por los términos y lenguaje» de los marineros, ha adverti-

ner en el timón de asistencia un aventajado. El cómitre[13] se hizo atar a el estanterol[14] en una silla, determinado de morir en aquel puesto sin apartarse dél, o de sacar en salvamento la galera.

Allí le preguntábamos algunos a menudo, y muchas más veces de las que él quisiera, si corríamos mucho riesgo. Ved nuestra ceguera, que lo creyéramos más de su boca que de la vista de ojos, donde ya se nos representaba la muerte. Mas parecíanos de consuelo su mentira, como la del médico suele ser para el del afligido y enfermo padre que pregunta por la salud y vida del hijo, si por ventura ya es difunto, y responde que tiene mejoría[15]. Desta manera, por animarnos decía que todo era nada, y dijo verdad, para lo que después a cabo de poco sobrevino. Porque no dejándonos el viento pedazo de la vela sano, y tanto, que fue necesario subir el treo, que es otra vela redonda con que se corren las tormentas, quiso nuestra desgracia que viniese sobre nosotros una galera mal gobernada y, embistiéndonos por la popa, nos echó gran parte a la mar, y diolo a tiempo que juntamente saltó el timón en que sólo teníamos esperanza, viéndonos faltos della y dél, ya rendidos a el mar y sin remedio. Mas para no dejar de usar de todos los que pudieran en alguna manera dárnoslo, hicieron pasar los dos remos de las espaldas a las escalas, de donde nos íbamos gobernando con grandísimo trabajo.

---

do Guzmán, *ca.* n. 5), pues en el Siglo de Oro resulta rara la historia novelesca que no las incorpora. Tales ejercicios retóricos eran, obviamente, imprescindibles en la llamada novela bizantina (cfr. Cervantes, *Persiles,* II, i, págs. 159-161, entre otras [EM, con rica información], o Lope de Vega, *El peregrino en su patria,* IV, págs. 350-351), pero nutrieron también muchas páginas pertenecientes o afines al género picaresco (en la narración principal o en las interpoladas): cfr. en especial *El crótalon,* IX, págs. 242-245 (y la n. 8, con bibliografía), o XIX, pág. 417; *Viaje de Turquía,* págs. 293-294; la *Segunda parte de Lazarillo de Tormes,* tanto la anónima, pág. 92, como la de Juan de Luna, págs. 160-161; Espinel, *Marcos de Obregón,* II, vii, págs. 50-51, y III, xvi, pág. 249; Céspedes y Meneses, *Varia fortuna del soldado Píndaro,* II, xxiii, págs, 181-182; *Estebanillo González,* II, pág. 94.

[13] *aventajado:* el soldado o marinero con «algún sobresueldo o ventaja» *(Autoridades); cómitre:* cfr. II, i, 1, n. 42.

[14] *estanterol:* mástil trasero que sostenía el tendal.

[15] Comp. I, i, 4, *ca.* ns. 6-7: «Él me pareció un ángel: tal se me representó su cara como la del deseado médico al enfermo.»

¿Qué pudiera yo aquí decir de lo que vi en este tiempo? ¿Qué oyeron mis oídos, que no sé si se podría decir con la lengua o ser creído de los estraños? ¡Cuántos votos hacían! ¡A qué varias advocaciones llamaban! Cada uno a la mayor devoción de su tierra. Y no faltó quien otra cosa no le cayó de la boca, sino su madre. Qué de abusos y disparates cometieron, confesándose los unos con los otros, como si fueran sus curas o tuvieran autoridad con que absolverlos. Otros decían a voces a Dios en lo que le habían ofendido y, pareciéndoles que sería sordo, levantaban el grito hasta el cielo, creyendo con la fuerza del aliento levantar allá las almas en aquel instante, pareciéndoles el último de su vida.

Desta manera padeció la pobre y rendida galera con los que veníamos en ella, hasta el siguiente día, que con el sol y serenidad cobramos aliento y todo se nos hizo alegre. Verdaderamente no se puede negar que de dos peligros de muerte se teme mucho más el más cercano[16], porque del otro nos parece que podríamos escapar; empero en mí esta vez no temí tanto aquesta tormenta ni sentí el peligro, respeto del temor de arribar: no por el mar, mas por la infamia. Harto decía yo entre mí, cuando pasaban estas cosas, que por mí solo padecían los más, que yo era el Jonás de aquella tormenta[17].

Sayavedra se mareó de manera que le dio una gran calentura y brevemente le saltó en modorra. Era lástima verle las cosas que hacía y disparates que hablaba, y tanto que a veces en medio de la borrasca y en el mayor aflicto, cuando confesaban los otros los pecados a voces, también las daba él, diciendo:

—¡Yo soy la sombra de Guzmán de Alfarache! ¡Su sombra soy, que voy por el mundo![18].

Con que me hacía reír y le temí muchas veces. Mas, aunque

---

[16] Era idea conocida, aunque a menudo aplicada a cualquier peligro.

[17] Comp.: «Salí del vientre de mi tinaja, cual otro Jonás del de la ballena, no muy limpio» (I, ii, 8, *ca.* n. 29), y cfr. II, iii, 8 n. 72.

[18] En este punto culmina Mateo Alemán su venganza literaria, magistralmente trabada (mezcla de realidad y ficción, baile de identidades, maliciosas y misteriosas alusiones...) contra Juan Martí: «la parte apócrifa se convierte en sueños de loco, en delirio de locura... Alemán liberta al protagonista del seudo Luján y hace que reniegue de su creador» (E. Cros, *Mateo Alemán,* págs. 43-44).

algo decía, ya lo vían estar loco y lo dejaban para tal[19]. Pero no las llevaba comigo todas, porque iba repitiendo mi vida, lo que della yo le había contado, componiendo de allí mil romerías. En oyendo a el otro prometerse a Montserrate, allá me llevaba[20]. No dejó estación o boda que comigo no anduvo. Guisábame de mil maneras y lo más galano —aunque con lástima de verlo de aquella manera—, de lo que más yo gustaba era que todo lo decía de sí mismo, como si realmente lo hubiese pasado.

Ultimamente, como de la tormenta pasada quedamos tan cansados, la noche siguiente nos acostamos temprano, a cobrar la deuda vieja del sueño perdido. Todos estábamos tales y con tanto descuido, la galera por la popa tan destrozada, que levantándose Sayavedra con aquella locura, se arrojó a la mar por la timonera, sin poderlo más cobrar. Que cuando el marinero de guardia sintió el golpe, dijo a voces: «¡Hombre a la mar!» Luego recordamos y, hallándolo menos, le quisimos remediar; mas no fue posible, y así se quedó el pobre sepultado, no con pequeña lástima de todos, que harto hacían en consolarme. Sinifiqué sentirlo, mas sabe Dios la verdad.

Otro día, cuando amaneció, levantéme luego por la mañana, y todo él casi se me pasó recibiendo pésames, cual si fuera mi hermano, pariente o deudo que me hiciera mucha falta, o como si, cuando a la mar se arrojó, se hubiera llevado consigo los baúles. «Aquesos guarde Dios —decía yo entre mí—; que los más trabajos fáciles me serán de llevar.» No sabían regalo que hacerme ni cómo —a su parecer— alegrarme; y para en algo divertirme de lo que sospechaban y yo fingía, pidieron a un curioso forzado cierto libro de mano que tenía escrito y, hojeándolo el capitán, vino a hallarse con un c[a]so[21] que por decir

---

[19] *lo dejaban para tal:* cfr. I, ii, 10, n. 25.

[20] Alude a la *Segunda parte* apócrifa, pues en ella el falso Guzmán decide visitar el famoso monasterio tras haber «oído muchas veces en la galera encomendarse muchos a Nuestra Señora de Montserrate» (ii, 3, pág. 385b).

[21] En la príncipe, *ceso,* que mis predecesores han enmendado en [*su*]*ceso;* creo preferible mi elección, no sólo porque «Alemán tenía *horror aequi,* como revelan las correcciones de la primera parte» (FR; pues dice enseguida «sucedido»), sino también porque es el término empleado para introducir otras narraciones (cfr. I, iii, 10, *ca.* n. 24, y II, i, 4, *ca.* n. 6).

en el principio dél haber en Sevilla sucedido, le mandó que me lo leyese. Y, pidiendo atención, se la dimos y dijo[22]:

«—En Sevilla, ciudad famosísima en España y cabeza del Andalucía, hubo un mercader estranjero, limpio de linaje, rico y honrado, a quien llamaban Micer Jacobo. Tuvo dos hijos y una hija de una señora noble de aquella ciudad. Ellos dotrinados con mucho cuidado, en virtud y crianza y en todo género de letras tocantes a las artes liberales, y ella en cosas de labor, con exceso de curiosidad, por haberse criado en un monasterio de monjas desde su pequeña edad, a causa de haber fallecido su madre de su mismo parto.

»Como los bienes de fortuna son mudables y más en los mercaderes, que traen sus haciendas en bolsas ajenas y a la disposición de los tiempos, no medió pie[23] de la buena suerte a la mala. Sucedió que, como sus hijos viniesen de las Indias con suma de oro y plata, cuando ya llegaban a vista de la barra de San Lúcar y, como dicen, dentro de las puertas de su casa, revolvió un temporal, que con viento deshecho, trayéndolos de una en otra parte, dio con el navío encima de unas peñas, y abierto por medio se fue luego a pique sin algún reparo, ni lo pudo tener mercadería ni persona de todo él.

---

[22] Las fuentes seguras de *Bonifacio y Dorotea* son una *novella* de Masuccio *(Il novellino,* XXXII) y una reelaboración de Cristóbal de Tamariz *(Novelas en verso,* XIV: *Novela de las flores).* Basta ver el «argomento» de la historia del Salernitano: «Una vineciana tra la multa brigata è amata da un fiorentino; mandali la sua serva e da parte de l'abbatissa de Santa Chiara la invita; il marito e lei il credeno, e sotto sottilissimo inganno è condutta in casa del fiorentino, ne la quale la notte se abbatte il fuoco; lo signore de notte va per reparare, trova la donna che lui anco amava, fàlla incarcerare; la serva del fiorentino con un bello tratto la libera, e lei resta pregione; la matina è vecchia per scambio de la giovene denanzi la signoria menata; il signore de notte resta schernito, e la donna a lo marito senza infamia se torna» (FR). Alemán se aparta a menudo del modelo italiano para seguir algunos detalles del cuento español, pero aún más a menudo se aparta de ambos para dar mayor envergadura a la caracterización psicológica (quizá sea ésta «la más psicológica de las novelitas intercaladas en el *Guzmán»,* opina A. San Miguel, pág. 271), afinar el estilo o eludir la trivialización del *caso* o *suceso,* oponiendo «une vision dramatique de l'existence» (E. Cros, pág. 37). Buenos son los comentarios y análisis de D. McGrady, *Mateo Alemán,* páginas 164-167; E. Cros, *Sources,* págs. 29-37; A. San Miguel, *Sentido y estructura,* págs. 265-273, y J. Fradejas Lebrero, ed., *Novela corta del siglo XVI,* págs. 65-70.

[23] *no medió pie:* 'no medió ni un paso, ni un punto, ni un suspiro' (los demás editores, *no medio pie,* que no se entiende).

»Cuando a los oídos del padre llegó tan afligida nueva de pérdida tan grande, se melancolizó de manera que dentro de breves días también falleció.

»La hija, que residía en el convento, ya perdida la hacienda, los hermanos y padre defuntos, viéndose desamparada y sola, sintió su trabajo como lo pudiera sentir aun cualquiera hombre de mucha prudencia, por haberle faltado tanto en tan breve, que pudo decirse un día, y con ella la esperanza de su remedio, porque deseaba ser monja.

»Cesaron sus disinios, comenzó su necesidad; cesaron los regalos, comenzaron los trabajos y fueron creciendo de modo que ya no sabía qué hacer ni cómo poderse allí dentro sustentar. Y aunque las conventuales todas, que le tenían mucho amor por la nobleza de su condición, afabilidad, trato y más buenas partes, condolidas de su necesidad y pobreza, la quisieran tener consigo, mas como estaban subordinadas a voluntad ajena de su prelado, ni ellas lo pudieron hacer ni a ella fue posible quedar. Porque dentro de breve término se le notificó que saliese o señalase la dote, y, no pudiendo cumplir con lo segundo, tomó resolución en lo primero.

»Era tan diestra en labor, así blanca como bordados, matizaba con tanta perfeción y curiosidad, que por toda la ciudad corría su nombre[24]. Con esto, las virtudes de su alma y hermosura de su rostro eran tan por exceso, que a porfía parece haberse fabricado por diestros diversos artífices en competencia. Y todo junto, en comparación de su recogimiento, mortificación, ayunos y penitencia, no llegaban. Viéndose, pues, desabrigada, con temor de la murmuración y de ocasión que le pudiera dañar, celosa de su honor, buscó un aposento en compañía de otras doncellas religiosas, donde sin tener otra sombra sino la de su trabajo, con él se alimentaba tasadísimamente y con grande límite, dando ejemplo de su virtud a todas las más doncellas de su tiempo.

---

[24] «En sus labores toda se ocupaba / y tanto era en labrar yngenïosa, / que quanto un buen artífice mostraba / con pincel o con pluma artificiosa, / todo esto muy al propio matizaba / con oro y seda en tela muy vistosa. / Y no menos por esto nuestra dama / que por su gran belleza tiene fama» (Cristóbal de Tamariz, *Novela de las flores*, 766: *Novelas en verso*, pág. 292).

»El arzobispo de aquella ciudad tuvo deseo de mandar hacer algunas cosas de curiosidad, hijuelas y corporales[25] matizados, y no sabiendo ni hallándose quien como Dorotea lo hiciese —que así se llamaba esta señora— por las buenas nuevas que della tuvieron, la buscaron y encomendáronle aquesta obra, prometiéndole por ella muy buena paga.

»Era necesario para tanta curiosidad que fuera el oro el mejor, más delgado y florido que se pudiera hallar. Y porque sólo quien lo sabe gastar es quien lo sabe mejor escoger, ella propria en compañía de sus vecinas y amigas lo fueron a buscar a los batihojas, que son en Sevilla los oficiales que lo hacen y venden.

»Acertaron a entrar en casa de un mancebo de muy buena gracia y talle, que de muy poco tiempo había comenzado a usar el oficio y puesto tienda, que para más acreditarse procuraba que su obra hiciera ventajas conocidas a la de sus vecinos. Déste quisieran comprar lo que para toda su labor les fuera necesario —tanto por ser a su propósito, cuanto por escusar la salida de casa—, si el dinero les alcanzara; mas como sólo llevaban lo que para principio se les había dado, dijeron que llevarían un poco y volverían por más, como se fuese obrando y ella cobrando.

»El mancebo, cuando vio la hermosura y compostura de la doncella, su habla, su honestidad y vergüenza, de tal manera quedó enamorado, que lo menos que le diera fuera todo su caudal, pues en aquel mismo punto le había entregado el alma. Y sintiéndole que dejaba de comprar con su gusto por falta de dineros, tomando achaque para sus deseos de la ocasión que le vino a la mano, sin dejarla pasar ni soltarla della, dijo:

»—Señoras, si el oro es tal que hace a propósito para lo que se busca, escoja y lleve su merced lo que hubiere menester y no le dé cuidado pagarlo luego, que por la misericordia de Dios, ánimo tengo y caudal no me falta para poder fiar aun otras partidas más importantes, y no a tan buena dita[26]. Vuestra Merced, señora, lleve lo que quisiere y pague luego lo que

---

[25] *hijuela:* lienzo para cubrir el cáliz o la patena; *corporales:* tapetes para sobre el mantel del altar (habitualmente, uno para la hostia y otro para el cáliz).
[26] *dita:* garantía, fianza.

mandare, que lo más que restare debiendo me irá pagando
poco a poco, según lo fuere cobrando del dueño de la obra.

»Parecióles a todas el mozo muy cortés y buena la comodidad, según se deseaba. Dorotea le dio el dinero que tenía de
presente y, habiendo escogido todo el oro que le pareció mejor
y necesario, lo llevó consigo, dejándole dicha la calle y casa
donde acudiese por la resta.

»Luego se fueron, quedando el pobre mozo tan amante y
fuera sí, cuanto falto de todo reposo y combatido de varios
desasosiegos. Rompióle amor las entrañas, no comía, no bebía
ni vivía: tan ocupada tenía el alma en aquella peregrina belleza,
espejo de toda virtud, que todo era muerte su trabajosa vida,
sin saber qué hiciese. Y pareciéndole doncella pobre, que por
medios del matrimonio pudiera ser tener buen puerto sus cas-
tos deseos, quísose informar de quién era, de su vida, costumbres y nacimiento.

»La relación que le hicieron y nuevas que della tuvo fueron
tales, que con ellas quedó de nuevo muy más perdido y menos
confiado, nunca creyendo poder alcanzar tan grande riqueza,
hallándose siempre indigno de tanto bien como lo fuera para
él poder alcanzarla por esposa.

»De todo desesperaba, en todo se conocía inferior. Mas,
como no era posible ni en su mano volverse atrás, que las pasiones del alma no tocan menos a los más pobres que a los más
poderosos y todos igualmente las padecen, aunque se hallaba
tan atrás, nunca dejó de porfiar para pasar adelante, persene-
rando en su honesto propósito, por haberlo puesto en las manos de Dios, que siempre los favorec[e] y sabe acomodar con
sola su voluntad las cosas de su servicio, represetándole siempre que no era otro su deseo que hallar compañera con quien
mejor poderle servir, en especial aquella tan virtuosa y de su
gusto, empero que así lo hiciese como mejor conviniese a su
servicio.

»También se le representó que la mucha pobreza y discreción le harían por ventura fuerza, para que sólo mirando a su
soledad y remedio, pospusiese pundonores vanos, acomodán-
dose con el tiempo y, siéndole representado su honesto deseo
de servirla, lo viniese a conceder. Con estos pensamientos y
cuidados procuraba solicitar la cobranza, no apretando ni enfa-

dando, antes tomando achaques, unas veces de ver su tan curiosa labor, otras por hacérsele paso[27], fingiendo lo que más a propósito venía para hacer visita y por tomar amistad. Que sólo a este fin iban por entonces encaminados sus deseos, para con ella poder mejor después entablar el juego y en el ínterin poder aquel espacio breve mitigar las ansias que siempre ausente le causaba su dama.

»En esto anduvo el mozo tan discreto como solícito y tan solícito como enamorado, procediendo con tan honrados y buenos términos, que muy en breves[28] granjeó de todas las voluntades, no pesándoles de sus visitas, antes con ellas ya recebían regalo.

»Entre las que allí vivían, que eran cuatro hermanas, a la una dellas, la más venerable y grave, a quien tenían las otras todo respeto, tanto por su prudencia mucha cuanto por ser mayor en edad, se fue inclinando más en amistad y regalándola, conque después, andando el tiempo, en ocasiones que se ofrecían, poco a poco se fue descubriendo, haciéndola capaz de sus deseos, hasta de todo punto quedar aclarado con ella, suplicándole que, interponiendo para ello su autoridad, fuese parte que sus esperanzas no quedasen sin el premio que de su valor y discreción esperaba y que, siéndole favorable, la fuese disponiendo en las ocasiones que se ofreciesen, de tal manera que cualesquier dificultades quedasen llanas, pues de su parte ninguna se podía ofrecer que a brazos cruzados no se pusiese a hacer toda su voluntad.

»Los buenos terceros bien intencionados, que sin respetos humanos tratan de las cosas honestas con libertad y verdad, tienen siempre tal fuerza, que persuaden con facilidad, porque se les da todo crédito. Esta señora fue labrando en Dorotea de modo, de uno en otro lance, que, convencida de razón, vino a condescender en el consejo que le dieron y, obedeciéndolo como de su verdadera madre, le besó por ello las manos, dejándolo en ellas.

El desposorio se hizo con gusto general y mayor el de Bonifacio —que así llamaban a el desposado—, porque se creyó ha-

---

27 *hacérsele paso:* venirle de camino.
28 *en breves:* nuevo zeugma, por 'en breves términos'.

llar con aquella joya el más dichoso, bien afortunado y rico de los hombres, pues ya tenía mujer como la deseaba, en condición y de mayor calidad que merecía, y tal, que pudiera vivir con ella seguro y honrado, sin temor de celoso pensamiento ni de alguna otra cosa que le pudiera causar desasosiego.

»Vivían contentos, muy regalados y sobre todo[29] satisfechos del casto y verdadero amor que cada cual dellos para el otro tenía. Él de ordinario asistía en la tienda, ocupado en el beneficio de su hacienda, y ella en su aposento, tratando de su labor, así doméstica como de aguja, gastando en sus matices y bordados parte de la que su marido hacía. Crecíales la ganancia y en mucha conformidad pasaban honrosamente la vida[30].

»El demonio vela y nunca se adormece[31]; más y en especial vela en destruir la paz contra las casas y ánimos conformes, arma cepos y tiende redes con todo secreto y diligencia para hacer, como desea, el daño posible y dar con ello en el suelo. Andaba siempre acechando a esta pobre señora, procurando derribarla y rendirla y, cuando más no pudiese, que a lo menos trompezase. Y así en las visitas, en misa, en sermón, en las mayores devociones, en la comunión, aun en ella la inquietaba, presentándole los instrumentos de su maldad, mancebos galanes, discretos, olorosos y pulidos, que le saliesen a el encuentro, siguiéndola y solicitándola. Mas de todo sacaba poco fruto. Porque la casta mujer, mostrándose fuerte, siempre vencía con su honestidad semejantes liviandades. Y aunque para quitar la ocasión rehusaba cuanto más podía el salir de su casa y escasamente a lo muy forzoso y necesario, donde también era perseguida, rondábanle la puerta noche y día, buscaban invenciones y medios para verla. Empero nada les aprovechaba.

»Entre los galanes que la deseaban servir, que todos eran mozos y señores los más principales de la ciudad, era uno el te-

---

[29] *sobre todo:* en el texto, *sobre todos,* que los demás editores mantienen pero a mí me parece duplografía («sobre todo*s s*atisfechos»); algunas ediciones antiguas enmendaron la lectura de la *princeps.*

[30] Sobre este párrafo y otras cuestiones de la presente novelita, cfr. las opiniones de M. Cavillac, *Gueux et marchands,* págs. 337-339, y su edición del *Amparo de pobres,* pág. clxxxv.

[31] «El diablo no duerme» (Correas) es refrán conocido.

niente[32] della, mancebo soltero y rico. Vivía frontero de la misma casa, en otras principales, altas y de buen parecer, que por ser más humildes y bajas las de Dorotea, no obstante que había calle de por medio, cuándo por los terrados, cuándo por las ventanas, la señoreaba[33] cuanto hacía. Y tanto, que su esposo ni ella podían casi vestirse ni acostarse sin ser vistos, en especial estando con descuido y queriendo con cuidado asecharlos.

»Con esta ocasión el teniente andaba muy apasionado y cansado de hacer diligencias con extraordinaria solicitud. Al fin se hubo de volver, como los demás, al puesto con la caña[34], sin recebir algún favor ni visto sombra de sospecha con que poderlo pretender ni que desdorase un cabello del crédito de la mujer.

»Andaba también con los muchos en la danza un otro penitente de la misma cofradía de los penantes[35], muy llagado y afligido. Era burgalés, galán, mozo, discreto y rico, las cuales prendas, favorecidas de su franqueza pudieran allanar los montes. Mas a la casta Dorotea, ni las partes deste poder del teniente ni pasiones de los más le hacían el menor sentimiento del mundo, como si dél no fuera.

»Mostrábase a todos estos combates fortísima peña inexpugnable, donde los asiduos combates de las furiosas ondas del

---

[32] *teniente:* ayudante o subordinado del Asistente de la ciudad. Sobre los pretendientes de la dama (de nombre Justina, como en Masuccio, aunque castellana) comp. la *Novela de las flores,* 764-765: «Fue siempre por su gracia y hermosura / de los más principales festejada. / Y aunque alguna tuviera a gran ventura / ser de tales amantes requestada, / mas ella de sus fiestas no se cura / ni quiere a sus mensajes dar entrada. / Al paseo importuno y gran requesta / muestra mayor desdén la dama honesta. // El servidor más público y notado / de los que a la Justina festejaban, / era un mançebo, el qual era jurado, / uno de los que el pueblo gobernaban. / Mas él también burlado se ha hallado / con los demás que en vano trabajaban. / No le valió al galán ser importuno, / que no cura la dama de ninguno».

[33] *la señoreaba:* la dominaba, la observaba desde lo alto.

[34] *volver ... al puesto con la caña:* como 'volver de rabo', 'salir rabo entre piernas' (cfr. I, ii, 9, n. 25).

[35] *penante:* galanteador, tocado de penas de amor. Comp. Castillo Solórzano: «Entre los muchos penantes que tuvo, fui yo uno, a quien más que a todos favorecía...» *(Aventuras del Bachiller Trapaza,* XIV, pág. 233).

torpe apetito, no pudiendo vencer, quedaron quebrantadas[36]. No hay duda que siempre continuaba velando su honestidad, como la grulla, la piedra del amor de Dios levantada del suelo y el pie fijo en el de su marido[37]. Y fuera imposible herirla, si el sagaz cazador no le armara los lazos del engaño en la espesura de la santidad, para cazar a la simple paloma.

»Este burgalés, que se llamaba Claudio, tenía en su servicio una gentil esclava blanca, de buena presencia y talle, nacida en España de una berberisca, tan diestra en un embeleco, tan maestra en juntar voluntades, tan curiosa en visitar cimenterios y caritativa en acompañar ahorcados[38], que hiciera nacer berros encima de la cama[39].

»Llamóla un día, diole cuenta de su pena, pidiéndole consejo para salir con su pretensión adelante. La buena esclava, como haciendo burla, después de haberse bien satisfecho y enterado en el caso, riéndose, le dijo:

»—¡Pues cómo, señor! ¿Qué montes quieres mudar[40], qué mares agotar, a qué muertos volver el espíritu, cuál dificultad

---

[36] Comp. Tamariz: «Mas fue esta furia débil y muy poca / contra la que en virtud es firme roca»; «Mas no se vio jamás peñón batido / del proceloso mar bravo y hinchado...» (*Novelas en verso*, 769*g-h* y 910*a-b*, aunque la segunda cita no pertenece a la *Novela de las flores* ni se aplica a una mujer, sino a un joven casto).

[37] *como la grulla*: cfr. I, ii, 5, n. 76 (y valga aquí añadir un par de ejemplos: Vélez de Guevara, *El Diablo Cojuelo*, VI, pág. 74, o Saavedra Fajardo, *Empresas políticas*, pág. 952).

[38] Los cadáveres de los ajusticiados eran habituales proveedores de las hechiceras y alcahuetas, y las sogas de los ahorcados resultaban ideales —según ellas— «para remediar amores y para se querer bien» (*La Celestina*, I, pág, 44). Cfr. Quevedo, *Buscón*, págs. 83-84.

[39] «Para encarecer los embustes de alguna vieja, notándola de hechicera, decimos que hará nacer berros en una artesa» (Covarrubias, y comp. Cervantes, *El coloquio de los perros*, *Novelas ejemplares*, III, pág. 292: «Esto de hacer nacer berros en una artesa era lo menos que ella hacía»). «Guzmán [o, mejor, el relato leído por el forzado] dice *encima de la cama* para ponderar la habilidad de la esclava» (FR), cuyos *embelecos* (*vid.* sobre el término M. Joly, *La bourle*, págs. 184-187) son aquí más concretos que en Tamariz: «Tenía el galán una esclavasa vieja, / gran palabrera y trujamana fina» (*Novelas*, 772*a-b*).

[40] Recuérdese a «Fabia, que puede trasponer un monte; / Fabia, que puede detener un río» (Lope, *El caballero de Olmedo*, III, vv. 2320-2321 [FR, y cfr. su edición de la tragicomedia, donde se recuerdan varios lugares ovidianos: *Amores*, I, viii, 6, y *Heroidas*, VI, 85-88]).

es tan grande la que te aflige y tanto me encareces? No son esas las cosas que a mí me desvelan; poco aceite y menos trabajo se ha de gastar en ello de lo que piensas; ya puedes hacer cuenta que la tienes par de ti; descuida y ten buen ánimo, que yo te daré la caza en las manos dentro de pocos días o no me llamen Sabina, hija de Haja[41].

»Tomó el negocio a su cargo y comenzó desde aquel punto a entablar el juego, dando trazas, como el que propone dar en el ajedrez un mate a tantos lances en casa señalada. Comenzó por el peón de punta, meneando los trebejos. Y componiendo un cestillo de verdes cohollos de arrayán, cidro y naranjo, adornándolo de alhaelíes, jazmines, juncos, mosquetes y otras flores, compuestas con mucha curiosidad, lo llevó a el batihoja[42], diciéndole ser criada de cierta señora monja de aquella ciudad, abadesa del convento, que, teniendo noticia de la obra tan buena que allí se hacía y necesidad forzosa de un poco de buen oro para unos ornamentos que dentro de la casa estaban acabando para el día de San Juan[43], la regalaba con aquel cestillo y suplicaba que del oro mejor que tuviese le diese dos libras para probarlo y que, saliendo tal como le habían certificado y era conveniente a su propósito, lo pagaría muy bien y siempre lo iría gastando de su casa, llevando para cada semana lo que se pudiese gastar en ella; demás que tendría mucho cuidado de regalarlo. Bonifacio se alegró con la buena ocasión de la ga-

---

[41] El nombre *Haja* o *Aja* era típico de esclava morisca (se nos ha dicho ya que la tercera era «nacida en España de una berberisca»), y sin duda lleva anejo alguno de sus sambenitos paremiológicos (loca, sucia, astuta, ramera, gastadora...). *Vid.* ahora A. Iglesias Ovejero, «Figuración proverbial e inversión en los nombres propios del refranero antiguo: figurillas populares», *Critión*, 35 (1986), págs. 5-98 (esp. 89 y 94-95). Su hija *Sabina* (que al menos suena a 'sabida, astuta') lleva el nombre de una hierba «muy conocida de las mujeres» *(Autoridades)*.

[42] Comp. Tamariz: «Ella sin más rodeos apareja, / para llevar a casa de Justina, / un canastico lleno de mil flores / de las más olorosas y mejores. // De varios alhelíes lo compone, / jasmines y mosquetas olorosas, / y a colores por orden lo dispone, / entretejiendo coloradas rosas. / Ramicos y otras flores también pone, / que puesto que no huelen, son vistosas. / Y sin que ofenda allí ni aun una hoja, / se fue con ella a cas del batihoja» *(Novelas,* 772-773). «Masuccio dice sólo: "avute certe delicate erbecciole, e ne composta una bella insalatuccia...."» (FR).

[43] «Eran tradicionales las fiestas en los conventos por los dos San Juanes, el Bautista de junio y el Evangelista de Navidad» (EM).

nancia y no menos con el cestillo de flores, que lo estimó en
mucho por la curiosidad con que venía fabricado.

»El cual a el punto, luego que lo recibió, habiendo despa-
chado la esclava con el oro, lo llevó a su mujer, poniéndoselo
en las faldas con grande alegría, que no con menos fue recebido della. Preguntóle de quién lo había comprado y díjole lo
que pasaba. Entonces lo estimó en más, porque le vino a la
memoria el tiempo de su niñez, cuando con las más doncellas
de su edad y monjas del convento se ocupaban en semejantes
ejercicios. Rogó a su marido que, si otra vez volviese, la hiciese
subir a su aposento, que holgaría de conocerla.

»Luego la semana siguiente, dentro de seis días, veis aquí
donde vuelve Sabina muy regocijada, diciendo del oro que había sido bueno y a pedir otro tanto, que fuese de lo mismo,
dándole un largo recabdo de parte de su señora y con él una
imagen pequeña de alcorza y un rosario de la misma pasta[44],
con tanta curiosidad obrado, que bien era dino de mucha estima. Así como lo vio, no quiso recebirlo, sino que de su mano
lo diese a Dorotea, su esposa.

»Cayóle la sopa en la miel[45], sucediéndole lo que deseaba y a
pedir de boca; mas haciéndose de nuevas, dijo:

»—¡Ay, mal hombre! ¿Dícelo de veras y casado es? No lo
creo. Aun por soltero nos[46] lo habían vendido y trataba ya mi
señora de casarlo con una lega que tenemos, tan linda como
unas flores, hermosa y rica.

»Bonifacio le respondió:

»—Rica y hermosa la tengo, como allá me la podían dar, y
con quien vivo contentísimo. Subí, veréisla.

»Sabina le dijo:

»—En buena fe, no quiero; no sea que me burle, que es un
traidor.

---

[44] Con *alcorza* (cfr. II, i, 2, n. 50) se hacían «aleluyas, flores, ramos y otras cosas con mucho primor y artificio» *(Autoridades)*.

[45] *cayóle la sopa en la miel*: «cuando algo viene a propósito, con sazón y provecho» (Correas, con otros refranes afines).

[46] *soltero nos*: en la edición príncipe se hermanan —pienso— un par de erratas (pues se lee en ella *salteron os*), que todos los editores modernos han percibi-
do y enmendado a su modo: *solterón os* (SGG, y tras él BB y EM), *solterón nos*
(JSF) y *solterón [n]os* (FR). Yo apunto otra solución, dictada por la lógica y por
otras ediciones antiguas que dicen «Aun nos lo habían vendido por soltero».

»—No burlo, de veras —le dijo Bonifacio—. Subí, amiga Sabina.

»Ella, cuando entró en la pieza y vio a Dorotea, desalada y los pechos por tierra[47] se le lanzó a los pies, haciéndole mil zalemas, admirada de su grande hermosura; que, aunque había oídola loar, era mucho más la obra que las palabras. Quedó como embelesada de ver sus bastidores con los bordados y otras labores que le mostró en que se ocupaba, con cuánta perfeción y curiosidad estaba obrado, diciendo:

»—¿Cómo es posible no gozar mi señora de cosa tan buena? No, no; no ha de pasar así de aquí adelante, sin que con amistad muy estrecha se comuniquen. ¡Ay, Jesús, cuando yo le cuente a mi señora la abadesa lo que he visto, cuánta invidia me tendrá! Cuánto deseo le crecerá de gozar un venturoso día de tal cara. Por el siglo de la que acá me dejó y así su alma esté do la cera luce o que landre mala me dé[48], si no fuere alcahueta destos amores. Yo quiero de aquí adelante regalar a esta perla y visitarla muy a menudo.

»Con estas palabras y otras regaladísimas llevó su oro, después de haberse despedido. Y de allí en adelante, de dos a tres días continuaba la visita, ya por oro, ya diciendo hacérsele camino por allí, diciéndole a el marido que cometería traición si por allí pasase y dejase de entrar a ver aquel ángel.

»Otras veces, con achaque de traerle algún regalo, la iba disponiendo a que de su voluntad tuviese deseo de irse a holgar a el monasterio un día. Cuando ya le pareció tiempo, dio por allá la vuelta un lunes de mañana y llevóle dos canasticos, uno con algunas niñerías de conservas y otro de algunas frutas de aquel tiempo, las más tempranas y mejores que se pudieron hallar[49].

---

[47] *desalada:* ansiosa (cfr. II, i, 5, n. 17); *los pechos por tierra:* con humildad y sumisión. La escena que sigue recuerda posiblemente las 'zalemas' de Celestina (*La Celestina,* VII, pág. 122 [BB]).

[48] En la primera fórmula de juramento (*por el siglo de la que acá me dejó,* es decir, '¡por el siglo de mi madre!'), *siglo* «vale "la vida eterna" (la *vita venturi saeculi,* como se dice en el *Credo)*» (FR); no encuentro más ejemplos de la locución *su alma esté do la cera luce* (que viene a decir 'que esté en el cielo, que en gloria esté'); menos olvidada está hoy la expresión *mala landre* ['tumor, peste'] *me dé.*

[49] Comp. Tamariz: «... le da la vieja astuta / un cestico de dulce y nueva fruta» (*Novelas,* 778g-h).

»Dióselos diciendo que, por ser del huerto de casa y lo primero que se había cogido, le pareció a su señora que no pudiera estar en otra parte tan bien empleado como en ella. Y que juntamente le suplicaba dos cosas. La primera y principal que, pues de allí a ocho días, el siguiente lunes, era la fiesta del glorioso San Juan Baptista y el domingo su santa víspera, le hiciese merced en hacer penitencia[50], pasando en el convento aquellos dos días, pues en su casa no eran de ocupación. Demás que tenían las monjas muchas fiestas y representaban una comedia entre sí a solas, que de nada gustaría, si aquesta merced no le hiciese. Y que otras señoras principales, parientas de las monjas, vendrían por allí, para que acompañándola se fuesen juntas.

»Lo segundo, que les diese tres libras de buen oro para fluecos de un frontal, que deseaban acabar para poner en un altar allá dentro, procurando, si fuese posible, se lo diese más cubierto y delgado. A lo del oro respondió Dorotea:

»—Dárelo de muy buena gana, que lo tengo en mi poder y también hiciera lo que mi señora la abadesa me manda; mas está en el de mi marido. Ya sabéis, hermana Sabina, que no soy mía. Mi dueño es el que os puede dar el sí o el no, conforme a su voluntad.

»—En buena fe —le respondió—: aun esa sería ella[51], si no me la diese. Nunca yo medre si de aquí saliese todos estos ocho días hasta llevarla. No sería razón que una cosa sola que mi señora suplica tan de veras, la primera y tan justa, se dejase de hacer, porque desea, como a la salvación, gozar de aqueste paraíso.

»—¡Ay!, callá, Sabina —dijo Dorotea—. No hagáis burla de mí, que ya soy vieja.

»—¡Vieja! —dijo Sabina—. ¡Sí, sí, dese mal muere! ¡Como decirme agora que la primavera es fin del año y cuaresma por

---

[50] *hacer penitencia:* «el giro se usaba normalmente —"por modestia, a veces afectada" *(Autoridades)*— para invitar a comer en la propia casa: cfr. *Quijote,* IV, págs. 103-104» (FR).

[51] *«Eso es ello, esa es ella:* cuando es algo de dificultad, y se hace; y encareciendo la treta de alguno que hizo sin razón» (Correas, que un poco antes ha dado otro sentido más sencillo a *esa es ella:* «esa es la gracia, en eso está la gracia»).

diciembre! Dejémonos de gracias, que así, vieja como es, la goce su marido muchos años y les dé Dios fruto de bendición. Agora se haga lo que le suplico, que deseo ganar aqueste corretaje, que mi señora la retoce. ¡Ay, cómo se ha de holgar con esta traidora!

»Bonifacio y Dorotea se reyeron, y él con alegre semblante, sin ver la culebra que estaba entre la yerba[52] ni el daño que le asechaba, por la grande confianza que de su esposa tenía, dijo:

»—Agora bien, por mi vida, que Sabina lo ha reñido y pleiteado con gracia. No se le puede negar lo que pide, habiéndolo enviado a mandar el abadesa mi señora. Idos a holgar esos dos días, que yo sé cuán de gusto serán para vos y no menos para mí porque lo recibáis. Hermana Sabina, decid a su merced que así se hará, como se manda y, cuando aquesas señoras que decís vayan al monasterio, pasen sus mercedes por aquí para que se vayan juntas.

»Agradeciólo Sabina con tales palabras, cuales de mujer tan ladina y que ya tenía negociado su deseo. Fuese a su casa tan contenta y orgullosa, que ya le parecía volverse atrás los pasos que adelante daba y que a su posada nunca jamás llegaría. El corazón le reventaba en el cuerpo de alegría. Quisiera, si fuera lícito, irla cantando a voces por las calles; echábasele de ver el contento en los visajes del rostro; hervíale la sangre, bailábanle los ojos en la cara; parecía que por ellos y la boca quería bosar[53] la causa.

»Cuando en su casa entró, como una loca soltó los chapines, dejó caer de la cabeza el manto y, arrastrándolo por detrás, alzando con las manos las faldas por delante, que le impedían el correr, entró desatinada en el aposento de su señor, que la esperaba. Por decírselo todo, todo lo partía entre los dientes y la lengua[54], sin que alguna cosa dijese concertada. Ya comenzaba por ativa, ya lo volvía por pasiva. Bien o mal, tal como pudo, le dio el mensaje de modo que todos aquellos ocho días no acabaron ella de referirlo y él mil veces de preguntarlo.

---

[52] *la culebra ... entre la yerba:* cfr. I, i, 3, n. 18.

[53] *bosar:* 'vomitar', pero también 'derramar, rebosar'.

[54] Comp. II, i, 4, *ca.* n. 4: «partía con los dientes las palabras, no acertando a pronunciarlas de coraje».

»Volvía a cada paso a tratar una misma cosa, discantaban[55] luego si aquello sería posible tener efeto. Parecíale que aquello, que dello hablaban, le había de servir y quedar por paga, sin acabar de creer que pudiera ser cierto un bien tan deseado ni llegar a gozar de tan alegre día. Para el concierto tratado hizo que se previniesen unas parientas y conocidas de casa, de quien tenía satisfación de cualquier secreto, que le ayudasen con su solicitud en este hecho.

»Llegado el domingo, día ya señalado, vistiéndose unas en hábito de casadas, otras de doncellas, de dueñas otras, fueron con Sabina por Dorotea. Tocaron a la puerta. Salió su esposo, que ya las esperaba, y como viese una tan honrada escuadra de mujeres, a el parecer principales, llamó a la suya que bajase presto, que la esperaban. Ella bajó tan simple como contenta. Habláronse todas con muy comedidos cumplimientos y, entregándosela el marido, la cogieron en medio y con ella y grande alegría fueron su viaje.

»Iban al monasterio encaminadas, cuando una de aquellas de tocas reverendas[56] dijo:

»—¡Ay amarga de mí, cómo se nos ha olvidado ir por doña Beatriz, la desposada, que nos estará esperando y también la convidaron!

»Otra respondió luego:

»—Por los huesos de mis padres que dice verdad y que no me acordaba más della que de la primera camisa que me vestí. No podemos ir sin ella. Volvamos por aquí, que presto llegaremos allá.

»Dio entonces la vuelta uno de aquellos cabestros de faldas largas y rosario a el cuello por cencerro, tomando la delantera, y todas la siguieron hasta dar consigo en casa de Claudio. Llamaron a la puerta. Salióles a responder por la ventana una esclavilla, preguntando quién llamaba y lo que querían. Una dellas le dijo:

---

[55] *discantar:* cfr. I, ii, 1, n. 16, y *Lazarillo,* I, n. 130.
[56] *tocas reverendas:* sobre tales prendas, características de las dueñas (que son «mostruos de Satanás» o «cabestros de faldas largas y rosario a el cuello por cencerro»), cfr. I, i, 2, n. 10.

»—Entra presto y dile a tu señora que baje su merced presto, que la esperamos.

»Hizo como que fue a dar el recabdo y, cuando de allá dentro volvió con la respuesta, les dijo:

»—A Vuestras Mercedes suplica mi señora se sirvan de no tomar pesadumbre aguardando un poco en cuanto se acaba de tocar, que será en breve, y entretanto se podrán Vuestras Mercedes entrar a sentarse a la cuadra[57].

»Ellas entraron por el patio en una sala bien aderezada, donde se quedaron las más y solas dos pasaron adelante a una mediana cuadra con Dorotea. Estaba muy bien puesta, con sus paños de tela de plata y damasco azul y cama de lo proprio, la cuja[58] de relieve dorada. Junto a ella estaba un curioso estrado[59], en que las tres tomaron sus asientos y de allí a muy poco dijeron:

»—¡Ay, Dios!, y qué prolija novia hace doña Beatriz, y si a mano viene, aún de la cama no se habrá levantado. Andad acá, hermana, sepamos cuándo habemos de ir de aquí.

»Salieron las dos, y, quedándose sola Dorotea, se desparecieron, que persona viviente no se conocía por la casa. Claudio entró luego y, tomando en el estrado una de aquellas almohadas junto a Dorotea, le comenzó a hacer muchos ofrecimientos, descubriéndole la traza que para su venida se había tenido, desculpando aquel proceder con lo mucho que le hacía padecer. De que no quedó la pobre señora poco turbada y triste, porque lo conocía de vista y sabía sus pretensiones. Viose atajada, no supo qué hacerse ni cómo defenderse. Comenzó con lágrimas y ruegos a suplicarle no manchase su honor ni le hiciese a su marido afrenta, cometiendo contra Dios tan grave pecado; empero no le fue de provecho. Dar gritos no le importunaba, que no había persona de su parte y, cuando de algún fruto le pudieran ser y gente de fuera entrara, quien allí la hallara forzoso habían de culpar su venida, sin dar crédito a el engaño. Defendióse cuanto pudo.

»Claudio, con palabras muy regaladas y obras de violencia, y

---

[57] *cuadra:* sala.

[58] *cuja:* armadura de la cama.

[59] *estrado:* cfr. I, ii, 5, n. 15.

contra su resistencia y gusto, tomaba de por fuerza los frutos que podía; pero no los que deseaba, con que se iba entreteniendo y cansándola. Finalmente, después que ya no pudo resistirle, viendo perdido el juego y empeñada la prenda en lo que Claudio había podido poco a poco ir granjeando de su persona, rindióse y no pudo menos. Ellos estaban solos a puerta cerrada, el término era largo de dos días, la fuerza de Claudio mucha, ella era sola, mujer y flaca: no le fue más posible[60].

»Bien se pudiera decir que había sido pendencia de por San Juan[61], si no se les anublara el cielo. Comieron y cenaron en muchas libertades y fuéronse a dormir a la cama; empero breve fue su sosiego y sobresaltado su reposo. Porque nunca el diablo hizo empanada de que no quisiese comer la mejor parte[62].

»Costumbre suya es, cuando hace junta semejante, formar una tienda o pabellón, convidando a que se metan dentro, que allí los encubrirá y nada se sabrá, haciéndose cargo del secreto, y después, cuando están encerrados en el mayor descuido y mal pensada seguridad, abre las puertas, descubre, derriba los pabellones, manifestando en público el vicio recelado y, tañendo su tamborino, a repique de campana, llama la gente para que allí acudan a verlos, dejándolos avergonzados y tristes, de que más él se queda riendo.

»¿Quién creyera que invención tan bien trazada viniera tan

---

[60] A la protagonista de la *Novela de las flores* le bastaron unos pocos versos para rendirse: «Muy bien conoce al mercader Justina / y en viéndolo entendió toda la cosa. / Hallándose en tal parte la mesquina, / necesidad le hizo ser piadosa, / con esto por entonces determina / no mostrarse cruel ni melindrosa, / afable se mostró la bella dama / al amante en la mesa y en la cama.»

[61] Pues *las riñas de por San Juan son paz para todo el año:* «este refrán le dicen y saben todos, chicos y grandes, y ninguno he visto que sepa su sentido y aplicación. Quiere decir que al principio de los conciertos se averigüe todo bien, y entonces se riña y porfíe lo que ha de ser, y resultará paz para todo el año ... Tuvo principio de las casas que se alquilan y de los mozos que se cogen y entran con amos por San Juan. Por San Pedro también se alquilan casas y cogen mozos, y es todo uno, por ser sólo cinco días de diferencia, y de aquí se dice *hacer San Pedro* y *hacer San Juan* [cfr. *Lazarillo*, I, n. 103], por mudarse de una casa a otra y por despedirse los mozos y dejar el amo o despedirse de él» (Correas).

[62] «*Nunca el diablo hizo empanada* [cfr. II, ii, 5, n. 33] *que no quisiese comer la mejor tajada:* el diablo revuelve la gente para sacar su interés de los malos hechos» (Correas).

en breve a descubrirse por tan estraño camino? ¿Quién esperara de tan felices medios y principios, fines tan adversos y trágicos? Mal dije que no se podía esperar menos, considerada la danza y quien la guiaba. Demás que de necesidad había de castigar el cielo a letra vista[63] semejante maldad y fuerza. Y aunque no fue la pena igual con el delito, fue a lo menos aldabada poderosa, para que cualquiera buen discursista reconociera la ofensa y hiciera penitencia della.

»Como aquel día todo anduvo tan sin cuenta ni orden, allá en su cuarto los criados ensancharon los vientres, quitaron los pliegues a los estómagos y las canillas a las candiotas[64]; comieron y bebieron hasta ir a las camas gateando, dejándose la chimenea con toda la lumbre y cerca della mucha leña. El fuego se fue metiendo por los tueros y rajas, y ellos encendidos, comunicándose con los más que cerca estaban, de manera que casi a la media noche todo aquel cuarto se quemaba sin que persona lo sintiese, que dormían todos.

»Era víspera de San Juan. El teniente andaba de ronda y a el grande resplandor, que ya la lumbre se devisaba de muy lejos, viola y sospechó la verdad, que alguna casa se quemaba. Fuéronse por el rastro de la claridad hasta la casa de Claudio. Dieron voces y golpes a la puerta. La casa era grande. Los unos de cansados, los otros bien borrachos y otros abrasados, ninguno respondía. Levantóse por la vecindad mucho alboroto. Unos y otros vecinos, preveníase cada cual de su remedio. Fuese llegando mucha gente, y con fuerza que hicieron derribaron por el suelo las puertas. Entraron por la casa, creyendo que los della ya fueron consumidos con el fuego y cuando menos ahogados con el humo, pues alguno por toda la casa no parecía.

»Fueron las voces y el estruendo tanto, que Claudio recordó y, turbado de aquel ruido tan grande, sin saber lo que pudiera ser, con la espada en la mano y ambos desnudos, abrió la puerta del aposento y, cuando vio el fuego, volvióse adentro para

---

[63] *a letra vista:* «metafóricamente vale públicamente y a vista de todos» *(Autoridades).* Comp. *a bola vista* (I, i, 7, n. 32).

[64] *canilla:* espita o caño de las botas, cubas o *candiotas,* que son a su vez unas cubetas pequeñas «en que se trae el vino de Candía y la malvasía» (Covarrubias).

cubrirse con algo y salir huyendo. El teniente creyó que la gente de fuera fue quien abrió aquella sala para entrar a robar. Acudió a la defensa con diligencia y halló a los dos amantes, que apriesa y por salvarse buscaban los vestidos y, teniéndolos en las manos, ninguno hallaba el suyo.

»Ya podréis considerar cuáles podrían estar y qué pudieran sentir, viéndose desnudos, la casa llena de gente y sobre todo su mayor enemigo el teniente, que los había cogido juntos. Volvamos, pues, a él, que luego conoció a Dorotea. Quedó tan fuera de sí, que de los tres no se pudiera hacer alguna diferencia cuál estaba más muerto. Porque nunca el teniente pudiera persuadirse de persona del mundo a semejante cosa. Pues, teniendo por testigos a sus proprios ojos, aún los tachaba[65].

»Viose tan turbado, tan abrasado de celos, tan desesperado y loco, que por vengarse dellos y sin otra consideración, los hizo llevar a la cárcel con ánimo de vengarse y más de Dorotea, que, por no haberle admitido, estaba resuelto de infamarla, buscando rastros para tener ocasión con que prender también a su marido, pareciéndole no haber sido posible no ser sabidor y consentidor del caso, dando a su mujer licencia que fuese a dormir con aquel mancebo, por interese grande que por ello le habría dado. Que una pasión de amor hace cegar el entendimiento, volviendo los ánimos tiranos y crueles.

»A ella la llevaron cubierta con su manto, con orden de que no fuese por entonces conocida hasta hacer la información, y a él por otra parte también lo llevaron preso. Y aunque hizo Claudio por impedirlo grandes diligencias, pretendiendo escusar los graves daños que dello pudieran resultar, ni ruegos ni dineros fueron parte a que la rabia del corazón se le aplacase a el juez.

»Ellos quedaron en su prisión y el juez echando espuma por la boca, hasta que se aplacó el fuego y lo dejó muerto; mas el de su corazón muy vivamente ardía[66]. Era ya después de media noche. Había padecido mucho con el cansancio y más con

---

[65] *tachar testigos:* ponerles falta (cfr. I, i, 1, n. 71).

[66] En Cristóbal de Tamariz, «el jurado», al descubrir a los amantes «fue a dar consigo en otro fuego / que le causó mayor desasosiego» *(Novelas,* 796g-h).

el enojo. Fuese a dormir, si pudo, que se cumplió el refrán en él: *Así tengáis el sueño*[67].

»No lo tuvo bueno ni es de creer; antes con el enojo trazaría la venganza, guisándola de mil modos para que no escapasen o a lo menos limpia la honra. Mas estaba haciendo la cuenta sin la huéspeda[68]. Que apenas él tenía los pies en la cama, cuando ya Dorotea tenía cobro.

»Dormía Sabina en un aposento más adentro del de su amo, para si en algo fuese menester de noche, y, como hubiese tenido atención a todo lo pasado, acudió presto a el remedio. Que siempre las mujeres en el primer consejo son más promptas que los hombres[69], y no ha de ser pensado para que acierten algunas veces. Sacó de su aposento un grueso capón que había quedado de la cena, el cual acomodó con un gentil pedazo de jamón de la sierra, con un frasco de generoso vino, buen pan y reales en la bolsa. Poniéndose un colchón, sábanas y un cobertor en la cabeza y la cesta en el brazo, se fue a la cárcel. Pidió al portero que le dejase meter aquella cama y cena para una dueña de su amo, que, porque se tardó en dar un caldero con que sacar agua para matar el fuego, la mandó traer el teniente presa. Con esta poca culpa y cuatro reales de a cuatro que le metió en la mano, le abrió las puertas, haciéndole cien reverencias, aunque con la ropa que sobre la cabeza llevaba no le vio la cara.

»Ella entró con su recabdo a Dorotea, que más estaba muerta que viva. Estuvieron hablando solas, porque las más presas ya dormían. Y de allí resultó que Dorotea, hecha Sabina y puesta una saya suya verde que llevaba, llamó a el portero y le dio la cena, diciendo que la dueña no la quería ni dormir en cama hasta salir de allí. Él vio su cielo abierto y al sabor del to-

---

[67] *Así tengáis el sueño*: «puédese variar *Ansí tengas el sueño*, y dícese a cosa que no es buena o no verdadera» (Correas).

[68] *hacer la cuenta sin la huéspeda*: «no mirarlo todo» (Correas), pues «los caminantes echan su cuenta y después la huéspeda cuéntales las cosas a más precio de que ellos pensaban» (Covarrubias). Cfr. Céspedes y Meneses, *Varia fortuna del soldado Píndaro*, I, xxii, pág. 206, e Iribarren, pág. 252.

[69] «Las mujeres de presto tienen aparejado el consejo» *(Cómo un rústico labrador engañó a unos mercaderes*, en M. Chevalier, *Cuentos españoles*, pág. 53).

cino se puso en manos del vino, guardando la resulta para el siguiente día.

»En cuanto el carcelero se ofrendaba[70], se cargó Dorotea el colchón en la cabeza y salió de la cárcel, dejando en su lugar a Sabina, y con dos de las mujeres del día pasado se volvió a casa de Claudio, hasta por la mañana, que con ellas y otras volvió a su casa, fingiéndose no haber estado buena de salud y que por eso se volvía.

»Ya el teniente andaba orgulloso para el siguiente día martes y no se olvidaba Claudio, porque, como ya sabía estar la señora en salvo, hizo que un su amigo hablase a el asistente[71], suplicándole que personalmente lo desagraviase, viendo la sinjusticia que le habían hecho. También el teniente, cuando fue a comer a su casa y se puso a la ventana, mirando con infernal celo a las de Dorotea, reconocióla y vio que, sentada con su marido, estaban comiendo juntos.

»Perdía el seso, estaba sin juicio, pensando qué fuese aquello. Envió a la cárcel a saber quién soltó la presa de la noche antes. Dijéronle que allí estaba. Ya pateaba en este punto, porque sin duda creyó estar loco, si acaso no hubiera sido sueño lo pasado. Así pasó aquel día hasta el siguiente, que, viniendo a la visita el asistente con sus dos tenientes, mandaron llamar a Claudio y a la mujer que con él había venido presa. Los cuales, como ya hubiesen dicho en su confisión quiénes eran y allí fuesen públicamente conocidos, fueron sueltos.

»Empero no tan libres que Claudio no purgase bien las costas. Porque cuando a su casa llegó, halló la mayor parte della y de sus bienes abrasados y juntamente a una su hermana honesta, de las que sacaron a Dorotea de su casa, la cual fue hallada con un su despensero en una misma cama muertos y otros tres criados. Tanto sintió este dolor, lastimóle de tal manera el corazón semejante afrenta, porque aquello había sido en toda la ciudad notorio, que de la intensa imaginación adoleció grave-

---

[70] *se ofrendaba:* la expresión aludía festivamente a los excesos de la gula, particularmente los alcohólicos (comp. I, ii, 5, *ca.* n. 30: «Ya de los envites estaban hechos a treinta con rey ... y con la nueva ofrenda volvieron a brindarse»).

[71] *asistente:* corregidor (Covarrubias pone precisamente el ejemplo del «asistente de Sevilla, corregidor o gobernador que asiste por el rey»).

mente. Y no deseando salud para gozarse con ella, sino sólo para hacer penitencia del grave pecado cometido, convaleció y, sin dar cuenta dello a persona del mundo, se fue a el monte, donde acabó santamente, siendo religioso de la Orden de San Francisco.

»Dorotea se fue con su marido en paz y amistad, cual siempre habían tenido. El teniente se quedó muy feo, sin muchos doblones que le daban y sin venganza, y Bonifacio con todo su honor. Porque Sabina y las más que supieron su afrenta, dentro de muy pocos días murieron. Que así sabe Dios castigar y vengar los agravios cometidos contra inocentes y justos.»

Con esta historia y otros entretenimientos, venimos con bonanza hasta España, que no poco la tuve deseada, sin ferros, artillería, remos, postizas ni arrombadas[72]. Porque todo fue a la mar y quedé yo vivo: que fuera más justo perecer en ella.

Desembarcamos en Barcelona, donde diciéndole a mi amigo el capitán Favelo que había votado en la tormenta de no hacer tres noches en parte alguna de toda España hasta llegar a Sevilla y visitar la imagen de Nuestra Señora del Valle[73], a quien me había ofrecido y héchole cierta promesa, si de allí escapase, llególe a el alma perder mi compañía. Mas no pude hacer otra cosa, que temí no viniesen en mi seguimiento con alguna saetía[74] o algún otro bajel. Compré tres cabalgaduras en que llevar mi persona y los baúles. Recebí un criado y, diciendo ir mi viaje, sin que alguno supiese lo contrario, nos despedimos como para siempre.

---

[72] *ferros:* anclas; «andonde asientan los remos llaman *postizas*» (fray Antonio de Guevara, *Arte de Marear,* VIII, pág. 354); *arrombadas:* arrumbadas, «las bandas del castillo de proa [a modo de corredores], y son propiamente en la galera» (G. Palacios, en *TLex).*

[73] *Nuestra Señora del Valle:* el convento de tal nombre, habitado entonces por los franciscanos (SGG).

[74] *saetía:* «embarcación de vela latina de un solo puente, que sirve únicamente para el tráfico; tiene tres árboles, el uno mayor, otro de mesana y el tercero de artimón» *(Autoridades).*

Libro tercero
de la segunda parte
de Guzmán de Alfarache

DONDE REFIERE TODO EL RESTO DE SU MALA VIDA,
DESDE QUE A ESPAÑA VOLVIÓ HASTA QUE FUE
CONDENADO A LAS GALERAS Y ESTUVO EN ELLAS

CAPÍTULO PRIMERO

Cuando con algún fin quiere acreditar alguno su mentira, para traer a su propósito testigos, busca una fuente, lago, piedra, metal, árbol o yerba con quien la prueba, y luego alega que lo dicen los naturales. Desta manera se les han levantado millares de testimonios. El es el que miente y cárgaselo a ellos. Yo aquí haré al revés, porque no mintiendo diré su mentira, y no porque yo afirme que lo sea, sino porque lo parece, y debe de ser verdad[1], pues Apolonio Tianeo lo toma por su cuenta y dice haber visto una piedra, que llaman *pantaura,* reina de todas las piedras, en quien obra el sol con tanta virtud, que tiene todas aquellas que tienen todas las piedras del mundo, haciendo sus mismos efectos. Y de la manera que la piedra imán atrae a sí el acero, esta pantaura trae todas las otras piedras, preservando de todo mortal veneno a quien consigo la tiene[2].

---

[1] Compárese lo que dice Alemán en el prólogo a la *Vida de San Ignacio* de Luis Belmonte Bermúdez: «Otras veces ... aunque hablamos verdad, no la decimos; no porque nosotros mentimos, mas porque referimos mentiras ajenas, que quisieron sus dueños acreditar por verdades: cambian los daños que resultan dellas en sus propios verdaderos autores, no dejándonos mancha en algún modo; porque sólo somos el eco de sus voces, la sombra de su cuerpo y fieles traslados de sus falsos originales. Acontécenos esto muy ordinario, porque después o antes que lo referimos, nos prevenimos de un antídoto diciendo: "A fulano doy por autor"; de manera que, diciendo yo mi verdad, cito a quien dijo mentira y la mentira misma» *(apud* F. A. de Icaza, *Sucesos reales,* pág. 383).

[2] La noticia procede de Pero Mexía: «Entre las piedras del Sol, la de mayor

Con ésta se pudiera bien comp[a]rar la riqueza, pues hallarán en ella cuantas virtudes tienen las cosas todas. Todas las atrae a sí, preservando de todo veneno a quien la poseyere. Todo lo hace y obra. Es ferocísima bestia. Todo lo vence, tropella y manda, la tierra y lo contenido en ella. Con la riqueza se doman los ferocísimos animales. No se le resiste pece grande ni pequeño [en][3] los cóncavos de las peñas debajo del agua, ni le huyen las aves de más ligerísimo vuelo. Desentraña lo más profundo, sobre que hacen estribo los montes altísimos, y saca secas las imperceptibles arenas que cubre la mar en su más profundo piélago. ¿Qué alturas no allanó? ¿Cuáles dificultades no venció? ¿Qué imposibles no facilitó? ¿En qué peligros le faltó seguridad? ¿A cuáles adversidades no halló remedio? ¿Qué deseó que no alcanzase o qué ley hizo que no se obedeciese? Y siendo como es un tan po[n]zoñoso veneno, que no sólo, como el basilisco, siendo mirado, mata los cuerpos[4], empero con sólo el deseo, siendo cudiciada, infierna las almas; es juntamente con esto atriaca[5] de sus mismos daños: en ella está su contraveneno, si como de condito[6] eficaz quisieren aprovecharse della.

La riqueza de suyo y en sí no tiene honra, ciencia, poder, valor ni otro bien, pena ni gloria, más de aquella para que cada uno la encamina. Es como el camaleón, que toma la color de aquella cosa sobre que se asienta[7]. O como la naturaleza del agua del lago Feneo, de quien dicen los de Arcadia que quien

---

fuerza y la más afamada es la piedra llamada *pantaura*, que dicen haber hallado y conocido Apolonio Tianeo [cfr. Filóstrato, *Vida de Apolonio de Tiana*, III, xlvi]; a la cual el Sol da tanta fuerza que trae a sí todas las piedras, como la piedra imán al acero; y al que la trae ninguna ponzoña le puede empecer. E, finalmente, dicen que esta sola tiene la virtud de todas las otras piedras» *(Silva de varia lección,* II, xl: I, pág. 509, pasaje copiado a la letra por Juan de Aranda, *Lugares comunes,* fol. 191v).

[3] La corrección viene ya en algunas ediciones del siglo XVII.

[4] *basilisco:* cfr. I, «A don Francisco de Rojas», n. 1.

[5] *atriaca:* triaca, antídoto, Cfr. I, «Al vulgo», n. 2 (y compárese, por cierto, el uso afín de la *congeries* en ambos pasajes).

[6] *condito:* cfr. II, i, 1, n. 15.

[7] Es dato conocido *(vid.* sólo Plinio, *Historia natural,* XI, xxxviii), pero adviértase que Pero Mexía habla de él en el mismo capítulo en que menciona la *pantaura,* pág. 510.

la bebe de noche enferma, y sana si la bebe después del sol salido[8]. Quien hubiere adolecido atesorando de noche secretamente con cargo de su conciencia, en saliendo la luz del sol, conocimiento verdadero de su pecado, será sano.

Ni se condena el rico ni se salva el pobre por ser el uno pobre y el otro rico, sino por el uso dello[9]. Que si el rico atesora y el pobre codicia, ni el rico es rico ni el pobre, pobre, y se condenan ambos. Aquella se podrá llamar suma y verdadera riqueza, que poseída se desprecia, que sólo sirve al remedio de necesidades, que se comunica con los buenos y se reparte por los amigos. Lo mejor y más que tienen es lo que menos dellas tienen, por ser tan ocasionadas en los hombres. Ellas de suyo son dulces y golosos ellos: la manzana corre peligro en las puyas del erizo[10].

La Providencia divina, para bien mayor nuestro, habiendo de repartir sus dones, no cargándolos todos a una banda, los fue distribuyendo en diferentes modos y personas, para que se salvasen todos. Hizo poderosos y necesitados. A ricos dio los bienes temporales y los espirituales a los pobres. Porque, distribuyendo el rico su riqueza con el pobre, de allí comprase la gracia y, quedando ambos iguales, igualmente ganasen el cielo[11]. Con llave dorada se abre, también hay ganzúas para él. Pero no por sólo más tener se podrá más merecer; sino por más despreciar. Que sin comparación es mucho mayor la riqueza del pobre contento, que la del rico sediento. El que no la quiere, aquese la tiene, a ese le sobra y solo él podrá llamarse rico, sabio y honrado. Y si el cuerdo echase la cuerda[12] y qui-

---

[8] «En Arcadia hay un lago llamado Pheneo, el cual tiene esta propiedad: que el que bebe de aquella agua de noche, enferma; y el que bebe de día, después de salido el sol, sana» (Juan de Aranda, *Lugares comunes*, fol. 193r). Cfr. Plinio, *Historia natural*, XXXI, ii, u Ovidio, *Metamorfosis*, XV, 332-334.

[9] Cfr. I, iii, 4, n. 4.

[10] «Alude al *erizo*, animal cuya piel sembrada de púas, y hecha un ovillo, se pone debaxo de los mançanos el otoño, y clavándose en las puntas los pomos, recoge bastimento para el invierno» (José Pellicer de Salas y Tovar, *Lecciones solemnes a las obras de don Luis de Góngora y Argote*, Madrid, 1630, col. 72, a propósito del *Polifemo*, XI, 1). Cfr. otra vez Plinio, *Historia natural*, VIII, xxxvii, o Plutarco, *Morales*, fol. 271r.

[11] Porque «también el cielo se compra y se vende» *(San Antonio de Padua*, II, v, fol. 95v, con varios pasajes muy afines al inicio de este capítulo).

[12] *cuerdo ... cuerda*: el juego de palabras era trivial, pero Alemán lo remoza in-

siese medir lo que ha menester con lo que tiene, nuestra naturaleza con poco se contenta y mucho le sobraría; empero, si como loco alarga la soga y quiere abrazar lo que tiene con lo que desea, hincha Dios esa medida, que con cuanto el mundo tiene será pobre. Para el de mal contento es todo poco; mucho le faltará, por mucho que tenga. Nunca el ojo del codicioso dirá, como no lo dicen la mar y el infierno: «Ya me basta.» Rico y prudente serías cuando tan concertado fueses que quien te conociese se admirase de lo poco que tienes y mucho que gastas, y no causase admiración en ti lo poco que puedes y lo mucho que otros tienen[13].

Vesme aquí ya rico, muy rico y en España; pero peor que primero. Que, si la pobreza me hizo atrevido, la riqueza me puso confiado. Si me quisiera contentar y supiera gobernar, no me pudiera faltar; empero, como no hice uno ni supe otro, por el dinero puse a peligro el cuerpo y en riesgo el alma. Nunca me contenté, nada me quietó; como no lo trabajaba, fácilmente lo perdía: era como la rueda de la zacaya[14], siempre henchía y luego vaciaba. Estimábalo en poco y guardábalo menos, empleándolo siempre mal. Era dinero de sangre: gastábalo en sepulturas para cuerpos muertos[15], en obras muertas y mundanos vicios. En tal vino a parar, pues ello se fue con la facilidad que se vino. Perdílo y perdíme, como lo verás adelante. Huyendo del mal que me pudiera suceder, salí de Barcelona por sendas y veredas, de lugar en lugar y de trocha en trocha. Dije que caminaba para Sevilla. Di escusas, inventé votos y

_____

corporándolo a un contexto serio y a un propósito moral. Cfr. fray Antonio de Guevara, _Menosprecio de corte y alabanza de aldea,_ XVI, pág. 248 («No está el daño en tener la vihuela muchas cuerdas, sino en faltar de la corte muchos cuerdos»); Juan de Valdés, _Diálogo de la lengua,_ págs. 213-214; Juan Rufo, _Las seiscientas apotegmas,_ 129, 406 y 415, o _La Pícara Justina,_ I, iii, 3.º, pág. 236 («y es para ser un poquito cuerda y durar como de lana»).

[13] «Elabora Alemán, muy bellamente, ideas harto conocidas (cfr. por ejemplo, Séneca, _A Lucilio,_ II, 6, y XVI, 7); pero tal vez quepa rastrear un recuerdo concreto de Boecio, _De consolatione,_ II, pr. 5, 23, según la versión de Aguayo» (FR, con un par de citas). Ideas muy semejantes expone en el _San Antonio de Padua;_ comp.: «El avariento, el infierno y la muerte nunca dicen "basta", siempre piden más» (II, v, fol. 96r).

[14] _zacaya:_ azacaya, azuda (cfr. I, ii, 10, n. 3).

[15] Como el dinero de Judas: cfr. San Mateo, 27, 3-10.

mentiras, no más de para desmentir espías y que de mí no se supiese ni por el rastro me hallasen. Las mulas eran mías, el criado nuevo y bozal[16] en mis mañas. Íbame por donde quería, según me lo pidía el gusto y primero se me antojaba; «hoy aquí, mañana en Francia»[17], sin parar en alguna parte, y siempre trocando de vestidos, pues a parte no llegué donde lo pudiese diferenciar, que no lo hiciese: que todo era cien escudos más o menos.

Desta manera caminé por aquella tierra toda hasta venir a dar en Zaragoza con mi persona. Que no me dio pequeño contento aportar[18] en aquella ciudad tan principal y generosa. Como la mocedad instimulaba y el dinero sobraba y las damas della incitaban, me fui deteniendo allí algunos días. Que todos y muchos más fueran muy pocos para considerar y gozar de su grandeza[19].

Tan hermosos y fuertes edificios, tan buen gobierno, tanta provisión, tan de buen precio todo, que casi daba de sí un olor de Italia. En sola una cosa la hallé muy estraña y a mi parecer por entonces a la primera vista muy terrible. Hízoseme dura de digerir y más de poderse sufrir, porque no sabía la causa. Y fue ver cómo, conociendo los hombres la condición de las mujeres, que muy pequeña ocasión les basta para hacer de sus antojos leyes, formando de sombras cuerpos, las quisiesen obligar a que, perdiendo el decoro y respeto que a sus defuntos maridos deben, las dejen ellos puestas de pies en la ocasión o en el despeñadero, de donde a muchas les hacen saltar por fuerza.

Íbame paseando por una espaciosa calle, que llaman el Coso,

---

16 *bozal:* inexperto (cfr. I, i, 3, n. 25).

17 Lo recoge Correas (cfr. II, i, 6, n. 42).

18 *aportar:* 'tomar puerto', aunque a menudo se usaba con el sentido de 'llegar a parte no pensada'.

19 Sobre las aventuras zaragozanas de Guzmán *vid.* el excelente estudio de M. Joly, «Du remariage des veuves». La escueta descripción de la ciudad, por cierto, es afín, en sus rasgos esenciales, a la de Nápoles en la *Segunda parte* apócrifa (i, 5, pág. 373b): «Espantéme de ver la grandeza de Nápoles, que es un mundo abreviado; la curiosidad y suntuosidad de sus edificios, el orden de sus oficiales, las calles graciosas, hermosos ventanajes y sobre todo bellas mujeres»); *vid.* E. Cros, *Protée,* pág. 290.

no mal puesto ni poco picado[20] de una hermosa viuda, moza y al parecer de calidad y rica. Estúvela mirando y estúvose queda. Bien conoció mi cuidado; mas no se dio por entendida ni hizo algún semblante, como si yo no fuera ni allí ella estuviera. Dile más vueltas que da un rocín de anoria[21], que no somos menos los que solicitamos locuras tales; empero ni ella se mostra[b]a esquiva o desgraciada ni yo le hablé palabra, hasta que a mi parecer, enfadada de verme necio de tan callado, creo diría entre sí: «¿Quién será este tan pintado pandero[22], que me ha tenido a terrero de puntería[23] dos horas y no ha disparado ni aun abierto la boca?»

Quitóse de allí. Aguardé que volviese a salir, con determinación de perder un virote, para emendar el avieso[24]; empero ia esotra puerta![25]. Fuime a la posada y preguntéle al huésped, a el descuido y dándole señas, quién sería o si la conocía, y respondióme:

—Aquesa señora es una viuda, no una, sino muchas veces muy hermosa.

Quise saber en qué modo, y díjome:

—Tiene muchas hermosuras, que cualquiera bastaba en otra. Es hermosa de su rostro, como por él se deja ver. Eslo también de linaje, por ser de lo mejor de aquesta ciudad. También lo es en riqueza, por haberle quedado mucha suya y de su marido. Y sobre toda hermosura es la de su discreción.

Vi tan llena la medida, que luego temí que había de verter y dije a el huésped:

—¿Cómo sus deudos consienten, si tan principal es, que una señora, y tal, esté con tanto riesgo? Porque juventud, hermo-

---

[20] *picado:* enamorado, incitado.

[21] También en Toledo dio «más paseos y vueltas que un rocín de anoria» (I, ii, 8, *ca.* n. 24).

[22] *«Pandero* solemos llamar al hombre necio» (Covarrubias); *pintado:* 'atildado' («alindado, afeminado» [Alonso]), aunque sin duda la combinación de ambas palabras vale también 'necio pintiparado'.

[23] *a terrero de puntería:* cfr. I, i, 8, n. 90.

[24] *... para emendar el avieso:* 'volver a disparar para enmendar un tiro errado'; téngase en cuenta que *virote* (propiamente 'saeta pequeña') se decía del «mozo soltero, ocioso, paseante y preciado de guapo» *(Autoridades).* Cfr. Cervantes, *El celoso extremeño, Novelas ejemplares,* I, pág. 185.

[25] «A esotra puerta, que ésa no abre» (Correas). Cfr. *Lazarillo,* III, n. 155.

sura, riqueza y libertad nunca la podrán llevar por buenas estaciones. ¡Cuánto mejor sería hacerla volver a casar que consentirle viudez en estado tan peligroso!

Y díjome:

—No lo puede hacer sin grande pérdida, pues el día que segundare de matrimonio, perderá la hacienda que de su marido goza, que no es poca, y siendo viuda, será siempre usufrutuaria de toda.

Entonces dije:

—¡Oh dura gravamen![26]. ¡Oh rigurosa cláusula! ¡Cuánto mejor le fuera hacer con esa señora y otras tales lo que algunos y muchos acostumbran en Italia, que, cuando mueren, les dejan una manda generosa, disponiendo que aquello se dé a su mujer el día que se casare, que para eso se lo deja, sólo a fin que codiciosas della tomen estado y saquen su honor de peligro.

Fuelo apretando más en esto y díjome:

—Señor caballero, ¿no ha oído decir Vuestra Merced: «en cada tierra su uso»?[27]. Aquesto corre aquí, como esotro en Italia. Cada cuerdo en su casa sabe más que el loco en la ajena[28].

Volvíle a decir:

—Si acá no hay más ley de aquesa y se dejan gobernar de las de «yo me entiendo»[29], no las apruebo; que por eso también se dijo: «Al mal uso, quebrarle la pierna»[30]. La ley santa, buena y justa se debe fundar sobre razón[31].

—Esa me parece a mí que la diera muy bien quien supiera della más que yo —me respondió el huésped—; empero la que a mí me parece tener alguna fuerza, que debió mover los áni-

---

[26] *dura gravamen:* «La mujer viuda tiene viudedad en los bienes que juntamente poseía con su marido, y casando pierde la viudedad y dotes» (Miguel de Molino, *Summa de todos los fueros y observancias del Reyno de Aragón*, Zaragoza, 1589, pág. 165a, cit. por M. Joly, «Du remariage des veuves», pág. 332, con citas literarias y buenas observaciones).

[27] «... y en cada rueca su huso» (Correas).

[28] Cfr. I, i, 2, n. 71.

[29] *yo me entiendo:* cfr. I, ii, 4, n. 32.

[30] Así en Correas (y *vid.* su comentario a otro refrán afín, «Al mal uso ['uso' y 'huso'] quebrarle la hueca»). Cfr. Campos-Barella, núm. 1695, pág. 248.

[31] Cfr. I, ii, 4, n. 42.

mos, no fue que la viuda no se casase, mas que siendo viuda no viviese necesitada, y quitarles la ocasión que por el no tener faltasen a su obligación y el usar mal de lo que se instituyó para bien. La culpa es dellas y la pena dellos.

El hombre no me satisfizo. Hice luego discurso, pensando lo que son mujeres, que, si por mal se llevan, son malas; y si por bien, peores y de ninguna manera se dejan conocer. Son el mal y el bien de su casa. Corriendo trompican y andando caen. Su nombre traen consigo: mujer, de *mole*, por ser blanda, ecepto de condición[32]. Figuráronseme —y perdónenme la humilde comparación— como la paja, que, si en el campo en su natural y en los pajares la dejan, se conserva con el agua y con los vientos; empero, si en algún aposento quieren estrecharla, rompe las paredes. No han de sacar della más de aquel zumo que quisiere dar de sí, como la naranja, o ha de amargar sin ser de provecho. No saben tener medio en lo que tratan y menos en amar o aborrecer, ni lo tuvieron jamás en pedir y desear[33]. Siempre les parece poco lo mucho que reciben y mucho lo poco que dan. Son por lo general avarientas.

Empero con todas estas faltas, desdichada de la casa donde sus faldas faltan. Donde no hay chapines, no hay cosa bien puesta, comida sazonada ni mesa bien aseada. Como el aliento humano sustenta los edificios, que no vengan en ruina y caigan, así la huella de la mujer concertada sustenta la hacienda y la multiplica[34]. Y como el tocino hace la olla y el hombre la plaza, la mujer, la casa[35].

No es aqueste lugar para tratar sus virtudes; vengo a las

---

[32] La explicación *(mulier a mollitie)* venía de antiguo y, consagrada por San Isidoro *(Etimologías,* XI, ii, 18), llegó a los repertorios lexicográficos y a los textos literarios más dispares (FR). Hay otros tópicos en este párrafo: por ejemplo, «son el mal y el bien de su casa» («Mulier domui damnum est, et salus» [P. Siro, y cfr. Juan de Aranda, *Lugares comunes,* fol. 109r]), por no hablar de su proverbial veleidad...

[33] «Aut amat aut odit mulier: nihil est tertium» (P. Siro, 6), o «...non habet medium» (en colecciones de *Sententiae* como la de A. Eborense, I, fol. 163r). Cfr. también Juan de Aranda, fol. 109v: «la mujer, o sumamente ama, o estrañamente aborrece».

[34] «Se transparenta el recuerdo del célebre elogio de la mujer fuerte, en *Proverbios,* XXXI, 10-31» (FR).

[35] «El hombre en la plaza y la mujer en casa» (Correas).

mías, que aquel tiempo eran más que las del tabaco[36]. Estúveme un rato entreteniendo con el huésped, que me hacía relación de muchas cosas de aquella ciudad, sus previlegios y libertades, de que iba tan gustoso y tenía[37] tan suspendido con su buena plática, que no me hacía falta otro buen entretenimiento. ¡Mis pecados, que lo hicieron!

Yo había salido de la mar con un grande romadizo[38] y no se me había quitado. Saqué de la faltriquera un lienzo para sonarme las narices y, cuando lo bajé, mirélo, como suele ser general costumbre de los hombres[39]. El traidor del huésped, como era decidor y gracioso, díjome luego:

—Señor, señor, huya, huya, escóndase presto.

Pobre de mí, pues, como estaba ciscado[40], a cada paso parecía que me ponían a los cuatro vientos. Apenas me lo dijo, cuando en dos brincos me puse tras de una cortina de la cama. Él, que no sabía mi malicia, parecióle aquello inocencia y riéndose me volvió a decir:

—No tiene gota en los pies. A fe que es bien ligero. Salga Vuestra Merced acá. Quiso Dios que no fue nada[41]. Ya es ido. Bien puede salir seguro.

Salí de allí sin color, el rostro ya difunto. Maravíllome mucho, según mi temor y turbación, con semejante susto cómo no me arrojé por las ventanas a la calle. Salí perdido y aun casi corrido; empero procurélo disimular, por no levantar alguna polvareda que no me viniese a cuento. Preguntéle qué había sido aquello, y díjome:

—Sosiéguese Vuestra Merced y mándeme dar luego un par de sueldos.

Dile un real en los aires[42] y, como lo vi sosegado, riéndose

---

[36] *virtudes del tabaco:* «las que más a menudo se le atribuían —mas no unánimemente— eran las medicinales» (FR, con rica información).

[37] No creo necesario asumir la enmienda propuesta por Gili Gaya («y [me] tenía»), porque anacolutos como éste resultaban frecuentes en la prosa clásica. Las ediciones antiguas más significativas mantuvieron el texto de la *princeps.*

[38] *romadizo:* catarro.

[39] Cfr. *infra,* n. 64.

[40] *ciscado:* medroso (cfr. II, ii, 1, n. 17).

[41] En Correas, «Quiso Dios, y no fue nada».

[42] *en los aires:* al punto.

con mucho espacio, le volví a preguntar para qué lo había pedido y qué había pasado. Él, entonando más la risa, el rostro alegre, me dijo:

—Yo, señor, tengo aquí una procuración[43], sostituida de los administradores del hospital, para cobrar cierto derecho de los que a mi posada vienen y lo deben. De aquí adelante podrá Vuestra Merced andar por todo el mundo con mi cédula, sin que se le haga más molestia ni le pidan otra cosa. Con este real está ya hecho pago de la entrada y tiene licencia para la salida.

Cuando esto me decía, estaba yo de lo pasado y con lo presente tan confuso, que se me pudiera decir lo que a cierta señora hijadalgo notoria que, habiendo casado con un cristiano nuevo, por ser muy rico y ella pobre, viéndose preñada y afligida como primeriza, hablando con otra señora, su amiga, le dijo: «En verdad que me hallo tal, que no sé lo que me diga; en mi vida me vide tan judía.» Entonces la otra señora con quien hablaba le respondió: «No se maraville Vuestra Merced, que trae el judío metido en el cuerpo»[44].

A fe que yo estaba de manera entonces, que, si la risa y trisca[45] del huésped no me sacara presto de la duda, creo que allí me cayera muerto. Alentóme su aliento, alegróme su alegría y, viéndolo tan de trisca, le dije:

—Ya cuerpo de mí, pues tengo pagada la pena, quiero saber cuál fue mi culpa, que habrá sido rigurosa sentencia de juez condenarme por el cargo que nunca me hizo ni me recibió descargo. Que aún podría ser que, oídas las partes, me volviesen mi dinero. Y si acaso pequé, razón será saber en qué, para poder adelante corregirme.

—Por parecerme Vuestra Merced caballero principal y discreto, le quiero leer el arancel que aquí tengo para la cobranza de las penas con que son castigados los que incurren en ellas.

---

[43] *procuración:* poder.
[44] Varias frases hechas consagraron la medrana atribuida tradicionalmente a los judíos, y entre ellas estaba *tener el judío en el cuerpo*, «star con miedo» (Covarrubias); cfr. una aparición relativamente temprana (1542) en Sancho de Muñino, *Tragicomedia de Lisandro y Roselia,* I, v *(Las Celestinas,* Barcelona, 1976, página 999). *Vid.* E. Glaser, «Two Anti-Semitic Word Plays».
[45] *trisca:* bulla.

El real es de la entrada para el muñidor[46]. Espere Vuestra Merced un poco, en cuanto vuelvo con él.

Fuese y trujo consigo un libro grande, que dijo ser donde asentaba las entradas de los hermanos, y sacando dél unos pliegos de papel, que tenía sueltos, comenzóme a leer unas ordenanzas, de las cuales diré algunas que me quedaron en la memoria, con protestación que hago de poner después con ellas las que más me fueren ocurriendo, y decían así:

ARANCEL DE NECEDADES[47]

«Nós, la Razón, absoluto señor, no conociendo superior para la reformación y reparo de costumbres, contra la perversa necedad y su porfía, que tanto se arraiga y multiplica en daño notorio nuestro y de todo el género humano; para evitar mayores daños, que la corrupción de tan peligroso cáncer no pase adelante, acordamos y mandamos dar y dimos estas nuestras leyes a todos los nacidos y que adelante sucedieren, por vía de hermandad y junta para que como tales y por Nós esta-

---

[46] *muñidor:* «el ministro de la cofradía, que va avisando a los cofrades» (Covarrubias); Guzmán aludirá luego a la campanilla que solía llevar. Obviamente, el término se aplicó a muchas 'cofradías' poco religiosas: cfr. F. de Luque Faxardo, *Fiel desengaño contra la ociosidad y los juegos,* I, xviii, pág. 174.

[47] Es difícil decir nada seguro sobre la autoría del *Arancel de necedades* (que fue reimpreso como pliego suelto en Valencia, 1615, y a nombre de Alemán), porque durante todo el siglo XVII —en forma manuscrita y con el título de *Premáticas y aranceles generales*— circuló un texto que contenía los artículos recordados por Guzmán más otros 36 que —por evidencias estilísticas, entre otras— deben ser de Quevedo. *Vid.* especialmente la nota de Rico y S. Gili Gaya, «El *Guzmán* y las Premáticas...». Puede decirse que el *Arancel* «es uno de estos textos festivos de autor desconocido que debieron de circular en forma manuscrita, y que un escritor de vez en cuando insertaba en su prosa» (M. Chevalier, «*Guzmán de Alfarache* en 1605», pág. 140, n. 8), pero creo que dos hechos resultan especialmente importantes: uno, que Alemán aúpa en su obra —sin duda con una aportación original notabilísima, aunque difícil de calibrar— varios géneros paródicos (ordenanzas, premáticas, 'galateos'...: cfr. I, iii, 2, n. 21); el otro, que su ejemplo influye decisivamente en la prosa más característica de Quevedo. Conocemos varias coincidencias con otros textos (recuérdese la *Carta de las setenta y dos necedades,* citada por E. Cros, *Sources,* págs. 37-38), pero suenan con especial claridad los ecos del *Galateo español* de Lucas Gracián Dantisco (cfr. C. S. de Cortazar, «El *Galateo español* y su rastro en el *Arancel de necedades*»), si bien en mis notas sólo citaré los esenciales.

blecidas, las guarden y cumplan en todo y por todo, según aquí se contiene y so la pena dellas.

»Otrosí, porque lo que primero se debe y conviene prevenir para la buena expedición y ejecución de justicia son oficiales de legalidad y confianza, tales cuales convenga para negocio tan importante y grave, nombramos y señalamos por jueces a la Buena Policía, Curiosidad y Solicitud, nuestros legados, para que, como Nós y representando nuestra persona misma, puedan administrar justicia, mandando prender, soltando y castigando, según hallaren por derecho. Y Nós desde aquí señalamos por hermanos mayores desta liga los que fueren celosos, cada uno en su lugar y el que lo fuere más que los otros. Nuestro fiscal será la Diligencia y el muñidor la Fama.

»Primeramente, a los que fueren andando y hablando por la calle consigo mesmos y a solas o en su casa lo hicieren, los condenamos a tres meses de necios, dentro de los cuales mandamos que se abstengan y reformen, y, no lo haciendo, les volvemos a dar cumplimiento a tres términos perentorios, dentro de los cuales traigan certificación de su emmienda, pena de ser tenidos por precitos[48]. Y mandamos a los hermanos mayores los tengan por encomendados.

»Los que paseándose por alguna pieza ladrillada o losas de la calle fueren asentando los pies por las hiladas o ladrillos y por el orden dellos, que, si con cuidado hicieren, los condenamos en la misma pena[49].

»Los que, yendo por la calle, por debajo de la capa sacaren la mano y fueren tocando con ella por las paredes, admítense por hermanos y se les conceden seis meses de aprobación, en que se les manda se reformen, y si lo hicieren costumbre, luego el hermano mayor les dé su túnica y las demás insignias, para ser tenidos por profesos.

»Los que jugando a los bolos, cuando acaso se les tuerce la bola, tuercen el cuerpo juntamente, pareciéndoles que, así

---

[48] *precitos:* condenados. Comp. L. Gracián Dantisco, *Galateo español,* pág. 108: «Debe también procurar el hombre honrado abstenerse de cantar, mayormente a solas.»

[49] *con cuidado:* a propósito (cfr. II, i, 1, n. 37). Comp.: «Dice que cuando uno se pasea, no vaya con cuidado a pisar las rayas, ni atienda a poner el pie en medio, sino donde se cayere» (Gracián, *Critión,* I, xi, pág. 185).

como ellos lo hacen lo hará ella, en su pecado morirán: declarámoslos por hermanos ya profesos. Y lo mismo mandamos entenderse con los que semejantes visajes hacen, derribándose alguna cosa. Y con los que llevando máxcaras de matachines[50] o semejantes figuras van por dentro dellas haciendo gestos, como si real y verdaderamente les pareciese que son vistos hacerlos por fuera, no lo siendo. Y con los que los contrahacen sin sentir lo que hacen o, cortando con algunas malas tijeras o trabajando con otro algún instrumento, tuercen la boca, sacan la lengua y hacen visajes tales.

»Los que cuando esperan a el criado habiéndolo enviado fuera, si acaso se tarda, se ponen a las puertas y ventanas, pareciéndoles que con aquello se darán más priesa y llegarán más presto, los condenamos a que se retraten, reconosciendo su culpa, so pena que no lo haciendo se procederá contra ellos como se hallare por derecho.

»Los que brujulean[51] los naipes con mucho espacio, sabiendo cierto que no por aquello se les han de pintar o despintar de otra manera que como les vinieron a las manos, los condenamos a lo mesmo. Y por causas que a ello nos mueven, se les da licencia que, sin que incurran en otra pena, sigan su costumbre, con tal condición, que cada vez que viere a el hermano mayor o pasare por su puerta, haga reconocimiento con descubrirse la cabeza.

»Los que cuando están subidos en alto escupen abajo, ya sea por ver si está el edificio a plomo, ya para si aciertan con la saliva en alguna parte que señalan con la vista, los condenamos a que se retraten y reformen dentro de un breve término, pena de ser habidos por profesos.

»Los que yendo caminando preguntan a los pasajeros cuánto queda hasta la venta o si está lejos el pueblo, por parecerles que con aquello llegarán más presto, los condenamos en aquella misma pena, dándoles por penitencia la del camino y la que van haciendo con los mozos de las mulas y venteros[52]. Lo cual se ha de entender teniendo firme propósito de la emmienda.

---

[50] *matachines:* hombres disfrazados ostentosa y ridículamente (cfr. II, i, 2, nota 5).

[51] *brujulear:* cfr. I, iii, 9, n. 11.

[52] Para comprender tal «penitencia» comp. Juan de Mal Lara, *Filosofía vulgar,*

»Los que orinando hacen señales con la orina, pintando en las paredes o dibujando en el suelo, ya sea orinando a hoyuelo[53], se les manda no lo hagan, pena que, si perseveraren, serán castigados de su juez y entregados a el hermano mayor.

»Los que cuando el reloj toca, dejando de contar la hora, preguntan las que da, siéndoles más decente y fácil el contarlas, lo cual procede las más veces de humor colérico abundante, mandamos a los tales que tenga[n] mucha cuenta con su salud y, siendo pobres, que el hermano mayor los mande recoger al hospital, donde sean preparados con algunas guindas o naranjas agrias, porque corren riesgo de ser muy presto modorros[54].

»Los que, habiendo poco que comer y muchos comedores, por hablar se divierten a contar cuentos, gustando más de ser tenidos por lenguaces, decidores y graciosos, que de quedarse hambrientos, por ser tintos en lana y batanados[55], los remitimos con los incurables y mandamos que se tenga mucha cuenta con ellos, porque están en siete grados[56] y falta muy poco para ser necesario recogerlos.

»Los que por ser avarientos o por otra cualquier causa o razón que sea, como [no] nazca de fuerza o necesidad —que no

---

III, pág. 87: «Es tan gran enfado unas veces ver siempre una postura de montes y tierras, un jamás descubrirse el lugar, un parar en jornada con los mozos, el curar de las cabalgaduras, el buscar de comer, el no haber qué comer, el desvergonzado pedir de los venteros, la disimulación de los caminantes» (cfr. M. Joly, *La bourle*, pág. 452).

[53] *a hoyuelo:* 'haciendo un hoyuelo u orinando en él' (cfr. I, ii, 2, n. 12).

[54] El *modorro* «es tan fácil de conocer, que no es menester haballe, sino poner los ojos en él y en su traje y talle para conocelle; y... es el de peor humor de todos» los necios *(Genealogía de los modorros* [FR]). Las guindas y naranjas agrias mitigaban el «humor colérico»: «Ah, señor vecino, ¿quiere que le envíe una naranja para cortar esa cólera?» (G. L. Hidalgo, *Diálogos de apacible entretenimiento,* III, iv, pág. 312b). «Lo del necio que, cuando da el reloj, pregunta qué hora es ... aparece también en Ruiz de Alarcón, Calderón y Vélez de Guevara» (M. Chevalier, art. cit., pág. 140).

[55] *tintos en lana y batanados:* cfr. respectivamente I, iii, 3, n. 9, y II, ii, 4, nota 96.

[56] *en siete grados:* 'en grado superlativo' de locura, obviamente; es posible que diga *en siete grados y recogerlos* porque *grados* eran también «las órdenes menores que se dan después de la tonsura, que son como escalones para subir a los demás órdenes» *(Autoridades).*

se deben guardar leyes en los tales casos[57]—, cuando van a la plaza, compran de lo más malo, por más barato, como si no fuese más caro un médico, un boticario y barbero todo el año en casa, curando las enfermedades que los malos mantenimientos causan, condenámo[s]los en desgracia general de sí mismos, declarándolos, como los declaramos, por profesos, y les mandamos no lo hagan o que serán por ello castigados de los curas, del sacristán y sepolturero de su parroquia, más o menos, conforme a el daño causado de su necedad.

»Los que las noches del verano y algunas en el invierno se ponen con mucho espacio, ya sea en sus corredores y patios, ensillados, ya en ventanas o en otras algunas partes, enfrenados[58], y de las nubes del aire fueren formando figuras de sierpes, de leones y otros animales, los declaramos por hermanos; empero, si aquel entretenimiento lo hicieren para dar en sus casas lugar o tiempo a lo que algunos acostumbran por sus intereses, para ver el signo de Tauro, Aries y Capricornio, lo cual es torpísimo caso y feo, condenámoslos a que, siendo tenidos por tales hermanos, no gocen de los previlegios dellos, no los admitan en sus cabildos ni se les dé cera el día de su fiesta[59].

»Los que llevando zapatos negros o blancos, ya sean de terciopelo de color, para quitarles el polvo que llevan o darles lustre, lo hicieren con la capa, como si no fuese más noble y de mejor condición y costosa y, por limpiarlos a ellos, la dejan a ella sucia y polvorosa, los condenamos por necios de vaqueta y, siendo nobles, por de terciopelo de dos pelos[60], fondo en tonto[61].

---

[57] Pues 'la necesidad carece de ley' (cfr. I, ii, 1, n. 4).

[58] «ensillado y enfrenado» era forma común para decir 'dispuesto, preparado' ... Creo que Alemán hace aquí un juego de palabras diciendo ensillado (sentado en una silla) y añadiendo enfrenado para completar la frase corriente» (SGG).

[59] cera: aquí, «las lumbres de velas o hachas» (Covarrubias). «El chiste sobre los signos de Tauro, Aries y Capricornio [«las constelaciones de los cornudos», como dice BB] sale en Ruiz de Alarcón, La verdad sospechosa, I, BAE, XX, página 323a» (M. Chevalier), pero es muy antigua e internacional, pues —como recuerda el mismo Chevalier— aparece ya en Rabelais, Gargantúa y Pantagruel, III, xxv.

[60] vaqueta: el cuero o piel de buey, curtido (necios de vaqueta: 'necios curtidos').

[61] terciopelo: «según el nombre, ha de ser de tres pelos, pero haylo de dos y de

»Los que habiéndose pasado algunos días que no han visto a sus conocidos, cuando acaso se hallan juntos en alguna parte, se dicen el uno a el otro: "¿Vivo está Vuestra Merced?" "¿Vuestra Merced en la tierra?", no obstante que sea encarecimiento, los nombramos por hermanos, pues tienen otras más propias maneras de hablar, sin preguntar si está en la tierra o vivo el que nunca fue a el cielo y está presente, y les mandamos poner a los tales una señal admirativa y que no anden sin ella por el tiempo de nuestra voluntad.

»Los que, después de oída misa y cuando rezan las avemarías, a la campana de alzar o en otra cualquier hora que en la iglesia se hace señal, en acabando sus oraciones, dicen: "Beso las manos a Vuestra Merced", aunque se suponga ser en rendimiento de gracias, habiendo dado la cabeza dellos los buenos días o noches, los condenamos por hermanos, y les mandamos que abjuren, a pena de la que siempre traerán consigo, siendo señalados con su necedad, pues en más estiman un "beso las manos" falso y mentiroso —que ni se las besan ni se las besarían, aunque los viesen obispos, y más las de algunos que las tienen llenas de sarna o lepra, y otros con unas uñas caireladas[62], que ponen asco mirarlas—, que un "Dios os dé buenas noches" o "buenos días". Y lo mismo les mandamos a los que responden con esta salva cuando estornuda el otro, pudiéndole decir: "Dios os dé salud"[63].

»Los que buscando a uno en su casa y preguntando por él, se les ha respondido no estar en ella y haber ido fuera, vuelven a preguntar: "¿Pues ha salido ya?", dámoslos por condenados

---

pelo y medio» (Covarrubias); *fondo en tonto:* la locución está tomada de la fabricación de paños (el *fondo* «es como el campo» sobre el que se bordan las labores [Covarrubias]). Comp. Quevedo: «Rostro de blanca, fondo en grajo» *(Obra poética,* núm. 551, 1). Otros ejemplos en SGG y FR.

[62] *caireladas:* ribeteadas. Comp.: «Yo vergüenza he de oír decir "bésoos las manos", y muy grande asco he de oír decir "bésoos los pies", porque con las manos limpiámonos las narices, con las manos nos limpiamos la lagaña, con la mano nos rascamos la sarna y aun nos servimos con ellas de otra cosa que no es para decir en la plaça» (fray Antonio de Guevara, *Epístolas familiares,* II, iii, páginas 51-52.

[63] Sobre las fórmulas de cortesía, cfr. el *Galateo español,* IX («De las cerimonias»), págs. 130-135, y recuérdese la discusión entre Lazarillo de Tormes y su tercer amo. Cfr. *Lazarillo,* III, n. 131, y aquí, I, ii, 3, n. 4.

en rebeldes contumaces, pues repiten a la pregunta que ya les tienen satisfecha.

»Los que habiéndose llevado medio pie o, por mejor decir, los dedos dél en un canto y con mucha flema, llenos de cólera, vuelven a mirarlo de mucho espacio, los condenamos en la misma pena y les mandamos que la quiten o no la miren, pena que se les agravará con otras mayores.

»Los que sonándose las narices, en bajando el lienzo lo miran con mucho espacio, como si les hubiese salido perlas dellas y las quisiesen poner en cobro, condenámoslos por hermanos y que cada vez que incurrieren en ello den una limosna para el hospital de los incurables, porque nunca falte quien otro tanto por ellos haga»[64].

Cuando aquí llegó, me pareció que sólo le faltó la campanilla[65]. Diome tanta risa y el papel era tan largo, que no le dejé pasar adelante y preguntéle:

—Ya, señor huésped, que me ha hecho amistad en avisarme para saber corregirme, dígame agora: ese hospital que dice, ¿dónde está, quién lo administra o qué renta tiene?

Respondióme:

—Señor, como son los enfermos tantos y el hospital era incapaz y pobre, viendo ser los sanos pocos y los enfermos muchos, acordóse que trocasen las estancias, y así es ya todo el mundo enfermería.

—Pues los discretos y cuerdos —le pregunté—, ¿dónde tendrán alojamiento que puedan estar seguros del contagio?

A esto me respondió:

—Uno solo se dice que sea sólo el que no ha enfermado; pero hasta este día no se ha podido saber quién sea. Cada cual piensa de sí que lo es; mas no para que los más estén satisfechos dello. Lo que por nueva cierta puedo dar es que dicen haberse hallado un grandísimo ingeniero, el cual se ofrece a me-

---

[64] «Hase visto assimismo otra mala costumbre de algunos que suenan las narices con mucha fuerça, y páranse delante de todos a mirar en el pañizuelo lo que se han sonado, como si aquello que por allí han purgado, fuesse perlas o diamantes que le cayesen del celebro» (L. Gracián Dantisco, *Galateo español*, página 109). La más famosa expresión del motivo es la quevedesca.

[65] Cfr. *supra*, n. 46.

ter en un huevo a cuantos deste mal de todo punto se hubieren hallado limpios y que juntamente con sus personas meterá sus haciendas, heredamientos y rentas y que andarán tan anchos y holgados, que apenas vendrán a juntarse los unos con los otros.

Ya no lo pude sufrir y dije:

—Malicia es ésa y no menos grande que la casa de los necios.

Empero, bien considerado, conocí su verdad, viendo que somos hombres y que todos pecamos en Adán[66]. La conversación pasara más adelante y el arancel se acabara de leer si la noche no viniera tan apriesa. Porque me picaba mucho la viuda y quería dar una vuelta, para ver qué mundo corría por aquellos barrios. Empero, dejando para el siguiente día lo que aquél no dio lugar, pedí un vestidillo galán que tenía y, mi espada debajo del brazo, salí por la ciudad a buscar mis aventuras.

Íbame paseando por la calle muy descuidado que hubiera quien ganármela pudiese, aunque le diera siete a ocho[67], y al trasponer de una esquina, en unas encrucijadas, encontréme con dos mozuelas, de muy buen talle la una, y la otra parecía su criada. Lleguéme a ellas y no me huyeron. Detúvelas y paráronse. Comencé a trabar conversación y sustentáronla con tanto desenfado y cortesanía que me tenían suspenso. A cuanto a la señora le dije me tuvo los envites, no perdiéndome surco ni dejándome carta sin envite. Comencéme a querer desvolverme[68] de manos, y como a lo melindroso hacía la hembra que se defendía; empero de tal manera, con tal industria, buena maña y grande sutileza que, cuanto en muy breve espacio truje ocupadas las manos por su rostro y pechos, ella con las suyas no holgaba. Que, metiéndolas por mis faltriqueras, me sacó lo poco que llevaba en ellas. Con aquel encendimiento no

⁶⁶ *somos hombres y todos pecamos en Adán:* cfr. I, i, 1, n. 87, y M. Cavillac, *Gueux et marchands,* págs. 75-76.

⁶⁷ *aunque le diera siete a ocho:* 'aunque se lo pusiese fácil, aunque le diese pie', entiendo yo (si bien complican el pasaje el zeugma y —quizá— la anfibología de *calle*).

⁶⁸ *desvolverme:* desenvolverme (y esto último imprimen, sin indicación, las ediciones modernas).

lo sentí ni me fuera posible, aun en caso que fuera con cuidado. Porque nunca en tales tiempos hay memoria ni entendimiento; sólo se ocupa la voluntad.

Ella, en el mismo punto, cuando tuvo su hacienda hecha y sacándome importancia hasta cien reales, dijo:

—Mira, hermanito, déjame agora, por tu vida, y haz lo que te dijere, por amor de mí. Aguárdame a la vuelta desta calle por donde venimos, que la segunda casa es la mía. No vamos más de por una poca de labor a una casa cerca de aquí y al momento seré contigo. Luego volveremos y entrarás en mi casa, que no estamos más de yo y mi criada solas, y verás cómo te sirvo de la manera que mandares, y oirásme cantar y tañer, de manera que digas que no has visto mejores manos en tu vida en una tecla. Ponte aquí a esta vuelta, para que no te sientan ir conmigo, que aún soy mujer casada y de buena opinión en el pueblo. No querría perderla; pero parécesme de tal calidad, que cualquiera cosa se puede arriscar por ti.

Creíla todo cuanto me dijo; por tan cierto lo tuve, como en las manos. Hice lo que me mandó; púseme tras la esquina y desde las ocho y media de la noche hasta las once dadas no me quité del puesto, paseando. Todo se me antojaban bultos y que venían; mas así me pudiera estar hasta este día, que nunca más volvió. Cuando ya vi ser tarde, sospeché que tendría su galán y que, habiendo ido a su casa, no la dejaría volver. Culpábala y no mucho, que lo mismo me hiciera yo, si por mis puertas entrara. Vi que no había sido más en su mano, y dije: «Aún serán buenas mangas después de Pascua»[69]. Esto aquí nos lo tenemos y cierto está. Un día viene tras otro»[70]. Dejéle señalada la puerta y pasé con mi estación adelante, donde me llevaban los deseos. Cuando allá llegué, todo estaba muy sosegado, que ni memoria de persona parecía por toda la calle ni en puerta o ventana.

Estuve mirando y asechando por una parte y otra. Di vuel-

---

[69] *«Buenas son mangas después de Pascua:* se dice cuando lo que deseamos se viene a cumplir después de lo que nosotros queríamos» (Covarrubias). Cfr. Iribarren, pág. 583, y Quevedo, *Premática de 1600,* en *Obras festivas,* págs. 89-90.

[70] *«Un día viene tras otro y un tiempo tras otro:* que se hará lo que no se pudo hacer antes» (Correas).

tas, hice ruido, tosí, desgarré; mas como si no fuera. Ya después de buen rato, cuando cansado de pasear y esperar me quise volver a la posada, desesperado de cosa que bien me sucediese, salió a una ventana pequeña un bulto, a el parecer y en la habla de mujer, cuyo rostro no vi ni, cuando lo viera, pudiera dar fe dél, por hacer tan oscuro. Comencéle a decir mocedades —o necedades, que no eran ellas menos— y díjome no ser ella con quien yo pensaba que hablaba, sino criada suya, fregona de las ollas. Sea quien hubiere sido, tan bien hablaba, de tal manera me iba entreteniendo, que me olvidé por más de dos horas, pareciéndome un solo momento.

Veis aquí, si no lo habéis por enojo[71], cuando a cabo de rato sale un gozque de Bercebut, que debía de ser de alguna casa por allí cerca, y comenzónos a dar tal batería[72], que no me fue posible oír ni entender más alguna palabra. La ventana estaba bien alta, la mujer hablaba paso[73], corría un poco de fresco. Tanto ladraba el gozque y tal estruendo hacía, que, pensándolo remediar, busqué con los pies una piedra que tirarle y, no hallándola, bajé los ojos y devisé por junto de la pared un bulto pequeño y negro. Creí ser algún guijarro. Asílo de presto; empero no era guijarro ni cosa tan dura. Sentíme lisiada la mano. Quísela sacudir y dime con las uñas en la pared. Corrí con el dolor con ellas a la boca y pesóme de haberlo hecho. No me vagaba escupir. Acudí a la faltriquera con esotra mano para sacar un lienzo[74]; empero ni aun lienzo le hallé. Sentíme tan corrido de que la mozuela me hubiese burlado, tan mohíno de haberme así embarrado, que, si los ojos me saltaban del rostro con la cólera, las tripas me salían por la boca con el asco[75].

---

71   *si no lo habéis por enojo:* «formulilla vulgar para pedir venia» (F. Rodríguez Marín, ed., *Don Quijote,* II, pág. 113, con ejemplos); la usó también Pablos al dar en «galán de monjas» *(Buscón,* III, ix, pág. 226, aunque no suele advertirse).

72   *batería:* 'ruido estrepitoso, escándalo molesto', «cualquier cosa que hace impresión con fuerza» *(Autoridades).*

73   *paso:* quedo, en voz baja (cfr. *Lazarillo,* II, n. 25).

74   *lienzo:* pañuelo («los cortesanos le llaman hoy día *lienzo;* los que no lo son, paño de narices» [Covarrubias]).

75   El lance es, sin duda, tradicional (de niño me lo contó como autobiográfico alguien que nada sabía del *Guzmán de Alfarache),* y la versión de Alemán debe de ser independiente de otras elaboraciones literarias: cfr. E. Cros, *Sources,* páginas 106-107.

Quería lanzar cuanto en el cuerpo tenía, como mujer con mal de madre. Tanto ruido hice, tanto dio el perro en perseguirme, que a la mujer le fue forzoso recogerse y cerrar su ventana y a mí buscar adonde lavarme. Arrastré los dedos por las paredes como más pude y mejor supe. Fuime con mucho enojo a la posada, con determinación de volver la noche siguiente a los mismos pasos, por si acaso pudiera encontrarme con aquella buena dueña que nos vendió el galgo[76].

---

[76] *que nos vendió el galgo:* la frase, derivada sin duda de un cuentecillo, se había proverbializado para significar 'quien tú ya sabes', 'la persona de marras', esto es, para aludir a una persona sin nombrarla (Correas recoge varias fórmulas semejantes: «El que nos vendió el galgo y se quedó con la cadena», «¿Sois vos, tío, el que nos vendió el galgo?», «¿Es el que nos vendió el galgo?», «El señor que nos vendió el galgo zanquirroto y rabilargo»). Comp. *La Pícara Justina:* «como dijo el otro que nos vendió el rocín por mayo» (II, 1.ª, i, 3, pág. 271).

CAPÍTULO II

SALE GUZMÁN DE ALFARACHE DE ZARAGOZA; VASE A MADRID,
ADONDE HECHO MERCADER LO CASAN. QUIEBRA CON EL CRÉDI-
TO, Y TRATA DE ALGUNOS ENGAÑOS DE MUJERES Y DE LOS DA-
ÑOS QUE LAS CONTRAESCRITURAS CAUSAN, Y DEL REMEDIO QUE
SE PODRÍA TENER EN TODO

Luego que a casa llegué, me fui derecho a el pozo y, fingiendo quererme refrescar, porque mi criado no sintiera mi desgracia, le hice sacar dos calderos de agua. Con el uno me lavé las
manos y con el otro la boca, que casi la desollé y no estaba
bien contento ni satisfecho de mí. En toda la noche no pude
cobrar sueño, considerando en la verdad que la mujer me había confesado, que me acordaría de sus manos para en toda mi
vida.

Ved si la dijo[1], pues aún hago memoria dellas para los que
de mí sucedieren. Yo aseguro que no se hizo tanta de las de la
griega Helena ni de la romana Lucrecia. Cuando daba en esto,
la conversación de la otra me destruía. Quería olvidarlo todo y
acudía por el otro lado la memoria del guijarro; alterábaseme
otra vez el estómago. ¿Qué ha de ser esto desta noche? ¿Cuándo habemos de acabar con tantos? Que si de una parte me cerca Duero, por otra Peñatajada[2].

Decía, considerando entre mí: «Si aquesta pequeña burla, no

---

[1] *Ved si la dijo:* 'ved si dijo *verdad'.*

[2] Del romance *Morir vos queredes, padre* (cfr. «Letor», n. 12, y II, ii, 6, n. 31):
«Zamora, la bien cercada: / de una parte la cerca el Duero, / de otra Peña
Tajada.»

más de por haberlo sido, la siento tanto, ¿cómo lo habrán pasado mis parientes con la pesada que les hice? ¿Cuando aquesto así duele, qué hará con guindas?»[3].

Ya lo pasaba en esto, ya en lo que había de hacer el siguiente día, cómo y de qué me había de vestir; si había de arrojar la cadena del día de Dios[4], de las fiestas terribles; por dónde había de pasear, qué palabras me atrevería [a] decir para moverla, o qué regalo le podría enviar con que obligarla.

Luego volvía diciendo: «¿Si mañana hallase aquella mozuela, qué le haría? ¿Pondríale las manos? No. ¿Quitaréle lo que llevare? Tampoco. Pues tratar su amistad, menos.» Pues decíame yo a mí: «¿Para qué la quiero buscar? Ya conozco las buenas y diestras manos que trae por la tecla[5]. Váyase con Dios. Allá se lo haya Marta con sus pollos[6]. Que a fe que si le sobrara, que no se pusiera en aquel peligro.»

Mirábame a mí, conocíame, volvía considerando a solas: «¿Cuáles quejas podrá dar el carnicero lobo del simple cordero? ¿Qué agua le pone turbia, para que tanto dél se agravie?[7]. No puedo traer en una muy valiente acémila el oro, plata, perlas, piedras y joyas, que traigo robadas de toda Italia, ¡y acuso a esta desdichada por una miseria que me llevó, quizá forzada de necesidad! ¡Oh condición miserable de los hombres, qué fá-[ci]lmente[8] nos quejamos, cuán de poco se nos hace mucho y cómo muy mucho lo criminamos! ¡Oh majestad immensa divi-

---

[3] *qué hará con guindas:* frase hecha para encarecer una situación determinada; se toma del dicho proverbial «Si solo así te lo trincas, ¿qué hicieras con guindas?», pues las guindas estimulaban a la bebida (FR).

[4] *día de Dios:* el de Corpus Christi; Guzmán se pregunta «si se había de poner galas como en el día de Corpus y otras grandes fiestas» (JSF).

[5] Aquí, como antes en la promesa de la furcia («oirásme cantar y tañer, de manera que digas que no has visto mejores manos en tu vida en una tecla»), se esconde una malicia que no creo limitada a la ebriedad: «todos tocaban bien la tecla, pero mi amo señaladamente era estremado músico de un jarro» (I, ii, 5, y n. 29).

[6] Viene en Correas, junto a «Allá se lo haya con sus pollos Marta» (pues «el descuido vulgar deshace la consonancia»); comp. *«Marta, la que los pollos harta:* a desdén de la impertinente» *(ibid.).* Cfr. F. B. de Quirós, *Obras,* pág. 15.

[7] Alude a una conocida fábula esópica, la núm. 155, que muestra que para los que tienen propósito de hacer daño no vale ningún argumento justo.

[8] También cabría enmendar *fal[sa]mente,* pero me atengo al hábito de las ediciones antiguas y modernas.

na, qué mucho te ofendemos, qué poco se no[s] hace y cuán fácilmente lo perdonas! ¡Qué sujeción tan avasallada es la que tienen los hombres a sus pasiones proprias! Y pues lo mejor de las cosas es el poderse valer dellas a tiempo, y conozco que se debe tener tanta lástima de los que yerran, como invidia de los que perdonan, quiéromela tener a mí. Allá se lo haya: yo se lo perdono.»

Así me amaneció. Ya la luz entraba escasamente por unas juntas de ventanas, cuando también por ellas pareció haber entrado un poco de sueño. Dejéme llevar y traspúseme hasta las nueve, sin decir esta boca es mía. No tanto me holgué por haber dormido, como de quedar dispuesto a poder velar la noche siguiente, sin quedar obligado a pagar por fuerza el censo en lo mejor de mi gusto, si acaso acertara otra vez a cobrarlo.

Levantéme satisfecho y deseoso. Fuime a misa, visité la imagen de Nuestra Señora del Pilar, que es una devoción de las mayores que hoy tiene la cristiandad. Gasté aquel día en paseos. Vi mi viuda, que saliendo a la ventana, se puso en el balcón a lavar las manos. Quisiera que aquellas gotas de agua cayeran en mi corazón, para si acaso pudieran apagar el fuego dél. No me atreví a hablar palabra. Púseme a una esquina. Miréla con alegres ojos y rostro risueño. Ella se rió y, hablando con las criadas que allí estaban dándole la toalla con la fuente y jarro, sacaron las cabezas afuera y me miraron.

Ya con esto me pareció hecho mi negocio. Atiesé de piernas y pecho y, levantado el pescuezo, dile dos o tres paseos, el canto del capote por cima del hombro, el sombrero puesto en el aire y llevando tornátiles los ojos, volviendo a mirar a cada paso, de que no poco estaban risueñas y yo satisfecho. Tanto me alargué, tan descompuesto anduve, como si fuera negocio hecho y corriera la casa por mi cuenta, y a todo esto estuvo siempre queda, sin quitarse de la ventana.

Paseábanla muchos caballeros de muy gallardos talles y bien aderezados; empero, a mi juicio, ninguno como yo. A todos les hallé faltas, que me parecían en mí ventajas y sobras. A unos les faltaban los pies, y piernas a otros; unos eran altos, otros bajos, otros gordos, otros flacos, los unos gachos y otros corcovados. Yo sólo era para mí el solo, el que no padecía ecepción alguna y en quien estaba todo perfeto y sobre todo más favorecido, porque a ninguno mostró el semblante que a mí. Acercóse la noche, levantóse de la ventana, volvió la vista hacia donde yo estaba y entróse adentro.

Fuime a la posada, rico y pensativo en lo que había de hacer. Quiso venir el huésped a tenerme conversación; pero, como ya de nada gustaba más de[9] mis contemplaciones, díjele que me perdonase, que me importaba ir fuera. Cené y, tomando mi espada, salí de casa en demanda de mi negocio.

Veréis cuál sea la mala inclinación de los hombres, que con haber hecho aquel discurso en favor de la mujer que me llevó aquella miseria, me picaban tábanos por hallarla y di cien vueltas aquella noche por la propria calle, pareciéndome que pudiera ser volver a verla otra vez en el mismo puesto, sin saber por qué o para qué lo hacía, mas de así a la balda[10], hasta hacer hora. Ya, cuando vi que lo era, fuime mi calle adelante, y a el entrar en la del Coso, por una encrucijada casi frontera de la casa de mi dama, devisé desde lejos dos cuadrillas de gente, unos a la una parte y otros a la otra.

Volvíme a retirar adentro y, parado a una puerta, consideraba: «Yo soy forastero. Esta señora tiene las prendas y partes que todo el mundo conoce. Pues a fe que no está la carne en el garabato por falta de gato[11]. No es mujer ésta para no ser codiciada y muy servida. Éstos aquí no están esperando a quien dar limosna. Yo no sé quién son o lo que pretenden, si son amigos y todos una camarada, o si alguno dellos es interesado aquí. Si me cogen por desgracia en medio, no digo yo manteado, acribillado y como del coso agarrochado, por ventura me dejaran muerto. La tierra es peligrosa, los hombres atrevidos, las armas aventajadas, ellos muchos, yo solo. Guzmán, iguarte

---

9   *más de:* 'además de, aparte de'.

10   *a la balda:* 'sin ton ni son, porque sí'; *balda* «vale por 'cosa de poquísimo precio, inútil y desaprovechada'» (Covarrubias), «y así del que está mano sobre mano sin hacer cosa alguna ... se dice que es hombre hecho *a la balda,* que vive *a la balda» (Autoridades).*

11   *no está...:* en Correas; comp. el comentario de Covarrubias a «Estáse la carne en el garabato, por falta de gato» (también recogido por Correas): «aludiendo a las mujeres que son recogidas y castas» por no tener otro remedio. Era muy distinto el caso de la «señora» del *Guzmán.*

no sea nabo![12]. Y si son enemigos y quieren sacudirse, yo no los he de poner en paz; antes he de sacar la peor parte, ya sea por aquí, ya por allí. Volvámonos a casa, que es lo más cierto. Más a cuento me viene mirar por mis baúles y salirme de lugar que no conozco ni soy conocido. Que a quien se muda, Dios le ayuda»[13].

Di la vuelta en dos pies[14] y en cuatro trancos llegué a mi posada. Recogíme a dormir con mejor gana y menos penas que la noche pasada. Que verdaderamente no hay así cosa que más desamartele, que ver visiones[15]. Desta manera me determiné a salir de allí el siguiente día y así lo hice.

Víneme poco a poco acercando a Madrid, y, cuando me vi en Alcalá de Henares, me detuve ocho días, por parecerme un lugar el más gracioso y apacible de cuantos había visto después que de Italia salí. Si la codicia de la Corte no me tuviera puestas en los pies alas, bien creo que allí me quedara, gozando de aquella fresquísima ribera, de su mucha y buena provisión, de tantos agudísimos ingenios y otros muchos entretenimientos. Empero, como Madrid era patria común[16] y tierra larga, parecióme no dejar un mar por el arroyo. Allí al fin está cada uno como más le viene a cuento. Nadie se conoce, ni aun los que viven de unas puertas adentro. Esto me arrastró, allá me fui.

Estaba ya todo muy trocado de como lo dejé. Ni había especiero ni memoria dél. Hallé poblados los campos; los niños, mozos; los mozos, hombres; los hombres, viejos, y los viejos, fallecidos; las plazas, calles, y las calles muy de otra manera, con mucha mejoría en todo. Aposentéme por entonces muy a gusto, y tanto, que sin salir de la posada estuve ocho días en

---

[12] *iguarte no sea nabo!*: seguramente alude a la burla tradicional consagrada por el *Lazarillo*.

[13] *a quien se muda...*: lo recogen los repertorios paremiológicos antiguos, aunque habitualmente sin la preposición.

[14] *en dos pies*: al punto, brevísimamente; y de ahí los *trancos*, 'saltos'.

[15] *ver visiones*: es posible que funda de nuevo dos sentidos de la frase, por un lado 'tener preocupaciones, prever aprietos' *(ver visiones, hacer ver visiones*: «apretando y fatigando a uno» [Correas]), y por otro 'ver adefesios', pues la frase «en estilo festivo se usa para apodar de fea alguna persona» *(Autoridades* [EM]).

[16] *patria común*: también lo era Sevilla (I, i, 2, *ca.* n. 94), pues la frase fue tópica en la descripción de ciudades. *Vid.* J. E. Gillet, *Propalladia*, III, pág. 58. Por lo demás, cfr. II, ii, 7, n. 47.

ella divertido con sólo el entretenimiento de la huéspeda, que tenía muy buen parecer, era discreta y estaba bien tratada.

Hízome regalar y servir los días que allí estuve con toda la puntualidad posible. En este tiempo anduve haciendo mi cuenta, dando trazas en mi vida, qué haría o cómo viviría. Y al fin de todas ellas vence la vanidad. Comencé mi negocio por galas y más galas. Hice dos diferentes vestidos de calza entera[17], muy gallardos. Otro saqué llano para remudar, pareciéndome que con aquello, si comprase un caballo, que quien así me viera, y con un par de criados, fácilmente me compraría las joyas que llevaba. Púselo por obra. Comencé a pavonear y gastar largo. La huéspeda no era corta, sino gentil cortesana. Dábame cañas a las manos[18] en cuanto era mi gusto.

Aconteció que, como frecuentasen mi visita muchas de sus amigas, una dellas trujo en su compañía una muchachuela de muy buena gracia, hermosa como un ángel y, con ser tan por estremo hermosa, era mucho más vellosa[19]. Hícele el amor; mostróse arisca. Dádivas ablandan peñas[20]. Cuanto más la regalé, tanto más iba mostrándoseme blanda, hasta venir en todo mi deseo. Continué su amistad algunos días, en los cuales nunca cesó, como si fuera gotera, de pedir, pelar y repelar cuanto más pudo, tan sutil y diestramente cual si fuera mujer madrigada[21], muy cursada y curtida; empero bastábale la dotrina de su madre. Pidióme una vez que le comprase un manteo[22] de damasco carmesí, que vendía un corredor a la Puerta

---

[17] *calza entera:* atacada, la que cubría las piernas y los muslos (a diferencia de la *mediacalza:* cfr. I, iii, 2, n. 30, y I, iii, 3, n. 6). Entiéndase, por tanto, 'vestidos para llevar con calza entera'.

[18] *dar cañas a las manos:* como *dar barro* o *ripio a la mano,* 'facilitar la tarea', 'asistir, ayudar con generosidad' (expresiones tomadas del léxico de la albañilería: cfr. II, i, 2, n. 60).

[19] *vellosa:* astuta.

[20] *Dádivas ablandan* [o *quebrantan*] *peñas:* es sabido que «comúnmente se dice» (Cervantes, *La española inglesa, Novelas ejemplares,* II, pág. 73).

[21] *madrigada:* maliciosa, sabida (cfr. I, i, 8, n. 44, y EM).

[22] *manteo:* un *manteo de cubrir* (FR), especie de capa de las que solían llevar *pasamanos* y *abollados* (adornos y plegados de la tela). Guzmán parece seguir los consejos de Quevedo ante tales peticiones: «A la que te pidiere un manteo de raso, enséñale el cielo azul y raso..., si manto de soplillo, envíale los soplos de tus suspiros..., si pasamanos de oro y plata, que se vaya a casa de un platero a pasar las manos por todo...» *(Premática del tiempo* [JSF]).

del Sol, con muchos abollados y pasamanos de oro, y no querían por él menos de mil reales. Pareciéndome aquello una excesiva libertad (porque, aunque me tenía un poco picado, no lo había hecho tan mal con ella que ya no le hubiese dado más de otros cien escudos y que, si así me fuese dejando cargar a su paso, en tres boladas[23] no quedara bolo enhiesto), no se lo di. Enojóse: no se me dio nada. Sintióse: dime por no entendido. Indignáronse madre y hija: callé a todo, hasta ver en qué paraba. No me vinieron a visitar ni yo las envié a llamar. Entraron en consejo con mi huéspeda, que fueron todas el lobo y la vulpeja y tres al mohíno[24].

Veis aquí, cuando a mediodía estaba comiendo muy sin cuidado de cosa que me lo pudiera dar, donde veo entrar por mi aposento un alguacil de corte. «¡Ah cuerpo de tal! Aquí morirá Sansón y cuantos con él son[25]. Mi fin es llegado», dije. Levantéme alborotado de la mesa y el alguacil me dijo:

—Sosiéguese Vuestra Merced, que no es por ladrón.

—«Antes no creo que puede ser por otra cosa» —dije entre mí—. ¿Ladrón dijistes? Creí que lo decía por donaire y por esa causa quería prenderme.

Turbéme de modo, que ni acertaba con palabra ni sabía si huir, si estarme quedo. Teníanme tomada la puerta los corchetes, la ventana era pequeña y alta de la calle. No pudiera con tanta facilidad arronjarme por ella, que primero no me cogieran y, cuando pudiera escapar de sus manos, me matara[26]. Ultimamente, con toda mi turbación, como pude le pregunté qué mandaba. Él, con la boca llena de risa[27] y muy sin el cuidado

---

[23] *bolada:* en el juego de bolos, tiro que se hace con la pelota.

[24] «El lobo y la vulpeja, todos son de una conseja» (Correas), o «... en la conseja» *(ibid.),* o «...ambos son de una conseja» (Covarrubias); *tres al mohíno:* cfr. I, ii, 5, n. 77.

[25] *Aquí morirá...:* también en Correas, que comenta: «Tómase de la historia de los Jueces» (16, 30).

[26] «Posiblemente recordaba Alemán el final de aucto XII de *La Celestina*» (FR).

[27] *la boca llena de risa:* era frase hecha, y a menudo indicaba afabilidad, y no sólo guasa; *«Boca de risa, ... con la boca llena de risa:* manera de significar ser una persona muy agradable» (Correas). También Sancho «tenía los carrillos hinchados y la boca llena de risa» *(Don Quijote,* I, xx: II, pág. 114); cfr. Espinel, *Marcos*

que yo estaba, metiendo la mano en el pecho sacó dél un mandamiento en que me mandaban prender los alcaldes por lo que ni comí ni bebí.

«Por estrupo»[28] —diréis—. «Válgate la maldición por hembra, y a mí, si sé lo que te pides y no mientes como cien mil diablos.» Juréle ser falsedad y testimonio[29]. El alguacil, riéndose, me dijo que así lo creía; empero que no podía exceder del mandamiento ni soltarme. Que tomase la capa y me fuese con él a la cárcel. Vime desbaratado. Yo tenía los baúles cuales ya podrás imaginar. Mis criados no eran conocidos. Estaba en posada, donde me habían hecho la cama[30] y quizá para tener achaque de robarme. Si allí los dejaba, quedaban como en la calle, y, si los quería sacar, no sabía dónde ponerlos. Pues ir a la cárcel es como los que se van a jugar a la taberna en la montaña, que comienzan por los naipes y acaban borrachos con el jarro en las manos. Pensando ir por poco, pudiera ser salir por mucho.

Estaba que no sabía lo que hacerme. Aparté a solas a el alguacil. Roguéle que por un solo Dios no permitiese mi perdición. Díjele que aquella hacienda quedaba en riesgo y perdida; que diese traza cómo no se me hiciese agravio, porque me robarían y que sólo aquese había sido el intento de aquella gente. Era hombre de bien, que no fue pequeña ventura, discreto, cortesano; sabía mi verdad, como quien conocía bien a la parte. Prometí de pagárselo muy a su gusto. Díjome que no tuviese pena, que haría lo que pudiese por servirme. Dejó allí los criados en mi guarda y salió a buscar a la parte, que habían con él venido y estaban en el aposento de la huéspeda. Fue y volvió con unos y otros medios.

Amenazólas que, si no lo hacían, había de jurar en mi favor

---

de Obregón, I, xxiii, pág. 284 («Vino con la boca llena de risa, que parecía mico desollado»), o Gracián, Criticón, II, x, pág. 224.

[28] estrupo: estupro, con metátesis frecuente. Comp. Vélez de Guevara: «aprendía a gato por el caballete de un tejado, huyendo de la justicia, que le venía a los alcances por un estrupo que no lo había comido ni bebido» (El Diablo Cojuelo, pág. 16 [FR; la cursiva es suya]).

[29] testimonio vale también 'testimonio falso, impostura, acusación falaz'.

[30] hacer la cama: en sentido figurado, 'disponer un asunto', 'prepararle a uno una jugarreta' (cfr. II, i, 2, n. 59).

la verdad y descubrir la bellaquería, si no se contentaban con lo que fuese bueno. Ellas, que vieron su pleito mal parado, lo dejaron todo en sus manos y concertónos en dos mil reales, que le fue por juramento a la madre que le había de pagar el manteo con el doblo[31] y no la tendría contenta. Mas yo sé que lo quedó, porque no se lo debía. Paguéselos y, yéndonos a el oficio del escribano, se bajaron de la querella.

Costóme todo hasta docientos ducados y en media hora lo hicimos noche[32]; mas no tuve aquélla en la posada ni más puse pie de para sacar mi hacienda y al punto alcé de rancho. Fuime a la primera que hallé, hasta que busqué un honrado cuarto de casa con gente principal. Compré las alhajas[33] que tuve necesidad y puse mis pucheros en orden.

Cuando andaba en esto, encontréme una mañana con el mismo alguacil en las Descalzas y, después de haber ambos oído una misma misa, nos hablamos y juréle por el Sacramento que allí estaba que tal cargo no tuve aquella[34] mujer, y díjome:

—Caballero, no es necesario ese juramento para lo que yo sé, cuanto más para lo que aquí es muy público. Yo conozco aquella mozuela, y con esta demanda que puso a Vuestra Merced son tres las querellas que ha dado en esta Corte por el mismo negocio. Dio la primera ante el vicario de la villa, de un pobre caballero de epístola[35], que vino aquí a cierto negocio. Era hijo de padres honrados y ricos. El cual, por bien de paz, les dejó en las uñas hasta la sotana y se fue, como dicen, en camisa. Después lo pidieron otra vez en la villa, querellándose a el teniente de un catalán rico, de quien también pelaron lo que pudieron; pero éste jurada se la tiene, que no le dejará la manda en el testamento. Agora se querelló, a los alcaldes, de Vuestra Merced, y si no fuera por parecerme de menor inconveniente pagarles aquel dinero que consentirse ir preso dejan-

---

[31] *doblo:* duplo, doble.

[32] *lo hicimos noche:* entiéndase 'rematamos el asunto' (Alonso, y cfr. Correas: «*hacer noche:* ... desaparecer o hurtar las cosas, que no parezcan»).

[33] *alhajas:* cfr. I, i, 2, n. 20, y *Lazarillo*, III, n. 158.

[34] *aquella:* 'a aquella', con la *a* embebida.

[35] *de epístola:* «entre otros ministerios propios del subdiácono, es uno cantar la epístola de la misa, y así decimos ser uno *de epístola*» (Covarrubias); comp. *ser de evangelio* en II, i, 8, n. 31.

do su hacienda desamparada, verdaderamente no lo consintiera, hiciera mi oficio; empero del mal el medio[36]. Que, aunque sin duda Vuestra Merced saliera libre, no pudiera ser con tanta brevedad, que no pasase algún tiempo en pruebas y respuestas. Con esto escusamos prisiones, grillos, visitas, escribanos, procuradores, daca la relación, vuelve de la relación. Que todo fuera dilación, vejación y desgusto. Más barato se hizo de aquella manera y con menos pesadumbre.

»Lo que como hidalgo y hombre de bien puedo a Vuestra Merced asegurar es que he servido a Su Majestad con esta vara casi veinte y tres años, porque va ya en ellos. Y que de todos cuantos casos he visto semejantes a éste, no he sabido de tres en más de trecientos, que se hayan pedido con justicia; porque nunca quien lo come lo paga[37] o por grandísima desgracia. Siempre suele salir horro el dañador y después lo echan a la buena barba[38]. Siempre suele recambiar[39] en un desdichado, de quien pueden sacar honra y dineros o marido a propósito para sus menesteres. Él es como la seca[40], que el daño está en el dedo y escupe debajo del brazo. La causa es porque o luego el delincuente huye o es persona tal a quien sería de poca importancia pedirlo. Estas mozuelas ándanse por esas calles o en casa de sus amigas o en las de sus padres. Entra en la cocina el mozo, tiene lugar de hablarlas y ellas de responderle. Ambos están de las puertas adentro. Sóbrales el tiempo, no les falta gana, llega la ocasión y dejan asentada la partida. Y como sucede las más veces aquesto con gente pobre y luego él, en

---

[36] *del mal el medio:* la fórmula usual es *del mal el menos,* muy frecuente en el *Guzmán* (cfr. I, ii, 7, n. 12; II, i, 6, *ca.* n. 28; II, ii, 6, *ca.* n. 15; II, iii, 3, *ca.* n. 75, y II, iii, 4, *ca.* n. 55, o *La Pícara Justina,* pág. 103).

[37] Recuerda y trueca el refrán «Quien lo comió, que lo pague» (cfr. *La Celestina,* XV, pág. 204: «De manera que quien lo comió, aquel lo escote»).

[38] *echar a la buena barba:* «por alusión se dice de los que con arengas compuestas y lisonjeras le sacan a uno sus dineros»; la expresión es propia del «juego de los suplicacioneros, que aplican la paga de las suplicaciones ['barquillos'] que han comido los circunstantes a uno dellos, con título de que es el más honrado, lo cual se significa por la barba, y así tomó este nombre» (Covarrubias). Viene a decir, por tanto, 'a la costa de un tonto' (como en *a costa de barba longa,* recogida en Correas).

[39] *recambiar:* cfr. I, i, 1, n. 32.

[40] *seca:* sarna seca (cfr. I, i, 2, n. 1).

oliendo el tocino, se sale de casa y no parece, cuando los padres lo alcanzan a saber, para no quedarse sin el fruto de sus trabajos, danle una fraterna[41] y ellos mismos andan después a ojeo y la echan a la mano a persona tal, que saquen costo y costas de su mercadería. Y así viene quien menos culpa tiene a lavar la lana[42].

Entonces le pregunté:

—Pues dígame Vuestra Merced, suplícole, si nunca los tales casos acontecen sino a solas, ¿quién hay que jure con verdad, si ella no da gritos para que se vea la fuerza y acude gente que los halle a entrambos en el acto?

Respondióme:

—No es necesario ni en tales casos piden a el testigo que diga si los vio juntos, que sería infinito. Basta que depongan que los vieron hablar y estar a solas, que la besó, que los vieron abrazados o de las puertas adentro de una pieza, o tales actos que se pueda dellos presumir el hecho. Porque con esto y la voz que ella misma se pone de haber sido forzada, hallándola ya las matronas como dice, bastan para prueba. Yo vi en esta corte un caso muy riguroso y el mayor que Vuestra Merced habrá oído. Aquí estuvo una dama muy hermosa y forastera, la cual venía ladrada[43] de su tierra, no con otro fin que a buscar la vida. Tratóse como doncella y en ese hábito anduvo algunos días. Pretendióla cierto príncipe y, habiéndole hecho escritura por ochocientos ducados, en que con él concertó su honor, diciendo quererlos para su casamiento, no pagándoselos a el plazo, ejecutó y cobró. Después de allí a pocos años, que no pasaron cuatro, siendo favorecida de cierto personaje, hizo un escabeche[44], con que, habiendo tratado con cierto estranjero, querelló dél. Y alegando el reo contra ella la escritura original y la paga del interés, lo condenaron y pagó. Allá dijo que no hubo, que sí hubo. En resolución, la mujer en cada lugar cobraba dos

---

[41] *fraterna:* reprehensión áspera (cfr. I, ii, 10, n. 22).

[42] *lavar la lana:* como 'pagar el pato'; «dícese cuando [a uno] le ha costado caro, porque de los muchos ministerios que hay en los lavaderos de lana, es el más trabajoso y peligroso lavarla» (Covarrubias).

[43] *ladrada:* 'huida por razón de las murmuraciones'.

[44] *escabeche:* trampa, treta.

y tres veces lo que no vendía, y desta manera pasaba. Vuestra Merced no se tenga por mal servido en lo hecho, porque libró muy bien. Que a fe que los testigos decían ensangrentados, aunque no lo quedó ella⁴⁵.

Despedímonos y fuese. Yo quedé admirado de oír semejante negocio. De allí me fui deslizando poco a poco en la consideración de cuán santa, cuán justa y lícitamente había proveído el Santo Concilio de Trento sobre los matrimonios clandestinos⁴⁶. ¡Qué de cosas quedaron remediadas! ¡Qué de portillos tapados y paredes levantadas! Y cómo, si la justicia seglar hiciera hoy otro tanto en casos cual el mío, no hubiera el quinto ni el diezmo de las malas mujeres que hay perdidas. Porque real y verdaderamente, hablándola entre nosotros, no hay fuerza, sino grado. No es posible hacerla ningún hombre solo a una mujer, si ella no quiere otorgar con su voluntad. Y si quiere, ¿qué le piden a él?

Diré lo que verdaderamente aconteció en un lugar de señorío⁴⁷ en el Andalucía. Tenía un labrador una hija moza, de quien se enamoró un mancebo, hijo de vecino de su pueblo, y, habiéndola gozado, cuando el padre della lo vino a saber, acudió a una villa, cabeza de aquel partido, a querellarse del mozo. El alcalde tuvo atención a lo que decían y, después de haber el hombre informádole muy a su placer del caso, le dijo: «¿Al fin os querelláis de aquese mozo, que retozó con vuestra muchacha?» El padre dijo que sí, porque la deshonró por fuerza.

Volvió el alcalde a preguntar: «Y decidme, ¿cuántos años tiene él y ella?» El padre le respondió: «Mi hija hace para el agosto que viene veinte y un años y el mozuelo veinte y tres.»

Cuando el alcalde oyó esto, enojado y levantándose con ira del poyo, le dijo: «¿Y con eso venís agora? ¡Él de veinte y tres y ella de veinte y uno! Andá con Dios, hermano. ¡Ved qué

---

⁴⁵ Nótese el zeugma: la dama, que no era doncella, no quedó *ensangrentada* y los testigos acriminaron el delito, pues *ensangrentar* es figuradamente «exagerar y encarecer por mala alguna cosa, para que de su ponderación y criminalidad resulte daño y perjuicio a alguno» *(Autoridades)*.

⁴⁶ En efecto, se trató del asunto en la sesión XXIV del Sacrosanto Concilio de Trento: *Decretum de reformatione matrimonii,* cap. I.

⁴⁷ *lugar de señorío:* el sujeto a un señor particular, a diferencia de los realengos.

gentil demanda! Volvedos en buen hora, que muy bien pudieron herlo»[48].

Si así se les respondiese con una ley en que se mandase que mujer de once años arriba y en poblado no pudiese pedir fuerza, por fuerza serían buenas. No hay fuerza de hombre que le valga, contra la que no quiere[49]. Y cuando una vez en mil años viniese a ser, no se había de componer a dinero ni mandándolos casar —salvo si no le dio ante testigos palabras dello—, no había de haber otro medio que pena personal, según el delito, y que saliese a la causa el fiscal del rey, para que no pudiese haber ni valiese perdón de parte. Yo aseguro que desta manera ellos tuvieran miedo y ellas más vergüenza. Porque quitándoles esta guarida, desconfiadas, no se perderían. Si fue su voluntad, ¿qué piden? Si no tienen, que no engañen.

Aquí entra luego la piedad y dice: «¡Oh!, que son mujeres flacas, déjanse vencer, por ser fáciles en creer y falsos los hombres en el prometer: deben ser favorecidas.» Esto es así verdad; empero, si supiesen que no lo habían de ser, sabríanse mejor guardar. Y aquesta confianza suya las destruye, como la fe sin obras, que tiene millares en los infi[e]rnos[50]. Ninguna se fíe de hombre. Prometen con pasión y cumplen con dilación y sin satisfacción. Y la que se confiare, quéjese de sí, si la burlare.

Prenden a un pobreto, como yo he visto muchas veces revolverse dos criados en una casa, y, estando ella como gusano de seda de tres dormidas[51] con quien ha querido, cuando el amo los halla juntos, prende a el desdichado que ni comió nata ni queso, sino sólo el suero que arronjan[52] a los perros. Tiénenlo en la cárcel, hasta que ya desesperado lo hacen que se case con ella, porque lo condenan en pena pecuniaria, que,

---

[48] *herlo:* 'hacerlo', a imitación del habla rústica (cfr. II, i, 2, n. 36). El mismo cuento de la «hija [que] se ha envuelto con un zagal» (ella de veintidós años y él de dieciséis: «bien lo pudieron hacer») viene en Melchor de Santa Cruz, *Floresta española,* V, iv, 5 (con sentencia de Hernando del Pulgar). Cfr. E. Cros, *Sources,* pág. 132, y M. Chevalier, *«Guzmán de Alfarache* en 1605»*,* pág. 131.

[49] También pensaba Mátalascallando que «algunas damas... dan voces y dicen que las fuerzan y huelgan dello» *(Viaje de Turquía,* pág. 175).

[50] *fe sin obras:* cfr. I, i, 2, n. 14.

[51] *de tres dormidas:* cfr. I, ii, 6, n. 24.

[52] *arronjan:* arrojan.

vendidos él y todo su linaje, no alcanzan para pagarla. Cuando se ve perdido y cargado de matrimonio, quítale a bofetadas lo que tiene. Vanse uno por aquí y el otro por allí. Él se hace romero y ella ramera[53]. Ved qué gentil casamiento y qué gentil sentencia. ¡Oh! si sobre aquesto se reparase un poco, no dudo en el grande provecho que dello resultase.

Pagué lo que no pequé, troqué lo que no comí. Puse mi casa, recogíme con lo que tenía, porque temía no me sucediese con otra huéspeda lo que con la pasada. Y porque también recelaba que aquel collar y cinta que me había enviado el tío, siendo piezas de tanto valor, pudieran ser por la fama descubiertas, quíseme retirar a solas a mi casa y en parte donde con secreto pudiese deshacerlo. Así lo hice. Desclavé las piedras a punta de cuchillo, quité las perlas, puse cada cosa de por sí. Metí en un grande crisol todo el oro, no de una vez, que no cupo, sino en seis o siete, y así lo fundí, yéndolo aduzando[54] con un poco de solimán, que yo sabía un poquito del arte. Y teniendo un riel prevenido, lo fue[55] de mi espacio haciendo barretas.

Parecióme cordura que por sus hechuras no quedase deshecha la mía, y tuve por mejor perderlas que perderme. Híceme tratante con aquellas piedras, informándome muy bien primero del valor dellas y de cada una, haciéndolas engastar en cruces, en sortijas, en arracadas y otras joyas, donde mejor se podían acomodar, diferenciado el engaste. De manera que con el oro mismo y las proprias piedras hice diferentes piezas, que unas vendidas, otras fiadas a desposados, y rifadas muchas, perdí muy poco de lo que de otra manera se pudiera ganar y con menos pesadumbre de riesgo.

Mi caudal crecía, porque ya me había hecho muy gentil mohatrero[56]. Crédito no me faltaba, porque tenía dinero. Dábanse junto a mi casa unos solares para edificar. Parecióme comprar uno, por tener una posesión y un rincón proprio en que

---

[53] *romero ... ramera:* la paronomasia llegó al refranero; cfr. Martínez Kleiser, 55.511-55.519 (FR, BB).
[54] *aduzando:* adulzando, ablandando, dando ductilidad.
[55] *riel:* barra pequeña de oro o plata en bruto; *fue:* fui.
[56] *mohatrero:* cfr. II, ii, 5, n. 51.

meterme, sin andar cada mes con las talegas de las alcomenías[57] a cuestas, mudando barrios. Concertéme, paguélo en
reales de contado y cargáronme dos de censo perpetuo[58] en
cada un año. Labré una casa, en que gasté sin pensarlo ni poderme volver atrás más de tres mil ducados. Era muy graciosa
y de mucho entretenimiento. Pasaba en ella y con mi pobreza
como un Fúcar[59]. Y así acabara, si mi corta fortuna y suerte
avarienta no me salieran a el encuentro, viniéndose a juntar el
tramposo con el codicioso.

Como mi casa estaba tan bien puesta, mi persona tan bien
tratada y mi reputación en buen punto, no faltó un loco que
me codició para yerno. Parecióle que todo yo era de comer y
que no tenía dentro ni pepita que desechar. Aun ésta es otra
locura, casar los hombres a sus hijas con hijos de padres no conocidos. Mirá, mirá, tomá el consejo de los viejos: «A el hijo
de tu vecino mételo en tu casa»[60]. Sabes qué mañas, qué costumbres tiene, si tiene, si sabe, si vale; y no un venedizo, que
pudieran otro día ponérselo desde su casa en la horca, si acaso
lo conocieran.

Era también mohatrero como yo, que siempre acude cada
uno a su natural. Tanto se me vino a pegar, que me llegó a
empegar. Casóme con su hija y otra no tenía. Estaba rico. Era
moza de muy buena gracia. Prometi[ó]me con ella tres mil ducados. Dije de sí[61].

---

[57] *alcomenías:* semillas para condimentar (cfr. I, ii, 5, n. 48); «aquí, por supuesto, Guzmán habla figuradamente» (FR).

[58] *censo perpetuo:* imposición hecha sobre bienes raíces; el comprador queda
obligado «a pagar al vendedor cierta pensión cada año, contrayendo también la
obligación de no poder enajenar la casa o heredad que ha comprado con esta
carga, sin dar cuenta primero al señor del censo perpetuo para que use de una
de las dos acciones que le competen, que son: o tomarla *por el tanto* que otro diese o percibir la *veintena* parte de todo el precio que se ajustare, que comúnmente
se llama *derecho de tanteo* y *veintena;* pero aunque no pague algunos años la pensión o venda sin licencia, no cae en comiso, menos que no se pacte expresamente» *(Autoridades,* la cursiva es de FR). Importa retener estos datos para entender mejor los azares de Guzmán. Cfr. Tomás de Mercado, *Suma de tratos y
contratos,* IV, xvi; *Novísima Recopilación,* X, xv, 1-6, o *Don Quijote,* I, pág. 54.

[59] *como un Fúcar:* cfr. II, ii, 4, n. 5.

[60] «El hijo de tu vecino, quítale el moco y mételo en casa, y dale a tu hija por
marido», «El hijo de tu vecina, quítale el moco y cásale con tu hija» (Covarrubias).

[61] En ésta y otras andanzas de Guzmán —digno hijo de su padre— ve C. B.

Él, como era vividor, sólo buscaba hombre de mi traza, que supiese trafagar con el dinero. Y en aquesto tuvo razón, porque mucho más vale un yerno pobre que sepa ser vividor, que rico y gran comedor. Mejor es hombre necesitado de dineros, que dineros necesitados de hombre[62].

Aqueste se aficionó de mí. Tratáronse los conciertos y efetuáronse las bodas. Ya estoy casado, ya soy honrado. La señora está en mi casa muy contenta, muy regalada y bien servida. Pasáronse algunos días, y no fueron muchos, cuando, llevándonos mi suegro un domingo [a] comer a su casa, después de alzadas mesas, que nos quedamos los tres a solas, díjome así:

—Hijo, como ya con los años he pasado por muchos trabajos y veo que sois mozo y estáis a el pie de la cuesta, para que lleguéis a lo alto della descansado y no volváis a caer desde la mitad[63], os quiero dar mi parecer, como quien tanto es interesado en vuestro bien; que de otra manera, no tenía para qué daros parte de lo que pretendo. Lo primero habéis de considerar que, si un maravedí sacardes del caudal con que tratáis, que se os acabará muy presto, cuando sea muy grueso. También habéis de hacer cómo con vuestro buen crédito paséis adelante. Y, si habéis de ser mercader, seáis mercader, poniendo aparte todo aquello que no fuere llaneza, pues no se negocia ya sino con ella y con dinero: cambiar y recambiar[64]. Yo procuraré iros dando la mano cuanto más pudiere siempre. Y porque, lo que Dios no quiera, si alguna vez diere vuelta el dado y no viniere la suerte como se desea, purgaos en salud, preveníos

---

Johnson, «Mateo Alemán y sus fuentes literarias», págs. 372-373, la influencia del *Diálogo de Laín Calvo y Nuño Rasura*, aunque el sevillano «no ha seguido su fuente al pie de la letra».

[62] El proverbio (cfr. «Mejor es hombre sin dineros, que dineros sin hombre» [Correas]) tiene su origen en un dicho de Temístocles, «recogido, entre otros, por Erasmo» (FR), y parece claro que Alemán recordaba más el apotegma que su proverbialización, pues el ateniense se inspiró, precisamente, en los pretendientes de su hija: «Como dos pidiesen su hija por mujer, de los cuales el uno era rico, y el otro virtuoso y pobre, anteponiendo el bueno al rico, decía que más quería hombre que hobiese menester dineros, que dineros que hobiesen menester hombre» (Plutarco, *Morales*, fol. 12r).

[63] Cfr. II, iii, 4, ns. 1 y 98.

[64] «Era su trato el ordinario de aquella tierra y lo es ya por nuestros pecados en la nuestra: cambios y recambios por todo el mundo» (I, i, 1, y n. 32).

con tiempo de lo que os puede suceder. Otorgaránse luego dos escrituras y dos contraescrituras. La una sea confesando que me debéis cuatro mil ducados, que os presté, de la cual os daré luego carta de pago[65] como la quisierdes pintar. Y ambas las guardaremos para si fueren menester; aunque mucho mejor sería que tal tiempo nunca llegase ni lo viésemos por nuestra puerta. La otra será: yo haré que os venda mi hermano quinientos ducados que tiene de juro[66] en cada un año y háráse desta manera. No faltará un amigo cajero, que por amistad haga muestra del dinero, para que pueda el escribano dar fe de la paga, o ahí lo tomaremos y nos lo prestarán en el banco a trueco de cincuenta reales. Y cuando se haya otorgado la escritura de venta, vos le volveréis a dar a él poder en causa propria, confesando que aquello fue fingido; mas que real y verdaderamente siempre los quinientos ducados fueron y son suyos.

Parecióme muy bien, por ser cosa que pudiera importar y nunca dañar. Hízose así como lo trazó el maestro y como aquel que de bien acuchillado[67] sabía cómo se había de preparar el atutía[68], pues ya tenía el camino andado y con la misma traza se había enriquecido.

Desta manera fui negociando algún tiempo, siendo siempre puntual en todo. Y como la ostentación suele ser parte de caudal por lo que a el crédito importa, presumía de que mi casa, mi mujer y mi persona siempre anduviésemos bien tratados y en mi negociación ser un reloj. Era la señora mi esposa de la mano horadada y taladrada de sienes. Yo por mi negocio le comencé a dar mano y ella por el suyo tomó tanta, que con sus amigas en banquetes, fiestas y meriendas, demás de lo exorbitante de sus galas y vestidos, con otros millares de menudencias, que como rabos de pulpos cuelgan de cada cosa déstas,

---

[65] *carta de pago:* escritura o recibo del acreedor.

[66] *de juro:* a perpetuidad (cfr. I, i, 2, n. 81).

[67] *acuchillado:* 'experimentado'; reelabora el refrán «No hay mejor cirujano que el bien acuchillado» (Covarrubias), «Del bien acuchillado se hace el buen cirujano» (Correas).

[68] *atutía:* tutía, remedio medicinal de gran efectividad conseguido básicamente con óxido de cinc; su confección estaba entre las habilidades de *Marcos de Obregón,* I, pág. 42. Los demás editores, *atutia,* que creo incorrecto (recuérdese sólo la frase «No hay tutía»).

juntándose con la carestía que sucedió aquellos primeros años[69] y la poca corresponsión que hubo de negocios, ya me conocí flaqueza, ya tenía váguidos[70] de cabeza y estaba para dar comigo en el suelo. Faltaba muy poco para dejarme caer a plomo.

Nadie sabe, si no es el que lo lasta[71], lo que semejante casa gasta. Si en este tiempo se hiciera la ley en que dieron en Castilla la mitad de multiplicado[72] a las mujeres, a fe que no sólo no se lo dieran, empero que se lo quitaran de la dote. Debían entonces de ayudarlo a ganar; empero agora no se desvelan sino en cómo acabarlo de gastar y consumir.

Hacienda y trato tenía yo solo para ser brevemente muy rico, y con la mujer quedé pobre. Como sólo mi suegro sabía tan bien como yo el *debe* y *ha de haber* de mi libro, no me faltaba el crédito, porque todos creyeron siempre que aquellos quinientos ducados eran míos. Con aquella sombra cargué cuanto más pude, hasta que, no pudiendo sufrir el peso, me asenté como edificio falso.

Llegábase ya el tiempo de las pagas, que, aunque siempre corre, para los que deben vuela y es más corto. Vime apretado. No podía sosegar ni tener algún reposo. Fuime a casa de mi suegro a darle cuenta de mi cuidado. Él me alentó cuanto más pudo, diciendo que no desmayase, pues teníamos el remedio a las manos, de puertas adentro de nuestra casa.

Tomó la capa y fuímonos mano a mano los dos a el oficio de un escribano de provincia[73], grande amigo suyo, y llevándolo a Santa Cruz, que es una iglesia que está en la misma pla-

---

[69] Seguramente, Alemán estaba pensando en los años que siguieron a la bancarrota de 1575 (FR), que se acomodan bien en la parva cronología interna del relato; pero «téngase también en cuenta, dadas las dislocaciones entre el tiempo interno y real del *Guzmán* ..., que a finales de siglo, 1594, se produjo una nueva quiebra económica» (EM). *Vid.* M. Cavillac, *Gueux et marchands,* pág. 333.

[70] *váguidos:* vahídos, con la acentuación esdrújula corriente en el Siglo de Oro. Cfr. *Don Quijote,* III, págs. 158-159.

[71] *lastar:* pagar, sufrir (cfr. I, ii, 1, n. 8).

[72] *multiplicado:* «bienes gananciales» (SGG). Cfr. *Novísima Recopilación,* X, iv, 4: «los bienes que han marido y mujer ... son de ambos de por medio» (ley de 1566).

[73] *escribano de provincia:* el ocupado en los pleitos civiles.

za, frontero de la cárcel y de los oficios[74], allí le hicimos en secreto relación del caso. Y dijo mi suegro:

—Señor N., este negocio le ha de valer a Vuestra Merced muchos ducados, y en la pesadumbre pasada que yo tuve bien sabe que no me llevó blanca ni derechos algunos de los que me tocaban en cuanto el pleito duró. Mi yerno debe por otra escritura, primera que la mía, mil ducados, y está presentada y hechas diligencias en otro oficio; empero queremos que todo pase ante Vuestra Merced y en esta consideración ha de tratarnos como a sus amigos y servidores. Que yo quiero, no sólo [no] dejar de satisfacer esta merced, empero aquí mi hijo, el día que saliere, dará para guantes[75] docientos escudos y yo quedo por su fiador.

El escribano dijo:

—Haráse todo de la manera que Vuestra Merced fuere servido. Preséntese luego esa escritura de los cuatro mil ducados y concertaremos la décima[76] con un amigo a quien daremos cuenta desta pretensión, para que lo haga por cualquiera cosa que le demos, y lo más déjese a mi cargo.

Mi suegro presentó su obligación y lleváronme preso. Ejecutóme toda la hacienda. Salió luego mi mujer con su carta de dote, con que ocuparon tanto paño, que faltaba mucho para cumplir el vestido. Porque, habiéndose ambos echado sobre la casa, obligaciones y muebles, no quedó ni se halló en qué hincar el diente, que joyas y dineros ya los teníamos puestos en cobro. Cuando me vieron mis acreedores preso, acudió cada uno, embargándome por lo que le tocaba, presentando sus escrituras y contratos ante diferentes escribanos; empero, saliento a esto el nuestro, pidió que como a originario se habían to-

---

[74] «En la plazuela de Santa Cruz estaba el Tribunal de Provincia, una Sala de lo Civil, constituida por elementos de la Sala de Alcaldes de la Casa y Corte —de cada alcalde dependían dos escribanos—; allí estaba también la Cárcel Real» (FR).

[75] *guantes:* 'gratificación', 'comisión ilícita'; comp.: «¿Usura será lo que ... en otras partes dicen *guantes,* esto es, cualquier regalo, ora de perniles, de aves u de otra cosa...?» (Luque Faxardo, *Fiel desengaño contra la ociosidad y los juegos,* I, página 167 [Alonso]).

[76] *décima:* la parte que se cobraba por las ejecuciones. Cfr. *Novísima Recopilación,* IV, xxi, 22 (SGG).

SEGUNDA PARTE, III, 2

dos de acumular a el que pasaba en su oficio, por ser el más antiguo y donde primero se pidió. Así lo mandaron los alcaldes, viendo ser cosa justificada.

Como vieron el mal remedio que con mis bienes tenían, acudieron luego a embargar los quinientos ducados de renta. Salió su dueño y defendiólos. Dijo el tío de mi mujer ser suyos. Comenzóse a trabar sobre todo un pleitecillo que pasaba de mil y quinientas hojas, así escrituras de obligaciones como testamentos, particiones, poderes y otra multitud grande que se vino a juntar de papeles[77]. Cada uno que lo pedía para llevarlo a su letrado, como había de pagar a el escribano tantos derechos, temblaba. Pagábanlo unos; empero había otros que, viendo el pleito mal parado y metido a la venta la zarza[78], no lo querían y deseaban que se diesen medios en la paga, por no hacer más costas y echar la soga tras el caldero[79].

Vían que ya una vez puesto en aquello, no habían de salir con ello; antes me ayudaban a negociar, por ser el daño inremediable de otra manera. Pedí esperas por diez años. Fuéronmelas concediendo algunos. Juntóseles luego mi suegro y, como cargó a su parte la mayor, hicieron a los menos pasar por lo que los más; con que salí de la cárcel, quedando el escribano el mejor librado.

Deste bordo, aunque me puse braguero, fue de plata[80]. Quedéme con mucha hacienda de los pobres que me la fiaron engañados en mi crédito. Hice aquella vez lo que solía hacer siempre; mas con mucha honra y mejor nombre. Que, aunque verdaderamente aquesto es hurtar, quédasenos el nombre de

---

[77] Cfr. II, ii, 3, n. 6, entre otras críticas de los pleitos largos.

[78] «*Meterlo a la venta de la zarza:* trampear y poner dificultad y estorbo o pleito, y meterlo a voces para no pagar y confundir la razón y justicia del otro; fíngese venta, y es que la zarza se queda con parte de la lana y vestido que coge» (Correas). La omisión de la preposición no es errata (FR, y cfr. II, ii, 7, nota 67).

[79] *echar la soga tras el caldero:* cfr. II, ii, 3, n. 61.

[80] Nueva frase maestra: quiere decirnos, en suma, que quebró y remedió su quiebra con nuevas trampas mercantiles. La imagen marítima *(bordo* 'bandazo', cfr. II, i, 6, n. 18) le conviene a uno de los sentidos de *braguero* ('cabo grueso que moderaba el retroceso de los cañones del barco'); además, Guzmán se puso *braguero* porque es «un género de bragas más recogido» «que traen los *quebrados»* (también 'herniados').

mercaderes y no de ladrones. En esto experimenté lo que no sabía de aqueste trato. Estas tretas hasta entonces nunca las alcancé. Parecióme cautela dañosísima y digna de grande remedio. Porque con las contraescrituras no hay crédito cierto ni confianza segura, siendo lo más perjudicial de una república, por causarse dellas la mayor parte de los pleitos, con las cuales muchos vienen de pobres a quedar muy ricos, dejando a los que lo eran perdidos y por puertas[81]. Y siendo la intención del buen juez averiguar la verdad entre los litigantes para dar a cada uno su justicia, no es posible, porque anda todo tan marañado, que los que del caso son más inocentes quedan los más engañados y por el consiguiente agraviados.

La causa es porque, cuando quien trata el engaño, comienza dando traza en su cautela, es lo primero que hace tomarle a la verdad los pasos y puertos, de manera que nunca se averigüe, con lo cual, faltando esta luz, queda ciego el juez y sale triunfando la mentira del que no tiene justicia. Yo sé que no faltará quien diga que son las contraescrituras importantes para el comercio y trato; pero sé que le sabré decir que no son. Quien quisiere ayudar a otro con su crédito, déselo como fiador y no como encubridor de su malicia.

Lo que de Barcelona supe la primera vez que allí estuve y agora de vuelta de Italia en estos dos días, es que ser uno mercader es dignidad, y ninguno puede tener tal título sin haberse primero presentado ante el Prior y Cónsules, donde lo abonan para el trato que pone[82]. Y en Castilla, donde se contrata la máquina del mundo[83] sin hacienda, sin fianzas ni abonos, mas

---

[81] «*Dejar a puertas:* dejar a uno sin hacienda, tan pobre que haya de pedir limosna de puerta en puerta» (Correa).

[82] En este capítulo se funden mejor que en ningún otro la experiencia y las ideas de Alemán (no siempre armoniosamente trabadas): un matrimonio con pinta de negocio, tretas comerciales, asentamiento en un solar de la Corte, condena de los tratos ilícitos —frecuente asidero, por cierto, del apretado escritor— y reivindicación de la honorabilidad del «comercio y trato». *Vid.* especialmente M. Cavillac, *Gueux et marchands,* págs. 431-439: de ahí el elogio de algunas ciudades en las que «ser uno mercader es dignidad».

[83] *máquina del mundo:* frase muy frecuente «en nuestros clásicos» (SGG) y conocida ya en la literatura latina; «su abundancia en la Edad Moderna suele interpretarse como reveladora del pensamiento naturalista y mecanicista alumbrado por el Renacimiento» (FR). Cfr. F. Rico, *El pequeño mundo del hombre,* Madrid, 1970, págs. 280-281, n. 29.

de con sólo buena maña para saber engañar a los que se fían dellos, toman tratos para que sería necesario en otras partes mucho caudal con que comenzarlos y muy mayor para el puesto[84] que ponen. Y si después falta el suceso a su imaginación, con el remedio de las contraescrituras quedan más bien puestos y ricos que lo estaban de antes, como lo habemos visto en muchos cada día.

Llévanse con su quiebra detrás de sí a todos aquellos que los han fiado, los cuales consumen lo poco que les queda en pleitos. Y si acaso son oficiales o labradores, el señor pierde también su parte, pues faltan los que ayudan en los derechos de sus alcabalas, y la república, la obra y trabajo destos hombres, que, como embarazados en litigios, no acuden a sus ministerios. Menor daño sería que unos pocos y malos no fuesen ricos, que no que abrasasen y destruyesen a muchos buenos. No habiendo contraescrituras, cada cual podría fiar seguramente, porque tendría noticia de la hacienda cierta que tiene aquel a quien se la da, sin que después le salgan otros dueños. Y porque podría ser que se tratase algún tiempo del remedio desto, diré los efetos de semejante daño brevemente —si acaso no se deja de hacer porque yo lo dije. Que muchas cosas pierden buenos efectos porque no se conozcan ajenos dueños en ellas y lo quieren ser en todo solos aquellos que las hacen ejecutar. Empero dígalo yo y nunca se remedie. Cumpla yo mis obligaciones y mire cada uno por las que tiene, que discreción y edad no les falta. No les falte gana de remediar lo que importare al servicio de Dios y de su rey, siendo bien universal de la república.

Todas aquellas veces que el mercader pobre se quiere meter a mayor trato, pide para su crédito a un su pariente o amigo le dé algún juro de importancia o hacienda en confianza. De lo cual hace contraescritura, en que confiesa que, no obstante que aquello parece suyo, real y verdaderamente no lo es, y que se lo volverá siempre, cada y cuando que se lo pida. Con esto halla quien le fíe su hacienda. Ved quién somos, pues para los negros de Guinea, bozales[85] y bárbaros, llevan cuentecitas, di-

---

[84] *puesto:* escote (cfr. I, i, 2, n. 47).
[85] *bozales:* ingenuos (cfr. I, i, 3, n. 25). Comp.: «Los negros de Guinea ... es

jes y caxcabeles; y a nosotros con sólo el sonido, con la sombra y resplandor destos vidritos nos engañan.

Si el trato sale bien, bien: vuélveseles a sus dueños lo que recibieron dellos; y si mal, hácenlo trampa y pleito de acreedores. Todo va con mal. El que dio la hacienda en confianza, vuelve a cobrarla con la contraescritura y los demás quédanse burlados. Cuando no quiere alguno pagar lo que debe, antes de llegar el plazo en que ha de pagar la deuda, vende o traspasa su hacienda en confianza, con alguna contraescritura. Y sucede que, cuando llega el plazo, es ya muerto el deudor que hizo la cautela, y el verdadero acreedor no puede cobrar. Porque aquel de quien se hizo confianza, encubre y calla la contraescritura, quédase con todo y va el difunto a *porta inferi*[86].

Para engañar con su persona, si quiere tratar de casarse con mucha dote, hace lo mismo: busca haciendas en confianza y como después de casado crecen las obligaciones y no pueden con el gasto, cobra lo suyo su dueño y quedan los desposados padeciendo necesidad. Luego, conocido el engaño, falta el amor y algunas y aun muchas veces llegan a las manos, porque la mujer no consiente que se venda su hacienda o no quiere obligarse a las deudas del marido.

Todo lo cual tendría facilísimo remedio, mandando que no hubiese tales contraescrituras ni valiesen, deshaciéndose las hechas, con que cada uno volviese a tomar en sí lo que desta manera tiene dado. Sabríase a el cierto la hacienda que tiene cada cual, si se le puede fiar o confiar; escusaríanse de los pleitos la mitad, por ser desta naturaleza y tener de aquí su principio los más de los que se siguen por Castilla[87].

---

fama común que los cautivan ... convidándoles con dijes y niñerías, según ellos son bozales, y después que allí los tienen no los dejan salir y se van con ellos» (P. F. García, *Parte primera del tratado ... de todos los contratos,* Valencia, 1583, folio 491 [FR]). El ejemplo era frecuente en los sermones: cfr. H. D. Smith, *Preaching in the Spanish Golden Age,* pág. 123.

[86] *va ... a porta inferi:* «cfr. Isaías, 38, 10: "In dimidio dierum meorum vadam ad portas inferi" (cfr. además Mateo, 16, 18); pero lo que Alemán recuerda es el *Oficio de difuntos»* (FR).

[87] Sobre las contraescrituras y otros malos hábitos comerciales, abominados en muchos textos literarios de la época (comp. II, iii, 4, *ca.* n. 29), cfr. sólo Tomás de Mercado, *Suma de tratos y contratos,* II, xvii, y E. Gacto Fernández, «La picaresca mercantil en el *Guzmán de Alfarache».*

CAPÍTULO III

PROSIGUE GUZMÁN DE ALFARACHE CON EL SUCESO DE SU CASA-
MIENTO, HASTA QUE SU MUJER FALLECIÓ, QUE VOLVIÓ A SU SUE-
GRO LA DOTE

¿Habéis bien considerado en qué labirinto quise meterme?
¿Qué me importa o para qué gasto tiempo, untando las piedras
con manteca? ¿Por ventura podrélas ablandar? ¿Volveré blanco a el negro por mucho que lo lave?[1]. ¿Ha de ser de algún
fruto lo dicho? Antes creo que me quiebro la cabeza y es gastar
en balde la costa y el trabajo, sin sacar dello provecho ni honra. Porque dirán que para qué aconseja el que a sí no se aconseja. Que igual hubiera sido haberles contado tres o cuatro
cuentos alegres, con que la señora doña Fulana, que ya está
cansada y durmiéndose con estos disparates, hubiera entretení-
dose.

Ya le oigo decir a quien está leyendo que me arronje[2] a un
rincón, porque le cansa oírme. Tiene mil razones. Que, como
verdaderamente son verdades las que trato, no son para entretenimiento, sino para el sentimiento; no para chacota, sino
para con mucho estudio ser miradas y muy remediadas. Mas,
porque con la purga no hagas ascos y la dejes de tomar por el
mal olor y sabor, echémosle un poco de oro, cubrámosla por
encima con algo que bien parezca[3].

---

[1] *Aetiopem dealbare* es uno de los más conocidos *impossibilia*, que está ya en
Esopo (y cfr. por ejemplo Alciato, *Emblemas*, LIX, trad. de B. Daza, pág. 146).
[2] *arronje:* arroje.
[3] Cfr. I, i, 3, n. 17.

Vuélvome al punto de donde hice la digresión. Ya me alcé a mayores[4] con lo más que pude, que fue mucho menos de lo que yo quisiera y había menester. Porque para grande carga es necesario grandes fuerzas. Que los que sobre arena fundan torres, muy presto dan con el edificio en tierra[5]. Los que se hubieren de casar, ellos han de tener qué comer y ellas han de traer qué cenar[6]. No son dote cuatro paredes y seis tapices, cuando para la primera entrada tengo de gastar en joyas[7] y aderezos aquello con que busco mi vida. Gástase lo principal y quédome después con la necesidad: porque quien compra lo que no ha menester vende lo que ha menester[8]. ¿De qué fruto es para un pobre hombre negociante seis pares de vestidos a su esposa, en que consume todo el caudal que tiene? ¿Por ventura podrá después tratar con ellos?

Estaba la señora mi mujer mal acostumbrada y poco prática en miserias. En casa de su padre lo había pasado bien y con mucho regalo, y en mi poder no menos hacíansele los trabajos muchos y duros. Con lo poco que me quedó volví a dar mis mohatras[9], con aquella libertad *sicut erat in principio*[10]. Yo fiaba y mi suegro compraba, y a el contrario, como caían las pesas[11]; empero nunca la mercadería salía de casa. Lo más ordinario era oro hilado, algunas veces plata labrada, joyas de oro, encajando bien las hechuras y con ello algunas bromas[12] de que no se podía salir y habíamos comprado a menos precio.

---

[4] *me alcé a mayores:* cfr. II, ii, 4, n. 78. Sobre las tretas de Guzmán, *vid.* el comentario y la condena de Tomás de Mercado, *Suma de tratos y contratos,* II, xvii («pagas tempranas», «ditas y escrituras», «los que quiebran y se alzan»...).

[5] Cfr. San Mateo, 7, 26-27.

[6] *Los que ... cenar:* lo recoge Correas, con una diferencia mínima.

[7] *joyas:* cfr II, ii, 8, n. 33.

[8] Comp. II, ii, 7, *ca.* n. 50: «De balde compra quien compra lo que ha menester.»

[9] *mohatras:* compras fingidas (cfr. II, ii, 5, n. 50).

[10] *sicut erat in principio:* palabras del *Gloria Patri et Filio* que se hicieron proverbiales. Comp. Cervantes: «Debe Vuestra Merced, señor don Quijote, perdonalle y reducille al gremio de su gracia, *sicut erat in principio,* antes que las tales visiones le sacasen de juicio» (I, xlvi: III, pág. 325).

[11] *«Como cayeren las pesas. Cayeron ansí las pesas:* como decir 'como cayeren y se dispusieren las cosas'; a imitación de los pesos y pesas del reloj» (Correas).

[12] *bromas:* cosas pesadas y de poco valor.

Ganábase con que menos malpasar. Todo era poco, por serlo también el caudal, y así poco a poco nos los íbamos comiendo y consumiendo; empero a la dote no se tocaba. Siempre andaba en pie, por ser posesiones a quien jamás mi mujer consintió que se llegase, ni aun por lumbre. Dábamos la hacienda fiada por cuatro meses con el quinto de ganancia. El escribano —que lo teníamos a propósito y conocido, como lo habíamos menester— daba siempre fe del entrego de las mercaderías. Tomábalas luego en sí el corredor, que era nuestra tercera persona y una misma comigo y con el escribano. Llevábalas en su poder y dentro de dos horas llevaba el dinero a su dueño, con aquello menos en que decía que lo vendía; y quedábasenos en casa, recebía su carta de pago y a Dios con todos.

Teníamos por costumbre valernos de un ardid sutilísimo, para que no se nos escapasen algunos por los aires, alegando hidalguía[13] o alguna otra ecepción que les valiese o de que se pudiesen aprovechar. Cuando habíamos de dar una partida, reconocíamos la dita[14] y, siendo persona de quien sabíamos que tenía de qué pagar y que la tomaba por socorrer de presente alguna necesidad, se la dábamos llanamente; aunque algunas veces aconteció faltarnos destas ditas algunas que teníamos por las mejores y más bien saneadas. Y cuando no era bien conocida ni para nosotros a propósito, pedíamosle fiador con hipoteca especial de alguna posesión. Y aunque supiésemos claramente no ser suya o que tenía un censo para cada día y que no había teja ni ladrillo que no fuese deudor de un escudo, no se nos daba dello un cuarto.

Esto mismo era lo que buscábamos. Porque les hacíamos confesar en la escritura que aquella posesión era suya, realenga, libre de todo género de censo perpetuo ni al quitar[15], no hipotecada ni obligada por otra deuda. Y con esto, cuando el día del plazo no pagaban, ya teníamos alguacil de manga[16] con

---

13 Pues los hidalgos no podían ser encarcelados por deudas.

14 *dita:* garantía (cfr. II, ii, 9, n. 26, y *supra,* n. 4).

15 *censo al quitar:* censo redimible, a diferencia del *perpetuo* (cfr. II, iii, 2, n. 58), aunque cargado, como éste, sobre los bienes raíces; «estará en voluntad del censatario que le paga dar el principal ['capital', como aquí en II, ii, 8, n. 47] y redimirle» (Covarrubias).

16 *de manga:* 'conchabado, sobornable», pues *«hacer un negocio de manga* o *ir de*

quien estábamos concertados que nos habían de dar un tanto
de cada décima[17] que les diésemos. Al punto se la cargábamos
encima, ejecutándolos.

Cuando alguna vez acaso se querían oponer o hacían algunas piernas[18] para no pagar, luego le saltaba la del monte[19]:
hacíamos el pleito, de civil, criminal; buscábamosle algún sobrehueso[20]; sabíamos el censo que tenía sobre la casa, con que
dábamos con el hombre de barranco pardo abajo por el estelionato[21]. Desta manera jugábamos a el cierto y sin esta prevención jamás efetuábamos partida por algún caso. Si ello era lícito, ya yo me lo sabía; mas corríamos como corren, teníamos
callos en las conciencias; ni sentíamos ni reparábamos en poco
más o menos.

Yo bien sé que todo el tiempo que desto traté verdaderamente nunca me confesé y, si lo hice, no como debía ni más de
para cumplir con la parroquia, porque no me descomulga-
sen[22]. ¿Queréislo ver? Pues considerad si allí prometía la resti-

---

manga es hacerse con soborno» (Covarrubias), «convenirse dos o más personas
para algún fin, y siempre se toma en mala parte» *(Autoridades).*

[17] *décima:* cfr. la n. 76 del capítulo anterior.

[18] *hacer piernas:* aquí, «contradecir un negocio con fuerza» (Covarrubias), 'for-
cejear'.

[19] *la del monte:* la liebre del refrán, la que salta «donde (o cuando) menos se
espera»; la omisión ha llegado hasta hoy en frases como *estar a la que salta.*

[20] *sobrehueso:* «metafóricamente significa lo que molesta o sirve de embarazo o
carga» *(Autoridades);* propiamente es «cierta enfermedad que suelen tener las
bestias en las canillas de pies y brazos, de algún golpe o herida, y porque es sobre la canilla la llaman» así (Covarrubias).

[21] No acabo de entender lo del *hombre de barranco pardo...,* pero creo que junto
al sentido figurado de 'dábamos con el hombre barranco abajo', hay otro que re-
cordaría el *monte pardo* y la *gente del pardillo,* es decir, un nuevo juego de palabras
para ponderar la simpleza y rusticidad del engañado. Por lo demás, «los contratos hechos cautelosamente se llaman *estelionatos»,* pues «el animal llamado *estelión*
es un lagartillo bermejo, y dice Alciato [*Emblemas,* XLIX, trad. de B. Daza, página 194] que es símbolo de los celos y del engaño ... De este bermejuelo se dice
el delito de *estelionato,* que, como éste, es el símbolo del engaño» (Cascales, *Cartas filológicas,* II, i, págs. 18-19). «Los juristas llaman *crimen stellionatus* al que
arranca del proceso de alguna escritura o maliciosamente la encubre» (Covarrubias). Cfr. *Novísima Recopilación,* X, xv, 2; *La Dorotea,* pág. 428, n. 117, con más
ejemplos de Lope.

[22] «Siendo este sacramento [de la confesión] de los mayores y sin el cual no
hay puerta para el cielo, se usa dél por cumplimiento» (Alemán, *San Antonio de*

tución, cuando lo tuviese y mejor pudiese, y juntamente la emienda de la vida, si entonces corrían quince, veinte y más obligaciones, y nunca fui a decir ni a hacer diligencia con los obligados en ellas, diciéndoles cómo aquella contratación fue ilícita y usuraria, que por descargo de mi conciencia, y para dignamente recebir el sacramento de la comunión, les quería rebatir y bajar todo lo que lícitamente no pude llevar. Si cuando me vinieron a pagar tampoco se lo volví, ¿qué intención fue aquesta? ¡Pardiós, mala!

Esto era lo que debía hacer. No lo hice ni hoy se hace. Dios nos dé conocimiento de nuestras culpas; cierto sé, si entonces acabara la vida, que corría el alma ciento de rifa[23]. Gente maldita son mohatreros: ni tienen conciencia ni temen a Dios.

¡Oh, qué gallardo y qué cierto tiro aquéste, qué cerca lo tengo y cómo aguardan los traidores bien! ¡Qué tentación me da de tirarles y no dejarles hueso sano! Que, como soy ladrón de casa[24], conózcoles los pensamientos. ¿Queréisme dar licencia que les dé una gentil barajadura? Ya sé que no queréis y, porque no queréis, en mi vida he hecho cosa de más mala gana que hacer con ellos la vista gorda, dejándolos pasar sin que dejen prenda. Mas porque no digan que todo se me va en reformaciones, les doy lado. Y porque podría ser haberlos alguna vez necesidad, no quiero ganar enemigos a los que podría después desear por amigos. Porque al fin tanto lo son cuanto los habemos menester y pueden ser de provecho. Y así como el amigo fiel se deja conocer en los bienes, no se asconde nunca en los males el enemigo[25]. Una cosa sola diré: haga un hombre su cuenta, tenga necesidad en que se haya de valer de solos docientos ducados: hallará que, si solos dos años los trae de mohatra, montarán más de seiscientos. Ved, pues, a este respeto

---

Padua, II, iii, fol. 89r). Téngase en cuenta que quienes no cumplían regularmente con las prácticas católicas estaban expuestos a la delación anónima y consiguientes tropiezos con el Santo Oficio» (FR).

[23] «Es decir, "tenía cien posibilidades contra cien de condenarse"» (FR).

[24] *ladrón de casa:* «déste nadie se puede guardar hasta que se conoce» (Correas).

[25] Esta idea viene a ser la 'tesis' de la *Carta ... en que trata Mateo Alemán de la verdadera amistad* (en E. Cros, *Proteé*, págs. 442-444).

qué hará lo mucho, cómo lo pagará el que no pudo lo poco. Aquí se queden y vuelvo sobre mí.

Por no hacer los hombres lo que deben, digo que vienen a deber lo que hacen[26]. ¿Qué vale mucho ganar, qué aprovecha mucho tener, si no se sabe conservar? Pues vemos claro que le vale mucho más a el cuerdo la regla, que a el necio la renta[27]. El que tuviere tiempo, no aguarde otro mejor ni esté tan confiado de sí, que deje de velar sobre sí con muchos ojos. Porque de lo que le pareciere tener mayor seguridad, en lo mismo ha de hallar un *Martinus contra*, que es lo que solemos decir: «un Gil que nos persiga»[28]. Dineros tuve, rico me vi, pobre me veo, sabe Dios por quién y por qué.

Esperaba un día en que ordenar los que me quedaban por vivir. Nunca llegó, porque siempre me fié de mí, pareciéndome que, aunque pudiera con todos mentir, no a lo menos a mí mismo. Veis aquí cómo de confiarse uno de sí hace que se olvide de Dios, de donde nade perderse las haciendas y las almas. El enemigo mayor que tuve fue a mí mismo. Con mis proprias manos llamé a mis daños. De la manera que las obras buenas del bueno son el premio de su virtud, así los males que obra un malo vienen a serlo de su mayor tormento[29]. Mis obras mismas me persiguieron; que los tratos ni los hombres fueran poca parte. Pero permite Dios que aquello que tomamos por instrumento para ofenderle, aqueso mismo sea nuestro verdugo.

---

[26] «Por no hacer los hombres lo que deben, a deber lo que hacen vienen» (Correas).

[27] «Más vale al cuerdo...» (Correas).

[28] *Martinus contra:* «entre letrados, por 'espíritu de contradicción'» (Correas, y cfr. Alonso Sánchez de la Ballesta, *Diccionario de vocablos castellanos aplicados a la propiedad latina*, Salamanca, 1587 [citado por L. Combet, págs. 527-528]: «*Martinus contra* llamamos a los que su oficio es impugnar cuanto veen y oyen»). Sobre *un Gil que nos persiga,* cfr. II, i, 1, n. 35.

[29] Comp.: «Que cuanto a los buenos les es de augmente, porque lo saben aprovechar, a los malos es dañoso, pues dejándolo perder se pierden más con él» (I, ii, 5, *ca.* n. 25); «Y como los malos con los bienes empeoran, los buenos con los males se hacen mejores, sabiendo aprovecharse dellos» (I, ii, 7, *ca.* n. 7). Para la conocida idea con que termina el párrafo, comp. *San Antonio de Padua*, I, xii, fol. 55r: «Ninguno piense resistir a Dios, pues le confiesa por todo poderoso, y vemos que como diestro esgremidor, hace la herida por el mismo filo, valiéndose contra nosotros de los proprios medios que tomamos para ofenderle.»

No tanto sentía ya que me faltase la hacienda, que bien me
sabía yo que los bienes y riqueza de fortuna con ella vienen y
tras ella se van y que, cuanto más favorable se mostrare, menor seguro tiene[30]. Sólo sentía que aquello mismo que había de
ser mi alivio, mi mujer, aquella que con instancia pidió a su padre que la casase comigo y para ello puso mil terceros, el otro
yo, la carne de mi carne y hueso de mis huesos, ésa se levantase contra mí, persiguiéndome sin causa, no más de por verme
ya pobre. Y que llegase a tal punto su aborrecimiento, que
contra toda verdad me levantase que estaba amancebado, que
era un perdido y que con estas causas hallase favor con que
tratar de apartarse de mí, no faltando letrado que se lo aconsejase, firmándolo de su nombre, que podía.

¡Dolor cruel! Verdaderamente, cuanto el matrimonio con-
traído es malo de desanudar[31], cuando está mal unido, es peor
de sufrir. Porque la mujer sediciosa es como la casa que toda se
llueve[32], y tanto cuanto resplandece más en prudencia y buen
gobierno, cuando se quiere acomodar con la virtud, tanto más
queda oscura, insufrible y aborrecida en apartándose della.
¡Qué facilidad tienen para todo! ¡Qué habilidad escotista[33] para

---

[30] «La inestabilidad de la Fortuna solía ilustrarse con una sentencia de Tito
Livio, XXX, 30 ("maxime cuique fortunae minime credendum est"), que tal
vez se recuerde aquí» (FR).

[31] La comparación del matrimonio con un nudo llegó al refranero: «Antes
que te cases, mira lo que haces, no es nudo que así desates.» Cfr. el extenso comentario de Juan de Mal Lara, *Filosofía vulgar*, I, iii, 1, págs. 311-315, que habremos de recordar a propósito de las consideraciones de Guzmán en el último capítulo de su vida. Mantengo, por cierto, el texto de la príncipe, *cuanto el matrimonio* (y no *cuando*, como en los demás editores), porque hay una correlación, aunque no muy ortodoxa, entre «cuanto es *malo* ... es *peor*», y porque la frase siguiente está construida de modo afín: «tanto cuanto resplandece más ... cuando
se quiere ... tanto más».

[32] *como la cosa que toda se llueve:* la imagen, que remonta a *Proverbios*, 27, 15 (o 19, 13),
se aplicaba a las desdichas matrimoniales (cfr. el refrán recordado en I, ii, 8, n. 28),
pero trascendió a menudo el ámbito doméstico para significar una situación
desgraciada: «¡Triste mundo, barca rota, casa que toda se llueve!» (F. de Luque
Faxardo, *Fiel desengaño contra la ociosidad y los juegos,* III, xvi: II, pág. 204). Comp.
San Antonio de Padua, II, xxii, fol. 145r-v: «con justísima causa se dijo ser la mujer sediciosa como la casa que toda se llueve».

[33] *escotista:* 'digna del *doctor subtilis',* como se llamaba a Duns Scoto. Comp.
Quevedo: «Y por ser en esto / tan sutil y docta, / Escota la llaman / todos los
que escotan» *(Obra poética,* núm. 793, vv. 45-48).

cualquiera cosa de su antojo! No hay juicio de mil hombres que igualen a solo el de una mujer, para fabricar una mentira de repente. Y aunque suelen decir que el hombre que apetece soledad tiene mucho de Dios o de bestia[34], yo digo que no es tanta la soledad que el solo padece, cuanta la pena que recibe quien tiene compañía contra su gusto.

Caséme rico: casado estoy pobre. Alegres fueron los días de mi boda para mis amigos y tristes los de mi matrimonio para mí. Ellos los tuvieron buenos y se fueron a sus casas; yo quedé padeciéndolos malos en la mía, no por más de por quererlo así mi mujer y ser presuntuosa. Era gastadora, franca, liberal, enseñada siempre a verme venir como abeja, cargado de regalos. No llevaba en paciencia verme salir por la mañana y que a mediodía volviese sin blanca. Perdía el juicio cuando vía que lo pasado faltaba. Pues ya —¡pobre de mí!— cuando del todo se acabó el aceite y sintió que se ardían las torcidas, cuando no habiendo qué comer ni adónde salirlo a buscar, se sacaban de casa las prendas para vender, ¡aquí era ello! Aquí perdió pie y paciencia. Nunca más me pudo ver. Aborrecióme, como si fuera su enemigo verdadero.

Ni mis blandas palabras, amonestaciones de su padre ni ruego de sus deudos, conocidos, ni de parientes, fueron parte para volverme a su gracia. Huía de la paz, porque la hallaba en la discordia; amaba la inquietud, por ser su sosiego; tomaba por venganza retirarse a solas, faltándome a la cama y mesa, y aun dejaba de comer muchas veces, porque sabía lo bien que la quería y que con aquello me martirizaba. No sabía ya qué hacerme ni cómo gobernarme, porque todo tenía dificultad en faltando la causa de su gusto, que sólo consistía en el mucho dinero.

Verdaderamente parece que hay mujeres que sólo se casan para hacer ensayo del matrimonio, no más de por su antojo, pareciéndoles como casa de alquile[35]: si me hallare bien, bien, y si mal, todo será hacerlo bulla, que no han de faltar un achaque y dos testigos falsos para un divorcio.

---

[34] «El hombre que apetece soledad, o tiene mucho de Dios o de bestia brutal» (Correas).

[35] *alquile* o *alquilé:* alquiler.

Pues ya, si acierta la mujer a tener un poquito de buen parecer y se pican[36] algunos della... No quiero pasar adelante. Señores letrados, notarios y jueces, abran el ojo y consideren que no es menos lo que hacen que deshacer un matrimonio y dar lugar a el demonio para que por esa puerta pierdan las vidas las mujeres, los hombres las honras y entrambos las haciendas. Y les prometo de parte de Dios todopoderoso que les ha de venir del cielo por ello gravísimo castigo, escociéndoles donde les duela. Miren que son pecados ocultos y vienen por ellos los trabajos muy secretos. No porque no le dio el marido una cuchillada que le hizo con ella dos caras o lo molió a palos, crea que aquel delito quedó sin castigo. Entienda que lo es, cuando le quita otro a él su mujer y que lo permite así el Señor. Cuando viere su casa llena de discordia, de infamia, de enfermedades, considere que por aquello le vienen.

Con todos hablo. Métanse la mano en el seno los que lo causan y los que lo favorecen, que todos andan en una misma renta. ¡Quién las ve los días de la boda, cómo todo anda de trulla![37]. ¡Qué solícitos andan hasta el señor desposado, qué contentos y cómo gustan de los entretenimientos, de las mesas espléndidas! ¡Está la cama hecha de lana nueva, suave y blanda: háceseles dulce!

Acábese la moneda, falten las galas, no anden las cosas a una mano, como arroz: luego se corta la leche[38], al momento se pierde la gracia de muchos años, como con un pecado mortal. Sucédeles lo que a mí, que me perdí, no por inhabilidad ni falta de solicitud, que buena traza y mañas tuve; mas fue por lo que poco antes dije: son castigos de Dios, que, como es infinito[39], no tiene ara[n]cel ni está su poder limitado a castigar esto por esto y esotro por estotro. En una cosa nos dice sentencia cierta y pena de pecado, constituida ya para él, demás de otras que tocan a el alma y las que nacen de las circunstancias. La

---

[36] *se pican:* se prendan, se enamoran.

[37] *trulla:* cfr. I, i, 8, n. 93.

[38] «*A una mano:* vale a una orden ['en un solo sentido'], como lo que se trae revolviéndose, que en otra manera se cortaría o estragaría, como la leche» *(Autoridades).*

[39] Cfr. I, i, 7, n. 7.

mía fue hacienda mal ganada, que me había de perder y perderla.

Pues ya, si acaso se casa una mujer y se halla después que la engañaron, porque su marido no tenía la hacienda que le dijeron y le fue necesario sacar las donas[40] fiadas y a pocos días llega el mercader de la seda pidiendo lo que se le debe y el sastre por las hechuras o el alguacil por uno y otro: no hay de qué pagar y, si lo hay, es más forzoso comer, que con eso no se puede trampear ni dejarlo para otro día, por ser mandamiento de no embargante[41].

Aquí deshacen la rueda los pavones mirándose a los pies[42]. Comiénzanse a marchitar las flores, acábaseles la fuga, el gusto y la paciencia. Hacen luego un gesto como quien prueba vinagre. Y si les preguntásedes entonces qué tienen, qué han o cómo les va de marido, responderán tapándose las narices: «¡Cuatridiano es, ya hiede![43]. No alcen la piedra[44], no hablemos dél, dejémoslo estar, que da mal olor, trátese de otra cosa.» ¡Pues cómo, cuerpo de mi pecado, señora hermosa! No se queja Lázaro en el sepulcro de tus miserias, de donde no puede salir, dentro de las oscuras y fuertes cárceles, en el sepulcro de tus importunaciones, envestido en la mortaja de tu gusto, que siempre te lo procura dar a trueco, riesgo y costa del suyo, ligadas las manos y rendido a tu sujeción, tanto cuanto tú lo habías de estar a la suya; calla él, que tiene a cuestas la

---

[40] *donas:* regalos de boda (cfr. II, ii, 5, n. 60).

[41] *mandamiento de no embargante:* 'de obligado cumplimiento', al que nada se puede objetar (cfr. I, i, 2, n. 77), afín a los mandamientos *de apremio* (I, ii, 1, n. 43) y *de contado* (II, ii, 4, n. 60).

[42] *«Miraos a los pies, desharéis la rueda:* dicen que el pavo, mirándose los pies y viéndolos feos, deshace la rueda; mas yo no creo que él conoce que tiene pies feos, antes es verisímil que los tiene por mejores que otros; mas sea, pues hombres racionales, de entendimiento, no conocen sus faltas. Es contra el presuntuoso» (Correas). El dato y su interpretación, que ya «figuraban en los bestiarios medievales» (FR), impregnaron todo tipo de literatura, en especial la emblemática: cfr. Lope, *La Dorotea,* pág. 137, n. 23, Cervantes, *Don Quijote,* VI, página 230, o *Coloquio de los perros, Novelas ejemplares,* III, pág. 255; Gracián, *Criticón,* I, ix, pág. 137, o II, xii, pág. 258.

[43] *cuatridiano:* de cuatro días; *ya hiede* vale también 'ya enfada' (cfr. I, iii, 9, nota 9).

[44] Cfr. San Juan, 11, 39: «Ait Iesus: "Tollite lapidem." Dicit ei Martha, soror eius qui mortuus fuerat: "Domine, iam foetet, quatridianus est enim."»

carga y ha de socorrer la necesidad y por ventura por ti está en
ella y la padece; no se queja de verse ya podrido de tus impertinencias, viéndose metido entre los gusanos de tus demasías,
que le roen las entrañas, tus desenvolturas en salir, tus libertades en conservar, tus exorbitancias en gastar y desperdiciar, en
ir entonando tu condición, que tiene más mixturas y diferencias que un órgano; ¿y de cuatro días te hiede?

Respóndame, por vida de sus ojos, si ayer no dejó ermita ni
santuario que no anduvo; si desde que tiene uso de razón —y
antes que la tuviera, pues aún agora le falta— no llegó noche
de San Juan, que sin dormir —porque diz que quita el sueño la
virtud[45]— estuvo haciendo la oración que sabe y valiérale más
que no la supiera, pues tal ella es y tan reprobada[46], y sin hablar palabra —que diz que también esto es otra esencia de
aquella oración— estuvo esperando el primero que pasase de
media noche abajo, para que conforme lo que le oyese decir,
sacase dello lo que para su casamiento le había de suceder, haciendo en ello confianza y dándole crédito como si fuera un artículo de fe, siendo todo embeleco de viejas hechiceras y locas,
faltas de juicio; si no dejó beata ni santera por visitar o que no
enviase a llamar, si a todas las trujo arrastrando faldas y rompiendo mantos, que nunca se les cayeron de los hombros[47],
poniendo candelillas, ella sabe a quién; si, pasando la raya, sin
rebozo ni temor de Dios, no dejó cedazo con sosiego ni habas
en su lugar[48], que todo no lo hizo bailar por malos medios,

---

[45] *quita el sueño la virtud:* cfr. Pero Mexía, *Silva de varia lección*, III, xxxv («Por
qué fue dado el sueño al hombre y cómo el sueño demasiado es dañoso y vicio
muy reprehendido...») (FR).

[46] Sobre tales oraciones y otras costumbres de por San Juan, cfr. en especial
La Dorotea, págs. 145-146, n. 42, y pág. 191, n. 148.

[47] *mantos ... hombros:* cfr. I, ii, 4, n. 28.

[48] «Echar las *habas* y andar el *cedazo*» eran conocidas habilidades de las amigas «de la nigromancía» (*El Diablo Cojuelo*, VIII, págs. 219-220) y casi siempre
aparecían juntas (cfr. las excelentes notas de F. Rodríguez Marín al texto citado,
págs. 219-225). *Andar, mover o bailar el cedazo* «consistía en hincar unas tijeras en
el aro de un cedazo y, teniéndolo sujeto por ellas, se pronunciaban las palabras
del conjuro. El cedazo daba su respuesta moviéndose a la redonda» (SGG).
También era costumbre de hechiceras *echar las habas* (recuérdese la botica de *La
Celestina*, I, pág. 44) para adivinar «los sucesos por venir» (Lope, *La noche de San
Juan*, I, cit. por E. S. Morby en *La Dorotea*, pág. 77, n. 40): «se mezclaban ... con

con palabras detestadas y prohibidas por nuestra santa religión; si no quedó casamentero ni conocido a quien dejase de importunar, diciéndoles cómo estaba enferma y deseaba casarse.

Dale Dios marido —digo de otros— quieto, de buena traza, honrado, que con toda su diligencia busca un real con que la sustente y no le falte para sus untos y copetes[49]. ¿Por qué de cuatro días dice que ya hiede? ¿Por qué te afliges y enfadas en que te traten dél? Murmuras de sus buenas obras, finges que te las finge, regulando por tu corazón el suyo. No quieres que lo desentierren y desentiérrasle tú hasta los huesos de todo su linaje[50], mintiendo y escandalizando a quien te oye, poniéndole mala voz, publicando a gritos lo que ni tú con verdad sabes ni en él cabe, no más de por injuriarlo y afrentarlo. Haces como mujer: eres mudable, y quiera Dios que tus mudanzas no nazcan —cuando esto anda desta traza— de ofensas cometidas contra Dios, contra él y contra ti.

Ya, pues aquí he llegado sin pensarlo y en este puerto aporté, quiero sacar el mostrador y poner la tienda de mis mercaderías, como lo acostumbran los aljemifaos o merceros que andan de pueblo en pueblo: aquí las ponen hoy, allí mañana, sin asiento en alguna parte y, cuando tienen vendido, vuélvense a su tierra. Vendamos aquí algo desta buena hacienda, saquemos a plaza las intenciones de algunos matrimonios, tanto para que se desengañen de su error las que por tales fines los intentan, como para que sepan que se saben, y es bien que les digamos lo mal que hacen, pues verdaderamente hacen mal, y luego nos volveremos a nuestro puesto.

Algunas toman estado, no con otra consideración más de

---

otros objetos y, tras pronunciar el conjuro, se infería el augurio según la disposición en que quedaran al arrojarlo todo» (FR).

[49] *untos y copetes:* cfr. I, i, 1, ns. 76 y 77.

[50] *desenterrar los huesos* o *los muertos* valía 'murmurar de alguien', en particular de su linaje, «decir faltas de difuntos» (Covarrubias). Comp.: «los ratos que no rezan ... los gastan en murmurar de nosotras, desenterrándonos los huesos y enterrándonos la fama» (Cervantes, *Don Quijote,* II, xxxvii: VI, págs. 147-148); y recuérdese el juego de palabras a propósito de la madre de Pablos, quien «desenterraba los muertos sin ser murmuradora» (Quevedo, *Buscón,* I, vii, pág. 144 y n. 134, con más ejemplos).

para salir de sujeción y cobrar libertad. Parécele a la señora doncella que será libre y podrá correr y salir, en saliendo de casa de sus padres y entrando en las de sus maridos; que podrán mandar con imperio, tendrán qué dar y criadas en quien dar. Háceseles áspera la sujeción; paréceles que casadas luego han de ser absolutas y poderosas, que sus padres las acosan, que son sus verdugos y que serán sus maridos más que cera blandos y amorosos. Lo cual nace de no recatarse los padres en los tratos con sus mujeres. Viven como brutos, levantan los deseos en las hijas, encienden los apetitos, dan con ellas al traste. Porque como son imprudentes, no distinguen: abrazan todo lo suave y dulce, pensando hallarlo en toda parte, no creyendo que hay amargo ni acedo, sino en sólo sus padres. Esto las inquieta, trayéndolas desasosegadas, desvanecidas y sin juicio. Como miran esto, ¿por qué no ponen los ojos en la otra su amiga, que se casó con un marido celoso y áspero, que no sólo nunca le dijo buena palabra, pero no le concedió salida gustosa, ni aun a misa, sino muy de madrugada con una saya de paño, en un manto revuelta, como si fuera una criada, y sobre todo, no como a su mujer, empero como a esclava fugitiva la trata?

Piensa que los casamientos, ¿qué son sino acertamientos, como el que compra un melón, que si uno es fino, le salen ciento pepinos o calabazas?[51]. ¿No ha visto a la otra su conocida, que se casó con un jugador, que no le ha dejado sábanas en cama que no las haya puesto en la mesa del juego? ¿No consideró de la otra su vecina lo que padece con su marido amancebado, que no hay mañana de cuantas Dios amanece, que no amanezca la espuerta colmada en casa de su amiga y en la suya propria están pereciendo de hambre? ¿No le han dicho de algunos que, cuando por las puertas de sus casas entran, ajustan los ojos con los pies y no los alzan para otra cosa que reñir y castigar sin causa ni otra consideración más de por su mala digestión?

¿Piensan por ventura que son todas adoradas y queridas de

---

[51] «Esto de encontrar con buen marido es como quien compra melones, que ni el hombre sabe si el melón que compra está maduro o verde, ni si es todo pepita o todo carne» (*La Pícara Justina*, III, vi, pág. 682). Cfr. I, i, 2, n. 68.

sus maridos, como de sus padres? Pues yo les aseguro que vi a el mejor marido, ido; y que no vi padre que no fuese padre. ¡Pocos maridos! Milagro ha sido el que no faltó en alguna de las obligaciones del matrimonio. Y no conocí padre que dejase jamás de serlo, aunque fuese muy malo el hijo.

Otras lo hacen, que no tienen padres, por salir de la mano de sus tutores, creyendo que con ellos están vendidas y robadas. Hacen su cuenta y dicen entre sí que, como aquél dispende su hacienda, lo haría mejor su marido, que por no desposeerse y dársela se olvida de ponerla en estado, que mañana le dará una enfermedad y se quedará ella muerta y ellos con su dinero. Dicen con esto: «¡Cuánto mejor sería que aquesto que tengo lo gocen mis hijos, que no mis enemigos que me desean la muerte por heredarme! Casarme quiero y sea con un triste negro. Que no lo ganaron mis padres para que lo comiesen mis tutores, trayéndome como me traen, rota y hecha pedazos, hambrienta y deseosa de un real con que comprar alfileres.» Esto las precipita y, tomando el consejo de la que primero se lo da, les parece que, pues le dice aquello aquella su amiga, que lo hace por quererla bien; y da con ella en un lodazal, de donde nunca quedan limpias en cuanto viven. Porque hicieron elección de quien vistió su persona, regaló su cuerpo, engordó sus caballos, aderezó sus criados, gastó en las fiestas, dejando su mujer a el rincón. Y lo que propuso y deseaba dejar a sus hijos, la hacienda, ya, cuando viene a estar cargada dellos, no tiene real que darles ni dejarles, porque todo lo llevó el viento. Y si se temía que por heredarla sus deudos le deseaban quitar la vida, ya su marido no menos, porque con deseo de mudar de ropa limpia[52], cansado de tanta mujer, que nunca le faltó de cama y mesa, desea, y aun por ventura lo procura, meterla debajo de la tierra, y así la pobre nunca consigue lo que con su imaginación propone.

Tratan otras livianas de casarse por amores. Dan vista en las iglesias, hacen ventana en sus casas, están de noche sobresaltadas en sus camas, esperando cuando pase quien con el chillido de la guitarrilla las levante. Oye cantar unas coplas que

---

[52] *mudar de ropa limpia*: cfr. I, i, 2, n. 18, y II, i, 6, n. 33.

hizo Gerineldos a doña Urraca[53], y piensa que son para ella. Es más negra que una graja, más torpe que tortuga, más necia que una salamandra, más fea que un topo, y, porque allí la pintan más linda que Venus, no dejando cajeta ni valija de donde para ella no sacan los alabastros, carmines, turquesas, perlas, nieves, jazmines, rosas, hasta desenclavar del cielo el sol y la luna, pintándola con estrellas y haciéndole de su arco cejas...[54]. ¡Anda, vete, loca!, que no se acordaba de ti el que las hizo y, si te las hizo, mintió, para engañarte con adulación, como a vana y amiga della. Quien te hizo esas coplas, te hizo la copla[55]. Guarte dél, que con aquel jarabe las va curando a todas. A cada una le dice lo mismo.

---

[53] «Es probable que Alemán ... quiera decir simplemente "coplas viejas", "viejos cantares de enamorados"» (SGG), 'galanterías romanceriles'; y me parece seguro que Guzmán atendía más a la proverbialización y comicidad de los nombres o la situación que a la existencia de «unas coplas que hizo Gerineldos a doña Urraca», personajes que no coincidieron en el Romancero. *Gerineldos* era el prototipo del galán enamorado («Más galán que Gerineldos», se decía), decidor y a ratos un poco bobo, y la mención de *doña Urraca* cobra fuerza en la descripción posterior de la fea enamorada: «más negra que una graja».

[54] Guzmán destroza en un momento gran parte de las imágenes consagradas por la poesía del Renacimiento, escarnecidas con frecuencia en el Barroco: sólo en Quevedo hallaríamos un buen pellizco de mofas semejantes *(vid.* A. Mas, *La caricature de la femme, du mariage et de l'amour dans l'oeuvre de Quevedo*, París, 1957, págs. 23-30). Pero, para no salirnos de la acritud de los moralistas, comp. sólo Juan de Zabaleta, *El día de fiesta por la mañana*, XI, págs. 179-180: «en lugar de cabellos unos rayos de sol en forma de diadema; luego pondrá en figura de frente una poca de *nieve* atropada; donde habían de estar las *cejas* pondrá dos astillas de ébano corvas; debajo de ellas pondrá dos *estrellas* en lugar de ojos; más abajo, en el sitio de las mejillas, pondrá dos *rosas;* entre las dos rosas pondrá una fístula de plata, con dos caños por narices; donde suelen estar las orejas fingirá dos conchas de nácar; en el sitio de la boca pondrá un rubí grande hendido; dentro del rubí, de manera que se divisen, menudas y blancas *perlas* por dientes; y, finalmente, pintará debajo de todo esto un pedazo de coluna de *alabastro* que sirva de gangarta. ... Mírelo y verá, después de haber hecho el celebro añicos, qué buen servicio le ha hecho a su dama. ... Pensó el poeta que hacía un ídolo bellísimo en que adorar, y quedó el ídolo en un demonio» (la cursiva es mía, obviamente). Cfr. también *El licenciado Vidriera, Novelas ejemplares*, II, pág. 125.

[55] *te hizo la copla:* figuradamente, 'te injurió, te ofendió' *(echar la copla* es «decir dicho que ofenda» [Correas]); *«El que te dice la copla, ése te la hace:* enseña que con nombre ajeno se suelen decir algunos oprobios e injurias a otros» *(Autoridades)*. Cfr. II, i, 2, n. 46 (a propósito de «les han de cantar coplas»).

Leyó la otra en *Diana*[56], vio las encendidas llamas de aquellas pastoras, la casa de aquella sabia, tan abundante de riquezas, las perlas y piedras con que los adornó, los jardines y selvas en que se deleitaban, las músicas que se dieron y, como si fuera verdad o lo pudiera ser y haberles otro tanto de suceder, se despulsan[57] por ello. Ellas están como yesca. Sáltales de aquí una chispa y, encendidas como pólvora, quedan abrasadas. Otras muy curiosas, que dejándose de vestir, gastan sus dineros alquilando libros y, porque leyeron en *Don Belianís*, en *Amadís* o en *Esplandián*, si no lo sacó acaso del *Caballero del Febo*[58], los peligros y malandanzas en que aquellos desafortunados caballeros andaban por la infanta Magalona[59], que debía de ser alguna dama bien dispuesta, les parece que ya ellas tienen a la puerta el palafrén, el enano y la dueña con el señor Agrajes[60], que les diga el camino de aquellas espesas florestas y selvas, para que no toquen a el castillo encantado, de donde van a parar en otro, y, saliéndoles a el encuentro un león descabezado, las lleva con buen talante donde son servidas y regaladas de muchos y diversos manjares, que ya les parece que los

---

[56] Alude a la primera y más famosa de las novelas pastoriles españolas, la *Diana de Montemayor* (*ca*. 1559); recuérdese que el Cura del *Quijote*, I, vi, quería «que se le quite todo aquello que trata de la sabia Felicia y de la agua encantada» (I, pág. 208).

[57] *se despulsan:* se alteran, se descomponen.

[58] Son algunos representantes de la novela de caballerías, que contaba con algunos títulos de impresionante fortuna editorial durante todo el siglo XVI (cfr. sólo D. Eisenberg, *Castilian Romances of Chivalry in the sixteenth century. A bibliography*, Londres, 1979): *Historia del valeroso e invencible príncipe don Belianís de Grecia*, I-II, Burgos, 1547, y III-IV, 1579 («el afamado *Don Belianís*» en el escrutinio de la librería de don Quijote); la primera edición conocida del *Amadís de Gaula* (libro «único en su arte» [*Don Quijote*, I, vi: I, pág. 192] que dio origen a una nutrida parentela) es de Zaragoza, 1508; *Las Sergas del muy virtuoso caballero Esplandián, hijo de Amadís de Gaula*, Sevilla, 1510, fueron las primeras en ir «volando al corral» del Caballero de la Triste Figura; se refiere por último al *Espejo de príncipes y caballeros, en el cual se cuentan los inmortales hechos del Caballero del Febo*, I, Zaragoza, 1555; II, 1580; III y IV, en torno a 1587-1588.

[59] Protagonista de *La historia de la linda Magalona, fija del rey de Nápoles, y del muy esforzado caballero Pierres de Provenza*, Burgos, 1519, narración de origen provenzal. Comp.: «—No sé lo que es —respondió Sancho Panza—; sólo sé decir que si la señora Magallanes o Magalona se contentó destas ancas, que no debía de ser muy tierna de carnes» (*Don Quijote*, II, xli: VI, págs. 213-214).

[60] *Agrajes:* personaje del ciclo de Amadís.

comen y que se hallan en ello, durmiendo en aquellas camas
tan regaladas y blandas con tanta quietud y regalo, sin saber
quién lo trae ni de dónde les viene, porque todo es encanta-
mento. Allí están encerradas con toda honestidad y buen tratamiento, hasta que viene don Galaor[61] y mata el gigante, que
me da lástima siempre que oigo decir las crue[l]dades con que
los tratan, y fuera mejor que con una señora déstas los hubieran enviado a Castilla, donde por sólo verlos pagaran muchos
dineros con que tuvieran bastante dote para casarse, sin andar
por tantas aventuras o desventuras, y así se deshace todo el en-
cantamento[62]. No falta otro tal como yo, que me dijo el otro
día que, si a estas hermosas les atasen los libros tales a la redonda y les pegasen fuego, que no sería posible arder, porque
su virtud lo mataría. Yo no digo nada y así lo protesto, porque
voy por el mundo sin saber adónde y lo mismo dirán de mí.

Otras hay que, porque vieron un mocito engomado y aun
quizá lleno de gomas[63], como raso de Valencia[64], con más
fuentes que Aranjuez[65], pulidetes más que Adonis, aderezados
para ser lindos y que se precian dello, como si no fuesen aquellas curiosidades vísperas de una hoguera... (Sea la mujer, mujer, y el hombre, hombre. Quédense los copetes, las blanduras,
las colores y buena tez para las damas que lo han menester y se

---

[61] *don Galaor:* hermano de Amadís de Gaula.

[62] En la crítica de las novelas pastoriles y de caballerías se funden dos rasgos
básicos del pensamiento de Alemán: el humanismo, atento «sobre todo a lo inverosímil de tales ficciones» (FR), y el moralismo, que considera que tales lecturas eran particularmente nocivas para las mujeres. *Vid.* M. Chevalier, *Lectura y
lectores en la España de los siglos XVI y XVII,* Madrid, 1976, págs. 65-103, o J. B.
Avalle-Arce, *La novela pastoril española,* Madrid, 1974², págs. 265-274.

[63] Hay un juego de palabras afín al de las *fuentes* que menciona enseguida,
porque *gomas* son también 'tumores o bultos que salen en la cabeza, brazos o
piernas', a menudo de origen sifilítico; por lo demás, «antiguamente se engoma-
ban los cabellos las mujeres ...; y algunos fanfarrones también engoman los
mostachos para que vayan tiesos con las puntas a las orejas» (Covarrubias).

[64] Las telas de más precio —y entre ellas estaban las de Valencia— solían
engomarse «para que estén tiesas y parezcan de más dura» (Covarrubias).

[65] *fuentes* son «ciertas llagas en el cuerpo del hombre, que por manar podre y
materia les dieron este nombre» (Covarrubias). Comp. el diálogo entre Chiquiz-
naque y Trampagos en *El rufián viudo* de Cervantes: «—Dícenme que tenía ciertas fuentes / en las piernas y brazos. —La sin dicha / era un Aranjüez» (*Entremeses,* pág. 81, y cfr. *Don Quijote,* VII, págs. 120-121).

han de valer dello[66]. Bástale a el hombre tratarse como quien
es. Muy bien le parece tener la voz áspera, el pelo recio, la cara
robusta, el talle grave y las manos duras.) Paréceles a sus mercedes que un lindo déstos está siempre con aquella existencia,
que no tienen pasiones naturales, no escupen, tosen y viven
sujetos a la zarzaparrilla y china, emplastro meliloto, ungüento
apostolorum[67] y más miserias y medicinas que los otros, que
pierden el seso y se despulsan por ellos, de manera que, si el
freno de la vergüenza no les hiciera resistencia, fueran peores
que un demonio suelto. Y si les preguntan a todas o a cualquiera dellas: «¿Qué veis, qué sentís, qué pensáis?», maldita
otra respuesta tienen para todo, si[no] sólo decir ser gusto.
Y si les ponéis delante el disparate que hacen, los inconvenientes
que se siguen, lo mal que se aconsejan, a todo responden: «Yo
lo tengo de padecer y nadie por mí. Si mal me sucediere, yo lo
tengo que llevar y por mi cuenta corre. Déjenme, que yo sé
lo que me hago.» Y no sabe la desventura lo que se hace ni lo
que se dice.

Pues ya, si se hallan obligadas de confites, de la cintita, del
estuchito, del billete que le trujo la moza y del que le respondió
a el señor, de que le dio un pellizco o le tomó una mano por
bajo de la puerta, si no fue un pie; y ya, cuando a esto llega,
sólo Dios podrá remediarlo. No hay medicinas para su mal.
Tocada está de la yerba[68].

Mujeres hay también que sólo se casan por ser galanas de
corazón y para poderlo andar, ver y ser vistas, vestirse y tocar-
se cada día de su manera, pareciéndoles que, porque vieron a
la otra un día de fiesta o toda la semana engalanarse, que luego

---

[66] Cfr. I, i, 1, n. 79.

[67] *china*: «una raíz que traen de las Indias» (A. R. Fontecha, en *TLex*); *meliloto*:
cierta hierba sobre cuya preparación y virtudes habla Andrés Laguna, *Dioscóri-*
des, III, xliv, pero téngase en cuenta que con su nombre «se llama vulgarmente
al sujeto insensato, necio y enajenado» *(Autoridades)*. No sé en qué consistía
exactamente el *ungüento apostolorum* (quizá una alusión festiva a ciertas pústulas).
Cinco líneas más abajo adopto la enmienda de algunas ediciones antiguas.

[68] *la yerba* llamada *del ballestero*, «cierto ungüento que se hace para untar los
casquillos de las flechas y saetas; éste se hace de diferentes jugos» (Covarrubias).
Comp. II, iii, 5: «[el amor] corre por los ojos hasta el corazón, como la yerba del
ballestero, que hasta llegar a él, como a su centro, no para» (y n. 1).

en siendo casada la traerá su marido de aquella manera y, si
mejor, no menos; y que, com[o] a la otra trotalotodo, le darán
a ella licencia para poder andar deshollinando barrios[69]. Aquí
entra la pendencia. Porque, si no le sucede como lo piensa o
porque su marido no gusta o no quiere que su mujer esté más
vestida ni desnuda que para él, y que, si el otro lo consiente,
quizá no hace bien y se lo murmuran y no quiere que con él se
haga otro tanto, por el mismo caso que no la dejan vestir y cal-
zar, holgar y pasear como la que más y mejor, no queda piedra
sobre piedra en toda la casa, forma traiciones con que vengarse de su desdichado marido. Que, de bien considerado, conociendo quien ella es, teme que si le diese licencia y alas, le
acontecería como a la hormiga, para su perdición[70]: así no se
atreve ni consiente. Sólo esto basta para que luego ella se ara-
ñe y mese, llamándose la más desdichada de las mujeres, que a
Dios pluguiera que, cuando nació, su madre la ahogara, o la
hubieran echado antes en un pozo que puéstola en tan mal poder, que sola ella es la malcasada, que Fulanilla es una tal y que
su marido la trae como una pe[r]la regalada, que no es menos
ella ni trujo menos dote, ni se casara con él, si tal pensara.
Deshónralo de vil, bajo, apocado: que mejores criados tuvo su
padre, que no mereció descalzarle la jervilla[71]. «¡Desventurada
de mí! ¡Cómo en ese regalo me criaron, para eso me guarda-
ron, para que viniésedes vos a traerme desta suerte, hecha esclava de noche y de día, sirviendo la casa y a vuestros hijos y
criados! ¡Mirad quién! ¡Mi duelo! ¡Como si fuese tal como yo!
Que sabe Dios y el mundo quién es mi linaje, don Fulano y
don Zutano, el Obispo, el Conde y el Duque» —sin dejar velloso ni raso, alto ni bajo, de que no haga letanía[72]. Pues ya

---

[69] Comp. Lope de Vega, *La Dorotea*: «Salpicóme un caballero destos que van deshollinando ventanas» (EM).

[70] «Da Dios alas a la hormiga para que se pierda más aína»; «Por su mal y
ruina nacen alas a la hormiga»; «Salen alas a la hormiga para ser perdida» (Correas, y aún se conocen más variantes). Comp. *San Antonio de Padua*, II, vii, fol.
101r: «¿Qué alas de hormiga le nacen para perderse?»

[71] *jervilla*: servilla, zapatilla.

[72] Recuérdese la presunción nobiliaria de la madre del pícaro: «Los cognom-
bres, pues eran como quiera, yo certifico que procuró apoyarla con lo mejor que
pudo, dándole más casas nobles que pudiera un rey de armas, y fuera repetirlas

desdichado dél, si acaso acierta —que nunca le suceda tal a
ninguno— a tener en su casa consigo a su vieja madre, a sus
hermanas doncellas o hijos de otra mujer. «¡Para ellos es la hacienda que mis padres ganaron, con ellos la gasta, ellos la comen y a mí me tratan como a negra! Negra, y a Dios pluguiera
que me trataran como a la de N., que por aquí pasa cada día
como una reina, con una saya hoy, otra mañana; yo sola estoy
con estos trapos desde que me casé, que no he tenido con qué
remendarlos, encerrada entre aquestas paredes, metida ¡mira
con qué peines y con qué rastillos!» ¿Qué se puede responder a
esto, sino dejarlo? Que sería no acabar el intento que se pretende[73].

Cásanse otras para que con la sombra del marido no sean
molestadas de las justicias ni vituperadas de sus vecinas o de
otras cualesquier personas. Ya ésta es bellaquería, suciedad y
torpeza. ¿Qué se puede más decir? Son libres, deshonestas y
sin honra. Hacen como los hortolanos, que ponen un espantajo en la higuera, para que no lleguen los pájaros a los higos.
Ellos allí están de manifiesto, para quien el hortolano quisiere
y los pagare; pero los pájaros no los piquen, ésos no toquen a
ellos, no ha de haber quien las corrija, quien las reprehenda ni
quien abra la boca para decirles palabra: porque hay espantajo
en la higuera, está el marido en casa[74]. Ellas bien pueden dar o
vender su honra y persona como quisieren o como más gusta-
ren, a vista de todos; pero no quieren que haya justicia que las
castigue. Pues aconteceráles lo que a las viñas, que tendrán
guarda en tiempo de fruto; empero presto llegará la vendimia
y quedarán abiertas, hechas pasto común, para que los ganados

---

una letanía» (I, i, 2, *ca.* n. 89). Comp.: «Sospechábase en el pueblo que no era
cristiana vieja, aunque ella, por los nombres y sobrenombres de sus pasados, quiso esforzar que era descendiente de la letanía» (Quevedo, *Buscón,* I, i, pág. 80).

[73] Fácilmente se verán en este capítulo algunas semejanzas de detalle con los
argumentos de los moralistas, desde el *Arcipreste de Talavera* (por ejemplo II, i,
en los lamentos de la mujer avariciosa [EM]) hasta Pedro de Medina *(Libro de la
verdad,* I, xv [JSF]), pero creo que hay que tener en cuenta también la literatura
ascética del siglo XVI y algunos *Preceptos y reglas de matrimonio* de Plutarco, *Morales,* fols. 119v-124r. Cfr. especialmente lo que dice el propio Alemán en el *San
Antonio de Padua,* II, xxii, fols. 144-145, y aquí, II, iii, 9.

[74] «Cfr. Correas: *"marido en lar, siquiera higueral:* 'lar' es el hogar; la higuera es
ruin madera y humosa"» (BB).

la huellen, quedando rozadas y perdidas. Hermana, que son caminos ésos del infierno. Que te llevará Dios el marido, por tus disoluciones y desvergüenzas, para que con ese azote seas castigada, saliendo en pública plaza tus maldades. En la balanza que trujiste la honra dél andará la tuya presto. Mas mirad a quién se lo digo ni para qué me quiebro la cabeza. No temió a su marido, perdió a Dios la vergüenza y quiérosela poner con estos disparates, que no son otra cosa para ella.

También hay otras que se casan por ver que se pierde su hacienda, y sin dar ellas alguna causa más de por ser mozas, les traen algunos maldicientes las honras en almoneda, o corren peligro por otras causas. Del mal el menos, ya que a Dios no le cabe parte alguna de todos estos matrimonios, que se dirían mejor obras de demonios. Como todas las cosas tienen de bueno o malo, tanto cuanto lo es el fin a que van encaminadas[75], y, éste conocido, se determinan las acciones que caminan a el mismo y las que se apartan dél, teniéndole siempre más amor que a las cosas que a él nos guían. Así no se ama en las tales el matrimonio por matrimonio, porque sólo hacen dél un medio para conseguir su deseo. Y aquestas mujeres tales no caminan derechamente, a lo menos van cerca de acertar presto; empero no tengo por buen matrimonio ni lo es, cuando lleva otro fin que de sólo servir a Dios en aquel estado.

Todos estos matrimonios permite Dios; pero en los más mete su parte, y no la peor, el diablo. Bueno y santo es el sacramento; pero tú haces del casamiento infierno. Para quietud se instituyó; tú no la quieres ni la tienes y antes andas echándole traspiés para dar con él en el suelo.

No tome ni ponga la doncella o la viuda su blanco en la libertad, en el salir de sujeción de padres o tutores. No se deje llevar del vano amor. Déjese de su torpeza la que sigue a su sensualidad. Y crean, si no lo hicieren, que sucederles mal a las unas y a las otras, el no salir los maridos como pensaron y desearon, ser esclavas después de casadas, tenerlas encerradas, el

---

[75] Es sabido aforismo jurídico que «Si finis bonum est, ipsum quoque bonum est» (cfr. Juan de Aranda, *Lugares comunes*, fol. 60r). Por lo demás, comp. *San Antonio de Padua*, III, iv: «Usaron del matrimonio por consejo del demonio.»

darles mala vida, perdérseles la hacienda, cargar de hijos, vaciarse la bolsa, sobrevenir trabajos, jugar el desposado, amancebarse, tratarlas mal y después morir a sus manos, nace de los malos fines que tomaron, de adelantar su calidad o su cantidad o por otros ya dichos: por eso sólo se perdieron.

Ese ídolo de Baal que adoraron, en él se confiaron. Pensaron que los pudiera socorrer, librar y defender; empero cuando lo hubieren de veras menester, no hayáis miedo ni creáis que os ha de enviar fuego con que encendáis: no lo tiene ni lo puede dar. ¿Adoráis ídolos? Pues de ninguno habéis de ser socorridos en los trabajos. Que son ídolos al fin, obras hechas de vuestras proprias manos, fabricados por antojo y adorados por sólo gusto. Bajará fuego del cielo que consuma el sacrificio, leña, piedras y cenizas, hasta las aguas mismas en el de Elías[76]; aunque muchas veces lo haya hecho mojar y más mojar. Sabéis que son los matrimonios que Dios ordena, y los que hacéis por sólo ser obedientes a su voluntad y los consultastes con ella, dejándole a Él solo que obrase como más conviniese a su servicio, sin buscar malos y torpes medios; que, aunque los mojen cien veces con las aguas de las persecuciones, hambres, fríos, cárceles y más trabajos de la vida, no impide: fuego del cielo, amor de Dios y su caridad baja, que lo consumen. Ella lo arrebata y se lo lleva, poniéndolo presente ante su divina Majestad, para más méritos de gracia y gloria.

Quédese aquí esto como fin de sermón y volvamos a mi casamiento, que no debiera. Padecí con mi esposa, como con esposas[77], casi seis años; aunque los cuatro primeros nos duró tierno el pan de la boda[78], porque todo era flor. Mas cuando íbamos de cuesta, que acudimos a el mediano[79] y faltaba dine-

---

[76] Cfr. *III Reyes,* 19, 38.

[77] Comp.: «Pregonaba uno: "—¡Aquí se venden esposas!" Llegaban unos y otros preguntando si eran de hierro o mujeres. "—Todo es uno, que todas son prisiones"» (Gracián, *El criticón,* I, xiii, pág. 228). Sobre la frase *que no debiera,* cfr. I, i, 3, n. 4.

[78] Cfr. el refrán *aún dura el pan de la boda:* «quiere decir que aún no han llegado a sentir los trabajos del matrimonio y de sustentar casa, porque les dura lo que les dieron ganado» (Correas).

[79] El pan *mediano* o, simplemente, la *mediana,* no era tan bueno como el de flor ni tan malo como el moreno; estaba «entre el regalado y el bazo» (Covarrubias).

ro para él; cuando la basquiña de tela de oro y bordada, ya se
vendía el oro y no quedaba tela ni aun de araña que no se vendiese, y de razonable paño fuera bien recebida; cuando ya no
pude más, que me subía el agua por encima de la boca, porque
nunca me consintió vender posesión suya ni mía; ni había crédito en la tienda para dos maravedís de rábanos; vime tan
apretado, que por el consejo de mi suegro quise usar de medios
de algún rigor.

¡Buenas noches nos dé Dios! Comenzó fuera de todo tono a
levantar tal algazara, que, como si fuera cosa de más momento, acudieron a socorrerla los vecinos, hasta que ya no cabían
en toda la casa. Venido a saber la verdad, quiso Dios que no
fue nada[80]. Vían mi razón. Volvíanse a salir. Empero no por
eso dejaba ella sus lamentaciones, que había para cien semanas
santas. Era forzoso, para no venir a malas, dejarla, por no quedar obligado, en oyéndola, responderle con palabras y obras.
Tomaba la capa, salíame de casa, dejábala en sus anchos, que
hiciese y dijese, hasta que más no quisiese. Y de aquesto se irri-
taba en mayor cólera, ver que despreciaba lo que me decía. Y
puedo confesar con verdad que de todo el tiempo que con ella
viví, jamás me acusé de ofensa que le hiciese. Dar Dios los bienes o quitarlos es diferente materia, por no ser en manos de
los hombres pasar con ellos adelante ni estorbar que no vuelvan atrás. No se llamará perdido el que pone sus medios conforme lo hicieron otros, con que quedaron remediados, y siente mal quien lo piensa. Sólo es perdido aquel que se distrae con
mujeres, con el juego, con bebidas y comidas, con vestidos demasiados o con otros vicios.

Entiéndame, señor vecino. Con él hablo. Bien sabe por qué
se lo digo y quisiérale decir que quizá por su temeridad y mal
consejo está desde acá en los infiernos. Haga penitencia y mire
cómo vive, para que no muera.

De modo que no el bien o mal suceder son causas de discor-
dias ni se deben mover por eso entre casados. Que no tiene un
marido más obligación que a poner toda su diligencia y trabajo. El suceso, espere lo que viniere; que harto hace quien le tie-

---

[80] *quiso Dios que no fue nada:* cfr. II, iii, 1, n. 41.

ne la dote bien parada y mejorada, sin habérsela vendido ni malbaratado.

Ella sin duda no se debía de confesar y, si se confesaba, no decía la verdad, y si la decía, la debía de adulterar de modo que la pudiesen absolver. Engañábase a sí la pobre, pensando engañar a los confesores.

No faltaban con esto alguna gentecilla ruin, de bajos principios y fundamentos y menos entendimientos, que por adular y complacerla, le ayudaban a sus locuras, favoreciéndolas, no dándome oído ni sabiendo mi causa. Y éstos fueron los que destruyeron mi paz y a ella la enviaron a el infierno. Porque de un enfermedad aguda murió, sin mostrar arrepentimiento ni recebir sacramento[81].

En dos cosas pude llamarme desgraciado. La primera, en el tal matrimonio, pues de mi parte puse todos los medios posibles en la guarda de su ley. La segunda, en que, ya que lo padecí tanto tiempo y perdí mi hacienda, no me quedó carta de pago, un hijo con que valerme de la dote. Aunque no me puedo desto quejar, pues en haberme faltado, la desdicha me hizo dichoso. Que no hay carga que tanto pese como uno destos matrimonios.

Y así lo dio bien a sentir un pasajero, el cual, yendo navegando y sucediéndole una gran tormenta, mandó el maestre del navío que alijasen presto de las cosas de más peso para salvarse, y, tomando a su mujer en brazos, dio con ella en la mar. Queriéndolo después castigar por ello, escusábase diciendo que así se lo mandó el maestre y que no llevaba en toda su mercadería cosa que tanto pesase, y por eso lo hizo[82].

---

[81] Recuérdese la muerte del padre de Guzmán, en I, i, 2: «de una enfermedad aguda en cinco días falleció».

[82] La moraleja («no hay carga que tanto pese como uno destos matrimonios», «que es carga / pesadísima la más / ligera mujer», dice un personaje de Calderón) se ilustraba con varios cuentos o apotegmas: M. de Santa Cruz, *Floresta española*, IX, iv, 6; Velázquez de Velasco, *La Lena*, III, x; Tirso, *El caballero de Gracia*, I, ix... (cfr. M. Chevalier, *«Guzmán de Alfarache* en 1605», págs. 133-134, y léanse los textos en *Cuentecillos*, págs. 193-195). Aunque el motivo aparece también en obras no españolas (cfr. E. Cros, *Sources*, pág. 132, o A. Del Monte, *Itinerario*, pág. 84), las versiones más próximas a la de Alemán son la de Santa Cruz y —como señaló B. Brancaforte, *¿Conversión...?*, pág. 55— la de Jerónimo de Mondragón, *Censura de la locura humana*, XXXII, pág. 172.

Veis aquí agora mi suegro, que nunca comigo tuvo alguna pesadumbre, antes me acariciaba y consolaba como si fuera su hijo y, volviéndose de mi bando contra su hija, la reprehendía. Tanto que, viendo cómo no aprovechaba, nunca quiso entrarle por sus puerta[s][83]; empero, cuando más aborrecida la tuvo, al fin era su hija, que son los hijos tablas aserradas del corazón: duelen mucho y quiérense mucho. Sintió su falta; pero quedamos muy en paz. Enterramos a la malograda, que así se llamaba ella. Hicimos lo que debíamos por su alma, y a pocos días tratamos de apartar la compañía, porque quiso que le volviese lo que me había dado con su hija. No halló resistencia en mí. Dile cuanto me dio, muy mejorado de como me lo entregó. Agradeciómelo mucho. Dímonos nuestros finiquitos, quedando muy amigos, como siempre lo fuimos.

---

[83] *nunca quiso entrarle por sus puertas:* entiéndase que 'no se llevaba muy bien con ella', 'no la trataba más que lo esencial'. *«Entrarse por las puertas de uno:* además del significado literal, vale entrarse sin ser llamado ni buscado; y por lo regular, o para pedirle algo o para valerse de él y acogerse a su amparo y protección o para consolarle y acompañarle en sus desgracias» *(Autoridades).*

CAPÍTULO IV

VIUDO YA GUZMÁN DE ALFARACHE, TRATA DE OÍR ARTES Y TEO-
LOGÍA EN ALCALÁ DE HENARES, PARA ORDENARSE DE MISA, Y,
HABIENDO YA CURSADO, VUÉLVESE A CASAR

Para derribar una piedra que está en lo alto de un monte,
fuerzas de cualquiera hombre son poderosas y bastan. Con
poco la hace rodar a el suelo. Empero para si se quisiese sacar
aquesa misma piedra de lo hondo de un pozo, muchos no bas-
tarían y diligencia grande se había de hacer[1].

Para caer yo de mi puesto, para perder mi hacienda con el
buen crédito que tenía, solos fueron poderosos los desperdicios de mi mujer; empero agora, para volverme a levantar, necesario serían otros tíos, otros parientes, otra Génova y otro
Milán, que otro Sayavedra viniese o que aquél resucitase; porque nunca más hallé criado ni compañero semejante con quien
poderme llevar ni me supiera entender.

Los bienes y hacienda, cuanto tardan en venir, tan brevemente se van; con espacio se juntan y apriesa le distribuyen los
perdidos. Cuanto hay hoy en el mundo, todo está sujeto a mudanzas y lleno dellas. Ni el rico esté seguro ni el pobre descon-
fíe, que tanto tarda en subir como en bajar la rueda, tan presto
vacía como hinche[2].

---

[1] Alude al mito de Sísifo, recordado explícitamente al final de este mismo capítulo (cfr. n. 98).
[2] Comp.: «es gran bien saber de todo, no fiando de bienes caducos, que cargan y vacían como las azacayas: tan presto suben como bajan» (I, ii, 10, n. 3, y
cfr. II, iii, 1, n. 14).

Los excesivos gastos de mi casa me la dejaron de todo punto vacía de joyas y dineros. Pudiera la señora mi esposa, con buena conciencia, si ella la tuviera, reconocida de lo que por ella padecí, por los trabajos que de su exorbitancia me vinieron, dejarme alguna pequeña parte de su hacienda, lo que lícitamente pudiera, con que siquiera volviera solo y recogido a poner algún tratillo. Diera mis mohatras, ocupara por otra parte mi persona en algo que me hiciera la costa[3], con que pudiera convalecer de la flaqueza en que me dejó.

Empero no sólo en esta ocasión, pero en las más que se me ofrecieron con mis amigos, podré decir lo que Simónides. Tenía dos cofres en su casa y decía dellos que solía en ciertos tiempos abrirlos y que, cuando abría el de los trabajos, de que pensó y esperaba sacar algún fruto y le salió incierto, siempre lo halló colmado y lleno; empero el otro, donde se guardaban las gracias que le daban por el bien que hacía, nunca halló cosa en él y siempre lo tuvo vacío[4].

Igualmente fuimos desgraciados este filósofo y yo. Una misma estrella parece que influyó en ambos. Porque, aunque siempre me apasioné por ayudar y favorecer, sin considerar el daño ni el provecho que dello me había de resultar, ni tomar el consejo de los que dicen: «Ha[z] bien y guarte»[5], puedo juntamente decir que nunca lavé cabeza que no me saliese tiñosa. Y siempre, aunque con ello me perdía, porfiaba. Porque borracho con aquel gusto, no reparaba en el daño que me hacían: que cuanto es fácil despojar a un ebrio, es dificultoso a un sobrio; pueden robar a el que duerme, pero no a quien vela. Nunca velé sobre

[3] *que me hiciera la costa*: 'que me favoreciese, que me facilitase el cumplimiento de mis deseos'; *hacer la costa*: «además del sentido recto, vale por los medios y arbitrios para que otro consiga alguna cosa, o hacer de su parte lo que al otro tocaba» *(Autoridades)*.

[4] El apotegma de los dos cofres de Simónides era frecuente en las colecciones al uso (Erasmo, Stobeo y otras), pero adviértase que lo recordó por dos veces Plutarco en los *Morales* (fols. 197v y 283r: cfr. E. Cros, *Sources*, páginas 132-133): «cuando después de algún tiempo pasado abría las dos arcas, ... la una, que era de sus trabajos, con que él había pensado cobrar premio, la hallaba llena, y la otra, que era la de las gracias que le daban y con que le pagaban, la hallaba vacía». Cfr. también *El criticón*, I, xiii, pág. 214.

[5] Al revés que en el refrán «Haz bien y no cates a quién; haz mal y guarte» (Correas).

mí, nunca creí que me pudiera faltar; siempre que lo tuve hize aquesta cuenta, y cuando me hallé necesitado, di en este conocimiento. Aunque fue[6] malo, deseaba ser bueno, cuando no por gozar de aquel bien, a lo menos por no verme sujeto de algún grave mal. Olvidé los vicios, acomodéme con cualquier trabajo, por todas vías intenté pasar adelante y salí desgraciado dellas.

En sólo hacer mal y hurtar fui dichoso. Para sólo esto tuve fortuna, para ser desdichado venturoso. Esta es traza del pecado, favorecer en sus consejos, ayudar a sus valedores, para que con aquel calor se animen a más graves delitos, y, cuando los ve subidos en la cumbre, de allí los despeña. Sube a los ladrone[s] por la escalera y déjalos ahorcados[7]. A diferencia de Dios, que nunca envió trabajo que no frutificase bienes: de los más graves males, mayores glorias, llevándonos por estrecha senda hasta las anchuras de la gloria, donde viene a darse a sí mismo[8]. Parécenos, cuando nos vemos ahogados en la necesidad, que se olvida de nosotros y es como el padre, que, para enseñar a su hijo que ande, hace como que lo suelta de la mano, déjalo un poco, fingiendo apartarse dél: si el niño va hacia su padre, por poquito que mude los pies, cuando ya se cae, viene a dar en sus brazos y en ellos lo recibe, no dejándolo llegar a el suelo; empero, si apenas lo ha dejado, cuando luego se sienta, si no quiere andar, si no mueve los pies y si en soltándolo se deja caer, no es la culpa del amoroso padre, sino del perezoso niño.

Somos de mala naturaleza, nada nos ayudamos, ninguna costa ponemos, no queremos hacer diligencia; todo aguardamos a que se nos venga. Nunca Dios nos olvida ni deja; sabe muy bien quitar a los malos en un momento muchos grandes

---

[6] *fue:* fui.

[7] «Sin duda se recuerda aquí el popular "ejemplo" del ladrón que tenía pacto con el demonio, quien le ayudaba a salir con bien de manos de la justicia, hasta que, cansado de las reiteradas peticiones de socorro, él mismo contribuyó a su muerte en la horca» (FR). Cfr. *Libro de buen amor,* 1454-1475, o don Juan Manuel, *Conde Lucanor,* XLV.

[8] Sobre los «trabajos que nos da Dios», cfr. sólo I, i, 3, n. 16, y *San Antonio de Padua,* II, xxix, fol. 168v.

poderes adquiridos en largos años, y darle a Job brevemente
con el doblo lo que le había quitado poco a poco[9].

Yo quedé tan desnudo, que me vi solamente arrimado a las
paredes de mi casa[10]. Si cuando tuve me regalaba, ya deseaba
tener algo con que poder pasar la vida y sustentarla. Perecía de
hambre. Acordéme de mi mocedad haber conocido en Madrid
un niño bien inclinado y de gallardo entendimiento para en la
edad que tenía. Criábalo una señora, madre suya en amor, aunque no lo había parido. Túvolo siempre muy dotrinado y juntamente con esto bien regalado. Habíase criado en Granada,
donde hay unas uvas pequeñuelas y gustosas, que allí llaman
jabíes[11]. Pues como en Madrid no las hubiese y el niño nunca
quería comer de otras que de aquellas de su tierra, cuando vio
que no se las daban, viendo unas albillas en la mesa, pidió uvas
de las chicas, como solía. La madre le dijo: «Niño, aquí no hay
uvas chicas que darte, sino éstas.» El niño volvió a decir:
«Pues madre, deme désas, que ya las como gordas.»

Ya yo las comía gordas. Todo me sabía bien y nada me hacía mal, sino sólo aquello que no comía. Que las vueltas de los
tiempos obligan a todo y a valernos de cosas que a nosotros y
a él son muy contrarias. Hube de hacer lo que no pensé, para
poder siempre decir que ni el amor proprio me hizo dudar ni
el temor temer, sin acometer a todos los medios de que me pudiese aprovechar. Y sin duda, si en una cosa perseverara, tengo para mí que me valiera della y por aquel camino; mas era
colérico, gastaba el tiempo en principios y así nunca les vía los
fines[12].

Determinábame a ser bueno; cansábame a dos pasos. Era
piedra movediza, que nunca la cubre moho[13], y, por no sose-

---

[9] Cfr. *Job*, 42, 10.

[10] *arrimado a las paredes:* figuradamente, 'desvalido, acabado, arruinado' (cfr.
I, ii, 4, n. 16).

[11] *jabíes:* prefiero imponer la ortografía correcta hoy que mantener, como los
demás editores, la forma *javíes.*

[12] La precipitación y la inconstancia caracterizaban al hombre de tempera-
mento colérico (cfr. sólo el *Arcipreste de Talavera,* III, iii). Comp. M. Luján, *Segunda parte,* i, 3, pág. 369a: «Señor, esto tenemos los coléricos, que todas las acciones hacemos deprisa.»

[13] «Piedra movediza, nunca moho la cobija, o nunca la cubre moho» (Correas).

garme yo a mí, lo vino a hacer el tiempo. Vime desamparado de todo humano remedio ni esperanza de poderlo haber por otra parte o camino que de aquella sola casa. Púseme a considerar: «¿Qué tengo ya de hacer para comer?» Morder en un ladrillo hacíaseme duro; poner un madero en el asador, quemaríase. Vi que la casa en pie no me podía dar género de remedio. No hallé otro mejor que acogerme a sagrado y díjeme: «Yo tengo letras humanas. Quiero valerme dellas, oyendo[14] en Alcalá de Henares, pues la tengo a la puerta, unas pocas de artes y teología[15]. Con esto me graduaré. Que podría ser tener talento para un púlpito, y, siendo de misa y buen predicador, tendré cierta la comida y, a todo faltar, meteréme fraile, donde la hallaré cierta. Con esto no sólo repararé mi vida, empero la libraré de cualquier peligro en que alguna vez me podría ver por casos pasados. El término de pagar lo que debo viene caminando y la hacienda va huyendo. Si con esto no lo reparo, podríame ver después apretado y en peligro. Bien veo que no me nace del corazón, ya conozco mi mala inclinación; mas quien otro medio no tiene y otra cosa no puede, acometer debe a lo que hallare. No tengo más que barloventear[16]; esto es, echar la llave a todo, antes que preso me la echen. Valdréme para los estudios del precio desta casa, que bien dispensado, aunque quiera gastar cada un año cien ducados y ciento y cincuenta, que será lo sumo cuando me quiera tratar como un duque, tengo dineros para todo el tiempo y me sobrarán para libros y con qué graduarme. Tomaré para esto una buena camarada, estudiante de mi profesión, porque juntos continuemos los estudios, pasemos las liciones, confiramos las dudas y nos ayudemos el uno a el otro.»

---

[14] *oyendo:* cursando. Sobre las consideraciones y móviles de Guzmán, cfr. H. S. D. Smith, «The *Pícaro* turns Preacher», pág. 388.

[15] Para la obtención, primero, del título de bachiller en Artes y Filosofía, debían superarse tres cursos, dedicados básica y respectivamente a las *Súmulas,* la *Lógica* y la *Filosofía natural* de Aristóteles; «sólo siendo graduado en Artes, podía ingresarse en la Facultad de Teología, donde básicamente se oían las *Sententiae* y la Biblia» (FR).

[16] *barloventear:* aquí, 'afrontar las dificultades, avanzar cueste lo que cueste, navegar contra el viento', más —creo— que 'andar de una parte a otra, mariposear' (cfr. II, ii, 7, n. 48, y II, ii, 8, n. 17); lo mismo viene a decir *echar la llave a todo,* 'echar el sello, rematar la faena'.

Consideraba este discurso y en él tomé resolución. Mala resolución, mal discurso, que quisiese saber letras para comer dellas y no para frutificar en las almas. ¡Que me pasase por la imaginación ser oficial de misa y no sacerdote de misa! ¡Que tratase de hacerme religioso, teniendo espíritu encandaloso! ¡Desdichado de mí! Desdichado de aquél, si alguno por su desventura no propuso en su imaginación lo primero de todo el servicio y gloria del Señor, si trató de su interés, de sus acrecentamientos, de su comida, por los medios deste tan admirable sacrificio, si procuró ser sacerdote o religioso más de por sólo serlo y para dignamente usarlo, si cudició las letras para otro fin que ser luz y darla con ellas. ¡Traidor de mí, otro Judas, que trataba de la venta de mi maestro!

Y advierto con esto que no hace otra cosa todo aquel que tratare de ordenarse de misa o meterse fraile, sólo puesta la mira en tener qué comer o qué vestir y gastar. Y traidor padre, cualquiera que sea, si obligare a su hijo, contra su inclinación, que sin voluntad lo haga, porque su agüelo, su tío, su pariente o deudo dejó una capellanía, en que lo llama por cercano. ¿Qué piensa que hace cuando lo mete fraile por no tener hacienda que dejarle o[17] por otras causas mundanas y vanas? Que por maravilla de ciento acierta el uno y se van después por el mundo perdidos, apóstatas, deshonrando su religión, afrentando su hábito, poniendo en peligro su vida y metiendo en el infierno el alma. Dios es el que ha de llamar y el que ungió a David, Él es quien elige sacerdotes. El religioso por Él ha de serlo, tomándolo por fin principal y todo lo más por acesorio[18].

---

[17] El texto de la edición de 1604 no se acaba de entender: «que hace o cuando ... hacienda que dejártelo»; como los demás editores, sigo la corrección de otras ediciones del siglo XVII.

[18] «No es maravilla que Dios no les admita [a tales padres] el sacrificio ni de que salga el hijo mal sacerdote, que si era malo para vos, muy peor será para Dios; y si por dejarle de comer a el cuerpo, a título de la capellanía de sus deudos o pinsiones que le alcanzáis, vos para vos creo que sabéis el cómo, y sábelo Dios mejor, y con ella le dejáis el alma muerta de hambre, eligiéndole aquel sacrificio para oficio y no para su beneficio, más forzado de necesidad que rendido a su voluntad. Vos lo elegisteis, y no Dios; y vos lo trujistes, que no se vino él ni Dios lo llamó» *(San Antonio de Padua,* II, x, fol. 112r). Con el agotamiento económico de fines del siglo XVI, pudo notarse el aumento de las falsas vocaciones religiosas, a menudo sin otra pretensión que asegurarse el sustento.

Que claro está y justo es que quien sirve a el altar coma dél y sería inhumanidad, habiendo arado el buey, después del trabajo atarlo a la estaca sin darle su pasto. Abra cada cual el ojo, mírelo bien primero que como yo se determine. Considere a lo que se pone y qué peligro corre. Pregúntese a sí mismo qué le mueve a tomar aquel estado. Porque caminando a escuras dará de ojos en las tinieblas[19]. Lucidísimo, puro y más limpio que el sol ha de ser el blanco del buen sacerdote y religioso. No piensen los padres que por dar de comer a sus hijos los han de hacer de la Iglesia, no por ser cojos, flacos, enfermos, inútiles, faltos o mal tallados han de dar con ellos en el altar o en la religión. Que Dios de lo mejor quiere para su sacrificio y lo mejor que tiene nos da por ello. Que si mala eleción hicierdes, os quedaréis en blanco. Reservastes lo mejor para vos: pues aquese os llevará Dios y quedaréis los ojos quebrados, falto de ambos, del malo que le distes y del bueno que os llevó[20].

No se han de trocar los frenos, porque no se descompongan los caballos. Denle su bocado a cada uno, que no haría buen casado un continente y sería malo un lacivo para religioso. Muchas moradas hay en la gloria y para cada una su senda derecha. Tome cada cual el camino que le guía para su salvación y no se vaya por el del otro, que se perderá en él, y pensando acertar, nunca verá lo que desea ni lo que pretende. Disparate gracioso sería, si para ir yo de Madrid a Barajas, me fuese por la puente segoviana, pasando a Guadarrama; o, queriendo ir a Valladolid, me fuese por Sigüenza. ¿No veis el descamino? ¿Conocéis la locura? El virgen sea virgen; el casado, casado. Absténganse los continentes, el religioso sea religioso. Váyase cada uno por su camino adelante y no lo tuerza por el ajeno[21].

Tomé resolución en hacerme de la Iglesia, no más de porque con ello quedaba remediado, la comida segura y libre de mis acreedores, que llegados los diez años habían de apretar comigo. Con esto les daba un gentil tapaboca, cerrábales el

---

[19] *en las tinieblas:* «en el infierno, seguramente (cfr. por ejemplo San Mateo, 8, 12; 22, 13; 25, 30)» (FR).

[20] Como en el refrán, «quebrarse un ojo por quebrar a otro los dos», que remonta a una fábula de Aviano (cfr. *Lazarillo,* I, n. 99, y aquí, II, iii, 5, n. 90).

[21] *puente segoviana:* así solía llamarse en lo antiguo al Puente de Segovia, al oeste de Madrid.

emboque[22] y dejábalos muy feos. Vendí mi casa, casi por lo mismo que me había costado. Porque, aunque de las labores por maravilla suele sacarse lo que se gasta, la mía vino a llegar a poco menos de todo el costo, porque le dio de más valor haberse mejorado con otros edificios aquel barrio y así la mejoró el tiempo.

Cuando tuvo el escribano la escrituras hechas a punto para otorgarse por las partes, dijo que primero y ante todas cosas habíamos de ir a casa del señor del censo perpetuo[23] a tomar por escrito su licencia, requiriéndole si las quería por el tanto, y a pagarle los corridos con la veintena[24]. Cuando allá llegamos y se hizo la cuenta, hallamos que los corridos no llegaban a seis reales y pasaba de mil y quinientos la veintena. Parecióme cosa cruel, fuera de toda policía, que se le hubiese de dar una cantidad semejante, que montaba mucho más de lo que costó de principal[25] el suelo. No los quería pagar; mas, porque la venta no se deshiciese y la ocasión de mi remedio se pasase, paguélos con protestación que hice de pedírselos por justicia, por no debérselos. El dueño se rió de mí, como si le hubiera dicho alguna famosa necedad, y bien pudo ser, mas a mí por entonces no me lo pareció. Pregúntele que de qué se reía, y dijo que de mi pretensión, y que me los volvería luego todos porque cada día le diese medio real, hasta que saliese con la sentencia del pleito. Casi lo quise acetar, pareciéndome que no sería parte la mala costumbre para que, averiguado el dolo, no se deshiciese. Y no sólo esto que digo; mas aún que todo el reino lo pediría en cortes, y por su proprio interés, como bien universal de la república, saliera por mí a la causa en cuanto se proveyese de remedio en ello. No iba tan fuera de propósito ni con tan flacos fundamentos. Que con lo que sabía entonces creí sustentar en pie mi opinión, pareciéndome sciencia cierta.

---

[22] *emboque*: «el paso de la bola por el aro o por otra parte estrecha, como tronera» (*Autoridades*, y cfr. I, iii, 2, n. 14).

[23] *censo perpetuo*: cfr. II, iii, 2, n. 58.

[24] Si el *señor del censo* no autorizaba la venta de la casa, podía comprarla *al tanto* o *por el tanto*; «si la venta se llevaba a cabo, el propietario del censo tenía derecho a cobrar, además de las cuotas mensuales vencidas (*los corridos*), la *veintena* o vigésima parte del precio total de la finca que se vendía» (SGG).

[25] *principal*: capital de una obligación o censo.

Pudiera ser que la defendiera un poco y quizá un mucho y tan mucho, que diera con él y con todos los deste género en el suelo. Como se hizo un tiempo con algunos censos al quitar que corrían entonces, por haberse hallado cierta especie de usura en ellos[26]. La causa que tuve para defenderme fue ver que nacía de un discurso de natural razón, considerando que sólo della tuvieron principio las ley[e]s todas[27] y que por ser este negocio no tan corriente por el mundo, no se reparaba en él; pero que, si con alguna curiosidad se quisiese advertir, hallarían algo de acedo, por donde, cuando no se quitase todo, se remediaría mucha parte. Porque, supuesto que no vale más una cosa de aquello que dan por ella y aquesto que se da, que debe ser terminado, finito y cierto, si a mí me vendieron aquel suelo en precio de mil reales, con dos de censo perpetuo, y no hubo persona que más por él diese ni más valía, yo gasté largos tres mil ducados de mi dinero.

Si es verdad y regla del derecho que ninguno puede hacerse rico de ajena sustancia, ¿por qué aquél con la mía lo ha de ser? Que aquesto que le da este más valor a el suelo sea hacienda mía, ya co[n]sta. Porque, si aquella misma fábrica se desbaratase luego, volvería el fundo[28] a quedar en el mismo punto que antes, al tiempo y cuando lo compré. Y más parecería llevar esta veintena por pena de delito, por haber labrado, que deuda justa, pues nace de caso injusto. De tal manera es verdad lo dicho, que, si este mismo día que vendí esta casa, tuviera puesta en ella una coluna o estatua de piedra de mucho valor, y, comprándomela con la misma casa, me dieran por todo junto diez mil ducados y de todos ellos me habían de llevar la veintena, si yo por escusarla pude quitar y quité la estatua y vendí la casa en solos mil, pude hacerlo muy bien y no se me pudo pedir otra cosa demás del precio de la casa.

Vamos, pues, adelante con esto. Si después quitase la reja, la viga y la ventana, si desbaratase las paredes y de casa de diez mil ducados la hiciese de ciento, también podría y pude vender sin cargo de la veintena todo aquello que quité y separé de la

---

26 Sobre los *censos al quitar,* cfr. II, iii, 3, n. 15.
27 Las leyes son «hijas de la razón» (I, ii, 4, y n. 42).
28 *fundo:* la finca, el solar.

casa. ¿Pues cómo se compadece que las partes no deban cada una de por sí a solas, y juntas formen débito? Si el dueño dijese: «Hasme de pagar veintena del precio en que primero compraste aqueste fundo, que fue aquellos mil reales», y con aquella carga determinada y cierta fuese corriendo siempre, tendría razón, fundado en el dominio directo y que aquello se vendió con aquella condición de precio determinado, lo cual yo aceté de mi voluntad. Empero, ¿cómo me pudo él obligar ni yo consentir en pagar lo que no se pudo saber qué ni cuánto había de ser y que pudiera subir a tanto exceso, que sólo con aquella veintena se pudiera comprar un pueblo?

Y como fueron los que gasté tres mil ducados, pudiera ser trecientos, treinta o treinta mil, y aquella casa pudo venderse treinta veces en un año, que fuera un excesivo y exorbitante derecho. Y aquesto ni lo es de civi[l] ni canónico, ni tiene otro fundamento que nacer del que llamamos de las gentes, y no común, sino privado, porque lo pone quien quiere y no corre generalmente, sino en algunas partes, y en término de cuatro leguas lo pagan en unos pueblos y en otros no. En especial en Sevilla ni en la mayor parte de Andalucía no lo conocen, jamás oyeron tal cosa.

El censo perpetuo que se funda, éste para siempre se paga, sin otras adehalas ni sacaliñas[29], aunque la posesión se venda cien mil veces. Para que fuese lícito llevar la veintena, debiera ser ley común, aprobada y consentida en el reino; mas no lo es ni lo fue, sino sólo aprobada de los ignorantes; y el yerro de los tales no puede hacerla. Si el censo al quitar ha de tener tantas calidades para poderse llevar y se sabe ya lo que dél se tiene de pagar a tanto por ciento, ¿qué causa puede haber para que no se trate de los perpetuos? ¿Qué gabela es ésta? ¿Qué razón hay para pagarla? ¿De qué parte se debe, si del precio en que compré o del en que vendo, pagando derechos de mi proprio dinero, de mis expensas, mejoramientos y de mi propria industria, cuanto que mirado el caso así desnudo, si por allá no se le halla corriente, parece injusto quitarme la hacienda que con buena fe y título gasté o la de mi mujer y mis hijos, de que las

---

[29] *adehalas* (cfr. II, ii, 8, n. 30) y *sacaliñas* vienen a ser lo mismo: propinas o gratificaciones (obtenidas sin esfuerzo en un caso y con ardides en el otro).

más veces y de ordinario se pierde la mitad en los edificios? ¿Pues cómo se puede permitir que no sólo venga mi caudal a menos por el beneficio de aquel suelo, mas que también haya de pagar y perder lo que me llevan de veintena? Y cuando se haya de pagar, como se paga enteramente, véase, trátese dello y determínese, que siendo difinido quedaremos con satisfación que se consultó, que lo miraron buenos entendimientos, que fue justo, y de otra manera el pueblo vive con escándalo. Porque hablando todos deste agravio, unos lo tienen por injusticia y no falta quien dice más adelante, dándole peores nombres.

Esto me pasó entonces con su dueño. El y yo sabíamos poco. Quísome replicar, diciendo que aquello había sido condición del contrato y que hace fuerza, porque a tanto quiera obligarse uno de su voluntad, como quedará obligado. Esto no me satisfizo, porque le respondí con la verdad, que también sería condición de un contrato, si yo prestase cien ducados, los cuales me habían de pagar dentro de tanto tiempo y, no lo haciendo, me habían de dar ocho reales cada día hasta que me pagasen el principal, y esto no es lícito. De manera que para justificarse una cosa, no sólo basta ser contratada y consentida; mas que sea permitida y lícita.

Volvióme a decir:

—Por eso va en ventura que la casa se venda o no se venda. Que, si no se vendiere, no se debe.

—¡Oh qué buena razón! —le dije—. ¿Luego, porque la casa se venda, viene a ser la veintena del contrato la pena? Y si lo es, ¿por qué me atas las manos y prohíbes que no las pueda vender a tales y tales personas? Tú mismo con lo que dices dañas el contrato. Abres puerta para que siempre te paguen, vendes la cosa por lo que vale y quieres tener indios que te den el sudor de su rostro y trabajen para ti, no por otra cosa que haber mejorado tu fundo y, asegurándote más el censo, hacen de mejor condición tu hacienda con menoscabo y pérdida de la suya, y quieres por ello llevarles de veinte uno. Aun, si lo hicieran con mala fe, pudieras pretender tu derecho; empero de aquella posesión, de que ya quedaste ajeno y me constituiste dueño en tu lugar; de lo que yo pude, conforme a mi elección, quitar y poner, ¡que aun haya de pagarte pinsión[30] de mi gusto! De las estatuas, de las pirámidas, de las fuentes, de cuyos condutos y aguas yo siempre soy señor y lo puedo volver a enajenar todo, sin que tengas en ello parte, quieres que se te adjudique, porque dices que sigue a el todo. De todo punto no lo entiendo ni creo poderse llevar en justicia, en cuanto por los que saben y pueden determinarlo no saliere determinado.

Paguéle, aunque no quise, dejando hecho aquel protesto. Comencé a seguir mi pleito. Llegábase ya el tiempo de mi curso. Dejélo por acudir a lo que más me importaba y, dando cuidado a un amigo solicitador y a mi suegro, dejé con otros cuidados éste. Recogí mi dinero, púselo en un cambio[31] donde me rendía una moderada ganancia. Iba gastando de todo ello lo que había menester. Hice manteo y sotana[32]. Junté mi ajuar para una celda[33] y fueme de allí a Alcalá de Henares, que muchas veces lo había deseado.

Cuando allá me vi, quedé perplejo en lo que había de hacer, no sabiéndome determinar por entonces a cuál me sería mejor y más provechoso, ser camarista[34] o entrar en pupilaje. Ya yo sabía qué cosa era tener casa y gobernarla, de ser señor en ella, de conservar mi gusto, de gozar mi libertad. Hacíaseme trabajoso, si me quisiese sujetar a la limitada y sutil ración de un señor maestro de pupilos[35], que había de mandar en casa, sentar-

---

[30] *pinsión*: obligación, cargo (cfr. I, ii, 7, n. 11).

[31] *cambio*: banco.

[32] *manteo* y *sotana*: Guzmán viste como un estudiante riquillo (cfr. I, ii, 9, nota 21).

[33] *celda*: aposento de estudiante.

[34] *camarista*: «el que no tiene casa por sí ni tiene compañía con otro, sino tan sólo alquilada una cámara en alguna posada, donde tiene su cama, y se encierra en ella sin tener ningún trato con los demás de la casa» (Covarrubias).

[35] *maestro de pupilos* o *pupilero*: un bachiller o maestro que se ocupaba del alojamiento y la manutención de los estudiantes. Todo repaso de la vida universitaria en el Siglo de Oro supone el comentario —más o menos hábil, y el de Alemán lo es mucho— de una serie de motivos y situaciones cómicas sobre «la estrecheza de algún pupilaje», como dijo al paso *Don Quijote*, VI, pág. 34. A los recuerdos personales añade el sevillano los literarios, a menudo fundiéndolos con temas muy afines (así, pienso, el de los tinelos, apurado ya por Torres Naharro o D. de Hermosilla, *Diálogo de los pajes*, I, ii, págs. 17-18). El retrato más famoso es, desde luego, el incluido en el *Buscón*, I, iii, prueba evidente, entre otras cosas, de que Quevedo aprendió algo del *Guzmán de Alfarache*.

se a cabecera de mesa, repartir la vianda para hacer porciones
en los platos con aquellos dedazos y uñas corvas de largas
como de un avestruz, sacando la carne a hebras, estendiendo la
mienestra[36] de hojas de lechugas, rebanando el pan por evitar
desperdicios, dándonoslo duro, por que comiésemos menos,
haciendo la olla con tanto gordo de tocino, que sólo tenía el
nombre, y así daban un brodio[37] más claro que la luz, o tanto,
que fácilmente se pudiera conocer un pequeño piojo en el suelo de la escudilla, que tal cual se había de migar o empedrar,
sacándolo a pisón[38]. Y desta manera se habían de continuar
cincuenta y cuatro ollas al mes, porque teníamos el sábado
mondongo[39]. Si es tiempo de fruta, cuatro cerezas o guindas,
dos o tres ciruelas o albarcoques, media libra o una de higos,
conforme a los que había de mesa; empero tan limitado, que
no había hombre tan diestro que pudiese hacer segundo envite. Las uvas partidas a gajos, como las meriendas de los niños, y todas en un plato pequeño, donde quien mejor libraba,
sacaba seis. Y esto que digo, no entendáis que lo dan todo
cada día, sino de solo un género, que, cuando daban higos, no
daban uvas, y, cuando guindas, no albarcoques. Decía el pupilero que daba la fruta tercianas y que por nuestra salud lo hacía[40]. En tiempo de invierno sacaban en un plato algunas pocas de pasas, como si las quisieran sacar a enjugar, estendidas
por todo él. Daba para postre una tajadita de queso, que más
parecía viruta o cepilladura de carpintero, según salía delgada,

---

[36] *mienestra:* menestra.

[37] *brodio:* caldo (en particular, el hecho «con berzas y mendrugos» [Covarru-
bias], y, por extensión, cualquier 'calducho'). Cfr. J. E. Gillet, *Propalladia*, III,
pág. 488, y *Estebanillo González*, I, pág. 238, y II, pág. 93. A propósito de su
transparencia, recuérdese el caldo en que peligraba Narciso y el garbanzo «güér-
fano y solo que estaba en el suelo» de la escudilla (Quevedo, *Buscón*, pág. 101).

[38] Es decir, era preciso un *pisón* o mazo para poder *migar* ('desmenuzar, des-
migar') y *empedrar* la escudilla («echarle muchas sopas hasta cubrirle con ellas»
[Covarrubias]).

[39] *mondongo:* las asaduras y tripería del animal, que en Castilla podían comerse
los sábados (el día de grosura) sin romper la abstinencia: «Los sábados cómense
en esta tierra cabezas de carnero» *(Lazarillo,* II, y n. 23).

[40] Popularmente se creía seguro «el daño que hacen todas las frutas» (Gracián, *Criticón*, III, ii, pág. 62, aunque el pupilero del *Guzmán* también escatimaría
los remedios vinosos). Cfr. *La Dorotea*, pág. 190, n. 144.

porque no entorpeciese los ingenios. Tan llena de ojos y tras-
parente, que juzgara quien la viera ser pedazo de tela de entre-
sijo flaco[41]. Medio pepino, una sutil tajadica de melón pequeño
y no mayor que la cabeza. Pues ya, si es día de pescado, aquel
potaje de lantejas, como las de Isopo[42], y, si de garbanzos, yo
aseguro no haber buzo tan diestro, que sacase uno de cuatro
zabullidas[43]. Y un caldo proprio para teñir tocas[44]. De castañas lo solían dar un día de antipodio[45] en la cuaresma. No con
mucha miel, porque las castañas de suyo son dulces y daban
pocas dellas, que son madera. Pues qué diré del pescado, aquel
pulpo y bello puerro, aquella belleza de sardinas arencadas, que
nos dejaban arrancadas las entrañas, una para cada uno y con
cabeza, si era día de ayuno, porque los otros días cabíamos a
media. ¡Pues el otro pescado, que el abad dejó[46] y nos lo daban
a nosotros! Aquel par de güevos estrellados, como los de la
venta o poco menos, porque se compraban en junto, para gozar del barato, y conservábanlos entre ceniza o sal, porque no
se dañasen y así se guardaban seis y siete meses. Aquel echar la
bendición a la mesa y, antes de haber acabado con ella, ser necesario dar gracias. De tal manera que, habiendo comenzado a

---

[41] Comp. M. de Santa Cruz, *Floresta española*, IV, viii, 5: «Trajéronle una tajada de queso en un plato, y era muy delgada. Y cuando la vio, tapóse la boca.
Preguntáronle por qué. Respondió: "Por no echarla del plato con el resuello"»
(cfr. M. Chevalier, *«Guzmán de Alfarache* en 1605», pág. 139).

[42] «Según su vida legendaria [XLI], Esopo interpretó a la letra la orden de su
amo e hizo puchero de una sola lenteja *(La vida de Isopet,* Zaragoza, 1489,
fol. IXv)» (FR, y cfr. JSF).

[43] Comp. *Floresta española*, IV, viii, 4: «A un estudiante, que era pupilo de un
colegio, écharonle en una escudilla grande mucho caldo y solo un garbanzo.
Desabrochóse y rogó a su compañero que le ayudase a desnudar. Preguntado
por qué, respondió: "Quiérome echar a nadar para sacar aquel garbanzo"» (o la
frase de Quevedo evocada *supra*, n. 37).

[44] *para teñir tocas:* quizás porque sería amarillento o azafranado, pues «se ha
usado y se usa dar con [el azafrán] color a las tocas y teñir las aguas» (Covarrubias).

[45] *antipodio:* manjar extraordinario (obligado «en la cuaresma» en los pu-
pilajes).

[46] Es decir, el *abadejo,* que «en Andalucía llamaban bacallao, y en otras partes
curadillo, y en otras truchuela» (como dice el pasaje del *Quijote,* I, ii: I, pág. 122,
recordado por FR). Aunque no encuentro la gracia en otro texto, me parece
probable que sería tradicional (cfr. M. Chevalier, *loc. cit.*).

comer en cierto pupilaje, uno de los estudiantes, que sentía mucho calor y había venido tarde, comenzóse a desbrochar el vestido y, cuando quiso comenzar a comer, oyó que ya daban gracias y, dando en la mesa una palmada, dijo: «Silencio, señores, que yo no sé de qué tengo de dar gracias, o denlas ellos». La ensalada de la noche muy menuda y bien mezclada con harta verdura, porque no se perdía hoja de rábano ni de cebolla que no se aprovechase; poco aceite y el vinagre aguado; lechugas partidas o zanahorias picadas con su buen orégano. Solían entremeter algunas veces y siempre por el verano un guisadito de carnero; compraban de los huesos que sobraban a los pasteleros: costaban poco y abultaban mucho[47]. Ya que no teníamos qué roer, no faltaba en qué chupar. Al sabor del caldo nos comíamos el pan. Unas aceitunicas acebuchales[48], porque se comiesen pocas. Un vino de la Pasión, de dos orejas[49], que nos dejaba el gusto peor que de cerveza.

¿Qué diré del cuidado que la mujer o ama del pupilero tenían en venirnos a notificar los ayunos de la semana, para que no pidiésemos los almuerzos? Aquel comutar de cenas en comidas, que ni valían juntas para razonables colaciones[50] —que cuando nos las daban venían más ajustadas que azafrán, con el peso de cuatro onzas por todo. Como si el casuista que lo tasó, acaso supiera mi necesidad. O como, si en razón de nuestros estudios y de las malas comidas, no le pudiéramos argüir que debían reservarnos con los más, pues entramos en el número

---

[47] Los pasteles solían ser de carne picada (y no siempre de carnero, según una burla tradicional); cfr. I, i, 3, n. 8.

[48] *aceitunicas acebuchales:* pequeñas y amargas, del acebuche u olivo silvestre.

[49] *vino de dos orejas:* entiéndase 'vino peleón'. *«Vino de una oreja*, por vino bueno; *vino de dos orejas*, por vino malo; porque, probando el vino, si es bueno alabándole se tuerce la cabeza para una oreja, y si es malo, vuélvese arredor dando con ambas orejas» (Correas). Pero cfr. Cervantes, *La cueva de Salamanca, Entremeses*, pág. 188 («vino de lo de una oreja, que huele que traciende»), o Gracián, *Criticón*, III, ix, pág. 232. «Al excelente "vino del Santo" (cfr. I, ii, 8, n. [25]), parece oponer Guzmán el *de la Pasión*, recordando la hiel y el vinagre que dieron a Cristo en la cruz» (FR).

[50] *colación:* aquí, «el bocado que se toma por la tarde el día que es de ayuno, cuando no se ha de comer más que una vez al día» (Covarrubias), 'tentempié o refrigerio para los días de abstinencia'.

de trabajadores. O como si la vianda que nos dan fuese congrua para nuestro sustento, pues todo era tan limitado, tan
poco y mal guisado, como para estudiantes y en pupilaje. Que
son de peor condición que niños de la dotrina, que traen los
estómagos pegados a el espinazo[51], con más deseo de comer
que el entendimiento de saber.

Solía decirnos algunas veces nuestro pupilero que decía
Marco Aurelio[52] que los idiotas tenían dieta de libros y andaban hartos de comidas; que sólo el sabio como sabio aborrece
los manjares, por mejor poderse retirar a los estudios; que a los
puercos y en los caballos estaba bien la gordura y a los hombres importaba ser enjutos, porque los gordos tienen por
la mayor parte grueso el entendimiento, son torpes en andar,
inválidos para pelear, inútiles para todo ejercicio, lo cual en los
flacos era por el contrario. Yo me holgaba confesarle aquesto,
con que no me negara otra mayor verdad: que poco y mal comer acaban presto la vida, y, si no tengo de lograr mis estudios, en vano se toma el trabajo dellos. Ved por mi vida cuál
halcón salió a caza que primero no lo cebasen, qué podenco,
qué galgo, qué lebrel salió a el monte que lo llevasen hambriento. Tengan y tengamos[53], que bueno es en todo el medio.
Aquí les confesaremos que no se ha de comer hasta hartar, si
nos conceden que no habemos de ayunar hasta dejarnos caer.
Que había estudiante de nosotros, que se le conocían ahilársele[54] los excrementos en el estómago.

---

[51] Comp. los versos de Quevedo recordados por Rico: «Un gato de un pupilaje / se quejó de sus trabajos: / "La hambre de cada día / me tiene tan amola-
do, / que soy punzón en el talle / y sierra en el espinazo"» *(Obra poética,* número 750, 35-40).

[52] «Ésta es la diferencia que hay de lo uno a lo otro, que el idiota como idiota
tiene dieta de libros y hártase de manjares, y el sabio como sabio aborresce los
manjares y recréase con los libros» (fray Antonio de Guevara, *Marco Aurelio,* ed.
R. Foulché-Delbosc, *Revue Hispanique,* LXXVI [1929], pág. 112, con lo que
sigue).

[53] *tengan y tengamos:* cfr. II, i, 3, n. 51.

[54] *ahilársele:* 'corrompérsele, adelgazársele y resecársele'; *«ahilarse* el pan conocido es corromperse, que es ordinario en la Andalucía» (Rosal, en *TLex); ahilarse* es también «desmayarse de hambre, y díjose de *hila,* una delgada tripa, y ésta
—o por henchirse de ventosidad o por secarse— causa pena al que está sin comer» (Covarrubias).

Con todo esto lo elegí por de menor inconveniente, pareciéndome que, siendo como era ya hombre, si tomase camarada, lo había de hacer con otro igual mío, y que, como somos diferentes en rostros, tenemos diferentes las condiciones y pudiera encontrar con quien, pensando aprovechar en las letras, me acabase de dañar con vicios, cursándolos más que las escuelas. Del mal el menos. Híceme pupilo, teniendo por mejor tropellar con el qué dirán de ver a un jayán como yo, con tantas barbas como la mujer de Peñaranda[55], metido entre muchachos. Consolábame que también había entre nosotros algunos casi como yo y estábamos mezclados como garbanzos y chochos[56]. Con esto estaba libre de todo género de cuidado. No me lo daba la comida ni el buscarla o proveerla, quedaba libre para sólo mi negocio y todo en todo. Escusábame de amas, que son peores que llamas, pues lo abrasan todo[57].

¿Amas dije? ¿No sería bueno darles una razonable barajadura o siquiera un repelón? A las de los estudiantes digo, que son una muy honrada gentecilla. ¡Qué liberales y diestras están en hurtar y qué flojas y perezosas para el trabajo! ¡Cómo limpian las arcas y qué sucias tienen las casas! Ama solíamos tener, que sisaba siempre de todo lo que se le daba un tercio, porque del carbón, de las especias, de los garbanzos y de las más cosas, cuando ya no podía hurtar el dinero, guardábalas en especie, y, en teniéndolo junto, nos lo vendían. Pedían para ello y gastaban de lo que habían llegado. Si habían de lavar, hurtaban el jabón y a puros golpes en las piedras, con abundancia del agua del río, hacían blanquear la ropa en detrimento suyo, porque le quitaban dos tercios de la vida. No sólo nos hacían el daño del sisar; empero destruían la ropa. Sabido para qué lo hacían o en qué lo gastaban: era con el capigorrista[58] de sus ojos, a quien

[55] *la mujer de Peñaranda:* María de Peñaranda, mujer barbuda cuya fama la llevó a los diccionarios (cfr. Covarrubias, *s. v. barba*). Cfr. por ejemplo J. Alcalá Yáñez, *El donado hablador,* I, iv (JSF) o Quevedo, *Obra poética,* núm. 606, 7.

[56] *chochos:* altramuces.

[57] También a partir de ahora se notarán significativas coincidencias con un capítulo del *Buscón* (I, vi, el más conocido retrato literario de las amas).

[58] *capigorrista:* 'estudiante pobre, estudiantillo', dicho con desprecio (cfr. I, ii, 9, n. 23).

traían en los aires[59]. Para ellos hurtaban el pan, cercenaban las ollas, apartando del puchero lo mejor y más florido. Si acaso estaba en casa, le daban el hervor de la olla[60], sopitas avahadas, carne sin hueso, ropa enjabonada y sobre todo bien remendados de nuestra sustancia. Ellas en fin son perjudiciales, indómitas y sisantes. Peores mucho que un mochilerillo de un soldado, que sisaba, de un pastel y de ocho maravedís, doce: porque del pastel alzaba la tapa y sorbíale todo el caldo, y, enviándolo por vino, se quedaba con los ocho maravedís que le daban para él y, vendiendo el jarro por un cuarto, venía luego llorando y diciendo que se le había quebrado y derramado el vino[61].

Jamás trujeron a casa carnero que poco a poco no faltase de un cuarto el quinto y con ello el riñón, diciendo que a devoción del bienaventurado San Zoilo, y así nunca se comían[62]. Pero no era tan devoto su estudiante, que a todo hacía y para él no había de haber cosa en que no se le adjudicase su parte y muchas veces todo, diciendo: «Aquí lo puse, allí estaba, el gato lo comió, allí lo dejé.» No le faltaban achaques para sisar y hurtar cuanto querían.

¡Pues queredles apretar, limitar o ir a la mano en algo! ¡Hablad una sola palabra que no les venga muy a cuento! No hay vecino en el barrio, no hay tienda, taberna ni horno, donde no cuente[n] luego vuestra vida y milagros: que sois un malaventurado, apocado, hambriento, mezquino, de mala condición, gruñidor, que les tentáis los huevos a las gallinas, que veis espumar las ollas, que atáis el tocino para echarlo dentro y con sólo un cuarto dél hacéis toda la semana, porque se vuelve a sacar y se guarda[63]. ¿Váseos de casa y queréis traer otra? No la

---

[59] *traer en los aires:* 'mimar y atender con gran diligencia'.

[60] Recuérdese que los más remilgados y ociosos, los que vivían del esfuerzo de los demás, eran *espumaollas* (cfr. II, i, 1, n. 20).

[61] Trapacerías como las del «mochilerillo» son frecuentes en la literatura picaresca.

[62] *de un cuarto al quinto:* 'la quinta parte de un cuarto o pedazo de carnero' (el *quinto* del botín: cfr. II, ii, 4, n. 72). No creo que con ello se aluda al *carnero de cinco cuartos,* especie de origen africano que se diferencia de la común sólo «en la cola y en los cuernos» (Luis del Mármol, *Descripción de África,* en *Autoridades;* «llámase así porque de la cola, por ser tan grande, sale otro cuarto»).

[63] Como el licenciado Cabra, que «tenía una caja de yerro, toda agujereada

hallaréis que por la puerta os entre; y habéis de serviros a vos mismo, porque luego le dicen y ella se informa, primero que os entre a servir, lo que la otra dijo de vos y por lo que se fue. Quien se quisiese servir, por todo ha de pasar con ellas, a nada se les ha de replicar, su voluntad han de hacer y aun mal contentas.

Aconteciome antes de casado recebir en mi casa una mujer y ser tan puerca, floja, de mal servicio y algo alegre de corazón, que la despedí a el tercero día. Luego recebí otra, que venía convaleciente y, recayendo en la enfermedad, sólo me sirvió dos días, que se volvió al hospital. Trujéronme otra luego, tan grande ladrona que, mandándole asar un conejo, lo hizo pedazos para guisarlo en cazuela y sólo sacó a la mesa la cabeza, piernas y brazos, porque lo más hizo dello lo que quiso y, viendo semejante bellaquería, sólo aquel día estuvo en casa. Despedíla para por la mañana. Cuando los vecinos vieron que había tenido en seis días tres mujeres y que cada una, cuando salía, iba rezando y murmurando de mí, levantóse una mala voz, pusiéronme cien faltas, y tanto, que más de veinte días me fui a comer al bodegón, que ninguna mujer quería venir a mi casa, por las nuevas que de mí le daban, hasta que un amigo me trujo una peor que todas, porque se amancebaba con cuantos la querían y a todos los traía en retortero[64]. Quísela luego echar; pero no me atreví, por amor de mis vecinos. Y digo verdad, que tuve a esta causa por menos inconviniente despedir la casa y mudarme a otro barrio, sufriendo hasta entonces a esta mujer, que despedirla; y así lo hice. Si estáis en casa, quieren salir fuera; si vais fuera, quieren quedar en casa; si huelgan, piden para lino; si se lo dais, os infaman de casero: y nada desto hacen sin su misterio. Licencia os doy que lo sospechéis, como no penséis que son malas de sus personas. Pues hasta hoy se ha visto ama, como no sea de los estudiantes, que haga semejante vileza. No se amancebarán con el mozo de plaza ni

como salvadera, abríala, y metía un pedazo de tocino en ella, que la llenase, y tornábala a cerrar, y metíala colgando de un cordel en la olla, para que la diese algún zumo por los agujeros y quedase para otro día el tocino» (Quevedo, *Buscón*, pág. 107).

[64] *los traía en retortero*: 'los traía arrastrados y embelesados'.

con el lacayo, ni hurtarán, aunque lo hallen rodando por el suelo. No estimaba ni sentía tanto ver que me robaban la hacienda o estar amancebadas, aunque no lo debiera consentir en mi casa, cuanto que me quisiesen quitar el entendimiento, privándome dél. Que con mentiras y lágrimas quisiesen acreditar sus embelecos, de manera que, sabiendo yo la verdad muy clara, viendo a los ojos presente su maldad, su bellaquería y mal trato, me obligasen a tenerlo por bueno y santo: esto me sacaba de juicio. Mucho se padece con ellas en todo tiempo y de cualquiera edad: si son malas viejas y si peores mozas. Y si esto es una sola, ¿qué se padecerá donde son menester dos? Dichoso aquél que las puede escusar y servirse de menos, porque no hay cuando peor uno se sirva, que cuando tiene más que lo sirvan. Con todo esto protesto que no lo digo por la señora Hernández que me oye; que yo sé y la conozco por muy mujer de bien y que lo perdonará todo porque le den un traguito de vino.

Asistí en mi pupilaje; sufrílo, por no sufrirlas. Reparaba las faltas, teniendo en mi aposento algunas cosas prevenidas de regalo, con que se iba pasando menos mal, entremetiéndolas cuando era necesario. Eso teníamos bueno, que nos consentían los pupileros asar una lonja muy gentil de tocino, por sólo que los convidásemos a ella, y lo tomaran de partido[65] cuatro días en la semana.

Desta manera, después de haber oído las artes y metafísica, me dieron el segundo en licencias[66] con agravio notorio, a voz de toda la universidad, que dijeron haberme quitado [el] primero, por anteponer a un hijo de un grave supuesto[67] della.

Entré a oír mi teología. Comencéla con mucho gusto, porque lo hallaba ya en las letras, con el cebo de aquel dulcísimo entretenimiento de las escuelas, por ser una vida hermana en armas de la que siempre tuve. ¿Dónde se goza de mayor liber-

---

[65] *partido:* «concierto y avenencia» (Covarrubias).

[66] *segundo en licencias:* 'el segundo de la promoción'. También Tomás Rodaja, estudiante de leyes en Salamanca, fue «segundo en licencias» (Cervantes, *El licenciado Vidriera, Novelas ejemplares,* II, pág. 143), quizá porque «el primero siempre lleva el favor o la gran calidad de la persona» *(Don Quijote,* II, xviii), es decir, un «grave supuesto» como el que menciona Guzmán.

[67] *supuesto:* cfr. II, «Letor», n. 3.

tad? ¿Quién vive vida tan sosegada? ¿Cuáles entretenimientos
—de todo género dellos— faltaron a los estudiantes y de todo
mucho? Si son recogidos, hallan sus iguales; y si perdidos, no
les faltan compañeros. Todos hallan sus gustos como los han
menester. Los estudiosos tienen con quién conferir sus estudios, gozan de sus horas, escriben sus liciones, estudian sus actos y, si se quieren espaciar, son como las mujeres de la montaña: dondequiera que van llevan su rueca, que aun arando hi-
lan. Dondequiera que se halla el estudiante, aunque haya salido
de casa con sólo ánimo de recrearse por aquella tan espaciosa y
fresca ribera, en ella va recapacitando, arguyendo, confiriendo
consigo mismo, sin sentir soledad. Que verdaderamente los
hombres bien ocupados nunca la tienen. Si se quiere desman-
dar una vez en el año, aflojando a el arco la cuerda[68], haciendo
travesuras con alguna bulla de amigos, ¿qué fiesta o regocijo se
iguala con un correr[69] de un pastel, rodar un melón, volar una
tabla de turrón? ¿Dónde o quién lo hace con aquella curiosidad? Si quiere dar una música, salir a rotular, a dar una matraca, gritar una cátedra o levantar en los aires una guerrilla[70],
por solo antojo, sin otra razón o fundamento, ¿quién, dónde o
cómo se hace hoy en el mundo como en las escuelas de Alcalá?
¿Dónde tan floridos ingenios en artes, medicina y teología?
¿Dónde los ejercicios de aquellos colegios teólogo y trilingüe[71],
de donde cada día salen tantos y tan buenos estudiantes?

---

[68] *aflojando a el arco la cuerda:* «es la vieja imagen de Fedro, LVIII, y Esopo,
CCCIII» (FR); cfr. Santo Tomás, *Summa,* II-II, 168a2.

[69] *correr:* 'robar' (como enseguida *rodar* y *volar*). Comp.: «Decían los compañeros que yo solo podía sustentar la casa con lo que corría (que es lo mismo que
hurtar, en nombre revesado)» (Quevedo, *Buscón,* I, vi, pág. 137).

[70] *rotular:* pintar las paredes con inscripciones, *vítores* o *colas;* «en Salamanca
llaman *dar matraca* burlarse de palabra con los estudiantes nuevos o novatos»
(Covarrubias; cfr. *infra,* n. 73, y M. Joly, *La bourle,* págs. 218-224); *gritar una cátedra:* vocear o vociferar (aquí seguramente para mal) una candidatura a cátedra,
que se otorgaba por votación de los estudiantes; *levantar ... una guerrilla:* provocar
una pendencia entre parcialidades estudiantiles. Las mismas obligaciones tenía
en Salamanca el Bachiller Trapaza: «Era notablemente entremetido: el solicitador de los votos para las cátedras, el que daba los tratos a los nuevos que comienzan a cursar, el que cobraba las patentes, el que rotulaba a los catedráticos»
(Castillo Solórzano, *Aventuras...,* IV, págs. 93-94).

[71] *trilingüe:* hebreo, griego y latín.

¿Dónde se hallan un semejante concurrir en las artes los estudiantes, que, siendo amigos y hermanos, como si fuesen fronteros, están siempre los unos contra los otros en el ejercicio de las letras? ¿Dónde tantos y tan buenos amigos? ¿Dónde tan buen trato, tanta disciplina en la múscia, en las armas, en danzar, correr, saltar y tirar la barra, haciendo los ingenios hábiles y los cuerpos ágiles? ¿Dónde concurren juntas tantas cosas buenas con clemencia de cielo y provisión de suelo? Y sobre todo una tal iglesia catedral, que se puede justamente llamar Fénix en el mundo, por los ingenios della[72].

¡Oh madre Alcalá!, ¿qué diré de ti, que satisfaga, o cómo para no agraviarte callaré, que no puedo? Por maravilla conocí estudiante notoriamente distraído, de tal manera que por el vicio, ya sea de jugar o cualquiera otro, dejase su fin principal en lo que tenía obligación, porque lo teníamos por infamia. ¡Oh dulce vida la de los estudiantes! ¡Aquel hacer de obispillos, aquel dar trato a los novatos, meterlos en rueda, sacarlos nevados, darles garrote a las arcas, sacarles la patente o no dejarles libro seguro ni manteo sobre los hombros![73]. ¡Aquel sobornar votos, aquel solicitarlos y adquirirlos, aquella certinidad en los de la patria, el empeñar de prendas en cuanto tarda el recuero[74], unas en pastelerías, otras en la tienda, los Escotos en el buñolero, los Aristóteles en la taberna[75], desencuadernado

---

[72] «Los cargos catedralicios se proveían entre Maestros de Teología de la Universidad» (FR, con bibliografía).

[73] Sobre los *obispillos*, cfr. I, ii, 9, n. 26; *«dar trato* entre estudiantes es 'dar matraca'* (Correas): *trato*, según Covarrubias, «en la Universidad de Alcalá vale lo mesmo que en la de Salamanca *matraca»* (cfr. *supra*, n. 70, y M. Joly, *La bourle*, pág. 278); *meterlos en rueda:* rodear a los novatos, zarandearlos y molerlos a golpes; *sacarlos nevados* a puro gargajo, como al pobre Pablos, que quedó «nevado de pies a cabeza» (Quevedo, *Buscón*, I, v, pág. 123; cfr. Suárez de Figueroa, *El pasajero*, pág. 102); *darles garrote a las arcas:* cfr. I, iii, 7, n. 40; *patente:* contribución que los estudiantes veteranos exigían a los neófitos (cfr. *Buscón*, pág. 121: «Amaneció, y helos aquí a todos los estudiantes de la posada a pedir la patente a mi amo»).

[74] Los *recueros* ('arrieros, recaderos') llevaban a los estudiantes los alimentos y dineros enviados por sus padres; «la tardanza de los arrieros» es uno de los «trabajos y necesidades que los estudiantes pasan» (Espinel, *Marcos de Obregón*, I, xii, pág. 167).

[75] «Cfr. otros testimonios de tales empeños en Cervantes, *Coloquio de los perros*, ed. A. G. de Amezúa [Madrid, 1912], págs. 308, 501-502» (FR).

todo, la cota entre los colchones, la espada debajo de la cama[76], la rodela en la cocina, el broquel con el tapadero de la tinaja! ¿En qué confitería no teníamos prenda y taja[77], cuando el crédito faltaba?

Desta manera, con estos entretenimientos proseguí mi teología y, cuando cursaba en el último año, ya para quererme hacer bachiller, mis pecados me llevaron un domingo por la tarde a Santa María del Val[78]. Romerías hay a veces, que valiera mucho más tener quebrada una pierna en casa. Esta estación fue causa y principio de toda mi perdición. De aquí se levantó la tormenta de mi vida, la destruición de mi hacienda y acabamiento de mi honra.

Salí con sola intención de visitar esta santa casa. Hícelo y a el entrar en la iglesia vi un corrillo de mujeres y entre ellas algunas de muy buena suerte. Llevóme la costumbre a la pila del agua bendita, zabullí la mano dentro, dime con una poca en la frente; pero siempre los ojos en el pie de hato[79]. Sin mirar a el altar ni considerar en el sacramento, asenté la rodilla en el suelo, sacando adelante la otra pierna, como ballestero puesto en acecho. En lugar de persignarme, hice por cruces un ciento de garabatos y fuime derecho adonde vi la gente; mas antes que llegase, vi que se levantaron y, saliendo de allí, se fueron por entre los álamos adelante a la orilla del río y sobre un pra-

---

[76] A los estudiantes les estaba prohibido tener espadas, pero muchos infringían la norma y las escondían, según recuerda aún Torres Villarroel, cuya habitación parecía más «garito de ladrón que aposento de estudiante» *(Vida,* II [JSF]).

[77] *taja:* tarja, un palo en el que, haciendo muescas, se señalaban las consumiciones y deudas del cliente.

[78] *Santa María del Val:* la ermita de la patrona de Alcalá; está claro que aquí siente Guzmán los mismos fervores, nada religiosos, que su padre. Sobre las implicaciones ideológicas del pasaje, cfr. sólo M. Cavillac, *Gueux et marchands,* páginas 78-79.

[79] *pie de hato:* «llámase así el remanente que queda postrero en el rancho y es en el hato lo principal» (Correas); es decir, «Guzmán no atendió a lo más importante» (FR). La actitud y los gestos del pícaro en la iglesia, más atento a las damas que a Dios (cfr. I, i, 2, n. 45, y I, ii, 8, n. 18), parecen inspirados por unas palabras de Malón de Chaide en *La conversión de la Magdalena,* II, páginas 166-167: «hinca la una rodilla, como ballestero, persígnase a media vuelta, que ni sabéis si hace cruz o garabato» (cfr. M. Cavillac, *Gueux et marchands,* pág. 79 y n. 69).

dillo verde, haciendo alfombra de su fresca yerba, se sentaron en ella.

Seguíalas yo de lejos, hasta ver dónde paraban, y, viéndolas con un poco de reposo, que ya sacaban de las mangas[80] algunas cosas que llevaron para merendar, me fui acercando a ellas. Eran una viuda mesonera con sus dos hijas, más lindas que Pólux y Cástor. Iban con otras amigas, no de poca buena gracia; mas la que así se llamaba, que era la hija mayor de la mesonera[81], de tal manera las aventajaba, que parecía traerlas arrastradas; eran estrellas, pero mi Gracia el sol.

Yo era conocidísimo. Había más de seis años que residía en Alcalá, siempre muy bien tratado, tenido por uno de los mejores estudiantes della y acreditado de rico. Las mozuelas eran triscadoras y graciosas. Ya querían comenzar a merendar, cuando burlando quise meterme de gorra; empero de veras me la echaron, pues por ellas me la puse[82].

Dejando esto en este punto, antes de continuarlo conviene advertiros que con los gastos de los estudios en libros, en grados y vestirme, íbamos casi ajustando la cuenta yo y mi hacienda: teníala, pero tan poca, que no pudiera con ella ordenarme. Y como antes de tomar el grado de bachiller en teología era necesario tener ódenes y esto era imposible, por faltarme capellanía, no tuve otro remedio que acudir a pedírselo a mi suegro, con quien siempre me comuniqué, porque nunca hasta entonces había faltado el amistad. Él me puso ánimo, dándome consejo y remedio juntos, que quien puede, poco hace cuando aconseja, si no remedia[83]. Dijo que me haría donación de las posesiones de la dote de mi mujer, diciendo dármelas

---

[80] *manga:* especie de maleta, bolsa o fardel asegurado con cordeles.

[81] De *la hija mayor de la mesonera* nada bueno podía esperarse: cfr. I, ii, 9, n. 4, y M. Joly, *La bourle,* pág. 434.

[82] *por ellas me la puse:* el zeugma involucra varios juegos de palabras, pues —aparte la conocida expresión *meterse de gorra*—, *echar la gorra* vale, en sentido lato, 'engañar', y Guzmán acabaría tocado con la gorra de los cornudos: «Para notar a uno de cornudo, suelen usar de un término en dialogismo, diciendo uno de la conversación cuando el cornudo pasa por delante: "Ponte su gorra"; y responde el otro: "Más quiero andar en chamorra"» (Covarrubias).

[83] «Consejo sin remedio es cuerpo sin alma» (I, ii, 7, *ca.* n. 37, y olvidé decir ahí que lo recoge Correas).

para que se fundase cierta capellanía que yo sirviese por su alma y que por otra parte le hiciese declaración de la verdad, obligándome a volvérselas cada y cuando que me las pidiese. Aun hasta para en esto son malas estas contraescrituras, pues dan lugar contra lo establecido por santos Concilios, corriendo tan descaradamente, sin temor de las gravísimas penas y censuras en que se incurre por semejante simonía[84]. ¡Válgame Dios! y cómo a tan grave daño se debiera cortar el hilo; mas, por no hacerlo yo a el mío que llevo, agradecíselo mucho, beséle las manos, viendo cuán de buena voluntad se quería ir comigo mano a mano paseando hasta el infierno, por tenerme compañía. ¿Diré aquí algo? Ya oigo deciros que no, que me deje de reformaciones tan sin qué ni para qué. No puedo más; pero sí puedo.

«¿Guzmán, amigo, esto por ventura corre por tu cuenta ni nada dello?»

«No, por cierto.»

«¿Piensas que tú solo eres el primero que lo siente o que serás el último en decirlo? Di lo que te importa y hace a tu propósito, que dejaste las mozas merendando, el bocado en la boca y a los demás suspensos de las palabras de la tuya. Vuélvenos a contar tu cuento; quédese aquese así, para quien hiciere a el suyo.»

«Razón pides, no te la puedo negar y, pues con tanta facilidad te la concedo, concédeme perdón de aquesta culpa, que ya vuelvo.»

Yo estaba ya en el punto que has oído, los cursos casi pasados, la capellanía fundada para ordenarme y tomar el grado dentro de tres meses. Esto era en febrero. Las órdenes habían de ser por las primeras témporas[85] y el grado a principio de mayo. Tenía esta rapaza decir y hacer, nombre y obras. Toda era gracia, y juntas las gracias todas eran pocas para con la suya. Toda ella era una caja de donaires[86]. En cuanto hermosa,

---

[84] Sobre estos abusos, cfr. lo dicho por el propio Alemán *(supra,* n. 18) o lo dispuesto por las Cortes de Madrid en 1593 *(Novísima Recopilación,* I, xii, 1).

[85] «Este ayuno de las *témporas* instituyó el Papa Calisto de tres en tres meses: las de enero, febrero y marzo, que caen en la Cuaresma...» (Covarrubias).

[86] Sobre esta descripción de Gracia, cfr. M. Joly, *La bourle,* pág. 435.

no sé cómo más encarecerte su belleza que callando. Cantaba suavísimamente a una vigüela, tañíala con mucha diestreza. Tenía gran discreción. Era viva de ingenio y ojos; risa formaba con ellos dondequiera que los volvía, según se mostraban alegres. Puse los míos en ellos, y parece que los rayos visuales de ambos, reconcentrados adentro, se volvieron contra las almas. Conocíle afición y creyóla de mí. Desposeyóme del alma y díjeselo a voces mirándola. Empero la boca siempre callada, que nunca se abrió a otra palabra por entonces, que a pedirle por merced si me la querían hacer en convidarme. Ofreciéronme todas cada una su parte de merienda y aun casi por fuerza me quisieron obligar a recebirlas.

Cuando les di las gracias de su buen comedimiento, hube —muy de mi grado y constreñido de ser mandado— de coger el manteo y, sentado encima, de alcanzar parte y no pequeña, porque me regalaban a porfía. Siéndoles agradecido, haciendo la razón[87] a los brindis, me valió por bastante cena. Cuando hubieron acabado, sacó la criada la vihuela que debajo del manto llevaba, y dándomela Gracia con toda la suya, de su mano a la mía, me mandó que tañese, porque querían bailar. Hiciéronlo de manera, con tanta diestreza y arte y con tanta excelencia de bien mi prenda, que no me quedó alguna que allí no se rematase[88].

Cuando cansadas quisieron reposar un poco, volviendo a poner la vihuela en las manos de quien la recebí, supliquéle que un poco cantase, y sin algún melindre, templándola con su voz, lo hizo de manera que parecía suspender el tiempo, pues, no sintiéndose lo que tardó en ello, llegó la noche.

Hízose hora de volver a sus casas. Acompañélas todo el camino, trayendo a mi dama de la mano. Vime a los principios perdido, sin saber por dónde comenzar, hasta que, conocida della mi cortedad o temor, no sé si con cuidado trompezó del chapín[89]; acudíle los brazos abiertos y recebíla en ellos, alcan-

---

[87] *hacer la razón:* corresponder (cfr. I, ii, 8, n. 49).

[88] Para comprender este zeugma, recuérdese una frase de I, ii, 6, *ca.* n. 51: «¿Qué prendas rematáis, mancebo?»

[89] *chapín:* «calzado propio de mujeres, sobrepuesto al zapato para levantar el cuerpo del suelo; y por esto el asiento es de corcho, de cuatro dedos o más de alto, en que se asegura el pie con unas corregüelas o cordones» *(Autoridades).*

De la edición de Amberes, 1681

zándole a tocar un poco de su rostro con el mío. Cuando ya estuvo en pie, lo tomé de allí, culpando a mis [ojos] de haberle hecho mal con ellos. Respondióme de modo que me obligó a replicarle y, como la llevaba de mano, apretésela un poco y riéndose dijo que, por más que apretase, no sacaría della jugo. De aquí tomé mayor atrevimiento en el hablar, de manera que, haciendo que nos quedábamos atrás por no poder más andar, íbamos tratando de nuestros amores, digo yo de los míos y ella riéndose dello, tomándo[lo] en pasatiempo.

Era taimada la madre, buscaba yernos y las hijas maridos. No les descontentaba el mozo. Diéronme cuerda larga, hasta dejarlas dentro de su casa. Donde, cuando llegamos, me hicieron entrar en su aposento, que tenían muy bien aderezado. Llegáronme una silla. Hiciéronme descansar un poco y, sacando una caja de conserva[90], me trujeron con ella un jarro de agua, que no fue poco necesaria para el fuego del veneno que me abrasaba el corazón. Mas no aprovechó. Ya era hora de despedirme. Hícelo, suplicándoles me diesen su licencia para recebir aquella merced algunas veces. Ellas dijeron que se la haría en servirme de aquella casa y conocerían en ello mis palabras, cuando correspondiesen a las obras.

Despedíme, déjelas; no las dejé, ni me fui, pues, quedándome allí, llevé comigo la prenda que adoraba[91]. «¿Qué noche queréis que sea para mí ésta? ¿Qué largas horas, qué sueño tan corto, qué confusión de pensamientos, qué guerra toral[92], qué batalla de cuidados, qué tormenta se ha levantado en el puerto de mi mayor bonanza? —dije—. ¿Cómo en tan segura calma me sobrevino semejante borrasca, sin sentirla venir ni saberla remediar? Me veo perdido. Incierta es la esperanza del remedio.» Pues ya, cuando amaneció, que me fui a las escuelas, ni supe si en ellas entré ni palabra entendí de cuanto en la lición dijeron. Volvíme a la posada, sentéme a la mesa y quedábanseme los bocados en la boca helados, con tanto descuido de lo que hacía, que puse cuidado a mis compañeros y admiración

---

[90] *caja de conserva:* cfr. I, i, 2, n. 12.

[91] Cfr. I, i, 2, n. 37.

[92] *toral:* 'suprema, superlativa'; «lo principal o que tiene más fuerza y vigor en cualquier especie» *(Autoridades).*

en el pupilero, que creyó ser principio de alguna enfermedad gravísima y no estuvo engañado, pues de allí resultó mi muerte. Preguntóme qué tenía. No supe responderle más de que sin duda el corazón se recelaba de algún gravísimo daño venidero, porque desde el día pasado lo sentía caído en el cuerpo, que casi no me animaba. Díjome que no fuese Mendocina[93], ni diese a la imaginación tales disparates, que olvidase abusiones[94], que aquello no era otra cosa que abundancia de mal humor que presto se gastaría. Como ya yo sabía que no se medicinaba mi mal con yerbas, disimulélo y dije, por no dar a sentir mi desdicha:

—Señor, así será y así lo haré; mas mucho me fatiga.

Levantéme de la mesa; empero no de comer y, subiendo a mi aposento, fue tanto lo que me apretó aquella congoja, que, dejándome caer encima de la cama, la boca y ojos en el almohada, vertí por ellos mucha copia de lágrimas, enterrando los suspiros entre la lana. Sentíme con esto algo aliviado y con el deseo de ver el médico de mi salud, tomando el manteo y dejando la lición, me fui a su casa.

No puedo en solas dos palabras [dejar][95] por decir que no hay ejercicio alguno que no quiera ser continuado y que faltarle un punto de su ordinario es un punto que se suelta de una calza de aguja, que por allí se va toda. Con esta lición que perdí, perdí todos cuatro cursos y a mí con ellos. Pues de una en otra dejé de continuarlas, no dándoseme por ellas un comino.

Habíame ya matriculado amor en sus escuelas. Gracia era mi retor, su gracia era mi maestro y su voluntad mi curso[96]. Ya no sabía más de lo que quería que supiese. Comencé riendo y acabé llorando. De burlas les pedí un bocado de la merienda; de veras lo hallé después atravesado a la garganta. Fue de veneno que me quitó el entendimiento y como sin él anduve más de tres meses, dando de mí una muy grande nota, que un tan famoso estudiante quisiese así perderse. Y movido el retor de

---

[93] *Mendocina:* cfr. II, i, 6, n. 37.

[94] *abusiones:* supersticiones (cfr. II, i, 6, n. 36).

[95] Como en otros lugares, hago una restitución consagrada ya en las ediciones del siglo XVII.

[96] Cfr. II, i, 2, n. 45 (sobre la vieja idea del estudio de amor).

lástima, cuando lo supo quiso ponerme remedio y fue dañarme más, que, viéndome de todas partes apretado y más de mi pasión propria, reventé, sin poderme resistir. Ya nuestros amores iban muy adelante, los favores eran grandes, las esperanzas no cortas, pues las dejaban a mi voluntad, queriendo recebirla por esposa. Troquemos plazas y tome la mía el más cuerdo del mundo: hállase sujeto en prisiones tan fuertes y con tan justas causas para rendirse, siéntase acosado, queriéndoselo impedir, y deme luego consejo. No supe otro medio. Dejélo todo por lo que pensé que fuera mi remedio.

La madre me ofreció su casa y su hacienda. Era mujer acreditada en el trato, tenía mucho y buen despacho, ganaba bien de comer, regalábame mucho, servíame a el pensamiento, trayéndome aseado, limpio y oloroso, mirado y respetado como señor de todo. Nunca creí que aquello pudiera faltar. Quise quitarme de malas lenguas, que ya me levantaban lo que, si fuera verdad, quizá no me perdiera. Señores míos, con perdón de Vuestras Mercedes[97], caséme.

No ha sido mala cuenta la que di de tantos estudios, de tantas letras, de verme ya en términos de ordenarme y graduarme, para poder otro día catedrar, por lo menos, porque pudiera, según la opinión que tuve. Y ya en la cumbre de mis trabajos, cuando había de recebir el premio descansando dellos, volví de nuevo como Sísifo a subir la piedra[98]. Considero agora lo que muchas veces entonces hice. ¡Cómo sabe Dios trocar los disinios de los hombres! ¡Cómo ya hecho el altar, puesta la leña, Isac encima, el cuchillo desnudo, el brazo levantado descargando el golpe, impide la ejecución![99].

«Guzmán, ¿qué se hicieron tantas velas, tantos cuidados, tantas madrugadas, tanta continuación a las escuelas, tantos actos, tantos grados, tantas pretensiones?» Ya os dije, cuando en mi niñez, que todo avino a parar en la capacha, y agora los de mi consistencia en un mesón, y quiera Dios que aquí paren.

[97] «Nótese la ironía con que Alemán se sirve de la expresión consagrada para disculpar algún dicho poco elegante» (FR).

[98] *Vid.* B. Brancaforte, *Guzmán de Alfarache: ¿conversión o proceso de degradación?*, págs. 1-22.

[99] Cfr. *Génesis*, 22, 9-10. Sobre este pasaje, *vid.* —entre otras— la interpretación de J. Arias, *Guzmán de Alfarache, the Unrepentant Narrator*, pág. 15.

CAPÍTULO V

DEJA GUZMÁN DE ALFARACHE LOS ESTUDIOS, VASE A VIVIR A
MADRID, LLEVA SU MUJER Y SALEN DE ALLÍ DESTERRADOS

Pues de bachiller en teología salté a maestro de amor profano, ya se supone que soy licenciado, y como tal podré con su buena licencia decir lo que conozco dél, y como tan buen praticante suyo. Si lo quisiésemos difinir, habiendo tantos dicho tanto, sería volver a repetir lo millares de veces dicho. Es el amor tan todo en todo, tan contrario en sus efectos, que, aunque más dél se diga, quedará menos entendido; empero diremos dél algo con los muchos. Es amor una prisión de locura, nacida de ocio, criada con voluntad y dineros y curada con torpeza. Es un exceso de codicia bestial, sutilísima y penetrante, que corre por los ojos hasta el corazón, como la yerba del ballestero[1], que hasta llegar a él, como a su centro, no para. Huésped que con gusto convidamos y, una vez recebido en casa, con mucho trabajo aun es dificultoso echarlo della. Es niño antojadizo y desvaría, es viejo y caduco, es hijo que a sus padres no perdona y padre que a sus hijos maltrata. Es dios que no tiene misericordia, enemigo encubierto, amigo fingido, ciego certero, débil para el trabajo y como la muerte fuerte. No tiene ley ni guarda razón. Es impaciente, sospechoso, vengativo y dulce tirano. Píntanlo ciego, porque no tiene medio ni modo, distinción o elección, orden, consejo, firmeza ni vergüenza, y siempre yerra. Tiene alas por su ligereza en aprehen-

---

[1] *yerba del ballestero:* cfr. II, iii, 3, n. 68.

der lo que se ama y con que nos lleva en desdichado fin. De manera que sólo aquello que a ciegas aprueba, con ligereza lo solicita y alcanza. Y siendo sus efectos tales, para la ejecución dellos quiere que falte paciencia en esperar, miedo en acometer, policía en hablar, vergüenza en pedir, juicio en seguir, freno en considerar y consideración en los peligros[2].

Amé con mirar y tanta fue su fuerza contra mí, que me rindió en un punto. No fue necesario transcurso de tiempo, como algunos afirman y yerran. Porque como después de la caída de nuestros primeros padres, con aquella levadura se acedó toda la masa corrompida de los vicios[3], vino en tal ruina la fábrica deste reloj humano, que no le quedó rueda con rueda ni muelle fijo que las moviese. Quedó tan desbarat[ad]o, sin algún orden o concierto, como si fuera otro contrario en ser muy diferente del primero en que Dios lo crió, lo cual nació de la inobediencia sola. De allí le sobrevino ceguera en el entendimiento, en la memoria olvido, en la voluntad culpa, en el apetito desorden, maldad en las obras, engaño en los sentidos, flaqueza en las fuerzas y en los gustos penalidades[4]. Cruel escuadrón de salteadores enemigos, que luego cuando un alma la infunde Dios en un cuerpo, le salen al encuentro pegándosele, y tanto, que con su halago, promesas y falsas apariencias de tor-

---

[2] Alemán ya ha tentado antes las digresiones en torno al amor (cfr. I, i, 2, n. 37, o I, ii, 9, n. 1), pero el presente pasaje las supera a todas. Yo no lo creo en dependencia de ninguna fuente concreta, sino surgido de la sabia asimilación de doctrinas filosóficas, dogmas religiosos y hábiles técnicas retóricas: por un lado, la exposición «por opósitos» que menciona Rico atiende, creo, a los «epítetos de amor» consagrados por obras tan leídas y sabidas como los *Epitheta* de R. Textor o los muchos repertorios de lugares comunes (cfr. sólo de J. de Aranda, fols. 54r-57v); por otro, expone algunas ideas cruciales de la doctrina neoplatónica consagrada en el comentario de Marsilio Ficino al *Banquete* de Platón (aunque más fiel quizás a alguno de sus vulgarizadores) y, por último, apoyado en las «dos contrarias partes» del alma, en el eterno combate de la razón y la pasión, nos encamina hacia la consideración del amor de Dios, tratado de modo muy afín en el *San Antonio de Padua*, I, viii, fols. 29v-31r.

[3] Cfr. *Gálatas*, 5, 9.

[4] Sobre el fundamento doctrinal de estas líneas, cfr. A. San Miguel, *Sentido y estructura*, págs. 186-187 (con recuerdo de Santo Tomás, *Summa*, I, II, 85, 3) y M. Cavillac, *Gueux et marchands*, pág. 89 («on retrouve également dans le *Guzmán* la définition dichotomique de l'âme chère à l'auteur de l'*Enquiridion* et au réformateur Giginta»).

pes gustos la estragan y corrompen, volviéndola de su misma naturaleza. De manera que podría decirse del alma estar compuesta de dos contrarias partes: una racional y divina y la otra de natural corrupción. Y como la carne adonde se aposenta sea flaca, frágil y de tanta imperfeción, habiéndolo dejado el pecado inficionado todo, vino a causar que casi sea natural a nuestro ser la imperfeción y desorden. Tanto y con tal extremo, que podríamos estimar por el mayor vencimiento el que hace un hombre a sus pasiones[5]. Mucha es la fortaleza del que puede resistirlas y vencerlas, por la guerra infernal que se hacen siempre la razón y el apetito. Que, como él nos persuade con aquello que más conforma con la naturaleza nuestra, con lo que más apetecemos, y esto sea de tal calidad que nos pone gusto el tratarlo y deseo en el conseguirlo; y por el contrario, la razón es como el maestro, que, para bien corregirnos, anda siempre con el azote de la reprehensión en la mano, acusándonos lo mal que obramos: hacemos como los niños, huimos de la escuela con temor del castigo y nos vamos a las casas de las tías o de los abuelos, donde se nos hace regalo.

Desta manera siempre o las más veces queda, que no debiera[6], la razón avasallada de nuestro apetito. El cual, como tiene ya sobre nosotros adquirida tanta posesión y señorío, siendo el del torpe amor tan vehemente, tan poderoso, tan proprio de nuestro ser, tan uno y ordinario nuestro, tan pegado y conforme a nuestra naturaleza, que no es más propria la respiración o el vivir, síguese de necesidad ser lo más dificultoso de reprimir y el enemigo más terrible y el que con mayor poder y fuerzas nos acomete, asalta y rinde. Y aunque sea notoria verdad que teniendo la razón, como tiene, su antiguo y preeminente lugar[7], suele algunas veces impedir con su mucha sagacidad y valor que una repentina vista —aunque traiga pujanza de causas poderosas que la favorezcan a el mal— pueda con facilidad robar de improviso la voluntad, sacando a un hombre de sí;

---

[5] Sobre el «vencerse uno a sí mismo», cfr. I, i, 4, n. 40.

[6] *que no debiera:* sobre esta coletilla, cfr. I, i, 3, n. 4.

[7] «El "preeminente lugar" de la razón se hallaba "in capite sicut in arce" (Cicerón, *Tusculanas,* I, x, 20, según Platón, *Fedón,* 83E: Alemán lo recuerda en el *San Antonio,* III, x)» (FR).

empero, por lo que tengo dicho, como el apetito y voluntad sean tan certeros, tan señores y enseñados a nunca obedecer ni reconocer superior, es facilísimo que, teniéndolos amor de su parte, haga cualesquier efectos, de la manera y según que mejor le pareciere. Y también porque siendo, como lo es, todo bien apetecible de su misma naturaleza y todo lo que se obra es en razón del bien que se nos representa o hallamos en ello, siempre deseamos conseguirlo, llegándolo a nosotros. Y si nos fuese posible, querríamos con el mismo deseo convertirlo en sustancia nuestra.

Resulta desto no ser forzoso ni necesario para que uno ame que pase distancia de tiempo, que siga discurso ni haga elección; sino que con aquella primera y sola vista concurran juntamente cierta correspondencia o consonancia, lo que acá solemos vulgarmente decir una confrontación de sangre, a que por particular influjo suelen mover las estrellas. Porque, como salen por los ojos los rayos del corazón, se inficionan de aquello que hallan por delante semejante suyo, y volviendo luego al mismo lugar de donde salieron, retratan en él aquello que vieron y codiciaron[8]. Y por parecerle a el apetito prenda noble, digna de ser comprada por cualquier precio, estimándola por de infinito valor, luego trata de quererse quedar con ella, ofreciendo de su voluntad el tesoro que tiene, que es la libertad, quedando el corazón cativo de aquel señor que dentro de sí recibió. Y en el mismo instante que aqueste bien o aquesta cosa que se ama, se considera luego que aplica el hombre su entendimiento a tenerlo por sumo bien, deseándolo convertir en sí, se convierte en él mismo[9].

Síguese desto que aquellos mismos efetos que puede causar por largos tiempos, ganándose por continuación o trato, también se puedan causar en el instante que se causa esta complacencia del bien que nos figuramos. Porque como no sabemos

[8] Es la explicación del enamoramiento que daban los neoplatónicos. Recuérdense los comentarios al soneto VIII de Garcilaso, y cfr. *La Dorotea*, pág. 102, n. 107, y 268, ns. 155-156.

[9] «La transformación del amante en el amado es idea por la que siente predilección el pensamiento neoplatónico (Ficino, Castiglione, L. Hebreo...) y que conoció notable fortuna en España» (FR, con valiosísima información). *Vid.* —por espigar una cita— L. Hebreo, *Diálogos de amor*, I, iii.

o, por hablar lenguaje más verdadero, no queremos irnos a la mano[10] y, por la corrupción de nuestra naturaleza, flaqueza de la razón, cativerio de la libertad y débiles fuerzas, deslumbrados desta luz, vamos desalados[11], perdidos y encandilados a meternos en ella, pareciéndonos decente y proprio rendirnos luego, como a cosa natural, y tanto, como lo es la luz del sol, el frío de la nieve, quemar el fuego, bajar lo grave o subir a su esfera el aire[12], sin dar lugar a el entendimiento ni consentir a el libre albedrío que, gozando de sus previlegios, usen su oficio, por haberse sujetado a la voluntad, que ya no era libre, y en cambio de contrastarla, le dan armas contra sí. Esto mismo le sucede a la razón y entendimiento con la misma voluntad. Que, cuando en la primera edad, en el estado de inocencia, eran señores absolutos los que gobernaban con sujeción y tenían en paz toda la fábrica, quedaron esclavos obedientes después del primer pecado y por ministros de aquella tiranía; luego son favorecidos del ciego y depravado entendimiento y, sedientos de su antojo, se abalanzaron de pechos por el suelo a beber las aguas de sus gustos; corren como halcones con capirotes[13], ya por lo más levantado de los aires, ya por lo espeso de los bosques, no conociendo el venidero peligro ni temiendo el daño cierto. Así nunca reparan en distancia de tiempo que se les ponga delante, por la cual causa es el amor impaciente y hizo tales efectos en mí.

Volvíme a casar segunda vez muy con mi gusto y tanto, que tuve por cierto que nunca por mí se comenzara el tocino del paraíso[14] y que fuera el hombre más bienaventurado de la tie-

---

[10] *irnos a la mano:* reprimirnos, contenernos (cfr. I, i, 1, n. 66).

[11] *desalados:* cfr. II, i, 5, n. 17.

[12] Comp. Alemán, *Ortografía*, pág. 3: «Sube a su esfera el fuego, busca su región el aire, sigue la tierra grave lo más bajo y su sitio señalado el agua, porque naturalmente apetece su centro cada cosa» (FR), y también aquí, I, iii, 7, *ca.* n. 22: «No es posible lo que está violentando dejar de bajar o subir a su centro, que siempre apetece.»

[13] *capirotes:* cfr. I, i, 2, n. 86. Sobre estas consideraciones en torno al «ciego y depravado entendimiento», *vid.* M. Cavillac, «La conversion», págs. 25-26.

[14] *«El tocino del paraíso, para el casado y no arrepiso:* fingen que hay un tocino colgado en el Paraíso para los casados que no se arrepienten, y que está por empezar; con que dan a entender que no hay ningún casado que no se haya arrepentido una vez u otra» (Correas).

rra. Nunca me pasó por la imaginación considerar entonces que aquel sacramento lo debiera procurar para sólo el servicio y gloria de Dios, perpetuando mi especie, mediante la sucesión; sólo procuré la delectación. Menos di lugar a el entendimiento que me aconsejase de lo que él bien sabía, ni le quise oír; cerré los ojos a todos, despedí a la razón, maltraté a la verdad, porque me dijo que casando con hermosa era de necesidad haber de ofrecérseme cuidados, por haber de ser común[15]. Últimamente, de mal aconsejado, conseguí con mi gusto un mal bien deseado: cegáronme dotes naturales, diéronme hechizos, gracia y belleza, tan proprio de mi esposa y sin algún artificio. Yerra el que piensa que pueda parecer algo bien con ajena compostura, pues lo ajeno se lo da y luego se lo vuelve, vuelve lo feo a quedarse con su fealdad.

Tuve días muy alegres: que los que no gozan de suegra, no gozan de cosa buena[16]. Tratábame como a verdadero hijo, buscando por cuantas vías podía mi regalo. No trujo huésped bocado bueno a casa, que no me alcanzase parte, ni ella lo pudo haber, que no me lo comprase. Y como mi esposa trujo poca dote, tenía para hablar poca licencia y menos causa de pedirme demasías. Era moza, y tanto, que pude hacerla de mi voluntad. Tomé parientes que se honraban de mí por las ventajas que me reconocían. Que a quien los toma mejores, nunca le falta señores a quien servir, jueces a quien temer y dueños a quien ser forzosos tributarios. Mi suegra lo era mía y mi cuñada mi esclava, mi esposa me adoraba y toda la casa me servía. Nunca jamás, como aquel breve tiempo, me vi libre de cuidados. No eran otros los míos que comer, beber, dormir, holgar, y sin ser ni de solo un maravedí pechero, me bailaban delante todos, las bocas llenas de risa[17]. Era danza de ciegos y yo lo estaba más, que los guiaba[18].

Dicen de Circes, una ramera, que con sus malas artes volvía

---

[15] La belleza de la esposa suele «ser un caudal colmado de tormento», como dijo Cristóbal de Tamariz, *Novelas en verso*, 36c (y cfr. la excelente nota de D. McGrady a propósito de los maridos expuestos a la coronación).

[16] *los que no gozan de suegra...*: lo recoge Correas, pero advirtiendo que «contradice a otros refranes de suegras, en lo particular, no en general».

[17] *las bocas llenas de risa*: cfr. II, iii, 2, n. 27.

[18] Como en San Mateo, 15, 14: «caeci sunt et duces caecorum».

en bestia los hombres con quien trataba; cuáles convertía en leones, otros en lobos, jabalíes, osos o sierpes y en otras formas de fieras, pero juntamente con aquello quedábales vivo y sano su entendimiento de hombres, porque a él no les tocaba. Muy al revés lo hace agora estotra ramera, nuestra ciega voluntad, que, dejándonos las formas de hombres, quedamos con entendimiento de bestias. Y como ya otra vez dije, nunca se vio mudanza de fortuna que no se acompañase de daños nunca presumidos ni pensados y siempre se nos finge a los principios blandísima y suave, para mejor despeñarnos con mayor pena. Pues la que se siente más es, en la falta de los bienes, acordarse de los muchos poseídos[19].

Dio la vuelta comigo, con mi mujer y toda su familia. Mi suegro, que haya buen siglo, aunque mesonero[20], era un buen hombre. Que no todos hacen sobajar[21] las maletas ni alforjas de los huéspedes. Muchos hay que no mandan a los mozos quitar a las bestias la cebada ni a los amos les moderan la comida, que son cosas ésas que tocan más a mujeres, por ser curiosas. Y si algo desto hay, no tienen ellos la culpa ni se debe presumir esto de mi gente, por ser, como eran todos, de los buenos de la Montaña, hidalgos como el Cid[22], salvo que por desgra-

---

[19] «No hay desdicha que tanto se sienta como la memoria de haber sido dichoso» (II, ii, 1, y n. 12). Recuérdese que mucho tuvo que ver Boecio en la difusión del tópico, porque «la "filosofía secreta" que se descubre en la fábula de Circe se diría una adaptación de la expresa en el *De consolatione*, IV, m. 3, según la versión de Aguayo..., con la que Alemán coincide verbalmente en puntos tan importantes como la mención expresa de "Circes" y, aun más, el calificativo de "ramera", ajenos al original latino: coincidencias que postulan un influjo directo» (FR), «y apenas un recuerdo vago de la historia homérica *(Odisea*, X). Comp. *La Pícara Justina:* «... saber huir de muchas ocasiones y de varios enredos que hoy día la Circe de nuestra carne tiene solapados debajo de sus gustillos y entretenimientos» (prólogo, pág. 77).

[20] Sobre la fama de venteros y mesoneros, cfr. I, ii, 1, n. 47, y M. Joly, *La bourle*, págs. 371-393.

[21] *sobajar:* maltratar (cfr. I, i, 1, n. 70).

[22] Todos, y en particular los personajes de la picaresca, se 'hacían de los godos' (cfr. I, iii, 1, n. 11) diciendo descender «de la Montaña», porque «allí otro tiempo se cifraba España» (Lope de Vega, *Belardo a Amarilis*, epístola VII de *La Filomena*, v. 73). «Muchos mesoneros, en efecto, eran montañeses» (FR, con bibliografía). También presumía Guzmán de que «por la parte de mi padre no me hizo el Cid ventaja, porque atravesé la mejor partida de la señoría» (I, i, 1 *ca.* nota 84).

cias y pobreza vinieron en aquel trato. Lo cual se prueba bien
con lo siguiente. Porque, como él fuese tan honrado, tan amigo de amigos, inclinado a hacer bien, fió a un su compañero
en cierta renta de diezmos. Algunos quisieron decir que la cebada y trigo la gastó en su casa, pero no lo creo, pues tan mal
salió dello; salvo si no se perdió por pasar adelante con su
honra, que, según decían después mi suegra, mujer y cuñada,
fue hombre muy amigo de bien comer y que su mesa siempre
tuviese abundancia, sus cubas generosos vinos y su persona
bien tratada. Fue usufrutuario de su vida, que hay hombres
cuyo Dios está en su vientre[23].

Yo conocí en Sevilla un hombre casi su semejante, aunque
de poca honra, el cual trataba de sólo trasladar[24] sermones y le
pagaban a medio real por pliego. El cual, como lo hubiese menester para que me trasladase cierto proceso dentro de mi casa
y se tardase mucho en volver a trabajar después de mediodía,
diciéndole yo que cómo se había detenido tanto, me respondió
que había ido muy lejos a comer. Pues, como yo le viese un
hombre hecho pedazos, con más rabos que un pulpo[25], sin zapatos, calzas, capa ni sayo y tan pobre, pareciéndome que podría o debía comer en la taberna, le dije: «¿Pues no hay bodegones por aquí cerca, sin ir tan lejos?» Y respondióme: «Señor,
sí hay; empero ninguno dellos tiene lo que yo como, ni lo dan
en otro que adonde voy.» Quise por curiosidad saber qué comía y díjome: «Yo soy pobre hombre, como lo que gano y
gano lo que puedo, para vivir mejor. En el bodegón adonde
voy, saben ya que me tienen de dar una libreta de carnero me-
rino castrado y para con él una salsa de oruga[26] hecha con azúcar. Con esto paso el invierno; que el verano con una poca de
ternera me basta.»

---

[23] Comp. I, ii, 7, *ca.* n. 15: «Comía lo que me era necesario, que nunca fue mi
dios mi vientre» (y cfr. *Filipenses*, 3, 19).

[24] *trasladar:* copiar.

[25] *con más rabos que un pulpo:* «cuando alguno trae el manto desharrapado por
bajo y lleno de lodo, decimos traer *más rabos que un pulpo*» (Covarrubias). Cfr. II,
iii, 2, *ca.* n. 69.

[26] *oruga:* «salsa gustosa que se hace de la hierba deste nombre, con azúcar o
miel, vinagre y pan tostado, y se distingue llamándola oruga de azúcar o de
miel» (*Autoridades*).

Digo de mi cuento que, como el compañero de mi suegro faltase y [él][27] a cabo de pocos días falleciese, cuando se cumplió el plazo de la paga, vinieron a ejecutar a mi suegra por ella. Llevaron cuanto en toda la casa hallaron, que no faltó sino llevarnos a vueltas dello a mí y a mi mujer; empero ¡tanto monta!, pues dieron con las personas de patitas en la calle. Vímonos desbaratados, como quien escapa robado de cosarios. Recogímonos como pudimos a casa de un vecino. Y, como habían de dar los acreedores el mesón a quien mejor se lo pagase, no faltaron para él opositores. Que quien es de tu oficio, ése es tu enemigo[28]. Nunca en los tales falta invidia: siempre les pesa del acrecentamiento del otro. Aquel mesón estaba de antes bien acreditado. Fueron echando pujas, queriéndolo cada cual para sí, sobre las de mi suegra, que también lo pretendía por su arrendamiento, como mujer que allí se había criado, y a sus hijas, y por su buena gracia estaba en él aparroquiada. Quedamos con él a pesar de ruines[29]; mas tan subido de precio y por sus cabales[30], que apenas alcanzábamos un pan y sardinas, que toda la ganancia se la chupaba la renta, como una espongia, y tanto, que perecíamos con el oficio de hambre.

Cuando me vi tan apurado quise revolver sobre mí, valiéndome de mi filosofía, comenzando a cursar en Medicina como hijo de sastre[31]; pero no pude ni fue posible, aunque continué algunos días y se me daba muy bien, por los famosísimos principios que tenía de la metafísica. Que así se suele decir que comienza el médico de donde acaba el físico y el clérigo de donde el médico[32]. Todo mi deseo era si pudiera sustentarme has-

---

[27] La enmienda está ya en muchas ediciones antiguas.

[28] Es refrán conocido.

[29] *a pesar de ruines:* 'a todo trance, pese a quien pese' («afirma que fue hecho o será», como *a pesar de gallegos* [Correas]).

[30] *por sus cabales:* «por caro y bien pagado» (Correas), 'hasta el último céntimo'.

[31] Los oficios de médico y sastre se dirían idóneos para un personaje con la parentela de Guzmán de Alfarache, pero, tanto como el carácter converso de muchos de sus representantes, los unía un desprecio proverbial hacia todos los trabajos cercanos al latrocinio (cfr. I, ii, 4, n. 38).

[32] *«El médico empieza donde el físico lo deja, y comienza el clérigo donde acaba el médico:* comienza este refrán diciendo la orden de estudio: entre el médico estudiar medicina; después pasa a comenzar el clérigo y ganar en los que el médico

ta graduarme; mas era en vano. Aunque, para poderlo hacer, permití en mi casa juego, conversaciones y otras impertinencias, que todas me dañaron. Huí del perejil y nacióme en la frente[33]. Mas parecióme que nada de aquello pudiera tocar a fuego y que bastaba la sola golosina y fuera como los cominos, que, colgados en un taleguillo en el palomar, a sólo el olor vinieran las palomas; empero sucedióme lo que a el confitero, que al sabor de lo dulce acudían las moxcas y se lo comían. A los principios disimulélo un poco, y poco basta consentir a una mujer para que se alargue mucho. Todo andaba de harapo[34]. Comíamos, aunque limitadamente; mas ya las libertades entraban muy a lo hondo, perdían pie. Desmandábanseme ya, faltando el miedo y respeto. Mi reputación se anegaba, nuestra honra se abrasaba, la casa se ardía y todo por el comer se sufría. Callaba mi suegra, solicitaba mi cuñada, y, tres al mohíno, jugaban al más certero[35]. Yo no podía hablar, porque di puerta y fui ocasión y sin esto pereciéramos de hambre. Corrí con ello, dándome siempre por desentendido, hasta que más no pude.

Los estudiantes podían poco, que nunca sus porciones tienen fuerzas para sufrir ancas[36] y no había en todos ellos alguno que, rigiendo la oración, se hiciera nominativo, a quien se guardara respeto y acudiera con lo necesario. Pues mal comer, poco y tarde y por tan poco interés dar tanto, que siempre había de verme puesto en acusativo, como la persona que padece, no quise[37]. Hice mi cuenta: «Ya no puede ser el cuervo

---

mata» (Correas). «Ubi desinit physicus, incipit medicus» era «una axioma» de los médicos (Covarrubias). Comp. *La Pícara Justina:* «pero como sea verdad lo que oí a un galán, galinillo, que adonde acaba el filósofo comienza el médico...» (II, 3.ª, i, 3.º, pág. 544).

[33] *huí del perejil...:* en Correas, junto a otros refranes con el mismo sentido.

[34] *todo iba de harapo:* 'todo iba mal', naturalmente.

[35] *tres al mohíno:* cfr. I, ii, 5, n. 77; *jugar al certero:* 'jugar sobre seguro'.

[36] La frase *no sufrir ancas,* dicho propiamente de las «bestias maliciosas» que no sufren montura, «refiriérese a la comida cuando es tan corta la ración que no puede sustentar a dos» (Covarrubias).

[37] *nominativo ... acusativo:* era chiste común entre los estudiantes (cfr. Correas: «Nominativo, juego; genitivo, taberna; dativo, ramera; acusativo, pobreza...»). M. Chevalier, «*Guzmán de Alfarache* en 1605», págs. 137-138, trae varios ejemplos (cfr. *La Pícara Justina,* IV, iii, pág. 714; *Cuentos de don Juan de Arguijo,* 401, o Lope de Vega, *El anzuelo de Fenisa,* I).

más negro que sus alas[38]. El daño está hecho y el mayor trago pasado; empeñada la honra, menos mal es que se venda. El provecho aquí es breve, la infamia larga, los estudiantes engañosos, la comida difícil[39]. No sólo conviene mudar los bolos[40], empero hacerlo con mucha brevedad. Malo de una manera y peor de la otra. Vamos a lo que nos fuere más de provecho, donde, ya que algo se pierda, no seamos el alfayate de la esquina, que ponía hasta el hilo de su casa[41]. No ha de arronjarse[42] todo con la maldición: quédenos algo que algo valga, siquiera lo necesario a la vida, comer y vestido. Salgamos de aqueste valle de lágrimas antes que vengan las vacaciones, donde todo calme. Dejemos esta gente non santa[43], de quien lo que más en grueso se puede sacar es un pastel de a real o dos pellas de manjar blanco[44] y, cuando dan para ello, no se van de casa hasta comerse la mitad. Si sus madres les envían un barril de aceitunas cordobesas, cumplen con darnos un platillo y nos quiebran los ojos[45] con dos chorizos ahumados de la montaña. No, no, eso no, que nos tiene más de costa.»

Yo sabía ya lo que pasaba en la corte. Había visto en ella muchos hombres que no tenían otro trato ni comían de otro juro que de una hermosa cara y aun la tomaban en dote; porque para ellos era una mina, buscando y solicitando casarse con hembras acreditadas, diestras en el arte, que supiesen ya lo

---

[38] *cuervo ... alas:* cfr. I, iii, 1, n. 27.

[39] Recuerda festivamente el celebérrimo aforismo de Hipócrates (cfr. I, ii, 4, nota 44).

[40] *mudar los bolos:* 'cambiar de idea, enmendar el plan'; *«mudarse los bolos:* descomponerse o componerse bien los medios o empeños que alguno tenía y en que confiaba para el logro de sus pretensiones y negocios» *(Autoridades).*

[41] «El alfayate de la encrucijada, que ponía el hilo de su casa» (Correas, con muchas variantes; entre las dedicadas a los sastres destaca «El sastre del cantillo, que cosía de balde y ponía el hilo»).

[42] *arronjarse:* cfr. II, i, 1, n. 1.

[43] *gente non santa:* la frase, tomada del salmo *Judica me, Deus,* se hizo proverbial y valía simplemente 'gente indeseable'. Cfr. Cervantes, *Don Quijote,* II, páginas 166-167, y sobre todo, *Viaje del Parnaso,* II, 85-86 y pág. 469.

[44] *pella:* «el trozo cortado o separado artificiosamente de la masa que llaman *manjar blanco» (Autoridades).* Cfr. I, ii, 5, n. 81.

[45] *quebrar los ojos:* «desplacer o desagradar a uno en lo que se conoce ser de su gusto» *(Autoridades).*

que les importaba y dónde les apretaba el zapatillo[46]. Vía también las buenas trazas que tenían para no quedar obligados a lo que debieran, que, cuando estaba tomada la posada, o dejaban caer la celogía[47] o ponían en la ventana un jarro, un chapín o cualquier otra cosa, en que supiesen los maridos que habían de pasarse de largo y no entrasen a embarazar. A mediodía ya sabían que habían de tener el campo franco. Entraban en sus casas, hallaban las mesas puestas, la comida buena y bien prevenida y que no habían de calentar mucho la silla, porque quien la enviaba quería venirse a entretener un rato. Y a las noches, en dando las Avemarías, volvían otra vez, dábanles de cenar, íbanse a dormir solos, hasta que se les hiciese horas a sus mujeres de irse con ellos a la cama. Y acontecía detenerse hasta el día, porque iban a visitar a sus vecinas. En resolución, ellos y ellas vivían con tal artificio que, sin darse por entendidos de palabra, sabían ya lo que había cada uno de poner por la obra. Y estos tales eran respetados de sus mujeres y de las visitas, a diferencia de otros, que sin máscara ni rodeo pasaban por ello y aun lo solicitaban, llamando y trayendo consigo a los convidados, comiendo en una mesa y durmiendo en una cama juntos.

Yo conocí uno que, porque un galán de su mujer se amancebó con otra, se fue a él y diciéndole que por qué faltas que le hubiese hallado había dejádola, le dio de puñaladas, aunque no murió dellas. Estos tales van al bodegón por la comida, por el vino a la taberna y a la plaza con la espuerta. Pero los más honrados basta que dejen la casa franca y se vayan a la comedia o al juego de los trucos[48], cuando acaso les faltan las comisiones. No hiciera yo por ningún caso lo que algunos, que

---

[46] De la prostitución privada vivían en aquella época bastantes maridos cartujos, blanco frecuente de la literatura satírica. «Los rasgos con que Alemán presenta al cornudo voluntario (señales en las ventanas, comisiones para fuera, elogio de los encantos de la mujer, etc.) ... [tienen] particularmente notables ... coincidencias con Quevedo» (FR, que recuerda el magistral estudio de E. Asensio, *Itinerario del entremés*, Madrid, 1971², págs. 205-214, con citas muy bien escogidas). Cfr. la anterior nota 15 y Salas Barbadillo, *La hija de Celestina*, VIII, pág. 199.

[47] *celogía*: celosía.

[48] *trucos*: una forma del juego del billar (Covarrubias y *Autoridades* la describen con pormenor).

cuando en presencia de sus mujeres alababan otros algunas buenas prendas de damas cortesanas, les hacían ellos que descubriesen allí las suyas, loándoselas por mejores. Mas en cuanto una tácita permisión sin género de sumisión, ésa ya yo estaba dispuesto a ella.

Cogí mi hatillo, que todo era el del caracol, que cupo en una caja vieja bien pequeña y, metida en un carro, sentados encima della nos venimos a Madrid, cantando «Tres ánades, madre»[49]. Venía yo a mis solas haciendo la cuenta: «Comigo llevo pieza de rey, fruta nueva, fresca y no sobajada: pondréle precio como quisiere. No me puede faltar quien, por suceder en mi lugar, me traiga muy bien ocupado. Un trabajo secreto puédese disimular a título de amistad, ahorrando la costa de casa. Y ganando yo por otra parte, presto seré rico, tendré para poner una casa honrada donde reciba seis o siete huéspedes que me den lo necesario bastantemente, con que pasaremos. Yo tengo todas aquellas partes que importan para cualquier negocio que de mí quieran fiar. Para fuera soy solícito y para en casa sufrido. Iré cobrando crédito y, en teniendo colmada la medida de mi deseo, alzaréme a mayores, pondré mi trato, sin que sea necesario tener otros achaques.» Venía mi esposa con el mejor vestido de los que tenía y un galán sombrerillo con sus plumas y, fuera dellas, ¡maldito el caudal!, ni aun cañoñes, que [no] teníamos otros, ecepto la guitarra[50].

Cuando a la corte llegamos, luego a el instante, antes de bajar los pies en el suelo, corrió la fama de la bienvenida. Hizo reseña[51] con su hermosura. Llegósele la gente, y el que más

---

[49] «Para decir que uno va caminando alegremente, sin que sienta el trabajo, decimos que va cantando *Tres ánades, madre;* es una coplilla antigua y común que dice: "Tres ánades, madre, / pasan por aquí, / mal penan a mí"» (Covarrubias). Cfr. J. M.ª Alín, *El cancionero español de tipo tradicional,* núm. 99.

[50] Sinceramente, no lo acabo de entender; sin duda hay uno o varios juegos de palabras (la polisemia y el parentesco de *plumas, caudal* y *cañones* favorecen mucho tal posibilidad), pero creo que media también una corruptela textual, desapercibida quizá bajo la puntuación y las enmiendas modernas. Como el sentido último está claro ('no teníamos nada'), mantengo el texto de mis predecesores, y habría que aplicar a *cañón* los sentidos anotados por Saura ('parte inferior de la pluma' y 'mástil de la guitarra'), quien ve también una frase hecha en *ni aun cañones.*

[51] *reseña:* propiamente, «la muestra que se hace de la gente de guerra» (Covarrubias).

por entonces mostró desearnos acomodar fue un ropero rico
de la calle Mayor, que, preguntándonos de dónde veníamos y
adónde caminábamos, cuando le dije que allí no más y que no
teníamos posada cierta, profesando querernos hacer amistad,
nos llevó a la de una su conocida, donde nos hicieron todo
buen acogimiento: no por el asno, sino por la diosa[52]. El buen
ropero dijo que vendríamos muy cansados de la mala noche y
del camino y, pues no teníamos quien luego nos trujese lo necesario, descuidásemos dello, que con su criado lo enviaría.
Hízonos aquel día traer de comer gallardamente de casa de un
figón[53] que allí lo tenía siempre bien prevenido, y veislo aquí
donde viene a la tarde, donde ya, después de cumplimientos y
comedimientos, le pregunté que cuánto había gastado. Respondióme ser todo una miseria, que deseaba servirme cuando
se ofreciese ocasión en cosas de más calidad y que de aquélla
no había que hacer caso. Hízose como del corrido en que se le
tratase dello, empero yo porfiaba en que había de recebir el
costo; que fuese lo que es amistad, amistad, y el dinero, dinero.
Así me vino a decir que todo había costado solos ocho reales.
Díselos. Mas, porque no saliesen de casa, comencé a usar de
mi oficio, que, tomando la capa, dije que me importaba ir a visitar a cierto amigo. Dejélos en buena conversación[54] en el
aposento de la huéspeda y fuime a pasear hasta la noche. Cuando volví, ya estaba la mesa puesta, la cena guisada y todo tan
bien prevenido, como si para ello le hubiera quedado a mi mujer mucho dinero. No le hablé palabra ni pregunté de dónde
había venido ni quién lo había enviado, tanto porque no me
convenía, cuanto porque la huéspeda dijo que habíamos de ser
aquella noche sus convidados. Fuelo también el señor de la ropería y desde aquella cena quedamos muy grandísimos amigos.
    Veníanos a visitar, llevábanos a holguras, a cenar al río, a
comer en quintas y jardines, las tardes a comedias, dándonos
aposento y muy buena colación en él, con que fuemos[55] pasan-

---

[52] *no por el asno, sino por la diosa:* 'por la bella dama, que no por su asnal cónyu-
ge' (cfr. I, i, 7, n. 6).

[53] *figón:* figonero, bodegonero.

[54] *conversación* es conocido eufemismo por 'trato carnal'; cfr. *Lazarillo,* I, n. 21,
y abajo, n. 78.

[55] *fuemos:* fuimos.

do un poco de tiempo. Y aunque verdaderamente hacía el hombre cuanto podía y nada nos faltaba, ya se me hacía poco, porque había quien lo quería sacar de la puja[56]. Yo sabía que las mujeres de buen parecer son como harina de trigo: de la flor, de lo más apurado y sutil della se saca el pan blanco regalado que comen los príncipes, los poderosos y gente de calidad; el no tal, que sale del moyuelo[57], del corazón y algo más moreno, come la gente de casa, los criados, los trabajadores y personas de menos cuenta; y del salvado se hace pan para perros o lo dan a los puercos. La hermosa y de buena cara, luego que llega en alguna parte donde no es conocida, lo primero se llevan los mejores del pueblo, los principales ricos dél y los que son señores o más valen. Luego entran, cuando ya éstos están hartos, los plebeyos, los hijos de vecinos y gente que con un cantarillo de arrope por vendimias, una carga de leña por Navidad, una cestilla de higos por el tiempo, pagan salario para todo el año, como al médico y barbero. Mas, en pasando destos, anda ladrada de los perros, no hay zapatero de viejo que no les acometa ni queda cedacero que no las haga bailar al son de la sonaja[58].

Ya le había dado un vestido de azabachado negro, guarnecido de terciopelo, con un manteo de grana, guarnecido con oro. Teníamos cama, bufete y sillas. Y, no supe de dónde, se habían comprado cuatro buenos guadamecíes[59]. La casa estaba que, con pocos trastos más, pudiéramos matar por nosotros[60]. La huéspeda nos desollaba, pareciéndole que también había de meter sopa y mojar en la miel[61] por sólo la permisión que ponía de su parte. Y aquesto no era lo que yo buscaba ni me venía bien a cuento. Tampoco el señor; porque solicitaba la cáte-

---

[56] *sacar de la puja:* «cuando en venta y compra alguno pone precio a las cosas y otros dan más...; y el que da más "saca al otro de la puja"... Trasládese a otras cosas» (Correas).

[57] *moyuelo:* el salvado más fino (cfr. II, iii, 3, n. 79).

[58] *manteo:* cfr. II, iii, 2, n. 22.

[59] *guadamecíes:* cueros adobados y con adornos.

[60] *matar por nosotros:* 'independizarnos, vivir de nuestras matanzas, robar por nuestra cuenta y riesgo', pues en germanía *matar* era 'robar, trampear'.

[61] *desollar:* «metafóricamente vale robar o llevar excesivo precio por las cosas» (*Autoridades*).

dra otro mejor opositor de más provecho. Y, aunque conozco
que procedía en su trato como ropavejero de bien, es caso muy
distinto del mío, que hoy daré por tres lo que mañana no por
diez. El tiempo es el que lo vende y no es a propósito que sea
hombre de bien uno, si yo lo he menester para otro. Porque
importa poco que sea buen músico el sastre para hacer un vestido, ni el médico que trata de mi salud, que sea famoso jugador de ajedrez. Dinero y más dinero era el que yo entonces
buscaba, que no bondades ni linajes.

Lo que no era de mucho provecho me causaba mucho enfado. No solamente me contentaba con el sustento y vestido necesario, sino con el regalo extraordinario. Que comprasen a
peso de oro la silla que se les daba, la conversación que se les
tenía, el buen rostro que se les hacía, el dejarlos entrar en casa
y sobre todo la libertad que les quedaba en saliendo yo della.
Y esto no podía hacer nuestro buen hombre. Queríanos llevar
por el canto llano[62], que comenzó cuando al principio nos conoció, como si fuera imposición de censo perpetuo, que había
siempre de pasar de una misma forma. Ya yo sabía quién con
exceso de ventajas era más benemérito y más a mi cuento; empero poníaseme sólo por delante la diferencia que hace *tienes* a
quieres, haberle yo de ir a dar a entender que gustaría de su
amistad. Bien sabía y me constaba que la deseaba; mas era estranjero y no se atrevía. Pues acometerle yo fuera estimarnos
en poco; dejar a el otro también fuera locura. Porque mejor es
pan duro, que ninguno[63]. Ni osaba tomar ni dejar. Desta manera fui algunos días pasando diestramente, hasta ver el mío.
Acudía de ordinario a las casas de juego, ya jugando, ya siendo
tomajón[64], pidiendo a mis amigos y conocidos del tiempo pasado, y lo que me daban o juntaba esperaba ocasión y, cuando
el ropero estaba en casa, dábaselo a mi mujer para el gasto, por
no darle a entender mi flaqueza y que consentía sus visitas por

---

[62] «Decimos *llevar el canto llano* cuando va muy sucinto» (Covarrubias). Cfr. I,
iii, 6, n. 14.

[63] *mejor...*: en Correas.

[64] *tomajón:* «el que toma con frecuencia, facilidad y descaro» *(Autoridades),* y
en particular el que se lleva el barato en las partidas de naipes (ejemplos en
Alonso).

el sustento y, en apartándose de allí, luego a mi mujer le pedía dineros para jugar y volvíamelos a dar y aun otros muchos. De manera que siempre fui para con él señor de mi voluntad, sin darle alguna entrada por donde pudiera perdérseme respeto.

Andaba el estranjero por su parte bebiendo vientos[65], haciendo grandísimas diligencias por ganarnos la voluntad, y nosotros cada uno entre sí por tener la suya, conociendo las ventajas que se habían de seguir; mas, como yo por mi parte recataba mi casa de algún desastre, temí no la hollasen[66] dos a la par. Que ni sufrió dos cabezas un gobierno ni se anidaron bien dos pájaros juntos en un agujero. Y tampoco mi mujer se atrevía, por no juntar cuadrillas ni ser común de tres[67], hasta que ya, viendo lo bien que a cuento nos venía y que cuanto el ropero aflojaba la cuerda, el extranjero apretaba más en su negocio, que andaban los presentes, joyas, dineros y banquetes en buen punto, alcéme a mayores[68], diciendo que no me hallaba en disposición de pagar posada pudiendo sustentar casa.

Con esto apartamos el rancho y puse mi tienda. El estranjero me hacía mil zalemas y yo a el ropero la cara de perro. Tanto cuanto el uno me llevaba tras de sí, procuraba ir sacudiendo a el otro de mí, hasta que ya cansado dél, vine a decirle que, si me había pasado a casa sola, era por sólo ser el señor della y andar a mi gusto, si vestido o si desnudo. Que me hiciese merced en visitarme a tiempos que le pudiese bien recebir, y no cuando tuviese forzosa ocupación en mis negocios. Porque yo ni mi mujer podíamos estar siempre dispuestos ni emballestado[s][69], esperando visitas. El hombre lo sintió de manera que nunca más volvió a cruzarme los umbrales, ecepto por terce-

---

[65] «*Beber los vientos y los elementos:* dícese de un enamorado "bebe los vientos por fulana", y del que anda en pretensión que mucho desea» (Correas).

[66] *hollasen:* en la príncipe, *hallasen,* que parece trivialización (solventada, además, en varias ediciones antiguas).

[67] *juntar cuadrillas* y *ser común de tres:* ambas frases tienen su miga; la primera añade al sentido obvio ('hacer gente') el de 'llamar la atención de la justicia', y la segunda, de sentido muy claro ('ser compartida por varios amantes') es un tecnicismo gramatical *(común de tres* es en la lengua latina el adjetivo de una terminación que puede juntarse con sustantivos de los tres géneros).

[68] *alcéme a mayores:* cfr. II, iii, 4, n. 78.

[69] *emballestados:* figuradamente, 'a punto, preparados'. Sobre la frase *cruzarme los umbrales,* cfr. II, iii, 3, n. 83.

rías de su amiga, huéspeda que había sido nuestra, y allá se
vían en achaque de visita, de mil a mil años, cuando podía escaparse. Acá nuestro estranjero, como anduvo tan manirroto y
liberal, fueme forzoso mostrarme de buen semblante, porque
iba de portante[70] y, según llevaba el paso, presto saliéramos de
muda[71]. Y así fue. Porque, como mi mujer le fuese haciendo
buen rostro, viéndose sola, estimaba él en tanto cualquier pequeño favor, que la pagaba con peso de oro. Dímonos por
amigos, convidóme a su casa y, pidiéndome licencia, envió a la
mía muchos y muy buenos platos, de los manjares que sirvieron a n[u]estra mesa. Y con secreta orden a los criados que los
llevaban, que no los volviesen y que allá los dejasen, aunque
todos eran de plata. No me pesaba dello; empero pesábame
que tan al descubierto se hiciese, pues no hay hombre tan leño
que no entienda que, cuando aquesto se hace, no es a humo de
pajas ni por sus ojos bellidos[72].

Galana cosa es que un poderoso regale a mi mujer y que no
haya yo de conocer el fin que lleva. Holgábame yo: todos hacen lo mismo. No dice verdad quien dice que le pesa, que, si le
pesara, no lo consintiera. Si me holgaba dello y consentía que
mi mujer lo recibiera; si la dejé salir fuera y gusté que, cuando
volviese, viniese cargada de la joya, del vestido nuevo, de las
colaciones[73], y mi desvergüenza era tanta, que las comía y con
todo lo más disimulaba: lo mismo hacen ellos. No quieran o
piensen cargarme las cabras[74] y salirse afuera, que les prometo
que los entiendo y los entienden. Y aun es lo peor que cuando
me vían ir por la calle muy galán con el cintillo en el sombrero
de piezas y piedras finísimas, me decían a las espaldas y aun
tan recio que pude bien oírlo: «¡Bellos pitones lleva Guzmán,

[70] *iba de portante:* 'iba a paso ligero o al trote, tenía prisa' *(portante* es el paso
apresurado de las caballerías).

[71] *salir de muda:* 'tener pluma nueva' y de ahí 'mejorar de suerte, dejar se ser
pelones' (cfr. I, ii, 5, n. 73).

[72] *a humo de pajas:* 'porque sí' (cfr. I, i, 2, n. 70); *por sus ojos bellidos:* «dícese con
desdén cuando se niega y no hay obligación de hacer algo por uno» (Correas).
Cfr. la nota 6 del capítulo siguiente.

[73] *colaciones:* confituras.

[74] *cargarme las cabras:* 'echarme toda la culpa, echarme el muerto'; ya usó antes
la expresión (cfr. I, iii, 5, n. 5), pero suena mejor ahora, en boca del *maridillo.*

bien se le lucen!» Y algunos de los que me lo decían quizás me lo envidiaban y otros no se los vían; pero víanselos a ellos.

Nuestro estranjero compró nuestra libertad y tenía tanta, que ya en mi posada no se hacía otra sino la suya[75]. Pero yo siempre sustenté mis trece, llevándolo en amistad, haciéndome del honrado. Como la espuma crecían los bienes en mi casa, colgaduras de invierno y verano, tapices de Bruselas, brocateles[76] adamascados, camas de damasco, pabellones, colchas, alfombras, almohadas del estrado[77] y otros muebles dignos de un señor. Pues la mesa que tuve y casa que sustenté no creo que bastaran dos mil ducados a el año. Y cuando me daba gusto volver loco a el patrón cuando habíamos comido —que lo solía hacer algunas veces, en especial días de fiesta— mandaba yo sacar sobremesa la guitarra y decíale a mi mujer:

—Por tu vida, Gracia, que nos cantes un poco.

Que de otra manera por maravilla la tomaba en mi presencia en cantar. Que, aunque sabía que yo lo entendía y nada ignoraba, guardábame siempre mucho aquel decoro, recatábase cuanto podía de que yo viese cosa de que me afrentase y quedase obligado a la demonstración del sentimiento.

Cada uno de nosotros nos entendíamos y los unos a los otros, no dándonos por entendidos ni dello jamás tratábamos. Al buen señor le gastábamos muchos de los bellos escudos. Yo me trataba como un príncipe. Rodaban por la casa las piezas de plata, en los cofres no cabían las bordaduras y vestidos de varias telas de oro y seda, los escritorios abundaban de joyas preciosísimas. Nunca me faltó qué jugar, siempre me sobró con qué triunfar. Y con esto gozaban de su libertad. Porque, como yo sintiese que no convenía entrar en casa —lo cual sabía por ver que tenía cerrada la puerta—, pasaba de largo hasta parecerme hora. Y, viendo que la tenían abierta, era señal que

---

[75] La clave del zeugma puede ser *posada* (y no «libertad»), en cuyo caso parece probable la alusión a los peores sentidos de la palabra ('coito, fornicio').

[76] *brocatel:* «cierto género de tejido de hierba o cáñamo y seda, a modo de brocato o damasco, de que se suelen hacer colgaduras para el adorno de iglesias, salas, camas y otras cosas» *(Autoridades).* Sobre las tapicerías flamencas, cfr. II, i, 1, n. 23.

[77] *estrado:* cfr. I, ii, 5, n. 15.

pasaban el tiempo en buena conversación: entrábame allá y parlábamos[78] todos.

¿Ves toda esta felicidad, esta serenidad y fresco viento? ¿Ves aquesta fortuna favorable, risueña y franca? Pues no sucedió menos, que como todo lo más en que tuve malos medios. Ni creo que alguno pueda escaparse sin borrascas tales de cuantos navegaren este océano. A la fama de tanta hermosura y de tanta licencia, la tomaron algunos príncipes y caballeros que olieron la boda. Paseos van, recabdos vienen; aunque nunca, según creo, se les hizo amistad ni se dio causa con que nuestro dueño se ofendiese. Con todo eso, viéndose perseguido y conquistado de otros más poderosos en hacienda, linaje y galas, andaba celosísimo, perdía el juicio. Quiso a los principios esforzarse a competir con ellos, haciendo franquezas extraordinarias, con dádivas de mucho precio, que importaron millares de ducados; mas cuando vio que no podía pleitear contra tanto poder ni resistir a tanta fuerza sin hacérsela nadie, sin causa y sin más de su consideración, se fue retirando de sol a una sombra[79]. ¡Qué de veces consideraba yo este necio, qué despepitado[80] iba en seguimiento de una torpeza, con tan estraña costa y tanto sobresalto! Reíame dél y de su poco entendimiento, como si una de las criadas de mi casa llegara pidiéndole cualquiera cosa de mucho valor, se la diera con mucho gusto y, si acaso llegara un pobre a pedirle medio real por Dios, lo negara.

Todos tuvimos nuestro pago. El señor a quien servimos, por enriquecernos quedó pobre; nosotros por mal gobierno no fuimos ricos y juntos dimos en el suelo. El hombre comenzó a huir y los otros a perseguir. Que cuanto tienen de señores los que lo son, tanto tienen de libres en lo que pretenden. Sobre todo quieren que por su sola persona se les postre todo viviente. Quisiérales yo decir o preguntar: «¿Señor, qué te debo, qué me das, de qué me vales, para que quieras que te sirva con

---

[78] No es totalmente seguro que aquí deba verse también la malicia señalada en la n. 54, a propósito de *conversación*.

[79] *de sol a una sombra:* la príncipe y muchas ediciones modernas leen *de sola una sombra,* que no consigo entender; adopto la propuesta de Brancaforte.

[80] *despepitado:* 'despeñado, desquiciado, ansioso'.

obras, palabras y pensamientos?»[81]. Y sobre todo, ya con lo que malpagan, también maltratan con una sequedad, con una soberbia, como si fuera deuda por que me pudieran ejecutar.

Su licencia fue tanta, su trato tal, que a pocos días dimos en manos de la justicia. Supo lo que pasaba un ministro grave y hizo como cuando asentó el león compañía con los más animales, que, habiendo cazado un ciervo, lo adjudicó todo para sí[82]. Desta manera se levantó con ello y para hacerlo con un poco de buen color, comenzó con un poco de estruendo, como que nos quería hacer una causa. Yo, cuando lo supe, acudí a él, formando quejas de semejante agravio, haciéndome de los godos[83]. Y él, que otra cosa no deseaba, me hizo todo buen acogimiento, sentóme a par de sí, preguntóme de qué tierra era. Díjele que de Sevilla.

—¡Oh —dijo—, de Sevilla, la mejor tierra de todo el mundo!

Comenzóme a tratar della, engrandeciéndome sus cosas, como si de aquello me resultara honra o provecho. Preguntóme que quiénes habían sido allí mis padres. Y cuando se los nombré dijo haber sido sus grandes amigos y conocidos. Refirióme cierto pleito que, siendo él allí juez, había sentenciado en su favor, y díjome que tenía por cierto aún ser mi madre viva, porque la conoció mucho en sus mocedades. Tanto me dijo, que sólo le faltó hacerme su deudo muy cercano.

Harto lo esperaba yo, cuando tan particulares cosas me decía y señas me daba, y entre mí decía: «¡Todo lo pueden los poderosos!» Y acordéme de cierto juez que, habiendo usado fidelísimamente su judicatura y siendo residenciado[84], no se le hizo algún cargo de otra cosa que de haber sido humanista[85]. Lo cual, como se le reprehendiese mucho, respondió: «Cuando a mí me ofrecieron este cargo, sólo me mandaron que lo hicie-

---

[81] Cfr. M. y C. Cavillac, «À propos du *Buscón* et de *Guzmán de Alfarache*», pág. 129.

[82] Es una conocida fábula de tradición esópica.

[83] *hacerse de los godos:* cfr. I, iii, 1, n. 11.

[84] *residenciar:* «tomar cuenta a alguno de la administración del empleo que se puso a su cargo» *(Autoridades).*

[85] *humanista:* «demasiado dado a las cosas humanas (que no a las humanidades), a la vida alegre»» (FR, con algún ejemplo en sus notas adicionales).

se con rectitud y así lo cumplí. Véase toda la instrución que me dieron y dónde se trata en ella de que fuese casto y háganme dello cargo.» De manera que, porque no lo llevan dicho expresamente, les parece que no van contra su oficio, aunque barran todo un pueblo. Como lo hizo cierto juez que, habiendo estrupado[86] casi treinta doncellas y entre ellas una hija de una pobre mujer, cuando vio el daño hecho, le fue a suplicar que ya, pues la tenía perdida, se la diese, por que no se divulgase su deshonra. Y sacando él un real de a ocho de la bolsa, le dijo: «Hermana, yo no sé de vuestra hija. Veis ahí esos ocho reales. Decidlos de misas a San Antonio de Padua, que os la depare.» Ahora bien, mas yo no sé a quién esto le parece bien; pierdo el seso del poco castigo que se hace por delitos tan graves.

Mandóme ir a mi casa, ofreciéndose de hacerme mucha merced y que tendría mucha cuenta con lo que se me ofreciese. Que bastaba ser de Sevilla y hijo de tales padres, para que con muchas veras acudiese a mis negocios. Con esto me volví, y a pocos días, estábamos a solas mi mujer y yo, bien descuidados, veis aquí una noche que andaba de ronda, se llegó a nuestra puerta y haciendo llamar a ella preguntaron por mí, pidiendo para su merced un jarro de agua. Entendíle la sed que traía. Supliquéle con instancia que me hiciera merced en beberla sentado. Él no deseaba otra cosa. Entró y, dándole una silla, le sirvieron una poca de conserva, con que bebió. Comenzó la conversación de que venía cansadísimo y que había visto aquella noche mujeres muy hermosas, empero que ninguna tanto como la mía. Dijo que la loaban mucho de buena voz. Yo le dije que pidiese la vihuela y, pues dello gustaba su merced, que cantase alguna cosa. Hízolo sin algún[87] melindre, pareciéndonos a entrambos que sería de mucha importancia tener granjeado un tan buen personaje por amigo, para lo que allí se nos pudiese ofrecer. El hombre quedó pasmado de verla y oírla y, cuando se quiso ir, me mandó que lo visitase a menudo. Despidióse y quedámonos tratando de cosas pasadas y cómo para las venideras nos venía tan a buen propósito aquel favor, con quien seríamos tenidos y temidos.

---

[86] *estrupado:* estuprado (cfr. II, iii, 2, n. 28).

[87] *sin algún:* 'sin ningún', como tantas otras veces (cfr. I, i, 1, n. 40).

Yo lo visité algunas veces y uno de los días que iba más descuidado de cosa que me lo pudiera dar, me dijo que, pues él estaba vivo, ¿por qué no quería con su calor tratar de alguna comisión que me fuese honrosa y provechosa? Respondíle que le besaba las manos por merced semejante, mas que, por no cansarlo, no habiendo en algo servido, no trataba dello. Entonces, vendiéndome las amistades de mis padres —aunque más era por ganar la de mi mujer—, me ofreció una comisión, diciendo que me sería muy provechosa. Dile por ello las gracias, que fueron principio de todas mis desgracias. Porque dentro de dos días me puso los papeles en la mano, con orden a que fuese a hacer cierta cobranza por el Consejo de la Hacienda, la cual sacó pidiéndola para mí de un su grande amigo que asistía en aquel tribunal, diciendo serlo yo mucho suyo y persona benemérita, digna de cosas muy graves, cual se vería por la buena satisfación que daría de mi persona y negocios. Cuando la tuve despachada, salí de mi casa bien contra mi voluntad, porque llevaba ochocientos maravedís de salario. Y para quien como yo estaba tan mal acostumbrado a buena mesa, no tenía para comenzar a comer con ellos, cuanto más para poder ahorrar que traer o enviar a mi casa. Empero érame ya forzoso hacerlo. Callé y tomélo, por escusar mayores daños. Partíme y perdíme. Porque le pareció a el señor que con mercedes ajenas había de ganar esclavos que le sirviesen y que de aquellos ochocientos maravedís pudiera repartir con mi mujer, sustentándose ambas casas, y aquello nos bastaba por paga, con que no sólo había de ser franco de pecho y de todo derecho, empero que no se había de mirar a el sol ni recebir visita más de la suya.

Quiso ser tan juez de mis cosas y apretarlas tanto, que morían de hambre, iban cada día vendiendo las alhajas para el sustento. No le pareció buena cuenta ni aun razonable a mi huéspeda ser mucha la sujeción y poca la provisión. Comenzó a rozarse la prima. También falseaba la tercera[88], que era una su

---

[88] *prima ... tercera:* es un conocido juego de palabras (*prima* es 'la primera cuerda de la guitarra', pero también 'la ramera joven'; *tercera* es 'alcahueta'). Su expresión más famosa es, desde luego, la de Quevedo en el *Buscón*, I, i, pág. 82: «Para unos era tercera, primera para todos, y flux para los dineros de todos» (y cfr. M. de Santa Cruz, *Floresta española*, VI, ii, 8).

grande amiga, porque pensó sacar deste mercado muy buenas ferias. Y cuando el señor sintió la mala consonancia, pareciéndole que con mi presencia se remediaría todo, hizo que no me diesen más prorrogaciones y que me mandasen venir a dar cuenta de lo hecho. Hiciéronlo y volví de mejor gana de la con que fui, porque volví empeñado y hallé mi casa gastada. Él creyó que mi presencia fuera parte para el remedio de su gusto; y salióle al revés, porque con mi presencia creció el gasto y la libertad para poderlo hacer. Hallóse rematado, sin saber cómo mejor negociar. Y pareciendo que ninguna cosa ya haría tanto al caso como el rigor, para cogernos por seca[89], cruzadas las manos y que con lágrimas le fuésemos a pedir misericordia, trató con sus compañeros de hacernos desterrar y así nos lo notificaron.

Yo hice mi cuenta: «Este señor lo pretende ser tanto, que quiere que yo le sustente la casa y el gusto, vendiendo lo que con muchas afrentas y trabajos he adquirido. Pues quedar no puedo, si me falta la libertad con que ganarlo, menos mal será obedecer. Que, aunque para nosotros es duro, para él será doloroso. Si nos quebramos un ojo, le sacamos a él dos[90], pues le falta la cuenta que hizo y le sale a el revés el pensamiento.» Demás desto, al fin de aquel año se cumplían los diez en que había de pagar a mis acreedores. Vínome todo a cuenta. Ya yo sabía estar mi madre viva. Hice alquilar un coche para nuestras personas y dos carros para llevar la hacienda y gente, dejando la corte y cortesanos. Pareciéndonos de más importancia los peruleros[91], calladamente me vine a Sevilla.

---

[89] *coger por seca:* pillar en falta (cfr. I, i, 2, n. 1).
[90] Cfr. la nota 20 del capítulo anterior.
[91] *peruleros:* cfr. I, i, 2, n. 92.

CAPÍTULO VI

LLEGARON A SEVILLA GUZMÁN DE ALFARACHE Y SU MUJER. HALLA GUZMÁN A SU MADRE YA MUY VIEJA, VÁSELE SU MUJER A ITALIA CON UN CAPITÁN DE GALERA, DEJÁNDOLO SOLO Y POBRE. VUELVE A HURTAR COMO SOLÍA

Como los que se escapan de algún grave peligro, que pensando en él siempre aún les parece no verse libres, me acuerdo muchas veces y nunca se me olvida mi mala vida —y más la del discurso pasado—, el mal estado, poca honra, falta de respeto que tuve a Dios todo aquel tiempo que seguí tan malos pasos. Admirándome de mí, que fuese tan bruto y más que el mayor de los hombres, pues ninguno de todos los criados en la tierra permitieran lo que yo: haciendo caudal de la torpeza de mi mujer, poniéndola en la ocasión, dándole tácita licencia y aun expresamente mandándole ser mala, pues le pedía la comida, el vestido y sustento de la casa, estándome yo holgando y lomienhiesto[1]. ¡Terrible caso es y que pensase yo de mí ser hombre de bien o que tenía honra, estando tan lejos della y falto del verdadero bien! ¡Que por tener para jugar seis escudos, quisiese manchar los de mis armas y nobleza[2], perdiendo lo más dificultoso de ganar, que es el nombre y la opinión! ¡Que, profanando un tan santo sacramento, usase de manera dél que, habiendo de ser el medio para mi salvación, lo hiciese camino del infierno, por sólo tener una desventurada comida o por un

---

[1] *lomienhiesto:* desocupado (cfr. I, iii, 4, n. 7, y II, i, 1, n. 19).

[2] La anfibología de *escudos* dio pie a muchos chistes famosos hoy (cfr. Góngora, *Obras completas*, núm. 115, 5-6, o Quevedo, *Obra poética*, núm. 660, 43-46).

triste vestido! ¡Que me pusiese a peligro que a espalda vuelta y aun rostro a rostro, me lo pudiesen dar[3] por afrenta, obligándome a perder por ello la vida!

Que un hombre no pueda más, que lo sepa y disimule, o por el mucho amor o por el mucho dolor o por no dar otra campanada mayor, no me admira. Y no solamente pudiera no ser esto vicio; mas virtud y mérito, no consintiéndolo ni dando favor o entrada para ello. Mas que, como yo, no sólo gustaba dello, mas que, si necesario era, les echaba, como dicen, la capa encima[4], no sé si estaba ciego, si loco, si enhechizado, pues no lo consideraba, o cómo, si lo consideré, no le puse remedio, antes lo favorecía. ¡Oh loco, loco, mil veces loco! ¡Qué poco se me daba de todo, sin reparar en lo mal que se compadecían honra y mujer guitarrera ni que diese solaz a otros que a mí con ella! Suelen los hombres para obligar a las damas darlas músicas y cantarles en las calles; pero mi mujer enamoraba los hombres yéndoles a tañer y a cantar a sus casas. Bien claro está de ver que tales gracias de suyo son apetecibles. ¿Pues cómo, convidando con ellas, no me las habían de codiciar? ¿Qué juicio tiene un hombre que a ladrones descubre sus tesoros? ¿Con qué descuido duerme o cómo puede nunca reposar sin temor que no se los hurten? ¡Que fuese yo tan ignorante, que, ya que pasaba por semejante flaqueza, viniese por interés a dar en otra mayor, loar en las conversaciones en presencia de aquellos que pretendían ser galanes de mi esposa, las prendas y partes buenas que tenía, pidiéndole y aun mandándole que descubriese algunas cosas ilícitas, pechos, brazos, pies y aun y aun... —quiero callar, que me corro de imaginarlo— para que viesen si era gruesa o delgada, blanca, morena o roja! ¡Que ya todo anduviese de rompido[5], que aquello que en otro tiempo abominaba, con el uso y frecuentación se me hiciese fácil y entretenimiento! ¡Que le consintiese visitas y aun se las trujese a casa y, dejándolas en ella, me volviese a ir fuera, y sobre todo quisiese hacerlos tontos a todos, para que me diesen a

---

[3] *dar rostro*: 'infamar, oprobiar', como *dar sorrostrada*, «dar en rostro algunas cosas que dan pesadumbres» (Correas).

[4] *les echaba ... la capa encima*: 'los encubría y les facilitaba las cosas'.

[5] *de rompido*: entiéndase 'cuesta abajo, de mal en peor'.

entender que creían ser aquello bueno y lícito, siendo depravado y malo! ¡Que la hiciese salir a solicitar comisiones y buscarme ocupaciones a casa de personajes que la codiciaban, y que me diese por desentendido de la infamia con que a su casa volvía con ellas o sin ellas! ¡Que, dándole tantos banquetes, joyas, dineros y vestidos quisiera yo creyesen se los daban a humo muerto y por sus ojos bellidos[6], por amistad sola, sencilla, sin doblez y sin otra pretensión! ¿Qué puedo responderme o qué podía esperarse de mí, que no sólo lo consentía, mas juntamente lo causaba?

Tuvo mucha razón el que, viéndome algo medrado en Madrid, en la cárcel y en mi presencia dijo: «Veisme a mí aquí, que ha tres años que estoy preso por ladrón, por falsario, por adúltero, por maldiciente, por matador y otras mil causas que me tienen acumuladas, que con todas ellas muero de hambre; y el señor Guzmán, con sólo dar a su mujer una poca de licencia, vive libre, descansado y rico.» ¿Qué podréis creer que sentí? ¡Oh maldita riqueza, maldito descanso, maldita libertad y maldito sea el día que tal consentí, ya fuese por amor, por necesidad, por privanza o algún otro interés! Mas para que se conozca el paradero que tiene lo que así se granjea y el desdichado fin de tales gustos, contaré mis desdichas, discurso de mi amarga vida y en mi mal empleada.

Caminábamos a Sevilla, como dicen, al paso del buey[7], con mucho espacio, porque se le mareaba en el coche una falderilla que llevaba mi mujer, en quien tenía puesta su felicidad y era todo su regalo, que es cosa muy esencial y propria en un dama uno destos perritos y así podrían pasar sin ellos como un médico sin guantes y sortija, un boticario sin ajedrez, un barbero sin guitarra y un molinero sin rabelico[8]. Cuando allá llegamos,

---

[6] *a humo muerto* ('a humo de pajas') *y por sus ojos bellidos:* cfr. II, iii, 5, n. 72.

[7] *a paso de buey:* lo recoge Correas (*«Al paso del atambor, al paso del buey:* por 'ir y andar despacio'»).

[8] Sobre los perros falderos de algunas mujeres, cfr. I, iii, 7, n. 9; sobre los *guantes* y la *sortija* característicos de los médicos, recuérdense los textos mencionados en I, i, 4, n. 7, o —por citar algo menos frecuentado— la *Fábula de Criselio y Cleón* de Diego Ximénez de Enciso (ahora en *El Crótalon, AFE,* I [1984], págs. 502-607), vv. 484-487: «¿Quién de médico me ha puesto? /.../ ¿Yo guantes, yo sortijón...?»; *un barbero sin guitarra:* cfr. I, ii, 3, n. 9; *un molinero sin rabelico:*

con el deseo de aquellos peruleros y de ver nuestra casa hecha otra de la Contratación de las Indias, barras van, barras vienen, que pudiera toda fabricarla de plata y solarla con oro, ya me parecía verlos asobarcados[9] con barras, las faltriqueras descosidas con el peso de los escudos y reales, todo para ofrecer a el ídolo. Con aquello me vengaba del que nos enviaba desterrados y entre mí le decía: «¡Oh traidor, que por donde me pensaste calvar[10] te dejé burlado! A tierra voy de Jauja[11], donde todo abunda y las calles están cubiertas de plata, donde, luego que llegue, nos vendrán a recebir con palio y mandaremos la tierra.» Con estos y otros tales pensamientos, a el emparejar con San Lázaro[12], se me refrescó en la memoria cuanto allí me pasó cuando de Sevilla salí. Vi la fuente donde bebí, los poyos en que me quedé dormido, las gradas por donde bajé y subí. Vi su santo templo y deste acá fuera dije: «¡Ah glorioso santo! Cuando de vos me despedí, salí con lágrimas, a pie, pobre, solo y niño. Ya vuelto a veros y me veis rico, acompañado, alegre y hombre casado.» Representóseme de aquel principio todo el discurso de mi vida, hasta en aquel mismo punto. Acordéme de la ventera y venta, donde me dieron aquella buena tortilla de huevos y el machuelo de Cantillana; mas ya lo había dejado a la mano derecha. Entré por aquella calzada real. Dimos vuelta por el campo, cercando la ciudad hasta el mesón de los carros, donde por fuerza los míos habían de parar. Y como todos aquellos eran pasos muchas veces andados en mi niñez y tierra conocida donde recebí el ser, alegróseme la sangre, como si a mi madre misma viera.

Reposamos allí aquella noche, no muy bien; mas a la maña-

---

el *rabel*, instrumento de cuerda para tocar con arquillo, era propio de la gente rústica (un cabrero del *Quijote*, I, xi, por ejemplo, era extremado «músico de un rabel»).

[9] *asobarcados:* sobarcados (cfr. II, ii, 4, n. 64).

[10] *calvar:* engañar.

[11] Comp.: «Como tan libremente vía que todos llevaban ese paso, parecióme la tierra de Jauja y que también había de caminar por allí» (I, i, 6, *ca.* n. 8).

[12] *San Lázaro:* la «devota ermita» se convierte en enclave crucial del *Guzmán de Alfarache*, pues la solitaria aventura del pícaro comienza cuando «hice allí de nuevo alarde y discursos della» (I, i, 3, ns. 6 y 7). Sobre el posible simbolismo de este retorno y las evocaciones del pasado, *vid.* B. Brancaforte, *¿Conversión o proceso de degradación?*, pág. 58.

na me levanté con el sol para buscar posada y despachar mi ropa del aduana y también a procurar si por ventura hubiera quien de mi madre nos dijese. Mas, por buena diligencia que hice, no fue de provecho ni della tuve rastro. Creí hallarlo todo como lo había dejado, mas aun sombra ni memoria dello había. Que unos mudados, ausentes otros y los más muertos, no había piedra sobre piedra. Dejélo hasta más de propósito, por la priesa que tenía entonces de acomodarme. Y andando buscando adónde, vi una cédula sobre la puerta de una casa en los barrios de San Bartolomé[13]. Pedí que me la enseñasen, vila y parecióme buena por entonces. Concertéla por meses y, pagando aquél adelantado, hice pasar a ella toda mi ropa. Descansamos dos días, comiendo y durmiendo, hasta que ya le pareció a Gracia que no era justo haber llegado a ciudad tan ilustre, de tanta fama por todo el mundo, y dejar de salir a pasearla. Fuime a Gradas[14]. Concertéle un escudero de quien se acompañase, por que supiese andar las calles y fuese adonde más gustase, sin rodear o perderse ni andar preguntando, y en más de quince días no dobló el manto[15], que mañana y tarde siempre salía y nunca se cansaba ni hartaba de ver tantas grandezas. Porque, aunque se había hallado bien todo el tiempo que residió en Madrid y le parecía que hacía la corte ventajas a todo el mundo, con aquella majestad, grandezas de señores, trato gallardo, discreción general y libertad sin segundo, hallaba en Sevilla un olor de ciudad, un otro no sé qué, otras grandezas, aunque no en calidad —por faltar allí reyes, tantos grandes y titulados—, a lo menos en cantidad. Porque había grandísima suma de riquezas y muy en menos estimadas. Pues corría la plata en el trato de la gente, como el cobre por otras partes, y con poca estimación la dispensaban francamente[16].

A pocos días llegó la cuaresma y vio la semana santa de la manera que allí la celebran, las limosnas [que] se hacen, la cera

---

[13] La iglesia parroquial de *San Bartolomé.*

[14] *Gradas:* cfr. I, i, 2, n. 4.

[15] *no dobló el manto:* 'no paró en casa', obviamente; comp. luego «tomaba la capa» *(ca.* n. 31) para significar 'salía de casa'.

[16] «Todo ello, como es bien sabido, a consecuencia del monopolio del comercio con las Indias, que, sin embargo (y el mismo Alemán da fe más abajo) no aseguraba la continuidad del bienestar» (FR, con bibliografía).

que se gasta[17]. Quedó pasmada y como fuera de sí, no pareciéndole que aquello pudiera ser y exceder mucho en las obras
a lo que antes le habían dicho con palabras. Ya en este tiempo
y pocos días después que a la ciudad llegué, con mucha solicitud, por señas y rodeos vine a saber de mi madre y se pudo decir haberla hallado por el rastro de la sangre[18]. Pues tratando
mi mujer con otras amigas damas y hermosas, preguntando
por ella, vino a saber cómo asistía en compañía de una hermosa moza, de quien se sospechaba ser madre por el buen tratamiento que le hacía y respeto con que la trataba. Mas verdaderamente no lo era ni tuvo más que a mí[19]. Lo que acerca desto
hubo sólo fue que, como se viese sola, pobre y que ya entraba
en edad, crió aquella muchacha para su servicio. Y salióle acaso de provecho y así se valían las dos como mejor podían. Yo,
cuando supe della hice mucha instancia para traerla comigo,
por la mala gana con que dejaba su mozuela, tanto por haberla
criado, cuanto por no venir a manos de nuera. Y siempre que
se lo rogaba, me respondía que dos tocas en un fuego nunca
encienden lumbre a derechas[20]; que no era tanto el dolor que
con la soledad padecía un solo, cuanto la pena que recibe
quien tiene compañía contra su gusto, que, pues, nunca nuera
se llevó a derechas con su suegra, que mejor pasaría mi mujer
sola comigo que con ella. Mas el amor de hijo pudo tanto, que
la hice venir en mi deseo.

Era mi madre, deseaba regalar y darle algún descanso. Que,
aunque siempre se me representaba con aquella hermosura y

---

[17] *la cera que se gasta:* sólo el cirio pascual de la Catedral, según era fama,
«pesa ochenta y cuatro arrobas de cera» (L. Vélez de Guevara, *El Diablo Cojuelo*,
VII, pág. 202).

[18] *por el rastro de la sangre:* era fórmula proverbial consagrada por el Romancero («Por el rastro de la sangre / que Durandarte dejaba, / caminaba Montesi-
nos / por una áspera montaña...»; cfr. por ejemplo Lucas Rodríguez, *Romancero
historiado,* ed. A. Rodríguez-Moñino, Madrid, 1967, págs. 140-141 y 163-164).

[19] Adviértase la insistencia —no exenta de ambigüedades— con que declara
Guzmán su condición de hijo único: «estábamos en casa cantidad de sobrinos,
pero ninguno para con ellos más de a mí de mí madre» (I, i, 2, y n. 53); «Nací
solo, no tuvieron mis padres otro» (II, ii, 7, *ca.* n. 68).

[20] Correas recoge varios refranes semejantes: «Dos tocados a un fuego, el
uno está rostrituerto»; «Dos tocados a un hogar, mal se pueden concertar»;
«Dos tocas a una mesa, a la una o a la otra pesa».

frescura de rostro con que la dejé cuando della me fui, ya estaba tal, que con dificultad la conocieran. Halléla flaca, vieja, sin dientes, arrugada y muy otra en su parecer. Consideraba en ella lo que los años estragan. Volvía los ojos a mi mujer y decía: «Lo mismo será désta dentro de breves días. Y cuando alguna mujer escape de la fealdad que causa la vejez, a lo menos habrá de caer por fuerza en la de la muerte.» De mí figuraba lo mismo; empero, en estas y otras muchas y buenas consideraciones que siempre me ocurrían, hacía como el que se detiene a beber en alguna venta, que luego suelta la taza y pasa su camino. Poco me duraban. Túvelas en pie siempre; nunca les di asiento en que reposasen. Porque las que había en la posada estaban ocupadas de la sensualidad y apetito.

A instancia mía se vinieron a juntar suegra y nuera. Mi madre ya la conocistes y, si no de vista, por sus famosas obras, pudiérasele sujetar cualquiera otra de muy gallardo entendimiento, así por serlo el suyo como por la dotrina con que fue criada y sobre todo las experiencias largas de sus largos años. Dábale buenos consejos: que no admitiese mocitos de barrio[21], que demás de infamar, decía dellos que son como el agua de por San Juan, quitan el provecho y ellos no lo dan[22]; acaban en sus casas de comer, no tienen qué hacer, viénense a la nuestra, quieren que los entretengan en buena conversación, estánse allí toda la tarde, tres necios en plata y un majadero en menudos[23], no con más fundamento que ser del barrio. De pajes de palacio y estudiantes decía lo mismo: son como cuervos, que huelen la carne de lejos y de otra cosa no valen que para picarla y pasearla. Decíale que hiciese cruces a su puerta para los casados: que de ningún enemigo podría resultarle algún otro mayor daño, porque las mujeres con el celo hacen muchos desconciertos y, cuando más no pueden, se van a un juez y con cuatro lágrimas y dos pucheritos alborotan el pueblo y descomponen el crédito.

Tan ajustada la tenía y tales leciones le daba, como aquella que del vientre de su madre nació enseñada. Sacábala siempre

---

[21] *mocitos de barrio*: jovencitos ociosos, pisaverdes (cfr. II, i, 2, n. 51).

[22] «Agua de por San Juan, quita vino y no da pan» (Correas).

[23] *en menudos*: 'en calderilla'.

tras de sí, no dejando estación por andar, fiesta por ver ni calle
por pasear. Cuando venían a casa, unas veces volvían con
amadicitos[24], otras con alanos, y dellos escogían los que más a
mi madre le parecían de provecho, que como tan baquiana[25]
en la tierra, todo lo conocía, y como sabia, todo lo tracendía.
Decía de los caballeritos que ni por lumbre: porque por el *yo
me lo valgo, mi alcorzado y copete, mi lindeza lo merece*[26], aun creían
que les habían de convidar con ello y hacerles una reverencia.
Harto hizo y trabajó porque no la conociesen los de la plaza de
San Francisco, temiéndose de su trato[27]. Pues, en comenzando
los escribanos de la justicia, no paraban hasta el que asiste al
cajón[28], a quien les parecía debérseles todo de derechos. Empero no pudieron escaparse dellos, que por bien o por mal, por
fieros y amenazas, como absolutos y disolutos —digo algunos— hacen más tiranías que Totile ni Dionisio[29], como si no
hubiese Dios para ellos.

La flota no venía, la ciudad estaba muy apretada, cerradas
las bolsas y nosotros abiertas las bocas, muriendo de hambre,
vendiendo y comiendo y sobre todo pechando. Íbamos mal,
porque aun con esto a cada repelón destocaban la muchacha[30],
por cada niñería nos hacían mil fieros. No había pícaro que no
se nos atreviese, unos con «mi señor don Fulano» y otros con
«don Zutano». Mi mujer andaba temerosa y muy cansada de
tanta suegra, porque comigo estuvo siempre con tanta libertad

---

[24] *amadicitos:* entiéndase 'pretendientes lindos, amantes pulidetes', por extensión del sentido recto ('perrillos falderos', «de petits chiens de dames» [Sobrino,
en *TLex*]), frente a los *alanos,* 'galanes bravucones' (y basta ver cómo tradujo
Mabbe el pasaje [BB]).

[25] *baquiana:* experta, cursada.

[26] *alcorzado y copete:* cfr. II, i, 2, n. 50, y I, i, 1, n. 76.

[27] *Plaza de San Francisco:* muy frecuentada por letrados (estaban en ella los
juzgados), mercaderes y pícaros (cfr. I, iii, 5, n. 9).

[28] Comp.: «Digo que serán tus dueños y has de sufrirles y a el solicitador, a
el escribano, a el señor del oficio, a el oficial de cajón, a el mozo de papeles y a
el muchacho que ha de llevar el pleito a tu letrado» (II, ii, 3, *ca.* n. 24).

[29] Célebres tiranos fueron, en efecto, *Totila,* rey de los ostrogodos, y *Dionisio*
el Siracusano.

[30] *destocaban la muchacha:* creo que sólo cabe entenderlo figuradamente y como
dicho en estilo festivo, 'desenvainaban la espada' (dice después «nos hacían mil
fieros»), o —si alguien que no soy yo lo prefiere— 'aireaban la lengua para
ofendernos'.

y se hallaba con ella sujeta, sin ser señora de su voluntad. Si la una hablaba, la otra rezongaba. De cada pulga fabricaban un pueblo. Levantábase tal tormenta, que por no volverme a ninguna de las partes tomaba la capa en viendo los delfines encima del agua[31]; salíame huyendo a la calle y dejábalas asidas de las tocas. Tanto se indignaba mi mujer que no volviese por ella, pareciéndole que, a tuerto [o] a derecho, ayude Dios a los nuestros[32], que con razón o sin ella me había de poner contra mi madre; mas no era lícito. Fueme cobrando tal odio, aborrecióme tanto que, hallándose con la ocasión de cierto capitán de las galeras de Nápoles, que allí estaban, trocó mi amor por el suyo y, recogiendo todo el dinero, joyas de oro y plata con que nos hallábamos entonces, alzó velas y fuese a Italia, sin que más della supiese por entonces.

Yo había oído decir que aquel era verdaderamente loco que buscaba su mujer habiéndosele ido, o que a el enemigo se le había de hacer la puente de plata por donde huyese[33]. Parecióme que solo me iría mejor que mal acompañado. Que, aunque sea verdad que todo lo consentía y dello comía, ya me cansaba, porque cada cual me acosaba. ¡Ved la fuerza del uso! Como siempre me crié sujeto a bajezas y estuve acostumbrado a oír afrentas, niño y mozo, también se me hacían fáciles de llevar cuando era hombre. Mi mujer se me fue; merced me hizo, porque, fuera de la obligación de consentirla, estaba libre del pecado cotidiano. Yo no la eché; por su gusto se ausentó. Seguirla era imposible, por el riesgo que corría si a Italia volviera. Recogíme con mi madre. Fuimos vendiendo para comer las alhajas que nos quedaron; mas, como nos quedaron más días que alhajas, al cabo de poco nos dieron alcance. San Juan y Corpus Christi cayeron para mí en un día[34]. Faltó qué vender, dinero

---

[31] *los delfines encima del agua* anuncian tormenta. «Los delfines, cuando saltan y se descubren sobre el agua, nos señalan viento de aquella parte de donde vienen» (Pero Mexía, *Silva de varia lección*, II, xlii: I, pág. 518). Cfr. Plinio, *Historia natural*, XVIII, xxxv.

[32] *a tuerto [o] a derecho...*: suplo una *o*, y no una *y* (FR, BB, EM), porque con disyunción aparecen en Correas todas las variantes del refrán (cfr. también II, ii, 2, n. 58), porque así aparece en otras ediciones antiguas y porque su omisión es mucho más verosímil por simple haplografía («a tuert*o...*»).

[33] «A enemigo que huye, puente de plata» es refrán conocido.

[34] Recuerda irónicamente el refrán *«San Juan y Corpus Christi, todo en un día:* es

con que comprar. Halléme roto, sin qué me vestir ni otro remedio con que lo ganar, sino con el antiguo mío. Salíame las
noches por esas encrucijadas y, cuando a mi casa volvía, venía
cubierto con dos o tres capas, las que con menos alboroto y
riesgo podía cativar. A la mañana, ya entre los dos, amanecían
hechas rodillas[35]. Dábamoslas a vender en Gradas o buscábamos modo como mejor salir dellas.

No le contentó este trato a mi madre, por no haberlo jamás
usado y por no verse afrentada en su vejez. Así acordó de volverse a su tienda con la mozuela que antes tenía. La cual, así se
alegró cuando la vio en su casa, como si por sus puertas entrara todo su remedio. Yo me acomodé con otras camaradas para
pasar la vida, en cuanto se llegase otro mejor tiempo. Servíales
de dar trazas, ayudábales con mi persona en las ocasiones. Íbamos por las aldeas y pueblos comarcanos. Nunca faltaba por
los trascorrales algunas coladas, que con las canastas mismas
trasponíamos en los aires. Teníamos en los arrabales y en
Triana[36] casas conocidas, adonde sin entrar en la ciudad hacíamos alto y después, poco a poco, lavado y enjuto, lo íbamos
metiendo, ya por las puertas o por cima de los muros, después
de media meche, cuando la justicia estaba retirada. Para los
vestidos de paño y seda que resgatábamos[37], teníamos roperos
conocidos a quien lo dábamos a buen precio, sin que perdiése-
mos blanca del costo. Y una vez entregados, ya sabían bien
que aquellos eran bienes castrenses[38], ganados en buena guerra
y que los habían de disfrazar para que nunca fuesen conocidos,
o su daño. Que no teníamos más obligación que darle la mercadería enjuta y bien acondicionada, puesta las puertas adentro
de sus casas, libres de aduana y de todos derechos, y allá se lo

---

doblada fiesta, y aplícase a los que quieren dos provechos o les vienen dos felicidades juntas» (Correas).

[35] *rodilla:* paño, trapo para la cocina; «llámase así porque comúnmente anda
rodando» *(Autoridades).* Aunque no resulte imprescindible, podríamos descon-
fiar de la *princeps* y enmendar *ropilla,* con otras ediciones antiguas (y modernas,
excepto FR); comp.: «hacer de la noche a la mañana ropillas de capas» (II, i, 1,
ca. n. 26).

[36] En el barrio de Triana vivían muchos cofrades de la ladronería, empezan-
do por el célebre Monipodio de *Rinconete y Cortadillo.*

[37] *resgatar:* rescatar, canjear.

[38] Sobre estas comparaciones, cfr. II, ii, 7, n. 48.

hubiesen. La ropa blanca tenía buena salida, por la buena comodidad que se ofrecía las noches en el baratillo[39]; ganábase
de comer honrosamente y de todo salíamos bien.

Una temporada del invierno fueron las aguas tan continuas,
que nadie salía de su casa ni daba lugar a que se la visitásemos.
Andábamos estrechos de dineros. Como pasando por una calle
viese que se había caído toda la delantera de una casa, pregunté cúya era. Dijéronme ser de una señora viuda. Fue[40] a su
casa y díjele que, pues allí no había morador, me diese licencia
para entrarme dentro y se la guardaría. Ella, temerosa de que
no se me cayese toda encima, dijo que mirase bien lo que hacía, porque se venía por el suelo. Y respondíle que no importaba, porque allí había un aposento alto, seguro, en que poderme
recoger, que los pobres no tenían qué temer ni qué perder,
pues aun traen sobrada la vida. Diome licencia de muy buena
gana y dentro de cuatro días ya no le había dejado por quitar
puerta ni cerradura. Otro día me fui a la plaza de San Salvador[41] y hice pregonar que quien quisiese comprar cuatro mil o
cinco mil tejas, que yo se las vendería. No se hallaba entonces
una por ningún precio. Vinieron a mí desalados[42] tres o cuatro
albañíes, y a cuál primero las había de comprar, no faltó sino
acuchillarse. Concertélas a cinco maravedís y, llevándolos a mi
casa, les enseñé los tejados, diciendo ser yo el mayordomo y
que mi ama quería hacer la casa de terrados. A vueltas de los
míos, también les enseñé algunos de los vecinos paredaños de
donde las habían de quitar. Diéronme seiscientos reales a buena cuenta de lo que montasen hasta cinco mil y quedaron de
venir para otro día. Cuando tuve mi dinero cobrado, fuime a la
señora de la casa y díjele que por qué consentía tan grande lás-

---

[39] *baratillo:* «cierta junta de gente ruin, que a boca de noche se juntan en un
rincón de la plaza y debajo de capa venden lo viejo por nuevo y se engañan
unos a otros» (Covarrubias); «en Sevilla, Valencia y otros lugares se hace este
género de mercado de noche, por cuyo motivo suelen verse graciosos engaños
en los trueques de unas cosas por otras» *(Autoridades).* Cfr. *Rinconete y Cortadillo,
Novelas ejemplares,* I, pág. 226.

[40] *Fue:* fui.

[41] *plaza de San Salvador:* había en ella un mercado (y la iglesia donde fue bau-
tizado Alemán).

[42] *desalados:* cfr. II, i, 5, n. 17.

tima, que su mayordomo había vendido ya las puertas todas y las tejas de los tejados. Ella se alborotó, diciendo que no tenía mayordomo ni sabía quién tal pudiese haber hecho. Yo entonces le dije:

—Pues para que Vuestra Merced vea quién lo hace, ya me han mandado salir della y hoy me mudo a otra parte, porque mañana por la mañana vendrán a quitar y a llevar las tejas. Mande Vuestra Merced enviar o ir allá y verán lo que pasa.

Con esto me despedí della y otro día desde lejos, puesto a una esquina, me puse a ver el alboroto, que fue muy para ver: los unos a destejar, la buena señora por defender su hacienda. En resolución, dio querella del albañí pobre y, no sólo no quitó las tejas, empero le pagó las puertas. Con esto pasé algunos días encerrado en casa, con muy gentil brasero, hasta que ya no me buscaban, pasado aquel primero movimiento[43].

Hacíase un día en San Augustín una fiesta y, como las tales lo eran para nosotros, acudí a ella y sentíle a un hidalgo bulto de dineros en la faltriquera, debajo de la espada, y a el pasar por un paso estrecho levantésela un poco, y metiendo la garra, dile tumbo[44] en ella sin que real se me escapase. Mas la inquietud me impedía poder sacar la mano llena, que venía colmada, y fue forzoso caérseme mucha parte dellos en el suelo. Pues, como estaba ladrillado el claustro y hiciesen a el caer mucho ruido, déjelos caer todos y, metiendo la mano en mi faltriquera, allí en un punto saqué della un lienzo y, dando voces a la gente que se desviase, porque por sacar aquel lienzo se me había derramado aquel dinero, todos hicieron lugar, y el buen señor a quien se los había robado, movido de caridad, oyendo mis lástimas, que decía irlos a pagar a un mercader, se bajó comigo a el suelo y me los ayudó a recoger, sin que faltase blanca. Dile las gracias por ello y fuime muy contento a mi casa. De aquí le nació el pico a el garbanzo[45]: este hurtillo fue

---

[43] La estafa de las tejas procede del *Cíngar* (cfr. II, ii, 5, n. 55), donde también el protagonista se esconde «después de cometido el delito para observar los resultados» (A. Blecua, *Mateo Alemán*, pág. 57, n. 53).

[44] *dile tumbo:* 'la volqué, la vacié'.

[45] *el pico a el garbanzo:* cfr. I, iii, 1, n. 8. En cuanto al «hurtillo», adviértase que en el *Buen aviso y Portacuentos* de Timoneda, 97 (cfr. E. Cros, *Sources*, páginas 107-109), se cuenta un ardid parecido al repentizado por Guzmán.

mi perdición, siendo el último que hice y el que más caro de todos me costó. Porque, aunque algunas veces me habían tenido preso por semejantes heridas[46], de todas había salido a buen puerto. Con dineros negociaba cuanto quería y allí no se trata de otra cosa, sino de buscar de comer cada uno; mas esta vez no me valieron trunfos[47], que los había ya renunciado.

Como me vi con dineros, quise prevenir, primero que se gastasen, de dónde valerme de otros. Porque, siempre que con mi habilidad podía socorrer la necesidad, no buscaba pesadumbres. Yo me hallaba con algunos bolsos de los que había cortado y algunas piececillas que dentro dellos había cogido. Di a guarnecer uno, el mejor que me pareció y, metiéndole dentro seis escudos en tres doblones de oro, cincuenta reales en plata, un dedal de plata y cuatro sortijas, lo llevé a mi madre y se lo enseñé muy de espacio y aun se lo di por escrito, que lo fuese decorando[48], sin que se le pudiese olvidar letra, por lo que importaba la buena memoria. Y bien instruida en lo que después había de hacer, me fui a la celda de cierto famoso predicador, en opinión de un santo, y díjele:

—Padre mío, yo soy un pobre forastero, vine a esta ciudad y estoy en ella muy necesitado. Deseo de acomodarme, si hallase alguna casa honrada donde tuviese una poca de quietud en el alma, que sólo eso pretendo y no repararía en el salario, porque con un honesto vestido y una limitada comida para poder pasar, no tengo ni quiero más granjería. Y aunque me veo tan afligido y roto, que por mal vestido no hallaré quien de mí se quiera servir y pudiera muy bien valerme, socorriendo mi necesidad en esta ocasión, tengo por mejor padecerla esperando en el Señor, que condenar mi alma ofendiendo a su divina majestad en usurpar a nadie su hacienda. No permita el Señor que bienes ajenos me saquen de trabajos corporales, dejándome dañada la conciencia. Yo salí esta mañana de mi casa para ir a buscar dónde trabajar, con qué comprar un pan que comer, y me hallé aquesta bolsa en medio de la calle. Quise ver qué tenía dentro y, cuando sentí ser dineros, la volví a cerrar con te-

---

[46] *heridas:* cfr. II, i, 6, n. 1.
[47] *trunfos:* triunfos (cfr. II, i, 2, n. 26).
[48] *decorando:* memorizando, aprendiendo de coro.

De la edición de Amberes, 1681

mor de mi flaqueza, no me obligase a hacer cosa ilícita. Vuestra paternidad la reciba y, pues el domingo ha de predicar, la publique: podría ser que pareciese su dueño y tener della más necesidad que yo. Ayúdele Dios con ella, que no quiero más bienes de aquellos con que su divina majestad mejor ha de ser de mí servido.

El fraile, cuando me oyó y vio tan heroica hazaña, creyó de mí ser algún santo, sólo le faltó besarme la ropa, y con palabras del cielo me dijo:

—Hermano mío, dadle a Dios muchas gracias, que os ha dado claro entendimiento y sciencia de lo poco que valen los bienes de la tierra. Confiad que quien os ha comunicado ese tal espíritu, también os dará lo que le cuesta menos y tiene dada su palabra. El que a los gusanillos, a las más desventuradas y tristes gusarapas y sabandijuelas no falta, también os acudirá con todo aquello de que os viere necesitado[49]. Esta es obra sobrenatural y divina, que pone admiración a los hombres y da motivo a los ángeles que le alaben, por haber criado tal hombre. Don suyo es, reconocédsela y dadle por todo alabanzas, perseverando en la virtud. Yo haré lo que me pedís y volvé por acá un día de la semana que viene, que yo confío en el Señor que os ha de hacer mucho bien y merced.

Cuando aquesto me decía daba lanzadas en el corazón, porque, considerada su santidad y sencillez con mi grande malicia y bellaquería, pues con tan mal medio lo quería hacer instrumento de mis hurtos, reventáronme las lágrimas. Creyó el buen santo que por Dios las derramaba y también como yo se puso tierno. Esto se quedó así hasta el domingo, que fue día de Todos los Santos. Y cuando fue a predicar, gastó la mayor parte de su sermón en mi negocio, encareciendo aquel acto, por haber sucedido en un sujeto de tanta necesidad. Exagerólo tanto, que movió a compasión a cuantos allí se hallaron para hacerme bien. Así le acudieron con sus limosnas que me las diese. Luego lunes por la mañana, mi madre fue a la portería. Preguntó por aquel padre, diciendo tener con él un caso importantísimo. Y como la vio el portero tan angustiada, se lo

---

[49] Cfr. San Mateo, 6, 25-26 («palabras del Cielo», pues, como anuncia Guzmán).

llamó al momento. Cuando se vio con él, asióle de las manos y de los hábitos, echándose de rodillas por el suelo, hasta querer besarle los pies y díjole que la bolsa era suya, que se la diese por un solo Dios. Diole las señas de todo, como quien bien las tenía estudiadas. Y el fraile se la entregó, conociendo ser verdaderas. Cuando mi madre la vio en sus manos, abrióla y, sacando un doblón de los tres que dentro tenía, se lo dio a el padre, que me lo diese de hallazgo[50], y cuatro reales para dos misas a las ánimas de purgatorio, a quien dijo que la tenía encomendada. Cobró con esto su bolsa y llevómela luego a la posada sin faltar ni un alfiler de toda ella, que aun con cuidado le metí dentro un papelillo dellos, por que pareciese todo ser cosa de mujer[51].

Después de pasado esto, de allí a dos días, miércoles por la tarde, fui a visitar a mi fraile, que ya me tenía un cofre lleno de vestidos, que pudiera bien romper diez años, y dineros que gastar por algunos días. Diómelo con alegre rostro y mandóme que volviese otro día, que tenía una buena comodidad que darme. Fuime y volví cuando me había dicho y después de preguntarme si sabía escrebir y que lo enteré de mi habilidad, me dijo que cierta señora que tenía su marido en las Indias, buscaba una persona tal, que le administrase su hacienda en la ciudad y en el campo, que si era cosa de mi gusto, le avisase para que tratase dello. Yo, luego después de darle las gracias, dije:

—Padre mío, lo que toca el trabajo de mi persona, la solicitud y fidelidad que se debe, sólo eso podré ofrecer; empero no soy desta tierra ni tengo quien me conozca. Si esa señora me tiene de fiar su hacienda, querrá juntamente quien a mí me fíe

---

[50] *de hallazgo*: 'como recompensa'. «*Hallazgo* en romance significa el premio de aver hallado alguna cosa, i no el mismo hallar» (Andrés Cuesta, *Censura a las «Lecciones solemnes» de Pellicer*, en *El Crotalón. Anuario de Filología Española*, II [1985], pág. 450).

[51] El episodio del engaño al predicador está inspirado por Masuccio, *Il novellino*, XVI (y basta ver su argumento para advertirlo): «San Bernardino è ingannato da dui salernitani; l'uno il fa credere aver trovata una bursa con cinquecento ducati, e l'altro dice averla perduta, dágli i signali e recovera la bursa; il santo raccomanda la povertà del primo al populo fiorentino; raduna un gran dinaro, dàgli a l'ingannatore; quale col compagno trovatosi, dividono tra loro la preda.» Una estratagema semejante puede leerse en *El donado hablador*, II, ii (JSF).

y no lo tengo. Sólo este inconveniente hallo. Vea vuestra paternidad lo que fuere servido que haga.

Él respondió que sería mi fiador y por aquello no lo dejase. Acetélo de buena voluntad, viendo ir por aquel camino mi negocio bien guiado. Que no hay cosa tan fácil para engañar a un justo como santidad fingida en un malo.

CAPÍTULO VII

DESPUÉS DE HABER ENTRADO GUZMÁN DE ALFARACHE A SERVIR
A UNA SEÑORA, LA ROBA. PRÉNDENLO Y CONDÉNANLO A LAS
GALERAS POR TODA SU VIDA

Tanta es la fuerza de la costumbre, así en el rigor de los trabajos, como en las mayores felicidades, que, siendo en ellos
importantísimo alivio para en algo facilitarlos, es en los bienes
el mayor daño, porque hacen más duro de sufrir el sentimiento
dellos cuando faltan. Quita y pone leyes, fortaleciendo las unas
y rompiendo las otras; prohíbe y establece, como poderoso
príncipe, y consecutivamente a la parte que se acuesta, lleva
tras de sí el edificio, tanto en el seguir los vicios, cuanto en
ejercitar virtudes. En tal manera que, si a la bondad se aplica,
corre peligro de poderse perder fácilmente y, juntándose a lo
malo, con grandísima dificultad se arranca. No hay fuerzas
que la venzan y tiene dominio sobre todo caso. Algunos la llamaron segunda naturaleza[1], empero por experiencia nos muestra que aún tiene mayor poder, pues la corrompe y destruye
con grandísima facilidad. Si amargo apetece, con tal artificio lo
conserva y enduza, que, como si tal no fuese, lo vuelve suave.
Y acompañada con la verdad es el monarca más poderoso y su

---

[1] La idea era ya común en los clásicos grecolatinos (cfr. Macrobio, *Saturnales*,
VII, ix, 7; Cicerón, *De finibus*, V, xxv, 74, o Plutarco, *Morales*, fol. 140r), y no lo
fue menos en los españoles: cfr. —por citar tres textos dispares— *La Arcadia*
de Lope (cfr. *La Dorotea*, págs. 435-436, n. 132, con más ejemplos), la *Guía de
pecadores* de Fray Luis de Granada, pág. 125, y el *Jardín de flores curiosas* de Antonio de Torquemada, pág. 431.

fortaleza inexpugnable[2]. ¿Quién sino ella hace al pobre pastor
asistir en los desiertos campos, en la hondura de los valles, en
las cumbres de los empinados montes y sierras, contra las inclemencias del riguroso invierno, sufriendo tempestades, continuas pluvias, vientos y aires, y en el verano, riguroso sol que
tuesta los árboles, abrasa las piedras y derrite los metales?
Y siendo su fuerza tanta, que hace domesticarse las fieras más
fieras y ponzoñosas, refrenando sus furias y mitigando sus venenos, el tiempo la gasta, con él se labra y sólo a él se sujeta.
Porque para con él son sus telas de araña, hechas contra un
elefante; que si ella es poderosa, él es prudente y sabio.
Y como el ingenio suele sobrepujar a todas humanas fuerzas, así
el tiempo a la costumbre. Sigue la noche a el día, la luz a las tinieblas, a el cuerpo la sombra. Tienen perpetua guerra el fuego
con el aire, la tierra con el agua y todos entre sí los elementos[3]. El sol engendra el oro[4], da ser y vivifica. Desta manera
sigue, persigue y fortalece a la costumbre. Hace y deshace,
obrando sabiamente con silencio, según y por el orden mismo
que acostumbra ella con las continuas gotas cavar las duras
piedras[5]. Es la costumbre ajena y el tiempo nuestro[6]. Él es
quien le descubre la hilaza[7], manifestando su mayor secreto,
haciendo con el fuego de la ocasión ensaye de sus artes; con
experiencia nos enseña los quilates de aquel oro y el fin adon-

---

[2] Alemán recoge en este párrafo un buen número de lugares comunes bien
asimilados y mejor engarzados (basta cotejarlo con el repertorio de Juan de
Aranda, fols. 120r-121r: cfr. FR, págs. 56-58), siempre sobre el «sujeto» de la
fuerza de la costumbre. Por ejemplo: «No hay cosa más firme que la costumbre,
especialmente si la verdad es de su bando» (San Agustín); «Grande es la fuerza
de la costumbre, pues transnochan los cazadores en la nieve y se abrasan en los
montes» (Cicerón); «El tiempo es descubridor de nuestras costumbres» (Plinio).

[3] «Todo contiene dentro de sí una continua pelea y las unas cosas la hacen a
las otras, de tal manera, que aquello en que se contradicen las hace multiplicar y
ser muy diferentes. Pelean los elementos, pelean las fieras, pelean las plantas,
árboles y las duras piedras, haciéndose muy grande guerra unas a otras» (San
Antonio de Padua, II, iv, fol. 92r). La idea remonta a Heráclito, como es bien sabido; cfr. también II, i, 2, n. 12.

[4] «El oro ... es hijo del sol» (Lope, La Dorotea, I, iv, pág. 85, y n. 65).

[5] Cfr. I, i, 2, n. 9.

[6] Cfr. Séneca, Epístolas, I, 3: «Omnia, Lucili, aliena sunt; tempus tantum nos-
trum est.»

[7] descubrir la hilaza: cfr. II, i, 3, n. 17.

de siempre van sus pretensiones encaminadas, y quien comigo no tuvo alguna misericordia, pues en breve hizo público lo que siempre con instancia procuré que fuese oculto.

Todo lo dicho se verificó bien de mí, en proprios términos y casos. ¡Oh cuántas veces, tratando de mis negocios, concertando mis mercaderías, dando mis logros, fabricando mis marañas por subir los precios, vendiendo con exceso, más al fiado que al contado, el rosario en la mano, el rostro igual y con un «en mi verdad» en la boca[8] —por donde nunca salía—, robaba públicamente de vieja costumbre! Y descubriólo el tiempo. Quién y cuántas veces me oyeron y dije: «Prometo a Vuestra Merced que me tiene más de costo y no gano un real en toda la partida y, si la doy barato, es porque tengo de dar unos dineros para...» Y daba otras causas, no habiéndolas para ello más de querer ganar a ciento por ciento de su mano a la mía. ¡Cuántas veces también, cuando tuve prosperidad y trataba de mi acrecentamiento —por sólo acreditarme, por sola vanagloria, no por Dios, que no me acordaba ni en otra cosa pensaba que solamente parecer bien al mundo y llevarlo tras de mí, que, teniéndome por caritativo y limosnero, viniesen a inferir que tendría conciencia, que miraba por mi alma y hiciesen de mí más confianza—, hacía juntar a mi puerta cada mañana una cáfila de pobres y, teniéndolos allí dos o tres horas por que fuesen bien vistos de los que pasasen, les daba después una flaca limosna y, con aquella nonada que de mí recebían, ganaba reputación para después mejor alzarme con haciendas ajenas![9]. ¡Cuántas veces de mi pan partí el medio, no quedando hambriento, sino muy harto, y con aquella sobra, como se había de perder o darlo a los perros, lo repartí en pedazos y lo di a pobres, no donde sabía padecerse más necesidad, sino donde creí que sería mi obra más bien pregonada! ¡Y cuántas otras veces, teniendo sangriento el corazón y dañada la intención, siendo naturalmente pusilánime, temeroso y flaco, perdonaba injurias, poniéndolas a cuenta de Dios en lo público, quedándome dañada la intención de secreto! ¡Con secreto lo disimulé y en pú-

---

[8] Cfr. II, ii, 7, n. 14.
[9] Sobre la actitud de Guzmán y las implicaciones posibles de su hipocresía, *vid.* M. Cavillac, *Gueux et marchands*, págs. 98-99.

blico dije: «Sea Dios loado», siendo de mí verdaderamente
ofendido, pues maldita otra cosa que impidió mi venganza sino
hallarme inhábil para ejecutarla, porque viva la tenía dentro
del alma! ¡Cuán abstinente me mostré otras veces, qué ayuna-
dor y reglado, no más de por parecerlo, para poder guardar
más y gastar menos![10]. Que, cuando de ajena sustancia comía,
cuando de lo del prójimo gastaba, un lobo estaba en mi vientre: nunca pensaba verme harto. ¡Qué continuamente visitaba
los templos, asistía en las cárceles por acreditarme con los ministros oficiales dellas, no por los presos, antes por si alguna
vez me viesen preso, que ya me conociesen y más me respeta-
sen! Si acudí a los hospitales, anduve romerías, frecuenté devociones, royendo altares, no faltando a sermón de fama, en jubi-
leo ni a devoción pública, todos aquellos pasos eran endereza-
dos a cobrar buena fama, para mejor quitar a el otro la capa.

Pues no se me olvida que hartas veces me decían y supe de
algunas cosas muy secretas, que, por serlo tanto, cuando después trataba dellas con sus dueños mismos, aconsejándolos o
corrigiéndolos en ellas, entendían de mí que debía saberlo por
divina revelación. Y así lo daba yo a entender por indirectas,
ganando con aquello grandísima reputación, en especial con
mujeres, que tras esto y gitanas corren como el viento, fáciles
en creer y ligeras en publicar, de cuyas bocas iban esparciéndo-
se más mis alabanzas. Hartas y muchas veces, cuando algún
pobre se quiso valer de mí, como tenía tanta y tal reputación,
pedía limosna públicamente para él a los que me conocían y,
juntando mucho dinero, le daba muy poco, quedándome con
ello: quitaba para mí la nata y dábales el suero. Si quería hacer
alguna bellaquería, lo primero que para ello procuraba era pre-
venirme de una muy hermosa y grande capa de coro con que
cubrirla, para mejor disimularla con santidad, con sumisión,
con mortificación, con ejemplo, y asolaba por el pie cuanto
quería.

Si no, vedlo agora con cuánta facilidad engañé a este santo.

---

[10] Comp. Erasmo, *Enquiridion,* ed. cit., pág. 224: «Ayunas. Buena obra es
ésa, a lo que parece de fuera. Mas ¿a qué fin tira esa tu abstinencia...? Si es por
cobdicia de ahorrar el gasto, o porque quieres ser tenido por santo, ya tu ayuno
va enlodado y el ojo de la intención no le tienes santo» (cit. por FR).

Y no fue sólo este daño el que hice; mas otro mayor se siguió, que fue dejarle falida[11] la opinión. A lo menos pudiéralo quedar, cuando tan bien zanjada no la tuviera. Que instrumento había yo sido y causa tuve dada de harto perjuicio contra su buena reputación. Asentóme con aquella señora, creyendo de mí que la sirviera con toda fidelidad según pudo presumirse de los actos que mostré de tanta perfección. Diome mucho crédito con el abundante caudal del suyo. Recibióme con voluntad en su servicio, fióme su hacienda y familia, diome un muy honrado aposento, regalada cama y todo servicio. Acaricióme, no como a criado, mas como a un deudo y persona de quien creía que le haría Dios por mí muchas mercedes. Pedíame algunas veces le rezase un Avemaría por la salud y buen suceso de su esposo. Respondíale a todo como un oráculo, con tanta mortificación, que le hacía verter lágrimas.

Con esto la engañé, la robé y sobre todo la injurié, ofendiendo su casa. Pues teniendo en ella para su servicio una esclava blanca, que yo mucho tiempo creí ser libre, tal en cautelas o peor que yo, me revolví con ella. No sé cómo nos olimos, que tan en breve nos conocimos. A pocos días entrado en casa, no había orden para poderla echar de mi aposento, en son de santa para los demás y por todo estremo disoluta comigo, como si fuera criada en la casa más pública del mundo, y con tal sagacidad, que otro que yo entre todos los criados ni su ama misma le alcanzaron a conocer aquel secreto. Y con él me regalaba tanto, que siempre abundaba mi caja de colaciones, como si fuera una confitería. Proveíame de toda ropa blanca, bien aderezada, olorosa y limpia. Su señora gustaba dello, porque a los dos nos tenía por santos. Dábame dineros que gastase, sin que yo tampoco supiese al cierto de dónde los había, quién o cómo se los daba. Bien que se me traslucían algunas cosas; mas, por no caer de mi punto, no quise ser curioso en apurarla; y para nunca perderla en cuanto yo allí estuviese y mejor poder obligarla, íbala sustentando con palabras y esperanzas, que teniendo con qué, buscaría manera como ahorrarla[12] y me casaría con ella. Esto le hacía desvelar y enloquecer en mi servicio.

---

[11] *falida:* fallida, menoscabada (cfr. I, ii, 9, n. 23).
[12] *ahorrarla:* lograr su libertad, hacerla horra.

Porque, según el amor que le fingí, aunque muy astuta, siempre lo tuvo por cierto, como si yo no fuera hombre y ella esclava.

No sabía mi ama de más hacienda ni más poseía de aquello que yo le daba. La de la ciudad estaba en mi mano, y juntamente gobernaba la del campo y toda la esquilmaba. Porque mi disinio era hacer una razonable pella[13] y dar comigo lejos de allí a buscar nuevo mundo. Queríame pasar a las Indias y aguardaba embarcación, como quiera que fuese; mas no lo pude lograr. Que, conociendo mi ama su cierta perdición, que los caseros le decían haberme ya pagado, los pastores que vendía los ganados, el capataz que sacaba los vinos de las bodegas y que de todo no vía blanca, porque me alzaba con ello, determinóse a comunicarlo a solas con un hidalgo deudo suyo. Díjole la mala cuenta que daba, que le pusiese conveniente remedio. Él, sin decirme palabra, ya cuando yo andaba en vísperas de alzar las eras[14], muy descuidado y libre de tal suceso, estando durmiendo la siesta con mucho reposo, dio un alguacil sobre mí, prendióme y, sin decir por qué ni cómo, sino que allá me lo dirían, me llevó a la cárcel.

Esto se hizo porque no se alborotase la casa ni el barrio con algunas libertades mías, cuando supiese por cúya orden me prendían. Iba yo por el camino suspenso y mentecapto. Ya juzgaba si fuese requisitoria de Italia, ya si de mis acreedores en Castilla o si de mis nuevos hurtos no purgados en aquella ciudad. Y aunque de cualquiera cosa déstas me pesaba, sentía mucho perder aquel pesebre. Que con el mal nombre faltaría mi estimación y no me acudirían como antes. Mas ¡paciencia! ¡Gracias a Dios, que ya esta desgracia sucedió a tiempo que me halló de corona![15]. Que, como mi madre vivía por sí, poco a poco le iba llevando cuanto recogía y ella me lo guardaba. Después abrieron mi caja y no hallaron en ella más que una

---

[13] *pella:* montón de dinero.
[14] *alzar las eras:* «por metáfora de los labradores, que acabando de trillar recogen el trigo y paja y dejan la era barrida y se van a casa; ansí cuando se mudan de algún lugar dicen *alzar de eras»; «alzó de eras:* fuese con todo su hato» (Correas).
[15] *de corona:* 'ordenado, tonsurado', y de ahí, metafóricamente, 'preparado, a punto' (cfr. otro sentido en II, i, 3, n. 39).

bula del año pasado y trastos viejos. Acudieron a la cárcel a pedirme cuenta. Dila tan mala como se puede presumir de quien
sólo cobraba y nunca pagaba. No hay tales cuentas como las
en que se reza[16]. Hiciéronme terrible cargo. Quedóse la data
en blanco. Acudieron al fraile, dándole parte del caso. Él,
como prudente, ni condenó ni absolvió, hasta darme un oído y
juzgar después de informado de ambas partes. Vínome a visitar a la cárcel. Neguéselo todo a pie juntillo, afirmando ser falso testimonio que me levantaban y estar tan inocente, que ninguno lo era más en el mundo de aquel negocio, y así esperaba
en Dios que, como libró a Josef y a Susana, no se descuidaría
de mi verdad ni dejaría perecer mi justicia[17]; más que todo
aquello y castigos mayores merecían mis culpas, por otras
ofensas contra su divina majestad cometidas.

El buen religioso no sabía qué ni a quién había de dar crédito. Quedó perplejo y, en caso de duda, se acostó[18] por entonces a la parte del caído, socorriendo a lo más flaco. Estúvome
consolando con palabras, prometiéndome su solicitud en mi
defensa, encomendando mis negocios al Señor, que me librase
y tuviese de su mano. Despidióse de mí. Fuese al oficio del escribano para quererme abonar, pidiéndole por caridad que mirase mucho por mi causa, que me tenía sin duda por varón
santo. Mas cuando el escribano le oyó decir esto, riéndose mucho dello sacó los procesos que contra mí tenía y, haciéndole
relación de las causas, diciéndole quién yo era, los hurtos que
había hecho y embelecos de que usaba, corrióse y con toda la
sencillez del mundo, sin creer que me dañaba, le contó el caso
que con él me había pasado y por el orden que me había conocido, de donde había resultado acreditarme tanto porque no lo
tuviesen por hombre falto que se movía sin causas en mi defensa. Cuando el escribano le oyó, sintió en el alma mi maldad,
que así hubiese querido burlar a un tan grave personaje. Indi-

[16] Así en Correas.

[17] «Este esquema (ejemplo bíblico —*Génesis*, XLI; *Daniel*, XIII— seguido de
aplicación al caso concreto del autor), aquí sólo insinuado, procede de la Oración de Agonizantes y en la Edad Media conoció muy grande fortuna» (FR,
con bibliografía).

[18] *se acostó:* se acercó, se inclinó.

nóse contra mí de manera, con un coraje tan encendido, que si en su mano fuera, me ahorcara luego. Dejó el oficio, fue a casa del teniente, hízole relación de palabra y tal que lo puso de su misma tinta. Y afrentado dello, como si les hubieran dado poder en causa propria, me cogieron a cargo, haciéndome de aquél otro nuevo y mandándome agravar prisiones, dijeron a el alcaide que me tuviera en un calabozo.

No me cogió tan desnudo este día, que me faltasen dineros con que sustentar la tela[19] y hacer la guerra. Mas es la cárcel de calidad como el fuego, que todo lo consume, convirtiéndolo en su propria sustancia. Largas experiencias hice della y por mi cuenta hallo ser un molino de viento y juego de niños. Ninguno viene a ella que no sea molinero y muela, diciendo que su prisión es por un poco de aire, un juguete, una niñería. Y acontece a veces traer a uno déstos por tres o cuatro muertes, por salteador de caminos o por otros atrocísimos y feos delitos. Ella es un paradero de necios, escarmiento forzoso, arrepentimiento tardo, prueba de amigos, venganza de enemigos, república confusa, infierno breve, muerte larga, puerto de suspiros, valle de lágrimas, casa de locos donde cada uno grita y trata de sola su locura[20]. Siendo todos reos, ninguno se confiesa por culpado ni su delito por grave. Son los presos della como la parra de uvas, que, luego que comienzan a madurar,

---

[19] *sustentar* o *mantener tela:* el que se pone a satisfacer a todos» (Covarrubias), 'aguantar el tipo hasta el final'».

[20] La cárcel en general, y en particular la de Sevilla, se consagró en este capítulo como tema ineludible en los textos picarescos y sus satélites. Conocemos una *Relación de la cárcel de Sevilla,* en prosa, de Cristóbal de Chaves (en Gallardo, *Ensayo,* I, cols. 1341-1370), otra *Relación* en verso, por Martín Pérez, y un *Entremés de la cárcel de Sevilla* (también en Gallardo, 1371-1384). En las notas que siguen intentaré poner —sin abusar— las coincidencias con la *Relación* de Chaves, sin duda la más próxima a Alemán (y recordada también por los demás anotadores del *Atalaya*). Las comparaciones del pícaro, en particular la enunciada ya en II, ii, 3 («es un vivo retrato del infierno»: cfr. sus notas 1 y 21, o Juan Rufo, *Las seiscientas apotegmas,* 576, pág. 201), fueron desarrolladas por Carlos García en el primer capítulo de *La desordenada codicia de los bienes ajenos,* páginas 83-103 («En el qual compara el autor la miseria de la prisión a las penas del infierno», y comp. sobre todo las págs. 96-97), triste desfile de demonios con figura de corchetes, porteros, delatores y carceleros. Cfr. asimismo Espinel, *Marcos de Obregón,* III, xii: II, pág. 214, y Gonzalo de Céspedes y Meneses, *Varia fortuna del soldado Píndaro,* I, págs. 96-97.

cargan avispas en cada racimo y sin sentirse los chupan, dejándole solamente las cáscaras vacías en el armadura, y, según el
tamaño, así acude la enjambre.

Cuando traen a uno preso, le sucede lo proprio. Cargan en
él oficiales y ministros hasta no dejarle sustancia. Y cuando ya
no tiene qué gastar, se lo dejan allí olvidado. Y esto sería menos mal, respeto de otro mayor que acostumbran, dándole luego con la sentencia, como a pobre, dejándolo perdido y desbaratado. Luego como lo entregan al primer portero, en la puerta principal de la calle le hacen el tratamiento que su bolsa merece; que aquel portero hace como el que compra, que nunca
repara en la calidad que tiene quien vende, sino en lo que vale
la cosa que le venden. Así él, no se le da un real que sea el preso quien fuere; sólo repara en lo que le diere[21]. Cuando el caso
no es de calidad ni tiene pena corporal que nazca de atrocidad,
como sería muerte, hurto famoso, pecado feo y otros cuales
aquestos, déjanlo andar por la cárcel, habiéndoselo pagado.

Era mi prisión primera[22], hasta que diera fianzas de estar a
derecho por aquella deuda. Ya me conocían. Todos nos entendíamos. Éramos camaradas. Contentélos y quedéme abajo con
ellos; aunque siempre tuve ojo a si pudiese con buen seguro
coger la puerta y esperaba mejor comodidad para hacerlo. Mas
desde que asomé por vistas de la cárcel y después de ya dentro
della, estuve rodeando de veinte procuradores, que con su pluma y papel escrebían mi nombre y la causa de mi prisión, faci-
litándola todos[23]. El uno decía ser su amigo el juez, el otro el
escribano, el otro que dentro de dos horas haría que me diesen
en fiado. Decía otro que mi negocio era cosa de burla, que por
los aires[24] me haría soltar luego con seis reales. Cada uno se

---

[21] «Tiene la cárcel tres puertas antes de llegar a los corredores y patio. A la
primera llama la gente mordedora la *puerta de oro,* por el aprovechamiento
que tiene el que la guarda; que, como es la primera, recibe mujeres y hombres, y de
allí se reparten a el lugar que merecen sus culpas, o el mucho o poco dinero que
da» (Chaves, *Relación,* col. 1343).

[22] *primera:* preventiva.

[23] «La avaricia de abogados y procuradores inmortaliza los pleitos» (M. Luján, *Segunda parte,* pág. 407a), pues «cada uno ... lo pedía para llevarlo a su letrado» (II, iii, 2, *ca.* n. 78); cfr. lo dicho en II, ii, 3, n. 6.

[24] *por los aires:* en los aires (cfr. I, iii, 7, n. 33), al punto.

hacía señor de la causa y decía pertenecerle: aquéste, porque me acompañó desde que me vio traer preso y se previno comigo del negocio; aquél, porque yo le rogué que me fuese a llamar a un mi amigo escribano, allí junto a la cárcel; otro, porque fue quien primero escribió y tenía ya hecha petición para el teniente. Mas de todos ellos entre mí me reía, porque los conocía y sabía su trato, que sólo viven de coger de antemano lo que pueden y después con dos yuntas de bueyes no les harán dar paso. Y hubo alguno dellos que, teniendo poder para defender a un ladrón, entró a pedirle dineros para hacer el interrogatorio, después de rematado a las galeras.

Estando altercando todos cuál había de procurar mi negocio, entró rompiendo por ellos, confiado y hecho señor dél, cierto procurador que antes lo había sido mío en las causas criminales, y dijo:

—¿Acá está Vuestra Merced?[25].

Díjele que sí, pues me habían preso. Y díjome:

—¿Pues qué ha sido la causa?

Y cuando se la hube dicho, respondióme:

—Ríase Vuestra Merced dello y calle. ¿Tiene ahí algún dinero que llevemos a el escribano y daré luego petición al teniente para que le mande soltar con fianzas de la haz?[26]. Y si no lo proveyere, lo llevaremos a la sala mañana y esos señores lo mandarán luego. Yo hablaré a uno dellos, que es gran señor mío, y no estará Vuestra Merced aquí a mediodía.

Cuando los otros oyeron esto, dijeron que qué o qué gentil manera de dar petición.

—¡Estamos aquí veinte hombres dos horas ha trabajando en

---

[25] «Antes que amanece hay muchos procuradores que llaman *de abajo*, que entran en la cárcel a saber los presos que han entrado de noche. Y hay un lenguaje entre ellos extraño: "¿Acá está vuesa merced?" (y no lo conocen). "Pues ¿por qué, señor?" "Por esto, por esto." "Ríase vuesa merced de eso: calle, dé acá dineros, que yo lo soltaré luego. El escribano y el juez son mis amigos, y no hacen más de lo que yo quiero..." Y sobre esto se dan de puñadas unos con otros, y acaece venirlo a hacer otro. Los que más hacen esto son unos que llaman *zánganos*, que tienen título» (Chaves, *Relación*, cols. 1348-1349).

[26] *fianza de la haz*: «la que se hace de estar por el reo a todas las obligaciones reales y personales» *(Autoridades)*.

el negocio y viénese agora muy de su espacio a querer escrebir en él![27]

Mi procurador les dijo:

—Señores, aunque Vuestras Mercedes hubieran escrito en él dos meses ha, en llegando yo había de ser negocio mío, que aqueste caballero es muy mi grande amigo y despáchole yo sus negocios todos. Bien pueden irse con Dios y dejarlo.

Ellos, cuando le oyeron, replicaron:

—¡Oh qué lindito[28], qué gentil manera de negociar y qué buena flor se porta[29] y con qué nos viene agora, sus manos lavadas[30], a querer llevar la causa! Váyase norabuena, que aqueste caballero verá la razón y dará su poder a quien quisiere. No tengamos aquí voces.

Él que sí, los otros que no, asiéronse de manera que se vinieron a decir quiénes eran, sin dejar mancha por sacar y la manera con que robaban a los presos. Que fue un coloquio para quien los oyó de mucho entretenimiento, por ser de verdades, representado al vivo. Y es trato común suyo éste de cada hora y con cada preso. Ya, cuando los hubieron metido en paz, me llegué a mi dueño viejo y pedíle que acudiese a lo necesario, que yo lo pagaría. Dile cuatro reales y no lo volví a ver en aquellos quince días. Bien sabía yo ya lo que había de hacer y que por sólo aquello venía, por asegurar la olla del día siguiente y tener con qué salir a la plaza; mas fueme forzoso elegirlo a él por temor que tuve, que, como sabía mis causas viejas, a dos por tres descornara la flor[31] y me hiciera en dos horas juntar un ciento dellas. Y si así como así, o porque calla-

---

[27] *escribir:* 'ejercer como escribano'.

[28] *¡Oh qué lindito!:* hoy diríamos 'imira qué bien, mira qué gracia!'; lo recoge Correas (entre los refranes: «¡Oh, qué lindico! Mas ¡oh, qué lindoque!»), y como frase proverbial se consagró en una letrilla de Góngora (la XIX en la espléndida edición de R. Jammes, París, 1963 [y Madrid, 1980]), recordada poco amigablemente por Quevedo, *Obra poética,* núm. 828.

[29] *buena flor se porta:* se decía del que «usa donaires y chanzas y negocia por tal modo» (Correas). Cfr. M. Joly, *La bourle,* pág. 199.

[30] *sus manos lavadas:* cfr. II, ii, 4, n. 58.

[31] *descornar la flor:* descubrir la trampa (cfr. I, iii, 2, n. 36, y I, ii, 5, n. 61). «Cuando les son conocidas o descubiertas las fullerías ... dicen los tahúres ... *descornar la flor,* como si dijesen ya es entendido su negocio» (F. de Luque Faxardo, *Fiel desengaño contra la ociosidad y los juegos,* II, pág. 22).

se o porque procurase, le había de pagar, tuve por mejor que
fuese mi procurador, aunque aquél no era negocio de muchas
tretas y sólo consistía en dineros[32]. Mas después, cuando me
vinieron a encomendar por el embeleco, que se vinieron a juntar las causas, lo hube bien menester.

Ya iba el negocio de veras. Pasáronme arriba[33]. Quisieron
echarme grillos. Redimílos a dineros, pagué al portero a cuyo
cargo estaban y al mozo que los echa. El escribano acudía; las
peticiones anduvieron; daca el solicitador, toma el abogado,
poquito a poquito, como sanguijuelas, me fueron chupando
toda la sangre, hasta dejarme sin virtud. Quedé como el racimo seco, en las cáscaras. A todo esto no es bien pasar en silencio lo que con mi dama me pasaba, pues cada mañana luego en
amaneciendo llovía sobre mí el mana[34]. En ella hallaba mi remedio, proveyéndome de todo lo necesario. Y en el rigor de
mi prisión, habiéndome sentenciado el teniente a galeras,
me envió una carta que, por ser donosa, me pareció hacer
memoria della y porque también es bien aflojar a el arco la
cuerda[35] contando algo que sea de entretenimiento. Decía desta manera:

«Sentenciado mío: La presente no es para más de que dejéis
la tristeza y toméis alegría. Baste que yo no la tenga por ti, mi
alma, desde el día de Santiago a las dos de la tarde, que te
prendieron durmiendo la siesta, que aun siquiera no te dejaron
acabar de reposar, y más la que hoy he recebido, con que me

---

[32] «Hay *procuradores de por vida* que, si lo son de uno que cometió un delito y
por él salió desterrado, todo lo que de allí adelante le sucede no osan dar poder
a otro, de temor que aquél sabe su vida; y así tiene derecho a él y a su hacienda.
Y como amanece en la cárcel y ve todos los presos que siempre entran, no se le
pueden encubrir. Aunque no sea hábil ni sepa hacer su oficio, sabe el negocio,
porque sabe soplallo y hacelle mal. Y hay hombre que tiene libro de los que se
libran y sueltan; y vale dineros si lo conoce y calla, como si lo defendiese» (Chaves, *Relación*, col. 1358).

[33] *pasáronme arriba:* «por la puerta *de plata* (una de las tres aludidas en la
n. [21]), donde estaban los presos por delitos más graves; cfr. Chaves, *Relación*,
1344: "no se desencierra preso ni quita prisiones sin propina, la cual lleva el
portero que llaman de plata"» (FR).

[34] *mana:* maná (cfr. II, i, 1, n. 39).

[35] *aflojar a el arco la cuerda:* cfr. II, iii, 4, n. 68.

han dicho que ya te sentenció el teniente a docientos azotes y diez años de galeras. Malos azotes le dé Dios y en malas galeras él esté. Bien parece que no te quiere como yo ni sabe lo que me cuestas. Díceme Juliana que te diga que apeles luego. Apela veinte veces y más, las que te pareciere, y no te se dé[36] nada, que todo se remediará con el favor de Dios y ese señor teniente. A[u]n bien que no te has de quedar ahí para siempre. Que, para esta cara[37] de mulata que se ha de acordar de las lágrimas que me ha hecho verter, que han sido tantas, que por poco lo hubiera dado a sentir a todo el mundo; y más lo hubiera dado a sentir, si no fuera por temor de quedar ahogada en ellas y después no gozarte[38]. Que a fe que te tengo ya pesado a ellas y sacaréte a nado de aquese calabozo donde tienes mi alma encadenada. Juliana dirá los cabellos que me saqué de la cabeza cuando me lo dijeron. Ahí te lleva veinte reales para tu pleito y con que te huelgues, por que te acuerdes de mí. Aunque yo sé cuando para mí no eran menester estos proverbios y en un momento que me apartaba de ti para echar carbón a la olla se te hacían mil años. Acuérdate, preso mío, de lo que te adoro y recibe aquesa cinta de color verde[39], que te doy por esperanza que te han de ver mis ojos presto libre. Y si para tus necesidades fuere menester venderme, échame luego al descubierto dos hierros en ésta y sácame a esas Gradas[40], que yo me tendré por muy dichosa en ello. Dícesme que Soto, tu camarada, está malo de que se burló mucho el verdugo con él hasta

---

[36] *no te se dé:* así en la edición de 1604, aunque otras ediciones antiguas corrigieron el texto y estropearon la afectividad popular de la frase.

[37] *para esta cara:* fórmula de juramento que a menudo (cuando no mediaba una epístola, por ejemplo, pero cfr. *ca.* n. 40) se dejaba en *para ésta*, «amenazando, puesto el dedo sobre la nariz» (Correas). Comp. «para mi santiguada» (Cervantes, *Don Quijote,* I, pág. 186).

[38] La copia de lágrimas, resuelta casi siempre en imágenes fluviales, serias (cfr. la *Diana,*, pág. 86) o burlonas (Quevedo, *Premática de 1600,* en *Obras festivas,* pág. 83) ya ha sido objeto de comentario y de nota (I, ii, 5, n. 38).

[39] *cinta de color verde:* como símbolo de su amor y en «señal de esperanza» por su color (cfr. I, iii, 10, n. 25).

[40] Pues en ellas solía haber mercado de esclavos; a los pobres se les herraba una *S* en una mejilla y un clavo en la otra (con «dos hierros», dice la enamorada), cruel floritura etimológica que no dejó de ser condenada y reída en la literatura del Siglo de Oro.

hacerlo músico[41]. Hame pesado que un hombre tan principal
haya consentido que aquese hombrecillo vil y bajo se le atra-
viese y que de su miedo haya dicho lo suyo y lo ajeno. Dale
mis encomiendas, aunque no lo conozco, y dile que me pesa
mucho y parte con él de aquesa conserva, que para ti, bien
mío, la tenía guardada. Mañana es día de amasijo y te haré una
torta de aceite con que sin vergüenza puedas convidar a tus camaradas. Envíame la ropa sucia y póntela limpia cada día.
Que, pues ya no te abrazan mis brazos, cánsense y trabajen en
tu servicio para las cosas de tu gusto. Mi ama jura que te ha de
hacer ahorcar, porque dice que la robaste. Harto más tiene robado ella a quien tú sabes. Ya me entiendes, y a buen entende-
dor, pocas palabras. Si Gómez, el escudero, te fuere a ver, no
le hables palabra, que es hombre de dos caras y se congracia
con todos y es amigo de taza de vino[42]. De todo te doy aviso
y, porque aquésta no es para más, ceso y no de rogar a Dios
que te me guarde y saque de aquese calabozo. Fecha en este tu
aposento a las once de la noche, contemplando en[43] ti, bien
mío. Tu esclava hasta la muerte»[44].

Aquésta mantuvo la tela todo el tiempo de aquel trabajo.
Porque los gastos eran muchos y, por mucho que había recogido, todo se deshizo como la sal en el agua. También mi madre,
cuando vio mi pleito mal parado, díjome que la robaron y, a lo
que yo entendí, fue que se quiso quedar con ello. Fueme forzoso hacerme con los demás y andar a el hilo de la gente[45]. Mi

---

[41] *hacerlo músico:* 'hacerlo cantar, confesar': al que confiesa «le llaman músico»
(Chaves, *Relación,* col. 1345).

[42] *amigo de taza de vino:* «dícese del que lo es solamente del bien que le hacen y
no más de su provecho» (Correas).

[43] *contemplando en ti:* 'adorándote, reverenciándote' (cfr. *Lazarillo,* II, n. 61).

[44] Al género de las «cartas de amores» le salieron muchas hijuelas; para contar «algo que sea de entretenimiento» (cfr. *supra, ca.* n. 35), pone Alemán la epístola de una manceba a su rufián preso, con que consigue «conservar un ingrediente de mucho relieve en la representación del mundo hampesco» (según escriben ahora S. Roubaud y M. Joly, «Cartas son cartas. Apuntes sobre la carta
fuera del género epistolar», *Criticón,* 30 [1985], págs. 103-125 [121]). El trance
le vale también para tejer una suerte de 'jácara en prosa', pues fue la poesía —y
en particular la de Quevedo— la que se llevó la palma en la difusión de estas
elaboradas letras de jayanes y arpías.

[45] *a el hilo de la gente:* cfr. I, i, 1, n. 86.

pleito anduvo. El dinero faltó para la buena defensa. No tuve para cohechar a el escribano. Estaba el juez enojado y echóse a dormir el procurador. Pues el solicitador, ¡pajas!⁴⁶. Ya no había sustancia en el gajo. Fuéronse las avispas. Dejánronme solo. Confirmaron la sentencia, con que los azotes fuesen vergüenza pública y las galeras por seis años.

Cuando me vi galeote rematado, rematé con todo al descubierto. Jugaba mi juego sin miedo ni vergüenza, como esclavo del rey⁴⁷, que nadie tenía ya que ver conmigo; pero muy consolado que también a mi camarada Soto lo condenaron a lo mismo y salimos en una misma colada⁴⁸. Y, si como estuvimos en la prisión juntos y en un calabozo y pasamos la misma carrera, quisiera que nos conserváramos, a él y a mí nos hubiera ido mejor, mas, como verás adelante, salióme zaino⁴⁹. Era muy gentil aserrador de cuesco de uva⁵⁰. Siempre había de ser su taza *de profundis*⁵¹, que hiciese medio azumbre. Y esto lo descompuso en el ansia⁵²; que, por haberse puesto a orza⁵³, cantó llanamente a las primeras vueltas.

Viéndome ya rematado y sin algún remedio ni esperanza

---

⁴⁶ *«Y yo, ¿pajas? Y Fulano, ¿pajas?:* da a entender que tanto puede hacer como los otros» (Correas).

⁴⁷ «Los que están rematados para galeras ... tienen por coselete y honra estar rematados; y a voces se publica que "Fulano es esclavo de Su Majestad?", de donde les nacen atrevimientos extraños, como si fuese dignidad; que luego es tenido y estafa y quita la capa al que no le da de comer o de lo que tiene» (Chaves, *Relación*, col. 1346).

⁴⁸ Recuerda la frase *todo saldrá en la colada*, recogida por Correas como proverbial; cfr. *Don Quijote*, II, pág. 118.

⁴⁹ *zaino* o *zaíno:* «dícese del caballo obscuro que no tiene ninguna señal de otro color, argumento de ser *traidor*, porque el humor adusto no está templado con otro que le corrija; y de allí el que es disimulado y que trata con doblez llamamos *zaino*» (Covarrubias).

⁵⁰ *aserrador de cuesco de uva:* 'bebedor, borracho', claro.

⁵¹ *de profundis:* recuerda el inicio del Salmo 129. En la *princeps* se lee *traza*, que no parecería errata si no dijese «que hiciese medio azumbre»; las ediciones antiguas también corrigieron el texto.

⁵² *ansia:* «tormento de agua» (Alonso); al reo le tapaban la nariz con un paño y le echaban el agua por la boca, a chorro, de modo que confesaba aunque tuviese mucha sed (y a eso se le llamaba *cantar en el ansia*). Comp.: «de dieron tres ansias a un matrero» (Cervantes, *Rinconete y Cortadillo, Novelas ejemplares*, I, página 235).

⁵³ *puesto a orza:* bebido (cfr. II, i, 8, n. 15).

dél, quise probar mi ventura, mas no la tuve nunca y fuera milagro que no me faltar[a] entonces. Híceme por quince días enfermo. No salí del calabozo ni me levanté de la cama, y al fin dellos ya tenía prevenido un vestido de mujer. Con una navaja me quité la barba y, vestido, tocado y afeitado el rostro, puesto mi blanco y poco de color, ya cuando quiso anochecer, salí por las dos puertas altas de los corredores, que ninguno de los porteros me habló palabra y tenían ambos buena vista, sus ojos claros y sanos[54]. Mas, cuando llegué abajo a la puerta de la calle y quise sacar el pie fuera, puso el brazo delante del postigo un portero tuerto de un ojo, ¡que a Dios pluguiera y del otro fuera ciego! Detúvome y miróme. Reconocióme luego y dio el golpe[55] a la puerta. Yo iba prevenido de un muy gentil terciado[56], para lo que pudiera sucederme. Quiso mi desgracia que lo saqué a tiempo que ya no me pudo aprovechar. Criminóse con esto mi delito. Hiciéronme volver arriba y, fulminándome nueva causa, me remataron por toda la vida. Y no fue poca cortesía no pasearme con aquel vestido, como se hizo alguna vez con otros. Pensé huir el peligro y di en la muerte.

---

[54] «Y también ha habido muchos que se rapan la barba y se ponen capote, y salen en hábito de mujeres de la cárcel. Yo he visto azotarlos en la misma manera vestidos, siendo descubiertos» (Chaves, *Relación*, col. 1350).

[55] *dio el golpe:* 'cerró con pestillo' (cfr. II, ii, 4, n. 92).

[56] *terciado:* espada corta y ancha. «Son conocidos los de la ocasión en que traen para cubrir los terciados, cuchillos...» (Chaves, *Relación*, col. 1346).

CAPÍTULO VIII

SACAN A GUZMÁN DE ALFARACHE DE LA CÁRCEL DE SEVILLA
PARA LLEVARLO AL PUERTO A LAS GALERAS. CUENTA LO QUE
PASÓ EN EL CAMINO Y EN ELLAS

Galeote soy, rematado me veo, vida tengo de hacer con los de mi suerte, ayudarles debo a las faenas, para comer como ellos. Híceme de la banda de los valientes, de los de Dios es Cristo[1]. Púseme mi calzón blanco, mi media de color, jubón acuchillado y paño de tocar[2], que todo me lo enviaba mi dama con esperanzas que aún había de pasar aquel tiempo y había de tener libertad. Con esto y cobrando mis derechos de los nuevos presos[3], pasaba gentil vida y aun vida gentil; que tal es la de los tales como yo cuando se hallan allí en aquel estudio. Cobraba el aceite, prestaba sobre prendas, un cuarto de un real por cada día[4]. Estafaba a los que entraban. Dábales culebras, libramientos y pesadillas[5]. Porque allí, aunque se conoce a Dios, no se teme. Tiénenle perdido el respeto, como si fueran

---

[1] de los de Dios es Cristo: valentón, 'de la hoja, de la carda' (cfr. I, ii, 1, n. 42, y II, ii, 4, n. 30). «A lo de Dios es Cristo: a lo rufo y fanfarrón» (Correas).

[2] paño de tocar: paño con que muchos jaques se cubrían la cabeza (cfr. II, ii, 9, n. 8). Comp. Chaves, Relación de la cárcel de Sevilla, col. 1356: «Son conocidos los valientes de la cárcel en el calzón y media gualdada o de otra color, con liga de lo propio, jubón acuchillado, abierto el cuello, rodeado con un rosario grueso, y tocador en la cabeza.»

[3] Guzmán cobraba la patente a los nuevos presos, como hacía con los estudiantes (cfr. II, iii, 4, n. 73).

[4] El portero de la cárcel cobraba «tres reales y medio de aceite de cada uno [de los presos] y medio real de la limpieza» (Chaves, Relación, col. 1345).

[5] culebras, libramientos y pesadillas: cfr. I, ii, 5, notas 55 y 56.

paganos. Y por la mayor parte los que vienen a semejante miseria son rufianes y salteadores, gente bruta, y por maravilla cae o por desdicha grande un hombre como yo. Y cuando sucede acaso es que le ciega Dios el entendimiento, para por aquel camino traerlo en conocimiento de su pecado y a tiempo que con clara vista lo conozca, le sirva y se salve.

Hubo en mi tiempo un rufián, que, teniéndolo sentenciado a muerte y puesto en la enfermería para sacarlo el día siguiente a justiciar, viendo jugar en tercio[6] a los que lo guardaban, se levantó del banco y se fue para ellos como pudo, con sus dos pares de grillos y una cadena. Y preguntándole dónde iba, dijo: «Acá me vengo a pasar el tiempo un rato.» Los guardas le dijeron que se ocupase rezando y encomendándose a Dios, y respondióles: «Ya tengo rezado cuanto sé y no tengo más que hacer. Barajen y echen por todos y tráigase vino con que se ahogue aquesta pesadumbre.» Dijéronle ser muy tarde, que ya estaba cerrada la taberna, y dijo: «Díganle a ese hombre que es para mí. Basta, no digan más y juguemos. Que juro a Cristo que no entiendo en lo que ha de parar este negocio»[7]. A este son bailan todos. Otros hay que se mandan hacer la barba y cabello para salir bien compuestos, y aun mandan escarolar un cuello almidonado y limpio[8], pareciéndoles que aquello y llevar el bigote levantado ha de ser su salvación[9]. Y como en buena filosofía los manjares que se comen vuelven los hombres de aquellas complexiones[10], así el trato de los que se tratan. De donde se vino a decir: «No con quien naces, sino con quien paces»[11].

---

[6] «*jugar en tercio:* cuando juegan tres» (Covarrubias). Cfr. *Rinconete y Cortadillo, Novelas ejemplares,* I, pág. 243.

[7] La ocurrencia del rufián pertenece a un extenso repertorio de facecias sobre la impasibilidad de los condenados a muerte. Cfr. lo dicho en I, «Declaración», n. 5.

[8] «*escarolar* un cuello es abrillo» (Oudin, en *TLex),* alechugarlo. En el *Entremés de la cárcel de Sevilla,* que alguna vez se creyó de Cervantes, el Paisano pide para su ejecución «un cuello almidonado y más de la marca y abierto, con bolo y puntas y todo negocio» (col. 1379).

[9] *el bigote levantado,* como los valentones (cfr. I, iii, 10, n. 20, y II, iii, 3, n. 63).

[10] «Sobre tales "mudanzas que hacen los alimentos", puede verse, por ejemplo, "Oliva" Sabuco de Nantes, *Nueva filosofía de la naturaleza del hombre,* Madrid, 1587, I, lxviii» (FR).

[11] Así en Correas.

Ya yo era uno destos y, como bárbaro, quería ocupar un poco de dinerillo que tenía en alquilar uno de aquellos bodegones de la cárcel[12], mas temiendo el día que pudieran tocar a el arma y por no dejar perdido el empleo, no lo hice y acertélo. Que, como ya hubiese número de veinte y seis galeotes y trujésemos inquieta la cárcel, temió el alcaide no le hiciésemos algún guzpátaro[13] por donde nos despareciésemos. Hizo diligencia en descargarse de nosotros. Un lunes de mañana nos mandaron subir arriba y, dando a cada uno el testimonio de su sentencia, nos fueron aherrojando y, puestos en cuatro cadenas, nos entregaron a un Comisario que nos llevase nuestro poco a poco, un rato a pie y otro paseándonos. Desta manera salimos de Sevilla con harto sentimiento de las izas[14], que se iban mesando por la calle, arañándose las caras, por su respeto[15] cada una. Y ellos, los sombreros bajos encima de los ojos, iban como corderos mansos y humildes, no con aquella braveza de leones fieros que solían, porque no les valía hacerlos.

No puedo negar haberlo sentido mucho, acordándome de tanto tiempo bueno como por mí pasó y cuán mal supe ganarlo. Vínome a la memoria: «Si esto se padece aquí, si tanto atormenta esta cadena, si así siento aqueste trabajo, si esto pasa en el madero verde, ¿qué hará el seco?[16]. ¿Qué sentirán los condenados a eternidad en perpetua pena?» En esta consideración pasé las calles de Sevilla, porque ni mi madre me acompañó ni quiso verme y solo fue[17], solo entre todos. Caminábamos a espacio, según podíamos, y era harto poco. Porque, cuando yo iba libre, quería detenerse mi compañero a lo que le hacía necesario. El otro iba cojo de llevar el pie descalzo y todos los más muy fatigados. Éramos hombres y, como tales, en sentir ninguno se nos aventajaba.

---

[12] «Tiene la cárcel cuatro tabernas y bodegones, a catorce y quince reales cada día; y suele ser el vino del alcaide, y el agua del bodegonero, porque siempre hay bautismos» (Chaves, *Relación,* col. 1344).

[13] *guzpátaro:* en germanía, 'agujero'. Comp. Cervantes, *Rinconete y Cortadillo:* «tanteaban la groseza del muro ... para hacer guzpátaros, que son agujeros para facilitar la entrada» *(Novelas ejemplares,* I, pág. 257).

[14] *izas:* rameras, mujeres públicas (es voz de germanía).

[15] *respeto:* rufián.

[16] Cfr. San Lucas, 23, 31.

[17] *fue:* fui.

¡Oh condición miserable nuestra y a cuántos varios y miserables casos estamos obligados! Llegamos a las Cabezas[18], y al salir dellas una mañana, ya que tendríamos andado poco más de media legua, devisó uno de nosotros a un mozuelo que venía hacia el pueblo con una manada de lechoncillos de cría y, pasando la palabra de uno en otros, nos pusimos en ala, como si fueran las galeras del turco, y, hecho de todos una media luna, les acometimos de tal orden que, cerrando los cuernos delanteros, nos quedaron en medio y, a bien librar[19] del mozuelo, venimos a salir a lechón por hombre. Bien que dio gritos, haciendo exclamaciones, pidiéndole a el Comisario que por un solo Dios nos los mandase volver; mas él se hizo sordo, como quien había de ser el mejor librado, y nosotros pasamos adelante con la presa. Cuando a la venta llegamos a sestear, quisiera el Comisario que partiéramos del hurto con él, que, pues había sido consentidor, tenía la misma parte que cualquier agresor. Mandó le asasen uno, y sobre cuál había de dar el suyo se levantaba un alboroto de la maldición, porque no había en todos nosotros tres que tuviesen uso de razón. Cuando vi el motín y que pudiera justamente hacerme a mí más cargo, por de más entendimiento, dije:

—Señor Comisario, aquí tiene Vuestra Merced el mío a su servicio. Si gustare dello, pues hay harta gente de guarda, mande Vuestra Merced que me deshierren, que yo lo aderezaré de mi mano, que aún reliquias me quedaron de tiempo de un buen cocinero.

Agradecióme mucho el cumplimiento y dijo:

—Verdaderamente, después que vienes a mi cargo, he reconocido en ti cierta nobleza, que debe proceder de alguna buena sangre. Yo te agradezco el presente y holgaré comerlo como lo tienes ofrecido.

Sacóme de la cadena y, encomendándome a las guardas, pedí el recabdo que fue necesario y, según el malo que allí ha-

---

[18] *Cabezas* de San Juan.

[19] *a bien* o *buen librar:* «lo mejor que puede suceder» *(Autoridades).* Entiéndase que el «mozuelo» tuvo suerte de no perder más que los lechones, y obsérvese de paso el uso del lenguaje militar —*cuernos:* 'alas, flancos'— en la acometida de los galeotes.

bía, no pude más sazonarlo bien de asado con sus huevos bati-
dos y sal. Quisiérale hacer algún relleno, mas faltó lo necesario. Hícele una salsa de los higadillos, que le supo muy bien.
Habían llegado en la misma ocasión unos pasajeros, los cuales
no poco les pesó de hallarnos allí, por parecerles que aun las
orejas no tenían seguras de nosotros. La mesa en que habían
de comer era una banca larga, llegada junto a un poyo. La comida se aderezó para todos junta.

El Comisario les hizo cumplimiento. Sentáronse los tres a la
hila[20] y el uno dellos tomó su portamanteo[21] y, poniéndolo a
sus pies debajo de la mesa, puso también unas alforjas, en que
traía queso, la bota del vino y un pedazo de jamón. Y para poderlo sacar mejor, desvió por delante un poco el portamanteo,
dejando las alforjas entremedias dél y de sus piernas. Yo, cuando vi que tanto se recataba, sospeché que no sin causa y, pidiéndole un cuchillo a la huéspeda, lo metí en el brazo por entre la manga, y poniendo un barreño grande con agua debajo
de la mesa y en él una garrafa de vino a enfriar para servir al
Comisario, cada vez que me bajaba para querer dar vino, trabajaba un poco en el portamanteo. Hasta que, habiéndole quitado
las hebillas y dándole una gentil cuchillada, pegada con la cadenilla, saqué dél dos envoltorios pequeños y algo pesados.
Los cuales acomodé por luego[22] en los calzones y, volviendo a
ponerle las hebillas, quedó todo cubierto, sin dejarse ver alguna cosa del hurto.

Acabaron de comer, alzóse la mesa, y hecha la cuenta, se
fueron los forasteros y nosotros comenzamos a querer aliñar
para también hacer lo mismo. Soto, mi camarada, iba en otra
cadena diferente. Que no poca pena me daba no poder ir parlando[23] con él. Mas, antes que me herrasen, lleguéme a él de
secreto y dile los dos líos, que los guardase, para poder después
en mejor ocasión saber lo que llevaban. Recibiólos alegremente y, matando su lechoncillo sin que se lo sintiese alguno, se
los metió en el cuerpo y abocóle las asadurillas a la herida[24], de

---

[20] *a la hila:* en fila.
[21] *portamanteo:* especie de maleta (cfr. I, ii, 8, n. 10).
[22] *por luego:* luego, al punto.
[23] *parlando:* cfr. II, i, 1, n. 22.
[24] Es decir, volvió a introducir las vísceras en el lechoncillo.

manera que no se cayesen y mejor pudiese tenerlos encubiertos. Ya, cuando me quisieron meter en la cadena, roguéle a el Comisario me hiciese merced en acomodarme con mi camarada y él de muy buena gana lo hizo. Sacó a uno de los de aquel ramal y trocónos. Íbamos caminando perezosamente, según costumbre. Y a pasos andados díjele a Soto:

—¿Qué os digo, camarada? ¿Dónde guardastes aquello?

Él, como si no me conociera ni le hubiera dado alguna cosa, se hizo tan de nuevas, que me hizo sospechar si acaso habría bebido al uso de la patria y estaba trascordado. Íbale haciendo recuerdos de cuando en cuando y él negaba siempre, hasta que, mohíno, me dijo:

—¿Venís borracho, hermano? ¿Qué me pedís o qué me distes, que ni os entiendo ni os conozco?

No puedo exagerar el coraje que allí recebí de semejante ingratitud en un hombre a quien yo tanto había regalado siempre, que bocado no comí sin que con él partiese, ni real tuve de que no le diese medio y que también había de tener en aquello su parte, que me negase amistad y lo que le había dado. Él era de mala digestión[25]; alborotóse a mis palabras, desentonó la voz con juramentos y blasfemias, que obligaron a el Comisario a quererlo castigar con un palo. Yo, confiado en la merced que me hacía, le supliqué lo dejase, porque iba enojado. Y queriendo saber la causa de tanta descompostura y viendo que ya se quería quedar con todo, hice mi cuenta: «Si a el Comisario le digo lo que pasa, podrá ser que, ya que no todo, a lo menos partirá comigo y tocaré algo siquiera. No se ha de quedar este ladrón con ello, riéndose de mí.» Determinéme a contarle lo sucedido, que no poco se debió de holgar por la codicia que luego le nació de quitárnoslo a entrambos.

Mandóle a Soto que luego diese lo que le había dado. Nególo valentísimamente. Hizo que las guardas lo buscasen. Hicieron su diligencia y no le hallaron memoria dello. Creí que también él hubiese hecho lo que yo y dádolo a otro. Díjele al Comisario que sin duda lo habría rehundido[26] entre los más que íbamos allí, porque real y verdaderamente yo se los di. Él,

---

[25] *de mala digestión:* mal acondicionado (cfr. I, iii, 7, n. 43).
[26] *rehundir:* 'ocultar, hacer desaparecer' (cfr. I, iii, 9, n. 19).

viendo que palabras blandas, amenazas ni otro algún remedio era parte a que lo manifestase, mandó hacer alto para hacerle dar tomento. Y como allí no había otros instrumentos más que cordeles, diéronselo en las partes bajas. Y en comenzando a querer apretar, por ser tan delicadas y sensibles y él que siempre fue de poco ánimo, confesó dónde los llevaba. Luego le quitaron el lechón —que aun también se quedó sin él—, y sacados los líos para ver lo que iba en ellos, hallaron en cada uno un rosario de muy gentiles corales, con sus estremos de oro[27], que debían ser encomiendas diferentes. Él se los echó en la faltriquera, prometiéndome hacer amistad por ello y darme lo que yo quisiere. Soto se indinó contra mí de manera que fue necesario volvernos a dividir, porque, aun divididos, le pusieron guadafiones[28] a los pulgares en cuanto iba caminando, porque cuando hallaba guijarros me los tiraba.

Con este trabajo llegamos a las galeras a tiempo que las querían despalmar para salir en corso[29] y, antes de meternos en ellas, nos llevaron a la cárcel, donde pasamos aquella noche con la mala comodidad que las pasadas, y allí peor, por ser estrecha y estar ocupada. Mas, como tal o cual, así la llevamos, y había de ser por fuerza, pues no podíamos, aunque quisiéramos, arbitrar ni escoger. Habló el Comisario con los oficiales reales. Vinieron con los de las galeras y el alguacil real y, habiéndonos ya reseñado[30] y hecho nuestros asientos, dieron su recabdo del entrego a el Comisario y, diciéndome que me vería y lo haría bien comigo, tomó su mula y acogióse[31], que nunca más lo vi.

Para querernos pasar de la cárcel a las galeras, antes de sacarnos hicieron en ella repartimiento y a seis de nosotros nos cupo ir juntos a una, y —¡mis pecados, que así lo quisieron!— el uno dellos era Soto, mi camarada. Luego nos entregaron a

---

[27] *estremos:* extremos, los padrenuestros de los dieces; «en algunos rosarios, como en los de coral, suelen ser de oro» (Covarrubias). Comp. *Don Quijote,* VII, pág. 127: «una sarta de corales con estremos de oro».

[28] *guadafiones:* maniotas, trabas.

[29] *despalmar:* limpiar, embrear y ensebar la embarcación; *salir en corso:* posiblemente, 'piratear' (como *andar en corso:* «andar robando por la mar» [Covarrubias]).

[30] *reseñar:* cfr. II, iii, 5, n. 51.

[31] *acogerse:* huir y esconderse (cfr. I, ii, 2, n. 42).

los esclavos moros, que con sus lanzones vinieron a llevarnos y, atándonos las manos con los guardines[32] que para ello traían, fuimos con ellos. Entramos en galera, donde nos mandaron recoger a la popa, en cuanto el capitán y cómitre[33] viniesen, para repartirnos a cada uno en su banco, y, cuando llegaron, anduviéronse paseando por crujía[34], y los esforzados de una y otra banda comenzaron a darles voces, pidiendo que se les echasen a ellos. Unos decían que tenían allí un pobreto inútil, otros que cuantos había en aquel banco todos eran gente flaca. Y viendo lo que más convenía, me cupo el segundo banco, adelante del fogón[35], cerca del rancho del cómitre, al pie del árbol. Y a Soto lo pusieron en el banco del patrón. Diome pena tenerlo tan cerca de mí, por la enemistad pasada; que nunca más pudimos digerirnos el uno a el otro. Él a lo menos, que tenía corazón crudo[36]. Porque yo jamás le negué amistad ni le había de faltar en lo que me hubiera menester. Mas él quisiera que, como el Comisario se alzó con todo, se lo hubiera dejado. Y lo hubiera hecho si tan mal pago creyera que había de darme.

Cuando me llevaron al banco, diéronme los dél el bienvenido, que trocara de buena gana por un bienescusado. Diéronme la ropa del rey: dos camisas, dos pares de calzones de lienzo, almilla colorada, capote de jerga y bonete colorado[37]. Vino el barberote. Rapáronme la cabeza y barba, que sentí mucho, por lo mucho en que lo estimaba; mas acordéme que así corría

---

[32] *guardines:* cabos para sostener las portas de la artillería.

[33] *cómitre:* «JUAN: ¿Qué quiere decir cómitre? PEDRO: El que gobierna y rige la galera» (*Viae de Turquía*, pág. 134, y cfr. ya II, i, 1, n. 42).

[34] *crujía:* paseo o corredor «entre una y otra banda de los remeros» (Covarrubias). «Al camino que va de proa a popa nombran *crujía*» (fray Antonio de Guevara, *Arte de marear,* VIII, pág. 354).

[35] «También llaman *fogón* el lugar donde llevan el fuego en la galera, que sirve de cocina» (Covarrubias). Los galeotes «quieren que la cocina se llame fogón» (Guevara, *Arte de marear,* pág. 354).

[36] *crudo:* cruel, despiadado.

[37] Comp. la descripción del traje del galeote en *La vida de galera* de M. de Brizuela: «Luego me mandaron dar / una almilla [cfr. I, iii, 4, n. 18] colorada, / aforrada con pesar, / dos camisas sin prensar, / de tela desventurada; // un bonete colorado, / un capote y dos calzones / cosidos con mil pasiones, / de buen paño deseado; / zapato y calza, a montones.»

todo y que mayores caídas habían otros dado de más alto lugar. Quité los ojos de los que iban delante y volvílos a los que venían detrás. Que, aunque sea verdad ser la suma miseria la de un galeote, no la hallaba tanta como mi primero malcasamiento, y consoléme con los muchos que semejante tormento quedaron padeciendo[38]. El mozo del alguacil se llegó luego a echarme una calceta[39] y manilla, con que me asió a un ramal de los más mis camaradas. Diéronme mi ración de veinte y seis onzas de bizcocho[40]. Acertó a ser aquel día de caldero y, como era nuevo y estaba desproveído de gábeta, recebí la mazamorra[41] en una de un compañero. No quise remojar el bizcocho, comílo seco, a uso de principiante, hasta que con el tiempo me fue haciendo a las armas.

El trabajo por entonces era poco, porque, como se concertaban las galeras y estaban despalmadas, no servía de otra cosa toda la guzma que de dar a la banda[42] cuando nos lo manda-

---

[38] El mismo Alemán, hablando del matrimonio en el *San Antonio de Padua*, II, vi, fol. 225v, dijo que «ni en las galeras hay esclavitud semejante», idea frecuente en la literatura folklórica (EM) y satírica (FR, con un par de citas de Quevedo). Ciertamente, las tres mayores desdichas eran, una, «haber estado en galera; la otra, haber sido esclavo del Turco... [y la otra] haber de tomar mujer» *(La Zucca del Doni,* trad. cast., pág. 87).

[39] *calceta:* «jocosamente se toma por el grillete que se pone en la pierna del forzado» *(Autoridades).*

[40] *bizcocho:* «el pan que se cuece de propósito para la provisión y matalotaje de las armadas y de todo género de bajeles» (Covarrubias). «Nuevas de la galera son que de treinta y dos onzas de bizcocho que daban a cada forzado, no dan ya más de veintiséis; no sé qué es la causa» (Chaves, *Relación de la cárcel de Sevilla,* col. 1365, y cfr. M. de Brizuela, *La vida de galera* [FR]).

[41] *gábeta:* gábata, escudilla (también podría editarse *gaveta); mazamorra:* el rancho de los galeotes. Comp. la explicación de Pedro de Urdemalas, *Viaje de Turquía,* pág. 136: «JUAN: ¿Y qué os daban allí de comer? PEDRO: Lo que a los otros... Daban a cada uno 26 onzas de vizcocho; pero si estábamos donde no lo podían tomar, que era tierra de enemigos, 20 onças y una almueza de mazamorra. MÁTALASCALLANDO: ¿Qué es vizcocho y mazamorra? PEDRO: Toman la harina sin cerner ni nada y házenla pan; después aquello házenlo quartos y recuézenlo hasta que está duro como piedra y métenlo en la galera; las migajas que se desmoronan de aquello y los suelos donde estuvo es mazamorra, y muchas vezes hay tanta necesidad, que dan sola ésta.»

[42] *guzma:* chusma (otra explicación para el nombre *Guzmán); «dar a la banda* a un bajel es cargar la gente u otro peso a un costado o lado para que, lanzándole, se descubra el otro y se pueda carenar» *(Autoridades).*

ban, por que no se derritiese con el sol el sebo. Todo el vestido que metí en galera, lo junté y vendí. Hice dello algún dinerillo, el cual junté con otro poco que saqué de la cárcel, y no sabía cómo ni dónde poderlo tener guardado con secreto, para socorrer algunas necesidades que suelen ofrecerse, o para hacer algún empleo con que poder hallarme con seis maravedís cuando los hubiese menester. Y como ni allí tenía cofre, arca ni escritorio cerrado adonde poderlo guardar, me trujo un poco inquieto, sin saber qué hacer dél. En tenerlo comigo corría peligro de los compañeros; darlo a tercero ya tenía experiencia de la mala correspondencia. Todo lo veía malo. Hube de pensarlo bien y resolvíme que no podría darle mejor lugar y secreto, que arrimado con el corazón. Otros lo tienen adonde ponen su tesoro y púselo yo al revés[43]. Busqué hilo, dedal y aguja, hice una landre[44], donde, cosiéndolo muy bien, lo traía puesto, como dicen, a el ojo, libre de sus amigos, enemigos míos, que siempre me lo andaban asechando, en especial un famoso ladrón, camarada mía de junto a mí, que no fue posible hurtarme dél a media noche y a escuras, para guardarlo en aquella parte; porque, cuando me sentía dormido, me visitaba todo al tiento y, como las alhajas no eran muchas, eran fácilmente visitadas. Recorrióme la mochila, el capote y los calzones, hasta que vino a dar con el almilla, que mejor la pudiera llamar alma, pues con aquel calor vivificaba la sangre con que la sustentaba[45]. Su cuidado era mucho en robarme y no menor el mío en recelarme. Que, si alguna vez me la desnudaba, de tal manera la ponía, que fuera imposible, no llevándome a cuestas, podérmela sacar de abajo.

Con esta solicitud caminaba y estuve mucho tiempo, en el cual, como considerase que dondequiera que un hombre se halle tiene forzosa necesidad para sus ocasiones de algún ángel de guarda, puse los ojos en quien pudiera serlo mío; y, después de muy bien considerado, no hallé cosa que tan a cuento me

---

[43] Cfr. I, i, 2, n. 56, y II, ii, 2, n. 43.

[44] *landre:* cfr. I, iii, 2, n. 35.

[45] Comp.: «No sé si es alma, si almilla, / ésta que traigo en el cuerpo; / que si almilla, no calienta, / y si es alma, no la siento» (Quevedo, *Obra poética*, número 724, 1-4).

viniese como el cómitre, por más mi dueño. Que, aunque sea verdad que lo es de todos el capitán como señor y cabeza, nunca suele por su autoridad empacharse con la chusma. Son gente principal y de calidad, no tratan de menudencias ni saben quién somos. También porque [lo] tenía por más vecino y como a tal pudiera regalarlo con facilidad, y por ser el que tiene mano y palo. Desta manera me fui poco a poco metiendo cuña en su servicio, ganando siempre tierra, procurando pasar a los demás adelante, tanto en servirlo a la mesa, como en armarle la cama, tenerle aderezada y limpia la ropa, que a pocos días ya ponía los ojos en mí. No pequeña merced recebía que se dignase de verme, pareciéndome cada vez que me miraba una bula o indulto de azotes y que me dejaba con esto absuelto de culpa y de pena. Mas engañarme[46], porque, como naturalmente son ásperos y se buscan tales para tal oficio, nunca ponen los ojos para considerar ni agradecer lo bueno, sino para castigar lo malo. No son personas que agradecen, porque todo se les debe. Matábale de noche la caspa, traíale las piernas[47], hacíale aire, quitábale las moscas con tanta puntualidad, que no había príncipe más bien servido, porque, si le sirven a él por amor, a el cómitre por temor del arco de pipa o anguila de cabo[48], que nunca se les cae de la mano. Y aunque sea verdad que no es aqueste modo de servir tan perfeto y noble como otro, a lo menos pone mayor cuidado el miedo. Entre unas y otras, cuando lo vía desvelado lo entretenía con historias y cuentos de gusto. Siempre le tenía prevenidos dichos graciosos con que provocarle la risa; que no era para mí poco regalo verle alegre la cara. Ventura tuve con él acerca desto y mereciólo mi buen servicio, porque ya no quería que otro le sirviese las cosas de su regalo, sino yo. En especial que tenía sobre ojos[49] a

---

[46] *engañarme:* engañárame.

[47] *traer las piernas:* «dar friegas en ellas» *(Autoridades).* Sobre tales cuidados, comp. *Don Quijote,* II, xliv: «¡Oh, quién se viera... / rascándote la cabeza / y matándote la caspa! / ... Los pies quisiera traerte, / que a una humilde eso le basta» (VI, págs. 285-286).

[48] *arco de pipa* y *anguila de cabo* son voces germanescas y sinónimas, y valen 'rebenque, látigo del cómitre', quien «de tajo / suele jugar de corvajo / y a las veces de una anguila» (Mateo de Brizuela, *La vida de la galera*).

[49] *«tener sobre los ojos:* estimar en mucho» (Correas).

un forzado que antes que yo le había servido. Porque, con tratarlo bien, siempre andaba desmedrado y cada día se iba más consumiendo. Dábale pena verlo, pues con tener mejor vida que los otros y tanto que le daba de comer de su mismo plato y de lo mejor, era como los potros de Gaeta, que, cuanto más bien los piensan, valen menos y son peores[50]. Viéndonos juntos una tarde sirviéndole a la mesa, me dijo:

—Guzmán, pues tienes letras y sabes, ¿no me dirás qué será la causa que habiendo Fermín entrado en galera robusto, gordo y fuerte y habiéndole procurado hacer amistad, teniéndolo en mi servicio, no comiendo bocado que con él no lo partiese, tanto se desmedra más, cuanto yo más lo acaricio?

Entonces le respondí:

—Señor, para satisfacer a esa pregunta seráme necesario referir otro caso semejante a ése de un cristiano nuevo y algo perdigado[51], rico y poderoso, que viviendo alegre, gordo, lozano y muy contento en unas casas proprias, aconteció venírsele por vecino un inquisidor, y con sólo el tenerlo cerca vino a enflaquecer de manera, que lo puso en breves días en los mismos huesos[52]. Y juntamente daré a entrambos la solución con otro caso verdadero, y fue desta manera: «Tuvo Muley Almanzor, que fue rey de Granada, un muy gran privado suyo, a quien llamaron el alcaide Bufériz, hombre muy cuerdo, puntual, verdadero y otras muchas partes dignas de su mucha privanza, por las cuales el rey lo amaba tanto y por la confianza que dél tenía, que ninguna dificultad en el mundo lo fuera para él cuando se atravesara de por medio su servicio. Y como lo[s] que aquesta gloria merecen son siempre invidiados de los indignos della, no faltó quien, oyéndole decir a el rey lo dicho,

---

[50] Correas recoge «Como los potros de Padierna, que en lugar de medrar desmedran y valen menos cada feria». Comp.: «Y empeoraba de hora en hora / como rocín de Gaeta» (del romance *Pero Gil amaba a Menga*, cit. por J. Millé y Giménez en su excelente nota al *Estebanillo González*, I, págs. 94-96).

[51] *perdigado*: «que estaba como si hubieran comenzado a asarlo, o sea, expuesto a ser quemado (Américo Castro, *De la edad conflictiva*, Madrid, 1976⁴, página 197, con un comentario sobre estos cuentos). Rico cita oportunamente una facecia de la *Floresta española* de Melchor de Santa Cruz (XII, i, 1), en la que unos muchachos, «cuyos padres no eran hidalgos», saltando sobre una hoguera de paja, «se perdigan para cuando sean grandes».

[52] No conozco la procedencia de estos *exempla*.

dijo: "Señor, pues para que veas que no sale cierto lo que tanto encareces del alcaide, pruébalo en alguna dificultad que lo sea, y por la diligencia que para ello pusiere, conocerás de veras las de su alma para contigo." Fue contentísimo el rey con esto y dijo: "No sólo le quiero mandar cosa que sea dificultosa, mas aun será imposible." Y mandándole llamar, le dijo: "Alcaide, tengo que os encargar una cosa que habéis luego de cumplir so pena de mi desgracia, y es que os entregaré un carnero bueno y gordo, el cual tendréis en vuestra casa, dándole de comer su ración entera, como siempre se le ha dado, y más, si más quisiere, y dentro de un mes me lo habéis de dar flaco." El pobre moro, que otro no fue siempre su deseo que acertar a servir a su rey, aunque nunca creyó podría salir con un imposible semejante, no por eso desmayó y, recibiendo el carnero, lo hizo llevar a su casa, según se le había mandado; y, puesto a imaginar cómo saldría con su deseo, tanto cavó con el pensamiento, que vino a dar en una cosa muy natural, con que facilísimamente cumplió con el precepto. Hizo que le trujesen hechas dos jaulas, ambas de fuerte madera y de igual tamaño, las cuales puso cercanas la una de la otra y en ellas metió en la una el carnero y en la otra un lobo. Al carnero le daban su ración cumplidamente y a el lobo tan limitada, que siempre padecía hambre y así con ella procuraba cuanto podía, sacando la mano por entre las verjas, llegar adonde la del carnero estaba, por sacarlo della y comérselo. El carnero, temeroso de verse tan cercano a su enemigo, aunque comía lo que le daban, hacíale tan mal provecho, por el susto que siempre tenía, que no solamente no medraba, empero se vino a poner en los puros huesos. Deste modo lo entregó a su rey, no faltándole a lo por él mandado ni cayendo de su acostumbrada gracia.» Mi cuento sirve al propósito, acerca de haberse Fermín enflaquecido en la privanza, pues el temor que tiene de Vuestra Merced, a quien él tanto desea servir, le hace no medrar.

Cayóle al cómitre tan en gracia lo bien que le truje acomodado el cuento, que me hizo mudar luego de banco, pasándome a su servicio con el cargo de su ropa y mesa, por haberme siempre hallado igual a todo su deseo. No por aquella merced, que para mí fue muy grande, habiendo querido excusarme de las obligaciones de forzado, en usar los oficios de galera, dejé por solo mi gusto de acudir a ellos. Quise saber de mi voluntad; que alguna vez podían obligarme de necesidad. Enseñéme a hacer medias de punto, dados finos y falsos, cargándolos de mayor o menor, haciéndoles dos ases, uno enfrente de otro, o dos seises, para fulleros que los buscaban desta manera. También aprendí hacer botones de seda, de cerdas de caballo, palillos de dientes muy graciosos y pulidos, con varias invenciones y colores, matizados de oro[53], cosa que sólo yo di en ello.

Estando mi peso en este fiel, fue necesario salir a Cádiz mi galera por unos árboles[54] y entenas, brea, sebo y otras cosas. Que fue aqueste viaje la primera cosa en que trabajé. Que, como era tan privado del cómitre, no me obligaban a más de lo que yo quería, y, como aquesta faena no fuese a mi parecer trabajosa, por no ir en alcance o de huida donde importan el trabajo y fuerzas, y por entre puertos de ordinario se boga descansadamente y sin azotes, como por entretenimiento, fui aguantando el remo, sólo por comenzar a saber lo que aquello era en alguna manera. Mas no fue tan poco ni fácil, que a causa de que traíamos remolcando los árboles y entenas, cuando llegamos a dar fondo, no viniese muy bien cansado y sudado, por no querer apartarme de allí ni dar ocasión a murmuración, dejando de la mano lo que una vez quise de mi gusto poner en ella. Fue aquesto causa que con facilidad aquella noche, después de acostado mi amo, me durmiese, dejándome caer como una piedra. Y dilo bien a entender a mis camaradas, pues lo que antes no me habían oído me sintieron entonces, que fue roncar como un cochino. El traidor de mi banco, el primero, como estaba cerca, oyóme y, llamando pasico[55] a otro del mío, muy aliado suyo, le dijo su deseo y buena ocasión que había para hurtarme aquel dinerillo. Acomodáronse ambos, así en la manera del partirlo como del quitármelo, que hubieran salido muy bien con todo si yo no tuviera el padre alcalde[56]. Quitá-

---

[53] Se usaban, efectivamente, mondadientes plateados y dorados (o de oro y plata); por ese y otros motivos me parece errónea la lectura de la primera edición («muy graciosos y *públicos*»), corregida tempranamente por las demás ediciones antiguas.

[54] *árboles:* mástiles.

[55] *pasico:* en voz baja (cfr. II, iii, 1, n. 73).

[56] *el padre alcalde:* cfr. I, i, 1, n. 47.

ronmelo con mucha facilidad y luego pasó banco[57], pareciéndoles que por haber sido de noche y no sentidos de alguno, teniendo ambos firme la negativa, se quedarían con ello.

Después de amanecido, recordados ya todos, yo me levanté algo pesado del sueño, pero ligero de ropa. Porque aquel peso que solía tener encima de mi corazón, ya no lo sentía y pesábame mucho que no me pesase[58]. Miré y hallé mi dinero menos[59]. Quedé mortal, como un defunto. No supe qué hacer. Si callaba, lo perdía, y si hablaba, me lo habían de quitar. Ya me hallé desposeído dello de cualquier manera y entre mí dije: «Si quien me lo quitó no me ha de quedar agradecido ni por ello tengo de recebir dél algún beneficio, mejor será que lo goce quien, ya que se quede con ello, no dejará de hacerme algún reconocimiento, y juntamente con esto quedará castigado el que aqueste daño ha querido hacerme: a lo menos comerálo con dolor, cuando no saque dello algún otro provecho.» Cuando el cómitre se levantó de dormir y le di el vestido, hícele larga relación de mi desgracia, diciéndole cómo había sacado aquellos dinerillos de Sevilla y juntádolos con lo procedido del vestido que metí en galera, lo cual tenía guardado para socorro de algunas necesidades que suelen ofrecerse o para hacer empleo en algo que fuese aprovechado. Enseñéle con esto el falsopeto[60] en que los tenía guardados, que dejaron la señal amoldada, como si fuera cama de liebre que se había levantado della en aquel punto.

Parecióle a el cómitre ser evidente verdad la que le decía y, dándome crédito por sólo aquel indicio y con el amor que me tenía, mandó poner en ejecución dos bancos de adelante y seis de atrás, donde viniendo el mozo del alguacil con el escandallo[61], le dieron a cada uno cincuenta palos de hurtamano, que

---

[57] *pasó banco:* 'atravesó los bancos de mano en mano'; para castigar a los galeotes más díscolos, se les hacía *pasar banco,* recorrer la crujía soportando los golpes de sus compañeros de desdicha.

[58] Comp. I, ii, 7, *ca.* n. 29: «Cargué con ellas, fingiendo pesar mucho... y me pesaba mucho más de que no era más.»

[59] *hallé mi dinero menos:* 'eché en falta mi dinero' (cfr. I, iii, 10, n 35, y II, i, 4, nota 17).

[60] *falsopeto:* cfr. I, ii, 3, n. 16.

[61] *escandallo:* la cuerda de la plomada para sondear las aguas.

les hicieron levantar los verdugos[62] en alto, dejando los cueros pegados en él. Hacíanseles preguntas a cada uno de por sí de lo que sabían de vista o por oídas y, después de bien azotados, los lavaban con sal y vinagre fuerte, fregándoles las heridas, dejándolos tan torcidos y quebrantados, como si no fueran hombres. Cuando sucedió este hurto, acaso no dormía un forzado gitano y, cuando llegó su vez, que lo querían arrizar[63], dijo que había sentido a su compañero aquella noche antes levantarse y echádose sobre el otro banco mío, pero que no sabía para qué. Cuando el forzado sintió que hablaban dél y lo cargaban[64], se puso en pie, diciendo que se le había embarazado el ramal en los del otro banco y que tenía el pie de la manilla torcido y se había levantado para desenmarañarla. Mas, como la razón era flaca y no tal que pudiera ser admitida por excusa y más de quien tan bien los conoce, al momento lo arrizaron y diéronle muchos palos más que a los otros. Y fue tanto el coraje que cobró el cómitre con el mozo del alguacil, porque no se los daba con las ganas que él quisiera, que le mandó dar luego a él otros tantos, demás de otros muchos que le dio de su mano con un arco de pipa. Y con aquella ira volvió luego a mandar arrizar otra vez al delincuente, a quien bastaran los azotes ya pasados. Mas cuando se vio arrizar otra vez, creyó del cómitre que lo había de matar a palos hasta que confesase la verdad y tuvo por bien decirla de plano, quién y cómo tenía el dinero y la traza que se había tomado para quitármelo, excusándose lo más que podía, diciendo que bien descuidado estaba él dello, si no lo incitaran.

Fue muy mejorado en azotes por su culpa y volvieron el dinero, que fue de mí muy bien recebido de mano del cómitre, aconsejándome juntamente que lo emplease, aprovechándome dél, que mi comodidad sería muy de su gusto. Iba creciendo como espuma mi buena suerte, por tener a mi amo muy contento y, queriendo salir las galeras, que se habían de juntar con las de Nápoles para cierta jornada, salí a tierra con un soldado

---

[62] *verdugo:* «la roncha que levanta el azote o rebenque» (Covarrubias); nótese el zeugma que sigue.

[63] *arrizar:* «atar al que se va a azotar, generalmente en galeras» (Alonso).

[64] *lo cargaban:* lo inculpaban, lo acusaban.

de guarda y empleé mi dinerillo todo en cosas de vivanderos[65], de que luego en saliendo de allí había de doblarlo, y sucedióme bien. Hice, con licencia de mi amo, de aquella ganancia un vestidillo a uso de forzado viejo, calzón y almilla de lienzo negro ribeteado, que por ser verano era más fresco y a propósito.

Ya con las desventuras iba comenzando a ver la luz de que gozan los que siguen a la virtud y, protestando[66] con mucha firmeza de morir antes que hacer cosa baja ni fea, sólo trataba del servicio de mi amo, de su regalo, de la limpieza de su vestido, cama y mesa. De donde vine a considerar y díjeme una noche a mí mismo: «¿Ves aquí, Guzmán, la cumbre del monte de las miserias, adonde te ha subido tu torpe sensualidad? Ya estás arriba y para dar un salto en lo profundo de los infiernos o para con facilidad, alzando el brazo, alcanzar el cielo. Ya ves la solicitud que tienes en servir a tu señor, por temor de los azotes, que dados hoy, no se sienten a dos días. Andas desvelado, ansioso, cuidadoso y solícito en buscar invenciones con que acariciarlo para ganarle la gracia. Que, cuando conseguida la tengas, es de un hombre y cómitre. Pues bien sabes tú, que no lo ignoras, pues tan bien lo estudiaste, cuánto menos te pide Dios y cuánto más tiene que darte y cuánto mejor amigo es. Acaba de recordar de aquese sueño. Vuelve y mira que, aunque sea verdad haberte traído aquí tus culpas, pon esas penas en lugar que te sean de fruto. Buscaste caudal para hacer empleo: búscalo agora y hazlo de manera que puedas comprar la bienaventuranza. Esos trabajos, eso que padeces y cuidado que tomas en servir a ese tu amo, ponlo a la cuenta de Dios. Hazle cargo aun de aquello que has de perder y recebirálo por su cuenta, bajándolo de la mala tuya. Con eso puedes comprar la gracia, que, si antes no tenía precio, pues los méritos de los santos todos no acaudalaron con qué poderla comprar, hasta

---

[65] *vivandero:* aunque mis predecesores sólo han anotado un significado («el que en los ejércitos cuida de llevar las provisiones y víveres, o el que los vende», según *Autoridades)*, creo que hay un nuevo juego de palabras; comp.: «Diréos aquí una particularísima [agudeza] de ciertos tahúres, en su lenguaje llamados *vivanderos,* semejantes a los moros que hacen correrías en algunos puertos o por la mar, en fustillas pequeñas» (F. Luque Faxardo, *Fiel desengaño contra la ociosidad y los juegos,* II, pág. 63).

[66] *protestando ... de:* asegurando, aseverando.

juntarlos con los de Cristo, y para ello se hizo hermano nuestro, ¿cuál hermano desamparó a su buen hermano? Sírvelo con un suspiro, con una lágrima, con un dolor de corazón, pesándote de haberle ofendido. Que, dándoselo a él, juntará tu caudal con el suyo y, haciéndolo de infinito precio gozarás de vida eterna.» En este discurso y otros que nacieron dél, pasé gran rato de la noche, no con pocas lágrimas, con que me quedé dormido y, cuando recordé[67], halléme otro, no yo ni con aquel corazón viejo que antes. Di gracias al Señor y supliquéle que me tuviese de su mano. Luego traté de confesarme a menudo, reformando mi vida, limpiando mi conciencia, con que corrí algunos días. Mas era de carne. A cada paso trompicaba y muchas veces caía; mas, en cuanto al proceder en mis malas costumbres, mucho quedé renovado de allí adelante. Aunque siempre por lo de atrás mal indiciado[68], no me creyeron jamás. Que aquesto más malo tienen los malos, que vuelven sospechosas aun las buenas obras que hacen y casi con ellas escandalizan, porque las juzgan por hipocresía[69].

Dicen vulgarmente un refrán, que se sacan por las vísperas los disantos[70]. El que quisiere saber cómo le va con Dios, mire cómo lo hace Dios con él y sabrálo fácilmente. ¿Pones tu diligencia, haces lo que tienes obligación a cristiano, son tus obras de algún mérito? Conocerás que recibe Dios tu sacrificio y tiene puestos los ojos en ti. Mira si te trata como se trató a sí. Que señal segura es que tu señor te ama, cuando del pan que come, del vestido que viste, de la mesa y silla en que se sienta, del vino que bebe y de la cama en que se acuesta no hace diferencia de la tuya y todo es uno. ¿Qué tuvo Dios, qué amó

---

[67] *recordé:* desperté.

[68] *indiciado:* cfr. II, i, 5, n. 9.

[69] Sobre el episodio de la conversión, cfr. mi ensayo introductorio. No caben en estas notas las variadas interpretaciones de las palabras del pícaro (que a mi entender no pretenden desmantelar el dogma católico sobre la gracia ni exponerlo programáticamente), pero conviene citar al menos los estudios más representativos, a menudo con detenidos análisis de varias frases: B. Brancaforte, *¿Conversión o proceso de degradación?,* en especial las págs. 57-90; M. N. Norval, «Original Sin and the 'Conversion'», y, particularmente, M. Cavillac, «La conversion», y *Gueux et marchands,* págs. 102-124.

[70] O «Por la vigilia se conoce el disanto» (Correas), es decir, el día santo, el día de fiesta.

Dios, qué padeció Dios? Trabajos. Pues, cuando partiere dellos contigo, mucho te quiere, su regalado eres, fiesta te hace. Sábela recebir, aprovechándote della. No creas que deja de darte gustos y haciendas por ser escaso, corto ni avariento. Porque, si quieres ver lo que aqueso vale, pon los ojos en quien lo tiene, los moros, los infieles, los herejes. Mas a sus amigos y a sus escogidos, con pobreza, trabajos y persecuciones los banquetea. Si aquesto supiera conocer y su Divina Majestad se sirviera dello, de otra manera saliera yo aprovechado. Helo venido a decir, porque verdaderamente, cuando el discurso pasado hice, lo hice muy de corazón y, aunque no digno de poder merecer por ello algún premio, como tan grande pecador, aun aquella migaja de aquel cornadillo[71] al mismo punto tuve la paga. Luego comenzaron a nacerme nuevas persecuciones y trabajos. A Dios pluguiera que como debía lo considerara. Sacóme de aquel regalo, comenzóme a dar toques y aldabadas, perdiendo aquella pequeña sombra de yedra: secóseme, nacióle un gusano en la raíz, con que hube de quedar a la fuerza del sol, padeciendo nuevas calamidades y trabajos por donde no pensé, sin culpa ni rastro della[72]. Y son éstos para quien sabe conocerlos el tesoro escondido en el campo[73].

Y pues hasta aquí llegaste de tu gusto, oye agora por el mío lo poco que resta de mis desdichas, a que daré fin en el siguiente capítulo.

---

[71] *cornadillo:* diminutivo de *cornado,* moneda antigua de ínfimo valor; se usa metafóricamente «en la frase *poner* o *emplear* su cornadillo, para expresar que alguno contribuye con medios o diligencias para el logro de algún fin» *(Autoridades).* Hoy diría Guzmán 'mi granito de arena'.

[72] Cfr. *Jonás,* 4, 4-8. Sobre esta y otras alusiones al personaje bíblico, *vid.* M. N. Norval, «Original Sin and the 'Conversion'», págs. 357-359, y B. Brancaforte, *¿Conversión...?,* págs. 114-123.

[73] Cfr. San Mateo, 13, 44.

CAPÍTULO IX

Hubo un famoso pintor, tan estremado en su arte, que no se le conocía segundo, y a fama de sus obras entró en su obrador un caballero rico y concertóse con él que le pintase un hermoso caballo, bien aderezado, que iba huyendo suelto. Hízolo el pintor con toda la perfeción que pudo y, teniéndolo acabado, púsolo donde se pudiera enjugar brevemente. Cuando vino el dueño a querer visitar su obra y saber el estado en que la tenían, enseñósela el pintor, diciendo tenerla ya hecha. Y como, cuando se puso a secar la tabla, no reparó el maestro en ponerla más de una manera que de otra, estaba con los pies arriba y la silla debajo. El caballero, cuando lo vio, pareciéndole no ser aquello lo que le había pedido, dijo: «Señor maestro, el caballo que yo quiero ha de ser que vaya corriendo y aqueste antes parece que se está revolcando.» El discreto pintor le respondió: «Señor, Vuestra Merced sabe poco de pintura. Ella está como se pretende. Vuélvase la tabla.» Volvieron la pintura lo de abajo arriba y el dueño della quedó contentísimo, tanto de la buena obra como de haber conocido su engaño[1]. Si se consideran las obras de Dios, muchas veces nos parecerán el caballo que se revuelca; empero, si volviésemos la tabla hecha por el sobe-

---

[1] El ejemplo proviene de Plutarco, 396E-F, aunque esta vez —quizá— a través de una fuente intermedia. Otras analogías menciona E. Cros, *Sources*, página 134, y cfr. M. Cavillac, *Gueux et marchands*, pág. 142. Téngase presente que la aplicación del cuento viene a ser la misma de Plutarco.

rano Artífice, hallaríamos que aquello es lo que se pide y que la obra está con toda su perfección. Hácensenos, como poco ha decíamos, los trabajos ásperos; desconocémoslos, porque se nos entiende poco dellos. Mas, cuando el que nos los envía enseñe la misericordia que tiene guardada en ellos y los viéremos al derecho, los tendremos por gustos[2].

De cuantos forzados había en la galera ninguno me igualaba, tanto en bien tratado, de como contento en saber que daba gusto. Desclavóse la rueda[3], dio vuelta comigo por desusado modo nunca visto. Acertó en este tiempo a venir a profesar en galera un caballero del apellido del capitán della, y aun se comunicaban por parientes. Era rico, tratá[ba]se bien y traía una gruesa cadena al cuello, a uso de soldados, casi como la que un tiempo tuve. Hacía plato en la popa, tenía un muy lucido aparador de plata y criados de su servicio bien aderezados. Y al segundo día de su embarcación le faltaron de la cadena diez y ocho eslabones, que sin duda valían cincuenta escudos. Túvose por cierto lo habría hecho alguno de sus criados, porque cuantos entraban en la cámara de popa eran personas conocidas, carecientes de toda sospecha. Mas con todo esto azotaron a los criados del capitán, en caso de duda, y no parecieron para siempre ni se tuvo rastro de quién o cómo los hubiesen llevado. Y para escusar adelante otro semejante suceso, le dijo el capitán a su pariente que lo más acertado sería, para el tiempo que su merced allí estuviese, dar cargo de sus vestidos y joyas a un forzado de satisfación, que con cuidado lo tuviese limpio y bien acomodado, porque a ninguno se le daría por cuenta que se atreviese a hacer falta en un cabello. Al caballero le pareció muy bien, y andando buscando quién de todos los de la galera sería suficiente para ello, no hallaron otro que a mí, por la satisfación de mi entendimiento, buen servicio y estar bien tratado y limpio. Cuando le dijeron mis partes y supo ser entretene-

---

[2] Comp.: «Esas que a ellos parecieron lastimosas desventuras y trabajos, son tesoros de mucho precio lo que se sacan dellas» (*San Antonio de Padua*, III, xii, fol. 273v), pues «nunca Dios permite trabajos en casa del justo, que no sea para colmarlo de bienes» (*ibid.*, II, xxix, fol. 168v). Cfr. I, i, 3, n. 16, y II, iii, 4 *ca.* n. 7.

[3] *desclavóse la rueda de la Fortuna*; «echar el clavo a la rueda de la Fortuna» era expresión proverbial (cfr. Covarrubias). Comp. *Floresta española*, III, vi, 1.

dor y gracioso, no vía ya la hora de que me pasasen a popa.
Llamaron al cómitre y, habiéndome pedido, no pudo no darme, aunque lo sintió mucho por lo bien que comigo se hallaba.
Echáronme un largo ramal, y cuando el caballero me tuvo en
su presencia, holgóse de verme, porque correspondían mucho
mi talle, rostro y obras. Enfadóse de verme asido, como si fuera mona[4]. Pidióle al capitán me pusiesen una sola manilla y así
se hizo.

Desta manera quedé más ágil para poderle mejor servir, así
comiendo a la mesa como dentro del aposento y más partes
que se ofrecía de la galera. Entregáronme por inventario su
ropa y joyas, de que siempre di muy buena cuenta; y de quien
él y yo teníamos menos confianza y más recelaba era de sus
criados. Porque, como ya me hubiese hecho cargo de la recámara[5], con facilidad tendrían escusa en lo que pudiesen hurtarme a su salvo. Ellos dormían con el capellán en el escandelar[6]
y el caballero en una banca del escandelarete de popa y yo en
la despensilla della, donde tenía guardadas algunas cosas de regalo y bastimento. Yo me hallaba muy bien; bien que trabajaba
mucho. Mas érame de mucho gusto tener a la mano algunas
cosas con que poder hacer amistades a forzados amigos.
Y aunque quisiera hacérselas también a Soto, mi camarada,
nunca dio lugar por donde yo pudiera entrarle. Deseábale todo
bien y hacíame cuanto mal podía, desacreditándome, diciendo
cosas y embelecos del tiempo que fuemos presos y él supo
míos en la prisión. De manera que, aunque ya yo, cuanto para
comigo, sabía que estaba muy reformado, para los que le oían,
cada uno tomaba las cosas como quería y, cuando hiciera milagros, había de ser en virtud de Bercebut[7]. Él era mi cuchillo[8],
sin dejar pasar ocasión en que no lo mostrase; mas no por eso
me oyeron decir dél palabra fea ni darme por sentido de cuanto de mí dijese. De todo se me daba un clavo; mi cuidado era

---

[4] *asido como si fuera mona:* cfr. II, i, 3, n. 32.

[5] *recámara:* equipaje (cfr. I, i, 8, n. 92).

[6] *escandelar:* «A la cámara sobre que está la aguja ['brújula'] llaman *escandelar*»
(fray Antonio de Guevara, *Arte de marear,* VIII, pág. 354).

[7] Cfr. II, ii, 3, n. 9.

[8] *ser* uno *cuchillo* de otro: «serle muy perjudicial o molesto» *(DRAE).*

sólo atender al servicio de mi amo, por serle agradable, pareciéndome que podría ser —por él o por otro, con mi buen servicio— alcanzar algún tiempo libertad.

Cuando venía de fuera, salíalo a recebir a la escala. Dábale la mano a la salida del esquife. Hacíale palillos para sobremesa de grandísima curiosidad, y tanta, que aun enviaba fuera presentados algunos dellos. Traíale la plata y más vasos de la bebida tan limpios y aseados, que daba contento mirarlos, el vino y agua, fresca, mullida la lana de los traspontines[9], el rancho[10] tan aseado de manera que no había en todo él ni se hallara una pulga ni otro algún animalejo su semejante. Porque lo que me sobraba del día, me ocupaba en sólo andar a caza dellos, tapando los agujeros de donde aún tenía sospecha que se pudiera criar, no sólo porque careciese dellos, más aun de su mal olor.

Tanta fue mi buena diligencia, tan agradable mi trato, que dejaba mi amo de conversar con sus criados y muy de su espacio parlaba conmigo cosas graves de importancia. Pero hacía en esto lo que los destiladores: alambicábame y, cuando había sacado la sustancia que deseaba, retirábase o, por mejor decir, se recelaba de mí, que no las tenía todas cabales, por la mala voz con que Soto me publicaba por malo. Empero con todo su mal decir, procuraba yo bien hacer, tanto por sacarlo mentiroso, cuanto porque yo ya no había de tratar de otra cosa, por la resolución tomada de mí en este caso. Contábale cuentos donosos a la mesa, las noches y siestas, procurando tenerlo siempre alegre. Y en especial había dado en melancolizarse unos pocos de días antes, por haber venido una carta de un personaje grave, a quien él tenía particular obligación, el cual en su vida se había querido casar y apretaba mucho por casarlo. Y como así lo viese fatigado, preguntándole la causa de su pesadumbre, me la dijo y aun me pidió consejo de lo que haría en el caso. Yo le respondí:

—Señor, lo que me parece que se le podría responder a quien tanto huyó de casarse y quiere obligar a otro que lo haga es que vuestra Merced lo hará, si le diere por mujer a una de sus hijas[11].

---

[9]   *traspontín:* trasportín, colchón pequeño y delgado.

[10]   *rancho:* lugar destinado al alojamiento de los miembros de la dotación.

[11]   Comp.: «Un viejo que nunca se había casado persuadía a un joven vecino

A mi amo le satisfizo mucho mi consejo, determinando tomarlo como se lo daba y, pasando adelante la plática, en cuanto se hacía horas de comer, me preguntó le dijese, como quien dos veces había sido casado, qué vida era y cómo se pasaba. Respondíle:

—Señor, el buen matrimonio de paz, donde hay amor igual y conforme condición, es una gloria, es gozar en la tierra del cielo, es un estado para los que lo eligen deseando salvarse con él, de tanta perfección, de tanto gusto y consuelo, que para tratar dél sería necesario referirse de boca de uno de los tales. Mas quien como yo hice del matrimonio granjería, no sabré qué responder tampoco, sino que pago aquel pecado con esta pena. Mujeres hay que verdaderamente reducirán a buen término y costumbres, con su sagacidad y blandura, los hombres más perversos y desalmados que tiene la tierra; y otras, por el contrario, que harán perder la paciencia y sufrimiento al más concertado y santo. Véase por Job el estado en que la suya lo puso, cómo lo persiguió y cuánto le importó asirse de Dios para sólo defenderse della, más que de todas las más persecuciones[12]. Y así, estando en cierta conversación tres amigos, dijo el uno: «Dichoso aquel que pudo acertar a casar con buena mujer.» El otro respondió: «Harto más dichoso es el que la perdió presto, si la tuvo mala.» Y el tercero dijo: «Por mucho más dichoso tengo a el que ni la tuvo buena ni mala.» Lo que aprieta una mujer importuna y de mala digestión, dígalo el provenzal que, cansado ya de sufrir la suya y no teniendo modo ni sciencia para corregirla, por escabullirse della sin escándalo, acordó de irse a holgar con toda su casa y gente a una hacienda que tenía en el campo, para la cual se había de pasar por una ladera de un monte que pasa por junto del Ródano, río caudaloso, que por aquella parte, por ser estrecha y pasar por entre dos montes, va muy hondo y con furiosa corriente. Acordó de tener tres días que no bebió gota de agua una mula

---

que se casase, amonestándole que no convenía estar solo, y que era muy necesario el acompañarse. A que respondió el mancebo: "Si eso es así, dadme una de vuestras hijas"» (Francisco Asensio, *Floresta española*, V, xvi [cfr. E. Cros, *Sources,* pág. 38]).

[12] Cfr. *San Antonio de Padua,* II, xxii, fol. 144v.

en que su mujer había de ir. Y cuando llegaron a parte que la mula devisó el agua, no fueron poderosos de tenerla, que bajándose por la ladera abajo de una en otra peña, llegó al río. De donde, no siendo posible volver a subir ni tenerse, fue forzoso dar ambos dentro dél, quedando la mujer ahogada. Y la mula salió a nado con mucha dificultad lejos de allí, tan cansada y sin tiento que ya no podía tenerse sobre sus pies[13]. Para los que nunca supieron del matrimonio y lo desean, pudiérales traer a propósito lo que les pasó a los tordos un verano, después [de] la cría. Juntóse dellos una bandada espesa, que cubrían los aires, y hecha compañía, se partieron juntos a buscar la vida. Llegaron a un país de muchas huertas con frutales y frescuras, donde se quisieron quedar, pareciéndoles lugar de mucha recreación y mantenimientos; mas, cuando los moradores de aquella tierra los vieron, armaron redes, pusiéronles lazos y poco a poco los iban destruyendo. Viéndose, pues, los tordos perseguidos, buscaron otro lugar a su propósito y halláronlo tal como el pasado; mas acontencióles también lo mismo y también huyeron con miedo del peligro. Desta manera peregrinaron por muchas partes, hasta que casi todos ya gastados, los pocos que dellos quedaron acordaron de volverse a su natural. Cuando sus compañeros los vieron llegar tan gordos y hermosos, les dijeron: «¡Ah, dichosos vosotros y míseros de nós, que aquí nos estuvimos y, cuales veis, estamos flacos! Vosotros venís que da contento veros, la pluma relucida, medrados de carne, que ya no podéis de gordos volar con ella, y nosotros cayéndonos de pura hambre.» A esto le[14] respondieron los bienvenidos: «Vosotros no consideráis más de la gordura que nos veis, que si pasásedes por la imaginación los muchos que de aquí salimos y los pocos que volvemos, tuviérades por mejor vuestro poco sustento seguros, que nuestra hartura con tantos peligros y sobresaltos.» Los que ven los gustos del matrimonio y no pasan de allí a ver que de diez mil no escapan

---

[13] Se trata de un cuento muy divulgado, que Alemán conocería en Guicciardini, *L'hore di recreatione* (vid. D. P. Rotunda, «The *Guzmán de Alfarache* and Italian *Novellistica*»; M. Chevalier, «*Guzmán de Alfarache* en 1605», pág. 141, y, sobre todo, E. Cros, *Sources,* págs. 39-41).

[14] *le:* no es necesario enmendar en «les».

diez, tuvieran por mejor su seguro estado de solos, que los trabajos y calamidades de los mal acompañados[15].

En esto se llegó la hora del comer y, puesta la mesa, servimos la vianda, según era costumbre, teniendo yo siempre los
ojos puestos en las manos de mi amo[16], para ejecutarle los pensamientos. Mas cuanto en esto velaba, se desvelaba mi enemigo Soto en destruirme; pues, cuando más no pudo, compró a
puro dinero su venganza. Hízose amigo con un criado, paje y
tal como él, pues el interese lo corrompió contra mí. Prome-
tióle unas gentiles medias de punto que tenía hechas, y dijo que
se las daría si cuando alguna vez pudiese, sirviendo a la mesa
hurtase alguna pieza de plata della y la llevase a esconder abajo
en mi despensilla, sin que yo lo sintiese. Que haría en esto dos
cosas: la primera, ganaría las medias que por ello le ofrecía; y
lo segundo, él y sus compañeros volverían en su antigua privanza, derribándome a mí della. No le pareció mal a el mozo
y, hallándose aquel día con la ocasión de bajar abajo, se llevó
en las manos un trincheo[17], el cual escondió, alzando el tabla-
dillo, en las cuadernas. Después de levantada la mesa, queriendo recoger la plata para limpiarla, hallándolo menos, hice diligencia buscándolo y, como no lo hallase, di noticia de cómo
me faltaba, para que se hiciese diligencia en buscarlo por los
criados de la popa. El capitán y mi amo creyeron a los principios la verdad; mas, como era testimonio levantado por mi
enemigo Soto, luego pasó la palabra, que le oyeron decir que
yo con la privanza lo habría hurtado y quería dar a los otros la
culpa por quedarme con él.

Ayudóle a ello el mozo agresor y, dando de aquí principio a
su sospecha, me apercibió mi amo muchas veces que dijese la
verdad, antes que llegase a malas el negocio; mas, como estaba
libre, no pude satisfacer con otra cosa que palabras buenas. El
traidor del paje dijo que me visitasen la despensilla, que no era
posible sino que allí lo tendría escondido. Porque, no habiendo
salido fuera de la popa, se habría de hallar en mi aposento. Pa-

---

[15] Comp. II, iii, 3, y de nuevo *San Antonio de Padua*, fols. 144-145.

[16] *poner los ojos:* 'atender con solicitud'; «denota afición o cariño a alguna
cosa» *(Autoridades).*

[17] *trincheo:* cfr. II, i, 7, n. 24.

recióles a todos bien y, bajando abajo, habiéndolo todo trase-
gado, buscaron adonde lo había metido y sacándolo dijeron
que ya lo hallaron y que lo había yo allí escondido, porque otra
persona no era posible haberlo hecho. Pues como esto trujese
consigo aparencia de verdad y a mí me cogieron en la negativa, confirmaron por cierta la sospecha, cargándome de culpa.
El capitán mandó al mozo del alguacil que me diese cincuenta
palos, de los cuales me libró mi amo, rogando por mí que se
me perdonase, por ser la primera; y me advirtió que, si en otra
me cogían, lo pagaría todo junto.

Nunca más alcé cabeza ni en mí entró alegría, no por lo pasado, sino temiendo lo por venir. Que quien aquélla me hizo,
para mayor mal me guardaba cuando de aquél escapase. Y re-
celándome dello, supliqué con mucha instancia que me releva-
sen de aquel cargo, que yo quería luego entregar a otro las cosas dél y tendría por mejor que me volviesen a herrar en mi
banco. Creyeron que todo había sido y nacido de deseo que tenía de volver a servir a mi amo el cómitre y, cuanto más lo suplicaba, más instaban en que por el mismo caso, aunque me
pesase, había de asistir allí toda mi vida. «Pobre de mí
—dije—, ya no sé qué hacer ni cómo poderme guardar de traidores.» Hacía cuanto podía y era en mi mano, velando con
cien ojos encima de cada niñería, y nada bastó; que ya se iba
haciendo tiempo de levantarme y era necesario caer primero.

Una tarde que mi amo vino de fuera, lo salí a recebir como
siempre a la escalerilla. Dile la mano, subió arriba, quitéle la
capa, la espada y el sombrero. Dile su ropa y montera de damasco verde, que la tenía siempre a punto. Bajé lo demás abajo, poniendo en su lugar cada cosa. Esa misma noche, sin saber cómo, quién o por qué modo, porque, si no fue obra del
demonio, nunca pude colegir lo que fuese, que derribando el
sombrero de donde lo había colgado, lo hallé sin trencellín[18],
el cual tenía unas piezas de oro; él se despareció en los aires,
que, cuando a la mañana lo vi sin él y de aquella manera, quedé asombrado. Hice cuantas diligencias pude buscándolo y
ninguna fue de provecho. No pareció ni dél hubo rastro ni memoria. Cuando a mi amo se lo dije, dijo:

_____

[18] *trencellín:* trencillo, cintillo para el sombrero (cfr. I, ii, 8, n. 8).

—Ya os conozco, ladrón, y sé quién sois y por qué lo hacéis. Pues desengañaos, que ha de parecer el trencellín y no habéis de salir con vuestras pretensiones. Bien pensáis que dende
que faltó el trincheo no he visto vuestros malos hígados y que
andáis rodeando cómo no servirme. Pues habéislo de hacer,
aunque os pese por los ojos, y habéis de llevar cada día mil palos, y más que para siempre no habéis de tener en galera otro
amo. Que, cuando yo no lo fuere, os han de poner adonde merecen vuestras bellaquerías y mal trato. Pues el bueno que con
vos he usado no ha sido parte para que dejéis de ser el que
siempre; y sois Guzmán de Alfarache, que basta.

No sé qué decirte o cómo encarecerte lo que con aquello
sentí, hallándome inocente y con carga ligítima cargado. Palabra no repliqué ni la tuve, porque, aunque la dijera del Evangelio, pronunciada por mi boca no le habían de dar más crédito que a Mahoma. Callé, que palabras que no han de ser de
provecho a los hombres, mejor es enmudecer la lengua y que
se las diga el corazón a Dios. Dile gracias entre mí a solas, pedíle que me tuviese de su mano, como más no le ofendiese.
Porque verdaderamente ya estaba tan diferente del que fui, que
antes creyera dejarme hacer cien mil pedazos que cometer el
más ligero crimen del mundo[19].

Cuando se hubieron hecho muchas diligencias y vieron que
con alguna dellas no pareció el trencellín, mandó el capitán al
mozo del alguacil me diese tantos palos, que me hiciese confesar el hurto con ellos. Arrizáronme luego. Ellos hicieron como
quien pudo, y yo padecí como el que más no pudo. Mandábanme que dijese de lo que no sabía. Rezaba con el alma lo que sabía, pidiendo al cielo que aquel tormento y sangre que con los
crueles azotes vertía, se juntasen con los inocentes que mi
Dios por mí había derramado y me valiesen para salvarme, ya
pues había de quedar allí muerto. Viéronme tal y tan para espi

---

¹⁹ Comp. fray Luis de Granada, *Guía de pecadores,* I, i, 5, §1: «Y aunque nadie
puede saber con evidencia si está justificado... puede tener desto grandes conjeturas; entre las cuales no es la menos principal la mudanza de vida, cuando el
que en un tiempo cometía con gran facilidad mil mortales pecados, agora por
todo el mundo no cometerá uno» (cit. por E. Moreno Báez, *Lección y sentido,*
pág. 70). Cfr. M. Cavillac, «La conversión», pág. 28.

rar, que, aunque pareciéndole a mi amo mayor mi crueldad en
dejarme así azotar que la suya en mandarlo, mas, compadecido
de tanta miseria, me mandó quitar. Fregáronme todo el cuerpo
con sal y vinagre fuerte, que fue otro segundo mayor dolor[20].
El capitán quisiera que me dieran otro tanto en la barriga, diciendo:

—Mal conoce Vuestra Merced a estos ladrones, que son
como raposas[21]: hácense mortecinos y, en quitándolos de aquí,
corren como unos potros y por un real se dejarán quitar el pellejo. Pues crea el perro que ha de dar el trencellín o la vida.

Mandóme llevar de allí a mi despensilla, donde me hacían
por horas mil notificaciones[22] que lo entregase o tuviese paciencia, porque había de morir a palos y no lo había de gozar.
Mas, como nadie da lo que no tiene, no pude cumplir lo que se
me mandaba. Entonces conocí qué cosa era ser forzado y
cómo el amor y rostro alegre que unos y otros me hacían, era
por mis gracias y chistes, empero que no me lo tenían. Y el
mayor dolor que sentí en aquel desastre, no tanto era el dolor
de que padecía ni ver el falso testimonio que se me levantaba,
sino que juzgasen todos que de aquel castigo era merecedor y
no se dolían de mí.

Pasados algunos días después de esta refriega, volvieron
otra vez a mandarme dar el trencellín y, como no lo diese, me
sacaron de la despensilla bien desflaquecido y malo. Subiéron-
me arriba, donde me tuvieron grande rato atado por las muñe-
cas de los brazos y colgado en el aire. Fue un terrible tormento, donde creí espirar. Porque se me afligió el corazón de manera que apenas lo sentía en el cuerpo y me faltaba el aliento.
Bajáronme de allí, no para que descansase, sino para volverme
a crujía. Arrizáronme a su propósito de barriga y así me azotaron con tal crueldad, como si fuera por algún gravísimo delito.

---

[20] Sobre la semejanza con la pasión de Cristo, *vid.* en particular las citas y observaciones de M. Cavillac, «La conversión», pág. 29, o *Gueux et marchands*, página 106.

[21] Recuerda una conocida fábula de la tradición esópica.

[22] *notificaciones:* así en todas las ediciones antiguas que siguieron la príncipe
(cfr. el apéndice a este tomo: al ejemplar de la Biblioteca Nacional le faltan varios folios); las ediciones modernas han compartido y consagrado la trivialización *mortificaciones.* Comp. además II, i, 7, *ca.* ns. 6-7: «le hacen por horas notificación de la sentencia».

Mandáronme dar azotes de muerte; mas temiéndose ya el capitán que me quedaba poco para perder la vida y que me había de pagar al rey, si allí peligrase, tuvo a partido[23] que se perdiese antes el trencellín que perderlo y pagarme. Mandóme quitar y que me llevasen de allí a mi corulla[24] y en ella me curasen. Cuando estuve algo convalecido, aún les pareció que no estaban vengados, porque siempre creyeron de mí ser tanta mi maldad, que antes quería sufrir todo aquel rigor de azotes que perder el interés del hurto. Y mandaron al cómitre que ninguna me perdonase; antes que tuviese mucho cuidado en castigarme siempre los pecados veniales como si fuesen mortales. Y él, que forzoso había de complacer a su capitán, castigábame con rigor desusado, porque a mis horas no dormía y otras veces porque no recordaba. Si para socorrer alguna necesidad vendía la ración, me azotaban, tratándome siempre tan mal, que verdaderamente deseaban acabar comigo.

Pues para tener mejor ocasión de hacerlo a su salvo, me dieron a cargo todo el trabajo de la corulla, con protesto que por cualquiera cosa que faltase a ello, sería muy bien castigado. Había de bogar en las ocasiones, como todos los más forzados. Mi banco era el postrero y el de más trabajo, a las inclemencias del tiempo, el verano por el calor y el invierno por el frío, por tener siempre la galera el pico al viento. Estaban a mi cargo los ferros, las gumenas[25], el dar fondo y zarpar en siendo necesario. Cuando íbamos a la vela, tenía cuidado con la orza de avante y con la orza novela[26]. Hilaba los guardines todos, las ságulas[27] que se gastaban en galera. Tenía cuenta con las bozas, torcer juncos, mandarlos traer a los proeles y enjugarlos para enjuncar la vela del trinquete[28]. Entullaba[29] los cabos

---

[23] *tuvo a partido:* 'prefirió'.

[24] *corulla:* el último banco de los remeros, hacia la proa. *Vid.* J. F. Guillén, *Corulla, corullero y acorullar en el «Guzmán de Alfarache».*

[25] *ferros:* áncoras (cfr. I, i, 2, n. 22); *gumena* o *gúmena:* maroma gruesa de navío (cfr. fray Antonio de Guevara, *Arte de marear,* pág. 355: «a las maromas llaman gumeras» [*sic*]).

[26] *orza de avante* y *orza novela,* que algunos lexicógrafos dan como sinónimos, son cabos para dirigir y asegurar el car de la entena.

[27] *guardines:* cfr. la nota 32 del capítulo anterior; *ságulas:* sayuelos.

[28] «*bozas* de áncora o de cable son pedazos de vetas con que se amarra el áncora» (G. Palacios, en *TLex);* *proel:* marino o grumete que trabaja en la proa

quebrados, hacía cabos de rata y nuevos a las gumenas. Había de ayudar a los artilleros a bornear[30] las piezas. Tenía cuenta de taparles los fogones, que no se llegase a ellos, y de guardar las cuñas, cucharas, lanadas y atacadores de la artillería[31]. Y cuando faltaba oficial de cómitre o sotacómitre, me quedaba el cargo de mandar acorullar la galera y adrizalla[32], haciendo a los proeles que trujesen esteras y juncos para hacer fregajos y fretarla, teniéndola siempre limpia de toda immundicia; hacer estoperoles de las filastras viejas, para los que iban a dar a la banda[33]. Que aquesta es la ínfima miseria y mayor bajeza de todas. Pues habiendo de servir con ellos para tan sucio ministerio, los había de besar antes que dárselos en las manos. Quien todo lo dicho tenía de cargo y no había sido en ello acostumbrado, imposible parecía no errar. Mas con el grande cuidado que siempre tuve, procuré acertar y con el uso ya no se me hacía tan dificultoso. Aún quisiera la fortuna derribarme de aquí, si pudiera; mas, como no puede su fuerza estenderse contra los bienes del ánimo y la contraria hace prudentes a los hombres[34], túveme fuerte con ella. Y como el rico y el contento siempre recelan caer, yo siempre confié levantarme, porque bajar a más no era posible.

(comp. enseguida «haciendo a los proeles que trujesen esteras y juncos»); *enjuncar:* atar con juncos una vela, en este caso el *trinquete,* la que vuela en «el tercer árbol hacia la parte de la proa» *(Autoridades).*

[29] *entullar:* recoger o empalmar los cabos (a juzgar por las definiciones de Oudin, Sobrino y Stevens, en *TLex,* que seguramente conocían la palabra por el *Guzmán;* falta en los diccionarios españoles, incluso en los marítimos).

[30] *bornear:* dar la vuelta, mover.

[31] *cucharas* para poner la pólvora en los cañones; *lanadas* para limpiarlos (son palos con un lío en el extremo), y *atacadores* para apretar la pólvora y el taco.

[32] *acorullar:* meter los remos sin desarmarlos de modo que los guiones queden bajo crujía; *adrizar:* enderezar.

[33] *estoperol:* especie de mecha hecha con *filastras* o filásticas, los hilos de que se forman todos los cabos y jarcias; *dar a la banda:* además de su sentido más técnico (cfr. la n. 42 del capítulo anterior), tenía el de 'hacer sus necesidades'. Guzmán debía, por tanto, recoger sobras de maromas para que los demás galeotes y marineros pudiesen limpiarse tras cumplir «tan sucio ministerio» (y ello le dio, por cierto, la oportunidad de delatar el plan de fuga: cfr. más adelante, *ca.* n. 36, y B. Brancaforte, *¿Conversión...?,* pág. 77).

[34] «Vi claramente cómo la contraria fortuna hace a los hombres prudentes» (I, ii, 1, *ca.* n. 9).

Sucedió al punto de la imaginación. Soto, mi camarada, no vino a las galeras porque daba limosnas ni porque predicaba la fe de Cristo a los infieles; trujéronlo a ellas sus culpas y haber sido el mayor ladrón que se había hallado en su tiempo en toda Italia ni España. Una temporada fue soldado. Sabía toda la tierra, como quien había paseádola muchas veces. Viendo que las galeras navegaban por el mar Mediterráneo y se encostaban otras veces a la costa de Berbería buscando presas, imaginó de tratar, con algunos moros y forzados de su bando, de alzarse con la galera. Para lo cual ya estaban prevenidos de algunas armas él y ellos. Las tenían escondidas en sus remiches[35], debajo de los bancos, para valerse dellas a su tiempo. Mas, como no podía tener su disinio efeto sin tenerme de su bando, por el puesto que yo tenía en mi banco y estar a mi cargo el picar de las gumenas, parecióles darme cuenta de su intención, haciendo para ello su cuenta y considerando que a ninguno de todos le venía el negocio más a cuento que a mí, tanto por estar ya rematado por toda la vida, cuanto por salir de aquel infierno donde me tenían puesto y tan ásperamente me trataban. Quisiérame hablar para ello Soto; mas no podía. Envióme su mensajero, pidiéndome reconciliación y favor en su levantamiento. Respondíle que no era negocio aquél para determinarnos con tanta facilidad. Que se mirase bien, considerándolo a espacio, porque nos poníamos a caso muy grave, de que convenía salir bien dél o perderíamos las vidas. Al moro que me trujo la embajada, no le pareció mal mi consejo y dijo que llevaría mi respuesta a Soto y me volvería otra vez a hablar.

En el ínterin que andaban las embajadas, hice mi consideración, y como siempre tuve propósito firme de no hacer cosa infame ni mala por ningún útil que della me pudiese resultar, conocí que ya no era tiempo de darles consejo, así por su resolución, como porque, si les faltara en aquello, temiéndose de mí no los descubriese, me levantarían algún falso testimonio para salvarse a sí, diciendo que yo, por salir de tanta miseria, los tenía incitados a ellos. Diles buenas palabras y híceme de su parte, quedando resueltos de ponerlo en ejecución el día de

---

[35] *remiches:* los espacios entre banco y banco.

San Juan Baptista por la madrugada[36]. Pues, como ya estábamos en la víspera y un soldado viniese a dar a la banda, cuando me levanté a quererle dar el estoperol, díjele secretamente:

—Señor soldado, dígale Vuestra Merced al capitán que le va la vida y la honra en oírme dos palabras del servicio de Su Majestad. Que me mande llevar a la popa.

Hízolo luego y, cuando allá me tuvieron, descubrióse toda la conjuración, de que se santiguaba y casi no me daba crédito, pareciéndole que lo hacía porque me relevase de trabajo y me hiciese merced. Mas cuando le dije dónde hallaría las armas, quién y cómo las habían traído, dio muchas gracias a Dios, que le había librado de tal peligro, prometiéndome todo buen galardón. Mandó a un cabo de escuadra que mirase los bancos que yo señalé y, buscando las armas en ellos, las hallaron. Luego se fulminó proceso contra los culpados todos y, por ser el siguiente día de tanta solemnidad, entretuvieron el castigo para el siguiente. Quiso mi buena suerte y Dios, que fue dello servido y guiaba mis negocios de su divina mano, que abriendo una caja para colgar las flámulas[37] de las entenas del árbol mayor y trinquete, tanto en hacimiento de gracias como a honor y regocijo del día, hallaron dentro della una cama de ratas y el trencellín de mi amo.

Soto, queriéndolo confesar y pidiéndome perdón del testimonio que me fue levantando del trincheo, declaró juntamente cómo y por qué lo había hecho y que, aunque me había prometido amistad, era con ánimo de matarme a puñaladas en saliendo con su levantamiento. De todo lo cual fue Nuestro Señor servido de librarme aquel día. Condenaron a Soto y a un compañero, que fueron las cabezas del alzamiento, a que fuesen despedazados de cuatro galeras. Ahorcaron cinco; y a muchos otros que hallaron con culpa dejaron rematados al remo por toda la vida, siendo primero azotados públicamente a la redonda de la armada. Cortaron las narices y orejas a muchos moros, por que fuesen conocidos, y, exagerando el capitán mi bondad,

---

[36] *el día de San Juan Baptista por la madrugada:* sobre las implicaciones de tal fecha y momento, *vid.* especialmente B. Brancaforte, *ibid.,* y M. Cavillac, *Gueux et marchands,* pág. 110, o «La conversión», pág. 34.

[37] *flámula:* especie de gallardete o banderín.

inocencia y fidelidad, pidiéndome perdón del mal tratamiento pasado, me mandó desherrar y que como libre anduviese por la galera, en cuanto[38] venía cédula de Su Majestad, en que absolutamente lo mandase, porque así se lo suplicaban y lo enviaron consultado[39].

Aquí di punto y fin a estas desgracias. Rematé la cuenta con mi mala vida. La que después gasté, todo el restante della verás en la tercera y última parte, si el cielo me la diere antes de la eterna que todos esperamos.

LAVS DEO.

---

[38] *en cuanto:* mientras, en tanto.

[39] La pendiente liberación de Guzmán avanza un paso en lo prometido en la inicial «Declaración para el entendimiento deste libro» («el mismo escribe su vida desde las galeras, donde queda forzado al remo»). Sobre ello y el emplazamiento para la «tercera parte», cfr. mi introducción, págs. 47-50.

APÉNDICES

EL TEXTO

La *Segunda parte de la vida de Guzmán de Alfarache, atalaya de la vida humana* apareció en Lisboa a finales de 1604, y, a diferencia de la *Primera parte*, su texto no fue revisado posteriormente por Mateo Alemán. Como era de esperar, salió plagada de lusismos e indecisiones de los cajistas (por ejemplo, *abuzos, aniejos, avizos, azes, azir, bajesa, baratillho, bezo, brindiz, cenzillo, cizar, çolicitador, dizía, ecencial, forçoso, issas* 'izas', *lizamente, mais, pelejo, primeiras, recelozo, rehierta, sahiere, senço* 'censo', *sezo, surdo, testemonio, zeloza);* cuando no había razones en contra (cfr. *trunfo,* en II, i, 2, n. 26), se ha restablecido la ortografía habitual en castellano. Los deslices y omisiones de la *princeps* han sido corregidos con el auxilio de otras ediciones antiguas (generalmente las que menciono luego) y modernas, cuando no con soluciones independientes: de todo ello (salvo en las numerosas erratas mecánicas más simples) queda constancia en las notas.

Pero al único ejemplar asequible de la *Segunda parte* de 1604 (el de la Biblioteca Nacional) le faltan trece folios. Para establecer su texto he cotejado otras ediciones antiguas que siguieron la *princeps;* son las de Valencia: Pedro Patricia Mey, 1605; Milán: Juan Bautista Bidelo, 1615, y Burgos: Juan Bautista Varesio, 1619. Su coincidencia en algunos lugares obliga a cambiar varias malas lecturas consagradas en las ediciones modernas (prescindiendo, claro, de las erratas y variantes debidas a diferentes criterios ortográficos). Aunque a menudo advierto y justifico mis cambios, no será ocioso enumerar aquí los folios ausentes y las lecturas en cuestión; no siempre he usado siglas porque la lectura auténtica y refrendada por las ediciones antiguas precede a la errónea y compartida por las modernas.

[1] Portada (cfr. R. Foulché-Delbosc, «Bibliographie», pág. 527).

[2] Fol. [8] de los preliminares: «Elogio» desde el principio (pág. 24, línea 1) hasta *procediendo con* (25.23).
24.14 cronista: coronista
25.21 está [*excepto Burgos*]: esté [*excepto BB*]
25.22 toda: tan

[3] Fol. 8: II, i, 2, desde *de buen sonido* (52.4) hasta *con Man-zanos* (53.27).
53.20 retablo, artificio: retablo artificioso.

[4] Fol. 49: II, i, 7, desde *lla-mar a Dios* (124.14) hasta *porque* (126.17).
125.9 a ellos: a ello

[5] Fol. 65: II, ii, 1, desde el título del libro segundo (151) hasta *otro re-fugio* (154.17).
151.1 Libro segundo: de la Segunda parte de Guzmán de Alfara-che *add.*

[6] Fol. 88: II, ii, 3, desde *plu-ma de plata* (189.20) hasta *habrá maldad* (191.15).
190.12 ¿Quiéreslo ver?: ¿Quieres verlo ver?
190.14 gran desvergonzado: grande desvergonzado.

[7] Fol. 99: II, ii, 4, desde *visto* (208.21) hasta *que se* (210.7).
210.6 Dioso: Dios.

[8] Fol. 102: II, ii, 4, desde *Luján* (213.12) hasta *almohaza o* (215.11).

[9] Fol. 163: II, ii, 9, desde *mujer* (314.24) hasta *salir con su* (316.14).
314.26 rehusaba ... el salir: rehusaba ... salir.

[10] Fol. 166: II, ii, 9, desde *domin-go* (320.6) hasta *llegaría. El* (321.20).
321.8 asechaba: asechaban.

[11] Fol. 236: II, iii, 5, desde *o dos pellas* (442.13) hasta *por su-ceder* (444.11).
443.18 rodeo: rodeos.

[**12-13**] Fols. 280-281: II, iii, 9, desde *por cierta* (515.6) hasta *me que-daba* (518.2).
515.29 Esa: Esta.
517.12 notificaciones: mortificaciones.
517.19 de que padecía: que padecía.

También se lee mal el último folio (y no es el único maltrecho); las ediciones modernas leen *para que* donde la *princeps* dice *por que* (que vale, en efecto, 'para que': 521.34).

ÍNDICE DE NOTAS, TEMAS Y MOTIVOS

En un texto como el *Guzmán de Alfarache*, que ha exigido cerca de tres mil notas explicativas —aunque mi impericia le habrá hurtado algunas—, resulta imprescindible un inventario como el siguiente. No es sólo un índice de notas, porque incluye tópicos y motivos que no la llevan (por ejemplo, 'el dinero allana las dificultades', 'no hay vasija que mida los gustos' o 'en los trabajos se prueban los ánimos fuertes', todos con conocidas resonancias ilustres): unas veces figuran literalmente, como sentencias, y otras bajo la enunciación del tema (en ocasiones expresado con alguna fórmula latina consagrada). Por otro lado, no se da cuenta de todas las notas, porque faltan las referencias bíblicas, las fuertes, los cuentecillos y las advertencias sobre el estilo o el texto. El índice se limita, por tanto, a recoger los aspectos léxicos, paremiológicos y temáticos, pero exhaustivamente: las locuciones y frases proverbiales —por citar los casos más corrientes— aparecen en varios lugares para que el lector pueda hallarlas aunque su enunciación no sea la habitual. Para evitar complicaciones e incomodidades, se remite tan sólo al tomo y a la página correspondiente.

Colección Letras Hispánicas

DE PRÓXIMA APARICIÓN